검은 사슴

국립중앙도서관 출판시도서목록(CIP)

검은 사슴 : 한강 장편소설 / 한강 지음. — 2판.
— 파주 : 문학동네, 2005
p. ; cm
ISBN 89-8281-133-8 03810 : ₩9800
813.6-KDC4
895.735-DDC21 CIP2005000100

검은 사슴

한강 장편소설

문학동네

기다림이 끝나는 날에도
기다리는 님은 오지 않았기에
나는 님을 누군지 알 것만 같다.

—김형영, 「기다림이 끝나는 날에도」

차 례

1
꿈

1

그것은 검은 프라이팬 위에서 몸뚱어리를 웅크리고 있었다. 짐승이라고도 새라고도 부를 수 없는, 끈끈한 노른자위 속에서 막 형체를 갖추기 시작한 살덩어리였다.

나도 모르게 진절머리를 쳤다. 미지근한 피처럼 정수리를 적시고 있던 새벽꿈의 잔상이 왈칵 얼굴로 쏟아져내렸다.

꿈에서의 시각은 일몰 뒤 한식경이 지난 즈음이었다. 암청색의 하늘과 바다는 경계 없이 서로의 살 속으로 스며들어 있었다. 가없는 수면과 둥근 허공을 막막하게 아우른 짙은 푸른빛을 바라보며 나는 걸어가고 있었다.

내가 걷는 길은 깊숙한 만(灣)의 한 편이었다. 길의 양 옆으로는 어깨 높이의 콘크리트 방파제가 길게 뻗어 있었다. 젊은 여자의 젖가슴살 같은 해풍이 집요하면서도 부드럽게, 마치 밀반죽 덩어리를 끈질기게 치대듯이 방파제의 견고한 바깥면을 문지르며 밀려오고 있었다.

그 짭짤한 바람을 큰숨으로 들이마셨다. 허파가 터질 듯 부풀어올랐다. 만의 맞은편을 바라보며 숨을 길게 뱉었다. 맞은편 기슭에 늘어선 인가의 불빛 여남은 점이 어두운 바다 위로 주황빛 머리채를 풀어뜨리고 있었다.

파도가 억세지 않은 것을 보니 동해는 아니었다. 해남 강진 어디쯤의 다도해처럼 물결이 섬세했으나, 섬이 한 점도 없는 것을 보면 아무래도 처음 와보는 곳이었다. 푸르스름한 물빛은 깊을수록 검었으며, 찬찬히 들여다보면 귀기(鬼氣) 어린 흰빛을 띠기도 했다. 서편에 아직 남은 연한 붉은빛이 마치 젖은 포목처럼 부드럽게 거기 감기어서, 세상은 모든 형상과 양감이 지워지고 오로지 황홀한 색채와 감촉으로만 남은 것 같았다.

떠오르지도, 가라앉지도 않으며 소리없이 멀어져가는 허공의 푸른빛을 향하여 나는 계속해서 나아갔다. 저 푸른빛은 어디로 가는 것일까. 어둠의 속으로, 태어났던 곳으로, 태어나기 전의 어떤 곳으로 가는 것일까.

방파제의 끝으로 파도의 창백한 포말이 조심스럽게 끓어올랐다. 밤낚시를 나온 한 무리의 중년 남자들이 그 위로 찌를 내리고 있었다. 어깨 속으로 깊숙이 움츠린 그들의 옆얼굴 사이에서 노란 야전등이 반디처럼 번쩍였다.

바다를 등지고 삼삼오오 걸어나오는 사람들도 보였다. 어둠과 거리 때문에 그들의 키는 후리후리하다는 인상을 주었으나, 엇갈리는 순간에 훔쳐본 얼굴들은 기껏해야 열다섯 살 안팎으로 보였다. 좁고 깡마른 어깨를 겹겹이 두른 채 바다를 등지고, 소년들은 오래된 노래를 속삭이듯 합창하며 걸어나오고 있었다.

달 뜨면 가리라 사랑하는 임아
잎 지는 공산 나무숲으로

내 눈에서 격렬한 눈물이 뿜어져나오기 시작한 것은 그때였다. 얼굴이 오래된 귤 껍질같이 오그라들기 시작했다. 기도(氣道)와 폐가 바싹 구운 싸구려 밀과자처럼 꼬였다. 눈물은 눈에서뿐 아니라 온 몸뚱이의 살에서 뻘뻘 흘러나왔다. 끈적끈적한 사지가 방파제의 콘크리트 바닥으로 녹아내렸다.

마침내 들쥐 새끼만한 크기로 쪼그라든 나는 은박지처럼 구겨진 가슴을 움켜쥐며 여전히 흐느끼고 있었다. 길과 방파제가 만나는 모서리에는 얄따란 홈이 패어 있었는데, 내 눈물은 이미 그 홈을 따라 흐르는 물줄기가 되어 있었다. 한때 내 살과 뼈였던 것들이 박명(薄明)에 음음히 번쩍이며 물살쳐갔다.

미친 짓이야.

나는 자신을 향해 소리치려 했다.

당장 그치지 못해?

그러나 목구멍의 내벽이 달라붙어 숨조차 쉴 수 없었다. 우묵하게 마모된 어금니를 힘껏 갈았다. 아래위 이빨들이 사금파리처럼 바스라졌다. 입술과 턱이 엉겨붙었다.

커다란 손 하나가 내 몸뚱이를 집어올린 것은 그때였다

반항하는 내 뒤틀린 몸을 손은 차근차근 분해하기 시작했다. 물컹한 살갗을 비집고 흰 척추와 갈비뼈를 추려내는 손놀림은 사뭇 자연스러웠다. 눈도 귀도 코도 녹아버린 나에게 손의 주인의 얼굴이 또렷이 보인다는 것이 이상했다.

의선이었다.

의선은 아무것도 걸치지 않은 알몸으로 방파제에 기대어 앉아 있었다.

의선이 나에게 왔던 지난해 봄날, 목욕을 시켜주면서 보았던 그녀의 몸에는 성한 구석이 없었다. 크고 작은 피멍이며 긁힌 자국과 발긋발긋한 땀띠 때문에 비누질을 하지 못하고, 샤워기를 약하게 틀어서 온수를 끼얹어주기만 했었다.

그런데 이제 그녀의 나신은 얼음처럼 투명하고 매끄러웠다. 어깨를 수줍게 웅크리고 다리를 약간 벌린 채 길게 뻗은 품이, 마치 담채로 그린 누드화에 등장하는 멋모르는 처녀 같았다.

무슨 짓이야, 그만 둬.

나는 의선을 향해 외치려 했으나 이미 입도 목구멍도 없었다.

의선의 눈길은 방파제 너머의 바다를 향하여 무연히 던져져 있었다. 백치처럼 벌어진 아랫입술 끝이 앞니로 지그시 깨물려 있었다. 앙상하고 흰 팔을 길게 뻗어, 그녀는 마치 주먹밥을 부스러뜨리듯이 내 살을 발라갔다.

내 몸이야, 그만 둬.

눈물 위로 내던져지며 나는 소리치려 안간힘을 썼다. 끈적끈적한 물줄기는 방파제의 끝으로, 밤바다의 흰 포말 속으로 곤두박질쳐갔다. 눈물의 속력에 비례하여 의선의 벌거벗은 몸이 겅중겅중 멀어졌다.

나는 억울함을 견딜 수가 없었다. 외칠 수도 없었다. 끈끈한 몸뚱이를 힘껏 뒤틀어, 달라붙은 목구멍을 비집고 마침내 '내 몸이야아!' 라고 울부짖었다고 생각한 순간, 자신도 모르게 짧고 동물적인 신음을 뱉으며 깨어났다.

생시에서도 얼마간 눈물을 흘렸던 모양이었다.

눈을 뜨려 하자 눈꺼풀이 여러 겹으로 접혔다. 얼마나 몸부림을 쳤는지 허리에 이불이 친친 감겨 있었다. 의자의 철제 다리에 부딪힌 오른쪽 정강이가 시큰했다.

나는 이불을 걷어내고 일어섰다. 잠옷 바람으로 베니어판 문을 열고 나갔다. 거실 겸 부엌에서 싱크대의 수도꼭지를 틀었다. 차가운 물을 두 손 가득 받아 얼굴에 끼얹었다. 얼굴에서 물이 떨어지는 대로 버려둔 채 프라이팬을 가스레인지에 올렸다. 냉장고에서 날달걀을 꺼내 가스레인지의 모서리에 가볍게 내리치고 난 뒤, 검은 프라이팬 가운데 고스란히 펼쳐진 노른자위의 형상을 보았다.

전화벨이 울린 것은 그때였다.

"명윤입니다."

지독한 감기에 걸렸거나 밤새 술을 마신 듯한 목소리였다. 아마 술일 것이다.

명윤에게는 말을 꺼내기 전이면 한동안 머뭇거리는 습관이 있었다. 일단 말을 꺼낸 뒤에도 그 머뭇거림은 계속되어서, 금방이라도 말을 더듬을 듯하면서도 정작은 한 번도 더듬지 않으며 힘겹게 이야기를 이어가곤 했다. 한데 술에 취하면 그런 말버릇이 없어졌다. 명윤입니다, 하는 첫마디에 특유의 초조함이 없는 것을 보면 이 시각까지 술기운이 남아 있는 모양이었다.

"인영 선배, 오늘 늦을 것 같아요."

명윤은 칼칼한 음성을 두어 차례 가다듬더니, '오늘 아침 두 시간 일찍 역에 나가 열차표를 끊어두려고 했는데 늦잠을 잤다, 약속을 지키지 못해 미안하다, 출발 시각 오 분 전인 아홉시 오십오분까지는 반드시 개찰구 앞으로 가겠다'는 변명을, 통화를 시작하기 전에 몇 번쯤 연습이라도 해보았던 듯 거침없이 풀어놓았다. 말을 마친 뒤 명윤은 잠시 침묵했다. 그 침묵의 요지는 결국 내가 일찍 나가 표를 끊어야 한다는 것이었다. 명윤은 변두리의 자취방에서부터 마을버스를 타고 나와 지하철을 갈아타고 역까지 가야 했고, 나는 청량리역까지 지하철로 한 번에, 넉넉잡아도 삼십 분 정도면 도착할 수 있었다.

"토요일인데, 표를 구할 수 있을까요?"

나는 벽시계를 올려다보았다. 여덟시에서 꼭 오 분이 지나 있었다.

미리 표를 끊어두겠다고 사흘 전부터 장담한 사람은 명윤이었다. 그러지 않았다면 내가 근무하는 회사로부터 한 블록 거리에 있는 여행사에서 일찌감치 예매를 해두었을 것이다.

"좋아."

나는 대답했다. 여행의 첫날 아침부터 일행과 다투고 싶지는 않았다.

"아홉시 오십오분, 청량리역 개찰구. 그건 꼭 지켜."

나는 벽시계에서 눈을 떼지 않은 채 수화기를 내려놓았다.

황곡시로 가는 열차는 하루에 세 번뿐이며, 그중 가장 이른 차편이 오전 열시에 있다. 그것을 놓치면 오후 두시까지 기다려야 한다. 만일 열시 좌석이 매진되었다면 일정은 엉망이 된다. 네 시간 삼십 분 동안 입석으로 가는 방법도 고려해야 한다.

까짓, 입석도 나쁠 것 없다.

그렇게 생각하기로 하자 마음이 좀 편해졌다. 서둘러야 할 때 오히려 행동거지가 느려지는 습관에 따라, 나는 천천히 방문을 열고 좀전의 가스레인지 앞으로 돌아왔다.

식용유를 두른 검은 프라이팬 안에는 초기 단계의 태아(胎兒) 모양을 한 샛노란 덩어리가 동그랗게 몸을 오그린 채 얌전히 누워 있었다. 부리와 날개는 아직 생기지 않았으나 머리와 목, 몸의 곡선이 또렷했다.

부화되다 만 달걀은 일부러 찾아서 먹는 이도 있을 만큼 몸에 좋으며, 마찬가지 이치로 사람의 중절수술한 태아와 태반도 은밀히 거래되고 있다는 떠도는 이야기를 들은 적이 있었다. 태반은 약으로 먹고 태아는 화장품의 원료로 쓰이기도 한다던가.

나는 프라이팬을 들고 세면장에 들어섰다. 머리와 몸뚱이의 윤곽이 드러나기 시작한, 그러나 결국 무엇이 되어보지 못한 살덩어리와 맑은 흰자위가 양변기의 캄캄하고 비좁은 물구멍 속으로 빨려들어갔다. 저 살덩어리는 하수도 파이프의 거품투성이 오수 위를 떠다니다가 천천히 부패하리라. 그것이 환기시켜주는 좀전의 새벽꿈을 떨쳐버리기 위해 나는 눈살을 모았다.

빌어먹을.

하필 먼 길을 떠나는 날, 평소에는 좀처럼 꾸지 않던 꿈을, 그것도 그렇게 기묘한 꿈을 꾼 것이 내 마음을 언짢게 했다. 설령 좋은 꿈이었다 해도 꿈이란 것은 깨고 나면 이상한 느낌을 준다. 마치 실타래를 놓친 채 미로 가운데 던져진 듯한 그 느낌을 나는 좋아하지 않았고, 사춘기 이후 언제나 꿈 없는 깊은 잠을 자온 자신에 대해 만족하고 있었다.

나는 프라이팬을 들지 않은 손을 뻗어 들창을 열었다. 축축하고 차가운 이월의 바람이 푸석푸석한 눈두덩을 때렸다.

검고 가느다란 전선들이 무수한 칼집을 내놓은 도시의 회청색 하늘은 이날 안에 마지막 눈이나 이른 비를 토해낼 모양이었다. 울부짖기 직전의 무거운 침묵을 앙다문 먹구름장들이 변두리 주택가의 낡은 기와 지붕들과 슬래브 건물들 위로 낮게 엎드려 있었다.

어리석었다.

처음부터 명윤에게 매표를 맡긴 것이 잘못이었다. 아니, 명윤의 말만 듣고 이번 여행을 계획한 것부터 어리석은 짓이었다. 더군다나 명윤은 이 짧은 일정의 여행으로 틀림없이 의선을 찾아낼 수 있다고 믿고 있지 않은가.

2

그애는 황곡시에 있어요.

그날 오후 명윤의 어조가 확신에 차 있었으므로, 나는 그가 전날 밤 의선으로부터 연락이라도 받은 것이 아닌가 하는 착각까지 했었다.

회사 앞의 커피숍으로 찾아온 명윤은 '점심은 먹었느냐' '무엇을 마시겠느냐'는 간단한 물음에도 어두운 얼굴로 대답을 머뭇거렸다. 머뭇거리는 것은 명윤의 습관이었지만 이날의 머뭇거림은 달랐다. 실제로 그는 무엇인가 중요한 것을 말하기 위해 주저하고 있었다.

평소의 명윤은 늘 눈가에 잔주름을 지으며 웃는 얼굴을 하고 있었고, 모든 질문에 재담을 섞어 대답하려고 노력하는 편이었다. 이날따라 심각한 그의 표정은 마치 분장을 모두 지우고 무대에 올라온 희극배우처럼 거북한 인상을 주었다. 천(川) 자를 흉하게 그리고 있던 이마를 펴며 명윤은 자신의 여행 계획을 털어놓기 시작했다.

그애가 열네 살 때…… 황곡에서 막기차를 타고 처음 서울에 왔다고 말하는 것을 들은 적이 있어요. 황곡역 대합실 창문 밖으로 눈이 내렸다고 했어요. 아버지가 광부였다고도 했었어요. 탄광 이름하고 비슷한 중학교에 다녔다는 얘기도 했는데, 함덕, 함동, 함진…… 아무튼 그 비슷한 이름이었어요. 고향에 아버지와 오빠가 있다고 했어요.

명윤의 말이 차츰 빨라졌다.

……만일 거기로 간 게 아니라 해도, 그애의 아버지나 오빠, 아니면 먼 친척, 하다 못해 이웃 사람이라도 만나면 단서를 찾을 수 있을 거예요.

그쯤에서 나는 명윤의 말을 끊었다.

황곡에서 기차를 탔다는 거지, 황곡이 고향이라고 한 건 아니잖아. 강원도 일대에 탄광촌이 황곡밖에 없는 건 아니고. 확실히 황곡에 있는 중학교를 나왔다고 들었어?

하지만 어찌 됐든, 하고 명윤은 진지하게 대답했다.

일단 우리가 가볼 수 있는 곳은 황곡뿐이잖아요. 지금 당장이라도 가야만 해요.

명윤아.

열정적으로 빨라지려 하는 명윤의 말을 나는 다시 끊었다.

정말 그런 방법으로 그애를 찾을 수 있다고 생각하니?

가보지도 않고 왜 그렇게 말하죠? 그럼 그냥 이렇게 있으란 말인가요?

명윤은 별안간 목울대를 떨며 고함을 쳤다.

두 손 다 놓고, 돌아오기만 기다리란 말예요? 지금 우리가 이러고 있는 동안에도 그애한테 무슨 일이 일어날지 알 수 없는데?

찻집에 앉은 몇 안 되는 사람들이 이쪽을 돌아보았다.

선배가 안 가면 나 혼자서라도 가겠어요!

어이없게도 명윤의 눈에서 눈물이 번쩍였다. 흥분 때문에 그의 코는 벌름거리고 있었다.

……그래, 잘 생각했어.

탁자의 모서리에 새겨진 날카로운 칼자국을 쏘아보며 나는 말했다.

난 안 가. 혼자 가.

단발머리에 앳된 얼굴의 종업원이 내 빈 물잔에 옥수수차를 따라주는 동안 명윤은 잠시 침묵했다.

안 돼요.

잠시 뒤 흘러나온 명윤의 음성에는 흥분이 걷혀 있었다. 노여움이 가신 그의 눈은 좀전의 눈물 때문에 충혈되어 있었다. 나는 물잔을 집었다. 김이 오르고 있었으므로 뜨거우리라 짐작했는데, 잔은 의외로 미지근했다.

선배가 같이 가야 해요. 찾는다 해도…….

다음에 할 말을 생각하려는 듯 명윤은 고개를 떨구었다.

……나 혼자서는 데려올 자신이 없어요.

물잔에는 나뭇잎 무늬가 새겨져 있었고 옥수수 앙금이 바닥에 가라앉아 있었다. 앙금이 떠오르지 않도록 주의하며 한 모금을 삼킨 뒤 건너다보았을 때 명윤은 어깨를 떨면서 흐느끼고 있었다. 명윤은 남자치고 어깨가 왜소하고 두상이 작은 편이었다. 가마가 보일 만큼 깊이 수그린 그의 연약한 머리가 흔들리고 있었다.

어리석은 짓이야.

그의 울음을 달래지 않은 채 나는 뱉듯이 뇌까렸다.

……너도 알잖니, 어리석은 짓이라는 걸.

끝내 그대로 돌려보냈던 것을, 그날 밤 명윤이 다시 전화를 걸어왔다. 그의 목소리는 안정되어 있었다. 무슨 까닭으로 뒤늦은 확신을 얻었는지, 그는 내가 함께 간다는 것을 기정 사실로 여기고 있었다.

궂은일은 모두 내가 할게요. 선배는 그냥 같이 다니면서 도와만 주면 돼요.

회사에 매인 나로서는 명윤처럼 무작정 떠날 수 있는 입장이 아니었다. 편집회의는 며칠 전에 끝났다. 이달에 휴먼 스토리의 취재를 위해 내가 만나야 할 사람은 거창에서 집단 농장을 운영하며 오갈 데 없는 출소자들을 거두어 살고 있는 목사였다.

다행히 아직 목사와 직접 통화를 하지 않은 상태였으므로, 일단 그 건을 유보해두고 황곡 근처에 사는 인물을 찾았다. 사북에서 폐광 사택촌의 버려진 벽에 벽화 작업을 하고 있다는 제법 이름 있는 민중미술 화가를 부장에게 올렸다. 그러나 부장은 그 화가가 불과 칠 개월 전에 글을 기고한 바가 있는데다, 내가 입사하기 직전 인터뷰 기사가 실린 적이 있다는 이유로 난색을 표했다.

차선으로 찾아낸 사람이 장종욱이라는 생소한 이름의 사진작가였다. 『검은 땅의 사람들』이라는 표제의 얄팍한 탄광 사진집을 낸 것이 그의 경력의 전부였다. 부장은 다시 한번 퇴짜를 놓았다. 아무리 휴먼 스토리라고는 하지만 너무 무명이라 곤란하다는 것이었다. 부장의 태도는 단호했다. 무엇인가를 거절할 때마다 깍듯한 경어를 쓰는 버릇대로 그는 말했다.

어디서 뭐하던 사람인지 검증할 길이 없잖아요? 사진가라는 사람들이 요새 어디 한둘이어야죠.

황곡시에서 시립공원 부지에 광산 박물관을 짓고 있다는 정보를 강원도 출신 동료로부터 얻은 것은 그때였다. 평생 탄광 사진을 찍어온 무명사진가가 광산 박물관 건설 현장을 찾아가는 줄거리와 함께, 자신들의 지난날이 박물관에 전시된다는 것에 긍지를 갖는 광부들의 모습을 함께 넣으면 이야기가 될 것이라는 강변에 이르러서야 부장은 내키지 않는 얼굴로 오케이했다.

케케묵은 이야기는 필요없어. 구질구질한 얘기도 안 돼. 이제는 그런 게 안 먹혀.

탄광 박물관의 교육적인 효용이나 사진작가의 진취적인 면에 초점을 맞출 것이며, 석탄산업의 사양과 함께 저물어가는 도시가 아니라 관광산업으로 활기차게 소생하는 도시의 모습을 담아와야 한다고 부장은 거듭 당부했다.

그리고, 설경은 안 돼. 꽃 피는 사월호에 설경이 될 말이야? 눈 쌓인 단광촌이 멋이야 있어 보일지 모르지만 눈은 절대로 피해.

매달 중순에 다음달호 잡지가 나오므로 이월의 취재 내용은 사월호에 실리게 되어 있었다. 다가오는 계절의 분위기에 맞는 옷을 준비하도록 취재원에게 미리 부탁해야 하는 것도 그 때문이었다. 그러나 실제로는 주위 사람들이 입은 옷부터 자연 풍경까지 함께 사진에 들어가기 때문에, 독자들의 계절 감각에 정확히 들어맞기란 어려운 일이었다.

결국 부장이 염려에 염려를 거듭한 것은 탄광이라는 소재 자체가 마음에 들지 않았기 때문이었다. 그의 말마따나 이제는 더이상 안 먹히는 이야기인 것이다. 장애를 딛고 일어서는 인간승리류의 기사들을 주로 다뤄오던 잡지의 분위기가 차츰 유명인들의 신변 스토리 위주로 바뀌어가는 것도 독자들의 변해가는 구미를 고려한 것이었다.

회사에는 월요일과 화요일로 취재 일정을 잡았다고 말해두고 토요일에 월차를 내었다. 토요일부터 일요일 오전까지 취재를 끝낸 뒤, 일요일 오후부터 화요일까지 의선의 행방에 대하여 알아낼 수 있는 것들을 알아내자는 것이었다.

황곡이라는 소도시가 크면 얼마나 크겠어요? 그 정도면 충분할 거예요.

일정을 알리려고 명윤의 집에 전화했을 때, 수화기 속에서 그는 몹시 쉽게 대답했다.

마치 여러 번 다녀온 사람처럼 이야기하는구나.

명윤은 내 말에 아랑곳하지 않은 채 머뭇머뭇 말을 이었다.

주민등록등본이나 초본을 구하기만 하면 본적지 주소를 알 수 있을 텐데…… 그걸 알아보려고, 그애가 살던 자취방 주소를 가지고 어제 그 동네 동사무소에 가봤었는데, 이름이 안 나와 있더라구요. 전입 신고를 안 하고 살았었나봐요. 사실, 본적지 주소만 있으면 이틀도 필요없고 하루면 충분하지 않겠어요?

지난해 봄까지 의선이 일했던 제약회사 사무실은 내가 일하는 사무실의 바로 아래층에 있었다. 전화를 끊은 뒤 나는 거기 내려가 그녀에 대한 자료를 찾아보았다. 뜻밖에도 그들이 보관하고 있는 것은 의선이 작성한 이력서 한 장뿐이었다. 거기에는 명윤이 말했던 것과 같은 함 모(某) 중학교는 나와 있지 않았다. 본적은 주소와 똑같이 적어넣어져 있었으며, 몇 회와 몇 회에 중학교와 고등학교 검정고시에 합격했다는 문구가 전부였다. 이상한 점은 검정고시 합격에 대하여 플러스펜으로 기재한 필체가, 볼펜으로 이름이나 주소를 적은 필체와 다르다는 것이었다.

주민등록등초본이나 호적등본은 없나요? 검정고시 합격증명서 같은 것은?

나에게 이력서를 열람하게 해준 총무과의 과장은 의선이 어디까지나 시간제로 계약된 사환이었기 때문에 이력서만을 받은 것이라고 했다.

거기 주민등록번호가 적혀 있으니까 필요하면 동사무소에서 조회를 해보지 그래요? 요새는 전산화가 돼서, 전국 어느 동사무소에서나 이름하고 주민등록번호만 넣으면 오 분 만에 나오는 거 아시죠?

작달막한 키에 이마가 반쯤 벗겨진 과장은 안경을 추켜올리며 의미심장한 미소를 머금었다.

그런데 왜요, 임의선이한테 또 무슨 문제가 생겼습니까?

호기심으로 번쩍이는 그의 시선을 피하며 나는 고개를 저었다.

아닙니다.

나는 상투적인 웃음을 지어 보였다.

별일 없습니다, 마음 써주셔서 고맙습니다.

그날 점심시간에 회사 근처의 동사무소를 찾아갔다. 가족 아닌 사람의 주민등록등본이나 호적등본을 떼려면 본인의 위임장이 필요하며 주민등록증과 도장도 함께 가져가야 한다. 나는 그 가운데 어느 하나도 가지고 있지 않았다. 나는 피치 못할 이유로 헤어진 친구를 꼭 찾으려 한다고, 우연히 주민등록번호를 가지고 있어서 주민등록등본을 떼려 한다고 간곡한 거짓 부탁을 했다. 딱 잘라 안 된다고 하던 여직원은 마침내 '대신 아무한테도 이야기하지는 마세요' 라는 말로 어렵사리 승낙했다.

주민등록번호가 틀린데요.

컴퓨터 단말기를 두들겨본 여직원은 내가 작성한 등초본 신청서를 턱으로 가리키며 말했다.

번호가 틀리다니오?

이름하고 안 맞아요. 여기는 정영주씨로 돼 있는데요? 충북 청주 출생 맞아요?

내가 알기로 의선은 청주에 연고가 없었다. 그러나 나는 그것이라도 떼어달라고 했다. 여직원은 고개를 갸웃하며 인쇄 버튼을 눌렀다.

주민등록등초본의 여자는 의선이 아니었다. 호적에 다른 이름을 올리는 경우가 있다고 하지만 성까지 바꾸는 일은 없다. 정영주라는 여자는 일찍 결혼을 했는지 그 나이에 벌써 남편과 아들 둘이 있었고, 청주에서만 다섯 번 이사를 했다.

나는 여직원에게 물었다.

번호가 틀린 모양인데, 이름을 가지고 주소를 알 수는 없을까요?

이름만 갖고는 안 돼요. 제대로 된 주민등록번호가 있어야 돼요.

여직원은 난감한 웃음을 지었다.

정말 안 됩니까? 여러 명이 나온다 해도 괜찮은데요.

안 돼요. 정말 그렇게는 안 돼요. 시스템이 그렇게 안 돼 있어요.

그리고 제 생각인데, 하고 그녀는 덧붙였다.

무슨 일인지는 모르겠지만…… 주민등록번호를 꾸며 쓰는 사람이 본명을 썼겠어요?

사무적인 웃음을 띤, 그러나 강제적인 어조로 그녀는 말을 맺었다.

죄송합니다. 저희가 더이상 해드릴 수 있는 게 없어서 어쩌죠?

나는 빈손으로 동사무소를 나왔다. 처음부터 일이 어렵게 되어가고 있었다.

교육청에서 검정고시 합격자 명단을 구하는 방법이 남아 있었다.

원칙적으로 민간인의 열람이 불가능했지만 간청 끝에 기자 신분까지 동원하여 가까스로 두툼한 명부를 손에 넣을 수 있었다. 수십 장에 걸쳐 빽빽한 활자들이 도트 프린터로 인쇄된 명부에는 이름이 가나다순으로 정리되어 있었다. 나는 손가락으로 찬찬히 짚어내려갔다.

임석현, 임순이, 임승만, 임신정.

나는 페이지를 넘겼다.

임유진, 임은희에서 이름은 바로 임인숙으로 넘어가고 있었다.

의선의 이름은 없었다. 중학교와 고등학교 과정의 합격자 명단 모두에 없었다.

그날 집으로 돌아가며 러시 아워의 지하철을 탔다. 흡사 몸뚱이를 으깨려는 듯 앞과 뒤에서 짓눌러오는 사람들의 틈바구니에 끼어 나는 이를 물고 있었다. 누군가의 손이 내 아랫도리에 머무르고 있다고 느껴져 허리를 외틀어 가방을 그쪽으로 옮겼다. 손길은 사라졌다. 주위 사람들을 일일이 쏘아보았으나 치한의 얼굴을 하고 있는 남자는 보이지 않았다.

내가 내려야 할 역이 다가왔다. 출입문까지 겹겹이 눌려 있는 사람들은 온 힘을 다하여도 밀어내지지 않았다.

잠깐만요.

잠깐만요, 내리실 겁니까?

내리실 거예요?

필사적으로 사람들을 밀치고 간신히 출입문에서 튕겨져나왔다. 손목에서 대롱거리고 있던 가방을 어깨에 둘러멨다. 옷을 여미고 출구를 향해 걸어갔다. 위협적으로 몸을 압박하던 사람들의 열기가 순식간에 사라져버린 승강장의 공기는 찼다. 그 찬 공기를 깊이 들이마시며, 할 수 있는 한 가장 느린 걸음으로 계단을 올랐다.

오랫동안 느끼지 못했던 피로의 묵지근한 덩어리가 내 어깨를 짓눌러왔다. 의선을 찾는 일이 계속해서 이렇게 피로한 일이 될 것임을 나는 어렴풋이 깨닫고 있었다. 역 구내의 빈 공중전화 부스에서 명윤에게 전화를 했다.

검정고시라니오?

그날 밤 집 앞의 커피숍으로 달려온 명윤은 강하게 저항했다.

그런 이야기는 한 적이 없는데…… 분명히 나한테 중학교 이름을 말했어요.

명윤은 잠시 생각을 정리하는 듯 인상을 찌푸렸다.

그렇다면 아마 중퇴를 하고 서울로 올라왔던 모양이군요.

검정고시 합격자 명단에 이름이 없는 것은, 호적에 올린 이름이 다른 것이기 때문일 수도 있다고 그는 말했다. 이력서에 기재된 필체가 다른 것으로 미루어 회사 안의 누군가가 받아써넣는 과정에서 착오가 생겼을 가능성을 강변하기도 했다. 주민등록번호에 대해서만은 의문을 표했다.

그건 좀 이상한데요.

그는 하얗게 껍질이 일어난 입술을 검지손톱으로 쥐어뜯었다.

주민등록번호를 이력서에 잘못 적는 사람은 없잖아요.

한동안 생각에 잠겨 있던 명윤은 이력서 사본의 호주난에 적힌 이름 '임영석'을 가리키며 이것만은 중요한 단서가 될 것이라고 말했다.

가서 부딪쳐보는 거예요.

그답지 않게 단호히 내뱉고 난 뒤 명윤은 다시 평소의 모습으로 돌아갔다. 특유의 주저하는 듯한 어조에 과장된 쾌활함을 섞어 그는 말했다.

여기서 생각하는 것과는 전혀 다를 거예요. 생각지도 못했던 단서들이 있을 수 있어요. 왜, 사람마다 예감이라는 게 있잖아요. 예감이 좋다구요. 그곳에 가기만 하면 결코 빈손으로 돌아오지 않을 거라는 확신이 들어요.

나는 명윤의 말을 가로막았다.

나는 그런 것을 믿지 않아.

그는 대꾸 대신, 그럼 이번에만 한번 믿어보라는 듯한 미소를 머금어 보이고 있었다. 그러나 나는 진심으로 명윤의 예감을 미심쩍어하고 있었다.

기적이니, 좋은 예감이니 하는 따위, 그런 것들은 믿어본 적이 없어.

임영석이라는 평범한 이름 세 글자와, 명윤의 기억에 남아 있다는 함 모(某)라는 탄광과 그 비슷한 이름의 중학교라는 허술한 정보만으로 누군가를 찾아낸다는 것이 가능할까.

의선이 그곳에 갔다는 증거는 어디에도 없었다. 나와 명윤이 황곡을 뒤지고 있는 동안 의선은 서울의 어느 변두리 시가지를 떠돌고 있을 수도 있었다. 더군다나 황곡은 옛날의 번영하던 탄광도시가 아니었다. 정부의 폐광 조치로 이미 반 이상의 인구가 떠나버린 도시였다. 설령 과거 의선의 흔적이 남아 있었다 해도 이미 사라져버렸을 가능성을 염두에 두어야만 했다. 그러나 명윤은 나의 염려들에 귀를 기울이려 하지 않았다.

3

전날 밤 여장을 모두 챙겨넣어둔 여행용 배낭과 카메라 가방을 현관 앞에 내놓은 뒤, 외투를 걸치고 모직 머플러까지 목에 둘러 묶은 채 나는 세면장 바닥에 한쪽 무릎을 꿇고 앉아 있었다.

세면장의 공기는 내 입김이 또렷이 보일 만큼 싸늘했다. 건물 전체가 날림으로 지어졌고 낡을 대로 낡은데다, 창틀과 유리의 아귀가 들어맞지 않아 고스란히 외풍을 들여보내는 탓이었다.

이 사층 건물에는 주인집까지 모두 일곱 세대가 살고 있었다. 널따랗게 튼 삼층에는 주인 내외와 고등학교에 다니는 아들딸 남매가 살았고, 반지하층은 그 집에서 경영하는 가발 공장이었다. 나머지 일이층과 사층은 한 층에 단독 세대가 둘 또는 셋이 나오도록 설계되어 있었다.

그중 내가 세들고 있는 곳은 꼭대기층인 사층의 우측 끝 세대였다. 중간 크기의 방 하나에 화장실, 좁은 대로 부엌 겸 거실까지 곁들여진 이곳은 여태껏 내가 옮겨다닌 집들 중 가장 넓은 공간이었다. 천장과 벽이 얇아 여름에는 덥고 겨울에는 추우며 방음도 잘 되지 않는 것이 흠이지만, 그런 흠이 아니었다면 내가 얻을 수 없었을 것이다. 내가 이사 오기 전에는 주로 신혼부부들이 살았었다고, 처음 방을 보러 왔던 오 년 전 주인여자는 말해주었었다.

난 언제나 사람을 골라서 들이는 편이거든요.

입술을 유난히 붉게 칠한 오십줄의 주인여자는 복덕방 남자를 향해 어깨를 으쓱했었다. 그렇죠?라고 동의를 구하는 듯한 의기양양한 미소가 그녀의 입가에 지어져 있었다. 음악만 조금 크게 틀어도 당장 전화기 버튼을 두들겨대는 주인여자의 까다로운 성미를 제외한다면, 그 젊은 부부들에게 이곳은 초라한 대로 단란한 보금자리가 되어주었을 것이다.

떡니의 중간쯤에 언제나 자줏빛 입술 연지가 묻어 있곤 하는 주인여자의 어색한 미소를 눈앞에서 지우며, 나는 마지막 남은 사진 뒷면의 귀퉁이에 불을 붙였다.

코팅된 앞면이 녹기 시작했다. 검은 기름선이 중앙을 향하여 서서히 번져나갔다. 불의 선이 부드럽게 지나가고 난 부분은 검었고 뒷면으로는 붉은 불꽃이 따뜻하게 너울거렸다.

검은색에 가까운 바다, 그보다 연한 회색의 하늘, 파도의 흰 포말들이 불꽃 속에 빨려드는 모습을 나는 보고 있었다. 뜨거워서 인화지를 끝까지 쥐고 있을 수 없었다. 세면장 바닥에 팽개쳐진 인화지는 어린애가 주먹을 쥐는 듯한 모양으로 오그라들기 시작했다.

나는 눈썹으로 흘러내린 머리카락을 귀 뒤로 쓸어넘겼다. 마침내 완전한 원형으로 오그라들어 역한 화학약품 냄새를 풍기는 인화지가 골고루 타서 잿덩어리가 되도록 젓가락으로 이리저리 뒤집어주었다.

불벌레…… 불벌레가 그랬어요!

검게 탄 인화지의 겉면에 남아 꿈틀거리고 있는 붉은 불기운이 마치 벌레 같았으므로, 나는 지난 여름 의선이 울부짖었던 말이 사실이었다는 것을 깨닫고 있었다.

그 여름날 밤, 내가 야근을 마치고 돌아왔을 때 고약한 화학약품 냄새가 집 안에 가득 차 있었다. 신발도 벗지 않고 거실을 건너가 왈칵 세면장 문을 열자 의선이 거기서 울고 있었다. 세면장 바닥은 수백 장의 사진과 필름을 태우고 난 재로 뒤범벅이 되어 있었다.

제가 한 게 아녜요…… 바다, 바다에 불벌레가 기어다니면서 하늘이랑, 구름이랑 다 잡아먹고…….

의선의 눈에서 눈물이 넘쳐흘렀다. 그녀의 목이며 이마, 손에는 사진의 검은 재가 깊은 상처처럼 묻어 있었다. 그 위로 마구 눈물을 닦아낸 바람에 얼굴 전체가 흉하게 얼룩져 있었다.

칠 년.

꼬박 칠 년 동안 낯선 포구와 해안들을 헤매어다니며 찍은 사진들이었다. 마음에 드는 빛을 기다리느라고 휴가기간을 모두 바쳐 한 곳에 머무르며 얻은 사진들도 있었다.

왜?

나는 세면장 타일 벽을 맨주먹으로 쳤다. 의선의 얼굴을 마주 보지 않은 채, 마치 자신을 책망하듯 소리를 죽여 물었다.

왜 이런 짓을 했니?

의선은 대답하지 않았다. 나는 뒤돌아보지 않았다. 그러나 언제나처럼 의선의 눈에서 철철 흘러넘치고 있을 눈물을 짐작할 수 있었다.

시커멓게 젖어 세면장 타일 바닥에 뒤엉켜 있는 재들과 쪼글쪼글하게 긴 몸을 비틀고 있는 필름들을 나는 구둣발로 걷어차고 짓이기기 시작했다. 내가 아는 모든 욕지거리를 되는 대로 내뱉었다. 그러다 문득 세면대 거울 안에서 일그러진 얼굴의 여자와 눈이 마주쳤다. 헝클어진 짧은 머리로, 마치 신병이 있어 고개를 가누지 못하는 듯 비틀거리는 그 얼굴은 나의 것이었다.

나는 얼어붙은 듯 멈추어 섰다. 그 낯선 얼굴을 뚫어지게 노려보았다. 나도 모르게 힘주어 주먹을 쥐고 있었던 모양이었다. 손톱들이 살 속으로 파고드는 통증 속에서 차츰 머리가 맑아졌다.

불을 내지 않은 것만도 다행이다.

다시 돌이킬 수는 없는 일이다.

마침내 그렇게 마음을 정리한 뒤 뒤돌아보았을 때, 의선은 검댕투성이의 얼굴로 딸꾹질을 진정하려 애쓰며 세면장 문턱 위에 서 있었다. 벗은 발가락들을 횃대 위의 새처럼 모조리 오그린 채였다.

모, 목욕을 해야겠어요.

의선은 딸꾹질을 하며 울먹이는 목소리로 애원했다.

목욕값 주세요, 언니…… 이천원, 아니 삼천원만…….

나는 호주머니에서 집히는 대로 천원권 서너 장을 꺼내어 의선에게 내밀었다. 그녀는 그것을 반으로 접은 것을 다시 반으로 접었다. 계속해서 지폐를 접어 마침내 엄지손톱만하게 만든 뒤 손아귀에 꼭 쥔 채 의선은 돌아섰다.

목욕 바구니 가져가야지.

의선은 놀란 듯이 뒤돌아섰다. 그녀는 떨리는 손으로 비누와 샴푸, 수건을 바구니에 챙겨넣었다. 검은 재로 얼룩진 얼굴에 어중간

한 길이의 단발머리가 잔뜩 흘러내려와 엉기어 있었다. 딸꾹질을 억지로 참느라고 그녀는 숨조차 제대로 쉬지 못하고 있었다.

그날 밤 현관을 나간 뒤 그녀는 돌아오지 않았다.

알몸으로 대학로를 질주하는 소동을 벌인 뒤 사라져버린 것이 첫번째 실종이었다면 그것이 의선의 두번째 실종이었다. 광화문 지하보도에서 헤매어다니고 있었다는 그녀를 명윤이 발견해낼 때까지 그녀는 내 앞에 나타나지 않았다.

그리고 이제 세번째로 의선은 사라졌다. 나에게 그랬듯 명윤에게 아무런 전갈이나 단서를 남기지 않은 채였다.

그애가 없어졌어요.

일 주일 전, 늦은 회식에서 돌아와 자동응답기를 재생시켰을 때면 전화선 저쪽에서 명윤은 다급하게 소리치고 있었다.

선배, 있으면 받아봐요.

그때 그가 웃었을까. 웃음처럼 들렸던 소리는 높은 흐느낌이었을까.

클클클…… 완전히, 클클…… 사라져버렸어요. 짐까지 모두 싸서 갔어요. 가버렸다구요.

불꽃이 사그라든 자리에 바삭바삭하고 얇은 재가 남았다. 그 여름날 밤 마침 사무실에 가져다놓았던 덕택에 남아 있었던 마지막 몇 장의 사진들이었다. 양동이에 물을 받아서 세면장 바닥에 끼얹자, 그것들은 더러는 새끼손톱만한 조각들로, 더러는 섬은 가루로 부스러졌다.

나는 샤워기의 물을 틀었다. 세면장 바닥 여기저기에 흩어진 재들을 마저 씻어낸 뒤, 힘껏 수도꼭지를 틀어 잠갔다.

4

“열시 차, 황곡까지 두 장이오.”

창구에 얼굴을 댄 나를 향해 매표원은 무뚝뚝하게 ‘입석밖에 없어요’라고 대꾸했다. 낭패한 내 얼굴을 힐끗 바라본 그는 그제야 컴퓨터 단말기를 두어 차례 두들겨보더니 ‘아니, 좌석 세 장 남았네요’라고 좀전의 말을 정정했다. 매표원의 착오이거나, 좀전에 누군가가 다른 역에서 열차표를 환불해간 것이리라.

뒤에 서 있던 파마 머리의 운 좋은 중년 여인이 마지막 한 장의 좌석표를 구입하는 동안 나는 매표구로 밀려나온 표 두 장과 잔돈들을 쓸어모아 오버코트 안주머니에 넣었다.

명윤이 말한 약속시간까지 아직 이십 분이 남아 있었다. 나는 대합실을 빠져나왔다. 광장 가장자리에 늘어선 공중전화 부스 중 빈 곳으로 들어갔다.

안녕하십니까. 전하실 말씀을 남겨주십시오.

명윤의 칼칼한 목소리가 자동응답되는 것을 들으며 수화기를 내려놓았다. 날름 뱉어져나온 공중전화 카드를 지갑에 찔러넣었다. 일단 그는 집을 나섰다. 이제는 기다리는 일만 남아 있었다.

대합실에 들어가서 차분히 기다리는 편이 나았겠지만 나는 광장 가운데에서 멈추어 섰다. 비좁은 대합실에 빽빽이 들어찬, 몸을 움직일 때마다 어깨를 부딪혀야 하는 사람들을 견딜 수 있을 것 같지 않았다.

만일 이 기차를 의선이 탔다면.

나는 생각했다.

의선도 여기쯤 서 있었을 것이다.

발차시각까지 수십 분이 남았다 하더라도, 이 광장 가득 울려퍼지고 있는 냉정하고 창백한 겨울 햇빛을 포기하지 않았을 것이다.

나는 시계탑을 향하여 걸어갔다. 백화점으로 통하는 소로에서는 좌판을 벌인 아낙 몇이 스카프를 머리에 두른 채 귤과 오징어를 팔고 있었다. 그들이 낀 흰 목장갑은 형편없이 낡고 더러웠으며, 마스크로 가리지 못한 얼굴의 윗부분은 붉게 터 있었다.

의선을 찾는 일은 결코 쉽지 않을 것이다.

외투 호주머니에 손을 찌르며 나는 문득 생각했다. 그러자 실망 대신 일종의 안도감이 밀려왔다.

그렇다면 왜.

나는 눈살을 모았다.

그애를 다시 만나고 싶지 않다면, 대체 왜 가는 거냐.

방파제에 기대어 있던 의선의 매끄러운 알몸이, 마치 생시에서 보았던 것처럼 선명하게 눈앞에 나타났다가 사라졌다. 뼈가 모두 추려진 채 물살에 떠밀려가던 물컹한 살덩어리는 내 몸이었다.

44982172

44982173

44982174

시계탑의 전광판에 불을 밝히고 있는 전국 현재인구의 집계는 삼십여 초 간격으로 하나씩 늘어가고 있었다. 삼십 초 동안 얼마나 많은 사람이 죽고 얼마나 많은 사람이 태어나 한 사람이 남았을까. 상상에 상상을, 기억에 기억을 덧붙이며, 나는 명윤이 나타날 때까지의 쌀쌀한 늦겨울 오전을 그 시계탑 어귀에 구부정한 자세로 선 채 허비하였다.

2
나신의 여자

1

그녀는 햇빛과 정을 통했다.

달아오른 옥상 한가운데 웅크려 앉은 의선이 햇빛과 정을 통하는 것을 명윤은 잠자코 바라보고 있었다. 명윤이 책상다리를 하고 앉은 곳은 나지막한 콘크리트 난간이 만들어준 옹색한 응달로, 그 다세대 건물의 삼십오 평 옥상에서 햇빛을 피할 수 있는 유일한 곳이었다.

팔월 하오의 땡볕은 의선의 자그마하고 마른 몸뚱이를 금방이라도 파삭파삭 부스러뜨릴 것 같았다. 그녀의 머리카락은 물들인 것이 아니라 햇빛 때문에 노릇하게 탈색되어 있었다. 그녀의 얼굴은 마치 짙은 음영이 어린 것처럼 검게 그을렸다. 어떻게 보면 무력하게도 보이며 다르게 보면 애절하게도, 혹은 강인하게도 보이는 부동의 자세로 그녀는 한쪽 무릎을 꿇고 앉아 있었다. 무수한 불화살 같은 뙤

약볕이 그녀의 원피스를, 머리털을, 앙상하게 드러난 팔과 맨다리를 태웠다. 그녀는 말이 없었다. 숨도 쉬지 않는 듯 어깨의 미세한 움직임조차 없었다.

그녀가 앉아 있는 쪽의 콘크리트 바닥에는 유리창에 난 총탄 자국처럼 원형으로 깨어진 틈들이 있었다. 질긴 민들레 잎사귀가 거기 새파랗게 돋아 있었다. 그러나 의선의 눈길은 그것들을 향하고 있지 않았다. 대신 하늘 가운데 걸린 해를 향해 던져져 있었다.

저렇게 계속해서 해를 본다면 홍채가 타버릴지도 모른다.

그만 보아야 한다고 의선에게 말해주어야 했을 것이다. 그러나 명윤은 초조하게 기다렸다.

그녀는 곧 고개를 수그릴 것이다. 이쪽을 돌아보고는 일어서서 걸어올 것이다. 오금에 밴 땀을 손바닥으로 함부로 닦으며, 피가 통하지 않아 저려오는 발을 절며, 이제 곧 명윤에게 다가올 것이다. 그러나 그녀가 명윤을 돌아본 것은 그렇게 적요한 시간이 꼬박 사십분여 흐른 뒤였다.

그날이 정확히 언제였는지, 의선이 햇빛에 취한 듯이 명윤의 옥탑방 철문을 열고 나가 옥상 가운데로 나아가기 전에 두 사람이 무슨 이야기를 주고받고 있었는지를 그는 기억할 수 없다. 다만 의선이 사라진 것을 알았을 때 가장 먼저 그의 머릿속에 웅웅거리며 들어찬 것이 그날의 벌떼 같은 햇빛이었다.

햇빛은 격렬한 함성 같기도 했고, 흰 옷 입은 여자들의 거대한 군무(群舞) 같기도 했다. 덴 듯이 달아오른 콘크리트 바닥에 웅크려 앉아 의선은 해를 보고 있었다. 그녀의 시선을 따라 명윤도 팔월의 해를 보았었다. 눈물이 질금질금 비어져나오는 실눈으로 끝까지 응시해보려 애썼던 그날의 햇빛을, 그때 느꼈던 불가해한 질투와 함께 명윤은 또렷이 기억하고 있었다.

2

대학 선배 인영으로부터 의선에 대한 이야기를 처음 들은 지난해 봄 명윤은 별다른 관심을 표하지 않았었다.

인영과 평소 가깝게 지내는 사이였던 아래층 제약회사 사무실의 여직원이 은행을 다녀오던 길에 갑자기 옷을 모두 벗고 거리를 활보하다가 파출소에 끌려갔으며, 한 시간 만에 그곳을 도망쳐 행방불명되었다는 것이었다. 그 여자는 회사 앞의 팔차선 횡단보도를 건너면서 하나씩 옷을 벗어던지기 시작했는데, 마지막으로 구두 두 짝을 벗어던진 뒤 맨발로 차도와 인도를 뛰어다녔다고 했다.

명윤은 한 미친 젊은 여자에 관한 음담쯤으로 그 사건을 받아들였다. 화제가 궁해진 술좌석에서 '그런 일이 있었다더라, 잘 아는 선배가 직접 창 밖으로 보았다더라' 하는 이야기를 들려주어 좌중을 즐겁게 하기까지 했다. 그때 좌중 가운데 몇은 자신들이 목격했던 스트리킹 장면들을 상세히 묘사하여 흥을 더하였으며, 또다른 이는 경범죄에 대하여 일가견이 있음을 과시하며 별난 사례들을 열거하기도 하였다.

그 사건이 있은 뒤 종적을 감추었던 그 여자가 인영의 현관 앞에 나타났다는 말을 들었을 때 명윤은 비로소 놀랐다. 더욱 그를 당황하게 한 사실은 인영이 무작정 그 여자를 거두어 같은 방에 살기로 했다는 것이었다.

위험하지 않을까요?

명윤이 물었을 때 인영은 글쎄, 하고 시선을 내리깔았다. 잠시 후 인영은 그녀답게 정확하고 분명한 말씨로 명윤의 우려를 일축했다.

그날 이후 며칠간 노숙을 했던 모양이야. 몰골이 말이 아니었어. 그런 애를 경찰서에 보낸다면 정신병원밖에는 갈 곳이 없어, 내가 보기에는 그다지 이상해 보이지 않는데 말이야.

단지 아무것도 기억을 못 하는 것뿐이야. 그 일을 기억 못 하는 건 물론이고, 오 년 동안 다녔던 회사 이름조차 기억을 못 해…… 하지만 큰 충격을 받으면 일시적으로 기억력을 잃을 수 있다고 하잖아. 조금 회복이 되면 원래 살던 자취방도 함께 찾아가보고, 고향에 가족이 있다면 그쪽으로 보내볼까 해.

난 정말 아무렇지도 않아, 라고 말하며 인영은 웃었다. 명윤은 낯선 사람을 보듯이 그녀의 웃는 얼굴을 보았다.

인영에게는 이렇게 수수께끼 같은 데가 있었다. 그녀는 옷을 말끔하게 입는 편이지만, 짧은 머리는 언제나 헝클어져 있었다. 머리를 감자마자 대충 수건으로 털고는 제대로 빗질도 하지 않는 것이리라. 손톱은 언제나 속살을 파먹을 만큼 바싹 깎는데, 어느 날 보면 행동하기 불편할 만큼 길어 금세라도 부러질 듯했다. 타인의 불행에 대한 이야기를 들어도 눈 하나 깜짝하지 않을 만큼 냉정하며, 지하철에서 동전 바구니를 들고 다니면서 하모니카를 부는 맹인들에게는 눈길 한번 주지 않으면서도, 목청껏 복음을 외치며 지하철 칸칸을 오가는 광신도들만은 필요 이상으로 동정했다.

인영은 자신의 직업에 관련된 모든 사무를 완벽에 가깝게 처리했지만 개인적인 일들은 엉망이었다. 이를테면 그녀와 영화 보기, 전시회 함께 가기 따위의 약속을 했을 때 그것이 단박에 실행되는 일은 드물었다. 그녀는 사무 외의 스케줄은 거의 관리하지 못해 사람들을 실망하게 했다. 사람들은 그녀가 무심하다고, 마음이 찬 일중독자이며 깊은 관계를 맺는 것을 좋아하지 않는다고 생각했다. 그리고 그들의 생각은 어느 정도 옳았다.

인영은 사람들이 먼저 전화해주면 반가워하기는 했지만 결코 먼저 연락하는 법은 없었다. 그녀는 자급자족할 수 있는 조그만 섬에서 혼자서 살아가는 가난한 주민과 같았다. 그녀의 에너지는 자신에게 호의를 베푸는 사람들에게 그에 상응하거나 약간 못한 보답을 하는 것만으로도 녹초가 될 만큼 빈약했다. 더구나 그런 식으로 형성된 인간관계조차, 조금만 더 나아가려 하면 완고한 성벽 같은 그녀의 경계선에 부딪히게 되는 것이었다. 그녀에게 호감을 가졌던 사람들은 대부분 그 성벽 바깥에서 물러서곤 하였다.

명윤 역시 그 쌀쌀한 성벽에서 물러서버리고 싶을 만큼 서운함을 느낀 적이 종종 있었다. 이를테면 명윤이 서너 달 세상과 연락을 끊고 지낸다 해도 인영은 그것을 알아채지 못했다. 긴 공백을 깨고 명윤이 전화를 걸면 인영은 마치 전날도 그 전날도 연락을 하고 지냈던 사람처럼 심상하게 '음, 너구나. 잘 지냈니?' 라고 묻곤 했다. '그동안에 내가 죽었어도 몰랐겠군요' 라고 명윤은 농담을 섞어 서운한 마음을 표한 적이 있었다. 그러나 인영은 조금도 달라지지 않은 무심한 억양으로 '왜, 무슨 일이 있었던 거니?' 라고 한번 물어주었을 뿐이었다.

다만 인영의 타고난 모순된 성격 탓으로, 이따금씩 그 경계선을 폭발적으로 무너뜨리며 불쑥 상대에게 다가갈 때가 있기는 했다. 별로 좋아하지 않는 줄 알았던 선배의 초상집에서 밤샘을 한다든가, 빌려달라는 뜻이 아니라 그저 무엇인가에 돈이 필요한데 난감하다는 말을 했을 뿐인 후배에게 두말 없이 목돈을 내놓는다든가 하는 식이었다.

그러나 얼마 지나지 않아 그녀는 언제 그랬느냐는 듯이 무심하고 냉담한 태도로 돌아가 있곤 하였다. 만약 종일 미행을 해본다면 어느 골목에선가 지친 얼굴로 주저앉아 있는 모습을 볼 수 있을 것만 같은 외로운 얼굴이면서도, 앉거나 서고 걷는 그녀의 자세는 언제나 단아하여 어찌 보면 마치 오만한 모델 같은 데가 있었다. 헝클어진 머리에 어울리지 않는, 거의 스타일리스트로 여겨질 만큼 말쑥한 차림으로 직장과 집을 오가며 그녀는 똑같은 생활을 성실히 반복하고 있었다.

그런 인영이 그 기묘한 여자를 자신의 방에까지 거두어들였다는 것은 뜻밖의 일이었지만, 그것 역시 인영의 모순된 또다른 일면인지도 몰랐다.

한번 만나보고 싶니?

싫습니다.

여자가 나오는 술자리에 동석하기를 처음으로 제의받은 소년처럼 명윤은 단호하게, 그러나 수줍게 인영의 제안을 거절했었다. 인영은 약간 실망스러워하는 것 같았고, 어떻게 보면 으레 그럴 줄 알았다는 듯한 얼굴이었다.

명윤이 인영의 집을 찾은 것은 그로부터 한 달쯤 뒤, 서서히 대기 중에 열기가 번지기 시작하던 유월이었다. 그 무렵 그는 이듬해 영국에 가 유학할 계획을 세워놓고 있었다. 그것은 사실상 현실성 없는 계획이었지만 명윤은 근거 없는 확신을 가지고 있었다. 그의 상태가 갑작스럽게 좋아질 때마다 얼마간의 흥분과 뒤섞여 분출되곤 하는 과도한 자신감이었다.

명윤은 번역 아르바이트를 하면서 돈벌기와 어학 공부를 함께 하리라고 생각했다. 동시에 국립도서관을 들락거리면서 새로운 전공의 공부를 할 것이며—그는 영문학을 공부할 생각이었다—턱없게도 그 모든 준비가 일 년이면 충분하리라고 생각했다.

비용만이 문제였다. 변두리 옥탑방의 전세금으로 그럭저럭 학비는 일시불할 수 있을 테지만 생활비까지는 턱도 없었다. 게다가 어학이나 전공 모두 남들에 비해 준비가 부족한 상태인 것만은 인정할 수밖에 없었으므로, 유학생활중에 아르바이트와 공부를 병행한다는 것은 불가능하다는 판단이 섰다.

명윤은 인영이 일하는 잡지에 있는 '지구촌 풍경'이라는 코너에

기고를 해보고 싶다고 제안했다. 일기나 다름없는 수필로 한 달에 삼사십만원이 나온다면 해볼 만하다고 명윤은 생각했다.

글쎄. 그러잖아도 그 코너는 필자 구하기가 어려워서, 괜찮을 것 같긴 한데…….

인영은 말끝을 흐렸다.

그런데, 뭐가 문제죠?

반신반의하는 듯한 얼굴로 인영은 대답했다.

문제는 사진이야.

사진이 없는 글은 별 의미가 없는 잡지라는 인영의 설명에 그는 사진을 배워보겠다고 했다. 그는 앙리 카르티에 브레송이나 최민식쯤은 알고 있다면서, 그깟 풍물 사진이야 어려울 게 있겠느냐고 지레 큰소리를 쳤다.

뭐든 시작하면 끝내지 못하는 자신의 성벽 때문에 인영이 그 장담을 신뢰하지 못하고 있다는 것을 명윤은 알고 있었다. 명윤은 현금서비스를 받아 구입한 중고 수동 카메라를 가지고 삼각대를 빌리러 인영의 집에 들르기로 했다. 명동성당에서 염가 수강료로 운영하는 사진 강좌를 들을 셈이었다. 자신감이 한껏 고양되어 있는 상태였으므로 그는 한꺼번에 많은 일을 벌여놓는 것에 별다른 부담감을 느끼지 않았다. 조만간에 자신에게 필요한 기구들을 모두 살 것임을, 당분간만 인영의 신세를 지는 것뿐임을 전화로 미리 말해두었다.

일요일이었다. 인영의 집까지 가는 골목에는 마당이 있는 단독주택들이 더러 있었는데, 그 벽돌담들 밖으로 붉은 장미들이 흐드러져 있었다. 어느 집 부엌에선가 콩나물 삶는 냄새가 났다. 다른 이층집 창문으로는 서툰 피아노 소리가 새어나왔다.

그 여자는 현관에 앉아 있었다.

현관문이 열려 있었기 때문에 명윤은 삼층과 사층 사이의 층계 참에서부터 그녀를 볼 수 있었다. 황토색 면바지에 헐렁한 흰 티셔츠를 입은 그 여자는 밖으로 나가기 위해 방금 운동화를 신은 듯한 자세로 앉아 있었다. 그러나 계단을 올라 다가가면서 살펴보니, 이번에는 누군가를 오랫동안 기다리고 있는 사람 같았다.

명윤과 눈이 마주쳤을 때 그녀는 웃지도, 경계하지도, 그가 누구인지 궁금해하지도 않은 채 그를 똑바로 내려다보았다. 그녀의 얼굴은 평범했다. 외꺼풀진 눈은 크다기보다는 길었으며 약간 꼬리가 처져 있었다. 이렇다 할 것이 없는 코며 입술, 갸름한 뺨과 턱이 밉지 않은 대로 외꺼풀 눈과 조화를 이루고 있었다. 그녀의 눈빛은 평온하다 못해 공허했다. 그 공허함만이 평범한 외모에 독특한 분위기를 불어넣어주는 유일한 것이었다.

여기가, 김인영씨 댁 맞지요?

그녀는 대답하거나 고개를 끄덕이는 대신 말끄러미 명윤을 내려다보고 있었을 뿐이다.

인영은 명윤과 여자에게 통성명만을 시켜주었으므로, 명윤은 그 임의선이라는 여자가 인영을 방문한 회사 후배쯤일 거라고 짐작했다. 인영은 석 잔의 홍차와 참외를 내왔다. 명윤이 인영과 이야기를 나누는 동안 의선은 자신의 찻잔을 어루만지며 침묵을 지키고 있었다.

여느 사람들이었다면 그녀를 부담스럽도록 내성적인 여자로 느꼈을 테지만, 명윤에게는 자신 속으로 침잠해 있는 그녀가 오히려 편하게 느껴졌다. 그 자신 역시 그런 상태일 때에도 사람들에게 따돌려지지 않기 위해, '왜 기분이 그래?' '뭐가 문제야?' 하는 따위의 간섭이나 쓸데없는 공격을 피하기 위해 끊임없이 무엇인가를 지껄여야만 하는 데 염증을 느껴왔던 터였다. 그는 의선의 집요한 침묵에 모종의 선망을 느꼈다.

약간 웅크린 자세로 앉아 있는 의선의 모습은 몹시 강인해 보였으면서도, 마른 육체는 쇠약해 보였다. 그래서 그 강인함이 어떤 체념에서 비롯된 것이 아닌가 하는 추측을 하게 했다. 골똘한 생각에 잠겨 있는 그녀의 선한 얼굴에서는 강한 흡인력이 느껴졌으나, 명윤이 어떤 말인가를 건네거나 물으면 마치 모든 타인의 호의에 대하여 '아니오, 됐어요'라는 한마디로 끊어내버리고 말 것 같은 싸늘한 표정이 되었다.

버스 정류장까지 인영이 명윤을 배웅나왔다.

선배를 기다릴 텐데 그만 들어가보세요.

들고 가기 좋도록 삼각대를 어깨에 걸친 뒤, 명윤은 잠시 주저하다가 인영에게 '괜찮네요, 저 친구'라고 객쩍은 웃음을 건넸다.

몰랐니?

인영은 조금 재미있다는 듯한 미소를 지었다.

그애야, 그때 말했던.

명윤은 경악했다.

그럴 리가요.

그는 소리쳤다.

그럴 리가 없잖아요? 저렇게 멀쩡한 사람일 리가 없잖아요?

아직까지 정상이라고 보기는 어려워.

인영은 얼굴에서 웃음을 거두었다. 웃으면서 그어졌던 입가의 잔주름이 채 지워지지 않아, 화장기가 없어 앳되어 보이던 인영의 얼굴이 제 나이를 되찾았다.

아직도 거의 모든 걸 기억 못 해. 하긴, 처음에는 자기 이름도 몰랐으니까 좀 나아진 셈이지. 그런 상태로 어떻게 내 방은 기억하고 찾아왔던 건지, 그게 가장 신기한 일이야.

그날 자신의 옥탑방으로 돌아가면서, 명윤은 처음 의선에 대한 이야기를 들었을 때 떠올렸던 이미지들을 수정하였다. 풍만한 여체 대신 좀전에 보았던 깡마른 육체를, 벌거벗은 여자에게 쏟아지는 은밀하고 끈적끈적한 시선 대신 경악과 연민을 입력했다.

그날 밤 내내 명윤의 마음은 가라앉지 않았다. 다시 그 여자를 만나고 싶다는 강한 충동을 억누를 수 없었다.

그를 가장 자극했던 것은 호기심이었다. 그 여자가 왜 그랬을까. 왜 미쳤을까. 미친 게 아니라면 왜 옷을 벗었을까.

그러나 그보다 더욱 명윤을 괴롭혔던 호기심은 그녀의 불가해한 침묵에 관한 것이었다. 그 침묵, 무수한 말과 형상들로 가득 찬 듯한 침묵 속에는 과연 무엇이 있을까. 인영의 말대로 아무 기억도 들어 있지 않은 것일까.

3

언젠가부터 명윤은 인영의 집을 방문할 핑계를 찾고 있는 자신을 발견했다. 연습 삼아 찍은 사진들을 인영에게 보이기 위해 전화를 하자 그녀는 회사 앞으로 갖고 오라고 했다. 집으로 찾아가고 싶다는 이야기를 꺼내기 위해 그는 망설였다.

그 친구는 어떻게 지내요?

누구?

명윤은 대답을 망설였다. 그가 적당한 호칭을 찾아내기 전에 인영은 아아, 하더니 잠시 침묵했다.

잘 지내. 진흙을 좀 사다줬어.

진흙이라뇨?

공작용 찰흙 말이야. 자꾸만 나쁜 꿈을 꾼다기에 꿈에 나오는 것들을 한번 빚어보라고. 사실 사주면서 큰 기대는 안 했었어, 그런데.

인영은 마치 부드러운 천을 어루만지듯이 나긋나긋한 음성으로 말을 이어가고 있었다. 전에 없이 다정함이 우러나오는 그녀의 음성에 명윤은 약간 놀랐다.

서툴긴 하지만 그럭저럭 재미를 붙인 모양이야. 정신 치료에는 예술활동이 좋다고들 하지? 뭔가에 집중하고 있으면 잊었던 기억이 떠오르지 않을까 싶어.

그때 문득, 어쩌면 지금 치료를 받고 있는 것은 인영인지도 모른다는 생각을 명윤은 하였다. 이 냉담하고 깐깐한 선배의 음성에는 마치 아이를 처음 입양해 키우는 젊은 여자 같은 자부심과 서투름이 함께 배어 있었다.

뭘 빚어요?

얼굴들, 네발동물, 알아볼 수 없는 것들…….

한번 보고 싶은데요.

용기 있게 명윤은 말했다. 인영은 거절했다.

낯선 사람 만나는 걸 싫어해. 사실은 네가 왔던 날에도 몹시 힘들어하는 기색이었어.

망설임 속에 시간은 갔다.

지난 삼 년간 그래왔듯이 명윤은 어떤 종류의 글도 쓰지 않았다. 짧게 깎은 머리의 중학생 시절부터 그는 자신이 글을 씀으로써만 존재하는 인간이라고 생각해왔었으므로, 그는 삼 년째 존재하지 않아온 것과 같았다.

존재하지 않는 상태였으므로 명윤은 많은 사람들에게 실수를 저질렀다. 때로는 실제로 자신이 투명인간과 같다고 여겨져, 잘 알던 사람을 못 본 체하고 지나쳐가기도 하였다. 어쩌다가 모임에 나가서는 과연 사람들이 자신의 물거품 같은 말에 반응을 보이는지 알고 싶은 충동에 실없고 저속한 이야기를 내뱉어보기도 하였다. 명윤은 가까운 사람들에게 부도덕할 만큼 상처를 주는 조롱을 던졌으며, 상대가 상처 입으면 오히려 당황했다. 저 어엿하고 당당한 사람들이 어떻게 자신에게서 상처를 입을 수 있는 것인지 그는 이해할 수 없었다.

그러던 어느 날 늦은 밤 명윤은 재래시장통 골목을 따라 귀가하고 있었다. 그는 세상이 지나치게 적요하다고 느꼈다. 상점들은 모두 셔터를 내렸다. 노점을 치우고 난 뒤 다음날을 위해 접혀져 있는 낡은 파라솔들 사이로 얼룩무늬의 들고양이 한 마리가 꼬리를 쳐든 채 눈을 빛내고 있었다.

그때 그는 자신이 여전히 존재하지 않고 있다는 것을, 앞으로도 오랫동안 이 상태가 계속되리라는 것을 예감하였다.

명윤은 많은 말을 오해하기 시작했다. 결국 못 견디고 떠나버리고 만 룸메이트가 털어놓던 사소한 불평의 말을 '그래봤자 너는 돈을 못 버는 무능력자가 아니냐'로, 손아래 누이들이나 친구가 걸어주는 '요새는 어떠냐'는 안부전화를 '너는 여전히 하는 일 없이 밥과 시간을 낭비하고 있구나'로 번역하여 들었다. 그때마다 명윤은 상대들이 보기에 안쓰럽고 민망할 만큼 역정을 냈는데, 그 역정의 내용이란 주로 '내가 이러고 싶어서 이러는 줄 아느냐'라는 식의 용렬한 자기 옹호였다.

시시껍절한 아르바이트든 뭐든 굶지만 않고 살면 되는 거 아니냐, 그러는 너희들은 뭐 얼마나 잘 살고 있다는 거냐.

사람들은 물론 자신까지 지치게 하는 사람으로서 명윤은 시간을 이어가고 있었다. 터무니없는 유학 계획을 세울 때의 들뜬 포부가 슬그머니 가라앉으면서, 그 동안 그를 지탱해주었던 어학 공부에 대한 열정도 시늘해졌다. 그는 우스꽝스러울 만큼 자신감이 과나했던 조양 상태에서 긴 우울의 시기로 넘어가고 있었다.

그러던 어느 날 명윤은 옥상의 콘크리트 난간에 기대어 서서 아래를 내려다보고 있었다. 억울함 같기도 하고 분노 같기도 한 격렬한 감정이 끓어오르며, 머리의 피를 일제히 정수리로 몰아 똘똘 뭉치게 했다. 울음의 단단한 핵만으로 이루어진 듯한 그 강하고 차가운 덩어리가 그의 몸을 앞으로 떠밀었다. 난간으로부터 도망치듯 물러서며, 그는 자신이 일종의 고비에 들어섰다는 것을 직감했다.

장마가 시작되었을 때 명윤은 용기를 내어 다시 인영에게 전화를 했다. 괜찮으면 한번 휴일에 놀러갈게요, 라고 단도직입적으로 말할 생각이었다.

그 여자가 무엇인가를 해결해주리라는 생각 따위는 없어요, 괴롭히거나 부담을 줄 생각도 없어요. 단지 만나보고 싶을 뿐이에요.

그러나 명윤이 말을 꺼내기 전에 인영은 뜻밖의 이야기를 했다. 그녀의 목소리는 태연했으나 착잡한 데가 있었고, 강한 감정을 숨기고 있는 것처럼 들렸다. 의선이 사라졌다는 것이었다. 목욕 바구니에 비누와 수건을 챙겨서 나간 뒤 벌써 일 주일 넘게 소식이 없다고 했다.

4

삼 일에 한 번쯤 볕이 나기는 했지만 길고 지루한 장마였다. 후텁지근하고 습기찬 대기에는 엷은 살의가 배어 있었다.

두 번의 호우주의보가 반도를 휩쓸고 지나가는 동안 명윤은 방 안에만 틀어박혀 지냈다. 띄엄띄엄이나마 벌이가 되어주었던 번역거리도 끊겼고, 일 주일에 두 번씩 방문하여 고등학생 두 명에게 논술과목을 가르치던 과외 아르바이트는 그 집 어머니의 짤막한 전화 한 통으로 그만두어야 했다. 늘 명윤에게 곰살궂었던 중년 여인은 여전히 낭랑한 목소리로 인사치레를 했다.

아이 참, 미안해서 어쩌죠? 우리 형편만 괜찮으면 계속하고 싶었는데…… 아무튼 그 동안 고마웠어요.

명윤은 전화기의 자동응답기를 껐다. 걸려오는 전화도 받지 않았다. 어쩌다 수화기를 든다 해도 상대방이 '여보세요'를 반복하다가 끊을 때까지 잠자코 듣고 있었다. 자주 걸려오던 전화는 아니었지만 계속해서 통화가 되지 않자 그나마 끊어졌다.

그는 어느 때보다 직접적인 죽음의 유혹을 느끼고 있었다. 약을 먹거나 가스를 틀어놓는 식의 방법을 택할 마음은 없었다. 만일 한다면 깨끗하게 뛰어내릴 생각이었다. 가장 확실하게, 준비과정도, 구조될 염려도 없이 몇 초면 끝나는 것이다. 그러나 몇 초면 끝난다는 바로 그 생각으로 그는 하루하루를 버텨갈 수 있었는지 모른다.

잘 알지도 못하는 의선이라는 여자에 대해 집착하게 된 것은 명윤의 상태 때문이었을 것이다. 그는 자기 자신에 대하여는 더이상 생각할 수가 없었다. 서서히 줄어가는 예금 잔고에 대하여, 미래라든가 삶에 대하여, 앞으로 해야 할 것과 자신이 해온 것에 대하여는 생각할 수 없었다. 조금만 그런 생각을 진행하려 하면 명치에서부터 몸을 꼬며 틀어오르는 역겹고 차가운 기운을 느꼈다.

그래서 그는 어둠과 비, 습기찬 빨래만을 생각했다.

다시 비가 퍼붓는다, 빨래 더미가 썩고 있다, 내 땀과 체취가 썩어가면서 지독한 냄새를 풍긴다, 어둠 속에서 빈 냉장고를 열면 환해진다, 문을 붙잡고 서 있으면 서서히 몸이 식는다.

그렇게 무의미한 문장들을 쉼없이 만들어 입 속에서 웅얼거리는 것만이 그를 위로해주는 유일한 행위였다.

그렇게 위무를 찾는 일의 연장선에서 그는 의선을 생각했다. 의선의 침묵과 의선의 평화, 의선의 불가해한 광태에 대하여 생각했다.

창을 때리는 빗줄기를 보며 옥탑방의 바람벽에 기대어 앉아 있는 동안, 명윤의 기억 속에서 의선의 이목구비는 흐릿하게 뭉개어졌다. 그러나 잊혀지지는 않았다. 그녀는 하나의 순수한 인상, 침묵과 공허의 인상으로 뭉뚱그려지고 있었다.

그것은 흡사 가느다란 붓대처럼 그를 지탱해주고 있었다. 되도록 지폐를 쓰지 않기 위해 마지막 남은 동전들을 일일이 헤아려 버스비로 주머니에 털어넣을 때, 이 킬로짜리 봉지쌀을 사들고 빗속을 걸어 집으로 돌아올 때, 싱크대 앞에 선 채로 늦은 저녁을 허겁지겁 목구멍으로 넘길 때마다 명윤은 그녀의 완전한 침묵을 떠올렸다. 그것은 의선의 광기 어린 일화와는 전혀 무관한, 현실 속의 그녀와는 상당한 거리가 있을 평화스러운 이미지였다.

그날 하마터면 의선을 못 알아보고 지나쳐갈 뻔하였던 것도 명윤이 가지고 있던 이미지가 그렇듯 왜곡되어 있었던 탓이었는지 모른다.

그곳은 세종문화회관과 시청, 교보문고를 이어주는 널따란 네 갈랫길의 지하도였다. 통로들의 중앙에는 여러 개의 기둥들이 세워져 있었고 그 사이로 좌판들이 있었다. 팔 자 모양의 모형 철로 위로 주먹만한 장난감 기차가 돌아가고 있었다. 돋보기, 공룡 모양의 고무인형들, 싸구려 전기면도기와 탁상시계가 널려 있었다. 머리핀이며 가짜 가죽지갑 따위를 떨이로 파는 이들도 있었다.

명윤은 교보문고에서 빈손으로 나와 그 좌판들을 내려다보며 걷고 있었다. 장마가 끝난 한낮이었다. 그에게는 목적지가 없었다. 대형서점에 그득그득 들어찬 책들에 명윤은 질려 있었다. 그에게 필요한 것은 목적지였는데, 그 역겨운 책들 중 어느 하나도 그것을 만들어주지 못했다.

그는 세종문화회관 쪽의 출구를 향해 걸었다. 그 출구로 나간다 해도 그에게는 갈 데가 없었다. 목적지가 있다면, 하고 그는 생각했다. 하찮은 약속이라도, 사야 할 물건이라도 있다면.

그 통로의 끝 계단에 의선이 있었다. 처음에 명윤은 그녀가 의선이라는 것을 알아보지 못했다. 다만 그녀의 방심한 자세 때문에 시선이 잠깐 머물렀을 뿐이었다. 무심히 시선을 거두었던 그는 뒤늦게 놀라 멈추어 섰다.

의선은 더러운 쥐색 무명 원피스를 입고 있었다. 소매가 짧고 목이 파이긴 했지만 무릎을 덮을 만한 얌전한 길이의 옷이었다. 그녀는 맨발이었고, 더러운 지하도 계단의 좌판 앞에 주저앉아 있었다. 한쪽 무릎은 엉덩이와 같은 계단에, 다른쪽 발은 그 아랫계단에 비스듬히 내려놓은 탓에 흰 속옷이 얼핏 올려다보였다. 그녀는 팔짱을 낀 채 골똘히 흥정에 골몰하고 있었다.

이거는. 보자, 삼천원이네.

느릿느릿한 노인의 말씨가 들려왔다. 그때까지도 자신의 눈을 믿지 못하며 명윤은 기둥에 반쯤 몸을 숨긴 채 의선의 행동을 지켜보았다. 그녀가 보고 있는 물건은 연과 얼레였다. 인사동 어디쯤에서 팔아야 어울릴 듯한 물건들이었다. 더군다나 좌판을 벌인 노인의 예스러운 모시 적삼은 이 장소에 전혀 어울리지 않았다.

이거? 이건 비싸. 이만 오천원.

의선이 무엇인가 조그만 목소리로 말을 했다. 비싸다는 항의를 한 것 같았다.

얼마나 공을 들인 건데…… 아가씨가 보는 눈은 있네. 이런 건 외국인들도 좋아하면서 흥정도 않고 사가는 물건이야.

밝은 색 나무로 깎은, 먼발치에서 보아도 고급품으로 보이는 그 얼레에는 빨간 무명실이 여러 겹 둘려 있었다. 그녀는 그것을 사랑스럽다는 듯 매만지다가 체념한 얼굴로 일어섰다. 까닥하고 노인에게 형식적인 목례를 하더니, 때묻은 치마를 팔랑거리며 지하도를 내려왔다. 막 명윤과 한 발짝 거리로 좁혀졌을 때였다. 그녀는 느닷없이 뒤돌아서서 계단을 향해 달려갔다. 탐욕스럽고 거친 몸짓으로 그녀는 좀전에 점찍어둔 얼레와 연을 안아들었다. 세찬 발소리를 울리며 계단을 뛰어올라갔다.

명윤은 뒤따라 달리기 시작했다.

도, 도둑이엿!

노인이 소리쳤다. 머리 흰 노인이 뛰어오르기에는 가파른 계단이었다. 의선의 기운찬 뜀박질은 명윤이 좇아 달리기에도 힘에 부쳤다. 그가 그녀를 잡아주려는 것인 줄 알았는지 노인은 힘없이 고함쳤다.

잡어요! 꼭 잡어주시오!

의선은 전속력으로 직진하다가 경향신문사 쪽으로 방향을 틀었다. 꼬박 한 블록을 질주한 그녀는 녹색 불이 깜박거리는 횡단보도를 내달려 건넌 뒤, 그때부터는 큰 보폭으로 매우 빠르게 걸어나갔다. 명윤은 이미 붉은 불로 신호가 바뀐 횡단보도를 온갖 욕설과 정지음들을 들어가며 건넜다.

의선의 몸집이 왜소한 탓에 명윤은 거의 그녀를 놓칠 뻔했다. 의선의 모습을 다시 찾아낸 것은 그녀가 왼손에 든 얼레의 붉은 실 덕분이었다.

눈에 띄지 않기 위해 일정한 거리를 두고 명윤은 의선을 뒤따랐다. 오랜만에 뛰었기 때문에, 그리고 그녀를 다시 만났다는 것 때문에 그의 가슴은 터질 듯이 두근거리고 있었다. 그의 눈길은 줄곧 의선의 더럽기 짝이 없는 발꿈치에 고정되었다.

맨발로 저렇게 걸어도 괜찮을까. 어디엔가 깨어진 유리 조각이, 압정이, 녹슨 대못이 있지 않을까.

육교를 건넌 의선은 소로를 따라 계속해서 북쪽으로 걸었다. 어떻게 이 사잇길들을 다 외우고 있는 것일까. 여기가 어디쯤인가 하니 사간동이었고, 적요한 골목들을 끼고 한참 더 걷다보니 현대 본사 뒤편이었다.

얼마나 시간이 지났을까.

명윤의 얼굴은 땀으로 범벅이 되었다. 겨드랑이와 오금, 운동화 속의 발가락 사이사이까지 젖었다. 뙤약볕을 오래 받은 머리털이 뜨겁게 달아올라 있었다.

반면 의선의 뒷모습에는 지친 기색이 없었다. 소로로만 걷던 의선은 창덕궁 앞에서부터는 고궁 담을 끼고 큰 도로변을 따라 계속해서 북쪽으로 걸었다. 삼선교에서부터는 다시 소로로 접어들었다.

미로 같은 길을 의선의 뒤만 따라 좇다보니 길의 경사가 높아졌다. 두 사람은 어느 사이 미아리고개에 이르러 있었다.

왜 이렇게 먼 거리를 걸어서 가는 걸까. 차비가 없는 걸까.

조금 어깨를 수그렸을 뿐, 앞만을 향하여 똑바로 걸어가는 의선의 뒷모습은 차라리 매우 얌전한 처녀 같았다. 옷이 다소 더럽고 맨발이라는 것만 제외한다면 그랬다. 간혹 의선이 맨발이라는 것을 알아본 사람들은 의선을 지나치고 난 뒤 우뚝 멈추어 서서 의선의 구부정하고 묵묵한 걸음걸이를 지켜보았다.

차들이 탄환처럼 달리는 길음동 교차로의 횡단보도를 의선은 맨발로 건넜다. 그때까지 그들은 네 시간 가까이 쉬지 않고 걸었다. 경향신문 근처에서 정오의 햇빛을 받아 땅딸막하게 발에 붙어 있었던 명윤의 그림자는 길고 갸름해졌다. 복사열 때문에 공기는 점점 무더워졌다. 물 한 모금 마시지 않고 오랜만에 먼 거리를 걸은 명윤은 거의 탈진 상태였다.

도대체, 지치지도 않는 걸까.

의선은 땀 한 번 닦지 않은 채 일정한 걸음걸이로 삼양동의 주택가 골목을 오르기 시작했다. 아래쪽의 집들은 여느 동네와 마찬가지로 말끔하였으나, 고도가 높아짐에 따라 후락한 집들이 줄이어 나타났다.

길은 점점 가팔라졌다. 거의 사십오 도보다 가파른 급경사의 골목길에서 타이탄 트럭과 자전거들이 곡예 운전을 하고 있었다. 시내가 막혀서 돌아가려는 것인지 택시도 있었다. 붉은 실이 매어진 얼레를 왼손에 들고, 청색과 노랑의 물감칠을 한 방패연을 가슴에 안은 채 의선은 익숙한 걸음걸이로 언덕빼기를 오르고 있었다. 그제야 숨이 차오는지 몇 번씩 멈추어 서서 쉬기도 하였으나, 한 번도 뒤돌아보지는 않았다.

길들이 좁아져 더이상 차들이 다닐 수 없는 언덕빼기에 이르렀다. 그 높은 곳까지 집들이 올라와 있었다. 숨을 고르며 돌아보자 서울의 빽빽한 시가지가 한눈에 내려다보였다.

인적 없는 후락한 골목 앞에서 의선은 마침내 뒤돌아보았다.

의선의 눈은 곧바로 명윤과 마주쳤다. 처음 보았을 때와 똑같은 무표정한 얼굴로 그녀는 수초간 그의 얼굴을 응시했다. 햇볕에 그을린 의선의 얼굴은 처음 보았을 때보다 검었고 다소 야위어 있었다.

알아보았을까.

명윤의 얼굴은 온몸의 실핏줄들에서 일제히 치솟아오른 피 때문에 붉어졌다. 지친 다리가 금방이라도 꺾일 듯했다.

마치 아무도 보지 못했다는 듯 그녀는 몸을 돌려 골목으로 들어갔다. 시차를 두고 뒤따라 들어갔을 때 그는 의선을 놓쳤다는 것을 알았다.

막다른 골목에는 넉 채의 집이 있었다. 슬레이트 지붕이 날아가지 않도록 깨어진 블록을 여남은 개 얹어놓은 집들이 두 채, 슬래브를 올린 낡은 단층집들이 나란히 두 채였다.

어느 집일까.

그중 문이 열려 있는 집은 슬래브 집들 중 바깥쪽에 있는 집뿐이었다. 대문 닫히는 소리가 들리지 않은 것으로 보아 그 집이리라는 생각이 퍼뜩 들었다.

모르겠다, 하는 심정으로 명윤은 그 집의 대문 안으로 들어섰다.

시멘트를 바른 비좁은 마당 한쪽에 수도꼭지가 있었다. 머리 흰 노파가 거기서 빨래를 하고 있었다. 찌그러진 놋쇠 대야에 눈부신 물줄기가 쏟아져내렸다.

누굴 찾아왔소?

앞니가 하나도 남아 있지 않은 노파가 불분명한 발음으로 물었다.

명윤은 머뭇거리며 마당을 살폈다. 밀걸레 막대기에 묶어 팽팽하게 펼쳐놓은 나일론 빨랫줄과 거기 널린 걸레들이 보였다. 의선의 이름을 꺼내기 위하여 그는 주저하였다.

그때였다.

반지하 방으로 통하는 입구에서 의선이 모습을 드러냈다.

문턱 아래의 지대가 낮은 탓에 그녀의 몸은 허리께까지밖에는 지상으로 나오지 않았다. 땀에 젖은 머리카락을 귀 뒤로 쓸어넘기는 의선의 눈에는 여전히 표정이 없었다.

아가씨 찾아온 사람이야?

그때 의선이 처음으로 웃었다. 명윤은 눈을 의심했다. 어떻게 그런 웃음이 있을까 싶은, 지푸라기를 붙드는 손처럼 간절한, 힘없는 웃음이었다. 그는 홀린 듯이, 그러나 최대한 자연스러운 동작을 유지하려 애쓰며 의선이 열어놓은 문을 향해 걸어갔다.

명윤이 들어오자마자 의선은 재빨리 문을 안쪽에서 닫아걸었다. 어둡고 습기찬 세면장에서 명윤은 의선과 거의 간격 없이 마주 섰다. 그는 숨이 막혔다. 어둠 속에서 의선의 땀 냄새, 살내, 눈빛, 숨소리가 뒤섞였다. 그의 머릿속이 하얗게 비워지고 있었다.

의선이 방문을 열자 두 평 남짓한 방이 드러났다. 천장 쪽에 난 창으로 햇빛이 들어 방은 세면장보다는 밝았다. 그러나 그 불볕더위에도 불투명한 안쪽 유리창까지 굳게 닫아놓아, 그러잖아도 채광 상태가 좋지 않은 반지하 방은 어스름녘처럼 어두웠다.

명윤은 방 한구석에 개켜진 낡은 이불채를 보았다. 이불채 옆으로는 수십 권의 책들이 벽을 따라 일렬로 바닥에 세워져 있었다.

……책을 읽는구나.

그는 그것이 경이로운 사실인 듯이 책들을 바라보았다. 중고등학교 교과서도 있었고 잡지, 문고판 소설들도 있었다. 오 년 안쪽으로 나온 것들도 몇 있긴 했지만 거개가 오래된 것들이었다.

창문 아래에는 팔절지 크기의 낡은 목제 밥상이 있었다. 흙으로 빚은 조그만 사물들이 그 위에 놓여 있었다. 정교하지는 않지만 알아볼 수 있을 정도의 형태를 갖춘 것들이었다. 손이나 발을 묘사하려 한 것 같은 형태도 있었고, 누군가의 얼굴들을 빚어보려고 한 동그란 덩어리도 있었다. 눈, 코, 입은 들어 있지만 균형은 없는 얼굴들이었다. 그 밖에는 처음 보는 짐승들의 토우였다. 뿔이 돋고 이빨이 과장된 네발짐승들이 일렬로 늘어서서 몸을 도사리고 있었다. 이날 그녀가 훔쳐온 얼레와 방패연이 상 옆에 나란히 놓여 있었다.

의선은 명윤을 올려다보고 있었다. 창을 등진 탓에 그녀의 얼굴 표정을 제대로 살필 수 없었지만 눈만은 보였다. 박명 속에서 크게 올려뜬 그녀의 검은 눈에는 물빛 같기도 하고 금속의 빛 같기도 한 풍부한 광채들이 술렁대고 있었다.

빨래판에 젖은 옷가지를 주무르는 소리와 물을 트는 소리, 헹굼물을 수챗구멍에 내려보내는 소리가 방의 적요를 가득 채우고 있었다. 좀더 귀 기울이면 은밀하게 새어나오는 의선의 숨소리가 들렸다. 명윤은 그 침묵의 육감에 의지하여 천천히 의선에게 다가갔다. 알지 못하는 과일의 냄새 같기도 하고 어린아이의 살내 같기도 한 체취가 그녀의 몸에서 배어나오고 있었다.

죽은 듯이 서 있는 의선을 한 팔로 안고 남은 한 손으로 그녀의 손을 잡으면서 그는 눈을 감았다. 좀전에 마당에서 보았던 수도꼭지, 노파가 손을 담그고 있던 맑은 헹굼물, 놋쇠 대야 속의 밝은 색 빨랫감들, 반짝이며 사방으로 튀겨지던 물방울들이 눈앞을 스쳐갔다.

그는 자신이 처음 들어와본 이 습기차고 무더운 방을 생각하지 않았다. 자신의 팔에 안긴 뜨겁고 끈적끈적한 육체를 생각하지 않았다. 누구의 땀인지 모르게 섞이어 젖은 자신의 손을 생각하지 않았다. 오로지 그 물줄기에 부딪히는 햇빛만을 생각했다.

의선을 습기찬 장판바닥에 쓰러뜨리려 하자, 그녀 역시 욕심껏 그의 목을 안은 채 천천히 몸을 뉘었다. 티셔츠를 벗은 그가 러닝 셔츠를 마저 벗고 바지를 벗기 전에 그녀는 홀렁 원피스를 벗었다. 마르고 흰 알몸이 하오의 묽은 햇빛 속에 드러났다.

다음 순간부터 그는 알 수 있는 것이 없어졌다. 그는 벌레도 꽃도 나무도 사람도 아니었다. 몇 살을 살았는지 언제 태어났는지, 어느 낯선 시가지들을 떠돌아다녔으며 무슨 잠과 꿈에 시달렸는지 알 수 없었다.

삼켜줘요, 라고 의선은 소리를 죽여 신음했다. 단소의 중간음처럼 깊게 떨리는, 처음 듣는 그녀의 음성이었다.

날 삼켜버려요.

벌거벗은 의선의 목을 물어뜯으며 그는 으르렁거렸다. 들뜬 숨을 몰아쉬던 그녀는 소스라치며 그의 등을 붙잡았다. 애절하도록 강한 힘으로 그녀는 그의 몸을 붙들고 있었다.

3
늙은 개

1

"십 년, 아니 이십 년."

명윤은 목을 가다듬었다.

"아니, 오십 년은 된 기차 같아요."

손깍지를 끼었다가 푸는 동작을 반복하면서 그는 연달아 헛기침을 했다.

명윤의 눈의 흰자위에는 핏발이 그어져 있었고, 검은자위는 불안정하게 사방을 탐색하고 있었다. 이발할 때가 된 그의 머리카락은 감은 지 삼사 일은 된 듯 더러웠다. 뺨과 턱에는 아직 피딱지가 채 굳지 않은 생채기가 있었다. 급하게 면도를 한 탓이리라.

"이렇게 낡은 차가 버젓이 돈을 받고 운행될 수 있는 걸까요?"

내가 대꾸하지 않자 명윤은 꿈지럭꿈지럭 외투를 벗기 시작했다.

두 사람이 앉은 의자의 폭도 폭이지만, 특히 앞의자 등받이까지의 공간이 비좁았다. 명윤은 체구가 크지 않은 편인데도 외투를 벗기 위해 이리저리 팔과 허리를 뒤틀어야 했다.

명윤이 일어서서 자신의 외투를 창문 옆의 걸이쇠에 거는 동안 나는 외투를 벗어 무릎 위에 올려놓았다. 그 체크무늬 반코트의 큼직한 주머니들에는 수첩과 지갑과 펜, 이날 취재할 사진작가의 사진집까지 들어 있었다. 옷걸이에 걸어놓게 되면 필요할 때마다 창쪽에 앉아 있는 명윤의 앞으로 손을 뻗어 그것들을 꺼낼 일이 오히려 번거로울 듯했다.

"괜찮아, 이게 더 편해."

내 외투를 걸어주려고 내밀었던 손을 멋쩍게 거두며 명윤은 제 자리에 앉았다.

그는 여태껏 외투 호주머니에 두 주먹을 찌르고 있었다. 이제 외투를 걸어버린 탓에 그 손들을 마땅히 둘 데가 없어졌다는 듯이 명윤은 팔짱을 끼었다가, 오른손을 팔걸이에 올리고 왼손을 자신의 허벅지에 올려두었다가, 좀전처럼 손깍지를 끼었다 풀기를 반복했다. 그러더니 노타이의 와이셔츠 앞주머니에서 수첩과 볼펜을 꺼내 무엇인가를 갈겨 적어내려갔다. 과장스럽게 느껴질 만큼 급한 동작으로 수첩을 덮어 앞주머니에 넣고는, 옷걸이에 걸어둔 자신의 코트 안주머니에서 여러 겹으로 접힌 갱지를 꺼냈다.

"일본어를 배워보려고요."

펼쳐진 십육절 갱지에는 기다가나와 히라가나의 오십 음도가 빽빽이 석혀 있었다.

아, 이, 우, 에, 오.

가, 기, 구, 게, 고.

그는 노박노박 소리 내어 히라가나를 읽으며 허공에다 손으로 문자를 그렸다. 그러나 일 분이 채 지나기 전에 그 갱지를 도로 안주머니에 집어넣었다.

"전혀 모르는 언어를 배워보고 싶거든요. 알파벳을 문자로 하는 것말고 아주 새로운 것 말예요. 아랍어를 배울 생각도 했지만, 우선 우리말과 어순도 같은 일본어를 시작하려구요.

그냥 심심풀이예요. 일본어가 필요한 것도 아니고 일본에 대한 인상도 좀, 그래요. 난 결코 떠들썩한 민족주의자가 아니라고 생각해 왔는데, 그런데도 이런 식의 감정이 앙금처럼 남아 있다는 게 재미있는 일이기도 하구요."

명윤은 좀 흥분한 것처럼 보였다. 숫제 숨도 쉬지 않고 한꺼번에 여러 마디를 몰아서 쏟아놓고 있었다. 숨이 막히는 사이사이, 마치 술을 뿜어내는 무당처럼 입술을 둥글게 오므리고는 후— 하고 숨을 몰아뱉곤 했다.

언제나 논리적으로 완벽한 글을 쓰던 그였기에, 처음 명윤과 두서없는 대화를 나누어본 사람들은 대개 당황하거나 실망하곤 했다. 시종 머뭇머뭇하며 한 번에 여러 개의 이야기를 두서 없이 병행하는 것은 물론, 좀전에 지나간 화제를 다시 꺼내 짜증스러울 만큼 같은 말을 반복하곤 하는 것이 명윤의 전형적인 대화 방식이었다. 그렇다고는 하나 오늘은 그것이 유난히 심했다.

그의 어법이 처음부터 이렇게 불안정했던 것은 아니었다.

내가 명윤을 처음 만났을 때 그는 스무 살이었다. 그때 명윤은 시를 쓰고 있었다. 갓 들어온 신입생으로 교내 문학상을 받아 화제가 되었던 그의 시가 '누이여'로 시작하여 '시간이 흘렀으니/내일은 햇빛이 밝았으면 좋겠다'라고 끝을 맺고 있었던 것을 나는 기억한다.

보일 듯 보여주지 않는 자신의 글만큼이나 명윤은 신비스러운 침묵에 잠겨 있었다. 형언할 수 없이 순수하고 완전한 기운이 명윤의 얼굴을 수호천사처럼 감싸고 있었다. 햇빛이 드는 날 교정 어디쯤에서 마주치면 차마 똑바로 올려다볼 수 없도록 눈을 부시게 하던 침묵이었다. 사실 그의 얼굴은 언제나 그늘져 있는 편이었는데도 그랬다.

대학을 졸업하기도 전에 문단에 발을 들여놓은 그는 시와 소설을 겸하고 산문을 제법 맛이 나게 썼으며, 영화에도 관심이 있어 심심찮게 문화잡지의 비평난에 얼굴을 내밀곤 했다. 그러던 그가 글쓰기를 그만둔 지 햇수로 사 년이 되었다. 명윤이 저렇듯 침묵을 견디지 못하게 되고 같은 말을 반복하게 된 것은 아마 그때부터였을 것이다.

특별한 직업도 가지지 않은 그가 대체 무엇으로 먹고살아온 것인지 알 수 없는 일인데, 지난해 봄 어느 날 그는 느닷없이 유학을 준비하겠다고 해서 나를 더욱 놀라게 했었다. 명윤은 현지에서 생활비도 벌 겸 내가 일하는 잡지의 해외통신난에 매달 그곳 풍물을 소개하는 기사를 쓰겠다고 자청했다. 그는 그 일을 위해 사진을 배우겠다며 의욕을 보였지만, 의선을 만나던 즈음부터 그마저 없었던 일이 되고 말았다.

어째서 더이상 글을 쓰지 않느냐고 언젠가 내가 물었을 때 명윤은 '구차해서'라고 대답했었다. 똑같은 질문을 많이 들었기 때문에 신물이 난다는 듯이, 마치 타인을 비난하는 듯한 어조로 그는 덧붙였다.

……굳이' 말로 써야 한다는 게 구차하고 귀찮아요.

구차하다니?

말이라는 게 원래 구차하다는 생각이 들어요.

희극배우처럼 한 눈만 질끈 감으며 그는 마치 찡그리는 것 같은 웃음을 지었다. 그 대답에서 진실성은 전혀 느껴지지 않았었다.

그전의 언젠가 명윤은 나에게, 흡사 자신의 영혼을 함부로 갈취하려는 듯한 원고 청탁 전화가 싫어졌다고 고백한 적이 있었다. 말로 하는 것이 구차하다는 공격적인 변명과 영혼이 갈취당하는 것 같다는 피해의식 사이에는 어떤 공통점이 있을까. 나는 이따금, 일체의 변명과 자기 옹호를 생략한 채 골똘하고 조용한 눈으로 사람들을 바라보곤 하던 예전의 명윤에 대한 그리움을 느끼곤 했다.

"며칠 전부터 시작했지만 재미있어요. 언어를 배운다는 건 사람의 마음을 편하게 해주는 힘이 있어요. 영한 사전하고 한영 사전을 나란히 펴놓고 있으면 시간 가는 줄 모르는 것처럼…… 영한 사전을 아무 데나 펼쳐서 단어를 찾아보고, 그 해설로 나온 단어를 한영 사전에서 찾아보는 식으로……."

명윤은 제스처가 심한 편이었다. 손과 고개를 끊임없이 움직이기 때문에, 나로서는 그의 이야기를 끝까지 집중하여 듣는 일이 힘에 부쳤다. 만일 내가 그의 두서 없는 이야기를 끊고 화제에 참여한다면 그는 내 말 한마디가 끝날 때마다 '응, 그렇죠, 그래요' 라고 하면서 고개를 끄덕이고는 조금 있다가 '아' 하고 한숨을 쉬고, 마치 곧 끼어들 것처럼 상체를 내밀었다가는 재미없다는 듯이 상체를 빼는 동작을 수초 간격으로 반복할 것이다. 그것은 나를 녹초로 만들 것이다.

다른 때였다면 그것을 감수할 수 있었을 것이다. 그러나 이날따라 묵직한 젖은 솜 같은 피로가 아침부터 머리를 짓누르고 있었으므로, 명윤에게는 안쓰러운 일이었지만, 나는 그의 말에 반응을 보이지 않은 채 침묵을 지키고 있었다.

꼬리를 물고 이어지던 명윤의 넋두리는 음료수와 과자, 술안주 따위를 실은 짐차를 몰고 우리 곁을 지나치려 하던 역무원을 보고서야 멎었다.

나는 과일 주스를, 명윤은 삶은 계란과 양갱을 골랐다.

명윤은 무릎에 신문을 깔고 계란 껍질을 벗기는 데에 몰두하였다. 그의 손놀림은 몹시 서툴러서 계란 껍질이 점점이 부스러졌다. 계란 껍질을 벗기는 것이 세상에서 가장 급박하고 중요한 일이라는 듯이 그는 진지한 얼굴로 몰입해 있었다. 마침내 완벽하게 매끄러운 흰

살을 드러낸 삶은 계란을 잠시 들여다보더니, 그것을 소금에 찍어 허겁지겁 먹어치웠다.

양갱이 들어 있는 종이갑을 뜯으며 명윤은 말했다.

"나는 이게 세상에서 제일 맛있는 음식이라고 생각했어요."

소풍갈 때만 먹을 수 있는 거였거든요, 라고 덧붙이며 그는 해죽 웃었다. 나는 명윤의 기호가 얼마간 유아적이라고 생각했다.

식료품 짐차가 되돌아왔을 때 명윤은 알갱이가 있는 포도 주스를 골랐다. 그는 그것을 따자마자 단숨에 마시고는 의자 밑에 버렸다. 십여 분 뒤에 나타난 호두과자 판매원에게서 오천원짜리 대형 호두과자를 사서 바로 포장을 뜯어 하나씩 꺼내 먹기 시작하더니, 김밥 판매원에게서 김밥을 샀다. 믿을 수 없는 식욕이었다.

명윤은 먹지 않을 때에는 계속 이야기를 했다. 그는 몹시 피곤하고 졸린 듯했다. 이야기를 하다가도 깜빡 잠이 들며 고개가 뒤로 꺾이곤 했다. 그러나 그는 마치 잠을 쫓아야만 할 필사적인 이유가 있는 것처럼 음식물을 씹어 삼키고 끊임없이 이야기를 뱉어대며 버티고 있었다.

"차가 너무 낡았어요. 정말 위험해 보이는데요. 노후된 차량 때문에 일어난 사고를 두세 건 알고 있거든요."

설레설레 고개를 저으며 그는 말했다.

"아무리 짧게 잡아도 삼십 년은 됐겠어요."

명윤이 먹다 남은 호두과자 봉지를 선반의 가방에 쑤셔넣고 있는 동안 기차는 원주역에 닿았다.

나는 등받이에 머리를 기댄 채 차창 밖을 보고 있었다. 승강장에는 머리를 쪽진 노파들이며 수레한 스웨터를 걸친 아낙들이 크고 작은 보퉁이를 앞이나 옆에 내려놓고 서 있었다. 열차가 멈추자 그네들은 보퉁이와 궤짝들을 제각기 이거나 안아들고 객차의 출입문 쪽으로 걸음을 옮겼다.

우리가 있는 칸에 올라탄 이들도 제법 있었다. 늙고 주름진 손아귀마다 각자의 좌석표를 들고 선반에 적힌 번호와 대조해가며 그들은 느릿느릿 앞으로 나아갔다. 이따금씩 젊은 승객에게 좌석표를 내밀며 자신이 가야 할 곳을 묻는 소리가 들려왔다.

"이 칸이 아닌가? 저쪽으로 가야 되겠소?"

"저쪽 칸이 사호차요?"

그들이 객차 문을 열고 앞칸으로 옮겨가는 뒷모습을 지켜보고 있던 명윤의 시선이 유리창으로 슬며시 비껴졌다. 스프링 장치를 당기고 위로 들어올려서 열 수 있도록 만들어진, 명윤의 말마따나 최소한 이십 년은 되어 보이는 낡은 창이었다.

모든 것이 더럽고 누추하다는 것에 명윤은 우울해하는 것 같았다. 나는 명윤의 취향을 잘 알고 있었지만, 오전에는 무궁화호나 새마을호가 없어 이 보통열차를 탈 수밖에 없었다. 잠깐을 만나더라도 음악이 들을 만하고 인테리어에 통일감이 있는 찻집만을 고집하며, 몇 벌 안 되는 옷이나마 나름으로 조화를 고려하여 걸치며, 지하철에서 생긴 빈 좌석에 엉덩이부터 들이미는 중년 여인들과 그들의 머리 모양을 혐오하는 명윤에게 이 열차는 견디기 힘든 것이리라.

예민해 보이는 이마에 천(川) 자의 굵은 주름을 그은 채 껌을 우물거리고 있는 명윤의 옆얼굴을 나는 보았다.

그는 어둡고 추하고 가난한 것을 좋아하지 않는다. 저들에게서 눈길을 피하고 잠시 침묵을 지키다가, 그 잔상이 사라질 때쯤에서 다시 자신의 이야기를 시작할 셈이다.

그러나 명윤은 이야기를 다시 시작하는 대신 가방에서 신문을 꺼냈다. 그는 일면부터 마지막 광고면까지 읽는 둥 마는 둥 건성으로 넘겼다. 문화 섹션만은 꼼꼼히 읽는 것 같았다. 그것을 접어 선반 위에 올린 뒤에는 가방에서 『씨네 21』을 꺼냈고, 역시 읽는 것인지

넘기는 것인지 알 수 없을 만큼 빠른 속도로 마지막 장까지 훑어내려갔다. 그리고 나서는 가나가 적힌 예의 십육절 갱지를 펴들었다.

하, 히, 후, 헤, 호, 하고 중얼거리다가 갱지를 다시 외투 안주머니에 집어넣는가 싶더니 그는 어느 사이에 잠들었다. 눈살을 여전히 찌푸린 채였다. 간밤에 마신 술 때문에 피로한 기색이 역력했다. 용케 두 시간을 버틴 셈이었다.

명윤이 어두운 것을 싫어하는 것은 유복하게 자랐기 때문이 아니라는 것을 나는 짐작하고 있었다. 오히려 그 반대이다. 그는 자신이 안간힘을 다해 빠져나온, 혹은 빠져나오려 하고 있는 그 구덩이를 다시 들여다보고 싶지 않은 것이다.

나는 잠든 명윤의 얼굴을 보았다. 신기하게도 눈을 뜬 채 자고 있었다. 단춧구멍 두 개처럼 살짝 벌어진 눈꺼풀 사이로 검은자위가 보였다. 잠든 사람의 눈동자에는 표정이 없구나, 하고 나는 생각했다. 보기 위해서가 아니라 그저 열려 있는, 사물이 비치기는 하나 보는 것을 중지한 눈동자였다.

의선은 저 얼굴의 어디를 사랑했을까.

면도를 하다 붉은 상처가 난 턱, 눈과 마찬가지로 약간 벌린 입, 까칠한 뺨, 약간 처진 편이기 때문에 억세어 보이지 않는 대신 다소 신경질적인 인상을 주는 눈썹을 나는 보았다. 쉐이브 로션의 독한 향과 아직 미미하게 남은 술 냄새, 감지 않은 머리 냄새가 섞이어, 향기롭다고도 악취라고도 할 수 없는 독특한 냄새가 명윤의 얼굴에서 풍겨나오고 있었다.

무슨 말을 하지 않기 위해 그는 그렇게 많은 말을 지껄여댄 것일까.

차창 밖으로는 겨울산늘이 부챗살처럼 펼쳐지며 뒷걸음질을 치고 있었다. 흑백이 누렷한 겨울 풍경이었다. 하늘은 회색이었고, 응달진 계곡들은 검었다. 산의 꼭대기와 비탈을 덮은 섬뜩하리만치 흰 눈이 푸르스름한 겨울 햇빛을 반사하고 있었다.

명윤의 추측대로 의선은 이 기차를 탔을까. 저 풍경을 그녀 역시 지켜보았을까.

응달진 계곡으로 떼지어 내려앉는 흰 지연(紙鳶)들의 환영에 나는 눈을 감았다.

2

아침마다 사층 현관 앞에 웅크리고 앉아 있던 늙은 개를 기억한다.

지난해 오월의 일이었다. 어떻게 해서 일층의 유리문을 통과하여 사층까지 올라왔는지, 그 비루먹은 개는 아침이면 늘 같은 자리에 오도카니 앉아 있곤 했다. 야근을 마치고 돌아오는 늦은 밤까지도 보이지 않았던 것을 보면 녀석이 들어온 시각은 새벽 두세시부터 아침 여섯시 사이였을 것이다.

그 개를 처음 발견한 것은 일요일의 늦은 오전이었다.

그때까지 나는 이불 속에서 게으르게 뒤척이며 밀린 잠을 자다가 간신히 몸을 일으켰다. 잠옷 바람으로 세면장에 나가 세숫대야의 더운물에 한쪽 발을 담근 채 다른 쪽 발바닥에 박힌 티눈을 빼면서, 졸음이 썰물처럼 몸에서 빠져나가는 순간을 즐겼다.

졸음이 완전히 의식에서 가신 뒤에야 나는 물 묻은 발을 대충 발걸레로 닦고 절름절름 신문을 가지러 현관으로 나아갔다. 신문 쓸리는 소리와 함께 현관문이 열린 순간 나는 우뚝 멈추어 섰다.

처음 보는 개가 나를 올려다보고 있었다.

나는 일단 문을 닫았다. 한 뼘만큼만 다시 현관문을 연 뒤 그 늙고 추한 동물의 모습을 내려다보았다.

내 우려와는 달리 녀석은 안으로 들어오려고 하지 않았다. 대신 그 자리에 꼼짝 않고 앉아 고개를 쳐들고 있었다. 드문드문 빠진 자리가 있는 더러운 털과 비쩍 마른 다리, 빤히 올려다보는 갈색 눈을 한 똥개였다.

그후 아침마다 개는 그 자리에 앉아 있었다. 신문을 집어오려고 현관문을 열면 개는 마치 무엇인가를 갈구하는 듯한 눈으로 나의 동작을 찬찬히 관찰하였다.

무엇이 녀석으로 하여금 캄캄한 계단을 차근차근 밟아 올라와 그 똑같은 자리에 앉게 했을까. 예전에 살았다는 신혼부부의 잃어버린 개가 집을 찾아온 것이 아닐까 하여 주인 아주머니에게 물었으나, 그 집은 개를 기른 적이 없었다고 했다.

아유, 난 동물이라면 고양이고 개고 싫어하는 거 몰라? 특히 개새끼들은 밤낮으로 짖어대는 게 아주 그만 딱 질색이라구. 일부러라두 난, 개 키우는 사람들은 들인 적이 없어.

엿새째 되던 금요일 아침, 나는 간밤에 남은 누룽지를 들고 나가 개에게 내밀었다. 순한 개라고 그 동안 판단했던 나의 실수였다. 손을 내민 순간 날카로운 이빨이 내 검지손가락을 훑었다.

짧은 비명을 지르며 나는 거세게 문을 닫았다. 핏방울이 맺힌 손가락을 붙든 채 다급히 방으로 달려갔다. 상처난 손가락에 머큐로크롬을 바르며 나는 광견병을 염려했고, 그러자 몹시 불쾌해졌다.

그날 회사에서 개 이야기를 하자 동료들은 웃었다.

발로 툭 차버리면 되지, 그걸 못 해요?

걱정 말아요, 내일 아침에 우리가 갈 테니까. 잡아서 개 장수한테 팔자구요.

농담으로 시작했던 말이 반쯤 진담이 되어, 몇몇 남자 동료들은 원한다면 오는 일요일 아침에 집으로 와주겠다고 했다. 객쩍어진 나는 그러기 전에 내 손으로 녀석을 쫓아내겠다고 했다.

이상한 일은, 마치 나의 결심을 알아챘다는 듯이 다음날 아침 개가 현관 앞에 앉아 있지 않았다는 것이다. 그 다음날인 일요일에도, 월요일에도 개는 나타나지 않았다.

그리고 화요일 아침 그 버려진 개 대신 현관 앞에 웅크리고 앉아 있었던 것은 의선이었다. 의선의 헝클어진 머리카락은 그 늙은 개만큼이나 더러웠다. 그녀는 알몸 위로 낡은 남자용 바바리 코트만을 허술하게 여며 입고 있었다.

누구얏!

의선이라는 것을 알아보지 못한 내가 비명을 지르자 그녀는 무릎에 파묻고 있던 얼굴을 들었다. 그녀의 얼굴은 더럽고 창백했다.

그녀가 알몸으로 거리를 질주한 지 어림잡아 보름 남짓의 시간이 지난 봄날이었다. 동숭동 일대에서 일약 화젯거리가 되었던 그 사건에 무성한 소문만을 남긴 채 의선은 사라져버렸었다. 파출소에 끌려간 지 한 시간 만에 소홀한 감시를 틈타 달아났다는 이야기를 나는 삼층의 여직원들에게서 들었었다. 그렇다면 의선이 걸친 바바리 코트는 경관들 중 한 사람이 입혀주었다는 옷이었을 것이다.

그런 상태로 어떻게 내 집을 기억할 수 있었을까. 그전에 의선이 내 집에 온 것은 오래 전, 그것도 한 번뿐이었다는 것을 생각하면 기묘한 일이었다. 그러나 그보다 더욱 알 수 없는 것은, 의선이 사라져버렸다는 명윤의 전화 메시지를 들은 지난 일요일 밤, 흡사 잊고 있었던 약속처럼 갑작스럽게 내 눈앞에 어른거리던 그 늙은 개의 퀭한 갈색 눈이었다.

3

의선의 키가 작은 편이긴 했다. 백오십칠 센티미터쯤? 그러나 의선을 생각할 때 '무척 작다'는 인상부터 떠오르는 것은 그녀의 몸매가 지나치게 야위어 있었기 때문이다.

의선의 생김새는 평범했다. 조그맣고 마른 얼굴에 코와 광대뼈는 평면적이었다. 긴 외꺼풀 눈이 유달리 맑기는 했다. 인중이 약간 짧아 웃을 때면 입술이 유아적인 동그란 모양으로 벌어졌고, 그 안으로 오종종한 옥니가 보였다. 애써서 찾아보려 해도 남다르게 예쁜 구석이라고는 없는, 누군가 후천적인 매력에 대해 어떻게 생각하느냐는 식의 질문을 던진다면 그때서야 어렴풋하게 떠오를 법한 얼굴이었다. 그러니 그녀를 사랑하는 남자도 아닌 내가 이따금씩 그녀를 아름답다고 느꼈던 것은 의아스러운 일이다.

그것은 아마 의선이 내가 가지지 못한 면들을 가지고 있었고, 그것들로 인하여 언제나 나를 조금씩 놀라게 했기 때문이었는지도 모른다.

이를테면 이따금 의선은 무엇이든 상대에게 더 주지 못해 안타까워하고 있는 것 같은 인상을 주었다. 나와 함께 식당에 가면 의선은 재빨리 냅킨 두 장을 식탁에 깔고는 두 벌의 숟가락과 젓가락을 짝 맞춰 가지런히 놓았다. 물을 떠오는 것, 반찬이 떨어지기 전에 더 갖다달라는 이야기를 하는 것은 물론 그녀 혼자 도맡아 하는 일이었다. 언젠가 내 월급날에 맞추어 해물탕집에 갔던 저녁에는 새우 요리가 나오자 일일이 껍질을 까서 모두 내 밥 위에 올려놓아 나를 당황하게 했다.

의선이 듣는 앞에서는 무엇인가가 마음에 든다는 말을 함부로 할 수 없었다. 의선의 머리핀이나 새로 입은 블라우스 따위를 예쁘다고 하면 금세 그녀의 얼굴은 당장 그것을 줄 수 없는 안타까움으로 쓸쓸해지곤 하였다. 반은 인사말로, 반은 진심으로 그런 이야기를 했던 다음날 쇼핑백에 담긴 블라우스를 조심스럽게 건네받은 후로 나는 다시 그런 칭찬을 하지 않았다.

그렇다고 의선이 사람들에게 부담을 주거나 수선스러운 성격이었던 것은 아니다. 그녀는 오히려 너무 조용해서 좀처럼 눈에 띄지 않았다. 거의 중량감이 없게 느껴질 만큼 걸음걸이가 조용했으며, 말씨는 늘 차분하고 예의발랐다.

나는 의선이 한 번이라도 누군가를 비난하는 말을 들은 적이 없었다. 누구나 가끔씩은 하게 마련인 직장 상사들에 대한 험구조차 그녀는 하지 않았다. 거리에서 마주 오던 낯선 행인과 어깨를 부딪치면, 누구의 잘못이었든 상관없이 그녀의 입에서는 '아아, 죄송합니다' 하는 가냘픈 목소리가 흘러나왔다. 정작 그 진심에서 우러나온 사과를 받은 사람들은 아무 말도 듣지 못한 것처럼 당당하게 제 가는 방향으로 걸어가곤 하는 것을, 그녀는 아픈 어깨를 한 손으로 주무르며 거듭 뒤를 돌아보곤 하였다. 마치 그들이 잘 걸어가고 있는가를 끝까지 살펴야만 마음을 놓을 것 같은 표정이었다. 그때 의선의 눈길에 어려 있는 염려는 어린아이의 걸음걸이를 살피는 것과 같이 주의깊고 부드러운 것이었다.

그렇게 상대를 보살피고 싶어 안타까워하면서도 정작 의선 자신은 남에게 의지하거나 고충을 털어놓는 법이 없었다. 나는 그녀가 덥다거나 춥다는 말을 입에 담는 일을 들은 적이 한 번도 없었다. 아픔에 대한 것도 마찬가지였다. 언젠가 나는 그녀의 검지손가락에 제법 큰 밴드가 붙어 있는 것을 보고 웬 상처냐고 물었었다.

별거 아니에요. 가위에 베었어요.

의선은 정말로 아무것도 아니라는 듯이 담담하고 외로운 웃음을 지어 보였다. 그러나 그 밴드는 달포가 넘도록 그녀의 손을 떠나지 않았다.

자꾸 물을 묻혀서 덧나는 바람에 그렇지, 정말 별거 아니에요.

마침내 밴드를 떼어낸 뒤에 내가 본 흉터는 오랜 시간 지워지지 않을 것이 분명한 깊고 큰 것이었다.

그 호들갑스럽지 않음 때문에 나는 의선의 자잘한 호의들을 큰 부담 없이 받아들일 수 있었을 것이다. 며칠 전에 새로 사 입었던 블라우스를 쇼핑백에 담아 나에게 건네는 순간에조차, 자신의 호의를 들킨 데 대한 수줍음을 이기지 못해, 자신의 행동이 지나치거나 부담을 주는 것이 아닌가 하는 염려로 인해 의선의 갸름한 볼은 발그레하게 물들어 있었다.

내가 의선을 처음 본 것은 삼 년 전, 지금 몸담고 있는 회사로 옮겨온 지 얼마 되지 않았을 무렵의 봄날이었다.

예년에 비해 쌀쌀한 날씨였다. 차가운 황사 바람과 밝은 햇빛이 부조화하게 뒤섞여 도심의 대기를 온통 들썽거리게 하고 있었다. 그 수선스러운 공기 속으로 잎눈을 피워내기 시작한 회사 앞 인도의 가로수를 보며 나는 망설이고 있었다.

나는 좀 지쳐 있었다. 한 달 남짓 함께 일하던 유일한 평기자가 느닷없이 급성 간경화로 병가를 낸 까닭에 다섯 편의 크고 작은 기사를 한꺼번에 마감에 대야 했고, 몇 편의 무성의한 외부 원고는 인쇄소로 넘어가기 직전까지 거의 창작에 가까운 손질을 해야 했다. 인쇄소에서 온 고학생이 오케이 원고를 가져간 뒤 시계를 보니 오후 세시였다. 전날 저녁부터 제대로 먹은 것이 없다는 것을 깨닫자마자 허기가 치밀었으며, 회사 앞 분식점에 혼자 나가 헐한 점심을 때우고 나자 이번에는 졸음이 밀려왔다.

사무실에 몇 가지 잡무가 남아 있기는 했지만 다음날 처리해도 되는 일들이었다. 가방을 가지고 나와버릴까. 아니면 퇴근시간이 얼마 남지 않았으니, 사무실의 푹신한 접대용 소파에서 어제부터 읽지 못한 신문들을 읽을까.

일단 자판기 커피를 뽑아서 들어가며 생각하기로 하고 사무실 쪽으로 걸어가던 참에 나는 한 여자를 보았다.

몸매에 비하여 무거워 보이는 소포 뭉치를 양손에 들고 여자는 맞은편에서 걸어오고 있었다. 네거리까지 한 블록을 걸어가 횡단보도 건너에 있는 우체국에 가려는 것이리라. 옷차림이며 질끈 묶은 머리 모양은 지극히 평범한 사무원의 모습이었는데, 이상하게도 나는 그녀에게서 눈을 뗄 수 없었다.

여자는 마치 묶인 것 같았다.

그녀의 눈에는 금방이라도 넘칠 듯이 물기가 번들거리고 있었다. 그 눈물이 넘치지 않게 하기 위해 그녀는 더욱 눈을 부릅뜨고 있었다. 그렇게 응시해야만 할 가상의 물체가 허공에 있는 듯이, 여자는 그것을 쏘아보며 빠른 속력으로 성큼성큼 걸어왔다. 커다란 소포를 든 앙상한 손목들은 마치 결박당한 듯 타이트 스커트의 봉제선에 밀착되어, 다리의 빠른 동작이나 강한 눈빛과 대조를 이루고 있었다.

이 미터 거리로 내 앞에 다가왔을 때 기어이 그녀의 눈에서 굵은 눈물이 떨어졌다. 내 시선을 의식한 것인지, 그녀는 소포를 든 손을 끌어올려 눈물을 닦으려고 몇 차례 시도하였다. 그러나 그녀는 기껏 허리께까지 손을 들어올릴 수 있을 뿐이었다. 여전히 눈을 부릅뜬 채, 뺨과 입 언저리에는 치욕스러운 두 줄기의 눈물 자국을 새긴 채, 여자는 나를 외면하며 스쳐 지나갔다.

길거리에서 우는 사람을 본 것이 그때가 처음이었던 것은 아니었다. 길에서 우는 사람은 오히려 주변 사람들에게 곁을 주지 않는 성품일 것이라는 추측을 해본 일도 있었다. 얼마나 평소에 눈물을 보이는 것을 꺼려했으면, 억지로 막아두었던 둑이 터지듯 익명의 무수한 사람들 속에서 울음을 터뜨릴 것인가.

오히려 내 인상에 강하게 남은 것은 여자의 눈물이 아니라 손이었다. 소포에 결박당해 있던, 어떤 무도한 사내가 느닷없이 젖가슴을 움켜쥔 뒤 달아난다 해도 속수무책일 여자의 손이었다. 여자의 서늘한 시선은 마치 그 결핍된 물리력을 대신하듯 정면을 쏘아보고 있었다. 눈물이라기보다 응축된 말이 흘러나온 것 같은 여자의 뺨은 화장기 없이 까칠하였다.

내가 다시 그 여자를 본 것은 회사의 세면장에서였다.

점심시간이 끝날 무렵이었다. 칫솔과 양치컵을 들고 내가 들어섰을 때 두 여자가 거울 앞에서 화장을 고치고 있었다. 좌변기가 설치된 화장실 한 칸과 세면대, 걸레 빠는 수도꼭지가 있을 뿐인 그 비좁은 세면장은 아래층의 제약회사 여직원들과 함께 쓰게 되어 있었다.

아유, 또 토하네?

꼭 입덧하는 것 같애. 안 그래?

……말도 안 돼…… 위염이 있다고 했잖아.

쑥덕거리는 여자들의 음성을 덮으며 화장실 안에서 토하는 소리가 들려왔다. 고통스러운 구역질 소리가 잦아질 듯 잦아질 듯 계속되었다.

물 내리는 소리가 들렸다. 잠시 후, 마르고 작은 몸집의 여자가 고개를 수그린 채 문을 열고 나왔다.

소포에 묶여 있던 바로 그 여자였다.

여자의 얼굴은 핼쓱했고, 지난번 거리에서 보았을 때보다 쇠약하게 느껴졌다. 그녀는 자신을 바라보고 있는 사람들의 시선을 의식하지 못하는 듯했다. 방금 토악질을 한 사람 특유의 어둡고 참을성 있는 얼굴을, 그녀는 세면대의 찬물로 오랫동안 씻었다.

그날 오후 지하철 승강장에서 그녀를 보았다. 나는 좀처럼 누군가에게 먼저 말을 걸지 않는 편이었지만 순전한 호기심 때문에 그녀에게 인사를 건넸다.

안녕하세요.

그녀는 경계 섞인 눈빛으로 나를 돌아보았다. 그녀는 나를 알아보지 못했다. 좀전의 토악질 탓인지 야윈 그녀의 얼굴에서는 핏기가 말쑥하게 걷혀 있었다.

삼층에서 일하시지요?

사층 잡지사에 새로 들어온 직원임을 밝히며 통성명을 제안했을 때에야 그녀의 얼굴에서 경계가 사라졌다. 그녀는 어렴풋이 웃었는데, 참으로 힘없는 웃음이었다.

우리는 같은 방향의 전동차를 탔다. 그 여자는 말수가 적은 편이었으므로 내가 화제를 이어가야 했다. 나는 새로 옮겨온 사무실의 분위기와 회사 건물의 제법 참신한 설계, 불친절한 경비원들에 대하여 이야기했다. 그 여자는 기껏해야 '예' 나 '글쎄요' 정도의 대꾸를 하며 나의 이야기를 듣고 있었다. 몇십 분간 서서 가는 것도 힘이 드는 듯, 동그란 손잡이에 손목을 끼워 거의 완전히 몸무게를 실은 채였다. 그녀의 눈에서는 처음 보았을 때 내 가슴을 서늘하게 했던 광채가 보이지 않았다. 그것은 약간 실망스러운 일이기도 했다. 내가 그녀에 대해 알아낸 것은 그녀의 이름이 의선이라는 것, 성은 임(林)이고 '선' 자는 '善' 이 아니라 '仙' 을 쓴다는 것, 이곳 제약회사에서 일한 지는 햇수로 이 년째라는 것 정도였다.

어디까지 가시죠? 나는 여기서 내리는데요.

선반에 올려놓았던 가방을 내리며 내가 물었을 때 의선은 대답했다.

……사실은 저는 갈 곳이 없어요.

무슨 뜻인지 이해하지 못하는 나에게 의선은 다시 한번 예의 어렴풋한 웃음을 지어 보였을 뿐이었다. 그때 나는 두고두고 스스로도 이해할 수 없었던 행동을 했다. '그럼 나하고 같이 갈래요?' 라고 나도 모르게 물은 것이다.

어떻게 해서 내가 그런 갑작스러운 제안을 할 수 있었던 것일까. 의선의 말씨나 태도가 지나치게 무방비 상태였기 때문일까. 그래서 전혀 그녀를 경계할 수 없었던 탓일까. 나 스스로도 놀란 그 질문에,

정작 의선은 입술만 지그시 물고 있을 따름이었다.

지하철 역을 빠져나와 내 집을 향해 걸어가는 동안 의선은 이틀 전의 폭우 이야기를 했다. 오전 열시께부터 다음날 새벽까지 마치 여름 장마처럼 퍼붓던 비였다. 서울 경기 일원에 호우주의보까지 내렸던 그 비 때문에, 세들어 살던 집의 담벼락이 무너졌다는 것이었다. 의선이 혼자 지내는 반지하 방에도 물이 가득 찼다고 했다. 허술히 지은 옛날 집이라고는 하지만 그렇게 쉽게 무너질 줄은 몰랐다고 그녀는 말했다. 주인 할머니는 인부들을 불러 벽을 다시 세우고, 내친 김에 진작부터 꺼져앉았던 의선의 방바닥에도 콘크리트질을 다시 해주기로 하였다고 했다. 그래 얼마 안 되는 살림살이며 이부자리를 모조리 마당에 내놓은 게 전날의 일인데, 이날 새로 깐 콘크리트가 마르자면 다음날이나 되어야 들어가 잘 수 있다는 것이었다. 주인집에 하룻밤 신세를 지면 되기야 하겠지만 그 집도 식구들이 많고 방이 작아 망설여진다고 했다.

상황을 설명하는 의선의 목소리는 시종 수줍은 듯하면서도 담담하여, 마치 다른 사람의 이야기를 들려주는 것 같았다. 그녀의 설명을 듣는 동안 나는 그녀가 종결어미를 감칠맛 있게 잡아끄는 버릇이 있다는 것, 그녀의 성격이 솔직하면서도 다정하다는 것을 알았다. 의선의 말에는 불필요한 수식 어구나 감탄사가 없었다. 마치 무대에 나오자마자 인사 없이 뚜벅뚜벅 걸어가 피아노 앞에 앉은 뒤 악보를 펴자마자 곧바로 연주에 돌입하는 연주자처럼, 의선은 자신만의 군더더기 없는 말법에 따라 말하고 있었다. 나는 그것이 대화를 통해서보다는 글을 써서 다듬어진 말들이라는 인상을 받았다. 그녀는 하다 못해 일기라도 쓰고 있는 사람일 것이다.

내 방은 꼭대기층이에요.

빌라 현관 앞에서 일러주자 의선은 처음으로 이를 보이며 활짝 웃었다. 떡니를 비롯한 윗니들이 아랫니들처럼 작아 귀여운 인상을 주는 웃음이었다. 그녀는 어린아이처럼 고개를 뒤로 꺾고 일층, 이층, 삼층…… 하고 세더니 사층이오?라고 물었다. 창문도 있나요, 라고 그녀는 조심스럽게 덧붙여 물었다.

밝겠네요.

의선은 다짐하듯 말했다.

아침이면 아주 환한 방이겠어요.

방으로 들어서자마자 의선은 창문을 가리고 있던 커튼을 활짝 젖혔다.

창문 밖에는 땅거미가 내리고 있었다. 푸르스름한 빛의 입자들이 조금씩 어둠으로 몸을 바꾸어감에 따라, 창 밖으로 펼쳐진 무수한 지붕들과 옥상들, 전신주와 도로와 주차한 차들의 모습은 서서히 지워져가고 있었다.

간단히 준비한 저녁상을 들고 방문을 열었을 때 의선은 아직 그 창 앞에 붙박여 서 있었다.

창 밖에 짙은 어둠이 깔려 있었으므로 불을 켜지 않은 방은 어두웠다. 의선씨, 라고 불렀을 때에야 그녀는 고개를 돌렸다. 골목에서 새어드는 미미한 빛을 등에 진 그녀의 얼굴 윤곽은 검게 뭉개어져 있었다.

4

"여기가 어디죠?"

명윤은 거친 손놀림으로 눈을 비볐다. 실제로 통증을 느낄 것 같은 붉고 선명한 핏줄이 흰자위의 가운뎃부분에 그어져 있었다.

"영월."

마치 자신이 잠들었다는 것을 믿을 수 없다는 듯이 명윤의 눈은 초조하게 사방을 두리번거리기 시작했다. 승객들은 더러는 잠들고 더러는 이야기하고 더러는 먹고 있었다. 명윤은 그들의 모습을 둘러보다가, 무엇인가를 죄스러워하는 것 같은 얼굴로 나를 보았다.

"얼마나 잤어요, 나?"

내가 잠깐 대답을 망설이는 동안 명윤은 변명하듯 말했다.

"공기가 탁해서 잠들었던 모양이에요."

역시 대답할 짬을 주지 않고 그는 다시 중얼거렸다.

"아무래도 불안해서, 깊이 잠들지도 못했어요."

역시 그에게 대답하지 않는 편이 좋을 것 같았다. 자신의 말이 끊어지는 것을 스스로 견디지 못하는 것처럼, 명윤은 누군가의 대꾸가 자신을 가로막는 것 역시 견디지 못하고 있었다.

"……열차가 안전하긴 안전하겠죠? 나는 이상하게 사고 기사 같은 게 잊혀지질 않아요. 사실 이쪽 국도는 위험해요. 승용차뿐 아니라 고속버스도 위험하다구요…… 그렇긴 한데 열차사고도 무시 못하니까요. 특히 이쪽 지방에 철도사고가 많아요."

한기를 느꼈는지 명윤은 창 옆에 걸린 외투를 내려 자신의 가슴을 덮었다.

"팔십삼년인가…… 야간운행중이던 특급열차가, 대기중이던 화물차를 뒤에서 들이받아서 침대칸에서 자고 있던 승객 네 명이 죽은 사고가 있었어요. 그 뒤로 삼 년쯤 뒤였을까? 통일호였을 거예요. 브레이크가 말을 안 듣는 바람에 열차가 방호벽에 부딪혔죠. 다행히 기관차만 탈선해서 사망자는 없었지만 큰 사고였어요.

무궁화호 사고도 기억나요. 객차 간 이음쇠가 끊어져서 여덟 량 중 다섯 량이 뒤에 남은 거예요. 수백 명의 승객들이 어둠 속에서 추위에 떨면서 세 시간 동안 구조대원을 기다린 걸 상상해봐요. 하긴, 이렇게 노후한 기차를 버젓이 운행시키는 걸 보면 더 큰 사고가 안 일어나는 게 신기한 일이죠."

갑자기 생각났다는 듯 명윤은 물었다.

"뭐 하는 사람이라고 했죠?"

"누구?"

"오늘 만날 취재원 말예요."

"탄광 사진작가."

"탄광 사진만 찍어요?"

나는 사진집을 명윤에게 건네었다.

"한번 볼래?"

칠십 페이지 안팎의 흑백 사진집을 명윤은 단 십오 초 만에 후루룩 훑어보더니 나에게 돌려주었다.

"마음에 안 들어요."

"왜?"

"너무 강해요."

나는 이 사진들의 강한 점이 가장 마음에 든다고, 이 광부들의 얼굴은 생생하게 살아 있으며 어딘가 깊은 통찰력을 느끼게 해주는 데가 있다고, 그리고 프린트 솜씨도 여간이 아니라고 말했다. 하나같이 강인한 인상이 드러나 있는 것으로 보아 사진작가의 성격도 그러할 것 같다고, 이런 사진들을 건지려면 거의 광산촌에서 숙식을 같이 했을 거라고 했다.

내가 말을 끝마칠 때까지 명윤은 시종 눈살을 찌푸리고 있었다. 터질 듯한 그의 내면은 지금 자신으로만 가득 차, 누구의 말에도 집중할 수 없는 상태인 것이다. 껌종이처럼 구겨져 있던 명윤의 이마는 내 말이 끝날 때쯤에야 펴졌다.

"인영 선배 사진이 더 좋아요."

"그래?"

나는 씁쓸하게 웃었다.

"보고 있으면 마음이 편해지니까요."

"모두 버렸는걸."

"버리다니오?"

"다 없앴어."

당황해하는 명윤의 얼굴이 천진무구해 보였으므로 나는 그가 약간 좋아졌다. 명윤의 눈동자에서 초조함이 잠시 가시면서 오래 전에 보았던 투명한 표정이 드러났다. 자신의 찌푸려진 내면에서 벗어나 갑자기 타인에게 관심을 가지게 될 때 사람의 얼굴은 저렇게 투명해지는 모양이었다. 추궁하는 사람도 없는데 끊임없이 변명과 답변만을 찾다가, 자신도 질문을 던질 수 있다는 것을 갑작스럽게 깨달은 것처럼 명윤은 놀라고 있었다.

"누가요, 선배가?"

나는 고개를 끄덕였다.

"전부?"

"전부."

명윤은 진심으로 놀란 것처럼 보였다.

의선이 내 사진들을 불태운 여름밤 이후부터 나는 바다 사진을 찍지 않았다. 남아 있는 여남은 장의 사진들을 볼 때마다 손톱으로 살갗을 후비어내는 듯한 통증을 느꼈다.

그 모든 사진 쪼가리들이 언젠가는 사라지고 말 것들이었다는 것을 깨닫는 데에는 많은 시간이 걸리지 않았다. 왜 그런 짓을 했는지 까닭은 알 수 없지만, 어쨌든 의선은 그것들을 없애는 일을 앞당겨 준 것뿐이었다. 나는 다만 남은 사진들을 불태우기를 망설이며 이날 아침까지 버텨왔을 따름이었다.

과연 그 수많은 사진들 가운데 진정으로 내 마음에 흡족했던 것이 있었던가. 그토록 분노하고 가슴 아파할 만큼 가치 있는 것들이었던가. 어떤 과거에도 마음을 누지 않는다고 생각하면서도 결국 그 의미없는 사진들에 집착해왔던 자신을, 나는 이상스러울 만큼 텅 빈 시선으로 바라볼 수 있었다. 마치 의선은 나의 사진들을 불태웠듯이, 내 내부의 무엇인가를 태워 그 자리에 빈 공간을 만들어놓은 것 같았다.

명윤은 여전히 당황한 표정으로 따라 웃고 있었다. 웃음을 그친 뒤 오랫동안, 그는 자신의 웃음이 남긴 묵직한 그물 같은 우울을 얼굴에서 걷어내려는 듯 말을 잃고 있었다. 열렬하게 지껄이는 것보다 더 많은 에너지를 필요로 하는 것 같은 침묵이었다. 침묵하는 그의 얼굴에 빠르게 스쳐가는 여러 표정들이 불편한 심경을 말해주고 있었다.

명윤의 얼굴에는 각진 데가 없었다. 그렇다고 둔해 보일 만큼 둥글지는 않았지만, 차가워 보이지는 않을 만큼 턱과 뺨의 곡선이 완만했다. 문학하는 사람치고는 살이 붙은 얼굴이었다. 어쩌면 저 얼굴의 곡선과 같은 우유부단함과 나약함 때문에 명윤은 아직까지 떠나지 못하고 있는지도 모른다. 지난 삼 년간 그는 나를 만날 때마다 '조만간에 망명하고 말 겁니다' 라고 고백하곤 했다.

하지만 어디로 가죠?

명윤은 초조한 어조로 동의를 구하며 자신의 말을 여러 차례 번복하곤 하였다.

어디로 간다고 해도 똑같지 않겠어요?

뭐가 달라지겠어요?

알아요, 조금 나은 정도겠죠. 하지만 어쩌면 그 조금이라는 게 숨을 쉴 수 있게 해줄지도 모른다는 생각이 들어요. 숨을 쉬는 게 힘이 드니까…… 이곳에서는 언제나, 앞사람이 가는 대로 벼랑 끝을 밟고 앞만 보고 가야 하니까요.

하지만, 다른 곳에 가도 결국 마찬가지겠죠. 지금 이 순간에도 어딘가에서는 교전이 벌어지고 있고, 누군가 살해되고, 굶고 병들어 죽어가고, 어린 여자애들이 몸을 팔고 있겠죠. 힘을 가진 큰 것들이 힘없는 작은 것들을 먹고 마시는 동안…… 그런 것들은 결코 변하지 않겠죠. 오히려 점점 심해지겠죠.

내가 너무 예민한가요? 선배도 그렇게 생각해요? 내가 너무 피곤하게 생각하고 있나요? 내면이 텅 비어서 밖으로만 뛰쳐나가려고 하는 사람 같아요? 바깥에서 해결책을 찾을 수 있다고 믿는 어리석은 철부지 같아요? 솔직하게 말해봐요.

그때 내가 '네가 더 잘 알고 있지 않니'라고 되물었다면 명윤은 상처를 입었을 것이다.

내가 보기에 너는 단지 감상적일 뿐이야. 이제 그럴 나이도 지나지 않았니. 언제까지 젊음을 낭비하고 있을 생각이니. 현실을 직시할 수 없다면 거짓말이라도 해라. 똑바로 보는 척이라도 해.

그러나 나는 다만 침묵했다. 언젠가부터 나는 명윤과의 대화에서 진심을 숨겨오고 있었다. 바로 그것이 명윤의 마음을 편하게 해주었는지도 모른다. 어쩌면 나는 그에게 왜 이러니, 왜 이렇게 살고 있니, 라고 다그치거나 강압하거나 염려하지 않는 유일한 사람이었을 것이다. 그것이 명윤이 이따금 연락도 없이 나를 찾아와 마음을 털어놓고 가곤 하는 까닭이었을 것이다. 나는 한마디 따뜻한 말로도 그를 위로한 적이 없었고 오히려 거의 곁을 주지 않았음에도, 오히려 그 때문에 그는 나름의 위로를 받았던 것이다.

"언제부터였죠?"

힘겹게 지키고 있던 침묵을 깨며 명윤은 나에게 물었다.

"정확히 언제부터 그 사진을 찍기 시작했어요?"

"칠 년, 아니 팔 년 전쯤."

나는 대답했다.

"그 동안 찍은 걸 모두 없앤 건가요?"

"아무것도 아닌 것들이었어."

명윤은 나에게서 시선을 피한 채 창 밖을 향해 얼굴을 고정시키고 있었다. 미심쩍은 어조로 그는 다시 물었다.

"……정말 그렇게 생각해요?"

정말 그렇게 생각하는가.

나는 자신에게 또박또박 물었다. 그 칠 년이라는 시간은 나에게 아무것도 아니었던가.

내가 사진을 찍기 시작한 것은 대학 졸업반 때부터였다. 필요없어진 전공 책들을 정리하여 다락에 올리다가 우연히 언니의 중고 수동 카메라를 발견했다. 민영 언니가 세상을 떠난 것은 내가 열한 살 때의 일이었으니, 그녀의 유품들은 십 년 넘게 다락에 처박혀 있었던 셈이었다. 그 낡은 카메라를 들고 나는 그 여름방학 내내 서울 시내와 근교를 헤매어다녔다.

그때 이후로 나는 보는 눈뿐 아니라 기록할 수 있는 눈을 함께 가지게 되었다. 이백오십 분의 일 초 혹은 백이십오 분의 일 초라는 찰나를 감쪽같이 내 수중으로 훔쳐낼 수 있게 하는 사진기라는 기계에 나는 매혹되었다. 내가 훔치는 것은 피사체뿐만이 아니었다. 그 찰나의 시간과 빛이기도 했다. 마치 존재하지 않는 것이나 다름없는 그 짧은 찰나가 영원이 되는 순간, 긴 침묵이 되어 나를 물끄러미 바라다보게 되는 순간의 매혹에 나는 빠져들었다.

모든 사물들이 새롭게, 끊임없이 창조적으로 되살아오던 쾌감을 기억한다. 뷰파인더를 통해 보는 세상을 나는 사랑했다. 세상은 이전까지의 남루하고 갑갑한 껍질을 벗고 싱싱하게 살아 숨쉬는 육체로 나에게 육박해왔다. 그때마다 나는 기쁨에 떨었다. 그러나 그것은 무엇을 위한 기쁨이었을까. 나는 내가 찍기 시작한 사진들이 내 삶의 증거라고 생각했다. 그러나 과연 무엇을 위한 증거였을까.

너도나도 직장을 얻기 위해 뛰어다니던 그해 겨울에는 무덤을 찍고 다녔다. 둥글거나 타원형이거나 납작하거나 야산의 무덤들은 평화로웠다. 그것들을 찍고 나서야 나는 집에 돌아와 잠들 수 있었다.

늙은 어머니와 단둘이 누워 있는 방은 마치 낮 동안 내가 찍고 돌아온 무덤들의 내부 같았다. 다만 무덤 속에 있는 사람들은 더이상 어머니처럼 밤마다 이를 갈며 무엇인가를 중얼거리거나 침을 흘리고 신음하지 않아도 된다는 것이 다를 뿐이었다. 그런 어머니를 볼 때마다 내가 해줄 수 있는 일은, 그녀가 겪고 있는 그 무엇인지 모를 괴로움이 단지 꿈이라는 것을 일깨워주기 위해 그녀의 머리를 흔들어주는 것뿐이었다. 잠에서 깨어난 어머니는 눈을 뜨지도 않은 채 이불을 고쳐 덮고 다시 곤한 잠에 들곤 하였다.

졸업과 함께 잡지사에 발을 들여놓게 되자 사진기를 다룰 수 있다는 것이 상당한 득이 되었다. 회사 쪽에서는 출장 때마다 인건비를 줄일 수 있었고 나로서는 일행 없이 자유롭게 취재를 다닐 수 있었다.

바다 사진을 찍기 시작한 것은 첫 직장에서 이 년차가 되던 때부터였다. 취재가 끝나고 자투리 시간이 생겼을 때, 특근이 없는 일요일이나 휴가 때면 가깝고 먼 바다를 찾았다.

프로가 되고 싶은 생각 따위는 처음부터 없었다. 그럴듯한 풍경 사진을 갖고 싶은 것도 아니었다. 따라서 어느 곳의 바다인지 알 수 있게 하는 육지의 풍경은 배제했다. 하늘이나 구름, 모래와 자갈 따위가 어쩌다가 함께 들어가기도 했으나 그야말로 어쩌다가 삽입된 것이었을 뿐이다. 주제는 언제나 순수한 바다였다. 수평선을 프레임의 중간이나 삼분지 일, 혹은 오분지 일의 상단에 놓고, 모래밭에 들썽거리는 물결의 흰 포말과 검은 먼바다를 모두 흑백으로 찍었다. 언젠가 그것들을 어깨 너머로 훔쳐본 한 회사 동료는 의아해했다.

이걸 왜 찍은 거예요?

같은 사진이 왜 이렇게 많아요?

그 똑같아 보이는 사진들을 찍기 위해 알려지지 않은 바닷가를 헤매다니는 나의 행동이 동료에게는 별스러운 기벽으로 여겨지는 모양이었다.

그러나 그 똑같은 사진들을 수없이 찍었으면서도 나는 '이거다' 라고 할 만한 사진을 갖고 있지 못했다.

내가 태어나기 전부터 밀려왔다가 밀려나가고 있었으며 내가 죽은 뒤에도 그 거대한 움직임을 계속할 바다를 바라보다보면, 마치 접신(接神)과 같은 지점을 만나게 되기 마련이다. 나라는 존재가 너무 작아 거의 의식할 수조차 없게 되는 바로 그 순간을, 어리석게도 나는 필름 속에 붙박아넣으려 애썼다. 그러나 막상 그것을 인화해보면, 가장 중요한 것은 어디론가 휘발되어버리고 사막 같은 검은 바다만 넘실거리고 있곤 했다.

명윤은 그 사진들을 좋아했다.

오 년 전쯤이었을 것이다. 지금의 회사로 옮겨오기 전에 잠시 근무했던 사무실로 명윤이 찾아왔었다. 마침 암실에서 방금 인화해가지고 나와 마르기를 기다리고 있던 내 사진들을 보고 명윤은 기뻐했다. 그때만 해도 글을 쓰고 있었고 지나치다 싶게 말을 아낄 때였던 그는 '좋은데요' 라고 숨을 내쉬듯이 말했다. 그후로 명윤은 나를 만날 때마다 새로 찍은 사진을 보고 싶어했다. 사진 몇 장을 건네주면, 그는 마치 인화지 속으로 들어가려는 듯 갈급한 눈으로 그것을 들여다보곤 하였다.

나는 사진이 좋아요.

삼킬 듯이 바라보고 있던 사진을 돌려주며 그는 말한 적이 있었다.

말이 없잖아요, 사진 속에는.

너무 오래 들여다보았기 때문에 마치 자신이 만들어낸 사진처럼 느껴진다며 명윤은 덧붙였었다.

특히 선배 사진에는요…… 정말 아무것도 없어요.

반면 의선은 내 사진을 좋아하지 않았다. 지난 여름 내 방의 책상 귀퉁이에 세워놓았던 사진들을 보고 그녀는 말한 적이 있었다.

너무 어두워요.

의선은 검은 바다 위에 젖은 포목처럼 드리워진 연회색 하늘을 보면서 말했다.

바다는 원래 이렇게 어두운 거예요?

바다에 한 번도 가보지 않았느냐고 묻자 의선은 모른다고 했다.

모르겠어요. 가본 기억이 없어요.

그녀의 얼굴은 마치 이제부터 안개 속의 깊고 차가운 개울을 걸어서 건너가야 한다는 것을 깨달은 사람 같은 불안을 안고 있었다.

무엇인가를 기억하려 할 때마다 그녀는 그런 얼굴을 하곤 했다. 처음 나의 방에 온 의선의 몸을 씻기면서 내가 조심스럽게 '왜 그랬어?' 라고 물었을 때 그랬던 것처럼. 그때 의선은 멍한 눈으로 내 눈을 들여다보았었고 나는 더욱 목소리를 낮추어, 최대한 부드러운 말씨로 다시 물었었다. 전혀 기억나지 않아? 횡단보도에서…… 그날 오후에. 의선의 눈이 백치스럽게 깜박이더니 예의 깊은 불안을 안은 얼굴이 되었다. 상처투성이의 알몸을 동그랗게 접으며 그녀가 떨기 시작했으므로 나는 내 경솔한 질문을 이내 후회했었다. 그후 나는 다시 그날의 일에 대하여 의선에게 묻지 않았다.

바다에 대하여 물었던 그날도 의선의 입술은 조금씩 초조하게 일그러지기 시작했다. 그녀의 떨리는 손이 금방이라도 인화지들 씻을 것처럼 불안정해 보였으므로 나는 긴장했다.

……그렇지만, 이렇게 아무것도 없는 곳이라면 가보고 싶지 않아요…… 이렇게 어두운 건 좋지 않아요.

그렇게 말하는 그녀의 목소리나 얼굴이 이미 너무 어두웠으므로 그 말은 이상한 느낌을 주었다. 자신의 말만이 옳다는 듯이, 마치 나무라는 것 같은 어조로 사진을 들여다보며 그녀는 고개를 저었다.

눈 높이로 사진을 치켜든 그녀의 자세는 그것을 금방이라도 세로로 찢어내릴 것처럼 단호했다.

이런 것은 좋지 않아요…… 정말이에요.

5

명윤은 아랫입술을 검지와 엄지손톱으로 연신 쥐어뜯으며 불안한 침묵을 지키고 있었다. 그의 입에서는 금방이라도 말이 터져나올 듯했다. 그의 무목적한 다변이 혀끝까지 나왔다가 도로 삼켜지고, 다시 혀끝으로 밀려나오곤 하는 과정을 반복하고 있는 것 같았다.

명윤이 말을 멈추고 있는 동안 나는 수첩을 다시 한번 훑어보았다. 내가 취재원에 관하여 알고 있는 것은 명윤에게 말해준 것이 거의 전부였다. 황곡의 역사나 광산업에 대해서 참고자료가 될 만한 것들을 찾아 읽기는 했으나, 아직은 모든 것이 흐릿했다.

사진집에 작가의 사진이 나와 있지 않았으므로 나는 그의 얼굴을 알 수 없었다. 전화 목소리가 굵고 약간 쉬어 있었다는 정도가 그의 인상의 전부였다. 시원스럽게 취재를 허락한 것으로 미루어 긴말을 하지 않는 성품이리라는 느낌 정도가 남아 있었다.

곧 생면부지의 그 사람을 만나, 그의 밑바닥에 있는 이야기, 독자들을 움직일 수 있는 이야기, '물건'이 될 만한 이야기를 끌어내야 했다. 그의 신상을 거의 알고 있지 않은 상태에서 생각할 수 있는 질문은 상투적인 것들뿐이었다.

처음 수동 카메라를 만졌을 때 느낌이 어땠나. 하루 일과를 어떻게 보내나. 탄광 사진 찍는 일의 좋은 점과 나쁜 점은 무엇인가. 가족과의 관계는 어떤가. 광부들과의 관계는 어떤가. 목숨을 걸고 하는 작업일 텐데, 무엇을 희망하기에 가능한가. 끝까지 황곡을 지킬 생각인가. 희열을 느낄 때는 언제인가. 어떻게 절망을 이기는가.

언제나, 노리고 있던 '물건'은 전혀 예상하지 못했던 질문에서 터져나온다. 만일 이 사람이 말하는 것을 즐기는 성격이라면 세번째 질문까지만 가도 충분할 것이다. 만일 말을 아끼는 성격이라면 모든 질문에 단답식으로 답한 뒤 오히려 즉흥적으로 던져지는 질문에 무엇인가를 말할 것이다. 어찌 되었든 나는 그가 그것을 말하는 순간을 포착한 다음, 과장과 미화를 적당히 버무려 원고지 이십오 매의 동화를 만들어낼 수 있을 것이다.

수없이 반복된 일임에도 불구하고 나는 습관적인 긴장을 느꼈다. 긴장이라고 부르기도 힘들 만큼 미미한, 그러나 잘 살펴보면 분명히 존재하는 마음의 떨림이었다. 마치 식당에서 주문을 끝낸 뒤 음식을 기다리는 동안의 허기와 같은, 참으로 익숙한 이 긴장감을 나는 좋아하는 편이었다. 그러나 이번에는 피로 때문인지 좋다거나 싫다거나 하는 느낌이 들지 않았다. 아니, 오히려 무엇인가 내키지 않는 기분이었다.

나는 사진집을 다시 펼쳤다.

가슴에서 자른 인물 사진이 여럿 있었다. 내가 좋아하는 스타일로, 정면을 향한 인물들을 한 사람씩 꽉 채워서 담은 사진들이었다. 멋을 부리는 대신 기록자의 진지한 시선을 드러내주는 그 사진들이 마음에 들었다. 그 단순한 프레임 안에서 젊고 늙은 광부들과 선탄장의 여자들은 웃고, 담배 피우고, 표정이 풍부한 시선으로 카메라를 바라보고 있었다. 작업 후 광부들의 목욕 장면, 갱도 안에서 도시락을 먹는 장면, 동발을 메고 포복하는 장면, 선탄 작업을 하며 곡괭이를 치켜들고 있는 장면들도 잘 된 작품들이었다.

어떤 사진에건 작가가 피사체들에게 가지고 있는 감정이 드러나게 마련이다. 이 사진들에는 특별히 사물을 미화한 구석 따위는 없었다. 그러나 미묘하게도 강한 애정이 읽혀졌다. 동정은 결코 아니었다. 오히려 일종의 존경심에 가까운 감정이 사진들에서 배어나오고 있었다. 사진 찍는 이가 피사체들을 보호하고 있다는 것 역시 느낄 수 있었다. 그는 그들의 고통스러운 생을 완전히 까발기지 않기 위해, 위엄을 지켜주기 위해 안간힘을 쓰고 있었다.

이것은 좋지 않다고 나는 생각했다.

결과적으로 정직하지 않은 시선일 수도 있다.

또한 작가가 피사체들의 삶 속으로 완전히 섞여들어간 흔적은 역력하였으나, 동시에 구도부터 인화까지 사진의 작품성이 지나치게 완벽하였다. 그 미묘한 부조화로 인하여 생긴 서늘한 그늘이 그 사진들에 드리워져 있었다. 그 그늘을 작가 자신도 알아채지 않았을까.

나는 마지막 장에 실린 한 광부의 뒷모습을 들여다보았다.

작업을 마치고 나온 모습을 옥외에서 찍은 것이었다. 팔십년대에 유행했던 긴 커트의 머리칼이 안전모의 옆과 밑으로 더벅더벅 길어 있었다. 석탄 가루를 뒤집어쓴 작업복은 마치 누더기처럼 보였다. 작업용 가방을 둘러멘 오른쪽 어깨는 급경사의 사선으로 기울어져 그의 피로를 드러내고 있었으나, 허리춤을 짚고 있는 왼쪽 손에는 힘이 실려 있었다. 그는 젊은 것이다. 아마 삼십대 초반이나 중반쯤일 것 같았다. 그렇다고 그의 몸이 건장한 것은 아니었다. 인물이 그뿐이라 키를 정확히 짐작할 수는 없으나 오히려 중키보다 약간 작을 듯했다. 장화를 신은 다리가 상체에 비해 짧은, 전형적인 동양인의 몸매였다.

그는 걷고 있지 않았다. 오른발을 앞으로 내민 상태로 멈추어 서서 무엇인가를 바라보고 있었다. 작업용 배낭은 그의 기울어진 오른쪽 어깨에서 미끄러질 듯 미끄러지지 않고 있었다. 그의 얼굴은 보이지 않았지만, 아마도 눈살을 찌푸린 채 해를 보고 있는 것 같았다. 캄캄한 갱도에서 방금 빠져나온 그의 검은 몸은 그 강한 햇빛에 콜타르처럼 녹아 흘러내리려 하는 것 같았다. 허리를 받친 강인한 왼

손이 그것을 저지하고 있는 것처럼 보였다.

사진집을 덮기 전에 나는 맨 앞페이지로 돌아갔다. 황곡 출신 소설가가 쓴 짧은 서문이 있었고, 그 옆으로 한 페이지를 꽉 채운 사진이 눈에 띄었다.

콘트라스트가 뚜렷한 사진으로, 동발이 세워지고 레일이 깔린 갱내부를 찍은 것이었다. 인물은 없었다. 거대한 C자 모양의 구도인데, C선의 바깥 부분은 검었고 안쪽 부분은 희었다. 동발들이 받치고 있는 위쪽의 공간은 숨이 막히게 어두웠다. 예의 광부의 뒷모습 사진처럼, 마치 무너지는 어둠을 그 동발들이 받쳐내고 있는 것 같았다. 레일의 바깥선 아랫부분 역시 칠흑같이 검었다.

그 어둠 속에서 레일의 철이 반사하는 빛은 투명했다. 멀리 갱도의 출구에서 스며들어오는 가냘픈 햇빛을 역광으로 받은 동발들이, 강한 원근감을 드러내는 굵은 획들이 되어 C자의 밝은 안쪽에 내리 그어져 있었다. 밝은 부분의 빛을 뿌옇게 휘감고 있는 입자들은 갱도의 습기이리라.

서서히 좁아지면서 화면의 왼편으로 뻗어나간 선로 저쪽의 어둠을 나는 노려보았다. 천천히 갱의 터널이 넓어지는 것을, 어둠과 습기가 내 동공 속으로 빨려드는 것을 느꼈다. 무엇이, 내가 알지 못하는 무엇이 그 안에 있는가.

늙은 개.

불현듯 그 어둠 속에서 튀어오르는 형상에 나도 모르게 소스라쳤다.

나는 그 개를 다시 보았었다. 의선이 목욕 바구니를 들고 사라진 뒤 여남은 날이 지났을 때였다.

출근길이었다. 사층집에서 대로까지 나가는 후미진 골목길은 집집마다 대문 앞에 내다놓은 쓰레기와 취객의 토사물, 개똥 따위로 언제나처럼 더러웠다. 생선 썩는 냄새 같기도 하고 하수구의 악취 같기도 한 쓰레기 냄새가 여기저기서 배어나오고 있었다. 부지런히 걸음을 재촉하며 모퉁이집의 대문 앞을 지나는 순간, 부스럭거리는 소리 때문에 쓰레기봉지 쪽으로 눈이 갔다.

비닐봉지를 물어뜯고 있던 늙은 개의 갈색 눈이 나와 마주쳤다. 녀석의 몸은 몹시 더러웠으나 눈만은 깨끗했다.

마치 사람의 눈에서 그의 배경과 성격을 읽듯이 나는 녀석의 눈을 읽었다.

녀석에게는 주인도 집도 없었다. 정황이 아니라 바로 그 눈이 그것을 말해주고 있었다. 녀석은 아무것에도 속해 있지 않았다. 가진 것이라고는 늙은 몸뚱어리뿐이었다. 언제까지나 새벽 골목을 배회하며 쓰레기봉지를 이빨로 물어뜯으면서 살아가야 한다는 것을 알고 있는 눈이었다.

누군가 내 이름을 부른 것 같아 흠칫 사진집에서 눈을 들었다. 명윤은 창 밖의 풍경을 넋없이 바라보고 있었다. 거칠게 새긴 뒤 잉크를 갓 묻혀놓은 목판처럼 검고 단조로운 광경이 펼쳐지고 있었다. 열차가 탄광지대로 들어서고 있는 것이었다.

4
흉터

1

장(張)은 빛을 보았다고 생각했다. 빛은 첫 순간에는 눈을 찌르는 듯했고, 다음 순간부터는 물먹은 스펀지처럼 눅신눅신했다.

무슨 빛일까.

눈을 질끈 감은 채 장은 생각했다.

불을 켜고 잤던 것일까, 아니면 벌써 안(安)의 출근시간이 되어, 사진관 문이 열리며 바깥에서 쏟아져들어온 햇빛일까.

아무리 헤엄쳐도 가라앉을 수밖에 없을 만큼 부력이 약한 바다에 빠진 듯 장의 새벽잠은 집요했다. 장은 몸을 뒤집었다. 철제 간이침대의 군용 모포에 얼굴을 파묻었다. 갑작스럽게 깊은 잠에서 깨어나는 바람에 생긴 까끌까끌한 괴로움이 물에 씻기듯 풀리어가며, 장은 다시 혼곤한 수면 속으로 빨려들어갔다.

한식경 뒤에 장이 눈을 떴을 때 빛은 없었다. 눈을 감으나 뜨나 똑같은 어둠뿐이었다.

장은 몸을 일으켜 침대 위에 책상다리를 하고 앉았다. 꿈이라기에는 지나치게 생생한 빛이었다. 꿈이 아니라면 기억이었을까. 간밤 술에 취해 쏘다닌 거리의 밤 불빛, 나이트클럽의 스테이지에 쏟아지던 현란한 조명들이 장의 머릿속을 어지럽혔다. 그러나 그것들과는 전혀 다른 빛이었다.

장의 손은 보통 사람보다 삼분의 일쯤 더 크고 두꺼운데다가 굵은 손마디마다 굳은살이 박혀 있었다. 그 거친 손바닥으로 이마와 눈두덩을 힘주어 비비며 장은 빛의 기억을 곰곰이 되씹었다. 그것은 광부들의 병방 근무 시간에 맞추어 밤 열두시에서 여덟시까지 막장을 촬영하고 나올 때면 길고 습기찬 갱도의 끝에서 만나곤 했던 햇빛 같았다. 아내가 잠들어 있는 가작(加作) 사택으로 돌아가는 그런 아침에는 재잘대며 초등학교에 가는 아이들을 볼 수 있었다. 그 아이들의 얇고 부드러운 머리카락에 부서지던 햇살을 장은 어둠 속에서 생각했다.

일어서서 형광등의 스위치까지 걸어가는 동안 장은 정강이를 테이블 모서리에 찧었다.

젠장할.

누구도 듣지 못할 욕설을 뱉으며 장은 더듬더듬 스위치를 손으로 찾았다. 스위치는 짐작했던 것보다 훨씬 바깥쪽에 있었다. 아무것도 없는 벽을 하염없이 더듬고 있었던 꼴이었다.

장은 불이 밝혀진 사진관의 내부를 다소 경멸이 어린 눈으로, 마치 사닥다리 위에 올라가서 내려다보듯이 바라보았다. 팔짱을 낀 장의 몸은 아홉 척의 장신에 어깨가 떡 벌어졌으며, 낡은 코르덴 바지와 털 빠진 검은 스웨터는 한 치수가 작아 손목과 발목이 볼썽사납게 드러났다. 한쪽에만 쌍꺼풀이 진 큰 눈으로, 장은 자신이 팔 개월여 기생해오고 있는 이 좁은 공간을 마치 낯선 곳인 듯 찬찬히 관찰하고 있었다.

형광등의 불빛은 창백하였다. 꿈결에 보았던 찌르는 듯한 빛과는 전혀 다른 병색을 띠고 있었다. 안쪽은 검고 바깥쪽은 자주색인 두꺼운 커튼으로 창과 벽을 모두 막아, 이층임에도 불구하고 사진관 내부에는 전혀 햇빛이 들지 않았다. 그 때문에 언제 일어나도 한밤중처럼 느껴지는 것이었다.

벽시계는 여덟시 삼십오분을 가리키고 있었다. 시간을 잘 지키는 안은 정확히 이십 분 뒤에 사진관 문을 들어설 것이다.

일단 장은 안쪽에서 잠갔던 출입문을 열었다. 다섯 시간쯤 웅크리고 누워 있었던 간이침대를 접어 암실 옆의 창고로 날랐다. 암실에 들어가 두 개의 트레이에 담긴 하루 묵은 현상액과 인화액을 쏟아버렸다. 물을 틀어 트레이들을 닦고 대충 얼굴을 씻었다. 수도꼭지에 입술을 댔다. 간밤의 숙취로 인한 갈증이 가실 때까지 찬물을 삼켰다. 날카로운 손톱으로 명치를 움켜쥐는 것 같던 위통이 조금 가라앉았다.

장은 계산기와 금고, 장부책꽂이가 놓인 책상 앞에 앉아 삐걱거리는 회전의자를 좌우로 흔들었다. 찬물로 씻었음에도 눈꺼풀에서 떨어지지 않는 잠기운 때문에 잠시 눈을 감고 있었다.

이날중으로 손님들이 찾으러 오게 되어 있는 증명 사진들을 정리하는 일이 남아 있었다. 장은 내키지 않는 얼굴로 손을 뻗었다. 장부책꽂이 앞에 놓인 인화지들을 잡아당겨 앞에 늘어놓았다.

반명함판 사진 속의 얼굴들은 긴장한 채 웃고 있었다. 점과 기미들을 지워내는 지루한 작업을 마친, 그래서 저마다 실물보다 그럴싸하게 보이는 사진들이었다.

칼질은 섬세함을 요구했으므로, 앉은키가 큰 장은 잔뜩 어깨를 웅크리고 칼자에 따라 선을 그어갔다.

젠장할.

장은 도중에 칼을 내던진 뒤 회전의자의 등받이에 상체를 기대었다. 지난밤에 마신 독주가 다시 속을 쓰라리게 하고 있었다. 그는 헛일 삼아 칼을 다시 주워, 인화지 아래 받쳐놓은 고무판을 이리저리 잘라보다 밀어내버렸다. 어두침침한 사진관의 집기들 사이로 육중한 침묵이 흐르고 있었다.

아내와 함께 살던 가작 사택에서도 장은 증명 사진을 찍었었다. 사진관에서 증명 사진 찍는 값을 터무니없이 비싸다고 여기는 사람들이 장의 무료 고객들이었다. 폐광을 떠나 새로운 직장에 이력서를 내보기 위해 사진을 필요로 하던 광부들과 그들의 아이들이 심심치 않게 그를 찾았다. 안방이 간이사진관으로 쓰였다. 장은 나무 걸상 하나에 검은 천을 덮어씌워놓고, 옆의 창문으로 들어온 햇빛이 의자 뒤편의 지저분한 공간을 지워버리도록 한 뒤 앞쪽에서 할로겐 등을 비추어 그네들을 찍었다.

중학교나 고등학교 입학원서 때문에 사진이 한꺼번에 필요할 무렵이면 장은 바빠졌다. 사진이 뒤섞일 우려가 있었으므로 장은 도화지로 명찰을 만들어 아이들이 가슴 아랫부분에 달게 했다. 이름이 찍힌 필름과, 명찰의 바로 윗부분에서 트리밍한 인화지들을 클립으로 묶어 가나다순으로 정리해두었다가 찾으러 온 아이들에게 나누어주었다.

그 해바라기 순 같던 아이들은 다 어디로 갔을까. 아내는 아이들의 촬영이 있는 날이면 행복해했었다. 이 시끄러운 꼬마들! 하고 불평을 하면서도 자신의 브러시로 아이들의 머리를 빗어주었다. 옷이 지저분한 아이를 보면 이미 사진을 찍은 아이를 불러 깨끗한 옷을 빌려주도록 했다.

이름표를 좀더 내려야지. 아니, 너무 내렸어, 좀더 위로!

줄 똑바로 서, 떠들지 말고!

아내의 음성은 마치 첫 부임을 해온 초등학교 교사처럼 서툴고 카랑카랑했다. 아마 아내가 자신의 예정보다 조금 더 늦게 떠났다면 남편에 대한 미련 때문이 아니라 바로 그 아이들 때문일 것이라고 장은 생각할 때가 있었다. 아이들과 함께 있는 순간만큼은 그녀의 얼굴에서 그늘을 찾아볼 수 없었다. 만일 그들 사이에 아이가 있었다면 그녀는 떠나지 않았을까. 그랬을지도 모른다고 장은 생각하곤 했다.

2

"전화 온 데 없어요?"

선팅이 된 유리문을 밀고 들어오며 안이 인사 대신 물었다. 안은 조그마한 얼굴에 체구는 작지만 어깨 근육이 단단하게 벌어진 사내로, 눈이 가늘고 위로 째진데다가 턱이 짧아 어딘가 잔인한 인상을 주었다. 그는 언제나 짧은 머리에 무스를 듬뿍 바르고 다니는데, 이날은 향수까지 뿌렸는지 두 발짝 거리에서도 향기가 지독했다.

"특별한 건 없었어."

안은 장보다 여덟 살이 어렸다. 처음 알게 된 오 년 전에는 선생님이라고 부르던 것이 언젠가부터는 선배님, 그 뒤로는 장 선배가 되더니 장이 사진관에 얹혀 살면서부터는 대놓고 장형이라고 부르고 있었다.

사진관 내 촬영과 현상 인화, 카운터 일까지 도맡아 하는 대신 잠자리를 해결하고 몇 푼 안 되는 월급을 받는 조건으로 장은 이곳에서 그럭저럭 팔 개월여를 버텨왔다. 안이 분담하는 일은 출장 촬영이었으나, 말이 분담일 뿐 결혼식이나 환갑잔치 출장은 한 달에 두 번 있을까 말까 했다. 최악의 불경기인데다 황곡은 저물어가는 도시인 것이다. 혹여 잔치가 있었다 해도 기껏해야 조촐하게 집에서 저녁을 먹은 뒤 사진관에 사진을 찍으러 오는 가족들이 대부분이었다. 다만 이 사진관은 작으나마 시가지의 요지에 있고 경쟁업소가 없다는 장점에 힘입어 그럭저럭 현상유지를 해가고 있었다.

오 년 전 새로 문을 열었던 이 사진관을 장은 필름과 장비들을 주문해 구입하는 곳으로 이용하였었다. 그때 주인 안은 고등학교 시절부터 사진을 찍어왔다고 장에게 자신을 소개했다. 안은 적당히 멋을 부린 범용한 풍경 사진과 접사 사진들을 액자에 넣어 사진관 벽에 걸어놓고 있었다.

그런 안에게 장의 작품들은 신기한 것이었던 모양이었다. 아직 장을 장 선생님이라고 부를 때, 안은 되도록이면 장을 붙잡아 저녁과 술을 대접하려고 했고, 필름과 인화지를 비롯해 장이 구입하는 모든 것의 가격을 파격적으로 깎아주었다.

폐광이 급속도로 진행되면서 사진 작업에 회의를 느끼기 시작하는 장을 붙잡은 사람도 안이었다.

떠나가는 모습을 찍으세요.

안은 말했었다.

남은 모습을 찍으면 되지 않습니까. 선생님까지 떠나면 저는 여기서 무슨 낙으로 살겠습니까.

아내가 떠난 뒤 장이 혼자 묵고 있던 사택에 불이 났을 때, 머물 곳이 없어진 것은 물론 걸치고 나온 속옷밖에 남은 것이 없는 장에게 안은 자신의 사진관에 머물 것을 제의했다. 자신이 입지 않는 옷을 주고 식사를 제공해주기도 했다.

그러나 그 모든 호의에도 불구하고 장은 안에게 마음을 열어준 적이 없었다. 더더구나 사진관에서 생활해온 지난 여덟 달 동안, 끈질긴 안의 권유에도 불구하고 장은 단 한 컷의 작품도 만들지 않았다. 사진관에 들어오는 사람들의 증명 사진과 가족 사진을 찍는 것이 장의 작업의 전부였다. 사진관 근무가 끝나면 황곡의 소란한 밤거리가 장을 기다리고 있었다. 장의 월급은 단 일 주일 만에 바닥을 드러내곤 하였다.

안이 장에게 품고 있었던 동경과 호의는 차츰 사그라들었다. 희생이나 봉사는 타인에게만 가능한 것이라고 사람들은 말한다. 부대끼며 서로를 잘 알아갈수록 안은 장에게 소원해졌고, 최근에는 노골적으로 무시하는 눈치였다.

안은 이제 드러내놓고 장에게 주는 월급과 숙박비를 뽑아내려고 했다. 자신이 하던 출장 촬영과 결혼식 야외 촬영 사진까지 장이 찍어주기를 원했다. 그러나 장은 출장 촬영만은 하고 싶지 않았다. 밝은 조명 아래 성장을 한 사람들 속에 끼어 있는 자신을 상상할 수 없었다. 더더구나 예의바른 인사말을 하며 좌중을 정렬하고 행사장의 중앙과 주변을 헤집고 다니면서 카메라를 들이댈 수는 없었다.

사진관 내 촬영조차 장에게는 쉽지 않은 일이었다. 어색하여 딴전을 피우고 있는 가족들, 말을 듣지 않는 꼬마들의 주의를 끌어내는 즉시 장은 재빠르게 셔터를 눌러댔다.

벌써 끝났어요?

고객들은 지불할 돈이 아깝다는 듯, 좀더 찍었으면 하며 고개를 갸웃거리곤 했다.

다행인 점은 아직 장에게 남아 있는 감각 탓인지 그렇게 건성으로 찍은 사진도 그럭저럭 봐줄 만하게 나온다는 것이었다. 그러나 장이 자신의 사진관에 큰 보탬이 되어야만 한다고 생각하는 안의 마음을 채워주기에는 턱없이 모자라는 성의였다. 그런 안의 마음을 모두 읽고 있으면서도 장은 이 생활을 계속해왔다.

장은 이따금 왜 자신이 아직도 황곡에 머무르고 있는지, 그것도 이 사진관에 빌붙어 살고 있는지 의아하게 생각했다.

황곡은 그의 고향도 아니었고, 집도 직장도 없었으며, 찍어야 할 탄광도 거의 사라졌고 광부들도 떠났다. 더구나 십 년 이상 찍어온 사진들도 모두 불에 탔다. 장이 이런 처지가 될 것을 미리 알고 아내는 떠난 것이었을까.

내가 뭐, 당신이 병신이 돼서 떠나는 줄 알어?

장은 아내가 뱉어내던 냉소적인 억양을 생각했다. 그때 아내의 얼굴은 눈물에 젖어 번들대고 있었다.

이러다가 당신은 온몸이 갈기갈기 찢겨서 죽을 거야. 그 꼴을 보기 싫어서 가는 거라구.

그때 장은 조구에서 미끄러져 정강이에 길고 깊은 상처를 입고 병원 침대에 누워 있었다. 살갗만 갈라진 줄 알았는데 뼈에까지 손상이 갔다는 진단이 나왔다. 짙은 화장을 지우지도 않은 채 달려온 아내는 침대맡에서 소리를 죽여 흐느꼈다. 반 깁스를 하고 다음날 장이 집으로 돌아갔을 때 아내는 떠나고 없었다.

장의 막장사고는 그때가 처음이 아니었다. 아내에게 숨겨온 사고는 이전에도 몇 번 있었다. 단지 이번에는 병원에 실려갔기 때문에 그녀에게 발각된 것뿐이었다. 술에 취해 넘어졌다느니, 계단에서 굴렀다느니 하며 둘러댄 변명들이 모두 거짓임을 그녀는 이미 짐작하고 있었던 것일까. 그래서, 쌓여온 불안과 염려의 끝에 장을 떠난 것일까.

평소에 장의 상처들을 들여다볼 때면 아내의 표정은 심각하였다. 그러잖아도 크고 깊은데다가 짙게 눈화장을 하여 더욱 퇴폐적으로 보이는 눈으로, 마치 의사 같은 말씨를 쓰며 아내는 '어디서 다쳤다구?' '누구랑 있었다구?' 라고 침착하게 되풀이하여 묻곤 했다. 삐어서 바깥을 향해 구부러진 엄지손가락으로 사진기를 소독하는 장의 손놀림을, 장이 옷을 갈아입을 때마다 드러나는 무릎과 허벅지의 크고 작은 상처를, 막장에서 살다시피했던 주말이 지나면 오전 내내 입을 막으며 기침하고 있는 모습을 아내는 어두운 시선으로 지켜보곤 하였다.

그러던 어느 날 아내는 장에게 물은 적이 있었다.

이제 막장에 그만 가면 안 돼?

무슨 소리야?

그렇게까지 해서 뭘 얻겠다고 그래. 사는 게 다 그렇고 그런 거야.

너털웃음을 웃는 장에게 아내는 여전히 심각한 얼굴로 중얼거렸었다.

몸 없어지면 끝이야. 내 생각엔 그래…… 아무것도 없어.

만일 아내가 장의 더 큰 재난을 피하기 위해 떠난 것이라면 가장 적당한 시기를 택한 셈이었다. 그런 생각을 할 때면 장은 안도감을 느꼈다. 오히려 자신을 지켜보는 사람이 없었기 때문에 장은 화재 이후 아무렇지도 않게 지금까지 버텨온 것인지도 모른다.

그 화재로 장은 오른쪽 뺨에 손바닥만한 화상 자국을 얻었다. 각진 턱과 튀어나온 광대뼈 때문에 그러잖아도 비우호적으로 보이는 장의 얼굴은 그 흉터 때문에 더욱 사나운 인상을 풍기게 되었다.

아내가 떠난 지 채 육 개월이 되지 않았을 때였다. 이상스러운 기척에 눈을 떴을 때 천장이 불타고 있었다. 불은 순식간에 지붕을, 지붕 쪽 선반에 놓아둔 라면 박스 열 상자의 필름들을 삼켰다. 필름들을 불로부터 건지기 위해 헛된 노력을 하지 않았다면 장은 화상을 입지 않았으리라.

장의 스웨터에 불이 붙었다. 그는 어깨로 부엌문을 박차고 바깥으로 뛰쳐나왔다. 흙바닥을 격렬하게 뒹굴었다. 누군가의 발들이 일제히 장의 등을 밟았다. 외투인지 담요인지 알 수 없는 것이 그의 몸 위로 펄럭거렸다.

견딜 수 없는 뜨거움이 사라진 즉시 장은 비틀거리며 일어섰다.

필름!

그는 외마디 고함을 내지르며 불붙은 문으로 달려갔다. 누군가의 억센 팔이 완강히 장의 팔을 붙들었다. 짐승처럼 고함치며 팔뚝을 뿌리친 순간 집 천장이 우지끈 무너졌다.

장의 집뿐 아니라 붙어 있던 두 채의 사택도 함께 불길에 휩싸였다. 장은 멍청히 서서 무시무시한 불의 춤을 바라보고 있었다. 밤은 대낮같이 밝았다. 양동이며 대야에 물을 담아 나르는 주민들의 결사적인 얼굴은 불꽃의 빛에 붉게 물들어 있었다. 장이 암실로 쓰고 있던 가작 방의 누전이 그 화재의 원인이었다.

아내가 떠난 뒤 장은 냉정하리만치 안정을 지켜갔었다. 아내가 어디로 갔는지 그는 굳이 알아보려고 하지 않았다. 가만히 있어도 말들이 들려왔다. 서울 오류동 어디의 밤무대에서 해리 정이라는 새 예명으로 노래를 부르기 시작했다고도 했고, 그 동안 황곡에서 꽁꼼 땅꼼 모아간 돈으로 직접 일산 어딘가에 스테이지가 있는 맥주집을 차렸다고도 했다.

어느 쪽의 소문이 진실이든 장은 오히려 부담을 던 기분이었다. 자신이 받고 있던 과분한 사랑, 오로지 사진에만 몰입하고 싶을 때조차 시간을 내어줄 것을 요구하던 누군가가 사라졌다는 것에 오히려 위안을 받았다. 아니, 그보다 장을 위안해준 것은 자신이 더이상 누군가의 인생을 망치고 있다는 자책을 할 필요가 없어졌다는 사실이었다.

아내가 무대에서 벌어오는 돈이 없어졌으므로 장은 운전학원에 강사로 들어갔었다. 두 달 남짓 하다가 때려치운 뒤로는 사설 태권도학원의 봉고차를 몰았다. 밤시간에는 마지막 남은 국영 탄광의 병방 막장을, 주말이면 급속도로 몰락해가는 폐사택촌을 찍었다.

어느 정도 자신이 생겼을 때 원고를 묶어 서울로 갔다. 사진전문 출판사에 포트폴리오를 내밀자 그들은 호쾌히 계약서를 쓰자고 했다. 천여 점의 사진 가운데 오십 점의 사진을 고르는 일은 까다로웠지만 즐거운 일이기도 했다. 마침내 자신의 이름으로 된 사진집이 나왔을 때 그는 만족했다. '이제는 다시 볼 수 없을 고통의 풍경들을, 치열하게 기록해내 영원히 살아 있게 한 작가에게 경의를 표한다'고, 황곡 출신 소설가는 발문에 적어주었다.

얼마 후 출판사에서는 인쇄 과정이 끝난 필름을 우송해주었다. 그 다음다음날 장의 사택은 불에 탔다.

라면 박스 열 상자에 들어 있던 필름들과 인화지들이 모두 재가 되었다. 그에게 남은 것은 인쇄되어 나온 책 한 권뿐이었다.

황곡에서의 십 년과 맞바꾼 모든 것들이 사라졌다. 책에 실린 원고들은 극히 일부에 불과했으며, 기실 점잖고 원론적인 사진들 위주로 뽑혀진 것들이었다.

그에게는 다시 시작할 힘이 없었다. 아니, 다시 시작한다는 것이 불가능했다. 그가 찍었던 것은 이제 사라져버린 것들이었다. 없는 것을 어떻게 카메라에 담을 것인가.

그때 갑작스럽게 아내가 미치도록 그리워진 것은 무슨 까닭이었을까. 단 한 장의 필름도 인화지도 남지 않았다는 것을 인정하면서 장이 깨달은 것은 아내를 완전히 잃었다는 것이었다. 모든 것을 잃었으므로 아내 역시 잃었다는 것을 뒤늦게 시인하게 된 것일까. 아니면 무엇인가를 잃는다는 것이 얼마나 사무치는 일인가를 절실히 깨달았기 때문에, 아내를 다시 볼 수 없다는 것이 무엇을 의미하는가를 그제야 이해하게 되었던 것일까.

3

"오늘 오후에는 자리를 비워야겠는데."

"자리를 비워요?"

안은 계산대 맞은편에 놓인 회색 소파에 다리를 꼬고 앉아 신문을 넘기다가 뜨악한 얼굴로 장을 올려다보았다.

"서울에서 사람들이 온다고 했잖나."

아, 하고 안이 고개를 끄덕였다. 신문 속으로 다시 얼굴을 파묻는 바람에 그가 무슨 표정을 하고 있는지 알 수 없었다. 얼마 후 신문 속에서 목소리가 들려왔다.

"몇시에 온다고 했죠?"

그것은 안의 버릇이었다. 자신과 관계 있는 일이건 무관한 일이건 안은 어떤 일이 정확히 언제, 어디에서 어떻게 진행되는지를 알고 싶어했다. 그러나 단순한 호기심일 뿐이어서, 호기심이 해소되고 나면 곧 그것을 잊어버렸다. 안의 신경질적이면서 동시에 무심한 성격과 관계 있는 일면이리라.

"오래 걸리지는 않겠죠? 여섯시에 돌잔치가 있는데, 좀 가줬으면 좋겠는데요."

안은 고용주로서의 차디찬 어조로 돌아올 시간을 못박았다.

"그건 자네가 해온 일이잖나."

그것은 안이 하는 유일한 일이기도 했다. 안이 찍어온 사진을 현상 인화하고 앨범이나 액자에 넣는 일까지도 장의 몫이었다.

"알아요."

안은 신문을 털듯이 접었다.

"그런데 일이 생겼어요."

신문에 가려서 보이지 않았던 안의 얼굴이 이제는 장에게 똑똑히 보였다. '내가 일이 생겼는데 네가 어쩔 테냐' 라는 말이 그 표정에 씌어 있었다.

"뭣하면, 장형이 사진 찍는 동안 밖에서 좀 기다리라고 해요."

안은 시비를 걸듯 껄끄러운 어조로 내뱉었다.

"장형 만나려구 불원천리 서울에서 왔다는 사람들이 그것 하나 못 기다리겠어요?"

장에 대한 안의 불신은 잡지사의 사람들에게까지 확대된 모양이었다. 네깟놈을 만나러 온 사람들이라면 뻔하다는, 혹은 네깟놈이 어떤 놈인지 모르고 온 그치들이 안되었다는 듯한 말투였다.

예전 같으면 울컥 치밀어오르는 화를 터뜨렸을 테지만, 장은 좀전에 던져두었던 셔터 칼을 들었다. 장이 고개를 수그리고 트리밍을 시작하자, 안은 마치 팽개치듯이 신문을 소파 가장자리에 던지고는 일어서서 나가버렸다.

일이 생겼다는 것은 핑계이리라. 안에게는 요즈음 여자가 생긴 듯했다. 며칠 전 밤 열시쯤 안의 아내에게서 걸려온 전화를 받았을 때 장의 심증은 확실해졌다.

오늘도 야간 작업을 할 거랬는데 어디 간 거죠? 분명히 다섯시에 떠났단 말예요?

지금도 안은 전화를 하러 나간 것이리라. 저녁의 약속이란 여자를 만나는 것이리라.

장은 트리밍을 끝내고 사진들을 봉투에 집어넣었다. 원판 필름을 함께 끼워넣고 봉투에 고객의 이름과 가격을 적었다. 장의 손은 둔탁해 보일 만큼 컸으나, 오랫동안 기계를 다뤄온 사람답게 정밀한 일 처리에 능숙했다. 돈을 계산하고 하루 수지를 맞추는 일도 어렵지 않았다. 자신의 능력보다 쉬운 일을 하며 생각 없이 살아가는 생활을 가장 경멸해온 장이었지만, 막상 지내보니 그것은 참으로 편안한 삶의 방식이었다.

장의 낮시간은 닫혀진 공간에서 단순한 작업을 하는 데에 고스란히 바쳐졌다. 배가 고프면 가까운 중국집이나 분식집에 전화를 걸어 간단한 음식을 시켜먹었다. 밤이 되어서야 어슬렁어슬렁 거리로 걸어나갔다가 새벽이 밝기 전에 돌아왔다. 아무것도 생각하지 않고 어떤 의미 있는 관계도 맺지 않아도 된다는 것이 이 생활에서 가장 장의 마음에 드는 점이었다.

그 때문이었을 것이다. 서울에 있는 잡지사에서 전화가 걸려왔을 때 장은 마치 다른 세계에서 온 전문을 무심코 자신의 라디오로 포착한 사람처럼 어리둥절해졌었다.

선생님의 책을 보았습니다.

전화선 저쪽의 여자는 그렇게 첫마디를 꺼냈었다. 얼음장같이 차가운 말씨 속에서 묘한 설득력이 느껴지는 목소리였다. 이십대 후반에서 삼십대 초반쯤? 어조가 자연스러운 것으로 보아 제법 나이가 있는 여자 같았다. 장은 정작 사진집을 출간했던 일 년 전에는 어떤 서울의 기자도 자신을 찾은 적이 없었다는 것을 상기했다. 지방신문의 문화면 한쪽에 짤막한 기사와 사진이 실린 적이 있기는 했으나, 그 내용이란 엉성하기 짝이 없는 것이었다. '황곡을 알리는 아마추어 사진작가. 탄광 사진이 좋아 황곡에 정착했다고. 아내는 토박이 밤무대 가수였는데 지금은……' 하는 식이었다.

매달 저희 잡지에서는 '이 사람이 사는 법' 이라는 타이틀로 인물 탐방 기사가 나가고 있습니다. 오랫동안 탄광 사진이라는, 남들이 기피하는 일을 해오신 분을 꼭 이번 호에 싣고 싶습니다.

어리석게도 장은 승낙했다.

그 여자, 얼음장같이 차갑고 예의바른 말씨를 쓰는 여자가 자신의 생활을, 사라져버린 사진들을, 아무것도 남아 있지 않은 미래를 보고 난 뒤의 일에 대해서는 생각하지 않았다. 본능에 따르듯이 장은 그저 '그러죠' 라고 한마디했을 뿐이었다.

호기심 때문은 아니었다.

저편의 세계에 있는 사람들을 만나보고 싶어했던 때도 물론 있었다. 서울의 출판사에서 만난 사람들이나, 그들이 주선한 인사동의 술자리에서 알게 된 '중앙에서 활동하는 작가들' 과 지속적인 관계를 맺고 싶다는 생각도 했었다. 조금이라도 이야기가 통하는 사람들을 사귀고 싶었다. 그러나 이제 와서 장에게 그런 식의 욕망은 남아 있지 않았다.

……작가? 당신이 작가야? 그런 구질구질한 사진만 찍는? 왜 당신은 아름다운 건 찍지 않아? 꽃이랑 산이랑 이쁜 여자들을 찍지 않아? 그러니까 잡지 같은 데도 안 나오는 거 아냐?

오히려 장이 승낙한 것은 아내 때문이었다. 여자의 싸늘한 전화 목소리 끝에서 반향처럼 울려나오는 아내의 신랄한 음성을 들었기 때문이었다.

여자는 장의 흔쾌한 승낙에 만족한 듯 날짜와 약속시간을 정했으며, 떠나기 전에 다시 한번 연락을 하겠다고 했다.

정확히 이틀 전에 여자의 전화가 걸려왔다. 전화를 받은 사람은 안이었다.

장종욱 선생님 바꿔달랍니다.

야유와 호기심이 섞인 말투로 안이 말했다. 장이 전화기를 옮겨받았을 때 그 여자는 예의 사무적인 친절함으로 무장한 싸늘한 목소리로, 실수 한 번 하지 않고 말했다.

예정대로 가겠습니다. 토요일 오후 두시 사십분에 황곡역에 도착할 테니까, 세시에 뵙겠습니다.

여자는 몇 가지 당부의 말을 덧붙였다. 잡지에 함께 실릴 몇 장의 필름을 최근작으로 준비해주었으면 하며, 되도록이면 밝은 색깔 옷을 입고 와달라는 것이었다. 그것들은 모두 장이 가지고 있지 않은 것들이었다. 장은 긴말을 하고 싶지 않아 그러겠노라고 대답했다.

'누구요?' 라고 묻고 있는 안의 눈길을 무시하며 장은 수화기를 내려놓았다. 시간을 끄는 쾌감을 즐기며 장은 과연 자신에게 어떤 일이 일어나고 있는 것인가를 생각해보았다. 그러자 무엇인가를 생각한다는 것이 그에게 오래 전의 일이었다는 것을 깨달았다.

기자라는 말에 안은 놀라는 것 같았다.

그런 일이라면.

안은 짐짓 사려 깊은 어조로 말했었다.

황곡을 위해서도 좋은 일이겠군요.

토박이인 안은 황곡에 강한 애정을 갖고 있었으며, 그런 만큼 타지 사람들에게 배타적이었다. 서울에 올라가 일이 년 고생하다가 결혼을 한 뒤 내려와 사진관을 차렸다고 하는 안은, 자신의 연고가 있는 집단의 세가 커지면 자신의 힘이 함께 커진다고 생각하는 사내였다. 그는 유달리 우리 동문, 우리 강원도, 그리고 국제경기가 있는 날이면 우리나라를 사랑하였다.

그것은 홀어머니의 외아들로 자라 자수성가한 안의 외로움 때문인지도 모른다. 그는 종종 '내가'라고 해야 할 부분을 '우리가'로 대치했다. '우리는 그렇지 않거든…… 뒤끝이 없는 스타일이거든' 하는 식이었다. 그만큼 그는 네 편과 내 편을 가르기 좋아하는 성격이기도 했다. 특히 안이 '내 편'이라고 부르는 사람들의 공통점은 안에게 적당히 듣기 좋은 이야기들을 들려주곤 한다는 점이었다. 안이 이즈음 들어 장에게 표하는 거부감은 장이 고분고분 자신의 편이 되어주지 않는 데 대한 반발일 수도 있었다.

그날따라 말끔하게 면도한 턱을 손바닥으로 매만지며 안은 덧붙였었다.

그 잡지, 꽤 유명한 거잖아요. 살다보니 장형이 매스컴을 탈 때도 있군요.

그런데 이제 안은 장에게 사진관을 오후까지 지킬 것을, 더군다나 한 번도 해본 적 없는 출장 촬영까지 명령조로 지시하고는 나가버렸다.

4

스트로보의 섬광에 아직도 눈이 부신지 연신 눈을 껌벅거리는 오십대 사내를 보며 장은 '됐습니다' 라고 말했다.

사내의 귀밑머리는 희었으며 그 부근의 살갗에 저승꽃이 여러 개 피어 있었다. 핏기와 기름기가 없는, 햇빛을 오래 못 본 늙은 광부의 전형적인 얼굴이었다. 장이 알지 못하는 얼굴인 것으로 미루어 구 천강읍 쪽의 탄광에 있었던 사람 같았다.

"눈을 깜박인 것 같은데."

"아니오, 터진 다음에 감았습니다."

"에이, 그래도 한 방 더 찍어주시오. 만약에 진짜로 눈을 안 감았으면, 둘 중에 잘 나온 걸 골라서 빼주면 될 거 아니오."

평소 같으면 대꾸도 하지 않고 커튼을 걷고 나왔을 테지만 장은 손을 뻗어 의자를 가리켰다. 설마 정말 다시 찍어줄 줄은 몰랐던지 사내는 머뭇거렸다.

"앉으십시오."

장은 무뚝뚝하게 명령했다.

"고개를 들어보십시오."

날씨에 어울리지 않는 춘추복을 입은 사내는 앞섶을 여미다 말고 고개를 치켜들었다.

"너무 들었습니다, 조금만 숙여보십시오."

사내의 경직된 얼굴을 보며 장은 이 사내가 어디에 사진을 쓰려는 것일까 하고 생각했다. 여권을 만들 일은 없을 것이다. 운전면허가 있어서 면허증을 갱신한다, 그것은 아닌 것 같았다. 주민등록증을 잃어버렸다, 그것도 아니었다. 어딘가 일사리를 구하는 것 같았다. 일사리를 구하고 나면 저 사내는 겨울 양복을 사 입을 수 있을까.

두번째 스트로보가 터질 때 사내의 얼굴 위로 깊은 상처의 흔적 같은 초조와 불안, 외로움이 떠올랐다. 그것들은 그야말로 흔적이어서, 섬광과 함께 감쪽같이 사라졌다.

사내가 일어서서 거울을 보고 나오는 동안 장은 계산대에서 기다렸다. 사내는 대금을 완불하는 대신 삼천원의 선금을 걸고는 '잘 부탁합니다, 꼭 좀 잘' 하고 고개를 여러 번 숙인 뒤 나갔다. 경비직이나 그와 비슷한 일자리를 얻기 위해 이력서에 붙일 모양이라고 장은 다시 생각했다.

황곡을 떠나는 모양이다.

사내의 뒷모습이 사라진 뒤에도 장은 마치 거수경례를 마치고 난 군인 같은 자세로 현관을 바라보며 서 있었다. 인생을 쥐어짜서 국물을 우려내고 난 퍽퍽한 고깃점처럼 사내의 발걸음에는 풀기가 없었다. 만일 저 사내에게도 한때 젊은 적이 있었다면, 그 혈기의 즙액은 모두 이 도시의 목마른 식도 속으로 빨려들어갔으리라.

장은 금고를 잠갔다. 현관 역시 바깥에서 잠그고 계단을 걸어내려갔다.

아직 약속시간까지는 꽤 여유가 있었다. 그러나 안이 돌아올 시간이 되어가고 있었기 때문에 나온 것이었다. 안은 열쇠를 가지고 있으므로 사진관에 들어가는 데에는 문제가 없을 것이다. 빈 사진관 가운데 우뚝 서서 안은 얼굴을 잔뜩 찌푸릴 것이다. 장이 앉아 있어야 할 책상을 향하여 욕설을 뱉으리라.

장은 오랜만에 햇빛을 보았다.

사진관이 문을 닫고 난 밤 아홉시가 장의 고정된 외출시간이었다. 낮의 외출은 거의 팔 개월 만인 셈이었다. 불빛과 어둠 속에서 우연히 만나 함께 지냈던 여자들을 장은 생각했다. 기억나는 얼굴도 몇 있었지만 대부분은 만취한 상태였던 탓에 기억할 수 없었다. 그 여자들은 장을 기억하고 있을까. 지금 이 한낮의 거리에서 마주친다면 서로를 알아볼 수 있을까.

사진관의 검은 커튼과 밤의 장막에 가려 있었던 황곡의 겨울 거리에는 인적이 드물었다. 장이 기억하고 있던 모습보다 더욱 쇠락해 있었다.

이월의 날씨에 걸맞지 않는 얇고 검은 스웨터의 올올 사이로 얼음장 같은 바람이 파고들고 있었다. 그러나 그 기자의 말대로 밝은 색의 겉옷 따위를 사 입을 생각은 없었다.

장은 코르덴 바지의 뒷주머니에서 꾸깃꾸깃한 담뱃갑을 꺼냈다. 독한 낮술을 마시고 싶다고 그는 생각했다. 장은 쇼윈도에 비친 자신의 모습을 아주 먼 곳에서 온 부랑자인 듯이 바라보았다. 피부가 녹아 오그라붙은 큼직한 흉터가 그 부랑자의 얼굴 한쪽을 덮고 있었다.

장은 고개를 돌렸다. 담배에 불도 붙이지 않은 채 그는 방향 없이 걸음을 옮기기 시작했다.

5
그의 누이

1

열차가 정차하기 위해 황곡역의 승강장을 서행하는 동안 명윤은 시내버스의 천장들을 보았다. 철로변의 널찍한 폐차장에는 구겨진 승용차들과 그 차들에서 떼어낸 문짝들, 바람 빠진 폐타이어들이 즐비했다. 폐차장의 중앙과 가장자리에는 여남은 개의 길쭉한 철제 기둥들이 세워졌는데, 분해된 시내버스의 천장 수십 개가 천막 대신 그 기둥들을 덮고 있었다.

폐차장 옆으로는 저탄장이 보였다. 탄가루가 야산을 이룬 저탄장 주변에는 그 검은 산의 키를 훌쩍 넘는 검은 그물이 장방형으로 둘러쳐져 있었다.

탄가루가 날리는 것을 과연 저 그물이 막을 수 있을까.

명윤이 학창 시절을 보낸 서인천의 서민 연립주택 골목 입구에는 연탄 공장이 있었다. 그곳에서 날아오는 분진 때문에 집집마다 바깥에 빨래를 널지 못했었다. 후에 부천으로 집을 옮긴 지 얼마 되지 않았던 어느 날, 명윤은 그곳에 대한 기사를 신문에서 읽었다. 진폐증에 걸린 사십대 남자 주민 한 사람이 연탄 공장을 상대로 소송을 낸 것이었다. 이어 민영 텔레비전의 한 다큐멘터리 프로그램에서 그 동네의 실태를 고발했다. '창문을 못 열어요. 온갖 문을 꼭꼭 닫아걸고 아침저녁으로 방바닥을 걸레로 문질러도 양말이 새카매진다니까요' 라고 마이크에 대고 하소연하던 이는 명윤의 집과도 잘 알고 지내던 건넛집 아낙이었다.

그 아낙의 말대로였다. 그곳에서는 여름에도 창문을 닫고 지내야 했다. 더위에 숨이 막혀 도저히 집에 있을 수 없는 휴일 오후면, 고등학생이던 명윤은 가방을 메고 경인선 철길을 따라 차량기지 쪽으로 걸어갔다. 차량기지의 철조망 사이로 난 개구멍으로 들어서면, 버려진 열차들과 침목들 사이로 잡풀들이 무성하게 돋아 있었다. 허리 높이로 쌓인 침목들 위에 걸터앉아 그는 문고판 카뮈를 읽었다. 이마에서 흘러내린 땀이 책장을 적시는 것도 모를 만큼 그는 열중해 있었다. 그러다가 고개를 들어보면 사위가 어둑해질 무렵이었다.

오빠 왜 인제 와? 응? 어디 갔다 오냐구?

그렇게 귀가가 늦어지곤 하던 어느 여름날, 막내누이 명아는 대문간에 서 있다가 명윤에게 뾰루퉁한 얼굴을 했다. 명윤은 누이의 말랑말랑한 볼을 시늉 삼아 꼬집어주었다.

아아아. 아파아!

동그란 주먹으로 그의 배를 맞받아 때리며 명아는 엄살을 했다. 손위 언니로부터 물려입어 헐렁한 멜빵 바지를 추어올리며 명아는 깔깔 웃었다. 웃다가 말고 명아는 밭은기침을 하며 쪼그려 앉았다. 놀란 명윤은 명아의 겨드랑이를 잡고 일으키려 했다. 명아는 기침도 웃음도 아닌 소리를 왁자하게 터뜨리며 간지럽다고 몸을 뒤틀어댔다.

명아는 식구들 가운데 기관지가 가장 약했다. 환절기 때는 기침을 목 끝에 달고 살았다. 밭은기침을 하다 말고 '이 동넨, 정말 웃겨. 안 그래?' 라고 말하며 깔깔 웃었다. 기침과 조숙한 웃음과 맑은 음색이 혼합된 명아의 목소리는 식구들의 침묵 위로 쓸쓸한 여운을 남겼다.

그의 가족이 고향을 버리고 인천에 올라온 것은 맏이인 명윤이 열네 살, 둘째와 셋째누이는 열두 살과 아홉 살, 명아가 일곱 살 때의 일이었다. 시골집과 논밭뙈기를 판 돈은 손바닥만한 만두집의 보증금으로도 빠듯했다. 어머니는 만두를 빚고 아버지는 주택가와 상가에 배달을 하여 근근이 월세를 내며 살아가던 어느 날 밤, 자전거를 타고 배달 나갔던 아버지는 뺑소니차에 치었다.

사고를 낸 운전사는 머리와 다리를 다친 아버지를 자신의 차에 싣고 가다가 인적이 뜸한 공원 앞 벤치에 버려둔 뒤 달아났다. 행인들이 없지는 않았을 테지만, 추레한 차림의 아버지는 술에 곯아떨어진 거지쯤으로 보였으리라. 날이 새어서야, 아버지의 머리에서 흘러나와 벤치의 우묵한 홈에 고여 있는 피를 본 한 택시 기사가 아버지를 응급실로 실어갔다.

보상금 한 푼 받지 못하고 아랫목 차지를 하게 된 아버지는 그때부터 숨을 거두던 날까지 십 년 동안 무력한 폭군으로 지냈다. 아버지의 지능이나 판단력은 기껏해야 열두 살 정도밖에는 되지 않았다. 아버지는 매우 조그만 일에도 성난 육식동물처럼 으르렁거렸다. 그가 가장 견디지 못한 것은 소음이었다. 함께 밥상에 앉으면 명윤 남매들은 숟가락이 스테인리스 밥그릇에 긁히는 소리를 내지 않기 위해 최선을 다했다. 아버지를 가장 힘들어했던 사람은 어린 명아였다. 아버지는 명아의 쿵쾅거리는 발소리, 기침 소리, 깔깔 웃는 소리를 견디지 못했다. 쩌렁쩌렁 울리는 목소리로 아버지는 고함을 지르곤 했다.

시끄럽다! 닥치지 못해!

흡사 아버지는 머리를 다쳐 판단력과 지능을 잃은 대신 지나치게 예민한 청각을 갖게 된 것 같았다. 언젠가 아버지는 '비 오는 소리가 들린다'면서 둘째누이에게 우산을 갖고 어머니를 마중 나가라고 했다. '비 안 오는데요, 아버지'라고 딸이 대꾸하자 아버지는 버럭 역정을 냈다.

비가 온다면, 오는 줄 알아!

어쩌면 그것은 사실이었는지 모른다. 그 시각에 동인천이나 먼바다 어디쯤에서 비가 오고 있었을지도 모른다. 매일 밤 아버지는 어머니와, 어머니를 돕기 위해 교대로 가게에 나간 자식들이 멀리서 돌아오는 발소리를 귀신같이 듣고는 절뚝거리는 발로 부엌을 건너 함석문을 열어놓고 있곤 했으니까 말이다.

들어봐라, 누가 날 부른다.

……누가 날 저렇게 부르는 거냐?

육 년 전 겨울 초저녁, 무슨 소리를 들은 것인지 목발을 짚고 서둘러 집을 나선 아버지는 눈 쌓인 철로에서 뒤로 미끄러져 즉사했다.

명아의 몸에서 처녀티가 난 것은 그 무렵부터였다. 이 동네가 싫어, 우리집으로 돌아가자, 하며 입술을 비죽거리는 횟수가 줄었다 싶더니 언젠가부터는 무엇인가를 말하는 일이 드물어졌다. 안쓰러워 보인다 싶게 침울해 있던 즈음의 어느 날 새벽, 열여섯 살의 명아는 집을 나갔다. 명윤이 군 입대를 앞두고 휴학하고 있을 때였다.

그만둬라. 그런 자식, 없었넌 걸루 치면 된다.

명윤은 부천의 맥주집에서 명아를 찾아냈다. 이리저리 손벌려 빚을 갚고 간신히 집에 데려다놓은 명아는 그러나 한 달을 채우지 못하고 달아났다. 다시 명윤은 명아와 어울리던 친구들을 일일이 만나고 다니며 수소문을 하였으며, 마침내 의정부에서 다시 그녀를 찾아내 데려왔다.

이번에는 일 주일을 못 넘기고 명아는 다시 달아났다. 명윤은 한 달여 동안 서울과 근교의 유흥가를 헤매어다녔으나 그녀를 찾을 수 없었다. 수차례 몰매를 맞을 뻔했고, 오해를 받아 경찰서에 끌려가기도 했다.

명윤의 생활은 이미 엉망이 되어 있었다. 명아를 찾다가 빈손으로 들어온 날 밤이면 어머니는 생전 입에도 대지 못하던 소주를 밥주발에 따라 마시고 있곤 했다.

……남은 자식까지 다 잡겠구나.

냉정한, 그러나 뒤끝에 울음이 잠겨 있는 목소리로 어머니는 그를 꾸지람했다.

그런 자식, 없었던 걸루 치면 된다, 너는 네 몸이나 챙겨라.

병영에서 갇혀 보낸 삼 년은 명윤에게 가장 힘겨운 시기였다. 휴가를 받을 때마다 그는 어머니가 있는 인천 집에 머무는 대신 명아를 찾아 헤매었다. 전역한 뒤에는 주말과 방학 때마다, 대학을 졸업한 뒤에도 한동안은 시간이 날 때마다 누이의 흔적을 찾기 위해 헤매어다녔다. 다른 일로 여러 사람과 함께 타지에 갔다가도, 앳된 얼굴로 차 배달을 하는 여자애들을 보면 가슴이 내려앉았다.

명아를 찾는 것을 그가 포기했을 즈음 어머니는 뇌일혈로 죽었다. 걸레를 한 손에 쥔 채 안방 구석에 엎드려 있는 것을, 시집간 둘째 누이가 조카를 업고 찾아왔다가 발견했다.

결국 명아는 어머니의 장례식에도 참석하지 않았다. 인천의 옛 친구들과도 연락하지 않는 것이리라. 만일 어떤 경로로든 어머니의 죽음을 전해 들었다면 명아는 더더욱 돌아오지 않을 것이라고 명윤은 생각했다. 대학을 나왔다는 것이 오히려 짐이 되는 무능력한 큰오빠와, 오빠만큼이나 무능력한 남자들과 결혼한 언니들을 견딜 수 없을 것이다. 연탄 공장 골목의 슬레이트 집과 떨어진 양말의 기억 때문에라도 그애는 돌아오지 않을 것이다. 자신보다 먼저 학교에 가는 언니들이 차지해버릴까봐, 밤이면 구멍나지 않은 양말을 몰래 가슴에 품고 자던 명아였다.

언젠가 명윤은 명아에게 숲속에 사는 아홉 형제에 대한 이야기를 들려준 적이 있었다. 그 아홉 형제는 흩어져 있더라도 다른 형제가 당한 고통을 함께 느낀다. 그래서 멀쩡히 서 있다가도 비명을 지르며 깡총깡총 뛴다. 내 둘째동생이 도끼로 제 발을 찍었어! 하고 발을 감싸쥐며 뒹굴고, 막내가 얼굴에 쇠똥을 뒤집어썼어! 하고 고래고래 고함을 지른다. 여섯 살, 일곱 살 즈음이었던 명아는 그 이야기를 들으며 웃었었다. 활짝 벌린 그애의 발그스름한 입 안에서 맑은 침이 찰랑거리고 있었다.

이제 명윤이 이해할 수 없는 것은, 만일 누이가 고통받고 있다면 왜 그에게 조금도 느껴지지 않는가 하는 어리석은 의문이었다. 어째서 그의 육체는 이다지도 편안하며, 심지어 시간이 흐름과 함께 누이의 존재를 잊고 지내기까지 하는가.

명윤은 죽음을 넘어서는 사랑이라는 따위의 말을 믿지 않았다. 단지 멀리 있다는 이유만으로, 상대의 고통이나 병이나 죽음을 알아낼 수 있는 힘조차 잃어버리고 말 만큼 무력한 것이 사랑이었다. 지금 의선이 어디에 있으며 어떤 상태인지 그가 전혀 알 수 없으며, 아무런 육체적 통증도 전하여지지 않듯이.

2

역사를 빠져나오자 도시를 에워싼 산들이 시야를 막았다. 인영의 부장이 염려했다는 대로 늦은 눈이 희끗희끗 쌓인 검은 산들이었다.

"춥지는 않네, 생각보다."

친친 동여매고 나왔던 목도리를 느슨하게 풀며 인영이 말했다. 그녀는 검은색과 짙은 밤색의 체크무늬 반코트에 검은 진바지를 입고 있었다. 옷차림 때문이기도 하겠지만 그녀의 마른 얼굴은 다소 중성적으로 보였다. 화장하지 않은 얼굴에는 핏기가 없었으며, 갈색 뿔테안경 속의 눈은 크고 음울했다. 어딘가 사람을 끄는 데가 있는 그 깊은 눈과 윤곽이 뚜렷한 코에 비해 입술은 얇아, 그 입술이 그녀의 얼굴에서 가장 섬세해 보이는 부분이었다. 언제나 굳게 다물고 있기 때문에 가장 냉담해 보이는 부분이기도 했다.

인영의 말대로, 산들이 바람을 막아주어서인지 춥다기보다는 그럭저럭 푸근한 느낌이었다. 봉우리가 지척까지 다가와 솟아오른 산들의 비현실적인 크기만이 이곳이 해발 육백 미터 이상의 고지대라는 것을 실감시켜주고 있을 뿐이었다.

그러나 명윤이 이 도시에서 받은 첫인상은 기후의 푸근함과는 무관한 차가운 느낌이었다. 냉랭하다기보다는, 겨울 저녁에 혼자서 찾아 먹는 찬밥같이 서늘했다. 거리에 인적이 없어서일까.

인영은 명윤에게 이 도시가 원래는 탄광이 밀집된 두 개의 읍으로 이루어져 있었다고 설명해주었다. 인접한 두 읍의 인구가 합하여 십이만에 달하자 전격적으로 통합되면서 시로 승격되었다는 것이다.

팔십년대 중반 들어 주연료가 석유와 가스로 바뀌어가는 과정에서 연탄의 수요가 격감하였으며, 캐면 캘수록 적자인 탄광들을 극소수만 남기고 폐광시킨다는 정부의 '석탄산업 합리화' 조치가 발표된 것이 팔십팔년이었다고 인영은 설명했다. 팔십구년부터 실시된 합리화 사업은 구십칠년까지 전국 삼백육십삼 개 탄광 가운데 이백삼십칠 개를 폐광시키도록 진행되었다고 했다. 그 결과 이제 황곡에 남은 광업소는 국가에서 운영하는 석탄 공사와 한 유명기업의 민영탄광까지 두 군데뿐이며, 인구는 한창때의 절반인 육만으로 줄었다는 것이었다.

그 극적인 생성과 몰락의 과정을 경험한 도시답게 황곡의 거리는 살풍경했다. 십이만이 살 수 있도록 팽창되었던 공간에서 절반의 사람들이 빠져나갔으니 도시는 헐거울 수밖에 없으리라.

농촌에서 쫓겨나고 도시빈민지역에서도 밀려난 사람들이 마지막 선택으로 남겨두었던 도시, 사업에 실패하여 쫓기던 사람들은 물론 용서받기 힘든 죄를 지은 이들까지 숨어들었던 도시, 주먹질과 술과 여자의 도시, 사북사태와 이후의 노동쟁의, 합리화 조치 따위의 이슈가 있을 때마다 흡사 전쟁터를 방불케 했다던 힘의 도시가 바로 이곳이라고는 믿기지 않았다.

기울어가는 도시의 정적이 역전부터 시내까지 보도 블록을 타고 그들의 뒤를 밟아오고 있었다. 제각기 어깨에 가방을 짊어진 채, 명윤과 인영은 그 정적을 따라 걸어내려갔다.

황량한 거리가 중심가의 제법 도시다운 풍경으로 바뀌어감에 따라 명윤은 좋지 않은 예감을 느꼈다.

이곳이 맞을까.

허름한 서점과 제과점을, 양복집과 카 센터를 차례로 지나며 그는 의심했다.

눈이 많이 오면 거긴 참 좋았어.

지난해 십일월, 의선은 명윤의 옥탑방 창문 너머로 내리는 싸락눈을 보며 말했었다.

그 무렵부터 의선은 조금씩 기억을 되찾아가고 있었다. 이상하게도 최근 오륙 년간 서울에서 지냈던 기억들은 여전히 살아나지 않고, 매우 오래 전의 일들부터 의식 속으로 돌아오는 모양이었다. 담장을 한꺼번에 쓸어버린 뒤에는 맨 아랫벽돌부터 다시 쌓아올려야 하는 것처럼 말이다. 그러나 그것만으로도 명윤에게는 충분히 반갑고 고마운 일이었다.

그날도 명윤은 의선의 변화가 신통하기만 하여, 그래서? 누가?

누구랑? 하고 물으며 조심스럽게 그녀와 함께 기억을 더듬어가고 있었다. 의선은 갑작스럽게 말을 끊기도 하고, 수분간 키득키득 웃음을 그치지 않기도 하며 이야기를 이어갔다.

눈덩이를 뭉쳐서는 용수 오빠 등에다가 집어넣기도 하고, 오빠는 눈밭 위에 대자로 드러누워서…… 입을 커다랗게 벌리고, 설탕 먹듯이 눈을 마구 받아먹고…….

그러다가 의선의 얼굴은 어두워졌다. 아득한 꿈을 떠올리듯이 그녀는 희미한 목소리로 덧붙였다.

그런데, 아버지는 안 와.

아버지?

의선은 으응, 하고 불분명하게 대답했다. 손가락빗으로 머리를 정돈하여 묶다가 말고 의선은 창문에 이마를 붙였다. 그녀는 갑자기 피곤해진 것 같았다. 눈을 감는 것 같더니 퓨즈가 끊기듯이 깜박 두 번을 졸았다. 잠꼬대처럼 그녀는 속삭였다.

……바람만 불고, 밤새 바람만 불고, 아버지는 안 와.

의선이 명료한 의식을 회복해가는 것이 무작정 기뻐할 일만은 아니라는 것을 명윤이 깨닫는 데에는 오랜 시간이 걸리지 않았다.

기억을 조금씩 되찾아갈수록 의선은 침울해졌다. 처음에 명윤의 가슴을 가장 벅차게 했던 것은 의선의 깔깔대는 웃음소리였다. 마치 하늘에서 굴러떨어지는 것처럼 투명하고 어린아이 같던 그 웃음은 시간이 흐를수록 우울하게 퇴색해갔다.

수은주가 영하 이십 도까지 내려가 온 거리가 꽁꽁 얼어붙었던 어느 날 오후, 명윤이 동네 슈퍼에 달려가 담배와 과일을 사가지고 서둘러 돌아왔을 때 의선은 죽은 듯이 웅크려 앉아 창 밖을 내다보고 있었다.

뭘 보는 거니?

마치 물이 바싹 마른 우물 속을 들여다보는 것처럼 그녀의 시선은 음울했다. 사십 년쯤 늙어버린 노파의 그것 같았다.

뭘 보느냐니까?

명윤이 재차 물었을 때에야 의선은 얼굴을 돌렸다. 명윤이 무엇을 물었는지조차 알아채지 못한 듯 침통한 시선으로 그녀는 말끄러미 그의 눈을 올려다보고 있었다.

명윤은 여행을 계획하면서부터, 아니 열차에서까지도 느끼지 못했던 막막함을 황곡의 시가지에서 느끼고 있었다. 그가 의선에게서 들어 알고 있는 단서들은 모두 단편적인 것들뿐이었다. 확실한 배경을 가진 것은 거의 없었다. 그렇다고는 하지만 대체 이 시가지의 암울한 풍경과 눈송이를 받아먹는 의선의 오빠에 대한 이야기는 얼마나 동떨어진 것인가.

결국 실패하기는 했지만 명아를 찾아다니는 일은 비교적 쉬웠다. 누이에게는 마치 불나방 같은 성향이 있었으므로 그 맹목적인 행동방향을 알아낼 수 있었다. 그녀는 불빛 속에, 술과 끈끈한 음악, 잔혹하게 명멸하는 고통 속에 있었다.

그러나 의선은 그렇지 않았다. 의선에게는 어떤 의지라는 것, 명윤이 짐작할 수 있는 행동의 방향이라는 것이 없었다. 어떤 숨겨진 힘이 의선을 움직이게 한 것인지, 한마디 말도 없이 명윤의 곁을 떠나 종적을 감추게 한 것인지, 어디에서 무엇을 찾아 헤매고 있는지 그는 알 길이 없었다.

'몇시지?' 라고 인영이 묻더니, 명윤이 대답하기 전에 그녀의 손목시계를 직접 확인했다.

취재원과의 약속시간인 오후 세시까지는 아직 삼십여 분이 남아 있었다. 약속장소는 시청 앞의 '뭉크' 라는 카페라고 했다. 인영은 시청에 먼저 들러 황곡시의 지도를 구하자고 했다. 명윤은 고분고분한 남동생이 된 듯한 기분으로 인영의 뒤를 따라갔다. 인영은 행인에게 시청의 위치를 물었다. 그곳은 걸어서 삼 분 거리에 있었다.

지도만 얻는 줄 알았더니 인영은 석탄 박물관을 담당하는 부서를 찾았다. 공무원들다운, 이쪽 부서에서 저쪽 부서로 가보라고 하여 가보면 자신들의 담당이 아니라고 대답하는 핑퐁식의 안내끝에 한 부서에서 유인물 형식의 자료 몇 장을 구했다. 부서장이라고 직함과 이름을 밝힌 중년 남자에게 인영은 박물관의 준공 시기와 의의에 대해서 몇 가지 상투적인 질문을 했다. 남자는 역시 상투적인 대답을 지루하게 늘어놓았다.

황곡시 지도가 한 장 있었으면 하는데요.

남자는 꼭대기층에 자료과가 있다고 했다. 자료과 직원들은 친절했다. 팔절지 크기의 황곡시 지도와 함께 전지 두 장짜리 강원도 전도까지 얻을 수 있었다.

카페 뭉크는 큰 도로변에 있어 찾기 쉬웠다. 길고 가파른 계단을 걸어올라가 이층 문을 열자 문 안쪽에 매달려 있던 방울이 경쾌하게 딸랑거렸다. 찻집 내부는 서울의 번화가에 온 것이 아닌가 싶을 만큼 화려한 색깔로 꾸며져 있었다. 노란 벽에 색색의 화려한 영화 포스터가 걸렸고, 밝은 초록색 보가 깔린 탁자마다 전화기까지 구비되어 있었다. 그러나 전체적으로 탁자끼리의 간격이 너무 바싹 붙은데다, 사이사이에 놓인 크고 작은 화분들이 조잡한 인상을 주었다.

앞머리를 헤어스프레이로 세운 이십대 초반의 청년이 물잔과 메뉴를 가지고 왔다. 인영은 탁자에 펴놓았던 황곡 지도와 유인물들을, 명윤은 재떨이와 전화기를 한쪽으로 밀어놓고 물잔을 받았다. 인영은 커피를, 명윤은 녹차를 시켰다.

"일단,"

하고 인영이 말했다.

"오늘은 그 사람이 사는 집하고 작업실을 찍어야 해."

명윤은 담배연기를 천장을 향해 내뿜으며 고개를 끄덕였다.

"저녁에는 술이나 한잔하면서 살아온 얘기를 듣고."

그는 웃는 듯 마는 듯 곤혹스러운 표정을 지었다.

시간을 낼 수 없는 인영에게 황곡에서 취재 일정을 잡으면 되지 않느냐고 제안한 사람은 명윤이었다. 그러나 어리석게도, 결과적으로 자신도 함께 낯선 사람을 상대해야 한다는 것까지는 생각해보지 않았었다.

물론 그 사진가라는 사람을 만나보고, 물을 수 있는 것은 묻고, 이왕 같이 온 것이니 지리도 익힐 겸 함께 다녀보는 것도 괜찮을 듯싶었다. '함'으로 시작되는 탄광에 대하여 물어보아도 좋으리라. 이곳의 학교들에 대해서, 근처의 시골 마을에 대해서도 물을 수 있을 것이다.

그러나 낯선 사람을 만난다는 것이 그의 마음 깊은 곳에서 거부감을 불러일으키고 있었다. 형식적인 수인사를 나누는 첫 순간을 그는 혐오했다. 그 짧은 순간에 상대방을 탐색하고 판단을 내리려 하는 타인의 노골적인 눈빛이 싫었다. 당장 이 카페를 나가 혼자서라도 의선을 찾아다녀야 하는 게 아닐까. 이렇게 낭비할 시간도 없다고 생각하자 불안이 치밀어올랐다.

그 두 가지 생각 사이에서 그의 우유부단한 마음은 결정을 내릴 수 없었다. 아무런 생각도 하지 않는 사람처럼 조용히 앉은 채 그는 어수선하고 소심한 싸움을 혼자서 치러내고 있었다.

새로운 사람이 나타나면 더욱 견디기가 힘들어질 것이라는 것을 그는 알고 있었다. 말없이 기다리는 것, 지켜보는 것만큼 육체적으로 피로한 일은 없었다. 언제부턴가 침묵은 그에게 가장 힘든 일이 되어 있었다.

그는 초조한 외로움을 느꼈다.

인영에게 자신의 심경을 털어놓고 싶었지만, 일에 열중해 있는 그녀를 보니 그는 마치 입을 틀어막힌 기분이었다. 인영은 열차에서부터 줄곧 심각한 생각에 빠져 있었다. 몹시 피로해 보이기도 했다.

꽤 오랜 시간 찍어온 사진들을 없앴다는 말도 뜻밖이었다. 그녀는 이날 기차에서 그가 건넨 거의 대부분의 말에 대꾸하지 않았으며, 심지어는 전혀 그의 말을 듣고 있지 않은 것처럼 보였다. 그녀의 태도가 원래 무심한 편이기는 하지만 이날은 유난히 자신의 완고한 성안에 틀어박혀 있었다.

"내일은 아침 일찍 함께 광산 박물관 공사 현장에 나가보고, 오후에는 폐사택촌에 가보자. 지금 조업중인 탄광에 가서 광부들하고도 한 컷을 찍고."

"그리구요?"

"그러면 끝이야. 늦어도 내일 오후 서너시면 끝나."

"나는 어떻게 하고 있죠?"

"그냥 편하게 있어. 궁금한 게 있으면 자연스럽게 더러 물어보기도 하고."

그래, 편안하게 있자.

명윤은 앞으로 내밀고 있던 몸을 소파 등받이에 기댔다. 그는 의선이 사라지고 난 뒤 일 주일 내내 한 번도 편안한 잠을 자보지 못했다는 것을 깨달았다. 그러나 졸음이 밀려오지는 않았다. 긴장한 몸을 쥐어짜는 듯한 피로가 느껴질 뿐이었다.

"광산 박물관이란 건 뭐죠?"

"황곡시에서 관광상품으로 개발할 생각인 모양이야. 석탄산업의 과거와 현재…… 광산 기기, 옷이나 비품 같은 거, 사진이며 광부들 인형, 뭐 그런 것들을 전시한대. 교육적이라고 생각하면 교육적이겠고. 제법 크게 짓는 모양인데?"

인영이 유인물을 읽어내려가며 건성으로 대답하는 동안 명윤은 피우다 만 장초를 비벼 껐다. 담배개비가 삼분의 이를 넘기며 타들어오는 것이 그는 싫었다. 필터에 가깝게 타들어갈수록 니코틴의 함량이 높아진다는 건강 기사를 읽은 적이 있기 때문이었다. 우스꽝스럽게도, 옥상에서 뛰어내릴 생각을 하고 있던 지난해 여름에 명윤은 그 기사를 읽었고 그때부터 꽁초를 피우지 않았다.

인영은 유인물을 접어 코트 안주머니에 넣은 뒤 무엇인가를 수첩에 메모하기 시작했다. 명윤은 여전히 그녀에게 무엇인가를 말하거나, 그녀가 무엇인가를 말하도록 하고 싶다는 열망을 느끼고 있었다. 하지만 그의 머릿속은 텅 비어 있었다.

시간은 천천히 흘렀다. 명윤은 자신이 서울에 있는 동안 사람들을 만날 때마다 수없이 많은 말들을 지껄여왔다는 것을 깨달았다. 그 말들은 모두 어디로 갔을까. 지금 명윤의 머릿속이 하얗게 비워져 있는 것이 당혹스럽기는 했지만, 그때라고 해서 그가 무엇인가를 생각하고 있었던 것은 아니었다. 그는 혀와 목구멍이 시키는 대로 열에 들뜬 말들을 흘려보냈을 뿐이었다. 그의 말은 그의 머리에서 쉬거나 우회하여 나오지 않았다. 마치 마법에 걸린 구두 때문에 춤을 추듯이 그는 자신의 혀를 통제할 수 없었다.

"재미있는 기사가 될까요?"

서투른 소년처럼 담배연기에 콜록거리며 새 담배를 붙여 문 뒤 명윤은 물었다. 인영은 수첩에서 얼굴을 들지 않은 채 웃었다. 웃다가 마는 것 같은, 웃으면서 자신의 웃음을 비웃는 것 같은 웃음이었다.

"데스크가 어떻게 오케이를 했어요?"

"요새 여행 붐이잖아. 교육효과도 있을 법하고."

인영은 수첩을 덮었다. 그녀의 표정이 지나치게 건조했으므로 좀 전에 지었던 웃음이 마치 살봇 보았던 것 같았다. 그녀는 말없이 창밖의 풍경을 내다보았다. 명윤도 그녀의 시선을 따라가보았다. 산이 보였고 그 아래로 소도시의 시가지가 보였다.

잠시 생각에 잠겨 있다가 인영은 느닷없이 명윤에게 얼굴을 돌리더니 '너, 갱노 안에 들어가본 적 없지?' 라고 물었다.

"천 미터, 이천 미터 땅 밑으로 들어가보고 싶은 생각 없니? 기회가 되면 이번에 한번 들어가볼까?"

진담인지 농담인지 언뜻 구별되지 않는 무표정한 얼굴과 억양이었다.

"……아니오."

명윤은 웃으면서 대답했다. 그런 위험한 곳으로 들어갈 생각 따위는 추호도 없었다. 거기서 그는 단 한순간도 자신을 추스려내지 못하리라.

"혼자 들어가세요."

"그럴 거라고 생각했어."

인영이 말했다.

"넌 어둡고 습기찬 걸 싫어하니까."

"그게 무슨 뜻이죠?"

글쎄, 하고 인영은 미소를 지으며 말끝을 흐렸다.

"그게 무슨 뜻이에요?"

재차 묻는 그의 얼굴을 낯선 사람처럼 바라보며 인영은 혼잣말처럼 중얼거렸다.

"……땀과 피를 싫어한다는 뜻이야."

느닷없는 비난 때문에 그는 할말을 잃었다. 인영은 자신이 누군가를 비난했다는 것조차 모르는 듯하였으므로 더욱 당혹스러웠다.

매우 드물기는 하지만 이따금씩 그녀가 쏘아내는 가학성이었다. 언제나 무슨 일이든 무심하게 받아넘기는 듯하지만, 이렇듯 어느 순간에 이르면 거부와 신랄한 판단을 직격탄처럼 날려보낸다. 명윤은 그녀의 그런 점을 알고 있었고 이해한다고 생각해왔지만 다시 가슴이 서늘해오는 것을 어쩔 수 없었다.

인영은 태연하다 못해 쓸쓸해 보이는 얼굴로 수첩에 무엇인가를 적어내려가고 있었다. 이따금씩 손을 멈추고 자신이 쓴 것을 다시 읽어보기도 했다. 그러다가 갑자기 생각났다는 듯 수첩 사이에서 사진 한 장을 꺼내어 명윤의 앞으로 내밀었다. 그는 놀랐다.

의선의 사진이었다.

어떤 건물의 옥상에서 찍은 것인지 의선의 상체 뒤로 고압선들이 보였다. 진지하게 무엇인가를 내려다보고 있는 의선의 옆얼굴이 중앙에서 약간 왼쪽으로 비껴 찍혀 있었다.

가슴이 벅찼기 때문에 명윤은 탁자 위로 손을 뻗어 사진을 집어들 수 없었다. 깍지 낀 손을 자신의 허벅지 위에 얹은 채 그는 깊은 숨을 몰아쉬었다. 저녁이나 새벽인지 화면에 푸른빛이 배어들어, 의선의 얼굴 윤곽은 마치 부드러운 연기에 둘러싸인 듯 아련하였다.

"작년 여름에 찍은 거야."

명윤이 사진을 받아들지 않자 도로 사진을 수첩에 끼우며 인영이 말했다.

"바람 쐬러 옥상에 올라갔다가 찍었어. 이럴 때 필요하게 될 줄 알았다면 정면으로 찍어두었을 텐데."

명윤은 인영의 말을 듣고 있지 않았다.

그때까지 음각화처럼 그의 머릿속을 떠돌고 있던 의선의 모습이 갑작스럽게 양각으로 돌출했다.

그러잖아도 작은 키를 더 작게 하려는 듯 늘 구부정하던 의선의 허리를 그는 생각했다. 세상으로부터 움츠러드는 듯한, 마치 숨으려는 듯한 애절한 눈빛으로 그녀는 그를 치어다보곤 했다.

그는 입에 머금은 사탕을 오래 아껴서 빨듯이 의선의 모습을 머릿속에서 천천히 골랐다. 함께 서울의 노심을 걷는 동안에도 그녀는 마치 어느 밭둑 논배미를 걷는 사람같이, 알 수 없는 평화와 침묵의 부드러운 광휘에 둘러싸여 있었다. 언제나 명윤의 손을 꼭 잡고 있던 의선의 손을 그는 생각했다.

명윤은 눈을 감았다.

의선과 관련된 모든 기억은 언제나 그 손의 감촉으로 이어지곤 하였다. 그녀는 명윤과 함께 있을 때마다 그의 몸 어딘가를 매만지고 있었다. 얼굴이건 손이건 발바닥이건 목과 가슴과 은밀한 부분이건, 그녀의 따뜻하고 말랑말랑한 손은 마치 온수로 구석구석을 적시듯 부드럽게 그의 몸을 어루만지곤 했었다. 마치 그밖에는 아무것도 줄 수 있는 것이 없어 슬프다는 듯이, 그 하염없고 정성스러운 손길만이 그녀가 줄 수 있는 유일한 것이라는 듯이.

"이 사진 한 장으로 그애라는 걸 알아볼 수 있는 사람이 있을까?"

인영의 말에 대답하는 대신 명윤은 깍지 낀 주먹의 윗부분을 탁자의 밑면에 소리없이 짓이겼다.

이곳에 있을까.

만일 명아라면 이곳에서 단 하루도 버티지 못했을 것이라고 그는 생각했다. 어딘가 모르게 이곳은 그들의 옛 동네와 영락없이 닮아 있었다.

명윤은 창 밖으로 시선을 돌렸다.

의선은 정말 이곳으로 떠나온 것일까. 이렇게 갑갑한 곳으로, 사방이 검은 산들로 틀어막힌 이 황폐한 시가지로.

서서히, 놀랍게도, 명윤은 저 낮고 더러운 건물들과 인적 없는 시가지의 어떤 부분이 기묘하게 의선을 연상시킨다는 것을 깨닫기 시작하고 있었다. 진작 망가지고 무너졌으면서도 아무렇지도 않은 듯이 웅크리고 있는, 마치 산 채로 버림받은 짐승처럼 고개를 수그리고 있는 이 도시에서, 그는 낯선 곳에 약도도 가방도 지갑도, 동전 한푼도 없이 내던져진 것 같은 암담함을 느끼고 있었다.

3

약속시간에서 꼭 이십 분이 지났을 때 인영은 취재원에게 전화를 했다. 테이블에 놓여 있던 수화기를 귀에 바싹 붙인 채 참을성 있게 신호음이 끝나기를 기다리고 있는 인영의 얼굴을 명윤은 찬찬히 살폈다.

인영의 얼굴에는 별다른 긴장이 드러나 있지 않았다. 낯선 사람을 만날 때 큰 긴장을 하지 않는 것이 그녀의 강점이자 단점이었다. 긴장하지 않기 때문에 그녀는 사교성을 발휘하지도, 인상을 좋게 남기려고 노력하지도 않는 것 같았다. 그래서 사람들은 인영이 건방지다거나, 사람을 만날 때 매우 경계를 하는 사람이라고 단정하곤 했다.

그러나 명윤이 보기에 그것은 인영과 세계 사이에 놓인 뚜렷한 간격을 말해주는 것뿐이었다. 인영은 세계의 논리에 무심한 사람이었다. 성공이나 치부에 관심이 없었고, 따라서 그것에 대한 좌절도 없었다. 진정으로 자기 중심적인 사람이 있다면 바로 인영이 그런 사람이었다. 그녀는 누군가를 사귀어둔다는 식의 필요를 전혀 느끼지 않았다. 바로 그 담백함 때문에 인영에게는 적이 없었다.

반면 인영에게는 친한 친구도 없었다. 그녀는 사람들의 이야기를 대꾸나 반박 없이 조용히 들어주기는 하였지만 자신의 의견을 밝히지 않았으며, 가지고 있던 의견을 쉽사리 바꾸는 눈치도 아니었다. 그녀는 언뜻 보기에만 무난하여 사회생활을 원만히 해나가는 것처럼 보일 뿐이었다. 자신의 영역을 과하게 침범하거나 속물적인 사람이라고 판단되면 마음 깊은 곳에서부터 가차없이 상대와의 끈을 자른 뒤 멀리하였다.

그 완고한 영역의 바깥선을 엄밀하게 지키며, 이따금은 인영의 변칙적인 행동에 상처받기도 하며 알고 지내온 칠팔 년간 명윤이 느낀 인영의 장점은 그녀식의 너그러움이었다. 일단 속물이 아니라고 판단한 사람과의 인간관계에 그녀는 담담하게 최선을 다했다. 약속에 늦든, 돈을 꾸어서 갚지 않든, 실수를 저지르거나 어떤 지나친 것을 요구하든 그녀는 관대하고 무심한 듯한 호의를 보여주었다.

명윤은 인영이 흥분하며 화를 내는 모습을 본 적이 없었으며, 큰 소리로 떠들며 술에 취하는 모습을 본 적도 없었다. 그녀는 허튼 소리를 하지 않았다. 의도적으로 남에게 상처 주는 말을 하거나 부주의한 언행으로 상대방의 마음을 껄끄럽게 하는 일도 없었다.

좀전에 명윤에게 그랬듯 만일 그녀가 누군가에게 신랄한 말을 던졌다면 그것은 그만큼 자신의 판단에 충실하기 때문이었다. 거기에는 악의가 없었다. 오로지 그녀가 한 말뜻 그대로의 선명성만이 있었다. 그녀와 세계 사이에 놓인 간격, 거의 감정의 부재라고 불러도 될 만한 깊은 강 덕분에 그녀는 무엇인가를 기대하지도, 상처 입지도, 감정적인 책임을 느끼지도 않으며 살아가고 있는 것처럼 보였다.

마침 카페의 음악이 그친 사이, 수화기에서 새어나온 남자 목소리가 뭉개어진 채 그의 귀에까지 들렸다. 인영이 소속과 이름을 밝히며 메모를 부탁하는 것을 보니 취재원과는 통화가 되지 않은 모양이었다. 세시 삼십분에 다시 전화하겠다고 그녀는 말했다.

"이상하다. 없어."

"거기가 어딘데요?"

"사진관이라는데, 여기서 걸어갈 수도 있는 거리라고 하네? 오전까지 있었는데 없어졌다는 걸 보니까 이쪽으로 온 것 같기도 한데. 왔다면 도착하고도 남았을 시간이야."

인영은 다시 한번 시계를 보더니 주먹을 뒤집어 탁자를 툭툭 쳤다. 아무렇지도 않아 보이지만 그녀로서는 상당히 불안한 상태임을 알 수 있는 동작이었다.

"설마, 약속을 잊은 건 아니겠죠?"

인영은 의심스러운 목소리로 '그럴 리가' 라고 말했다. 대답한 내용과는 달리 인영의 과묵한 얼굴에는 무엇인가 잘못된 것 같다는 심각한 판단이 어리어 있었다.

그때 카페 문이 열렸다.

장신의 사내가 문고리를 잡고 서서 카페 내부를 훑어보았다. 남자는 뚜벅뚜벅 명윤과 인영이 있는 테이블을 향해 걸어왔다. 몸집 때문에 매우 큰 동작으로 느껴지는 그의 걸음걸이는 약간 불편해 보였다. 주의 깊게 살피지 않으면 잘 눈에 띄지 않을 만큼 다리를 절고 있었다.

"장종욱 선생님이신가요?"

반쯤 몸을 일으킨 채 묻는 인영의 얼굴을 사내는 쏘아보았다. 뭐요?라거나 누구라구? 하고 쏘아붙일 것 같은 험상궂은 표정이었다. 왼쪽 뺨의 끝에서 목덜미 쪽으로 제법 큰 화상의 흉터가 보였다. 사내는 대답했다.

"맞습니다."

사내의 목소리는 마치 땅 밑에서 울려오는 듯 우렁우렁했다. 인영이 명윤 곁으로 와서 앉자, 사내는 인영이 앉았던 자리에 풀썩 찬바람을 일으키며 주저앉았다.

사내의 몸에서 강한 술냄새가 풍겨오고 있는 것에 명윤은 놀랐다. 사내의 검은색 스웨터는 낡았고 보풀이 일어나 있었다. 머리는 더부룩이 길어 귀를 뒤덮었다. 사내는 늦어서 미안하다는 말을 하지 않았다.

인영이 자신과 명윤을 소개하는 동안 사내는 검은 터틀넥 스웨터 속에 목을 파묻고 눈만 치뜬 채 그들을 관찰하였다. 유달리 큰 눈에 흰자위가 넓어 검은자위의 동그란 윤곽이 드러나 보였다. 그 눈빛의 강렬함이 언뜻 동물적인 느낌을 주었다.

"작업실이 여기서 가까운 모양인데, 차 마시고 일단 그리로 가볼까요? 일하시는 모습을 찍었으면 하는데요."

인영의 말에 사내는 스웨터 속에 파묻고 있던 목을 빼어 쳐들었다.

"작업실이라니요?"

"전화받으시던 곳이 작업실 아닙니까?"

별안간 사내가 웃음을 터뜨렸다. 크고 우렁찬 웃음이었다.

웃음을 그치고도 뭐가 그리 우스운지 사내는 연신 뺨을 실룩거렸다. 웃음이 비어져나오는 입술을 날카로운 송곳니로 질겅질겅 깨물며 사내는 인영이 들고 있는 수첩을 가리켰다. 사내의 오른쪽 엄지손가락에는 오 센티미터 가량의 꿰맨 흉터가 있었고, 왼쪽 새끼손가락은 약간 바깥쪽으로 휘어 있었다.

"일단 대포나 한잔합시다. 거기다가 뭘 잔뜩 써가지고 와서 물어볼 작정인 모양인데, 술을 한잔해야 말이 나오지 않겠소?"

"벌써 취해 있잖습니까?"

명윤은 자신도 모르게 침을 뱉듯이 사내에게 말했다.

명윤의 말이 끝나기 전에, 마치 그 말의 파장을 차단하듯이 인영은 상체를 앞으로 당겨 앉으며 말했다.

"시간이 많지 않습니다. 오늘은 선생님께서 작업하시는 모습, 가족들과 함께 있는 모습을 찍은 다음에 함께 한잔하지요. 전화로 말씀드렸던 대로 내일은 탄광 한 군데하고 폐사택촌, 그리고 광산 박물관 공사 현장까지 돌아보았으면 하는데요."

명윤은 인영의 옆얼굴을 살폈다. 기분이 좋은 기색은 아니었으나 크게 당황하고 있는 것 같지는 않았다. 하긴, 사오 년 동안 취재를 다녔으면 별의별 사람들을 다 만나보았으리라.

사내는 다시 비식비식 웃기 시작했다.

"이보시오."

사내는 대답을 인영에게 하면서 명윤의 눈을 똑바로 쏘아보고 있었다. 빙글빙글 웃고 있는 사내의 눈에 실린 적의를 명윤은 읽었다.

"……나는 직장도 없고, 집도, 가족도 없는데 뭘 찍겠다는 거요?"

"그럼 지금 계시는 곳은…… 아까 전화 받으셨던 분은 사진관이라고 하시던데요."

"수용소지."

대뜸 반말지거리로 사내는 말했다.

"내 수용소."

사내는 다시 큰 소리로 웃음을 터뜨렸다.

"왜, 홍수 지고 태풍 불면 학교 운동장, 강당 같은 데다가 사람들 모아놓잖소…… 난민 수용소, 그런 거 말이오."

사내의 입에서 역한 술냄새가 뿜어져나오고 있었다.

4

카페를 빠져나와 백여 미터를 걸어가는 동안 장은 여러 번 비틀거렸다. 전신주를 짚으며 머리를 흔들어대고는 다시 걷고, 다시 가로수에 몸을 기대며 휘청거렸다. 마침내 장이 허름한 주점의 새시문을 열고 앞장서 들어갔을 때 명윤은 이미 이 대책 없는 중년의 사내에게 염오감을 느끼고 있었다.

네 평 정도 되는 조그만 공간에 낡은 나무 탁자 다섯 개가 동그란 삼발이 의자들과 함께 오밀조밀 배열돼 있었다. 환기가 되지 않아 고기 굽는 냄새, 마늘양념 타는 냄새가 꽉차 있었다.

"아이 작가 선생님, 요새 왜 이렇게 발길이 뜸하셨어요?"

팥죽색 앞치마를 두른 주인여자가 호들갑스럽게 교태 섞인 환영을 했다.

"발이 무척 넓으신데요."

수첩과 펜을 탁자 위에 올려놓으며 인영이 말했다. 그것이 굉장히 우스운 농담이라도 된다는 듯이 장은 요란스럽고 긴 웃음을 터뜨렸다.

이자가 오늘의 일을 기억할 수 있을까.

장은 아마 약속장소에 나타나기 직전에 술을 들이켠 듯했다. 그래서 시간이 지날수록 취기가 올라오는 모양이었다.

"여기 토박이신가요?"

인영이 물었다.

"아니오. 스물여덟 살에 처음 왔소."

좀전의 웃음 때문에 눈물까지 맺힌 눈으로, 장은 처음으로 고분고분 대답했다.

"여기 아는 사람이 있었나요?"

장의 얼굴에 피로와 짜증이 지나갔다. 자신이 무엇인가를 대답한다는 것에 곤혹감을 느끼는 것 같았다.

"인연이 되어서 왔겠지요."

장은 말끝을 흐렸다.

"……모르겠소. 하도 오래 전의 일이 되어놔서."

"오래 전이라면?"

"십 년은 넘었겠지…… 그것도 정확히 모르겠소."

명윤은 장의 나이가 생각보다 젊다는 것에 놀랐다.

좀전의 카페에서보다 탁자가 작아 명윤은 장의 얼굴을 가까이서 관찰할 수 있었다. 장의 귀밑머리와 앞머리에는 희끗희끗한 새치가 사분의 일 가량 번져 있었다. 이마의 주름은 마치 호미로 갈아놓은 것처럼 깊었다. 아무리 잘 보아주어도 마흔다섯은 되어 보이는 얼굴이었다. 장의 턱과 목덜미를 덮은 화상 자국은 가까이서 보니 더욱 참혹하게 느껴졌다. 명윤은 고개를 돌렸다.

열시가 되어 그 집을 나올 때까지 인영과 장이 나눈 대화는 우스꽝스럽기 짝이 없는 것이었다.

인영이 '사진을 왜 찍으십니까?' '탄광 사진의 어떤 점이 좋으십니까?' 하고 물으면 장은 대뜸 '당신은?' 하고 물었다.

"당신은 왜 여길 왔느냔 말이오. 당신 얘기를 좀 해봐요. 어디서 태어나서 어디서 자랐는지. 그게 공평하지 않겠소?"

인영에게는 참을성이 있었다. 장의 돌발적인 말과 비웃는 듯한 미소를 용케 견뎌내고 있었다.

나라면.

명윤은 불끈불끈 솟아오르는 화를 간신히 누르며 소주잔을 비웠다.

나라면 결코 이런 식의 인간에게 계속해서 매달리지 않을 것이다.

만일 사적으로 이런 사내를 만났다면 인영 역시 두말 없이 일어나 가방을 둘러메고 나가버렸으리라. 전혀 기분도 언짢아지지 않은 채 술좌석을 떠난 뒤 다시는 그 일에 대해 입에 담지 않으리라. 그것이 인영의 단호한 인간관계라는 것이었다. 그러나 그녀는 일에 있어서만은 까다로운 완벽주의자였고, 무심한 성격과는 어울리지 않는 직업적 근성을 가지고 있었다. 그것이 지금 이 난감한 취재원을 이리저리 구슬려 억지로라도 대화를 이어가도록 만들고 있는 것이었다.

"주로 언제 사진을 찍으시나요?"

"사진관에 손님이 오면 증명 사진을 찍소."

"막장에 언제 들어가시죠? 평일 밤시간에 가시나요? 아니면 주말에 가시는지 궁금한데요."

"막장?"

장은 경멸 어린 눈빛을 인영에게 던졌다.

"거긴 지옥이야."

장은 석 잔 분량의 술이 남은 소주병을 병째로 들고 마신 뒤 손등으로 입술을 문질렀다. 장의 얼굴은 붉었고 눈자위가 번들거리고 있었다. 꼬부라진 혀로 장은 말했다.

"지옥을 당신들이 알아?"

장은 코웃음을 쳤다.

"……어림도 없지."

자리를 정리하기 전에 인영은 '사고를 당한 경험도 있으신가요?' 라고 마지막으로 물었다.

장은 잠자코 자신의 왼손을 들어 보였다. 명윤이 카페에서 이미 보았던, 엄지손가락의 바깥쪽에 난 오 센티 가량의 흰 흉터였다. 십여 바늘은 꿰맸을 것이다.

"갱내는 미끄럽소. 당신네 같은 서울내기들은 상상도 못 해. 섭씨 삼십팔 도도 넘는데다 습도가 구십 프로요. 일 년 내내 그렇소. 바닥이 꼭 비누질한 것 같지. 장화 신고 장갑 끼어도 방심할 수가 없소. 가만히 있기만 해도 탄가루가 목을 팍팍 막는데, 거기서 여덟 시간 동안 막일들을 하는 거요."

"손 좀, 보여주시겠어요?"

검고 투박한 손이 인영의 앞으로 내밀어졌다. 인영은 고개를 빼어 그 상처를, 큼직하고 단단한 손매듭을 찬찬히 들여다보았다. 명윤은 잠자코 담배에 불을 붙였다. 그는 장의 손을 자세히 보고 싶지 않았다.

"조구라고, 탄을 미끄럼 태워서 보내는 데가 있소. 거기 잘못 발 디디면 칼날이오. 요행히 이 정도만 벴지."

"막장에 갇힌 적도 있나요?"

세 번이라고 장은 대답했다. 한번은 사갱을 올라오는데 승강기의 천장에 연결돼 있던 와이어가 끊어졌다고 했다. 이 톤의 폐석들을 달고 올라가던 승강기는 무서운 속력으로 막장으로 떨어졌다. 갱이 무너지지 않도록 받쳐놓았던 동발들이 그 충격에 쓰러졌다. 순식간에 갱도는 무너져앉았다.

"그래도 맨 끝은 아니라 복구가 빨리 됩디다. 한 시간쯤?"

맨 끝이 아니라는 것은, 지하에 여러 층으로 나 있는 갱도 중 가장 밑바닥의 갱도는 아니었다는 말인 모양이었다.

또 한번은 발파한 뒤 따라들어갔는데, 중간 갱도의 동발이 살짝 부러져 있던 것이 마저 부러지면서 천장이 쏟아졌다고 했다.

"그건 그야말로 금방 됩디다. 삼사십 분밖에 안 걸렸고, 뭐 갇혀 있어도 같이 있던 이들이나 나나 별로 두렵지 않았소. 맨 끝이라면 공기도 그렇고 조건이 위험하지만, 중간은 바람도 들어오고, 여차하면 옆 통로로 피할 수도 있으니까."

깍지 낀 장의 손을 응시하고 있는 인영을 향해 장은 뱉듯이 말했다.

"맨 끝에서 갇힌 적도 한 번 있긴 있었소. 거의 죽을 뻔했지."

그때 죽었어야 했는데, 라고 중얼거리며 장은 다시 한번 발작적인 웃음을 터뜨렸다. 뒤틀린 듯한 미소를 지으며 장은 말했다.

"……바로 그때 죽었어야 했어."

그것이 그날 두 사람 사이에서 그나마 인터뷰답게 진행된 유일한 대화였다.

괜찮은 숙소를 찾는다는 인영의 말에 장은 그들 일행을 안내하기 시작했다. 그는 어둡고 구부러진 골목길을 능숙하게 앞서 걸어나갔다. 황곡의 지름길들을 구석구석 훤히 꿰고 있는 모양이었다.

이상한 점은, 거푸 소주 두 병을 비웠는데도 장은 처음 만났을 때보다도 오히려 비틀거리지 않는다는 것이었다. 황곡에 찾아든 어둠과 차가운 밤바람이 장의 거구에 마술적인 힘을 불어넣은 것 같았다. 장은 간혹 곡조를 알아들을 수 없는 콧노래를 흥얼거리며 반듯한 걸음걸이로 앞서갔다.

"짐 두고 나오시오."

방 두 개의 숙박비를 취재비 봉투에서 꺼내 지불하는 인영을 지켜보고 있던 장은 느닷없이 나이트클럽을 소개하겠다고 했다.

"황곡의 낮과 밤을 모두 보고 갈 생각 없소?"

장의 추레한 차림과 나이트클럽이라는 장소에 대한 이미지가 전혀 어울리지 않았으므로 명윤은 의아해졌다. 이러이러한 사람이라고 어느 정도 정리해두었던 사람이 돌발적인 행동을 보일 때 그는 무기력해지곤 했다. 싸구려 술집의 동그란 삼발이 의자에 가장 잘 어울리는 것처럼 보이던 이 사내가 갑자기 춤을 추러 가자고 한다.

"즐깁시다! 어때요?"

장의 태도는 진지했다. 여태까지 호쾌하고 무모해 보였던 장의 얼굴은 순간 마치 길 잃은 사람 같았다. 장의 눈빛에 이상한 간절함이 있다고 명윤은 생각했다.

"여기서 가까운가요?"

인영이 피로한 얼굴로 물었다.

"두 군데가 있소. 현대적인 곳과 유서 깊은 곳. 황곡까지 와서 그 유명한 몸빼 부대를 안 볼 거요?"

장은 망설이는 인영보다는 명윤이 나이트클럽을 즐길 것이라고 생각한 것인지, 이번에는 명윤의 얼굴을 보며 다그치듯 말했다.

그들이 찾아간 첫번째 나이트클럽은 서울의 여느 나이트클럽과 다를 바 없는 곳이었다. 멀티비전에서는 시종 비키니 차림의 서양 여자들이 요분질과 흡사한 동작의 춤을 추고 있었으며, 무대에 나와 있는 젊은 남녀들의 몸 동작도 화려했다. 젊은 사람들은 다 어디 갔을까 하고 황곡 역전에서 생각했었는데, 모두 여기 모여 있었던 모양이었다.

명윤은 이런 분위기를 좋아하지 않았다. 어쩌다가 기회가 되어 술과 춤, 음악 소리, 부나비처럼 춤추는 젊은 애들, 번쩍이는 사이키 조명 속에 던져지면 고통에 가까운 거부감을 느꼈다. 그가 견딜 수 없어하는 것은 폭발하는 쾌락의 분위기였다. 자신을 방기하며 음악 속으로 뛰어드는 한순간의 몰입을 그는 할 수 없었다. 그 귀청이 터질 듯한 음악에 몸을 맡길 수가 없었다. 몸을 흔들며 춤을 출 수 없었다.

인영 역시 나이트클럽에 가도 춤을 추지 않는 전형적인 맥주파였으나, 장의 '즐깁시다!' 하고 밀어붙이는 권유에 함께 무대로 나가는 시늉을 했다. 장의 춤에 조금 흥이 오른다 싶었을 때 인영은 무대 아래로 내려왔다.

명윤이 화장실에 다녀왔을 때, 인영은 한동안 끊은 것으로 알고 있는 담배를 피워문 채 비스듬히 의자 등받이에 상체를 기대고 앉아 있었다.

명윤은 무대 쪽으로 고개를 꺾고 장이 춤추는 모습을 보았다. 장은 그 스테이지에서 가장 나이가 많은 남자였다. 마치 두루미처럼 양팔을 활짝 벌리고 몸을 흔들어대는 모습이, 다른 사람이라면 우스꽝스러워 보였을 동작에 묘한 매력을 불어넣고 있었다. 춤을 추는 동안 장은 줄곧 눈을 질끈 감고 있었다. 이따금은 마치 그 터져나갈 듯한 음악 소리를 모조리 목구멍으로 빨아들이겠다는 듯이 고개를 뒤로 젖히고 입을 벌린 채 멈추어 서 있기도 했다. 장은 검은 스웨터를 벗어놓고 나갔다. 스웨터 안에 입고 있던 흰 티셔츠가 깨끗하였으므로, 짧고 해어진 코르덴 바지나 험상궂은 얼굴이 눈에 띄지 않을 만큼 조명을 한데 모아 반사하고 있었다.

이상한 사내였다.

어디서 무엇이 터져나올지 알 수 없는 사내였다.

명윤은 장이 마음에 들지 않았다. 그는 미친 짐승 같았다. 마치 끊임없이 포효하고 있지만 무엇인가로 눈과 귀를 틀어막혀 자신의 울부짖음을 듣지 못하는 것 같았다.

명윤은 멀티비전 쪽으로 시선을 돌렸다. 위압적인 젖가슴을 흔들어대는 금발머리의 여자들이 묘한 눈빛으로 이편을 흘겨보고 있었다.

그는 이런 것을 좋아하지 않았다. 이 장소의 모든 것에서 무의식

중에 명아의 기억이 환기되고 있었다.

제기랄.

멀티비전 속의 여자들을 똑바로 노려보며 명윤은 자신의 잔을 비웠다. 그는 명아의 얼굴을 생각하고 있었다. 팔 년 전, 늘 풋사과처럼 사랑스럽다고만 여겼던 열일곱 살의 명아가 아슬아슬한 짧은 치마를 입고 그 음습한 의정부의 칸막이 양주집에서 몸을 나타냈을 때, 그의 머리 끝까지 치밀어오른 것은 분노에 앞선 경악이었다.

재빨리 몸을 돌려 달아나려는 명아의 팔을 붙들었을 때 명아는 숨을 몰아쉬며 속삭였었다.

이거 놔, 오빠.

명아의 앳된 얼굴에는 시커먼 아이라인과 불그스름한 아이섀도가 덕지덕지 발라져 있었다. 비명에 가까운 새된 음성으로 명아는 이어 외쳤다.

……이거 놓으라니까?

실랑이 끝에 마침내 다음날 아침 국철을 타고 돌아오는 길, 명윤은 종각역에서 내려 여자 화장실에 명아를 데리고 갔다.

씻어.

명윤은 자신의 구두코를 내려다보며 무뚝뚝하게 명령했다.

부은 듯한 얼굴의 명아가 화장을 지우고 나올 때까지 그는 미동도 하지 않고 문 앞에 서 있었다. 그는 명아의 팔을 이끌고 지하 상가에 갔다. 얌전한 길이의 옷을 직접 골라 명아에게 갈아입도록 했다. 내친 김에 카운터에서 손톱깎이를 빌려, 매니큐어를 바른 명아의 긴 손톱들을 모두 직접 잘랐다.

지금, 날 미워하고 있지?

경멸하고 있지?

그렇지?

반항적인 목소리로 명아는 명윤에게 다그쳤다. 순간 손톱깎이 날이 명아의 속살을 파먹는 바람에 명아는 슷, 하고 혓소리를 내며 손을 빼내었다. 고개를 들었을 때에야 그는 명아의 눈에 눈물이 어려 있는 것을 보았다.

그때 명아는 잘못 생각하고 있었다. 명윤은 한 번도 그녀를 미워하거나 경멸한 적이 없었다.

명윤이 학창 시절 공부에 열을 올릴 수 있었던 것 역시 그 연탄 공장 골목과 아버지에게서 벗어나고 싶어서였다. 그는 서울에 있는 대학에 들어가 먼 거리를 핑계로 따로 방을 얻을 생각이었다. 그러나 막상 대학에 합격한 뒤에도 그의 집 형편으로는 그만의 방을 구할 수 없었다. 하루에 왕복 다섯 시간씩 전철과 버스를 갈아타고 다니면서 명윤은 끈질기게 탈출을 꿈꾸었다. 밤늦게 들어왔다가 새벽같이 도서관에 나가는 것으로 아버지를 멀리할 수 있었으므로, 그나마 그는 누이들에 비하면 특권을 누리고 있는 셈이기는 했다. 그러나 여름밤 모기장을 치고 마루에 잠들어 있는 아버지의 얼굴을 볼 때마다, 그 곁에서 새우잠을 자는 어머니의 등에서 풍겨오는 미미한 파스 냄새를 맡을 때마다, 그는 그 모든 것들을 일시에 배반해버리고 싶다는 은밀한 욕망을 느꼈다.

이제 아버지와 어머니는 죽었고 누이들은 모두 제 가족들을 만들어 떠났다. 더이상 명윤을 속박하는 가족은 없었다. 그런데도 명윤은 습관적으로 계속해서 달아나려 하고 있었다.

아니, 어쩌면 명윤은 그전보다 더한 속박감을 느꼈다. 눈만 돌리면 기다리고 있는 음습한 기억들, 이 세상의 지옥 끝 어디쯤에 명아를 방치해둔 무력감, 그 지긋지긋한 자괴감 따위로부터 단칼에 벗어나기를 원했다. 명아의 얼굴이 문득 의식 속에 그림자만 비추어도 그는 참을 수 없는 고통을 느꼈다. 그는 세월이 약이라는 말을 믿지 않았다. 십 년이나 이십 년, 아니 한 평생이 지난다고 그 아이를 잊을 수 있을 것인가. 더더구나 그 아이를 기억하는 단 한순간만으로,

그 동안 명윤이 애써 쌓아온 단절에의 노력은 수포로 돌아갔다. 순식간에 그는 수년 전 지친 걸음으로 연탄 공장 골목을 들어서던 늦은 여름밤의 자신으로, 모기장 속에서 잠든 병든 아버지를 노려보고 있던 자신으로 뒷걸음질쳐 돌아가 있는 것이었다.

가차없이 떠나야만 했다. 갖은 힘을 다하여 구덩이 바깥으로 밀어내놓은 자신의 삶의 싹이 도로 흙더미 속에 묻혀버릴 것 같은 조바심으로 그는 탈출을 꿈꾸었다.

이따금 그는 글을 씀으로써 생기는 충족감에 의지하여 영영 어디로든 떠나지 않고 살 수 있으리라고 느끼기도 했다. 그러나 언제부터였을까, 명아를 찾는 일을 포기하면서부터였을까. 그는 더이상 쓸 수 없었다. 너무 많은 말들이 한꺼번에 몰려왔고, 막상 쓰려고 하면 그것들은 한꺼번에 썰물처럼 몰려가버렸다.

폐쇄된 미로 속을 헤매듯 그의 사고는 출구를 찾지 못한 채 제자리를 맴돌기 시작했다. 그래, 어차피 곧 끝날 일이니까, 라고 삶의 끝에 대하여 생각하기도 했고, 다시 글을 쓰고 싶다는 욕망을 느끼기도 했고, 이 나라를 떠나고 싶다는 비현실적인 충동에 몸을 맡기기도 했다. 그러나 떠난들 어디로 가겠는가. 이 땅을 떠난다 해도, 아니 세상의 끝까지 간다 해도 그의 몸뚱이는 그의 몸뚱이일 것이다. 그가 떠나려는 것은 마치 감옥처럼 옥죄어오는 기억들을 떨쳐버리려는 것이었다. 그러나 그가 떠나려 하는 것이 바로 그 자신이라면, 그 지긋지긋한 자신이라면 어떻게 할 것인가.

결국 그는 명아와 공범이었던 것이다. 철들면서부터 꾸어왔던 탈출에의 꿈을 여전히 짊어진 채, 어리석다는 것을 스스로도 알고 있으면서도, 명윤은 자신의 젊음을 모래알처럼 손가락 사이로 흘려보내고 있었다.

만일 명윤이 조금이라도 미래에 대하여 생각하는 남자였다면 의선과 같은 여자에게 빠질 수 없었을지도 모른다. 그러나 명윤에게는 앞날이라는 것이 존재하지 않았다. 현재의 일 분 일 초가 영원과도 같이 끝나지 않는다고 느껴졌을 때 그는 의선을 만났다.

의선은 그때까지 명윤이 보았던 어떤 사람과도 달랐다. 그녀는 마치 어린아이와도 같이 무기력했고 섬약했고 불가해했고, 무엇보다 선했다.

의선의 옷을 사주고 먹을 것을 사주기 위해, 그는 마치 어린아이를 길러야 하는 젊은 아버지처럼 돈을 벌기 시작했다. 한 번도 지어본 적이 없는 뻐뻐스러운 억지웃음을 입가에 머금고, 겨우 일면식이 있을 뿐인 선배들이나 알음알음으로 이름과 직책만을 아는 사람들을 찾아가 벌이가 될 만한 일거리를 청했다. 번역거리가 떨어진 늦가을에는 심지어 신문배달까지 했다. 늘 방에만 틀어박혀 무기력한 생활을 하던 명윤의 체력으로는 결국 한 달을 가까스로 채운 뒤 그만두어야 했으나, 그것만으로 명윤에게는 커다란 변화였다.

의선이 넋나간 듯한 웃음을 웃는 순간, 마치 후두둑 떨어지는 빗방울 같은 그 소리를 듣는 순간만으로 명윤은 자신의 모든 수고를 잊을 수 있었다. 그것은 사춘기 시절에조차 누구에게도 경험해보지 못했던 절대적인 애착이었다.

의선은 그의 몸의 일부와 같았다. 마치 어린아이가 우는 것처럼 눈물을 흘리고 있는 모습을 볼 때, 간혹 무엇인가에 찔리거나 타박상을 입은 말랑말랑한 살갗을 볼 때면 명윤은 진실로 폐부에서 솟아오르는 고통을 느꼈다. 언젠가 꿈에서 그는 그녀를 어린아이처럼 안고 버스에 오르고 있었다. 의선은 다섯 살배기쯤 되는 작은 몸으로 오므라들어 그의 팔에 안겨 있었다. 마치 어린 시절의 막내 명아가 그랬던 것처럼, 의선은 떨어질까봐 두려워하는 듯 그의 허리를 바싹 붙안고 있었다.

모든 회의와 절망과 우유부단한 자포자기를 넘어선 그의 마음의 한 지점에 의선은 있었다. 명윤은 자신의 몸 속에 그토록 간절한 애정이 움틀 자리가 있었다는 것에 놀랐다. 그 경이 속에서 그는 의선을 보았다. 때로 아무것도 들어 있지 않은 듯한 의선의 텅 빈 시선을, 새벽녘이면 가느다란 잠꼬대를 하며 고개를 저어대는 그을린 얼굴을 보았다.

"그만 나갑시다."

땀에 흠뻑 젖어 스테이지에서 내려온 장은 테이블 가운데 놓인 마른안주를 몇 개 집어 씹기 시작했다. 장은 여태껏 지껄여온 말 가운데 처음으로 명윤이 공감할 수 있는 말을 거칠게 내뱉었다.

"나는 여기 물이 싫소."

'홀리데이 인 서울' 이라는 간판의 네온사인이 번쩍이는 두번째 클럽은 중년의 남녀들이 모이는 곳이었다.

이 사람들은 대체 어디서 나타난 것일까.

술집이며 카페의 간판과 현관마다 밤 불빛이 번쩍이긴 했으나, 황곡의 밤거리는 낮과 마찬가지로 인적이 드문 편이었다. 그런데 춤추는 곳에 들어오기만 하면 발 디딜 틈 없이 사람으로 북적거리고 있었다. 흡사 전염병으로 폐쇄된 도시의 시민들이 밤이 되기만을 기다려 흥청망청 축제를 벌이는 것 같았다.

테이블을 잡자마자 장은 빠른 속도로 달변의 말을 늘어놓기 시작했다. 음악이 굉음에 가까웠으므로 장은 악을 쓰듯이, 제스처를 섞어가며 말을 했다. 긴장이 사라진 장의 몸짓은 과장되어 보일 만큼 활달하여 오히려 보는 사람을 어색하게 하였다. 장이 파괴적인 열정에 자신을 내맡기고 있음을 명윤은 느낄 수 있었다.

"막장일 끝나고 함께 목욕하고 나와서 막걸리 마시고 돼지고기 먹다보면 말이오, 고충을 토로하는 분들이 더러 있소."

'장형, 나는 요새 남자 구실을 못 해' 라고 장에게 고백하던 이들은 대부분 사십대 초반이었다고 했다. 막장 사람들은 얼굴이 하얗다고 장은 말했다. 햇빛을 못 봐서뿐 아니라 매일 호흡곤란에 과로를 하는 까닭에 얼굴이 기름기 없이 멀건하다는 것이었다.

"……그래서 그런지 탄광촌에는 바람난 여자들이 많다고들 해요."

장은 껄껄 웃었다.

"또 어떤 줄 아시오? 막장 사고로 죽고 나면 여자들이 보상금 받지요? 그 보상금 노리는 제비들이 한둘이 아니라오. 열이면 절반은 거기 넘어가서 재산 탕진하는 거요."

장은 중년 남녀가 춤추고 있는 무대를 턱 끝으로 가리켰다.

"저것 보시오. 저 사람들, 여기서 처음 만난 사람들이오. 절대로 부부 아니지. 조금 있으면 같이 나간다오. 하룻밤 인연을 맺는 거요."

추해 보입니까?라고 장이 인영에게 물었다. 장의 얼굴에는 웃음기가 걷혀 있었다.

"나는 그렇게 생각하지 않소. 밤이란 원래 짧은 거니까, 그저 그동안 마지막 남은 열기를 다하는 거요."

장은 춤추러 나갔다. 블루스 타임이 되자 그는 중년 여자들 넷이 앉아 있는 테이블에 가서 그녀들과 어울렸다. 인영과 명윤은 마주 보고 앉아 침묵하였다. 흘러간 트롯 가요의 상투적인 비트가 명윤의 심장을 울리고 있었다.

계속해서 장은 테이블들을 옮겨다니며 여자들과 어울려 술을 마셨다. 명윤은 혼자서 맥주를 야금야금 따라 마시다가 쓴웃음을 지었다.

저것은 어떤 광기일까, 하고 그는 생각했다. 나도 이중에 어떤 여자를 골라삽을 수 있을까.

명윤은 간밤에도 혼자 술을 마셨었다. 자신이 계획한 일이었는데도 막상 토요일이 다음날로 다가오자 잠을 이룰 수 없었다. 술이 술을 부를 때까지 병을 비우다가 그는 앉은 채로 까무룩이 잠들어버렸다. 어렴풋한 잠결에, 그는 누군가의 부드러운 손길이 목덜미를 쓸어만지고 있는 듯한 또렷한 감각을 느꼈다.

그는 소스라치며 눈을 떴다. 벌떡 일어나 사각의 빈 방을 둘러보았다. 문을 열고 뛰쳐나갔다. 누군가 왔다 간 흔적은 없었다. 문을 닫고 들어오는 찰나 그는 장롱 옆에 비스듬히 떨어져 있는 베개를 보았다. 베개를 기대고 앉아 있던 그의 상체가 옆으로 쓰러지면서 베갯잇의 레이스가 목덜미를 간지럽힌 것이었다.

알 수 없는 무엇인가가 그의 몸 속에서 폭발한 것은 그때였다. 그는 베개를 집어던졌다. 이어 술병을, 의자를, 보이는 대로 책들을 던졌다. 벽에서 튀어나온 것들은 부서지는 소리가 날 때까지 거푸 내던졌다. 마침내 정신이 들었을 때 그의 머리는 헝클어져 있었으며, 두 눈은 광기가 아닌 절망으로 흐려져 있었다.

이날까지 연 이틀을 마신 탓일까. 술이 그다지 과하지도 않았는데 술기운이 얼근히 명윤의 얼굴로 올라왔다.

뭘 하고 있는 거냐, 여기서.

명윤은 이 낯설고 시끄러운 곳에 앉아 술을 마시고 있는 자신을 높은 곳에서 조감하듯 바라보았다.

명윤은 다시 맥주잔을 가득 채웠다.

묵직한 납덩이가 들러붙어 있는 것 같던 심장의 감각이 느슨해졌다. 욕망과 비겁한 좌절감의 찌꺼기들이 득시글거리는 혈관, 담배연기를 심호흡할 때마다 얇게 떨리는 나약한 폐의 통증이 더이상 느껴지지 않았다.

육체와 정신이 함께 무감각해지는 순간의 감각을 그는 즐기고 있었다. 조금 있으면 머릿속에서 섬광이 번쩍일 것이다. 그가 지내온 밤과 낮의 수효만큼이나 셀 수 없는 기억들이 분수처럼 터져오를 것이다. 마치 어린 시절에 꾸었다가 까마득히 잊어버린 꿈인 듯이, 그것들은 만화경의 영상처럼 나타났다가는 아무렇지도 않게 사라져가리라. 어서 그 순간까지 나아가고 싶었다. 그는 서둘러 잔을 비워대기 시작했다.

"미치고 싶어요."

그는 말했다.

스테이지를 보고 있는 인영의 눈이 마치 젖은 것처럼 번쩍이고 있었다. 줄담배를 피우고 있던 인영은 명윤에게 고개를 돌렸다. 뭐라고 했니?라고 되묻는 듯이 눈썹을 올린 채였다. 몸을 흔들어대는 남녀들을 명윤은 턱 끝으로 가리켰다.

"저걸 보니 미치고 싶어요."

시끄러운 음악 때문에 그 말은 자신의 귀에도 들리지 않았다. 명윤은 목소리를 높이지 않았다.

"아주 오래 전부터 미치고 싶었어요."

나이트클럽의 전속 가수가 나와 노래를 하겠다는 멘트가 나왔을 때 장은 자리로 돌아왔다. 목이 깊이 파인 검은 원피스를 입은 여자 가수가 무대의 중앙으로 걸어나왔을 때 좌중은 다소 조용해졌으나, 노래의 한 소절이 불러지고 나자 다시 왁자지껄하게 떠들며 잔들을 비우기 시작했다.

이십대 후반으로 보이는 여자 가수는 노래 솜씨는 제법 있었으나 지나치게 기교를 부려 오히려 평범하다는 느낌을 주었다. 손님들 중에는 장만이 유일하게, 필터까지 담배가 타들어가는 것도 모르는 채 여자를 노려보고 있었다. 흡사 그 여자의 뒤편에 있는 무엇을 보기 위해 그 여자의 몸을 송두리째 투시하고 있는 것 같은 눈길이었다.

"노래가 마음에 드시나요?"

인영이 물었다.

"저따위 걸 노래라고나 할 수 있겠소?"

장은 여전히 여자 가수를 노려보며 뱉듯이 대답했다. 장의 담배에서 두툼한 재가 테이블로 떨어졌다.

"아시는 사입니까?"

인영이 다시 물었다.

"천만에."

장은 입을 비틀며 차갑게 웃었다. 경멸하는 듯한 웃음이었다.

"글쎄, 그전에 여기 있었던 여자라면……."

장은 자신의 뺨의 흉터를 함부로 손등으로 문질렀다. 그의 눈은 이상스럽게 번들거리고 있었다.

"좀 알았던 적이 있소만."

여관 앞에서 그들은 헤어졌다. 명윤의 손목시계는 새벽 두시를 가리키고 있었다.

나이트클럽을 나왔을 때만 해도 새벽 한시를 조금 넘은 시각이었다. 그때 장은 무슨 생각에서인지 그들을 창녀촌으로 안내했다. 미아리나 청량리같이 불빛이 화려하지 않은, 좁고 스산한 단층집 골목이었다. 실내 포장마차 같은 가건물의 여닫이문 안에 여자들이 앉아 있었다. 간혹 정육점 조명을 한 곳도 있었고 아닌 곳도 있었다. 한복을 입은 여자도 있었고 짧은 스커트를 입은 여자도 있었다. 두셋씩 어울려 이야기를 나누고 있는 여자들도 있었다. 모두 합해야 스무 명 정도였다.

그들이 지나가자 그녀들은 모두 금세라도 달려나올 듯 밖을 살폈지만, 여자인 인영이 끼어 있는 것을 보고는 인영의 얼굴을 뚫어지게 쏘아볼 뿐이었다. 여자들의 얼굴은 대체로 통통했으며, 짙은 화장 탓인지 모두 나이 들어 보였다. 명윤은 그 얼굴들 속에서 낯익은 얼굴을 발견할 것 같은 고통에 떨며 걸음을 빨리했다.

장신의 장은 갑자기 멈추어 서더니 명윤의 얼굴을 똑바로 내려다보았다. 낮은, 그러나 충분히 인영에게 들릴 만한 목소리로 장은 명윤에게 물었다.

"어때요, 한번 재미 보고 갈 테요?"

할말을 잃은 명윤을 향해 장은 흐흐, 음험하게 웃었다. 턱으로 인영을 가리키며 장은 이어 말했다.

"먼저 가 있으라고 하고, 우리는 들렀다 갑시다."

명윤은 장의 어깨 너머에 있는 인영과 눈을 맞추었다. 인영의 눈에 스쳐가는 난감함을, 믿기지 않는다는 듯한 표정을 명윤은 읽었다.

"아닙니다."

장의 얼굴이 집요하고 진지하였으므로 명윤은 잘라 대답했다.

"뭐가 아니라는 거요?"

장은 마른 편인 명윤의 몸을 아래위로 훑어보았다.

"뭐, 사내 구실을 썩 잘할 것 같지 않긴 하지만…… 하지만 댁 같은 치들 중에 진짜 색골이 있는 법인데? 어느 쪽이오?"

당혹한 명윤이 잠시 무방비 상태에 빠져 있었을 때 인영이 그들 사이에 끼어들었다. 그들 사이에 오고 간 대화를 전혀 듣지 못했다는 듯이 인영은 선선하게 제안했다.

"우리, 포장마차에서 대포 한잔을 더 하지요."

명윤은 인영의 옆얼굴을 서름서름하게 바라보았다. 그녀는 피곤하지만 견딜 만한 모양이었고, 어떻게 보면 약간 취한 것 같았다. 취중의 밤거리를, 장의 무원칙한 태도를 어느 정도 즐기고 있는 것도 같았다.

"요번엔 저희가 사지요."

인영이 넛붙여 말하자 장은 호방한 너털웃음을 터뜨렸다. 장은 좀 전에 명윤에게 했던 제안을 잠깐 사이에 잊어버린 듯했다. 껄껄껄, 잎서가는 동안 그는 차가운 공기를 향해 흰 입김과 함께 연거푸 웃음을 뿜어내었다.

그러나 장은 너무 취한 탓인지 포장마차를 찾지 못했다. 어두운 거리를 휘청거리며 헤매다니다가, 그들은 다시 색시집 골목을 통과하여 나이트클럽 앞으로 돌아왔고, 좁은 골목들 사이를 빠져나와 여관 앞에 이르렀다.

취중에 들이마시는 겨울 밤거리의 공기는 차가운 만큼 정결했다. 아무런 맛도 냄새도 없었다. 명윤의 다리는 취기 때문에 무감각해져 있었다. 입가의 근육은 마취 주사를 맞은 것처럼 굳었다. 얼마의 거리를 몇 시간 동안 걸었는지 가늠할 수 없었는데, 시계를 보니 나이트클럽에서 나선 후 고작 한 시간이 지났을 뿐이었다.

"내일 아침 일찍 나오실 수 있겠습니까?"

좀전까지만 해도 술에 취한 것 같았던 인영은 또렷한 어조로 장에게 당부를 했다.

"내일…… 내일 말이오?"

장은 발음을 정확하게 하기 위해 말을 더듬었다.

"여덟시에, 여기 로비로 오실 수 있겠어요?"

고개를 끄덕이며 장은 미소를 지었다.

웃고 있는 장의 얼굴에서는 모든 비우호적인 감정이 가셔, 더이상 험악하지도 무례하지도 않게 보였다. 그는 술이 정지시켜버린 현실 너머, 다른 세계로 가 있는 것이었다.

6

사십대 후반의 여관 주인여자는 전기담요 위에 무릎을 모으고 앉아 텔레비전의 심야 토크쇼를 보고 있었다. 인영이 아침 일곱시 모닝콜을 부탁하자 여자는 활짝 웃었다.

"꼭 좀 부탁드립니다."

오랜 세월을 웃은 탓에 눈가와 눈밑에 굵은 주름들이 잡혀 있는 여자는 친절한 어조로 걱정하지 말라고 했다. 애교가 있는 여자였다. 형광등 불빛 때문에 인영이 나이보다 앳되어 보였던지, 문을 꼭 잠그고 자라는 당부를 했다.

……끝났구나.

어두운 층계에 명윤의 구둣발 소리가 적요하게 울렸다. 복도의 불빛은 침침했고 쥐죽은 듯 고요했다. 마치 손님이라고는 명윤과 인영 두 사람뿐인 것 같았다.

"잘 자라."

아무래도 힘든 하루였지, 하는 듯한 얼굴로 인영은 명윤의 어깨에 가볍게 손을 얹었다.

"편히 쉬세요."

그는 이를 보이며 웃었다. 인영은 따라 웃지 않았다. 포화점에 다다른 인내심을 그녀의 피로한 얼굴에서 읽을 수 있었다. 드러내지 않았을 뿐 그녀 역시 힘들었던 것이다.

인영이 방으로 들어가는 것을 본 뒤 명윤은 자신이 묵을 옆방 문에 열쇠를 꽂았다. 반쯤 문을 열고 방의 내부를 들여다보았다.

결국 혼자 남았다.

그가 누워야 할 침대의 모서리가 복도의 침침한 빛을 받고 있었다. 열려 있는 세면장의 암녹색 슬리퍼가 보였다.

명윤은 비틀거리며 뒤돌아섰다. 천천히 복도를 걸어나갔다. 발소리를 크게 내지 않기 위해 주의하며 층층계를 내려갔다. 현관을 빠져나와 차가운 밤공기를 들이미셨다.

여관 골목을 빠져나오자 밤 시가지에는 인적이 없었다. 문을 연 점포도 없었다. 명치 윗부분을 짓누르는 것 같은 고통이 엄습해오고 있었다. 술을 더 마시고 싶다고, 정신을 잃을 만큼 취해버리지 않는 한 살 수 없다고 명윤은 생각했다.

언젠가 알 수 없는 우연의 힘이 의선을 광화문 지하보도에서 찾아내게 해주었듯이, 어떤 우연이 이 을씨년스러운 밤거리에서 자신을 기다리고 있는지 알 수 없었다. 어떤 행운도 없다는 것을 확인하기 전에는 저 비좁은 여관방에 들어가 몸을 눕힐 수가 없었다.

그는 계속해서 걸었다. 차츰 취기와 졸음이 뒤섞이기 시작하여, 걸으면서도 그의 머리는 뒤로 꺾이어지곤 하였다.

이 낯선 거리의 인적 없는 보도 블록에서 의선의 모습은 마치 혈육처럼 다정하고 애절하였다. 마치 금세라도 저 골목 어귀에서 마주쳐 그 작고 얄팍한 얼굴을 만질 수 있을 것 같았다.

……거기가 어디야.

자꾸만 중심이 맞지 않는 걸음을 가누며 그는 앞을 향해 나아갔다.

의선이 떠나기 바로 전날에도 명윤은 그 얼굴에서 별다른 기색을 찾아볼 수 없었다. 언제나처럼 지하방의 들창을 바라보며 우두커니 벽에 기대어 앉아 있었던 의선의 몸뚱이가, 가느다랗고 규칙적인 숨소리가 뒤섞여 그의 앞에 일렁거렸다.

……어디니.

그는 비틀거리며 달리기 시작했다.

거기가 대체 어디야.

가로등이 없는 보도에 그의 발소리가 울릴 때마다, 뭉클뭉클한 어둠의 덩어리들이 진저리를 치며 사방으로 흩어졌다.

6
폐광의 겨울

1

잠들어 있는 나를 누군가가 보고 있었다. 그것이 누구인지 알 수는 없었다. 노려보는 것 같기도 했고 내 안색을 살피는 것 같기도 했다. 소름이 빳빳한 몸을 훑고 내려왔다. 나는 눈을 뜨려 했지만 뜰 수 없었다. 어떻게든 눈을 떠야만 했다.

눈을 떠라.

눈을.

눈을 떠.

그러나 뜰 수 없었다.

"인영 선배."

"인영 선배!"

문 두들기는 소리와 함께 명윤의 목소리가 까마득히 먼 세상에서처럼 들렸을 때에야 나는 가까스로 눈을 떴다.

나는 씻지도 않은 채, 이날의 일을 메모하다 말고 그대로 잠들어 버린 모양이었다. 플러스펜은 손에서 떨어져 있었고, 수첩은 머리맡에 밀쳐져 있었다.

얼마나 잤던 것인지 알 수 없었다. 가위에 눌리는 경험을 오랜만에 했으므로 몹시 불쾌한 상태로 나는 방문을 열었다. 슬리퍼를 신고 나가 바깥쪽 문을 마저 연 순간 나는 소스라쳤다.

"어떻게 된 거야!"

명윤의 얼굴은 피투성이였다. 그의 뺨을 만지려 하자 명윤은 흐흣, 진저리를 치며 웃었다.

명윤은 한 손에 소주병이 든 투명한 비닐봉지를, 다른 한 손에는 안주거리 과자가 든 봉지를 들고 서 있었다. 이 새벽에 어떻게 술을 구했을까.

"잠깐만, 한잔하고 자요."

어두운 복도를 배경으로 한 채 형광등 불빛을 정면으로 받은 명윤의 피 묻은 얼굴은 처참했다.

"아무렇지도 않아요. 정말 아무렇지도 않아요."

명윤은 손등으로 얼굴의 피를 함부로 닦아내더니 구두를 벗고 성큼성큼 침대 쪽으로 걸어갔다. 그의 옷은 앞뒤가 모두 엉망으로 더럽혀져 있었다.

"어떻게 된 거냐니까?"

내가 재차 물었을 때 명윤은 붉은 얼굴을 돌려 씩 웃었다. 그 웃음에 나는 할말을 잃었다.

다행히 나는 간단하나마 구급약을 담아가지고 왔다. 인상을 찌푸리는 그의 얼굴에 과산화수소수로 적신 약솜을 문질렀다.

"움직이지 마."

"다 바른 다음에 얘기하라니까?"

그러나 명윤은 약을 바르는 동안 줄곧 손과 다리로 제스처까지 써가며 정황을 설명했다.

그는 불빛이 있는 대로변을 찾아 여관 골목을 헤매었으며, 가등도 없는 어두운 인도를 따라 네거리까지 걸어가서 이십사 시간 편의점을 발견했다고 했다. 술과 안주를 막 사가지고 나오는데 골목에서 기다리고 있던 십대들에게 당했다는 것이었다. 녀석들이 사라질 때까지 길바닥에 엎드려 있다가 그는 일어났다. 그 경황에, 사방에 굴러다니는 캔맥주와 과자봉지 따위를 주워담아왔다는 것이 웃지 못할 일이었다.

아프지 않느냐는 내 물음에 명윤은 괜찮다고 했다. 당장은 취중이라 모르지만 자고 일어나면 아픈 데가 생길 것이다.

피가 조금 난 것을 명윤이 손으로 마구 비벼 피투성이가 되었을 뿐, 피를 씻어내고 보니 다행히도 상처 자체는 작았다. 십대들은 명윤이 잔뜩 취기가 오른 상태인 것을 알고 발을 걸어 넘어뜨린 뒤 지갑을 꺼내간 모양이었다. 명윤이 반항하지 못하도록 몇 녀석이 얼굴과 팔과 다리를 누르고 있었다는데, 그때 바닥의 돌멩이 따위에 찢긴 상처 같았다.

"자…… 인제 가봐. 어서 자둬."

그러나 명윤은 자리에서 일어나는 대신 부스럭부스럭 비닐봉지를 열고 술병과 과자봉지를 꺼냈다.

그는 빠른 속도로 취하기 시작했다. 혼자서 다섯 잔을 거푸 마시고는 일회용 비닐잔을 다시 채우려 했다. 나는 명윤의 손에서 술병을 빼앗았다.

"내일 일곱시에 일어나야 하는 거 몰라?"

명윤은 소리 내어 웃었다. 그는 베개를 세워 등에 받치고는 아주 밤을 새울 작정인 듯 편안한 자세로 앉아 있었다.

"내일 나는 그냥 놔두고 가세요. 취재 끝나는 대로 부르면 되잖아요."

"정말 그러고 싶니?"

"어차피 나는 이 일에는 필요없는 사람 아녜요."

명윤은 빙글빙글 웃으면서 가볍게 말했다. 그는 진담을 말하고 있었다.

나는 술병을 창틀에 올려놓았다. 명윤은 자제력을 잃은 상태였다. 이 시간에 나가서 술을 사오려 했다는 것을 보면 여관에 들어올 때부터 이미 취해 있었던 모양이었다.

"이러지 마라, 제발."

명윤의 얼굴에서 웃음이 걷혔다.

"이렇게 사람을 실망시켜도 되는 거니?"

취한 사람에게 너무했다는 생각이 들었으므로 나는 목소리를 누그러뜨렸다.

"그 사람은 너도 함께 취재 온 사람으로 알고 있는데, 똑같이 술을 마셔놓고서 기자가 여관에 드러누워 있다고 하면 어떻게 생각하겠어. 그리고 실은 너, 오늘 아침에도 술 때문에 늦었던 거 아냐. 이제 그만 해두고 네 방에 가서 자두도록 해. 상처도 그만하니까 더 잘못되지 않은 게 다행이라고 생각하자."

나는 잠자코 명윤의 대답을 기다렸다. 명윤은 술병을 빼앗기자 갑자기 무엇을 해야 할지 모르게 되었다는 듯 초조한 얼굴을 하고 있었다. 그는 습관적으로 주먹을 쥐었다 폈다 하며, 이마를 잔뜩 찡그린 채 자신의 손동작을 노려보고 있었다. 그는 내 말을 듣고 있었을까.

나는 보다 못해 일어서서 세면도구를 챙겼다. 명윤이 일어나지 않는다면 내가 명윤의 방에 가서 잘 생각이었다.

"선배는 냉정해요."

여전히 자신의 주먹에 시선을 고정한 채 명윤은 뇌까렸다.

"특히 뒷모습이 그래요."

나는 그의 그런 불평을 여러 번 들었다. '잘 가라' 인사하고 나면, 언제 함께 웃으면서 이야기를 나누었느냐는 듯이 뒤돌아서서, 단 한 번도 돌아보지 않은 채 뚜벅뚜벅 앞만 보고 걸어간다는 것이었다. 그 뒷모습이 하도 냉랭하여 헤어지고 나면 가슴이 허전해진다고 그는 고백한 적이 있었다. 버스 정류장에서 헤어질 때면 더하다고 했다. 내가 버스에 오르려다 말고 손을 흔드는 일은 상상도 할 수 없으며, 좌석에 앉아서도 한 번도 바깥을 내다보지 않은 채 싸늘하기 그지없는 옆모습만 보인다는 것이었다.

전화를 끝낼 때도 그래요. 한참 이야기하다가도 갑자기 '끊어야겠다' '또 연락하자' 하고는, 내가 '그래요. 잘 지내요, 선배도' 하고 인사말을 채 다 맺지도 않았는데 꼭 끊는 순간만 기다리고 있었다는 듯이 매정한 신호음이 들리는 거죠.

그래서 언제나 자신이 먼저 끊으려고 기회를 살피는데도 번번이 나에게 선수를 빼앗긴다며, 명윤은 농담 반 진담 반으로 불평하곤 했었다.

"……어쨌거나, 선배는 아무렇지도 않은 것 같군요. 그저 언제나처럼 평범한 취재 여행을 온 사람처럼 보여요."

나는 그제야 명윤이 무슨 생각을 하고 있는지 이해했다. 그는 의선에 대하여 말하고 있었다.

"그럼 내가 어쨌으면 좋겠니. 너처럼 행동하면 좋겠니?"

"선배의 냉정함을 이해할 수 없을 뿐입니다."

"난 네 어리석음을 이해할 수가 없다."

명윤은 허리를 꼿꼿이 세웠다.

"선배가 무슨 생각을 하고 있는지 알고 있어요."

그의 눈은 술기운에 젖었고, 흥분한 입술은 실룩이고 있었다. 취기와 고통이 뒤섞인 그의 얼굴은 추해 보였다.

"모든 게 헛일이라고 생각하시는 거죠, 아니, 모든 게 헛일이 되어도 좋다는 거죠, 아무것도 얻지 못하고 서울로 돌아간다 해도 상관없다는 거 아닙니까."

"명윤아."

"찾을 수 있어요!"

그의 눈에서 눈물이 흘러내렸다. 손바닥으로 그 눈물을 거칠게 문지르며 명윤은 외쳤다.

"찾을 수 있어요, 찾을 수 있다구요!"

클클클클…… 그는 웃음소리 같은 울음소리를 내며 매트리스에 엎어졌다.

명윤이 울음을 그칠 때까지 나는 잠자코 그 자리에 서 있었다. 십여 분이 지나자 울음소리가 잦아들었다. 잠시 뒤 그는 조그만 소리로 코를 골기 시작했다.

나는 명윤의 구겨진 옷과 비틀어진 허리를 바라보았다.

이 약한 자식아.

나는 명윤의 몸을 바로 폈다. 옆으로 고개를 돌려주면 코를 골지 않을 거라고 생각했는데 오히려 더 코를 골았다. 고개를 반듯이 뉘어보았다. 그의 숨소리가 편안해졌다.

그의 잠든 얼굴이 어딘가 의선과 닮은 데가 있다고 나는 문득 생각했다. 밤늦게까지 책상 앞에 앉아 있다가 잠자리에 들려고 의자에서 일어서면, 스탠드 백열등의 불빛에 어스름히 드러난 의선의 얼굴은 저렇듯 가련하게 잠든 채 눈살을 찌푸리고 있었다.

마치 잠든 상태에서도 무엇인가를 갈구하는 듯하던 그 표정을 볼 때마다 나는 진저리를 치곤 했었다. 그 간절한 얼굴이 상기시키는 무엇인가가, 내 몸 속에 오랫동안 잠들어 있던, 견고한 피복으로 싸두었던 기억의 뇌관을 집요하게 건드리는 것 같았다. 지나치게 천진하고 거북할 만큼 선한, 마치 어린아이 같던 그녀의 잠든 얼굴이 명윤의 얼굴에 겹쳐졌다.

좀전의 가위눌림에서 나를 내려다보고 있었던 사람은 누구였을까. 혼령처럼 섬뜩하게 머리맡에 앉아 있던 그 사람은 누구였을까. 나는 조용히 몸서리를 치며 명윤에게서 물러섰다.

섞어 마신 술과 졸음에 취한 눈으로 보는 사물들은 조금씩 일그러져 있었다. 명윤의 엎어진 몸도 기이하게 일그러져 있는 것처럼 보였다. 명윤이 술을 담아가지고 온 비닐봉지에서 그의 방 열쇠를 꺼내든 뒤 나는 방문을 잠그고 나왔다.

2

모닝콜을 받기 직전에 나는 다시 꿈을 꾸고 있었다. 갱지로 사방이 발라진 사각의 방 속에 내가 숨어 있었다. 얄팍한 종이로만 발라진, 문이랄 수도 없는, 누가 주먹만 들이밀어도 단번에 찢어지고 말 그 문 뒤에서 떨다가 나는 불안하여 다시 안쪽의 방에 들어갔다. 문을 닫고 보니 다시 똑같은 문이었다. 나는 잠결에 팔을 허우적거릴 만큼 공포에 질려 있었다. 그 사람, 나를 찾아내기 위해 바깥쪽에서부터 계속해서 갱지를 찢으며 침입해들어오던 사람은 누구였을까.

수화기를 들 때까지만 해도 어렴풋이나마 줄거리를 기억하고 있었던 그 불쾌한 꿈이, 수화기를 내려놓으면서 잠기운과 함께 밀려나가더니 다시 돌아오지 않았다. 트레이닝복 차림으로 우두커니 전화 테이블 앞에 서 있는 내 모습이 화장대 거울에 비쳐 있었다.

전날 새벽과 간밤에 이어 벌써 세번째 꾸는 꿈이었다. 완전히 기억나지 않은 편이 다행일 만큼 흉흉한 꿈이었던 것만은 확실했다. 내가 꿈을 꾸다니, 그것도 기묘하기 짝이 없는 것들에 연달아 시달리다니, 정말이지 기분이 좋지 않았다.

창문의 커튼을 걷자 싸락눈이 뿌리고 있었다. 부장의 염려대로였다.

간밤 포장마차를 찾아다니던 길에 장은 이곳은 지대가 높아 사월까지 얼음이 녹지 않는다고 취중에 지껄였었다. 빌어먹을 식목일에도 아이들이 나무를 심을 수가 없다면서 껄껄, 매우 재미있는 이야기인 것처럼 웃었었다. 그 말을 들을 때까지만 해도 그다지 높은 곳이라는 생각이 들지 않았는데, 이층 창에서 거의 눈높이로 마주 서 있는 희끗희끗한 산봉우리를 보자 실감이 되었다.

간밤에는 들어오자마자 옷만 갈아입고 쓰러져 잠들었기 때문에 잘 살피지 못했던 방의 모습이 눈에 들어왔다. 화장대에는 명윤의 검은 가죽 가방이 놓여 있고, 창틀에는 명윤이 들고 다니던 『씨네21』과 신문 뭉치가 있었다.

명윤은 모닝콜을 받았을까. 나는 수화기를 들고 명윤의 방 번호를 눌렀다.

"네."

한참 전화벨이 울린 뒤 짧고 목쉰 대답이 들려왔다.

"일어났어?"

"네."

여덟시까지는 시간이 좀 남아 있었으므로 샤워를 했다. 샤워기에서는 오랫동안 찬물이 나오다가 갑자기 뜨거운 물이 나왔다. 물살이 너무 세어서, 날카로운 물줄기가 젖꼭지를 때릴 때마다 베일 듯이 살갗이 아팠다. 일부러 찬물로 머리를 감았지만 여전히 머리가 무거웠다. 미지근하게 젖은 수건 같은 피로가 눈과 머리를 덮어싸고 있었다.

장의 불손하고 돌발적인 말과 행동들이 고스란히 의식 속으로 밀려오기 시작했다. 그런 취재원은 한 번도 만나본 적이 없었다. 마치 상처에 중독이 된 것 같은, 그래서 끊임없이 자신과 타인에게 동시에 상처를 입히면서도 그것이 잘못되었다는 것조차 알지 못하는 듯한 태도였다.

더구나 그는 자신에 대한 말을 전혀 하지 않으려 했다. 다만 탄광에 관한 이야기를 할 때에만 조금씩 대화가 진행되었다. 마치 자신이 사진 찍는 사람이 아니라 광부 출신이라고 생각하는 듯했다. 황곡에 대한 독특한 감정을 갖고 있다는 것도 느껴졌다. 단순한 애정만은 아닌, 복합적인 감정 같았다. 마치 아내를 자랑하기 위해 목욕 장면을 신하에게 훔쳐보게 하는 왕처럼 야릇한 열정으로, 그는 오히려 황곡의 어두운 면모들만을 골라 보여주기 위해 애쓰는 것처럼 보였다.

바깥쪽 문을 노크하자 명윤이 슬리퍼 바람으로 나왔다. 머리를 방금 감았는지 수건으로 감싼 머리카락에서 물이 뚝뚝 떨어지고 있었다. 세수와 면도를 마친 덕분에 그의 얼굴은 전날보다 덜 초췌해 보였다. 그러나 뺨만 찢어진 줄 알았더니 턱 근처에도 엷은 피멍이 들어 있었다. 시간이 지날수록 멍의 색깔이 짙어지리라. 러닝 셔츠 밖으로 드러난 그의 어깨가 야위어 있어서 눈여겨보자 명윤은 부끄러운 듯 몸을 돌렸다.

"괜찮니?"

내 짐들을 챙기며 묻자 명윤은 수건으로 머리를 털며 오케이, 라고 과장된 어조로 대답했다. 친한 녀석이라는 생각이 들자 어쩐지 기분이 좋지 않았다.

바삐 명윤과 함께 여관 로비에 내려갔을 때는 여덟시가 좀 지나 있었다. 장은 없었다.

"이럴 줄 알았어요."

명윤은 카운터 앞의 소파에 다리를 꼬고 앉더니 착잡한 시선을 허공에 던져둔 채 속삭이듯 말했다. 간밤의 폭음으로 그의 목소리는 갈라져 있었다. 그는 장에 대한 불만을 표시했으나, 크게 내지 못하는 목소리 때문에 끝부분의 억양에는 힘이 빠져 있었다.

"그 작자, 진짜 사진작가이긴 한 건가요?"

집이 없다는 말을 액면 그대로 믿은 것은 아니었지만 내가 가진 것은 사진관 전화번호뿐이었으므로 그곳에 전화를 걸기로 했다. 로비의 구석에 구식 공중전화가 있었다.

아무도 전화를 받지 않았다.

제기랄.

수화기를 귀에 바싹 붙인 채 나는 머리털을 쓸어올렸다.

오늘 그가 나타나지 않는다면 모든 것이 엉망이 된다. 아무래도 이번 여행은 시작부터 좋지 않았다.

다시 걸어볼 생각으로 막 수화기를 귀에서 떼려는데 신호음이 끊겼다. 응답하는 목소리는 들리지 않았다.

"여보세요."

"여보세요."

세번째 불렀을 때에야 장의 대답이 들렸다.

"미안하게 됐소. 방금 일어났소."

술이 덜 깬 사람 특유의 참담하고 쉰 목소리였다.

장이 나타날 때까지 명윤과 나는 쿠션이 꺼진 소파에 나란히 앉아 기다리는 수밖에 없었다.

여관 로비의 두꺼운 유리문 밖으로 하염없이 떨어지고 있는 눈송이들을 나는 바라보았다. 명윤은 이따금 눈을 질끈 감고 긴 숨을 거칠게 몰아쉬었다. 마치 가슴을 가득 채우고 있는 숨막히는 공기 덩어리들을 일시에 내뿜어버리려는 것 같았다.

눈은 마치 흰 모조지 조각들처럼 얇고 가냘펐다. 줄이 끊겨 멀리 사라져가는, 그래서 손톱보다 작게 보이는 무수한 지연들 같았다.

……연 날려본 적 있어요?

지난해 봄, 상처투성이의 알몸으로 집 앞에 나타났던 의선이 한 달 가까이 지켰던 침묵을 깨고 물었던 말이었다.

그전에도 의선의 성격이 자신에 대한 말을 아끼는 편이기는 했다. 그녀와 나는 이따금 회사 앞 식당에서 함께 점심을 먹었는데, '고향은?' '가족은?' 하고 내가 물으면 의선은 사려 깊고 쓸쓸한 얼굴로 다른 말을 꺼내어 질문을 피해가곤 했었다.

그녀는 말수가 적었지만 표정이 풍부하여 말보다 얼굴이 많은 것을 말해주었다. 차마 아무것도 재차 물을 수 없게 만드는 외로움과 좌절감의 흔적을 그때 나는 그녀의 얼굴에서 읽었다.

그러나 이제 의선이 말하지 않는 것은 단지 기억이 사라져버렸기 때문이었다. 더이상 그녀의 얼굴에서는 아무것도 읽히지 않았다. 사려 깊고 온유하게 빛나던 그녀의 눈은 텅 비어 있었다.

의선씨, 자기 이름은 기억하는 거야?

하고 물었을 때조차 그녀는 고개를 끄덕이지 않았다. 마치 풀지 못했던 시험문제의 답을 새겨듣는 초등학생 같은 눈으로 내 입 모양을 유심히 바라보았을 뿐이었다.

의선의 또다른 변화는 그녀가 더이상 앓지 않는다는 것이었다. 그전에 의선은 자주 토악질을 했었다. 보통은 일 주일, 최소한 이 주일에 한 번은 위경련을 일으켜 병원에서 진정제를 맞아야 했다.

경련이 일어날 때마다 병원에 가서 주사 맞는 것말고는 치료 방법이 없대요. 괜찮아요. 낮에만 아프면 괜찮겠는데, 밤에 아프니까 그게 문제일 뿐이에요…… 저녁 여덟시부터 아팠다고 하면, 병원 문을 여는 아침 아홉시까시 열세 시간이에요. 길다면 길고, 짧다면 짧은 시간이죠.

핏기가 없고 볼과 눈두덩이 쑥 들어간 얼굴로, 의선은 마치 남의 이야기를 하듯이 웃으며 말해주었었다.

한 사람의 정신이 폭발했을 때 그 사건은 얼마만한 변화를 일으킬 수 있는 것일까. 더이상 의선은 병원에서 진정제를 맞을 필요가 없었다. 내장에 든 것을 모두 토한 뒤의 마르고 쓸쓸한 얼굴로 웃지도 않았다. 극도로 말을 아끼다가도 매우 이따금, 마치 오랫동안 글로 써서 다듬은 문장 같은 말들을 천천히 독백하던, 나이에 비하여 성숙해 보였던 스물다섯 살의 여자애는 더이상 존재하지 않았다.

그 봄이 가도록 내 방에서 의선이 한 일은 백치처럼 멍한 눈으로 장롱에 기대어 앉아 있다가, 해가 중천에 오를 때쯤이면 옥상에 올라가 오후를 보내고 내려오는 것이었다. 해가 떨어지면 그녀는 저녁도 먹는 둥 마는 둥 하고 잠을 잤다. 오로지 자기 위하여 내 방에 온 것 같았다. 그리고는 새벽녘이면 허공에 팔을 뻗어 허우적거리다가 주먹으로 방바닥을 내리치곤 했다. 예전에 어머니에게 그랬듯이 어깨를 흔들어 깨우면 그녀는 아무 일 없었다는 듯 잠시 눈을 떴다가 다시 잠들곤 했다.

그러던 어느 날 새벽이었다. 의선은 소리치지도, 주먹으로 바닥을 치며 몸부림치지도 않은 채 슬며시 일어나 앉았다. 이상한 기척에 뒤따라 일어난 나는 어둠 속에서 빛나고 있는 의선의 눈을 보았다. 늘상 잠에서 깨어나고 나면 여기가 어디인지 알 수 없다는 듯한 얼굴로 나를 바라보곤 하던 의선이었는데, 그날따라 그녀의 눈망울은 또렷했다. 숲그늘 같은 서늘한 음영이 그 눈자위에 어리어 있었다.

그때 의선은 나에게 연을 날려본 적이 있느냐고 물었다.

그건 왜?

당황한 상태로 나는 대답할 말을 찾았다. 의선이 나에게 처음 꺼내놓은 말의 내용이 전혀 뜻밖이기도 했지만, 그녀의 표정이 이상스러울 만큼 진지했기 때문이었다. 생각을 가다듬은 뒤, '난 어렸을 때 뭔가 특별한 것을 하며 놀았던 기억이 없어' 라고 나는 심상하게 대답했다. 전날에도, 그 전날에도 의선이 나에게 말을 건네곤 했던 것처럼 자연스럽게 행동하기 위해 노력하며 나는 되물었다.

그런데 왜?

그녀는 실망한 듯했다. 반듯하게 세우고 있던 어깨가 수그려졌다. 똑바로 나를 응시하고 있던 눈을 그녀는 슬그머니 내리깔았다.

……그런데 그건 갑자기 왜?

세번째로 내가 물었을 때, 그녀는 연골에 대한 이야기를 들려주었다.

그전처럼 정확하고 섬세한 문장은 아니었지만, 실타래의 엉킨 부분을 조심스럽게 풀어나가듯 천천히 그녀는 이야기를 시작했다.

……줄이 끊어져 멀리 날아가버린 연들, 그 연들이 하늘 위의 기류를 타고 떠돌다가 그 골짜기 마을에 떨어지는 거예요. 겨울만 되면 그곳에는 눈처럼 지연이 날려요. 자고 나면 흰 연이 쌓이고, 쌓이고…… 그 마을의 봄은 그 연들을 한데 모아 불살라주는 것으로 시작돼요…….

가오리연, 방패연, 꼬리연, 물감을 칠한 것, 크레파스로 쓱쓱 문양을 그린 것, 그냥 흰 창호지로만 만든 것, 꼬리가 잘린 것, 연줄이 친친 홀쳐진 것, 갈기갈기 모서리가 해어진 것…… 상하고 낡은 모든 연들이 그 화전 마을에 눈처럼 떨어져내려요.

골짜기들을 따라 난 마을들 중 마지막 마을로, 그 마을 바로 너머로는 깊은 산맥이 있다고 의선은 말했다. 하루에 다섯 시간만 햇빛이 드는 탓에 그 근방의 작은 동네들을 통틀어 이둔리라고 부르며, 연들이 날아오는 그 동네는 연골이라는 별명을 가지고 있다는 것이었다.

……봄이 오면 연들을 태워요. 거기 흐르는 냇물…… 징검다리가 오십 개나 될 만큼 긴 냇물이라고 해서 오십천이라고 부르는데…… 눈 쌓인 계곡에 떨어져 있던 연들이 얼음 풀리면서 오십천으로 떠내

려와요. 창호지는 물에 씻기워가고 살만 바위에 걸려 있는 연들을 건져내고, 나뭇가지에 흰 속곳처럼 걸려 있는 것, 상복 옷고름처럼 꼬리만 떨어져 걸려 있는 것, 지붕에, 수풀 사이에, 마당에 어지럽게 널린 흰 연들을 모조리 모아 산비탈에서 태워요. 이른 봄 햇살 사이로 연기가 뭉클뭉클 솟아오르고 붉은 불꽃이 오르면, 그때부터가 봄이에요.

꼭 거기 갔다 온 사람 같아, 라고 나는 웃음을 지으며 말했다. 의선은 조심스럽게 이불 위에 몸을 뉘었다. 넋나간 듯한 목소리로, 그녀는 내가 결코 믿을 수 없었던 말을 진지하게 속삭였다.

……거기가 내 고향인걸요.

그녀의 눈빛은 더이상 서늘하지 않았다. 아무도 침범할 수 없을 것 같은 정적이 모로 누운 의선의 작은 몸뚱이를 감싸고 있었다.

3

삼십 분이 더 지나도록 장은 오지 않았다. 다시 전화를 걸었을 때 장이 받았다. 마치 아무 일도 없었던 듯 묵직한 말씨로 장은 여보세요, 라고 응답했다. 나는 화가 치밀어오르는 것을 느꼈다. 순수하게 화가 치민 것이 참으로 오랜만이라는 것을 나는 깨달았다. 마치 갑자기 몸에 더운 피가 흐르기 시작한 것 같았다. 빌어먹을, 혀를 깨물며 나는 물었다.

"저희, 기다리고 있는데요."

아아, 하고 장은 목쉰 음성으로 한숨을 놓았다. 아마 그 동안 다시 잠들어 있었던 듯했다.

"……그랬었지."

"거기가 어디죠?"

추궁해보았자 먹히지 않을 것이라는 판단 아래 나는 물었다.

"거기, 위치가 어딥니까? 황성 사진관이라고 했었는데 맞지요?"

전화선 저쪽은 침묵이었다. 나는 소리 내어 수화기를 내려놓았다.

"가자."

가방 위에 놓여 있던 목도리를 들어 거칠게 동여매고 가방과 카메라를 둘러메는 나를 명윤은 놀란 듯 올려다보았다.

"지금 가자, 기다린 게 잘못이었어."

그다지 먼 거리라고 생각되지는 않았지만 지리가 익숙하지 않았으므로 택시를 잡을 생각이었다. 그런데, 아무리 일요일 아침이라고 하지만 거리가 지나치게 고요했다. 떨어져내리는 눈발이 도시의 소리를 모두 집어삼켜버린 것 같았다. 행인은 명윤과 나뿐이었고 차들은 거의 눈에 띄지 않았다. 문을 연 점포도 없었다. 우리는 자동차 표지판에 의지하여 시청 쪽으로 걸어갈 수밖에 없었다. 카페 뭉크를 지나 한참 걸어가다가, 방한모에 주황색 제복을 입은 사내가 쓰레기차에 쓰레기봉지를 싣고 있는 것을 발견했다.

"황성 사진관이 어딥니까?"

중년의 사내는 잘 알아듣지 못했다는 듯 나를 빤히 바라보았다. 눈두덩이 움푹 깊은, 깎지 않은 수염이 뺨과 턱을 뒤덮은 남자였다.

"이 근처라고 들었는데요, 황성 사진관이 어딘지 아십니까?"

사내의 그닥 자세하지 않은 설명을 따라 오 분쯤 걸어갔을 때 사진관이 나타났다. 허름한 현관 앞으로 승용차 하나가 커버를 쓰지 않은 채 눈을 맞고 있었다. 마치 거대한 짐승의 뱃속으로 들어가는 식도 같은 길고 음침한 계단을 우리는 발소리를 울리며 올라갔다.

"누구요?"

너 세게 수먹으로 두드리려는 찰나, 선팅한 유리문을 안쪽에서 열어젖힌 사람은 장이었다. 실내가 퍽 쌀쌀했는데 그는 희고 얇은 티셔츠 바람으로 서 있었다.

나는 말없이 장의 얼굴을 쏘아보았다. 장은 나의 얼굴을 먼저 살폈고, 뒤에 서 있는 명윤을 보았다.

"지금 나오시려던 참이었나요?"

그렇게 물어주긴 했지만 장은 분명 나올 채비를 하고 있지 않았다. 장의 어깨 너머로 놓인 간이침대와, 방금 빠져나온 듯한 암녹색 군용 모포를 나는 보았다. 장의 입에서 무거운 한마디가 굴러나왔다. 입 속에서 지독한 술냄새가 났다.

"……기다려보시오."

장은 뚜벅뚜벅 걸어가 사진관 내부의 한쪽 벽에 난 문을 열고 들어갔다. 아마 암실이거나 화장실인 것 같았다. 물 트는 소리가 들려왔다. 이제서야 얼굴을 씻는 모양이었다. 장이 들어가 있는 동안, 내 뒤에 서 있던 명윤은 사진관 내부를 뚜벅뚜벅 방향 없이 돌며 주변을 살피고 있었다.

"여기를 찍을 건가요?"

나는 고개를 끄덕였다.

"너무 어둡지 않나요?"

나는 어두운 실내와 드문드문 놓인 집기들을, 장이 누워 있던 침대를 찬찬히 살폈다. 제법 넓은 공간인데도 어쩐지 다락방같이 비좁게 느껴졌다. 장비들이나 벽지 따위 역시 그다지 오래되지 않았는데 몹시 허름한 인상을 주었다. 벽에 걸린 가족 사진들과 볼품없는 풍경 사진들을, 검은 비로드 천을 덮어쓰고 있는 원판사진기를 나는 보았다.

수건으로 목을 씻으며 나오는 장의 어깨와 엇갈려 나는 암실에 들어가보았다. 짐작대로였다. 촬영하기에는 너무 비좁았다.

"인화하시는 장면을 찍으면 좋겠지만…… 저 책상에서 필름을 보고 있는 장면 정도만 찍죠. 허공에 대고 이렇게."

나는 손을 올려 모양을 취해 보였다. 장은 예의 검은 터틀넥 셔츠에 팔을 끼우던 참이었다.

"이렇게 필름을 펼쳐 보는 시늉만 해주세요."

카메라를 꺼내려는 나의 앞을 장은 가로막았다. 무슨 말을 하려는 것일까? 장의 키가 너무 컸으므로, 가로막는 태도가 지나치게 단호했으므로 나는 잠시 말을 끊었다.

"그만하겠소."

장의 말의 울림은 육중했다. 나는 자신도 모르게 위협감을 느꼈다.

"미안하게 됐소만, 이런 바보짓은 그만하겠소."

"그만하다니오?"

나와 명윤의 눈이 허공에서 마주쳤다. 머뭇머뭇 명윤이 내 쪽으로 다가왔다.

"……이보세요, 장 선생님."

나는 최대한 목소리를 낮추어, 침착하려 애쓰며 말했다.

"저희는 장난으로, 시간이 남아서 이곳에 온 게 아닙니다. 이렇게 무책임하게 나오시면 곤란합니다. 이럴 거였다면 왜 오라고 했습니까?"

침착하려 애썼지만 마지막 물음에는 나도 모르게 힘이 들어갔다.

장의 눈에서는 알 수 없는 광채가 번득이고 있었다. 야행성 짐승 같은 눈이라고 나는 생각했다. 그 시선을 피해버리고 싶다는 강한 충동을 느끼며, 그러나 나의 두려움과 난감함이 눈빛에 드러나지 않기를 바라며 나는 장의 눈을 마주 보았다.

젠장.

여전히 그를 노려보며 나는 속엣말을 되뇌었다.

……이따위 남자를 고른 게 잘못이다. 그 벽화 그리는 화가로 밀어붙였어야 했다.

계단을 걸어내려왔을 때 장은 대뜸 호주머니에서 차 열쇠를 꺼내

들었다. 예의 검은 스웨터에 밤색 코르덴 바지 차림을 한 그는, 사진관 앞에 세워져 있던, 자신의 몰골과 전혀 어울리지 않는 중형 승용차의 뒷좌석 문을 열어주며 타라고 했다.

"집도 절도 없으시다면서요."

어리둥절해진 내가 묻자 장은 웃지도 않고 '장물'이라고 대답했다.

"나한테 이런 게 어떻게 있겠소?"

이번에 그가 지은 웃음은 다소나마 유쾌해 보였다. 밝은 날에 밖에서 본 장의 모습은, 옆얼굴의 흉터만 아니라면 잘생겼다고도 볼 수 있는 얼굴이었다.

좋소, 라고 장은 좀전에 말했었다. 더이상 눈싸움에서 버틸 수 없다고 생각했을 때, 장은 마치 내 마음을 다 읽었다는 듯이 비웃는 듯한 너털웃음을 웃으며 내 얼굴에서 눈을 떼었었다.

장은 마치 선심을 쓴다는 듯이, 그러나 어딘가 공격적인 어투로 말했다.

대신 아무것도 안 찍힌 필름을 치켜들고, 썩은 고등어 눈깔같이 눈 치켜들고 쓸데없이 만지작만지작하는 일 같은 건 못하오.

마치 뺨을 후려치는 듯한 어조라고 나는 생각했다.

이곳에 대해서 아시오?

대뜸 장은 눈썹을 치켜올리며 나에게 물었다. 장의 엄지손가락은 땅을 가리키고 있었다. 이곳이라는 것이 사진관을 말하는 것인지, 황곡을 말하는 것인지, 혹은 땅속을 말하는 것인지 나는 알 수 없었다.

좋소, 내가 오늘 가르쳐주리다.

예의 깊숙하고 속내를 알 수 없는 눈길로, 마치 내 몸을 통과하여 벽을 바라보는 듯이 장은 나를 훑어보고 있었다.

그대신 한마디만 물읍시다.

입으로는 불분명한 미소를 지으며, 눈길은 제법 진지하게 빛내며 장은 물었다.

하필 여기로 온 이유가 뭐요? 솔직하게 말해보시오. 뭐가 재미있을 것 같아서 온 거요? 잡지라는 거, 그거 뭔가 읽는 놈들을 재미있게 해보겠다는 거 아니오?

내가 할말을 잃고 있는 동안 장은 진지하게 찌푸려 있던 눈살을 활짝 폈다. 우렁찬 웃음소리가 터져나왔다. 참으로 오랜만에, 나는 누군가에게 증오에 가까운 감정을 느끼고 있었다.

장은 시동을 걸었다. 취기가 가신 덕분인지, 전날에는 전혀 볼 수 없었던 정밀함이 그의 몸가짐에 엿보였다. 그것은 사진을 업으로 하는 이들에게서 공통적으로 느껴지는 분위기이기도 했다.

장물이건 빌린 것이건 차가 있다는 것은 잘된 일이었다. 차가 없었다면 처음 잡힌 택시를 대절해볼 참이었으니, 시간과 비용을 함께 절약할 수 있게 된 셈이다. 혼란스러웠지만 나는 운전석 옆자리에 앉았고, 명윤은 뒷좌석에 올라 있었다.

능숙하게 장은 차를 출발시켰다. 골목을 빠져나온 승용차는 차량 통행이 거의 없는 오전의 사차선 거리를 빠른 속력으로 달리기 시작했다. 아무리 일요일 아침이라고는 하지만, 이렇게 넓은 도로가 이토록 한산할 수 있을까.

"저게 무슨 나무죠? 황곡시의 가로수는 다 저겁니까? 봄이 되면 어떨지 모르겠지만 지금 봐서는 볼품없기 짝이 없군요."

"이 거리 이름이 뭡니까? 다들 정말 형편없는 건물들입니다. 전혀 외벽 청소를 하지 않는 모양이죠?"

사진관에서까지만 해도 용케 침묵을 지키고 있던 명윤은 차에 올라타면서부터 갑자기 말이 많아졌다. 장이 보여준 뜻밖의 반응은 어제와는 달리 명윤의 신경질적인 질문들에 아는 대로 대답을 해준다는 것이었다. 자신과 관계없는 질문들이기 때문이긴 하겠지만, 시작이 생각보다 나쁘지 않았다. 이 괴팍하기 짝이 없는 남자는 좀전에 무슨 생각을 하여 마음을 고쳐먹은 것일까.

명윤의 쾌활함은 나에게 안도감과 불안감을 함께 주었다. 마치 자신을 공격하는 듯한 신랄함이 섞인 것이긴 했지만, 침통하게 있는 것보다는 차라리 좋았다. 로비의 소파에 앉아 있던 그의 상처난 옆얼굴이 지나치게 어두웠기 때문에 그의 말대로 여관에서 쉬게 하는 편이 나았을지 모른다는 후회를 했던 터였다. 하지만 한편으로는 그의 성격으로 미루어, 그의 다변이 일단 그의 통제를 벗어나기 시작하면 걷잡을 수 없게 되는 게 아닌가 하는 기우가 내 마음을 어둡게 했다.

그러나 그렇게 끝없이 질문을 늘어놓을 것 같던 명윤은, 일단 자동차가 광업소로 오르는 비탈길로 접어들자 마치 호흡이 끊어지듯 갑작스럽게 말을 멈추었다.

도시의 인상이 전체적으로 그늘지고 썰렁한 느낌이었다면, 변두리의 빈 겨울 들판을 지나 다다른 광업소 주변은 그야말로 황량했다. 눈이 드문드문 쌓이기는 했지만, 섬뜩할 정도로 완벽하게 검은 빛깔의 몸을 드러낸 광산을 향하여 승용차는 달리고 있었다.

가파른 산 중턱에 위치한 탄광 정문에서 장은 차를 멈추었다. 차에서 내린 그는 경비실에 다가가 무엇인가를 설명하였다. 경비실의 외양은 거의 군대의 그것을 연상시킬 만큼 위압적이었다. 시간이 좀 걸렸다. 광업소는 보안이 철저한 편이고 외부인에 대해 배타적이라는 말대로였다.

장이 운전석으로 돌아왔다. 이야기가 잘 된 모양이었다. 기자증을 꺼낼 필요 없이 우리는 곧 정문을 통과했다. 경비실 앞의 차량 통제용 보조물을 치워주며 제복 차림의 경비원은 장을 향해 웃었다. 격의 없는 웃음이었다. 장과 안면이 있는 모양이었다.

검은 산을 나선형으로 깎아 만든 포장도로를 따라 정문에서도 네다섯 굽이를 더 돌아 올라가자 광업소가 나타났다.

장을 따라 조립식 건물 안으로 들어섰다. 목욕을 마쳤는지 머리가 젖고 얼굴이 말간 광부들이 난로 앞에 여남은 명 모여 있었다. 장의 말마따나 모두 마르고 얼굴에 기름기가 없는 삼사십대 남자들이었다.

"아니, 이 사람이 누구야?"

"황성 사진관에 있다는 말은 들었는데, 가보지도 못하구……."

"원 세상에, 여기는 아주 발길을 끊은 줄만 알았더니만?"

장은 대단한 환대를 받았다. 장 자신도 그 환대에 놀란 것 같았다.

"검댕이 많이 묻어야 광분 줄 알지, 이래가지구 사진이 되겠어요?"

촬영을 해도 좋겠느냐고 내가 양해를 구하자 한 광부가 우스갯소리를 던졌다. 모두 웃었다.

그 광부의 말이 옳았다.

일요일은 광산도 휴무다. 토요일 밤의 병방 근무를 마치고 나온 이들이 이날 우리가 만나 촬영할 수 있는 처음이자 마지막 광부들이었다. 작업복 차림의 그들을 촬영할 수 있는 기회를 이십 분 차이로 놓친 것이다. 그렇다고 해서 방금 목욕을 마친 그들에게 다시 작업복을 입어달라는 부탁을 할 수는 없는 일이었다.

나는 장이 그들과 이야기를 나누는 모습을 찍었다. 흉디가 없는 옆얼굴이 나오도록 해서 내리 여덟 컷을 찍었다.

드럼통의 옆면에 쟁반만한 구멍을 뚫어 만든 난로에서 톱밥이 타고 있었다. 가난한 스웨터와 점퍼를 걸친 그들은 저마다 힘줄이 튀어나온 손들을 펴고 불을 쬐며 담소를 나누었다. 쾌활한 광부들에 비해 장의 얼굴은 어두웠고 말이 없었다. 나는 되도록 모두가 활짝 웃는 대목을 잡고 싶었으므로 장의 어두운 표정이 마음에 걸렸다.

밝고 건강해야만 했다. 사월호니까.

광부들의 휴게실을 나왔다. 인차와 탄차, 갱목들, 쌓아놓은 톱밥을 배경으로 장을 찍었다. 그러나 그것들은 모두 설산을 배경으로 하고 있어 마음에 걸렸다. 저탄장이나 폐석 더미를 배경으로 서너 컷을 찍었는데, 이번에는 탄의 검은 빛깔 때문에 장의 검은 스웨터가 묻혀버렸다. 나는 명윤에게 그의 베이지색 반코트를 벗어보라고 했다. 장은 수차례 거절했지만 마침내 내키지 않는 얼굴로 그것을 걸쳤다. 이중에 메인이 될 만한 것을 찍어야 한다는 생각에 내 마음은 무거웠다. 아무래도 그림이 좋지 않았다. 빌어먹을, 이 남자는 왜 저렇게 활짝 웃지 못하는 것일까.

"왜 자꾸 그쪽에서 찍는 거요?"

필름을 갈아끼우는 나에게 장이 불쑥 질문을 던졌다.

"이쪽 얼굴도 찍어보시오. 나는 상관 없소."

장의 목소리가 고압적이었으므로 나는 고개를 들었다. 목소리와는 달리 장의 표정은 허전해 보였다.

"그럴까요?"

"그랬으면 좋겠소."

나는 장의 말대로 흉터가 나오도록 정면의 상반신을 찍었다. 파인더 속에서 그의 입술은 냉소적으로 비틀려 있었다.

"작업복 차림의 광부들과 찍은 사진이 꼭 필요한데요."

나는 말했다.

"……검댕투성이로 말이죠."

그냥 있었으면 좋았을 것을, 명윤이 뱉듯이 말했다. 누군가를 힐난하는 듯한 어조였다. 나는 장을 향해 말했다.

"저희한테 보내주시면 안 될까요. 카메라를 맞추어놓고 어느 한 분더러 찍어달라고 하면 될 텐데요. 오늘은 휴일이라서 아무래도 힘들 것 같으니까 다른 날에 그렇게 해주시면 좋겠습니다, 촬영하러

나오시는 길에."

장은 얼굴을 찡그렸다. 마치 내 말을 듣지 못한 듯 다른 곳으로 시선을 돌렸다. 환멸이 어린 표정이었다.

그럴 줄 알았다. 그러나 어쩔 수 없는 일이었다. 헤어질 때 다시 이야기해야겠다고 나는 생각했다.

촬영에 마땅한 장소를 찾아 광업소의 구내를 돌아다니던 중 나는 갱도 입구를 보았다.

갱은 캄캄한 입을 벌리고 침묵에 잠겨 있었다.

장과 명윤은 갱도에 들어가지 않았다.

입구에서 겨우 몇 발짝을 들어갔을 뿐인데 나는 대단한 습기를 느낄 수 있었다. 안경이 흐려 아무것도 보이지 않았다. 안경을 벗자 이번에는 어둠과 시력 때문에 앞을 볼 수 없었다. 다시 안경을 끼었다. 레일과 침목이 깔린 바닥은 전체적으로 질척질척했다.

단단하게 똬리를 틀고 있는 어둠의 가운데를 향해 나는 천천히 나아갔다. 더이상 아무것도 보이지 않고, 발이 어디를 딛고 있는지도 알 수 없게 되었을 때 뒤돌아보았다. 흐린 안경알 너머로 출구의 빛이 보였다.

내가 나오자 명윤은 나를 보고 웃었다. 장은 입을 다물고 있었지만, 제법 유쾌한 웃음이 입가에 어려 있었다. 명윤은 내 코에 검댕이 묻었다고 했다. 아무것도 만지지 않았는데 검댕이 묻은 것을 보면 그 입구에서부터 탄가루들의 입자가 상당하다는 것이리라.

"아주 잘 어울리는데요."

명윤의 까칠한 얼굴이 아이처럼 웃으니 문득 가엾어 보였다.

"닦지 마세요."

이어 그는 물었다.

"들어가보니 어때요?"

잠자코 있던 장이 대화에 끼어들었다.

"궁금하면 들어가보시오."

"난 별로 관심이 없습니다."

명윤은 웃으며 대답했다. 그러나 장의 얼굴은 진지했다.

"좀 아까 궁금하다고 하지 않았소? 왜, 겁이라도 나는 거요?"

장은 경멸과 호기심이 뒤섞인 눈초리로 명윤의 몸을 머리끝에서 발끝까지 훑어보았다. 그는 고의적으로 악의를 섞어 덧붙였다.

"그래가지고 남자라고나 할 수 있겠소?"

명윤의 안색이 변했다. 그러나 잠시 후 괜찮다는 듯한 얼굴이 되었다. 담담한 표정과는 달리 약간 떨리는 목소리로 그는 말했다.

"내가 그런 말에 영향을 받을 거라고 생각했다면 오산입니다…… 자존심에 상처라도 받은 듯이 울컥 뛰어들기를 바라고 말했겠지만, 나는 저런 곳에 들어가지 않습니다. 나한테는 자존심이라는 게 없으니까요."

장은 요란한 웃음을 터뜨렸다.

"……원래 겁쟁이들은 이유들이 많은 법이지."

나도 모르게 명윤의 팔을 잡았다. 명윤은 내 손을 뿌리쳤다. 찰나 그의 눈에서 불꽃이 튀었다. 반면 장은 마치 관찰하는 듯한 시선으로 명윤의 얼굴을 향해 미소를 짓고 있었다.

"맞습니다."

잠시 후, 입술을 일그러뜨린 채 명윤은 말했다. 그의 목소리는 더 이상 떨고 있지 않았다.

"정확히 잘 보셨습니다. 나는 이유가 많은 비겁잡니다."

4

"저게 무슨 건물인가요?"

승용차는 황곡 북쪽의 화산리 폐사택촌으로 가고 있었다. 긴 직사각형의 조립식 건물을 막 지나쳤을 때 뒷좌석에 있던 명윤이 물었다.

광업소에서의 일을 전혀 안중에 두지 않는 듯 명윤은 거의 잠시도 쉬지 않고 무엇인가를 묻고 있었다. 과한 것이 아닌가 싶을 만큼 활달한 태도였다.

조금만 참아줘, 오늘만이야. 얼마 안 남았어.

광업소 건물 옆에 세워둔 승용차를 향해 장이 앞서가는 동안 나는 명윤의 팔을 붙들고 낮은 목소리로 일렀었다.

미안해요.

명윤은 미안하다고 고개를 끄덕였으나, 기실은 뭐가 미안한 건지 전혀 모르는 것 같은 기색이었다. 아니, 내 말을 거의 귀 기울여 듣지 않은 채 걸음을 앞으로 옮기고 있었다. 도대체 이 아이는 무슨 생각에 사로잡혀 있는 것일까.

알았어요. 미안해요. 걱정 마세요.

고개를 주억거리며 그렇게 대답했던 명윤은 이제 결사적으로 느껴질 만큼 끊임없이 장에게 질문들을 던져대고 있었다. 기회를 보아 어제 묻지 못한 질문들을 장에게 던져볼 생각이던 나로서는 난처한 일이었다.

"운동장이 있는데. 설마 저게 학굔가요? 꼭 시멘트 창고 같은데."

십 년 전쯤 암반 붕괴사고 때문에 학교가 무너졌었다고, 복구했다고는 하나 약해진 지반 위로 정식 건물을 지을 수 없어 콘센트 건물을 얹은 것이 저 초등학교라고 장은 무뚝뚝하게 대답했다.

"이름이 뭐죠?"

"화산. 화산초등학굡니다."

아, 하고 나는 한숨을 쉬며 그들의 대화에 참여하였다.

"사진집에서 보았어요."

장의 사진집에 그 사진이 있었다. 팔십칠년에 찍은 사진이니 거의 십 년이 지났는데, 그 사진 속에서의 학교의 모습과 실물은 별다른 차이가 없었다. 나는 저 학교 운동장에서 잠깐 내려 한 컷을 찍자고 제안했다. 일요일이긴 하지만 노는 아이들이 있을 테니 그들과 함께 있는 장을 찍으면 그림이 괜찮을 듯했다.

그러나 막상 운동장에 들어가보니 아이들이 없었다. 일요일 아침이라 모두 텔레비전 앞에 앉아 있는 모양이었다. 그냥 나가려는데 정문 앞을 지나 어디론가 걸어가고 있는 두 사내아이들이 보였다. 때투성이의 희고 푸른 점퍼에 더럽고 헐렁한 청바지를 입은, 흡사 칠십년대의 화보에서 방금 걸어나온 것 같은 스포츠 머리의 아이들이었다. 나는 장에게 잠깐 기다리라고 한 뒤 뛰어나갔다. 명윤도 뒤따라왔다.

한 아이는 키가 컸고 한 아이는 작았다. 동갑내기는 아닌 것 같았다. 아홉 살과 일곱 살쯤?

"얘들아, 잠깐만!"

"잠깐만 거기 서봐!"

아이들은 핼끔핼끔 뒤돌아보며, 오히려 가속도를 붙여 빠른 속도로 걸었다. 이어 명윤이 "얘들아!" 하고 고함쳐 부르자 영문 모르는 아이들은 도망가기 시작했다. 남자 목소리가 위협감을 주었기 때문일까. 명윤이 그들을 붙잡기 위해 뛰기 시작하자, 그들은 어이쿠! 하고 무서워하는 시늉을 하면서 다리 쪽으로 내달렸다. 저희들끼리 눈을 맞추어가며, 그들은 달리면서 히죽히죽 웃고 있었다.

나도 전속력으로 달렸지만 시골 아이들의 걸음은 날랬다. 한 블록을 쉬지 않고 달려 삼거리를 건넌 아이들은 아는 집인지 슈퍼마켓의 안채로 들어가버렸다. 큰길을 사이에 두었으므로 자신들이 안전하다고 느낀 모양이었다. 잠시 후 아이들은 꼬물꼬물 방문 틈으로 머리를 내밀더니, 조금 있다가 허리를 낮게 숙여 가게 문 뒤까지 나왔다. 전대를 허리에 차고 있던 가게 아낙이 그 아이들의 우스꽝스러운 동작을 보며 실소하였다.

가게 앞에 내놓은 파라솔까지 기어나온 아이들은 그 뒤에 몸을 반쯤 숨기고 우리를 보았다. 큰 아이는 덩치에 어울리지 않게 잔뜩 겁을 집어먹었다. 그보다 영리해 보이는 작은 아이는 내 얼굴을 꼼꼼히 살피고 있었다. 나는 물었다.

"너희 화산초등학교 다니니?"

"아니오."

큰 아이는 가만히 있고 작은 아이가 대답했다.

"그럼 이 동네 사니?"

아니오, 라고 고개를 젓더니 이번에는 작은 아이가 물어왔다.

"근데요, 왜 우릴 쫓아와요?"

"저 학교 아이들 사진을 찍으려고 하는데 마침 일요일이라서 아이들이 하나두 없구나. 미안하지만 너희들이 대신 모델 해줄래?"

나는 가능한 한 부드러운 얼굴로 말했다.

"힘들어 죽겠다 우리, 여기까지 너희 쫓아오느라고."

작은 아이가 비로소 생긋 웃었다. 땟국물로 얼굴과 옷이 새까만 탓에 이빨이 몹시 희어 보였다.

"괜찮아…… 뭐가 무섭다고 그래. 우리가 나쁜 사람들 같니?"

이번에는 명윤이 말했다. 머뭇거리는 듯한 그의 말투가 효력을 발휘한 것 같았다. 작은 아이가 큰 아이의 어깨를 질벅거렸다. 나는 참을성 있게, 미소를 지으며 기다렸다

마침내 아이들은 길을 건너 우리에게 왔다.

"몇 살이니?"

"아리랑."

작은 아이가 장난스럽게 대납했다.

"아홉 살이니?"

아홉 살치고는 몸집이 작았다. 큰 아이는 열두 살이라고 했는데

그애 역시 작았다. 둘은 사촌 간인데, 일요일이라 친척집에 놀러 왔다고 했다. 전대를 차고 있던 가게 주인여자가 작은 아이의 외숙모뻘 된다고 했다.

"근데, 우리 누나랑 비슷하게 생겼네?"

우물쭈물하며 작은 아이가 배시시 웃었다. 마치 그것 때문에 너그럽게도 나를 따라와주기로 마음을 먹었다는 듯한 표정이었다.

그 아이가 나에게 호감을 품었다는 것에 나는 놀랐다. 나는 언제부턴가 아이들이 나를 좋아하지 않는다는 생각을 하고 있었다. 아마도 여고 시절의 어느 날 이후부터였을 것이다. 그날 나는 버스를 탔다가 내 옆자리에 앉은 어린아이를 보았다. 아이는 젊은 엄마의 등에 업혀 있었다. 나는 별다른 생각 없이 그 조그만 눈과 입술과 말랑말랑한 피부를 향해 시선을 던져두고 있었는데, 채 오 초쯤 지나기 전에 느닷없이 그 아이가 울음을 터뜨렸다.

어머, 아이가 낯을 가려서…….

젊은 엄마는 나를 위로하려 했으나, 그때 주위로부터 일제히 나에게 쏠리던 비난의 시선을 나는 놓치지 않았다. 내 웃음기 없는 눈길이, 내 냉담한 입매가 아이를 울린 것이다. 나는 그것을 분명히 알 수 있었다. 그리고 사람들은 나의 냉정함을 비난하고 있었던 것이다. 내가 덮어쓴 나의 얼굴은 그토록 차가운 것이었다.

그 뒤부터 나는 아이들을 보면 시선을 피했다. 무엇을 빚진 사람처럼 아이들을 향해 웃어주려 애써보기도 했다. 하지만 그것은 아이들이 사랑스러워서가 아니라 언제 그 아이들이 터뜨릴지 모를 잔인한 울음에 대한 경계심 때문이었다. 결국 내가 짓는 그 억지웃음이 스스로에게 어색하여, 아예 어린아이들을 보는 즉시 시선을 피해버리곤 했었다.

아이들을 데리고 화산초등학교로 돌아가자 장은 마치 운동장 가운데 잘못 박힌 나무둥치처럼 우뚝 서 있었다. 우리를 기다리고 있었던 것조차 잊은 듯, 내가 부르자 오히려 놀라는 기색이었다.

그때 나는 장의 배경으로 서 있는 조립식의 건물이 조용히 흔들리는 것 같은 착시를 느꼈다. 어느 날 갑자기 단단한 콘크리트 교사(校舍)를 무너뜨렸던 갱도가 장의 발 밑에 있었다. 어린아이들이 철봉에 매달리고 뜀틀을 구르는 순간에도 이 운동장의 까마득한 밑바닥 암반 사이에서는 발파음이 울려퍼지고 있었을 것이다.

좀전에 보았던 갱도의 숨막히는 어둠이 떠올랐다. 장은 운동장 가운데에 서 있었지만 전혀 그 장소에 어울리지 않았다. 마치 그 어두운 땅속에서 방금 올라온 사람처럼, 그래서 어디로 가야 할지 알 수 없다는 듯이 그는 우두커니 서 있었다. 그가 입은 검은 옷만큼이나 그의 얼굴은 거무튀튀하게 질려 있었다.

아이들은 좀처럼 웃지 않았다.

웃어봐, 하자 오히려 주눅 들린 얼굴을 했다. 마치 파인더 뒤의 내 시선을 피하려는 듯했다. 그들은 고개를 차마 돌려버리지도, 카메라를 똑바로 응시하지도 못한 채 엉거주춤하게 서 있었다. 내 주문대로 아이들의 목을 뒤에서 안는 대신 고집스럽게 뒷짐을 지고 서 있는 장의 얼굴도 어색하기 짝이 없었다.

명윤더러 웃겨보라고 하자 명윤은 잠시 난감한 표정을 짓더니, 주문을 외듯이 빠르게 '웃어, 웃어, 웃어, 웃어!' 라고 외쳤다. 아이들은 까르르 웃었다.

어제 기차에서 샀던 호두과자가 좀 남았던 게 생각나 명윤에게 부탁했다. 명윤이 배낭에서 그것들을 꺼내어 나눠주자, 아이들은 날름날름 받아 입 속에 넣었다.

"누나는 뭐 하니?"

나는 작은 아이에게 물었다. 그 아이의 눈에 반짝이는 순수한 호감의 표현에 나는 여전히 놀라고 있었다.

"학교 다녀요."

볼따귀로 불룩 튀어나온 과자를 부지런히 씹으며 아이가 대답했다.

"어느 학교?"

"황곡여상이오."

"누나가 좋은 게로구나."

작은 아이는 부끄럽게 웃었다. 콧잔등에 앙증맞은 주름이 그어졌다.

"누나가 좋아서 좋겠구나."

슬레이트 지붕을 얹은 직사각형의 폐사택은 세 가구로 이루어져 있었으며, 그같은 건물 백여 채가 촘촘하게 붙어 있었다. 한 가구에는 부엌 하나에 방 하나가 붙어 있고, 두 평쯤 되는 방 가운데에는 미닫이문이 굴러가도록 홈이 패어 있었다. 그러나 미닫이문이 남아 있는 집은 없었다.

"이건 뭐죠?"

한 폐사택의 뒤쪽 벽을 보며 명윤이 물었다. 블록담이 허물어지기는 했지만 방과 같은 것이 있었던 자리 같았다. 식구가 많은 경우에는 집의 뒷벽에 가작(加作)을 붙여 방들을 만들었다고 장은 설명했다. 그렇게 만든 사택을 가작 사택이라고 부른다고 했다.

문 위에는 A 정목 5호실, 7호실 하는 식의 일본식 수용소 같은 집 번호가 문패 대신 붙어 있었다. 여섯 건물에 하나꼴로 재래식 공동 화장실이 배치되어 있었다.

"화장실이 모자랐겠는데요?"

나는 장에게 물었다.

"한참 사람들이 모여 살 땐, 여기저기 갈겨놓은 사람 똥으로 발 디딜 곳이 없었던 길이오."

나는 그중 한 집 안으로 들어가보았다. 문짝은 어디론가 떨어져나갔으며, 부엌과 아궁이가 있던 자리에는 무릎까지 마른 풀이 자라 있었다. 비가 새어 이어놓았던 듯한 모노륨이 조각조각 잘라져 천장에서 펄럭거리고 있었다. 벽에는 신문지로 초벌 도배한 벽지가 누렇게 변색되어 군데군데 뜯겨나가 있었다. 올림픽 유치 기사가 일면 머릿기사인 것으로 보아 팔십년대 초반에 도배를 한 모양이었다.

"이렇게 되어놓으니, 탄광촌에 아이들이 많은 게 이유가 있다고들 하는 거요. 방음시설이란 게 없지 않소. 베니어판 하나 건넛집에서 애를 만들면, 옆집, 앞집, 뒷집에서도 애를 만들고 싶어지니까……."

장은 웃지도 않고 말했다. 장의 얼굴은 화산초등학교 운동장에서부터 급격하게 어두워져 있었다. 육중한 목소리에는 악의나 비아냥 대신 까닭 모를 허전함이 배어 있었다.

명윤은 폐사택 안에 들어가보려고도 하지 않고 찌푸린 얼굴로 서 있다가, 장독대가 보이는 사택을 가리키며 물었다.

"저기는 아직도 사람이 살고 있는 겁니까?"

"개조 좀 해서 사는 거요. 이 동네는 이렇게 거의 비었지만, 시내에서 가까운 사택촌에는 사람 사는 집들이 꽤 있소."

가작 사택을 찍어보라고 나는 장에게 부탁했다.

"난 카메라가 없소."

장은 무뚝뚝하게 대답했다.

"이런 시늉 따위는 안 한다고 하지 않았소?"

카메라를 가지고 다니지 않는 사진작가라니, 믿기지 않는 일이었다. 나는 내 카메라를 장에게 건네었다. 비상용으로 넣어가지고 다니는 자동 카메라로 장을 찍기로 하였다.

"이것만은 꼭 필요합니다. 사진 찍는 장면이 안 들어갈 수는 도저히 없습니다."

내키지 않는 얼굴로, 내 내민 손이 멋쩍다 못해 화가 날 만큼 머뭇거리며, 장은 마지못해 카메라를 받아들었다. 정말이지 이상한 취재원이었다. 이것은 취재가 아니라 마치 지뢰밭을 지나는 것 같았다.

이어, 카메라의 조리개를 만지작거리며 사택을 바라보고 있는 장의 얼굴에서 미세한 떨림이 느껴졌으므로 나는 놀랐다.

나는 그의 성격을 종잡을 수 없었다.

처음 만났을 때 장은 마치 상처 입은 들개처럼 공격적이었고, 나이트클럽에서는 부나비 같았다. 황곡의 밤거리를 앞장서 걸을 때는 어둠에 홀린 듯이 날랜 걸음걸이를 하고 있었으며, 오늘 오전에는 능숙하게 차를 몰며 우리 일행을 안내해주고 있었다. 물론 줄곧 무엇인가 내키지 않는 듯한, 모든 것을 경멸하는 듯한 태도가 배어나오기는 했으나, 모르는 사람이 본다면 대단히 멀쩡하다고 할 만한 사람이 되어 있었다.

그런데 이제 카메라를 받아든 장은 긴장하고 있었다. 마치 처음으로 사진을 찍히는 사람처럼 당혹감을 미처 감추지 못한 얼굴이었다. 무엇에 쓰는지조차 알 수 없는 위험한 기계라는 듯이 엉거주춤 카메라를 들고 있는 장의 모습은 우스꽝스럽기까지 했다. 그 우스꽝스러운 긴장 때문에 나는 처음으로 장의 인간적인 면을 느꼈다.

"고개를 들어보세요."

장은 고개를 들었다. 침을 삼키면서 그의 목울대가 한 번 떨었다.

"한번 촬영을 해보세요."

하얗게 마른 입술을 축이며 장은 고개를 흔들었다.

"못 하겠소."

돌연 폭발해버릴 것 같은 초조한 얼굴로 장은 카메라를 나에게 도로 내밀었다.

"……난 못 하겠소."

나는 장에게 다가가 카메라를 받아들었다. 깊은 흉터가 파인 장의 손은 떨고 있었다.

폐사택촌을 걸어나오는 길에 좀전 명윤이 보았던 살림집을 지나쳤다. 금이 깊이 벌어진 시멘트 장독대 위에 황토 옹기들이 비닐에 덮여 있었다. 깨어진 유리를 청테이프로 붙인 창문 위에도 두꺼운 비닐이 씌워져 있었는데, 바람이 불 때마다 비닐이 펄럭이며 유리와 부딪쳐 둔탁한 소리를 냈다.

마지막으로 남은 일정은 광산 박물관 건설현장 촬영이었다. 뜻밖의 일은 황곡에 살고 있으면서도 장은 그것이 세워지는 것을 모르고 있다는 것이었다. 전날 시청에서 받아온 유인물을 보여주자 장은 눈살을 찌푸렸다.

"웃기는 일이군…… 그러고 보니 언젠가 들은 것 같기도 하고. 뭐 정 필요하다면 가봅시다. 어디쯤인지는 알겠소."

카메라를 들고 머뭇거리는 좀전의 모습에서 모종의 진실성을 느꼈으므로 나는 이 사내가 약간이나마 좋아졌다. 어쩌면 장은 마치 자신의 고향에 처음으로 타지의 친구들을 초대해 구경을 시켜주는 젊은이처럼 부끄러움과 자랑을 함께 느끼고 있는 것 같았다.

장이 최선을 다하고 있다는 것이 나에게 느껴졌다. 세상 사람들이 자연스럽게 던지는 인사말이나 타인에 대한 최소한의 배려마저도 힘겨워 보이고 어울리지 않게 느껴지는 이들이 있다. 장도 그런 종류의 사람이었다. 전날에 비하여 훨씬 평범하게 느껴지는 이날의 행동들을 위해 그가 많은 힘을 들이고 있음을 느낄 수 있었다.

경우는 전혀 다르겠지만 의선에게도 그와 비슷한 느낌을 받았었다. 그녀는 내 방으로 누군가가 찾아왔을 때 아무렇지도 않게 행동하는 것을 힘들어했다. 자신의 괴로움을 내색하지 않기 위해 그녀는 최선을 다하는 기색이었다. 사람들이 돌아가고 나면 녹초가 되어 방구석에 늘어져 있는 그녀에게서, 나는 예전의 의선에게서 느끼곤 했었던 사려 깊음의 흔적을 보았다. 명윤이 삼각대를 가지러 왔던 날, 찻잔 받침을 만지작거리며 팽팽한 침묵을 지키고 있던 의선의 모습을 보며 느꼈던 불안과 연민을 나는 장에게서 다시 느끼고 있었다.

장은 차를 출발시켰다. 장은 운전 솜씨가 부드럽고 능숙한 편이었다. 거칠어 보이는 외양과는 달리 정밀한 성품이리라는 것이 짐작되는 일면이었다.

"합리화 조치 발표되고, 광업소들이 문 닫을 때 반발이 대단했었다지요?"

장이 사진에 대한 직접적인 이야기를 꺼리는 것을 알고 있었으므로 나는 황곡과 광업소에 대한 이야기로부터 우회해 들어가기로 하였다.

"그때 그분들은 다 어디로 가셨나요?"

격렬한 데모 끝에 결국 떠날 수밖에 없었던 대부분의 사람들은 전국 곳곳으로 흩어졌는데, 그중에서도 안산 근처에 많이 모여 산다고 했다. 개중에는 막노동을 하는 사람도 있고 슈퍼나 식당을 차린 사람들도 있다고 했다. 그들이 만든 친목회도 있다고 했다.

"몇 번 나도 그쪽에 가서 그분들 만나봤소. 그때는 언젠가 개인전을 열 생각도 있었으니까. 탄광 사진의 마무리 작업으로 안산 사람들 사는 모양들도 담아봤었소. 뭐, 이제는 다 지나간 일이지만."

장이 스스로 사진에 대한 이야기를 꺼낸 것이 처음이었으므로 나는 약간 긴장했다. 그래서 그 개인전이라는 걸 구상한 게 언제였느냐고 막 물으려는데 명윤이 뱉듯이 말했다.

"잘됐군요."

오른쪽 사이드 미러로 명윤의 얼굴이 보였다. 그는 창 밖을 내다보며 말하고 있었다.

"쫓겨날 때 막막하기야 했겠지만, 다 문 닫은 게 잘됐어요. 어디서 뭘 해도 막장보다는 낫지 않겠습니까? 사고로 죽고, 사고로 안 죽으면 진폐로 죽고…… 죽고, 죽고, 죽을 바에는."

"글쎄요."

전방을 주시하는 장의 옆얼굴은 생각에 잠겨 있었다. 그의 굵은 목소리는 울림의 폭이 컸다. 마치 습기찬 스피커에서 흘러나오는 것 같았다.

"당신 같으면, 죽을 만큼 부려먹다가 필요없게 되었으니 아무런 대책 없이 쫓아내버린다면 어떻겠소."

"이 나라 하는 일이 원래 다 그 꼴 아닙니까. 어쨌든 멀리 보면 잘된 거라는 얘기죠. 인력 수요가 없으니 더이상 사람들이 그 구덩이 속으로 뛰어들지 않을 거 아닙니까."

죽음 속으로, 라고 명윤은 들릴 듯 말 듯한 목소리로 덧붙였다.

고개를 넘어 시가지를 지나는 동안, 광업소에서는 그쳤던 눈발이 한 점 두 점 다시 뿌리기 시작했다. 땅에 닿기도 전에 녹아버리는 묽은 눈이었다.

"사진 찍는 게 이젠 지나간 일이 되었다고 방금 말씀하셨죠, 사진을 이제는 안 찍으시는 건가요?"

나는 최대한 심상하게, 그러나 단도직입적으로 물어보았다.

짐작대로 장은 대답하지 않았다.

탄광들이 사라졌기 때문인가요, 라고 나는 다시 물었다.

"그 동안 찍으셨다는 사진들은, 그렇기 때문에 더 가치가 있는 것일 텐데요."

진눈깨비가 차츰 굵어지며 시아를 가리기 시작했다. 장은 말없이 와이퍼를 작동시켰다. 와이퍼는 산을 지우고 길을 지우고, 후락한 시가지의 끝에서 나타난 검은 들판을 지웠다.

문득 이 도시가 나에게 무척 낯익게 느껴졌다. 아니, 처음 역에서 내렸을 때부터 이 도시의 무엇인가가 이상한 친밀감을 불러일으켰었다.

무엇 때문일까.

이 도시는 어둡고 고요하고 검었으며, 시가지를 제외하면 거의 모든 지역들이 황폐하게 버려져 있었다. 마치 다른 세계에 들어온 것 같았다. 내가 살았던 공간에서 버림받은 것들이 모두 모여 이루어진 다른 공간 같았다. 아니, 땅 위 세계의 반대편으로, 지구의 핵을 향해 컴컴한 그림자처럼 드리워진 도시 같았다.

날씨 탓이었겠지만, 마치 땅속에 걸린 인공의 태양을 바라보고 있는 듯이 이 도시의 공기는 어둑어둑하고 답답했다. 마치 두꺼운 땅을 비집고 어디론가 나가야 할 것 같았다. 그렇게 나가고 나면 진짜 세계를 만날 수 있을 것 같았다. 그러나 사실 이곳은, 내가 자란 도시보다 오히려 하늘에 가까운 곳이었다.

만일 명윤의 말대로 이곳이 의선의 고향이라면, 의선이 애써 어린 시절에 대한 화제를 피하곤 하였던 것은 이곳을 기억하고 싶지 않았기 때문일까.

그냥…… 잊고 지내요. 잘 생각하지 않아요.

언젠가 내가 어린 시절에 대하여 물었을 때 의선은 약간 입술을 무는 듯하며 서투른 웃음을 지었었다. 그때 허공으로 비껴지던 의선의 시선이, 생각에 잠긴 듯도 하고 당황한 듯도 한, 어쩌면 무엇인가를 외면하고 있는 것처럼 보이던 쓸쓸한 옆얼굴이 창 밖의 풍경 위에 겹쳐졌다.

승용차가 들 가운데의 한 폐광을 지나칠 때 나는 장에게 물었다.

"저기도 광업소였나요?"

"함인 탄광이라고, 제법 큰 탄광이었는데 팔십팔년에 문을 닫았소."

나는 사이드 미러를 보았다. 명윤은 아무렇지도 않은 듯 여전히 창 밖을 응시하고 있었다. 그러나 그의 입가 근육이 경련하는 것을 알아볼 수 있었다.

무거운 겨울 하늘이 뱉어낸 진눈깨비들이 버려진 철로, 사무실, 사갱의 입구, 빈 사택들 위로 소리없이 내려앉고 있었다.

"저기가 무슨 학교죠?"

명윤의 목소리는 떨고 있었다.

"함인중학교요."

장은 무엇인가를 기억하려는 듯 눈살을 모았다.

"구십년도…… 아니 구십일년도? 그때쯤 폐교됐소."

"폐교라구요?"

명윤의 음성이 용수철처럼 튀어올랐다.

그 학교의 학생들은 주로 부모가 함인 탄광에 다니던 아이들이었다고, 생업을 잃은 가족들이 외지로 속속 빠져나가다 보니 구십일년 이월에 마지막 졸업생을 냈다고 장은 말했다. 그 무렵에 고등학교 하나, 초등학교 둘도 함께 없어졌다고 했다.

학교 주변에는 화산초등학교 근처에서 보았던 것과 같은 사택촌이 펼쳐져 있었다. 그곳보다 전체적인 규모는 작았지만 사람이 살고 있는 흔적이 곳곳에 보였다.

"사람들이 제법 살고 있는 것 같은데요?"

나는 장에게 물었다. 장은 내키지 않는다는 듯 아무렇게나 대답했다.

"아까 본 화산 쪽보다는 교통이 괜찮은 편이니까…… 지대가 낮아서 따뜻하기도 하고."

5

나는 검은 탄차들이 눈 속에 잠겨가는 것을 보았다. 고도가 높아진 탓인지 눈발이 제법 굵었다.

"다 왔소" 하고 장이 말했다.

"나도 여기는 오랜만이오. 함인 탄광이 문닫기 전에는 자주 들렀었는데."

장의 음성은 좀 지쳐 있었다. 탄차들을 턱으로 가리키며 그는 말했다.

"저걸 왜 갖다놨는지 모르겠군. 그 박물관인가 뭔가 하는 데에 쓸 외부 전시물 같은 건가보오."

박물관 부지 쪽으로 올라가려면 국립공원 매표소를 지나야 했다. 매표소가 나타나기 직전에 나는 식당 간판을 발견했다.

"밥부터 먹을까요?"

내가 앞장서서 들어간 집인데, 그 집의 여주인이 장을 환영하였다. 잘 알던 집인 모양이었다.

"세상에, 이게 대체 얼마 만이야?"

주인여자는 장이 마치 오랜만에 찾아온 친척인 것처럼 화들짝 놀라며 반겼다.

"어떻게 된 거예요, 통 소식도 없이, 저런…… 얼굴은 또 왜 그렇게 되구?"

주인여자는 금방이라도 장의 얼굴에 난 화상의 흉터를 매만질 것 같은 기세였다.

"여기는 술이 맛있습니다. 밀주죠."

주인여자가 주문을 받고 주방으로 사라진 뒤 장은 무표정한 얼굴로 말했다.

"한잔하겠소?"

나는 고개를 저었다.

"일정이 다 끝나고 하지요."

그러나 장은 주인여자를 불러 술을 추가했다.

점심을 먹는 동안 명윤이 보여준 동요는 지켜보기 안타까운 것이었다. 거의 밥술을 뜨는 둥 마는 둥 하던 명윤은 황곡에 함 모(某)라는 탄광이 더 있었는가를 장에게 물었다. 장은 함인 탄광뿐이었다고 대답했다. 명윤은 그렇다면 함 모라는 이름의 중학교가 더 있는가를 물었다. 장은 함동이라는 중학교가 있다고 했다.

"거기도 폐교되었나요?"

"아니오."

"그건 어디 있죠?"

"시청 옆에 있소."

명윤은 더욱 안절부절못했다. 무슨 말을 더 묻고 싶은데 무엇을 물어야 할지 알 수 없어하는 얼굴이, 마치 무언극을 하는 배우 같았다. 간밤의 과음 때문에 목이 탄지 그는 계속해서 물을 따라 마시다가 화장실에 다녀왔고, 화장실에 다녀와서도 계속 안절부절못하였다.

식사를 마친 나는 몇 점의 찢어진 파전이 남은 접시를 비웠다. 장은 혼자서 술을 국 삼아 밥 한 공기를 다 먹더니 숭늉을 들이키듯 남은 술을 동이째 들이켜 마셨다.

명윤의 동요와는 달리 나의 마음은 담담했다.

의선의 행방에 대한 중요한 단서를 잡았다든가, 이 눈 내리는 낯선 도시에서 곧 의선을 찾아낼 수 있으리라는 기대는 들지 않았다. 현실은 영화 따위와는 다르다. 그렇듯 쉽게, 극적으로 의선을 찾아내는 일 따위는 일어날 성싶지 않았다. 그러나 그것이 나의 냉정한 판단인지, 아니면 마음 한켠에 숨어 있는 은밀한 희망인지는 확실치 않았다. 명윤의 말대로 나는 지독히 차가운 인간인지도 몰랐다. 어쩌면 내가 원하는 것은 의선을 찾지 못하는 것이었는지도 몰랐다.

그렇다면 나는 여기까지 와서 찾아다녔다는 위안을 얻기 위해, 최선을 다했으므로 이제 괜찮다는 면죄부를 스스로에게 주기 위해서 여기까지 온 것일까.

뜨거운 옥수수차를 한 공기씩 마신 뒤 우리는 밖으로 나왔다. 먹고 난 다음이라 눈발 속에서도 몸이 제법 푸근하였다.

나는 붉은 철골을 드러낸 석탄 박물관의 모습을 찍었다. 일요일이라서인지 작업중인 인부들은 없었다. 장을 넣어서도 찍고 빼고도 찍었다. 혼자서 한 동이의 술을 마시고도 장은 전혀 취한 것 같지 않았다. 얼굴색도 표정도 전혀 변한 것이 없었다.

“좀, 웃어보시면 안 될까요?”

장은 쓰게 웃었다.

“빌어먹을, 도대체 뭣 때문에 자꾸만 웃어야 한다는 거요?”

그 쓴웃음이라도 찍어야 했다. 시간을 끈 탓에 손가락이 시리다 못해 아팠다.

일이 거꾸로 되었다 싶었지만 나는 장에게 석탄 박물관의 전시를 설명했다. 일층에는 광부들의 실물 크기 인형과 작업복, 안전등, 안전모 등의 물품들을 진열하며, 슬라이드 상영실이 있는 이층에는 각종 인쇄물, 사진 자료들이 전시된다. 지하 일층은 모의 체험관으로, 막장에 들어간 것 같은 착각을 일으키는 시뮬레이션 공간으로 꾸며진다. 막장을 다 통과할 무렵 우르르 막장이 무너지는 착각을 일으키도록 프로그램이 기획되어 있다.

장은 ‘뭐 하는 개수작들이야’라고 욕설을 퍼부을 듯한 얼굴로, 그러나 입술을 다문 채 눈발 속의 철골을 쏘아보고 있었다.

돌아오는 길에 승용차는 다시 함인 탄광을 지났다.

“한참때는 저 둑길로 광원들이 끝도 없이 늘어서서 사갱으로 들어갔소. 그렇게 걸어서 지하 팔백 미터 갱도까지 가는 거요.”

장은 마치 그립다는 듯이, 혼잣말을 하듯 조용히 말했다.

6

카페 '뭉크'에서 차를 시켜놓고 명윤은 기어이 탁자에 엎드려 잠들었다. 용케 잘 견딘다 싶었다. 이따금씩 어깨를 몸서리치면서도 명윤은 어깨 깊이 머리를 묻고 잘 잤다.

나는 장에게 몇 가지 질문을 했다.

전화로 부탁드린 최근의 사진은 어디 있느냐고 묻자 장은 '더이상 작업하지 않는다'고 말했다. 그것은 차 안에서 물었던 내 질문에 대한 대답이기도 했다.

"왜죠?"

"부질없으니까."

"왜 부질없다는 거죠?"

"그렇다면 무슨 의미가 있다는 거요?"

"그러면 예전에는 왜 작업을 하셨나요?"

"그땐 몰랐으니까."

"뭘 몰랐다는 말입니까?"

"부질없다는 걸 몰랐다는 말이오."

"언제 부질없다는 걸 알게 되셨나요?"

장은 입을 다물었다.

"잡지는 보내줄 것 없소."

장의 얼굴이 냉담해졌다.

"뭐, 실을 만한 사람이 아니다 싶으면 싣지 마시오."

장은 숨을 멈추었다. 그의 얼굴에서 내가 읽은 것은 환멸이라기보다는 견고한 외로움이었다.

"여하튼 만나서 반가웠소."

전혀 반갑지 않은 말투로 그는 말했다.

눈발이 날리는 거리에서 우리는 장과 헤어졌다. 나는 장에 대해서 거의 알아낸 것이 없었고 사진들도 대부분 마땅치 않았다. 그러나 헤어지는 것밖에는 도리가 없었다. 혹 시간 여유가 더 있다 해도 이 남자에게 더이상 매달릴 생각은 없었다. 어쨌든, 이리저리 변죽만 근사하게 울려대도 기사라는 것은 메꾸어지기 마련이다.

장은 우리가 바로 서울로 올라가는 줄 알고 있었다. 그는 우리를 역까지 데려다주겠다는 제안으로 나를 약간 놀라게 했다. '나 같으면 걸어가겠지만…… 서울내기들은 걷는 걸 싫어하지 않소?' 내쏘듯 말하는 장의 얼굴에는, 뜻밖에도, 무뚝뚝한 성격의 남자가 갑자기 섬세한 호의를 보일 때 드러나곤 하는 부끄러움의 기색이 스쳐가고 있었다. 문화원에 들렀다 가야 한다고, 몇 가지 자료들을 더 구해야 한다고 나는 편한 대로 말했다. 이내 장의 얼굴은 예전대로 무뚝뚝한 표정을 되찾았다.

"탄광 분들과 찍은 사진이 꼭 필요한데요."

장의 눈에 다시 환멸과 외로움이 드러날 줄 알았는데 그의 얼굴은 담담했다. 자신만의 다른 생각에 골몰해 있는 것 같았다.

"제 명함 갖고 계시죠? 그리로 꼭 보내주셔야 합니다."

장은 '문화원은 저쪽이오' 라고 말하는 것으로 대답을 대신했다.

"꼭 부탁드립니다. 다시 연락드리겠습니다."

장이 차에 오르는 것을 보며 나는 허리를 삼십 도쯤 굽혔다. 명윤은 억지웃음을 띄운 채, 적의와 경계를 애써 숨긴 듯한 시선으로 마지못해 목례를 하였다. 반면 장의 얼굴에는 어떤 적의도 어려 있지 않았다. 그는 머리를 숙이거나 손을 흔들지 않았다. 나와 명윤이 서 있는 모습을 마치 눈으로 사진 찍듯이 짧게 응시했을 뿐이었다.

젠장할.

나는 입술을 물었다. 입가에는 여전히 형식적인 미소를 띄운 채였다.

이 골치 아픈 남자와도 이제 그만이라고 나는 생각했다. 취재원과 헤어질 때마다 다시 만나자고 말하지만 실제로 다시 만나게 되는 일은 거의 없었다.

승용차가 눈발 속으로 멀어졌다. 널따란 도로변을 거니는 사람은 고작 서넛에 불과했다. 그 조용한 시가지가 흰 눈에 묻혀가고 있었다. 승용차가 굽잇길을 미끄러져가 시야에서 사라지는 것을 나는 끝까지 지켜보았다.

습관적으로 나는 명윤에게 물었다.

"몇시지?"

"네시 다 되어가요."

명윤의 음성은 또렷했다.

"겨우 끝났군요."

명윤은 자고 일어나서 추운 듯이 팔짱을 힘주어 끼고 있었으나, 이제야 무거운 짐을 벗어버렸다는 듯 홀가분한 표정이었다. 마치 소년처럼 창백한 명윤의 얼굴에는 기쁨과 초조함과 피로가 함께 어리어 있었다. 이번에는 그가 나에게 물었다.

"자, 이제 어디로 가죠?"

나는 시가지의 끝에 우뚝 솟은 황곡산을 보았다. 산의 봉우리는 먹장구름 속에 감추어져 있었다. 잠시 잊고 있었던 피로가 내 어깨를 짓눌러오기 시작했다. 눈발은 차츰 거세어져, 남은 산허리까지 희부옇게 지워가고 있었다.

7
검은 사슴

1

깊은 땅속, 암반들이 뒤틀리거나 쪼개어져서 생긴 좁다란 틈을 따라 기어다니며 사는 짐승이랍니다. 흩어져 있는 놈들을 헤아려보자면 수천 마리나 되지만, 사방이 두꺼운 바위에 막혀 있는 탓에 한 번도 자신들의 종족을 만난 적이 없기 때문에 저마다 자신을 외돌토리로 여긴다지요.

생김새나 몸집은 사슴 모양인데, 녹슨 바늘 뭉치 같은 검은 털들이 매끄러운 가죽을 뚫고 나와 정수리부터 네 발끝까지를 뒤덮고 있답니다. 두 눈은 굶주린 범처럼 형형하고, 바윗돌을 씹어 먹는 것으로 허기를 이기느라 이빨은 늑대 송곳니처럼 예리하고 단단하답니다.

이 짐승의 몸에서 유일하게 아름답다고 할 수 있는 부분은 번쩍이는 뿔입니다. 크기 때문에 얼핏 보아서는 무시무시하다는 인상부터 주는 그 뿔은, 그러나 꼬아놓은 머리채처럼 부드러운 곡선을 이루며 이 짐승이 걸어가는 길 앞을 음음하게 밝혀준답니다.

이 흉측한 짐승을 직접 만날 기회가 있는 사람들은 광부들뿐입니다. 채굴 작업을 하는 광부들이 때로 이 짐승과 맞닥뜨리는데, 그때마다 이 짐승, 평생에 단 한 번만이라도 하늘을 보는 것이 소원인 이놈은 바깥으로 나가는 길을 가르쳐달라는 부탁을 한다지요. 잡아먹히는 것이나 아닌가 떨고 있던 광부들은 조건을 내건답니다.

네 번쩍이는 뿔을 자르게 해다오, 그러면 하늘을 볼 수 있게 해주마.

짐승은 잠시 망설이다가 이마를 앞으로 내밉니다. 땀을 뻘뻘 흘리며 짐승의 단단하고 아름다운 뿔을 잘라낸 광부들은 몇 발짝쯤 짐승을 데리고 가다가 다시 조건을 내겁니다.

네 날카로운 이빨을 자르게 해다오, 그러면 하늘을 볼 수 있도록 해주마.

짐승은 이번에는 그럴 수 없다고 버팁니다. 하지만 광부들은 여럿이고 짐승은 혼자 몸이니 배겨낼 수가 있나요. 한 사람은 뿔이 뭉툭하게 잘라진 짐승의 이마를 누르고, 다른 한 사람은 흑탄처럼 시커먼 짐승의 뒷다리를 붙잡고, 남은 사람들이 짐승의 뾰죽한 이빨을 뽑아냅니다.

거무죽죽한 피가 짐승의 입이며 턱이며 이마에서 흘러넘치는 것을 보면서, 광부들은 지상으로 통하는 넓은 갱도를 향해 필사적인 낮은 포복으로 달아납니다. 아무 짝에도 쓸모없는 짐승의 뿔이며 이빨들은 달아나는 길에 아무렇게나 던져버리고, 짐승이 따라나오지 못하도록 재빨리 나오는 통로를 막아버립니다.

……그때부터 이 짐승은 아무것도 먹지 못하고 아무것도 보지 못하는 채 컴컴한 암반 사이를 느릿느릿 기어다니며 흐느껴 웁니다.

마지막으로 숨이 넘어갈 때쯤 되면 이 짐승의 살과 뼈는 검은 피와 눈물로 다 빠져나가, 들쥐 새끼만하게 쭈그러들어 있다지요.

광부 임(林)을 생각할 때마다 장에게 가장 먼저 떠오르는 것은 임의 입이었다.

임의 윗입술은 예민한 붓으로 살짝 그어놓은 것처럼 얇았으며 아랫입술은 그보다 약간 부피가 있는 정도였다. 그러나 입술이 얇다는 것뿐, 임의 입이 특별히 잘생겼거나 못났거나 이상한 모양을 한 것은 아니었다. 그런데도 장이 임과 함께 있을 때면 항상 임의 입을 보게 되었던 것은 무슨 까닭이었을까.

장은 임만큼 말없는 사람을 본 적이 없었다. 물론 천성이 내성적이어서 어떤 말에도 '예'나 '아니오' 또는 '글쎄' 정도로 대꾸하고 넘어가는 사람들이 간혹 있다. 그러나 임의 과묵함은 단순히 말수가 적은 것과는 달랐다.

그는 마치 세상과 자신 사이에 투명한 침묵의 장막을 쳐놓고 사는 사람 같았다. 거친 숨을 몰아쉬며 막장 일을 할 때, 작업을 마치고 목욕을 할 때, 술을 마실 때, 심지어는 안전 구호를 짧게 외치며 임무교대를 하는 순간까지도 임은 그 성스럽게까지 느껴지는 기묘한 침묵 가운데 있었다.

그 침묵을 무엇이라고 부르면 좋을지, 임과 헤어진 뒤 몇 년이 지날 때까지도 장은 마땅한 말을 찾아내지 못했다. 그런데 진폐 병원 영안실에서 얇은 시트를 벗겨내고 아내의 아버지의 죽은 얼굴을 보았던 육 년 전에야 비로소 그것을 알게 되었다. 임의 얄따란 입술에 언제나 긴장감 있게 맴돌고 있던 침묵은, 이미 죽은 뒤의 생을 살아가는 사람의 것이었다.

그런 임이 이따금 무엇인가를 말하려고 애쓸 때가 있었다. 임은 단어들을 연결하는 데에 몹시 고심하면서, 듣는 사람의 분통이 터질 만큼 정성을 들여 천천히 말했다. 그러나 그 내용이라는 것은 대부분 별다를 것이 없는 것들이었다.

장이 임을 알고 지냈던 기간은 고작 일 년여에 불과했다. 그 뒤로 십 년 넘게 광부들과 함께 지내온 장에게 임이 유독 강한 인상을 남긴 것은, 장과 처음 교분을 트고 지낸 광부가 바로 임이었기 때문이기도 했다.

처음 탄광 사진을 찍겠다고 마음먹었을 때 장은 단순히 막장의 어둠과 습기만을 염려했다. 스트로보를 터뜨려서 좋은 사진을 건질 수 있을지, 비싼 렌즈가 습기를 먹지 않을지가 가장 큰 걱정거리였다.

그런 멋모르는 마음으로 장은 장석 광업소를 찾아갔다. 지금은 폐광되었지만 그때만 해도 황곡에서 세번째로 규모가 크던 탄광이었다. 말을 잘하여 경비실은 어찌어찌 통과하였으나 사갱 입구에서 석탄 가루를 뒤집어썼다. 어지간히 욕 잘하는 사람도 상대하기 힘들 욕지거리가 장의 검은 몸으로 쏟아졌다.

장은 쓰라린 눈을 손바닥으로 닦아냈다. 얼굴과 머리의 석탄 가루를 손등으로 털었다. 입에 들어간 것들 때문에 침을 뱉어대는데, 마침 을방 근무를 마치고 나오던 임이 장에게 다가왔다. 광부들 중에서 나이가 많은 편이던 임은 특유의 느리고 초연한 말씨로 장에게 잠시 기다리라고 했다.

목욕을 마치고 나온 임은 장에게 저녁을 먹자고 말했다. 식당에서 임은 '이해하시오'라든가 '젊은 사람이 참으시오'라는 식의 말은 하지 않았다. 다만 익어가는 돼지고기 삼겹살과 술을 앞에 두고 말없이 오랜 시간이 지났을 뿐이었다.

소주 석 잔을 주거니 받거니 한 뒤에 임은 장에게 말했다.

다음에는 와서 나를 찾아요. 다른 사람은 말고 나만 찍을 거라고 해보시오.

그렇게 하여 장은 처음으로 막장에 들어갈 수 있었다.

탈의실에서 작업복으로 갈아입은 뒤 장화를 신고 안전모를 쓰며, 장은 온몸의 혈관 구석구석에 가라앉아 있던 혈액 방울들이 일제히 출렁거리는 듯한 긴장을 느꼈다. 갱 입구에서부터 일 킬로미터쯤 걸어들어가자 승강기가 있었다. 장은 승강기의 속력이 예상보다 빠르다는 것에 놀랐다. 바닥에 닿기 무섭게 사람의 몸이 튀어오를 것만 같은 속력으로 승강기는 추락했다. 이 분쯤 되는 그 시간이 이십 분도 넘게 느껴졌다.

지하 팔백 미터.

바다의 수면으로부터도 수직으로 이백 미터를 더 내려간 지점에 장은 도달해 있었다. 처음에 사갱을 따라 비스듬히 걸어들어왔던 일 킬로미터 지점과는 비교할 수 없는 적막과 어둠이 거기 있었다.

거기서 다시 이 킬로미터를 걸었다. 벌써부터 숨이 막혀오기 시작했다. 길은 끝이 없을 것 같았다. 앞서 걸어가는 임의 걸음걸이를 뒤쫓기도 힘이 들었다. 영원히 이 어두운 통로가 계속될 모양이라고 느껴진 순간, 바삐 오가는 탄차들과 광부들이 갑작스럽게 나타났다. 작업현장이 시작된 것이다.

거기서부터 갱도는 점점 좁아졌다. 백여 미터를 더 나아가자 임과 그의 일행이 일할 막장이 나왔다.

발파를 준비하는 그들의 뒤에 멀찍이 선 채 장은 작업복 속의 카메라를 어루만졌다. 그는 용기 있게 카메라를 꺼내들었다. 막장에 습기가 많다고 하여 렌즈에 방습제를 발라두기는 했지만 소용이 없었다. 찍으려고 점퍼에서 꺼내는 순간 렌즈에 습기가 차 모든 것이 뿌옇게 되었다. 내친 김에 셔터를 누른 순간, 예상보다 훨씬 크게 울리는 소리와 함께 플래시가 터졌다. 광부들이 일제히 돌아보았다.

쓰발, 얼마나 놀랐는지 알아?

달려들어 멱살을 잡을 기세인 젊은 광부를 임이 제지했다.

장은 더욱 위축되어 구석에 섰다. 작업에 걸리적거리는 자신의 몸을 최대한 바위벽에 밀착했다. 머리 위에서 몇 톤의 탄가루나 폐석이 떨어져 생기는 심심찮은 사망사고들에 대하여 장은 들은 적이 있었다. 젊은 그는 그때까지 죽음이 매우 먼 곳에 있다고 생각해왔었다. 이제 그것은 그의 두개골로부터 십 센티미터도 되지 않는 거리에 있었다.

공기가 희박하기도 했지만 고온 때문에 호흡이 더욱 가빴다. 사우나실에 들어온 것 같은 습기에 이미 온몸이 젖어 있었다. 콧등을 손바닥으로 닦은 뒤 들여다보니 손이 새카맸다. 이미 얼굴 전체에 탄의 분말들이 엉기었다는 것을 알 수 있었다.

그때 장은 서울에서 지냈던 변두리의 후락한 자취방을 생각했다. 그가 어금니로 딴 소주병들을, 후줄근한 예비군 바지 차림으로 쏘다닌 번화가를 생각했다. 그것은 얼마나 헐렁하고 안전한 삶이었던가.

그 모든 것을 다시 볼 수 없을지 모른다는 불안이 그의 다리를 얼어붙게 했다. 나약하게도 장은 벌써부터 그곳에 들어온 것을 후회하고 있었다. 플래시의 빛이 다시 불러일으킬 반발도 반발이지만, 자신의 행동이 그들의 위험한 작업에 방해가 되어 예기치 못한 사고가 일어날지도 모른다는 초조함에 그는 다시 카메라를 꺼낼 엄두조차 낼 수 없었다.

귀를 막았음에도 발파음은 귀청을 찢는 듯했다. 암석 가루가 공중에 뿌옇게 깔려 있는 새 갱도 속으로 광부들은 걸어들어갔다. 처음 온 사람으로서도 위험하다는 것을 한눈에 알 수 있는 광경이었다. 저렇듯 목숨을 걸고 저들은 무엇을 캐내려고 하는 것일까.

단지 뒤에 남아 있을 수 없다는 이유 때문에 장은 마지막으로 그들을 뒤따라 들어갔다. 그는 숨을 쉴 수 없었다. 모질게 기침을 하며 카메라를 부둥켜안은 채 앞으로 고꾸라졌다. 장을 제외한 모두가 바빴고, 오십 센티 앞이 안 보일 만큼 시계가 흐렸으므로 아무도 장이 쓰러진 것을 알지 못했다. 장은 가까스로 호흡을 가누었다. 언제 무너져내릴지 모르는 천장을 주의하여 살피며, 자신의 몸이 방해되지 않도록 일어섰다.

온몸에서 흥건하게 흘러나온 땀 때문에 그날 장은 여덟 시간 동안 전혀 요의를 느끼지 못했다. 단지 이곳에서 나가고 싶다는 생각, 빛을 보고 맑은 공기를 마시고 싶다는 갈망뿐이었다. 땀과 어둠과 분진으로 뒤범벅이 된 막장 안에서 그것은 전혀 현실처럼 느껴지지 않았다.

이제는 다시 안 오겠지, 젊은 양반?

이 고생을 하고도 다시 오면 내가 손에 장을 지지지.

마침내 막장에서 빠져나와 이 킬로미터의 갱도를 되짚어 걸으며 임의 또래로 보이는 두 광부가 던진 농담이었다.

승강기까지 걸어가는 동안 장은 두어 번 다리를 휘청거렸다. 평소에 체력이 좋다고 자부하는 편이었던 장은 신체적 자신감을 완전히 잃었다. 승강기가 위쪽으로 빠르게 올라갈 때 장은 심장이 터질 듯한 안도감을 느꼈다. 승강기가 맨 위쪽의 갱도에 이르렀을 때에야 광부들도 완전히 마음을 놓은 듯 저희들끼리 이야기를 나누며 웃기 시작했다. 그제서야 장은 그들 역시 내심 불안해하고 있었다는 것을 깨달았다.

그 갱도의 끝에서 보았던 햇빛을 장은 잊지 못한다. 비로소 나쁜 꿈이 끝났다는 것을, 장에게 삶이 남아 있었다는 것을 말이 아니라 벅찬 감각으로 실감하게 해준 빛이었다. 그러나 햇빛 가운데로 막상 몸을 내밀었을 때 장은 쏘는 듯한 그 빛에 눈을 감았으며, 기쁨 대신 강한 부끄러움을 느꼈다.

을방 근무를 마친 수십 명의 광부들과 함께 목욕을 한 뒤 장은 임이 속한 작업조의 광부들과 어울려 막걸리를 마셨다. 돼지고기와 막걸리는 목구멍의 진폐를 씻어내준다는 것을 의사들도 인정했다고 한 광부가 말해주었다. 그들은 거친 육체노동을 마친 사람들 특유의 너그럽고도 짓궂은 농담들을 장에게 건넸다.

젊은 양반, 막장서는 아주 기가 팍 죽었더구만 살아났네.

먹고살려고 하는 일이 아니면 거기 갈 일이 뭐가 있어? 사진이야 땅 위에서도 얼마든지 찍을 수 있는 거 아니야? 탄은 땅속에 있으니까 땅속으로 들어가 캐는 수밖에 없지만. 안 그런가, 이 사람아?

그날 밤 카메라를 분해하여 구석구석에 스며든 습기를 제거하며 장은 이상한 열망을 느꼈다. 자신을 짓눌렀던 극심한 공포를 낱낱이 기억하고 있음에도 불구하고 다시 거기에 들어가지 않으면 견딜 수 없을 것 같았다.

결국 그날의 조심스러운 촬영이 계기가 되어, 장은 탄광을 광부처럼 드나드는 유일한 외부인이 될 수 있었다. 미리 담배와 술 따위를 사다주어 그의 편으로 만든 사무실 직원들에게 안전 구호를 외친 뒤 장은 안전등과 안전모를 받아들고 사갱을 걸어내려갔다.

기억할 만한 점은 두번째가 첫번째보다 더 견디기 힘들었다는 것이다. 지옥에 다시 들어온 것을 첫날보다 더 후회했고, 당장에라도 밖으로 뛰쳐나가고 싶었다. 장에게 막장이 조금이라도 더 편한 장소가 되었다면 세번째부터였다. 세번째에야 그는 미리 광부들에게 양해를 구한 뒤 임을 향해 플래시를 터뜨릴 수 있었고, 마음에 드는 구도를 잡기 위해 몸을 자유롭게 움직거릴 수 있었다. 점심때가 되면 광부들과 일상적인 대화를 나눌 수도 있었다.

첫 몇 달은 주로 임이 있는 막장으로 갔다. 임이 충고한 대로 장은 광부들과 인간적인 친분을 가지려고 노력했다. 저녁이면 사택으로 돼지고기와 술을 싸들고 찾아갔다. 임이 묵고 있는 독신자 합숙소에도 무작정 찾아가 젊은 광부들과 취하도록 어울렸다. 물론 그렇게 두세 빈 술을 마신다고 해서 광부들이 사진 찍기를 허락하는 것은 아니었나. 뇌리라 생각하고 카메라를 들이댔다가 혼이 난 것도 여러 번이었다. 완전히 흉허물 없는 관계, 일정한 선을 넘어간 관계가 아니면 촬영은 불가능했다.

육 개월여의 시간이 지나자 그 탄광의 광부 수십 명과 모두 교분을 쌓을 수 있었고, 그들을 필름에 담을 수 있었다. 촬영에도 요령이 생겼다. 막장에 들어가기 전날이면 렌즈를 꺼내 방습제를 바른 뒤 랩으로 싸두면 뿌예지는 것을 한결 막을 수 있었다. 물론 그것만으로 충분치는 않아, 방습제를 묻혀놓은 부드러운 면장갑을 끼고 들어가 렌즈가 흐려질 때마다 닦았다. 그러나 그렇게 습기를 자주 먹다보니 아무리 조심을 해도 비싼 렌즈에 흠집이 나게 마련이었다.

그는 연출 사진에는 관심이 없었다. 광부들더러 일손을 놓고 포즈를 취하도록 할 만한 자격이 자신에게 있다고도 생각하지 않았을 뿐더러, 그런 식으로 연출된 사진에 대해서는 환멸밖에는 더 느끼는 것이 없었다. 자연스러운 상태에서 그림이 되는 순간을 포착하는 일은 훨씬 어렵고 참을성을 요하는 일이었지만 어쩔 수 없었다.

장은 광부들을 동정하지 않았다. 오히려 그들의 인내와 능숙함을 동경하는 편이었다. 그러나 사람의 몸보다 큰 소나무 동발을 메고 낮은 포복을 하여 육십 도 경사의 비좁은 갱도를 타고 오르는 보갱 광부를 찍기 위해 뒤따라 오르다가 장은 처음으로 눈물을 흘렸다. 부러지려 하는 동발을 교체해야 할 갱도에 마침내 도착했을 때, 새 동발을 내려놓고 장의 얼굴을 뒤돌아본 삼십대 중반의 광부는 미소를 지었다.

카메라만 들고 오는데도 그렇게 힘들었소? 하긴, 아까 그 길을 처음 올라오면서 울지 않은 사람이 없다고들 한다오.

광부의 얼굴은 석탄 가루와 땀으로 번들거리고 있었다. 장은 칼날 같은 양쪽의 암벽에 다치지 않기 위해 등뒤로 매달고 왔던 카메라를 꺼내어 그 얼굴을 찍었다.

장의 욕심은 컸다. 그는 황곡 일대의 모든 영세 탄광, 대규모 탄광, 더 나아가 강원도 산간지방의 모든 탄광들을 모두 찍어두고 싶었다. 그것들을 광업소별, 시간별로 정리하는 방대한 작업에 젊음을 바칠 준비가 되어 있었다.

그러기 위해서는 넘어야 할 벽이 많았다. 몸이 고된 것은 문제가 되지 않았다. 교분을 트기 위하여 광업소를 전전할 때마다 겪어야 할 길고 외로운 친분 트기의 과정이 장을 막막하게 하였다.

장이 탄광촌 바닥에서 광부나 다름없는 사람으로 인정받게 된 것은 그러던 즈음 일어난 장의 첫번째 막장사고 때문이었다. 그렇게 본다면 그 사고는 장에게 차라리 행운이었던 셈이다.

그날 임과 그의 동료들은 지하 이천 미터까지 내려갔다. 발파작업을 마치고 동발을 세운 뒤, 그들은 점심을 먹기 위해 막장을 빠져나갈 채비를 하고 있었다.

장의 이날 작업은 성공적이었다. 보통 때 같으면 여덟 시간 동안 서른여섯 방짜리 필름 한 통을 채 못 찍기도 하는데, 이날은 전반 작업만으로 한 통을 모두 찍었다. 물론 인화를 해봐야 알겠지만 일단 장의 직감으로는 거개의 장면들이 만족스러웠다. 필름을 꺼내 바지 주머니에 넣은 뒤 카메라를 둘러메고 장은 임을 뒤따랐다. 새로 뚫은 갱도에서 막 빠져나올 즈음이었다.

물이다!

단말마의 고함이 뒤쪽에서 터졌다.

뛰엇!

일제히 달리기 시작했다. 머뭇거리는 장의 어깨를 한 팔로 채며 임이 앞서 달렸다. 구 막장에 다다르기 직전 굉음이 귀를 찢었다. 옆 통로에서 물이 밀려오기 시작했다.

귀를 막고 있던 장의 손을 임이 이끌었다. 발목을 적신 물은 빠른 속도로 허리께까지 차올라왔다.

새로 뚫은 갱도와 평행으로 뚫려 있던 구 갱도 사이의 암반에서 물이 터졌고, 승강기 쪽으로 가는 교차로의 천장을 그 물줄기가 무너져앉게 한 것이다. 그러니까 그들이 고립된 곳은 새로 뚫은 갱도와 기존 막장의 중간 지점이었다.

삼십 도 가량 경사진 두 평 남짓한 공간에 장을 포함한 여섯 명이 갇혔다. 나머지 한 명은 무너진 탄더미에 깔린 것인지 보이지 않았다.

머리털이 쭈뼛해지는 차가운 물이 가슴 높이까지 차올랐다. 모두 침묵하였다. 안전등 아래에서 번쩍이던, 경악과 공포가 술렁대던 그들의 검은 눈을 장은 똑똑히 기억한다.

광부 한이 손도끼를 치켜들고 갱목에 무엇인가를 새기기 시작했다.

가족한테 이억원을 줘라. 한진구.

그리고 다른 유언을 덧새기려 하는데 이미 물이 어깨까지 차올라왔다.

모두 천장의 갱목에 매어달렸다. 물은 빠른 속도로 불어 턱과 입까지 차올랐다. 장은 머리를 쳐들어 가까스로 숨을 쉬었다.

십 분, 이십 분, 삼십 분.

아니, 한 시간이 지났는지도 모른다.

유언을 새기는 데에 힘을 허비한 한이 가장 먼저 물 속에 잠겼다. 그 뒤를 따라 하나둘 갱목을 놓친 광부들이 장의 시야에서 사라졌다. 장은 이를 물었다.

놓으면 죽는다. 죽고 만다.

고개를 옆으로 돌려보니 임은 아직 꿋꿋이 매달려 있었다.

젊은 나보다 낫구나.

장은 이미 맥이 풀려 금방이라도 손을 놓칠 것 같았다. 마음은 결사적으로 붙들고 싶었지만 저절로 손에서 힘이 빠져나갔다. 임의 강인한 손을 곁눈질하며 장은 가까스로 갱목을 붙들었다.

얼마의 시간이 지났을까.

사점이라는 것이 무엇인지 장은 그때 알았다.

팔에 감각이 없어지고 곧 놓쳐버릴 듯한 순간을 넘어가자, 고통스러운 손아귀로 미미한 힘이 링거액 방울처럼 조금씩 흘러들기 시작했다.

마침내 물이 서서히 빠져나가는 것을 느꼈지만 장은 더욱 손에 힘을 주었다. 수면은 어깨까지, 허리까지, 엉치뼈께까지 내려갔다. 그제서야 장은 갱목을 붙들고 있던 손을 놓았다.

남은 사람은 임과 장뿐이었다.

물이 정강이께까지 빠져나가는 데에는 십 분이 채 걸리지 않았다. 네 사람의 시체가 수면 위로 드러났다.

장은 경악한 채 떨며 서 있었다. 찰랑거리는 수면에 드러나 있는 동료들의 죽은 얼굴과 뒤통수들을 향해 다가갔다. 그중 한 사람의 뺨을 때리려 하자 임이 만류했다.

……삼십 분은 더 지났소. 소용없는 일이오.

임은 침착하게 말했다. 그의 목소리는 지쳐 있었다.

안전등을 끄시오. 빛을 아껴야 해.

장은 안전모의 안전등을 껐다.

도와주시오.

임의 안전등에서 나오는 빛에 의지하여 장은 임과 함께 동료들의 시체를 날라 한 곳에 반듯이 뉘었다.

공기 파이프를 찾아야 해.

그러나 안전등을 끈 장은 아무것도 찾을 수 없었다. 임이 먼저 나직한 탄성을 질렀다.

여기 있소. 이게 없으면 죽는 거요.

물은 이제 발목까지 빠졌다. 약간 볼록하게 솟아오른 둔덕이 공기 파이프 아래 드러나 있었다. 임은 그 둔덕에 무릎을 세우고 앉았다.

그때, 임의 안전등 빛이 가 닿은 벽 가장자리에 장의 사진기가 보였다. 물을 먹어 완전히 못쓰게 되었지만, 죽은 줄 알았던 가족을 만난 것처럼 와락 반가운 생각이 들어 장은 그것을 집어들었다.

체온이 떨어지는 게 가장 문제요.

임은 물이 뚝뚝 떨어지는 작업복을 벗어 힘껏 짰다.

당신도 이렇게 하시오.

장은 카메라를 내려놓고 임을 따라했다. 임은 안전모를 벗더니 안전등을 껐다. 어둠이 장의 눈을 덮쳤다. 임의 목소리만이 암흑 속에서 또렷이 들렸다.

내 말을 들으시오. 이 안전등의 배터리 수명은 앞으로 여덟 시간뿐이오. 이십 분에 한 번씩만 켰다가 끕시다. 내 안전등 배터리가 다되면 그때부터 당신 걸 쓰도록 합시다. 사고가 커서, 내 생각에는 구조가 쉽게 될 것 같지 않소. ……그리고 아까 본의 아니게 물을 많이 마신 것이 다행이라면 다행이오. 오줌이 마려우면 안전모에 받아서 다시 마시시오. 되도록 움직이지 말고 힘을 아껴야 해요. 그리고 체온을 잃지 않도록 서로 몸을 붙입시다.

그곳에서 나온 뒤, 장은 자신이 갇혀 있었던 시간이 그렇게 길었다는 것에 놀랐다. 장은 다만 졸음에 빠지지 않기 위해 이따금씩 서로의 팔을 꼬집어주었던 일, 임의 등과 어깨에 자신의 등을 맞대면 그 부분만 따뜻하여 다른 부분의 얼어붙는 듯한 한기를 절감했던 일, 어둠에 대한 본능적인 공포가 이따금씩 켜는 안전등의 불빛으로 조금이나마 달래어지던 일 따위를 기억할 수 있었을 뿐이었다. 그것이 무려 육십사 시간 동안 계속되었다는 것은 깨닫지 못했다.

그 낮과 밤을 구별할 수 없던 순간에 임은 장에게 그 사슴의 이야기를 들려주었던 것이다.

……그 짐승을 본 사람이 있다오.

동료들의 시체는 언젠가부터 부패하는 냄새를 풍기기 시작하고 있었다. 임의 안전등은 이미 수명을 다했으므로, 그들은 장의 안전등을 더욱 아껴가며 켜고 있었다. 그럼에도 불구하고 광력은 점점 약해져갔다. 이제 그 가냘픈 빛은 임의 얼굴께를 비추어줄 뿐, 목부터는 어둠에 파묻혀 보이지 않았다.

산소 파이프를 통해 구조대원의 목소리가 처음 들려왔던 것이 열 시간쯤 전이었던가. 그때는 살았구나 하는 안도감에 온몸에 긴장이 풀렸었다. 그러나 간간이 들려오던 구조대원들의 소리는 이제 그쳤다. 위쪽 암반이 약해 두번째 붕괴 위험 때문에 일시 철수를 한다는 요지의 전언이 산소 파이프를 통해 들려온 것이 몇 시간 전이었다.

고립감이 장의 목을 조르고 있었다. 임이 없었다면, 하고 장은 생각했다. 임이 없었다면 장은 진작 제풀에 지쳐 쓰러졌으리라. 그러나 자신보다 늙은 임이 잘 버티고 있다는 것이 장을 부끄럽게 했다. 목이 바싹바싹 타오는 고통을 참기 위해 장은 입을 앙다물었다.

여기 오기 전…… 한참 전에 내가 있던 탄광에서 있었던 일이오.

거기가 어디였는데요?

마른 혀를 밭은 침에 적시며 장이 물었다.

월산읍의 함전이라는 광업소에서 임의 나이 스물두 살 때의 일이었다고 임은 대답했다.

꼭 지금 같았소. 그땐 물이 터진 게 아니라 동발이 부러지면서 천장이 무너졌지. 그때도 맨 끝 막장이었소. 산소 파이프도 절단되고. 숨도 크게 쉴 수 없었소. 적으나마 공기가 들어올 틈이 있었다는 게 기적이었소.

그때 임은 거기서 정이라는 동료와 함께 단둘이 있었는데, 평소 친식을 앓던 정은 구조되기 다섯 시간 전에 숨을 거두었다고 했다. 그때 정이 죽기 직전 '저 눈'이라는 외마디 비명을 질렀다는 것이었다.

무슨 눈이 있다는 건가?

아무것도 보이지 않는 어둠 속에서 임이 물었을 때 정은 자신을 안고 있는 임의 팔 안에서 몸부림을 쳤다고 했다.

저 짐승 눈. 저 눈! 저, 저 눈깔……!

정의 시신과 함께 바깥으로 나왔을 때, 만삭의 몸으로 갱도 앞에서서 발을 구르고 있던 정의 아내는 입에 거품을 물고 쓰러졌다.

조산한 아이는 살았지만 여자는 미쳤다. 여자는 젖이 퉁퉁 불은 몸으로 아이를 안고 읍내를 떠돌아다녔다. 정이나 그의 처나 일가붙이가 없기는 매한가지였다. 더구나 보상금도 제대로 받지 못하던 시절이었다.

함전 광업소 가는 길이 어디예요?

여자는 역전에 서서 지나가는 이들에게 애절한 목소리로 묻고는 했다.

애기 아빠가 나올 때가 됐는데, 아직도 안 나와요. 그런데 어떡해요. 광업소 가는 길을 잊어버렸어요. 애기 아빠를 마중 나가야 하는데…… 어떡해요, 어젯밤에도, 그젯밤에도 안 나왔어요.

그 여자와 아이를 거두었다고 임은 말했다.

제법 고운 사람이었소.

임은 불빛을 피해 고개를 돌렸다.

여자를 데리고 그 몹쓸 땅을 떠나 내 고향으로 갔소. 약초 캐다 팔면서 이러구러 살아보려고 했소. 목돈 만지려고 몸 버리는 일은 그만 하고, 감자라도 캐서 연명할 생각이었다오.

그 여자가 조산한 정의 아들은 지능이 정상이 아니었다. 임의 고향에서 여자는 임의 딸아이를 낳았다. 아이를 낳으면 제정신이 드는 경우도 있다고들 하는데 여자는 끝내 깨끗한 의식을 되찾지 못했다고 했다. 멀쩡할 때는 서너 달 넘게 도라지꽃처럼 곱고 고요하다가도, 어느 날이면 갑작스럽게 댓돌 위를 데굴데굴 뒹굴며 까닭 없는 마른 목울음을 울어대고, 그 울음이 그치고 나면 온종일 밥술도 뜨지 않은 채 먼산머리만 바라보며 넋을 잃고 있곤 했다는 것이었다.

그런데 말이오.

임의 목소리가 잦아들고 있었다. 너무 말을 많이 하여 숨쉬기가 고통스러운 모양이었다.

……딸아이가 아홉 살 되던 해에 떠나버렸소. 봄이었지. 이래쯤, 산에 들어가 약초 캐서 돌아와보니까 없었소. ……남편이 막장 들어가기 전에 죽 끓여줘야 된다고 하면서 떠났다고, 앞집 노인이 혀를 차더구먼.

임은 안전등의 빛이 비치지 않는 쪽으로 고개를 돌리고 있었으므로 장은 임의 얼굴을 살필 수 없었다.

그 뒤로 못 찾으셨습니까?

임이 자세를 가다듬어 눕자 그의 얼굴이 다시 드러났다. 임은 눈을 감고 있었다.

월산도 뒤지고, 황곡도 뒤지고, 여기저기 탄광촌이란 탄광촌은 다 뒤지고 다녔소. 다니느라 금붙이 팔고 전답 팔고, 돈 떨어지면 광산에서 몸 팔고…… 그러면서 지금이오.

아이들은요?

임은 대답하지 않았다. 무슨 울음이 들어 있는 것 같은 침묵이 임의 단정한 입을 에워싸고 있었다. 임은 조용히 팔을 뻗어 안전등을 껐다.

'육십사 시간의 어둠 이겨낸 두 광부—동료들의 시체 옆에서 오줌 받아먹으며 연명'이라는 타이틀로, 임과 장은 상원도 지방신문들의 일면과 중앙일간지들의 사회면에 대문짝만한 사진으로 실렸다. 갑작스러운 빛으로부터 시력을 보호하기 위해 눈에는 붕대를 두르고 코에는 산소 호흡기를 단 채였다. 장은 가명과 함께 기능공으로 활사화되었다. 외부인이 막장에 들어가 사고를 당했다는 사실이 언론을 자극할 것에 대한 광업소측의 염려 때문이었다.

그 일이 있은 지 얼마 후 임은 장에게 아무런 전갈을 남기지 않고 떠났다. 아내를 찾아서 떠난 것일까. 아내가 돌아와 있을지 모르는 고향으로 간 것일까. 장을 비롯한 누구도 임의 소식을 다시 듣지 못했다.

2

"당신, 혹시 사진 찍는 사람 아니야?"

담배연기를 길게 뿜으며 여자가 물었다.

허리를 구부려 바지를 꿰어입다 말고 장은 고개를 쳐들었다. 여자는 전화 테이블에 놓인 재떨이에 침을 뱉고 있었다.

홀리데이 인 서울에서 여자의 얼굴은 삼십대 초반으로 보였는데, 밝은 곳에서 보니 아무리 못해도 마흔셋은 되어 보였다. 여자는 입술이 풍선 부는 모양으로 튀어나오고 눈 역시 튀어나온 편이었으나, 나름대로 그 튀어나온 모양들이 잘 어울려 귀염성 있는 얼굴을 하고 있었다. 눈가의 주름들도 그 타고난 귀염성을 해칠 정도는 아니었다. 턱이며 볼에 적당히 살이 붙어, 화장을 지운 채 시장의 한 모퉁이에서 만나면 그 또래의 평범한 여인네로 보일 듯했다.

처음부터 이 여자와 잘 생각은 아니었다. 인영 일행을 보내고 내처 술집을 전전하기 시작하다가 새벽 한시쯤 홀리데이 인 서울을 빠져나왔는데, 좀전에 함께 춤추었던 여자가 택시를 잡으려고 서 있었다.

어디까지 가세요? 같은 방향이면 같이 가요.

괜찮소, 차가 있소.

여자의 눈이 커지는 것을 보며 장은 무뚝뚝하게 덧붙였다.

내 건 아니고, 훔친 거요.

여자는 킬킬 웃었다.

훔친 차 한번 타봅시다!

여자는 장의 뒤를 강종강종 따라왔다. 장이 키로 앞문을 열고 들어가자 여자는 한 손으로 옆좌석 문의 잠금장치를 풀라는 시늉을 하며 다른 한 손으로 차창을 두들겼다.

당신, 취했잖아요? 멀리 가지 말도록 하죠.

코트 자락을 여며 앉으며 여자는 말했다.

여자의 말대로 그들은 고작 백여 미터 차를 몰아 이 모텔로 들어왔다.

여자는 팔 힘이 세었다. 등허리가 뻐근할 만큼 장을 힘주어 안고 있었다. 장이 만족시켜주었다기보다는 여자의 갈망이 컸던 때문이었으리라. 장은 땀을 많이 흘렸고, 술기운은 완전히 달아났다. 밀려오는 졸음과 싸우며 잠시 누워 있다가 억지로 몸을 일으켜 장은 옷을 꿰어입기 시작했다.

"신문에서 본 적 있는 것 같아, 옛날에."

여자는 담배를 들지 않은 손으로 머리를 매만지며 일어섰다. 여자의 음성은 톤이 높고 다소 날카로웠다.

"책을 냈다던가, 뭐 전시회를 했다던가. 응, 그래, 책을 냈다는 것 같았어. 얼굴이 꽤 큼직하게 나왔던데? 하여튼 내가 왜 기억을 하냐면, 당신 눈."

여자는 장이 누워 있는 동안에 이미 옷을 차려입고 있었다. 담배를 비벼 끈 여자는 올이 굵은 빗으로 머리의 끝부분을 손질하기 시작했다.

"눈이 마음에 들었거든. 굉장히 강하고 근사했어. 근데 언제 그렇게 얼굴을 데었어요? 잘생긴 얼굴을."

여자는 나갈 채비를 마쳤다. 장보다 먼저 여관을 빠져나갈 생각인 것 같았다. 장은 여자의 말을 듣지 못한 채 말없이 양말을 신기 시작했다.

"아직도 막장에 들어가요? 그 힘든 일을 왜 해? 먹고살려고 하는 것도 징그러운 일을."

장은 노골적으로 얼굴을 딱딱하게 굳혔다. 그는 말했다.

"불 끄고 나가시오."

여자는 손가방을 어깨에 멨다.

"거기는 자주 나와요?"

홀리데이 인 서울이 있는 방향을 눈으로 가리키며 여자가 물었다.

"가끔, 술이 필요할 때 가는 것뿐이오."

"부인은?"

장은 순간적으로 짜증이 끓어오르는 것을 느꼈다. 이렇게 만난 여자가 신상에 대해 꼬치꼬치 물어오는 순간만큼 화가 치미는 때는 없다. 더군다나 일 년 전에 꼭 한 번, 그따위 우스꽝스러운 기사와 함께 실렸던 사진을 기억하고 있는 여자라니, 좀전에 여자를 차에 태운 것이 혀를 깨물고 싶도록 후회스러웠다.

"알 거 없잖소?"

장이 최대한 냉정하게 끊어 말하는 동시에 여자는 아무래도 좋다는 듯이 타이트 스커트를 좌우로 흔들며, 요란한 하이힐 소리와 함께 문을 열고 나갔다.

"아 참, 불 꺼달라고 했죠?"

여자는 가다 말고 돌아와 미소를 지었다. 장이 따라 웃지 않자 여자는 심드렁한 손놀림으로 불을 껐다. 여자의 구둣소리가 복도 끝으로 멀어져갔다.

장은 피로가 몰려오는 것을 느끼며 어둠 속에서 스웨터를 입었다. 새시 창문 틈으로 약간의 빛이 들어왔다. 그만큼의 어둠이 장에게는 차라리 편안하였다.

다시 만나게 될 일은 없으리라.

장은 옷을 입은 채로 사지를 뻗고 침대 위에 드러누웠다. 손을 더듬어 재떨이를 끌어당겼다. 여자가 피우다 꺼둔 장초에 다시 불을 붙여 물었다.

그는 여자의 끈적끈적한 파마 머리를 생각했다. 여자에 대한 화가 조금씩 가라앉았다. 아내의 머리도 언제나 젤을 발라 끈적거렸다고 장은 기억했다.

머리숱이 많은 걸 어떻게 해.

뭘 이렇게 잔뜩 처바른 거야?라고 장이 불평하면 아내는 그렇게 대답했었다. 대가 세면서도 한편으로는 순한 구석이 있는 아내였다.

파마를 안 하면 되잖아?

그럼 초라해 보인다구. 지금도 나이 때문에 얼마나 타박을 듣는데. 얼른얼른 돈 벌어서 내 손으로 업소를 하나 차리든가 해야지.

당신이 몇 살이나 됐다구 그래?

그러나 장보다 다섯 살 어린 아내의 얼굴은 나이보다 훨씬 늙어 보였다. 화장을 진하게 한 뒤 어두운 곳에서 보면 이십대 후반으로 보이기도 했지만, 조금만 밝은 곳으로 나오면 훌쩍 나이를 뛰어넘어 최소한 서른다섯은 되어 보였다.

그녀가 노래를 하는 줄은 상상조차 하지 못했었다. 장이 처음 아내를 보았을 때 그녀는 병실의 보호자용 간이침대에 걸터앉아 자신의 아버지를 간호하고 있었다. 생머리를 질끈 묶었고, 얼굴에는 안쓰러워 보일 만큼 붉은 여드름들이 다닥다닥 돋아 있었다. 그때 그녀에게서 장은 연민과 선망이 복합된 미묘한 느낌을 받았었다. 그녀는 강해 보이는 동시에 약해 보였고, 한없는 포용성과 단호함을 함께 지니고 있는 것 같았다.

뒤에 알고 보니 그녀는 황곡에서 가장 노래를 잘하는 밤무대 가수로 알려져 있었다. 제대로 배웠다면 성악을 했어도 좋았을 것이라고, 그녀의 아버지는 자부심을 가지고 있었다.

제 에미만 좀더 오래 살았어도.

장인은 자꾸만 같은 말을 하며 혀를 차곤 했다.

장과 처음 만났던 날부터 죽던 날까지 이 년 동안 장인은 줄곧 병원 침대에 누워 있었다. 환자복 차림이 아닌 장인을 장은 생각할 수 없었다.

장은 결혼식을 올리지 않고 아내와 함께 구청에 가서 혼인신고만을 했다. 그날 실반지 하나씩을 사서 끼고 진폐 병원 요양실을 찾았을 때 장인은 울었다. 검버섯이 돋고 가죽만 남은 장인의 얼굴에 눈물이 흘러내렸을 때, 장은 이 노인의 몸 속에 저렇게 진한 액체가 준비돼 있었다는 데에 의아함을 느꼈다. 살이 없어 물렁뼈의 윤곽까지 드러나 보이는 코에 호흡 보조기를 단 채 흐느끼던 그 얼굴은, 장인의 부음을 듣고 진폐 병원 영안실로 달려가 시트를 벗기고 본 죽은 얼굴 위로 겹쳐져 두고두고 장의 마음을 허전하게 했다.

살아서는 막장에 갇혀 있다가 죽어서 또 무덤에 묻히는 게 싫다고, 장인은 꼭 화장을 해달라고 유언했었다. 그러나 아버지의 가엾은 마른 몸을 차마 불가마 속에 넣을 수가 없다며 아내는 화장을 반대했다.

터가 그다지 좋지 않을 것이 분명한 야산 기슭에 장인을 묻고 돌아오던 날, 아내는 자신이 죽으면 그때는 꼭 화장을 해달라고 당부했다.

쥐가 나를 뜯어먹을 것 같아서 그래.

그게 무슨 소리야.

아내의 말이 빨라지기 시작했다.

벌레가 살을 파먹고…… 내 팔뚝이랑 내장 속에 새하얗게 알을 까겠지?

그만 하지 못해?

장이 큰소리를 쳤을 때 아내는 울었다. 발인 때에도 눈물 한 방울

비치지 않았던 그녀였다. 아내는 주저앉아 팔다리를 휘저었다. 마치 고집을 피우는 아이 같았다. 악을 쓰는 입 안으로 드러난 목젖이 떨고 있었다. 속 깊은 기침을 하듯이 그녀는 자신의 가슴을 움켜쥐었다. 짐승의 소리 같은 울음을 부르짖으며 그녀는 앉은 채로 발을 굴러댔다.

미희야!

장은 아내의 어깨를 붙들었다. 그녀는 반항하며 장의 팔을 뿌리쳤다. 울음소리가 더욱 격렬해졌다.

어떻게 해야 할지 모르고 서 있다가 장은 그녀의 옆에 쭈그려 앉았다. 논배미 가장자리에 질경이꽃이 한 무더기 피어 있었다. 마른 바람이 불어올 때마다 흰 꽃들은 볼품없는 모가지들을 흔들어댔다.

……그게 오히려 덜 외롭지 않겠니?

장은 자신에게 타이르듯이 작은 소리로 말했다.

그 땅속에 벌레라도 있으면, 쥐라도 찍찍거리고 있다면 좋지 않겠니? 나는 나중에 죽어서, 봉분이 너무 두터워 아무것도 들어오지 못할까봐 그게 걱정이다.

아내가 장의 말을 귀 기울여 들었는지 장은 알지 못한다. 다만 장의 말이 끝날 때쯤 아내는 기진하여 흙바닥에 모로 쓰러졌다.

아내를 업고 정거장까지 논둑길을 따라 걸어갔다. 아내의 몸은 가벼웠다. 장의 셔츠 뒷부분은 아내의 눈물로 젖었다가 마르고, 다시 젖곤 하였다.

지하 천 미터 막장 안에, 살아 있는 것이라고는 사람뿐일 것 같지? 그렇지 않아.

그때 장은 아내에게 자장가를 들려주듯이 말했었다.

거기도 쥐가 살아.

……쥐?

아내는 들릴 듯 말 듯한 소리로 되물었다.

글쎄, 쥐가 거기까지 들어와 있다니까. 동발을 운반할 때 따라 들어오는가봐.

아내는 잠자코 듣고 있었다. 쌔근쌔근하는 숨소리가 심상치 않았다. 자꾸만 콧물이 흘러내리려는 것을, 큰 소리로 들이마시지는 못하고 숨을 참고 있는 것이리라.

고놈들이 동발을 갉아먹을 테니까 사실은 다 잡아줘야 하는데, 다들 쥐를 예뻐해. 쥐는 사람보다 나은 점이 있거든. 동발이 무너지거나, 발파하는 위쪽 암반이 약하거나 해서 붕괴 위험이 있으면 쥐부터 싸그리 없어지는 거야. 광산사고는 순간이니까…… 고놈들 따라서 재빨리 피하면 살 수 있는 거라구.

버스 정류장이 가까워지고 있었다. 까닭 없이 장의 눈에도 더운 물이 고이고 있었다.

아버님도 고놈들한테 밥알을 던져주곤 하셨을 거야. 다들 도시락을 먹을 때는 먼저 한 숟갈씩 쥐들한테 던져주니까 쥐들도 그걸 알아. 양철 도시락이 달그닥거리는 소리가 나면 어디 숨어 있었는지 사방에서 죄다 쪼르르 기어나와서 우리 앞으로 모인다구. 그럴 때 고놈들이 얼마나 이쁜지 당신은 모를 거야.

버스의 앞머리가 굽잇길 저편에서 모습을 드러냈을 때 아내는 장의 등에서 내렸다. 울고 난 얼굴을 보이지 않으려고 고개를 돌린 채 아내는 묵묵히 버스를 기다렸다.

그때 버스는 얼마나 천천히 그들을 데리러 왔던가. 죽음이라는 꿈에서 그들을 건져주기 위해, 시끄러운 웃음소리와 악다구니 쓰는 소리, 접시 깨지는 소리, 늘 똑같은 텔레비전 뉴스, 아침마다 악취 풍기는 사택촌 화장실 앞에 줄지어 늘어선 동네 사람들의 안부인사 가운데로 그들을 다시 던져주기 위해, 그 봄날의 비포장도로를 달려오고 있었던가.

필터까지 담배가 타들어가는 동안 장은 아내의 얼굴을 생각하고 있었다. 젤을 바른 아내의 머리털, 피곤 때문에 입가에 그어진 주름, 그 여러 줄의 주름을 만들며 새어나오던 쓸쓸한 웃음을 생각했다.

장은 아내를 불행하게 했을까. 장을 만나지 않았다면 아내는 불행에서 벗어날 수 있었을까. 장을 떠난 뒤 아내는 행복해졌을까.

분명한 것은, 아내가 가장 불행하였을 바로 그 즈음만큼 장이 행복하였던 때는 없었다는 것이었다. 장은 자신이 할 수 있는 가장 힘겨운 작업을 하고 있다는 데에 자긍심을 느꼈다. 아니, 어쩌면 그 작업은 자신의 힘으로 할 수 있는 최대치의 지점을 아슬아슬하게 넘어서는 것이었다.

바로 그것이 젊은 장으로 하여금 그 일에서 손을 뗄 수 없게 하는 유혹이었는지 모른다. 하루하루가 거대한 판돈을 걸고 하는 노름의 연속이었다. 그의 판돈은 그의 목숨과 젊음, 하나뿐인 몸뚱이였다. 죽을 고비를 몇 번 넘기면서 그는 움츠러들기는커녕 더욱 대담해졌다. 밤새워 암실 작업을 마치고 마음에 드는 프린트를 얻고 나면 며칠을 더 밤새워도 거뜬할 만큼 원기가 충전되어오는 것을 느꼈다.

철들 무렵부터 그의 꿈은 그런 것이었다. 언젠가 그는, 자신의 발이 도저히 닿지 않을 만큼 사이가 벌어진 절벽과 절벽 사이를 뛰어서 건너고 싶었다. 그러다 살거나 그러다 죽고 싶었다.

바로 그 희망을 그는 황곡에서 실현하고 있었다. 장의 사진들이 담고 있는 섬뜩한 고발성 때문에 그의 사진들은 신문에도, 잡지에도 실리지 못했다. 대신 장의 존재에 대한 소문이 퍼져나가자 개혁성향의 지역 교회에서 자료집을 펴낸다거나, 황곡 내의 진보 단체에서 발행하는 문건에 탄광 실태에 관한 특집이 실릴 경우 왕왕 장의 사진을 필요로 했다. 장은 자신의 사진이 무엇인가를 변화시킬 수 있으리라는 확신으로 작업을 하지는 않았다. 그러나 어찌 됐든 그 성과물을 필요로 하는 사람들이 있다는 것은 가슴 벅찬 일이었다.

그러나 아내는 달랐다. 아버지를 묻은 후 아내는 서울로 옮겨갈 것을 원하며 집요하게 장을 설득하였다. 장은 아내의 말을 듣지 않았다. 아내의 희망대로 황곡을 떠나 다시 서울로 돌아간다는 것, 장을 위한 모든 것이 완전하게 갖추어진 이곳의 생활을 버린다는 것은 상상할 수 없는 일이었다.

담배를 비벼 끄며 장은 임의 얼굴을 떠올렸다.

임의 훤칠하고 호리호리한 키를, 마치 성자처럼 등을 구부린 채 묵묵히 일하던 모습을 생각했다. 아내를 찾기 위해 자식들까지 팽개치고, 다시 아내를 찾아나설 수 있도록 돈을 벌기 위해 임은 그 광산에 들어와 있었다. 침묵 속에서 서서히 목숨을 팔고 있었다.

결국 그는, 장과는 전혀 다른 종류의 사람이었다.

어둠 속에서 천천히, 장은 열 개의 손가락 마디들을 차례로 꺾어 둔탁한 소리를 냈다.

이런 것은 좋지 않다.

오래 뒤돌아보는 것은 좋지 않다.

장은 급하게 침대에서 일어섰다.

구두를 신으려 하자 발이 부었는지 잘 들어가지 않았다. 구두 뒤축에 손가락을 밀어넣으니 손가락이 아팠다. 그렇지 않아도 작은 신발이었다. 장은 함부로 구두 뒤축을 구겨 신고 방을 나왔다.

3

여관을 나와 사진관으로 차를 몰고 돌아오면서 장은 인영에 대하여 생각했다. 대단히 속마음을 드러내지 않는 성격의 여자인 듯하였으나, 이따금씩 은밀한 초조함이 느껴졌다. 그녀는 무엇을 초조해하고 있었을까. 이상한 구석은 한 군데도 없는데 어딘가 이상하게 느껴지는 여자였다.

정명윤이라는 녀석은 선병질적인 얼굴에 멸치같이 마른 몸을 하고 있었다. 그에게서 배어나오는 지식인풍의 나약함과 우유부단함이 마음에 들지 않았었다. 그 두 사람은 어쩐지 직장 동료라는 느낌을 주지 않았다. 오히려 오누이라고 했다면 믿을 만했을 테지만, 닮은 구석은 전혀 없었다. 그렇다고 연인 같지도 않았다. 다만 두 사람에게서는 은밀히 감지되는 동질감이 있었다. 장은 자신도 모르게 그 느낌에 대하여 모종의 질투를 느꼈었다.

차를 잘 모시는군요.

장이 광업소의 눈 쌓인 언덕길을 오를 때 인영이 무심하게 던졌던 한마디였다. 장은 앞을 보고 대답했다.

운전병이었소.

그때였다.

장이 흘깃 인영의 옆모습을 보았을 때, 그녀는 고개를 끄덕이며 똑바로 전방을 주시하고 있었다. 끊임없이 어떤 질문인가를 준비하면서도 지금 지나가고 있는 곳이 어디인가를 확실히 기억하기 위해 긴장하고 있는 모습이었다. 그녀는 그 순간을 자신의 것으로 장악하기 위해 최선을 다하고 있었다.

그 얼굴, 강한 정신을 드러내는 인영의 옆얼굴을 보고 장은 떨었다. 그것은 육체적인 떨림이었다.

전날 술집에서 장은 술에 취해 있었지만, 책상물림으로만 알았던 인영이 사진에 대하여 아는 것이 많다는 사실을 의외라고 느꼈었다.

예전에 장이 사진을 찍고 다닐 때, 사람들은 그들의 지식을 과시하기 위해 무슨 카메라를 쓰느냐, 무슨 필름을 쓰느냐를 먼저 묻곤 했다. 처음 만났을 때 안도 그랬었다. '필름을 뭘 쓰십니까?' 하는 물음에 트라이엑스 이천이라고 대답하자, 대뜸 '티맥스 삼천이백을 써보시지 그래요? 막장에서는 그게 나을 텐데' 라고 했다.

글쎄요, 외국 사람들은 막장 사진을 더러 그렇게도 찍는 모양이지만 나는 싫습니다. 내용이 안 되는 걸 멋부리는 것 같아서…… 너무 거칠게 나오지 않습니까?

장이 그렇게 대답했음에도 불구하고 안은 어째서 티맥스 삼천이백을 써야만 하는가에 대하여 십여 분간 기초적인 이론을 늘어놓았었다.

그러나 인영은 기계적인 문제에 대하여는 묻지 않았다. 본인이 사진을 찍으면 그런 것이 궁금하기도 한 법인데 그녀는 말을 몹시 아끼고 가리는 편이었다. 그뿐 아니라 그녀는 장이 위악적으로 던지는 물음이나 대답에 갈팡질팡하는 대신 한 박자를 쉬어서 정연한 말로 대응하여 장으로 하여금 서서히 술에서 깨어나게 만들었다.

그리하여 마지막에 '손을 좀 보여주세요' 라고 인영이 말했을 때 장은 긴장했다. 상처투성이의 손을 찬찬히 살피는 인영의 이마를, 코밑에 돋은 눈에 띄지 않는 솜털들을, 눈살을 모으고 있는 예민한 이마를 보며 장은 예의 육체적 떨림을 느꼈다. 아니, 좀더 솔직히 말하자면 그녀가 와락 자신의 손을 잡아버리는 것이 아닌가 하는 두려움에 사로잡혔다.

장은 인영이 관찰을 끝내기 전에 손을 등뒤로 감추고 싶은 충동을 느꼈다. 이 낯선 여자에게 모든 것을 털어놓아버리고 싶다는 갑작스러운 욕망에 대한 반발이었을 것이다.

다음날 아침 집요한 전화 소리에 잠이 깬 장은 어둠 속을 더듬어 전화를 받으려다가 수화기를 떨어뜨렸다. 테이블 위에 나동그라진 수화기 안에서 인영의 목소리가 들려왔다.

여보세요.

그녀의 침착한 목소리에는 사람으로 하여금 거절을 할 수 없게 만드는 기묘한 힘이 실려 있었다.

여보세요, 장종욱씨십니까?

장은 지난밤 취중에 느꼈던 혼란을 다시 한번 느꼈다.

인영이 사진관의 유리문을 두들겨댔을 때에 그는 드디어 올 것이 왔구나, 하는 마음으로 거세게 문을 열어젖혔다. 자신을 똑바로 쏘아보는 인영의 차가운 얼굴에 어딘가 사랑스러운 데가 있다는 생각을 그는 했었다.

안의 차를 가져갈 계획 따위는 애초에 없었다. 막 인영 일행을 앞서서 계단을 내려왔을 때 안의 차가 보였다. 토요일 밤 안은 여자와의 약속이 있었고, 술을 마셨기 때문에 차를 두고 갔던 것이리라.

인영 일행에게 차가 없다는 것은 장에게는 뜻밖의 일이었다. 차도 없는 취재진이라니, 장이 평소에 갖고 있었던 서울의 잡지사 기자에 대한 이미지와는 판이한 것이었다.

싸락눈이 내리고 있었다. 일요일 이른 아침의 인적 없는 시가지는 그 눈 속에 고요히 묻히고 있었다. 계단을 뒤따라 내려온 인영 일행이 장을 따라 멈추어 섰다.

광업소, 사택촌, 박물관…… 박물관.

취중에 들었던 이날의 목적지들이 하나둘 퍼즐처럼 장의 의식 속에 끼워맞추어졌다.

장의 바지 호주머니에는 언제나 열쇠가 찔러넣어져 있었다. 같은 건물의 여러 점포에서 쓰는 차들과 주차 트러블이 종종 있었기 때문에, 안은 자동차 열쇠를 복사하여 장에게 맡겨두고 있었다.

탑시다.

그는 더 생각할 것 없이 앞문에 열쇠를 꽂았다.

그러나 차를 끌고 광업소로 오르는 언덕길에서 장은 후회하였다. 인영의 태도가 그처럼 진지하지 않았다면 장은 실제로 차를 놀렸을지도 모른다. 지난 몇 개월간 장은 다시 광업소를 찾게 될 거라는 생각을 한 번도 해보지 않았었다. 더군다나 이렇게 어색한 방식으로 돌아갈 생각은 추호도 없었다. 조금도 변하지 않은 화산초등학교의 운동장 가운데 우두커니 서 있는 동안, 그리고 결정적으로 화산리 폐사택촌에서, 자신이 살았던 사택의 뼈대만 남은 구조물과 그 위에 소롯이 쌓인 눈을 보았을 때 장은 이날의 외출을 은밀히 후회하였다.

그 취재라는 것을 승낙한 것부터 잘못이었을 것이다. 아무도 그에게 승낙하도록 강요하지 않았는데도 그는 그렇게 했다.

장은 더이상 '아니오'라고 말하고 싶지 않을 만큼, 아무런 의지도 표현하고 싶지 않을 만큼 무기력한 상태였던 것일까. 아니면 자신도 모르는 사이에 사람을 그리워하고 있었던 것일까. 그는 그 두 가지 이유 중 어떤 것도 시인하고 싶지 않았다.

사진관 건물 앞의 보도 위에 차를 세우고 시동을 끈 뒤 장은 그대로 잠시 운전석에 앉아 있었다. 아뜩한 피로가 몰려오고 있었다.

건물은 삼층짜리였고 사진관은 이층에 있었다. 사진관에 올라가려면 일층의 셔터를 올리고 어두운 계단을 올라가야 했다.

장은 차에서 내려섰다. 차문을 잠그고 사진관 쪽으로 걸어갔다. 가로등이 드문 거리의 새벽 세시는 적요하고 어두웠다.

막 셔터를 올리려는 순간, 장은 누군가의 눈을 본 것 같았다.

그는 날쌔게 몸을 돌렸다. 사위를 살폈다. 밤거리의 어둠 속에는 아무것도 없었다.

들고양이? 집 없는 개?

캄캄한 어둠 속에서 유황불같이 푸르스름한 빛을 번쩍이던 그 짐승의 눈을 찾기 위해 장은 주차장 옆의 어두운 골목 쪽으로 걸어갔다. 택시 한 대가 과속으로 장의 곁을 스쳐 지나갔다. 뒤이어 중형 승합차가 쏜살같이 지나갔다.

장은 홀린 사람처럼 앞으로 나아갔다. 골목의 끝까지 갔지만 아무것도 없었다. 아무것도 찾지 못하고 돌아나온 그는 안의 차를 세워 두었던 쪽으로 걸음을 옮겼다.

억.

장은 자신도 모르게 신음을 뱉었다.

아스팔트 가장자리에 죽은 개가 있었다. 그것은 시체라고도 부르기 힘든 형체였다.

트럭의 커다란 바퀴가 개를 으깨고 지나가, 개의 머리와 몸뚱이는 종잇장처럼 완전하게 펴져서 아스팔트에 달라붙어 있었다. 눈이 덜 녹은 갓길에 아직 붉은 피가 튀어 있는 것을 보아 사고가 있은 지 얼마 지나지 않은 모양이었다.

그때에야 장은 좀전에 보았던 눈의 주인을 보았다. 납작하게 땅에 붙은 죽은 개의 주변에서 개 두 마리가 서성거리고 있었다. 장이 나타나자 그들은 장을 올려다보았다. 그들의 눈과 몸 전체에서 경악이 뿜어져나오고 있었다. 그들은 아스팔트에 붙여놓은 참혹한 그림 같은 개의 흔적 옆에 쪼그려 앉았다.

녀석들은 짖지 않았다. 그들도 인간처럼, 지나친 충격 앞에서는 입을 다무는 것이다.

장은 돌아서서 걷기 시작했다. 셔터를 올리고 캄캄한 층계에 들어설 때까지 그는 뒤돌아보지 않았다.

8
그믐밤 국도

1

……만일 그대가 밤의 어두움과 불빛의 따스함에 대해, 사람의 창의 애처로움에 대해 알고 싶다면, 강원도 산간지방의 그믐밤 국도를 달려보라. 어둠 속에서 드문드문, 마치 끊길 듯한 기억처럼 하얗게 맺혀 있는 등불을 기억하라. 거기 사는 가난한 사람들과 그들의 이부자리를. 겨울산의 굽이굽이를 돌아 작은 읍내를 지나쳐갈 때면 잠시 그 창들의 수효가 많아지기도 하지만, 다가오는 빈 들의 어둠 속으로 이내 삼켜지고 만다.

명윤은 차창을 스쳐가는 검퍼런 어둠을 쏘아보고 있었다. 황곡에서 월산으로 가는 마지막 버스는 실내 조명등을 끈 채 빠른 속력으로 국도를 달리고 있었다.

한 여행 잡지에 위의 글을 기고했던 겨울 명윤은 스물여섯 살이었고, 대학 졸업을 앞두고 있었다.

강원도는 그가 그때까지 누이 명아를 찾아보지 않은 유일한 지역이었다. 졸업식까지 남은 마지막 겨울방학 동안 그는 기한을 정하지 않고 강릉, 속초, 삼척, 원주 일대를 헤매어다녔다. 그때 황곡을 빠뜨렸던 것은 누이가 결코 탄광지대로는 가지 않았을 것이라는 나름의 확신 때문이었다. 꼬박 이십오 일간의 긴 여행에서 돌아와보니 여행 잡지의 원고 청탁이 와 있었다. 글 속에 몸을 숨기는 마음으로, 명윤은 자신의 여행을 최대한 서정적인 것으로 만들었다.

그러나 실은 서울로 돌아오는 그 춥고 어두운 고속버스 뒷좌석에서, 명윤은 주먹으로 유리창을 박살내고 싶은 충동을 가까스로 억누르고 있었다.

개새끼, 이 개새끼들아. 죽어라, 씨팔 개새끼들아.

그는 누구에겐지도 알 수 없이 터져나오는 욕설을 마치 기도를 읊조리듯 낮은 목소리로 뱉고 또 뱉었다. 버스는 어둠 속을 오랫동안 달렸다. 어디에서 어디로 가고 있는지, 과연 방향이라는 것이 존재하는지, 어느 비탈길과 커브길을 돌아가고 있는지 알 수 없었다.

그때 군내버스는 철길 앞에서 급정거를 했었다. 마치 집요한 운명 같은 긴 탄차가 둔중한 몸을 끌고 어두운 선로를 서행해가는 것을 그는 보았었다.

이제 그 길은 다르겠지만, 명윤은 그날처럼 버스를 타고 강원도 산간지방의 어두운 국도를 달리고 있었다. 희망이라기보다는 희망에 대한 억센 굶주림에 휘둘려 찾아나섰던 수많은 낯선 도시들을 명윤은 기억하였다.

그때 그는 젊었을까. 아직 그는 젊은 것일까.

황곡에서 보낸 첫날 밤에 사내들에게 얻어맞았던 옆구리가 시큰거리면서 크게 숨을 들이쉴 때마다 결려왔다.

늑막염에 걸리는 게 아닐까.

취중의 주먹다짐 끝에 잘못 맞는 바람에 어이없이 죽은 동문 선배의 얼굴이 명윤의 눈앞에 떠올랐다. 다음 순간에는 난방이 되지 않는 버스의 찬 공기 때문에 황곡에서부터 좋지 않았던 몸 상태가 악화될 것이 염려되었다.

명윤은 자신의 우스꽝스럽고 심약한 염려들을 질책하였다. 기억과 희망과 수치심으로 어질러진 머리를 흔들며 그는 의선을 생각했다. 아니, 정확히 말하자면 의선의 알몸을 생각했다.

그녀를 명윤의 옥탑방에 처음 데려갔던 늦은 여름날의 점심 나절, 의선은 대뜸 갑갑해 못 견디겠다는 듯 훌훌 옷을 모두 벗어던지더니 창틀에 걸터앉아 창문을 활짝 열어젖혔다.

이봐, 안 돼.

당황한 명윤은 재빨리 커튼을 내렸다.

누가 보면 어쩌려고 그래, 앞집은 지대가 높아서 이 방이 다 들여다보인다구.

명윤이 옷을 입히려 하자 그녀는 깔깔거리며 좁은 방을 이리저리 피해다니다가 옥상으로 뛰쳐나갔다.

그때 눈부신 햇빛 아래에서 참혹하게 빛나던 그녀의 나신을 그는 잊지 못한다. 깡총거리며 대각선으로 옥상의 모서리를 향해 달려나간 그녀는 그 자리에서 양팔을 활짝 벌리고 빙글빙글 돌았다. 저러다가 어지러워 낮은 난간을 향해 쓰러질 것 같아 명윤은 불안을 견딜 수 없었다. 그러나 명윤이 달려가면 그녀는 키득키득 웃으며 잽싸게 허리를 숙이거나 몸을 틀어 반대쪽 모서리로 달아나곤 했다. 마침내 그녀를 등뒤에서 붙잡아 안았을 때 놀랍게도 의선은 울고 있었다.

왜 갑자기 울어, 왜 우는 거야?

그녀는 혀를 깨물며, 주먹으로 자신의 얼굴을 거칠게 문지르며 목울음을 토해냈다.

대체 왜 우는 거야? 왜!

벌거벗은 의선의 몸을 가리기 위해 최대한 자신의 팔로 감싼 채 그는 다그쳐 물었다.

그녀는 눈물을 그치지 않았다. 이렇게 그침없이 눈물을 흘리다가는 온몸의 체액이 다 빠져나올 것 같았다. 기진해버릴 것 같았다. 의선은 자신의 가슴을 치고, 얼굴을 문지르고, 제 격정을 이기지 못해 허리를 굽히며 콘크리트 바닥에 이마를 찧어댔다.

가야 돼, 나, 나…… 가야 돼!

목울음에 섞여나온 그녀의 목소리는 거칠게 헐떡이고 있었다. 마치 기도에 걸려 나오지 않는 무시무시한 가시 덩어리를 토해내려 하는 사람 같았다.

지금 가야 돼, 나, 거…… 거기로 지금, 지금 가야 돼.

거기가 어딘데!

명윤은 의선의 뼈만 남은 어깨를 흔들며 고함쳤다.

거기가 대체 어딘데…… 말을 해봐!

명윤은 옆좌석의 인영을 보았다.

인영은 잠들어 있었다. 가뜩이나 헝클어진 머리카락을 좌석 등받이에 비비면서 자는 바람에, 정전기를 일으킨 윗부분의 머리카락이 더러 일어서 있었다. 인영이 잠든 얼굴은 애처로워 보일 만큼 무방비 상태였다. 전혀 인영답지 않아 보이는 모습이었다. 황곡으로 처음 온 날부터 꼬박 삼 일 동안 음산한 황곡의 거리를 함께 헤매어다닌 사람이 바로 이 방심한 얼굴의 여자라는 것이 믿기지 않았다.

2

그들은 일요일 밤을 황곡 시내에서 일박한 뒤 월요일 아침에 함동중학교를 찾았었다. 함동중학교는 폐교를 면했지만 학급수가 대폭 줄어, 꼭대기층인 삼층의 교실들은 특별활동반을 위하여만 쓰이고 있었다.

인영은 유명인들이 옛 동창을 찾는 코너가 있는 잡지사에서 나왔다며 학적부를 열람하게 해달라고 교감에게 부탁하였다. 인영은 명함 한 장을 제시하였을 뿐이나, 텔레비전 프로그램 탓인지 그 거짓말이 손쉽게 효력을 발휘하여 학적부를 열람할 수 있었다. 교감은 그들을 교무실 중앙의 빈 책상에 앉도록 했다. 그곳은 난로에 가장 가까운 책상이기도 했다.

그들은 두 시간 동안 서로 바꾸어가며 두 차례 학적부를 열람했다. 의선의 이름은 없었다. 의선과 비슷한 얼굴을 한 학생의 사진도 없었다.

그럼 함인중학교였던 모양입니다. 거기는 폐교되었는데요.

명윤의 낙담한 얼굴을 보며 교무주임이 말했다. 재미있는 얘깃거리를 놓친 것이 그 자신도 적잖이 실망스러운 얼굴이었다.

아마 교육청에서 학적부를 보관해두었을 겁니다. 한번 알아보세요.

교문 옆 공중전화 부스에서 인영이 황곡 교육청에 전화를 했다. 그 동안 명윤은 교문 건너편에 성냥갑처럼 나지막이 늘어서 있는 점포들을 보았다. '세탁'이라는 붉은 페인트 글씨가 쓰인 유리 새시문 안에서 사십대 초반의 남자가 참을성 있게 고개를 수그린 채 다리미의 김을 사방으로 뿜으며 양복을 다리고 있었다. 벽에는 오버와 한복 댓 벌이 걸려 있었고, 재봉틀 옆에 놓인 십 인치짜리 흑백 텔레비전에서는 축구 경기가 중계되고 있었다.

중요한 장면이 나왔는지 남자가 다림질을 멈추고 텔레비전을 주시했다. 두 차례 반복된 슬로 모션이 끝나자 남자는 다시 종전처럼 다림질을 계속했다. 마른 체격에, 일생을 통틀어 한 번도 일탈이라는 것을 해보지 않았을 듯한 성실한 얼굴의 남자였다. 그 남자의 성실과 가난이 명윤의 마음을 우울하게 했다.

인영이 전화 부스에서 나왔다.

가보자.

인영은 머플러를 고쳐 매며 앞장섰다. 택시가 좀처럼 오지 않았으므로 그들은 버스를 탔다. 버스는 들판을 가로질러갔다. 두 개의 읍을 합쳐 만든 시라더니 두 구읍 사이의 공간은 허허벌판이었다. 시청은 구 황성읍 쪽에, 교육청은 구 천강읍 쪽에 세워져 있는 것이었다.

구 천강읍의 시가지는 황성 쪽에 비해 후락했다. 완행버스를 타고 우연히 지나치는 빈한한 면소재지 같았다. 게딱지 같은 집들의 모습도 옛 탄광촌의 모습 그대로였다. 주점이며 식당들이 대로변에 즐비했는데, 대부분 간판에 먼지가 끼고 유리가 떨어져나간 빈 점포들이었다.

……여기가 원래는 굉장한 거리였단다. 월급날이면 어깨가 인파에 부딪혀서 걷기도 힘들었다고 해. 황곡시로 승격되기 전부터 이 거리에는 경찰서가 두 군데 있었대. 지금은 물론 하나뿐이지만. 한 지역단위에 경찰서가 둘 있다는 건 유례 없는 일이지. 이 지역에 얼마나 우발 범죄가 많았는지 알 수 있어.

버스에서 내린 인영은 어깨에서 흘러내리는 카메라 가방을 바로 메며 앞장서 걸어갔다.

교육청은 외벽을 칠하지 않은 콘크리트 단층 건물이었다. 황성 쪽의 시청보다 규모가 작을 뿐더러, 차 한 대가 간신히 다닐 만한 외진 소로변에 위치하고 있었다.

동료의 책상에 걸터앉아 한담을 나누고 있던 와이셔츠 바람의 한 남자가, 그들 일행이 문을 열고 들어오는 모양을 유심히 지켜보았다.

여기가 중등붑니까?

전화했던 상대의 이름을 인영이 대자 짐작대로 그 남자가 일어서서 그들을 맞았다.

인영과 남자가 명함을 교환하는 것을 명윤은 잠자코 지켜보았다.

이쪽은…….

사진기잡니다.

인영이 먼저 명윤을 소개했다.

아, 예.

남자는 금테안경 뒤의 면밀한 시선으로 명윤을 살폈다. 특별히 비난하거나 의심하는 눈초리가 아니었는데 명윤은 불편함을 느꼈다.

잠시 기다리세요.

그들은 소파에 앉아 기다렸다. 인영은 탁자에 놓여 있던 『황곡문화』라는 시청 발행 월간지를 무릎 위에 펼쳤다. 명윤은 잠자코 자신의 낡은 구두코를 내려다보고 있었다.

철끈으로 묶은 학적부 세 권을 들고 남자가 돌아왔을 때 명윤은 자신도 모르게 자리에서 일어섰다.

나이로 입학 연도를 따져보면 여기 있겠지만, 혹시 몰라 앞뒤로 한 학년씩 더 가지고 왔습니다. 한번 보시죠.

고맙습니다.

인영도 일어서서 웃음으로 답례했다.

뭘요. 그런데 누가 찾는 사람입니까?

명윤이 떨리는 손으로 학적부를 훑어가는 동안 인영은 한 유명 탤런트의 이름을 대고 급조한 거짓말들을 아슬아슬하게 이어가고 있었다.

아, 그 사람이 황곡 출신인가요? 그건 저도 몰랐는데요. 저도 이

지역 토박이인데.

아닙니다. 그 사람의 소꿉친구의 행방을 알아보니 중학교 때 이쪽으로 전학을 갔다고 해서…….

그 동안 무척 힘드셨겠군요. 하지만 재미도 있겠습니다.

재미라니오, 천만에요.

교육청 현관을 나설 때 인영의 얼굴은 어두웠다. 허리에 손을 짚은 채, 무엇인가에 화를 내듯이 뚜벅뚜벅 발소리를 내며 앞장서 갔다.

'함' 으로 시작하는 중학교가 확실했니?

인영의 목소리는 냉담했다.

내 기억으로는 확실했어요.

인영은 명윤의 대답에 더이상의 언급을 피했다.

그 침묵이 명윤을 괴롭게 했다. 차라리 '너한테 도대체 정확하고 확실한 게 있긴 한 거니?' 라는 식의 면박을 주는 편이 그의 마음을 편하게 했을 것이다.

언젠가 명윤의 룸메이트는 그같은 호된 비판의 말을 던진 적이 있었다.

너는 뭐든지 이따위 식이구나. 필요없는 일에는 너무 신경을 쓰고, 정작 가장 정확해야 할 일은 멋대로 그르쳐버리고, 모든 편지를 등기우편으로 부치지만 막상 주소를 틀리게 적고, 별다른 얘기도 하지 않으면서 수화기 속에서 바람 소리가 들리면 도청이 아닐까 의심하고, 정말 비밀을 유지해야 할 일들은 오히려 네 쪽에서 사람들에게 이야기하는, 늘 그런 식 아니냐?

그때 명윤은 한마디도 반박하지 못한 채 그 친구의 말을 듣고 있었다. 녀석의 말은 모두 옳았다. 명윤은 오히려 만족감을 느끼며 자신의 무능함이 계속해서 까발려지기를 바라고 있었다.

인영이 차라리 그렇게 혹독한 말로 명윤을 비판해주었다면 그가 안도할 수 있었을 것이다. 그러나 인영이 뱉은 말은 짧았다.

……대체 어디까지 네 말을 믿어야 할지 모르겠다.

인영은 팔짱을 끼고 고개를 떨구었다. 구두 바닥을 보도 블록에 두어 번 부딪혀 징 소리를 낸 뒤 그녀는 고개를 들었다. 잠깐 사이에, 그녀의 얼굴은 언제 찌푸려 있었냐는 듯 차분히 가라앉아 있었다.

미안하다. 네 잘못이 아닌데.

함인, 함인중학교 쪽으로 직접 가봐요.

그는 천천히, 더듬지 않기 위해 애쓰며 말했다.

그애가 분명히 중학교 얘기를 했어요. 중학교에 다닌 게 아니라면 그 근처에 살았던 것일 수도 있어요. 동사무소에 가면 기록이 있지 않을까요? 어제 지나가면서 보니까 함인중학교 근처에 사택촌이 있었잖아요. 아버지가 함인 탄광에서 일했다면 거기 살았을 거예요.

……집요한 구석이 있구나, 너한테는.

명윤은 하는 수 없이 웃었다.

나랑은 다르구나.

인영은 따라 웃지 않았다. 그녀는 대신 눈을 가늘게 뜨며 눈살을 모았다. 미간과 눈가에 깊은 주름이 졌다.

개정판 황곡시 지도에는 함인중학교도 함인 탄광도 나와 있지 않았으므로, 인영은 일단 택시를 잡은 뒤 기사에게 함인 탄광 사택이 어느 동에 속하는지 물었다. 기사는 공지동일지 지선동일지 확실치 않다고 했다. 인영이 지도를 보여주며 함인 탄광이 어디쯤이었느냐고 묻자 기사는 지선동의 윗부분을 가리켰다. 인영은 그렇다면 지선동 동사무소에 데려다달라고 했다.

택시가 달려가는 동안 명윤은 줄곧 초조하게 입술을 짓씹고 있었다.

나, 그 학교가 생각나, 하고 의선은 말했었다.

그 중학교 교무실…… 난로 위에 도시락이 쌓여 있고, 복도에서는 웃는 소리가 들려.

무슨 학교?

명윤의 동네에 있는 여학교의 후문을 함께 지나고 있던 의선은 느닷없이 걸음을 멈추고 명윤의 얼굴을 똑바로 올려다보았다. 그 눈에 어려 있는 미세한 공포가 명윤을 초조하게 했다.

괜찮아. 기억 안 나면 얘기 안 해도 돼.

말은 그렇게 했으면서도 명윤은 대답을 재촉하듯이 의선의 입술이 떨어지기를 기다리며 얼굴을 살피고 있었다.

……하, 함…….

의선은 앞서가는 교복 차림의 여학생들의 뒷모습을 눈살을 모은 채 지켜보고 있었다. 깔깔깔, 여학생들은 서로 어깨를 치며 웃음을 터뜨렸다. 뒤로 멘 책가방들에 매달린 헝겊 인형들이 그네들의 발걸음에 맞춰 팔랑거렸다.

함동…… 함정…….

의선은 명윤의 손을 힘주어 잡으며 마침내 고개를 저었다.

……기억이 안 나.

임영석이라는 이름 석 자, 의선의 생년월일과 한자 이름을 함께 적어 제출한 뒤 그들은 차가운 나무 의자에 앉아 기다렸다.

절대로 안 된다고 하던 머리 짧은 사무원은 인영이 내민 기자증을 들고 상사와 이야기를 나누더니 좀 기다리라고 했다. 번거로울 테니 인영이 직접 찾아보겠다는 말에 청년은 역시 안 된다고 했다.

의선이 중학교를 다녔을 무렵인 삼사 년의 자료를 모두 검토하는 작업에는 시간이 꽤 걸렸다. 주민등록번호를 비롯해 임영석의 현재 인적사항을 전혀 알고 있지 않은데다, 전산화되기 전의 전출입 장부들을 일일이 확인해야 했기 때문이었다.

없습니다.

뭐라구요?

명윤은 자신도 모르게 외마디 소리를 질렀다.

두 사람 모두 없어요.

청년은 책상 위에 여러 겹으로 쌓아두었던 기록들을 캐비닛으로 나르기 시작했다.

가만, 가만요.

명윤은 청년이 서 있는 창구 쪽으로 다가갔다.

임영석이라는 사람도 확실히 없습니까? 그렇게 드문 이름도 아닌데요, 두셋쯤 있을 법도 한 이름인데…….

청년은 명윤의 얼굴을 마주 보지도 않은 채 책상에 남은 기록들을 마저 챙겨 캐비닛에 넣었다.

그때나 지금이나, 주민등록 이전을 안 하고 살던 사람들이 많아요. 서울이라면 어떨지 몰라도 여기서는 그런 식으로 해선 찾기 어려울 겁니다. 그래서 처음부터 안 해드린다고 했던 겁니다.

자리에 돌아온 청년은 어떻게 보면 호의인 것 같고 어떻게 보면 비웃는 듯한 웃음을 지었다. 그러더니 잊었던 약속이라도 생각난 것인지 시계를 보며 전화를 걸기 시작했다.

그럼 어떤 식으로 해야 찾기가 쉽다는 거죠?

명윤의 뒤에 와 서 있던 인영이 물었다. 청년은 수화기를 왼손으로 막고 빠르게 대답했다.

사택에서 살았다는 게 확실하면, 사택을 직접 다녀보세요. 드물긴 하지만 장기 거주자가 있을 수도 있으니까요. 물론 여기서는 집계도 되지 않지만 실제 거주하는 사람들의 수효는 상당해요. 그게 차라리 빠를 겁니다.

사택촌의 입구에는 슬래브집이 여남은 채 모여 있었고, 그 집들 사이의 골목을 따라 걸어들어가자 화산에서 보았던 것과 같은 구조의 사택촌이 나타났다. 하얗게 탄 연탄들을 집집마다 문 앞에 쌓아두고 있었다. 얼어붙은 눈길 위로는 부서진 연탄재가 덮여 있었다.

사택 두 가구를 터서 만든 점방이 그들의 눈에 띄었다. 두꺼운 비닐에 덮인 함석문을 열고 들어서자 짙은 밤색 선반 위로 담배며 휴지, 과자와 라면, 생리대가 무질서하게 진열되어 있었다. 나와 있는 사람은 없었다. 살림방 앞에 구두며 운동화들만 십여 켤레 널려 있었다. 문 위쪽에 뚫린 유리창 안으로 남정네들이 동그랗게 모여 앉아 있는 모습이 보였다. 화투를 치는지 왁자한 분위기였다.

계십니까.

명윤이 두번째 불렀을 때에야 주인이 나왔다. 넓적하고 흰 얼굴에 앙바틈한 체격의 사십대 여자였다.

사택은 왜요, 빈 사택이 있으면 얻어보시려구요? 내가 한번 알아봐줄 수 있어요. 보증금은 없고, 권리금은 이십만원씩 해요. 워낙들 낡은 집이었으니까, 살 수 있도록 고쳐놓은 삯이 있을 거 아녜요. 그 정도 돈은 달라고들 해요. 언제까지 알아봐드려요?

명윤은 황황히 손사래를 쳤다.

하긴 이렇게 추워서…… 이번 겨울까지는 나가려는 사람이 없을 거요. 삼사월이나 되면 모를까.

그게 아니라, 사람을 찾고 있는데요.

인영은 슈퍼 아낙의 말을 가로막으며 의선의 사진을 내밀었다.

난 또…… 방을 얻으려는 줄 알구, 신혼부부신가 하구.

아낙은 순박한 얼굴 가득 웃음을 머금었다. 두 사람의 초조한 얼굴을 의아하게 보는 기색이더니, 그제야 멋쩍은 웃음을 거두고 자신의 눈앞에 펼쳐진 사진을 향해 시선을 내리깔았다.

모르는 얼굴인데…….

고개를 갸웃하며 아낙이 사진에서 눈을 떼려는 것을, 명윤은 강요하듯 아낙의 얼굴에 사진을 가까이 했다.

……내가 여기 살기 시작한 게 팔십오년부턴데, 이런 얼굴은 몰라요.

어릴 때 얼굴을 생각해보세요. 이름은 임의선이라고 하는데요.

명윤이 재차 다그치자 아낙은 당황한 얼굴이 되었다.

무슨 일이야?

남편으로 보이는 남자가 안방에서 나왔다. 남자는 예비군 바지에 흑자주색 짚신벌레 무늬의 티셔츠를 입었고, 술이 얼근히 오른 얼굴을 하고 있었다.

으음, 별일 아니야. 사람을 찾는다는데…… 당신도 와서 한번 봐.

그다 싹싹해 보이지 않는 남자는 좀 커 보이는 예비군 바지를 치켜올리며 슬리퍼를 신었다. 그는 아낙의 어깨 너머로 턱을 빼어 의선의 사진을 들여다봤다.

인영이 남자에게 물었다.

이 사람을 모른다면 혹시 임영석이라는 분은 아시나요? 함인 탄광에서 일하셨던 모양인데요. 지금 여기 안 살더라도, 어디쯤으로 가셨는지만이라도…….

남자는 이를 드러내며 너털웃음을 웃는 한편, 날카로운 눈빛으로 명윤과 인영의 행색을 관찰했다. 그들의 행색이 나쁘지는 않았던 모양이었던지 남자는 무뚝뚝하나마 고분고분 대답을 했다.

전국 팔도에서 몰려와서 김서방 이서방 박서방이 수십 수백 명이었는데, 그 이름을 어떻게 기억하겠소?

지금 남아 계시는 분들 중에 함인 탄광 다니시던 분은 안 계신가요?

인영이 다시 물었다. 아낙이 남자의 옆구리를 질벅거리며 말했다.

디 정목에 황 아저씨가 그래도 제일 오래 살았죠? 우리 오기 전부터 살았으니까.

사내는 고개를 끄덕이며 사진을 인영에게 돌려주었다. 의심이 완전히 가시지는 않은 얼굴로 그는 말했다.

합리화되고 일호로 폐광된 데가 함인 탄광이라서 거기 일하던 사람들은 다 빠져나갔어요. 황 영감 그 양반은 석탄공사서 일하다가 진폐 걸려 그만둔 분이오. 그 양반은 옛날부터 여기 살았으니까 우리보다는 아는 게 많을 거요.

디 정목 오호실이 황씨의 집이었다. 인영은 두 번 문을 두들겼다.

계십니까.

대답 대신 가슴을 쥐어뜯는 듯한 기침 소리가 일 분여 계속되었다.

기침이 끝난 뒤에도 들어오라는 소리는 들리지 않았다. 인영이 먼저 조심스럽게 문을 열고 들어갔다. 집은 폐사택촌에서 보았던 것과 똑같은 구조였다. 어두운 부엌에서 안방으로 올라가는 디딤돌에 슬리퍼와 낡은 운동화가 한 켤레씩 놓여 있었다.

안방 문이 열렸다. 머리가 하얗게 세고 그 머리의 빛깔만큼 낯빛이 창백한 육십대 초반의 남자가 이부자리 속에서 반쯤 몸을 일으키고 있었다. 볼이 움푹 파이고 눈두덩이 깊숙이 꺼져, 한눈에도 심각한 병자라는 것을 알아볼 수 있었다.

임영석, 호흡, 딸 이름은 의선이라.

황은 쥐색 내복 바람의 앙상한 팔을 쳐들어 창틀에 놓인 돋보기 안경을 가리키며 몸을 일으키려 했다. 명윤이 먼저 일어서서 그것을 집어 노인의 손에 쥐어주었다. 천천히 코끝에 안경을 걸친 황은 숨을 거칠게 몰아쉬며 의선의 사진을 찬찬히 들여다보았다.

이 여자…… 으흠, 아버지가 흐, 흠, 함인 탄광에서 일했다는 거요?

목을 다듬으며 황이 물었다.

그랬던 것 같습니다.

명윤이 대답했다.

내가 아는 임씨는, 으흠, 장석 광업소에 있던 임씬데…… 그것도 아주 오래 전, 으흠, 일이야. 하긴 뭐, 으흠, 음…… 임씨가 한둘이겠어.

혹시 그분한테 함인중학교에 다니는 딸이 있었나요?

글쎄, 하도 오래 전 일이라 기억이, 으흠…… 가족이 없었던 것 같은데. 호형호제하는 사이도, 으흠, 아니었고…… 지금은 어디로 갔는지도 몰라.

그때 무시무시한 기침이 시작되었다. 명윤과 인영이 당황하자 황은 몸을 뒤틀며 비척비척 일어나더니 문턱을 밟고 나가 그들을 더욱 놀라게 했다. 고통스러운 기침 소리가 얇은 베니어판 문을 고스란히 통과하여 들어왔다. 폐와 기관지와 뱃속 창자까지 모조리 토해내는 것 같은 소리였다.

뼈만 남은 몸을 비틀거리며 황은 문을 열고 돌아왔다. 그나마 남아 있던 생기마저 그 기침으로 인하여 움푹 덜어내어진 듯, 그의 얼굴은 참담했다.

……아무래도 모르겠소.

눈물이 그렁그렁 맺힌 눈으로 황은 말했다. 가죽이 얇고 주름진 그의 목에서 목울대가 꿈틀거리고 있었다.

그 집을 나와 몇 발짝 걷지 않았을 때다. 그들은 전날 보았던 아이들 가운데 작은 아이와 마주쳤다. 아이는 교복 차림을 한 소녀의 손을 잡고 있다가 먼저 인영을 발견하고는 화들짝 반가운 얼굴을 하였다. 인영이 물었다.

너, 이 동네 사니?

네.

사촌형은 어디 있니?

형은 여기 안 살아요. 철길 쪽에 살아요.

인영은 좀전에 말을 묻느라고 슈퍼에서 샀던 과자를 꺼내 아이에게 주었다.

아이는 고개를 납죽 숙이고 그것을 받아서 호주머니에 넣었다.

네 누나니?

아이는 자랑스러운 얼굴로 고개를 끄덕였다.

누나랑 어디 가니?

가게 가요. 누나가 오뎅볶음 만들어준대요.

명윤은 가난한 얼굴을 한 소녀의 얼굴을 일별했다. 열대여섯 살쯤 되어 보였다. 저 나이 때 의선이 여기 있었다면 그녀도 저런 얼굴이었을까. 소녀의 감색 교복 아래 드러난 종아리가 추워 보였다.

이제 사진 안 찍어요?

호기심에 가득한 얼굴로 아이가 인영에게 물었다.

그래.

인영이 쓸쓸한 얼굴로 대답했다.

이제 안 찍어.

아이는 눈을 반짝이며 대뜸 말했다.

우리 누나랑 나랑 한 장 찍어주지?

재민아!

마치 젊은 엄마가 버릇없는 애를 달래듯이 소녀는 아이의 손목을 잡아끌었다. 소녀의 목소리는 성숙하고 야무졌다.

죄송해요. 바쁘신 분들을 얘가 귀찮게…….

언제 아이를 야무지게 나무랐나 싶게 수줍은 미소를 지으며 소녀는 아이를 자신의 등뒤로 감추었다.

인영은 그들을 황의 집 앞에 서게 했다.

한쪽 무릎을 땅에 대고 앉아 필름을 꺼내 끼운 뒤 인영은 그 자리에서 앙각으로 아이들을 찍었다.

웃어봐, 아까는 잘 웃던데?

인영이 말했다. 아이는 익살스럽게 한 손으로 브이 자를 그리며 웃었다. 소녀는 웃지 않았다.

잠깐만, 조금만 웃어봐요.

소녀는 코스모스처럼 수줍게 웃음을 머금었다. 인영은 셔터를 눌렀다.

인영은 원하지 않았지만 명윤이 끝까지 고집했으므로 그들은 폐교된 함인중학교의 운동장에 들어갔다. 철봉과 평행봉, 운동장 가의 세면대, 벽을 따라 오종종 돋아난 마른 풀들이 보였다. 폐교된 지 팔구 년이 되어가니 다른 데 같았으면 잡초로 무성해졌을 테지만, 고산지대라서 풀들이 길게 자라지 않은 모양이었다.

그들은 구령대를 지나 본관 건물 안으로 들어갔다. 은행잎 모양의 교표를 바탕 문양으로 깐 패널에 '정직, 성실, 책임'이라는 교칙이 적혀 있었다. 옛 교무실에는 여러 개의 탁자와 의자가 남아 있었고 벽에는 교무용 흑판이 걸려 있었다. 동네 아이들이 색색의 분필로 적어놓은 낙서들이 흑판을 가득 채우고 있었다. 복도에 걸린 사진 패널들이 옛날 이 학교의 모습을 말해주고 있었다. 학예회며 체육대회, 백일장 따위를 찍은 색 바랜 컬러 사진들을 들여다보며 명윤은 그 속에서 의선의 얼굴을 찾아내려 부질없이 애썼다.

택시가 잡히지 않았으므로 그들은 일단 시내 쪽을 향하여 걸어갔다. 슬레이트 지붕을 얹은 허름한 순두부집을 길 모퉁이에서 보았을 때 명윤은 아침부터 여태까지 식사다운 식사를 하지 못했다는 것을 깨달았다.

뭘 좀 먹어야 하지 않겠어요?

좋아, 라고 인영은 대답했다. 그녀의 얼굴은 그늘져 있었다. 황과 아이들 중 어느 쪽이 그녀를 우울하게 했을까. 아무런 성과가 없을 것이 뻔한 함인중학교에서 명윤 때문에 시간을 낭비한 것이 내키지 않았던 것일까.

음식값을 계산하기 전에 인영은 식당 주인에게 전후좌우를 설명한 뒤 의선의 사진을 내밀었다. 별 기대 없이 한번 내밀어보는 듯한 태도였다. 주인은 유심히 사진을 살피더니 짐작대로 고개를 저었다.

함인 탄광 사무실에 한번 가보시죠.

주인은 잔돈을 허리춤의 전대에 찔러넣으며 말했다.

폐광되면서 사람들만 빠져나갔으니까요. 온갖 게 그냥 남아 있어요. 복사기, 그게 꽤 비싼 거죠? 그것까지 다 놔두고 갔더랬어요. 지금은 비싼 건 없어졌을 거예요. 뭐 쓸 만한 게 있을까 하고 시내에서 젊은애들이 와가지구 몽땅 가져갔거든요. 지나가면서 보니깐 괜히 유리창까지 다 깨놓고 그랬더라구요. 값 나가는 것들이야 모조리 갖고 갔다 쳐도 사원 기록부 같은 건 필요없으니 놔뒀겠죠.

3

"거의 다 왔니?"

방금 잠에서 깨어났는데도 인영의 목소리는 언제나처럼 명료했다. 의식적으로 또렷하게 발음한 음성이었다.

"그런 것 같아요."

"묵을 곳이 있어야 할 텐데 시간이 늦어서 걱정이다. 아무래도 오늘밤은 황곡에 머무르는 편이 나았을 텐데."

인영의 차분한 발씨에 어린 걱정이 명윤의 마음을 우울하게 했다.

난방이 잘 되지 않는 차내는 몹시 추웠나. 인영은 잠늘었다가 일어났기 때문에 더 추우리라. 그녀는 꼭 팔짱을 끼고 있었다.

"내 외투를 입을래요?"

"아니, 춥지 않아."

"나는 정말 안 추운데, 입으세요."

인영은 정색을 했다.

"정말 나도 안 추워."

인영의 웃음기 없는 표정이 고마움보다는 무심함을 비쳐 보이고 있었으므로, 외투를 벗으려는 시늉을 하던 자신이 멋쩍어져 명윤은 고개를 수그렸다. 자신의 무릎에 놓인 검은 스크랩북의 표지를 천천히 쓸어보았다.

그들은 폐광된 함인 탄광의 사무실에서 이 스크랩북을 찾아냈다. 이것이 아니었다면 그들은 서울로 돌아가는 기차를 탔을 것이다. 느닷없이 막버스를 타고 월산이라는 낯선 소읍으로 야간 이동을 하게 되리라고는 상상조차 하지 못했었다.

전날 장이 모는 차를 타고 한번 지나가기만 했던 함인 탄광의 사무실에 택시로 다다랐다. 사위가 어둑어둑해지기 시작하고 있었다. 택시 운전사는 도대체 그들이 그 사무실에서 무엇을 하려는지 궁금해했다.

인영은 잡지사에서 황곡의 폐광 실태에 대한 취재를 나왔다고 둘러대었다.

그런 거라면 더 좋은 데가 있는데, 안내해드릴까요?

명윤은 괜찮다고, 거의 둘러보고 난 뒤 남은 곳이 함인 탄광뿐이라고 설명하여 운전사의 호의를 사양했다. 운전사는 납득했다.

잠시만 기다려주시겠습니까? 값은 쳐드리겠습니다.

인영은 기사에게 당부한 뒤 앞장서서 사무실로 들어갔다.

사무실 근처에도 사택촌이 있었지만, 함인중학교보다 장소가 외져 사람들이 거의 살지 않는 모양이었다. 십 년 전만 해도 이 사택들은 사람 사는 소리들로 북적거렸을 것이고, 광업소 직원들의 내왕으로 대단히 활기찬 곳이었을 것이다. 그러나 이제 거대한 폐사택촌의 적요 속에 웅크리고 있는 사무실은 을씨년스러웠다. 각진 블록 사이사이로 마른 풀이 돋아 있었다. 불 꺼진 사무실 내부는 어두컴컴했다.

창문들은 모두 깨져 있었다. 깨어진 자리마다 찢어진 거미줄이 바람에 펄럭거리고 있었다. 유리에 여러 줄의 금이 간 현관문을 밀고 들어가자 엉망으로 어질러진 사무실의 내부가 한눈에 들어왔다. 뒤집힌 의자들이 싸늘한 콘크리트 바닥에 이마를 박고 있었다. 각종 집기들이 흩어져 있는 책상들 위로 커다란 운동화 자국들이 어지럽게 찍혀 있었다.

그 난장판 가운데에 서서, 명윤은 폐쇄되기 전 사무실의 풍경이 어떠했을지 짐작해보았다. 사무를 보러 온 광부들은 은행이나 동사무소처럼 설계된 허리 높이의 칸막이에 팔을 얹고 칸막이 안쪽에 있는 직원들에게 무엇인가를 묻거나 제출하거나 항의하거나 하였으리라. 칸막이 안쪽으로 들어가자 식당 주인의 말마따나 온갖 것들이 모두 남아 있었다. 캐비닛, 책꽂이, 거기 꽂힌 옥편이며 낡은 국어사전, 방석, 함인이라는 로고가 붙은 짙은 청색 점퍼, 슬리퍼까지 있었다. 그야말로 다들 몸만 가지고 떠난 모양이었다.

그곳은 마치 전쟁이 지나간 자리 같았다. 혹은 재난을 예고받고 잠시 대피했던 사람들이 모두 몰살당하여 다시 돌아오지 못한 것 같았다.

손잡이를 돌리고 교환을 대달라고 하는, 다이얼도 붙어 있지 않은 전화기가 여러 대 눈에 띄었다. 팔십년대까지 이런 전화기를 사용했다는 것일까. 명윤은 주판과 달력 따위가 널려 있는 책상들 사이를 지나, 발에 차이는 먼지투성이의 점퍼며 방석들을 이리저리 밀어내며 캐비닛으로 걸어갔다. 양철제 캐비닛은 열려 있었다. 각종 명세서와 장부 따위가 그 속에 들어 있었다.

그 속에서 광부들의 신상 기록부를 발견했다. 사진과 출생 연도, 주소 따위가 적힌 팔절지 크기의 명세서들이 검은 철끈으로 묶여 있었다. 근처에 떨어져 있는 종이 뭉치들을 뒤져 여섯 개의 묶음을 찾아냈다.

인영을 부르기 위해 명윤이 고개를 들었을 때 그녀는 없었다. 그의 몸에 와락 한기가 스몄다. 이 버려진 건물이 전혀 현실이 아닌 듯이 느껴졌다. 밖으로 뛰어나가고 싶은 충동이 치밀었다.

선배.

그는 애써 침착한 목소리로 불렀다.

선배, 어디 있어요?

가느다란 대답은 이층에서 들려왔다. 싸늘한 콘크리트 복도를 잰 걸음으로 지나 계단을 올라가다가 그는 인영과 마주쳤다. 인영은 짧게 비명을 질렀다.

깜짝 놀랐잖아!

인영도 명윤만큼이나 놀랐는지 얼굴이 희끗하게 질려 있었다. 그녀의 어깨 뒤로 일층과 비슷한 이층의 풍경이 보였다. 시내의 젊은 애들이 이층에서 끌고 내려가기 어려워 놔두고 간 것인지 복사기가 보였다. 내장 같은 누런 스펀지가 칼집을 비집고 튀어나온 때묻은 소파가 그 옆으로 길게 누워 있었다.

뭐 좀 찾아낸 게 있어?

명윤이 광원 명부를 보이자 인영은 좋아, 라고 말했다.

선배는요?

인영은 두 손으로 들고 있던 검은 스크랩북을 들어 보였다. 팔절지 크기에 두께가 한 뼘이나 되는 스크랩북으로, 철끈이 나달나달하게 닳아 있었다.

이 탄광에 대한 자료집 같은 건가봐…… 도움이 될 것 같지는 않은데, 개인적으로 보관을 해둬도 좋을 것 같아서 가져왔어.

그곳을 빠져나오며 명윤은 뒤돌아보았다.

얼마 남지 않은 오후의 햇살이 그 교교하고 음침한 공간을 비추어, 마치 옛날의 시간이 갑작스럽게 튀어나올 것 같았다. 어디선가 주판알 두드리는 소리가, 전화를 연결하는 목소리가 들려올 것 같았다. 의자가 삐걱거리고 전화벨이 울리고 복사기가 돌아가고, 누군가가 등받이 의자 위로 팔을 뻗어올리며 기지개를 켤 것 같았다. 그 모든 소리와 풍경이 부서지고 때묻은 채 천천히 부식되어가고 있었다.

시청 앞까지 가면 됩니다.

저녁을 먹든 숙소를 잡든 시가지로 나가야 했다. 행선지를 말한 뒤 명윤은 택시에 올랐다.

뒷좌석에 나란히 앉자마자 그들은 광원 인명부를 세 묶음씩 나누어 이름을 확인하기 시작했다.

여기 있어!

명윤이 외쳤다. 놀란 인영이 그가 들고 있던 인명부에 얼굴을 바싹 붙였다.

아니야.

인영이 잘라 말하기 전에 명윤 역시 이미 사실을 깨닫고 있었다.

오십구년생이잖아.

택시가 시가지에 들어설 무렵 그들은 허탈한 얼굴을 마주 보았다. 두 사람이 확인한 명부를 모두 합하여 임씨 성을 가진 사람은 고작 여섯 명이었으며, 처음에 발견했던 동명이인 외에 임영석이라는 이름은 없었다.

그들은 시청 앞이 아니라 역전에서 내렸다. 시청 앞에서 멈추려는 택시 기사를 제지하며 인영이 대뜸 '아니오, 역전까지 가주세요'라고 정정했기 때문이었다.

가자.

멀어지는 택시를 일별하며 인영이 말했다.

더 찾을 게 없지 않겠니?

행선지를 역전으로 바꾼 것에 대해 뒤늦게 동의를 구하듯 인영이 물었다. 명윤의 가슴에 면도칼날 같은 고통이 박혔다. 그것은 그가 가장 듣고 싶지 않았던 말이었다.

그는 불이 밝혀진 역전의 식당들과 어둠 속에 서 있는 입간판들 쪽으로 고개를 돌렸다.

밥부터 먹고 생각해보는 게 어때요?

인영은 고개를 저었다.

열차표부터 끊어놔야 할 것 같은데. 고속버스는 타고 싶지 않잖아?

더 생각해볼 건 없지 않겠니, 라고 그녀의 담담한 눈이 말하고 있었다.

서울, 두 장이오.

열차표에 시간과 행선지가 인쇄되는 소리를 들으며 명윤은 초조하게 턱과 뺨을 만지작거리고 있었다.

열차 출발시각까지는 아직 두 시간이 남아 있었다. 대합실을 빠져나오는 짧은 시간 동안 그날 하루의 일들이 마치 사나흘간의 긴 여정처럼 그의 머릿속에 교차되었다. 강한 미련과 함께 인영의 판단이 옳다는 생각이 뒤섞여 그를 초조하게 했다. 아무것도 찾아내지 못할 거라면 하루를 더 묵는들 달라질 것은 없었다. 그러나 이것은 너무 빠르다. 강행군을 하긴 했지만 하루밖에 소요하지 않았다. 내일까지 하루가 더 남아 있는데 이렇게 갈 수는 없었다. 그러나 이제 더 찾을 곳도, 단서도 없지 않은가? 그렇다면 한시라도 빨리 이 우울한 도시를 떠나는 편이 나을지도 모른다.

기차를 타는 것으로 인영은 명윤에게 한 발짝 양보한 셈이었다. 서울행 고속버스편은 삼십 분 간격으로 있으니 바로 버스를 타면 열한시경까지 서울에 도착할 수 있었다. 인영 혼자였다면 아마 그 방법을 택했으리라. 그러나 인영이 짐작한 대로 명윤은 밤길을, 그것도 강원지방의 산간도로를, 눈까지 내린 길을 버스로 가는 것을 상상할 수 없었다.

절대로 버스는 안 타요.

서울을 떠나기 전 그는 인영에게 선언조로 이야기했었다.

삼십팔번 국도가 겨울에는 죽음의 도로인 것 몰라요?

열차표를 주머니에 넣으며 인영은 배고프니, 라고 물었다.

아니오.

명윤은 말했다.

점심을 늦게 먹었잖아요.

아까, 밥을 먹자고 하지 않았니?

그들은 역전의 기사식당으로 향했다.

왜 이렇게 춥죠?

명윤은 코트깃을 세웠다.

아무래도 감기에 걸릴 것 같아요.

인영은 '그래?' 라거나 '어디가 어떻게 아파?' 라고 묻지 않았다. 아무 말도 듣지 못한 사람처럼 앞장서 걸었다. 언제나처럼 그녀는 냉정했다. 결코 엄살을 할 줄 모르는 종류의 사람들이 있다. 그들은 상대의 엄살 역시 진심으로 받아들이지 못한다.

인영은 콩나물비빔밥을, 명윤은 해장국밥을 먹었다. 먹는 동안 그의 얼굴이 뜨거워졌다. 식은땀이 등과 겨드랑이에 맺혔다. 몸 어딘가에 이상이 생긴 것이 분명했다.

식사를 마친 후 인영은 스크랩북을 펼쳤다.

스크랩북의 앞뒷면에는 두꺼운 검은 표지가 덧대어져 있었다. 철끈으로 묶인 내지들은 모두 낡고 누런 갱지였다. 변색된 갱지들 위로, 누렇게 탈색되어 금방이라도 바스러질 듯한 신문기사들이 조악하게 오려붙여져 있었다.

칠십이년부터 팔십오년까지의 기사들이야.

인영은 마치 연구자 같은 진지한 자세로 안경을 고쳐 쓰며 스크랩북의 처음과 끝장의 날짜를 확인했다.

담당자가 바뀔 때마다 날짜와 신문 이름을 적은 글씨체는 바뀌었지만 제법 체계 있게 정리가 되어 있어. 이렇게 오랜 시간 동안, 관공서도 아니고 민간회사에서 이 정도 분량의 자료를 수집해놓다니, 제법 가치가 있는 물건이 되겠는데?

순간 명윤은 반감을 느꼈다. 인영은 황곡을 떠나는 데에 아무런 미련이 없었다. 아니, 오히려 홀가분해하고 있는 것 같았다. 대체 그 스크랩북이 어쨌다는 것인가? 그따위에 흥미를 느낄 만한 여유를 가진 인영의 담담한 내면이 명윤에게는 무섭도록 싸늘하게 느껴졌다.

대단해. 함인 탄광이나 황곡의 탄광뿐 아니라 강원도 일대의 탄광에 대한 것을 모두 스크랩해놨어.

명윤은 더이상 인영의 말을 듣고 싶지 않았다. 몸을 웅크리고 무릎 사이에 얼굴을 묻었다.

황곡을 떠난다.

그러자 황곡으로 가는 날을 기다리며 초조하게 보냈던 서울에서의 시간들이 가슴을 저미어오는 듯했다.

서울로 돌아간다.

그는 아무도 없는 자신의 방을, 기억과 후회와 과오가 담배연기처럼 꽉차 있던 비좁은 공간을 생각했다. 눈물도 흐르지 않으며 열기도 없는 건조한 절망감이 그의 입을 다물게 했다.

식당의 아랫목은 따뜻했다. 종일 얼어 있던 몸이 서서히 풀리어갔다.

……혹시, 황곡이라는 데를 알아?

풀리어가는 의식 속에서 명윤은 의선의 기억을 향해 촉수를 뻗어나갔다.

그곳 대합실에서 서울 가는 기차를 기다리면서 눈 오는 걸 봤어. 눈은 참 이상해. 아무 소리도 없이, 먹먹한 게, 꼭 고막을 솜으로 틀어막는 것 같아.

의선은 어둑어둑한 반지하 자취방의 바람벽에 기대어 있었다. 명윤이 사온 통팥빵을 조금씩 아껴서 손으로 찢어 먹다가 그녀는 갑자기 한숨을 탁 놓았었다. 그 통팥빵은 그녀가 가장 좋아하는 것이었다.

그때도 이걸 먹고 있었어. 마실 게 없어서…… 오랫동안 침에 적셔서 삼켰었어.

그때 그녀의 아련한 시선이 더듬고 있던 허공에는 바로 이곳이 있었다. 이 황곡역이었다. 바로 여기였던 것이다.

안 된다.

그는 서서히 졸음으로 마비되어오는 의식 속에서 웅얼거렸다.

여기를 떠날 수 없다.

이렇게 돌아갈 수는 없다.

얼마나 꿈도 없이 잠들어 있었던 것인까.

오 분, 아니 그보다 짧은 찰나인 것 같았다. 인영이 어깨를 흔드는 바람에 명윤은 깨어났다.

가늘게 뜬 명윤의 눈에 인영의 심각한 얼굴이 보였다. 인영은 스크랩북의 펼쳐진 면을 그의 얼굴을 향해 내밀었다.

아직 잠이 덜 깬 그에게 인영은 '이것 봐' 라고 낮은 목소리로 말했다.

인영의 손가락이 가리키는 곳에는 '함전 탄광, 암반 붕괴사고, 7명 나흘째 갇혀' 라는 머릿기사가 뽑혀 있었다.

완전히 정신이 돌아오지 않은 상태에서 그는 의아한 얼굴로 인영을 보았다.

이게 어쨌다는 거죠?

인영이 손가락으로 가리킨 부분을 무심결에 따라가던 명윤의 눈에서 잠기운이 달아났다.

생사가 확인되지 않은 채 구조를 기다리고 있는 일곱 명의 광부들 가운데 임영석이라는 이름이 있었다.

육십팔년 자료야.

명윤은 스크랩북을 뺏어 들었다. 구조작업반으로 편성된 동료 광부들의 얼굴이 크게 찍혀 있었다. 활판으로 인쇄한데다 편집이 엉성한 낡은 신문이었다. 누렇게 변색된 사진 밑에 월산읍이라는 고딕체 글씨가 찍혀 있었다.

구조된 다음의 기사는 왜 스크랩이 안 돼 있는지 모르겠어. 후반으로 갈수록 자료 정리가 잘 돼 있는데 이때만 해도 기사가 들쭉날쭉이야. 다음 기사가 나와 있다면 생사 유무도 알 수 있을 텐데…… 육십팔년이라면, 의선이가 태어나기 전이야.

명윤은 인영의 말을 끊었다.

월산으로 가요.

그는 바닥에 개켜두었던 외투를 걸치고 단추를 잠그기 시작했다.

지금 그리로 가야 해요!

들뜬 명윤을 인영이 제지했다.

지금 가면 열시 다 되어 도착할 텐데, 우린 지금 거기가 어딘지도 모르잖아. 굉장히 작은 곳일 텐데, 숙박시설이 아예 없을 수도 있어.

인영의 말이 끝나기 전에 명윤은 황급히 일어났다. 외투를 걸치고 신발을 꿰어신는 둥 마는 둥 식당 밖으로 나갔다. 계산을 마치고 따라나오는 인영을 뒤로 한 채 그는 기차역으로 달리다시피 빠른 걸음으로 걸었다.

환불해주십시오!

명윤은 역무원에게 고함쳤다. 십 퍼센트를 공제하고 나온 돈을 호주머니에 구겨넣으며, 그는 뒤따라온 인영에게 '터미널로 가요' 라고 외쳤다.

밤버스가 무섭다고 한 건 너 아니었니?

외투 단추도 제대로 채우지 못한 인영은 항의하듯 말했다. 마치 다른 강한 감정을 감추고 있는 듯한 목소리였다.

4

월산, 그래 월산.

명윤은 차창 밖의 어둠을 쏘아보며 입 속으로 중얼거렸다.

거긴 황곡보다 작은 곳이니까 토박이들이 더러 남아 있을 것이다. 더 많은 것을 기억하는 사람들이 분명히 있을 것이다.

그렇게 생각하자 월산이라는 낯선 이름이 마치 수없이 들었던 지명인 듯 친숙하게 느껴졌다.

그렇다면.

명윤은 생각했다.

의선의 아버지가 일했던 곳은 월산의 함전 탄광이고, 거기 함전중학교가 있었고 의선은 그 학교를 다녔던 것일까.

황곡에서 막기차를 탔다는 것은 월산에서 황곡으로 버스를 타고 나와 기차로 바꾸어 탔다는 것이리라. 월산에는 황곡에서와 같은 시가지는 없을 테니, 의선이 말하곤 했던 시골 마을의 풍경과도 일치하는 부분이 많을 것이다.

의선은 지금 우리가 가는 것과 똑같은 길을 밟았을까. 황곡에서 버스로 갈아타고 월산으로 갔을까.

그는 차창 밖의 어둠과 함께 일렁이는 의선의 얼굴을 보았다. 러닝 셔츠를 입으려고 두 팔을 치켜들 때마다 드러나던 연약한 갈비뼈들의 윤곽을, 마치 토악질하듯 목울음을 게워내던 젖은 얼굴을 생각했다.

나는 갈 거야…… 그리로 갈 거야.

터질 듯한 희망과 엇섞인 그 얼굴의 잔영이 명윤의 심장을 예리하게 도려냈다.

9
흰 복사뼈

1

버스는 어두운 국도를 과속으로 달리고 있었다. 실내등과 라디오를 끈 버스의 내부는 그 국도만큼이나 어두웠다. 승객들은 명윤과 나까지 합하여 모두 여덟으로, 제각기 흩어져 앉아 졸거나 생각에 잠겨 있었다. 무거운 침묵을 덮으며 버스의 엔진음이 묵직하게 웅웅거렸다.

달려드는 어둠을 향해 짐승처럼 낮은 고함을 뱉으며 버스는 앞으로 뛰쳐나가고 있었다. 숨막히는 어둠의 핵 속으로 지체 없이 머리를 들이밀고 있었다.

차창 밖에는 불빛 한 점 없었다. 버스의 헤드라이트가 쏘아내는 흰빛 속에서 유령 같은 표지판들이 이따금씩 스쳐 지나갔다. 퍼뜩퍼뜩 나타났다 사라지는 나뭇가지들은 마치 비명을 지르며 무수한 팔들을 치켜들고 있는 것 같았다.

밤의 세상은 단색조였다.

사람들이 흑백 사진에 친밀감을 갖는 것은 밤 때문인지도 모른다고 나는 생각했다. 또한 누구나 태중의 어둠 속에서 태어났으므로, 그 열 달 동안의 어둠에 대한 기억을 몸 어딘가에 저장해두고 있기 때문인지도 모른다. 거기서 몸부림치며 빛 속으로 뛰쳐나오려 했던 마지막 순간의 기억 역시 그 안에 숨겨져 있을 것이다.

나는 헤드라이트가 비추지 않는 먼 곳을 바라보았다. 내 눈에 보이지는 않지만 마른 풀과 나무와 돌과 흙이 그 어둠 속에도 있을 것이다. 그 모든 것을 삼켜버린 칠흑 같은 어둠이 버스의 시속만큼이나 빠르게 차창을 스쳐 지나가고 있었다. 어둠은 평등했다. 죽음과 마찬가지로, 모든 것을 똑같은 암흑 속에 묻어버리고 있었다.

나는 갱도의 어둠을 생각하고 있었다. 그 먹물 같은 어둠이 흘러나와 온 도시를 적시고 있는 것 같던 황곡을 생각했다. 더러운 길바닥과 거기 드리워진 사택들의 그림자를, 암반 밑의 갱도에서 위쪽으로 서서히 스며 배어나온 것 같던 진회색 그늘을 생각했다.

차창 밖의 어둠은 나를 빨아들이는 것 같았다. 차창 안의 나를 바깥으로 유인해내어 머리부터 소리없이 삼켜버릴 것 같았다. 그러나 나는 그 어둠에 불안 대신 편안함을 느꼈다.

나는 어릴 때부터 어둠에 친밀감을 갖고 있었다. 저녁이면 되도록 불을 켜지 않고 어둠 속에 웅크려 앉아 어머니와 언니를 기다리곤 했었다. 햇빛 속에 앉아 있는 것은 나에게 알 수 없는 괴로움을 주었다. 무엇인가가 천박했다. 가려운 벌레들이 몸 이곳 저곳을 기어다니는 것 같았다. 낮이 가고 저녁이 내리면 비로소 마음이 편안해졌다. 내가 가장 좋아했던 것은, 주인집 마당의 동백나무가 바라보이는 부엌의 문턱에 앉아 어둠이 내리는 모습을 지켜보곤 하던 황혼녘이었다.

그 어둠 속에서 나는 자랐고, 바로 그 어둠으로 인하여 나는 조금씩 강해졌다. 그 신령한 푸른빛에 익숙해지면서 어린 나는 투정하거나 심심함을 호소하는 대신 침묵하는 법을 배웠다. 무엇인가를 갈망하는 것을 멈출 때 비로소 평화를 얻게 된다는 것을 나는 어렴풋이 깨닫고 있었다. 애타게 기다릴 때는 결코 돌아오지 않던 어머니와 언니는, 언제나 내가 모든 것을 포기한 채 어두운 방 가운데 길게 다리를 뻗고 누워 백일몽에 잠겨 있을 무렵에야 비로소 나타나곤 했었다.

그 편안함을 나는 차창 밖의 어둠 속에서 다시 확인하고 있었다. 그때나 지금이나 어둠은 변함없이 농밀하고 집요했다. 수많은 검은 날짐승들의 퍼덕거림 같은 몸짓으로, 달리는 차를 거슬러 질주하고 있었다. 순간, 그 어둠의 입자들 속에서 아슴하게 스쳐가는 흰 물체를 나는 보았다.

의선의 복사뼈였다.

눈부시게 흰 장딴지와 발꿈치가 보도 블록을 달리고 있었다. 둔부와 빈약한 젖가슴이 출렁거렸다. 진눈깨비 같은 꽃가루가 그녀의 길고 헝클어진 머리털 위로 흩어졌다. 머리털이 어지럽게 바람에 흩날렸다. 그녀의 속력이 점점 빨라졌다. 쫓기는 초식동물처럼, 오로지 달아나기 위해 그녀는 달리고 있었다.

저, 저 여자 좀 봐!

그날 큰길 쪽의 창 앞에 서 있던 동료의 외침이었다. 이틀 전에 원고 마감을 끝내고 슬슬 새 기획안을 준비하며 오랜만에 이른 봄의 춘곤증에 가라앉아 있던 동료들은 심드렁한 얼굴로 고개를 들었다.

무슨 여자요?

붙임성 있는 미술부 후배 하나가 물어준 것이 고작이었다.

저 여자가 발가벗고 걸어가는데?

사람들 사이에 작은 술렁거림이 일었다.

뭐?

허헛, 그게 무슨 소리야?

정말이에요, 아 참, 와서 봐요.

대체 뭐라는 거야?

저마다 계면쩍은, 그러나 호기심으로 반짝거리는 얼굴이 되어 동료들은 창문 쪽으로 다가갔다. 시차를 두고 차장과 부장까지 일어섰다. 창문에 얼굴과 얼굴을 붙이고 그들은 바깥을 내다보았다. 창문을 등지고 있는 내 자리는 고개만 돌리면 되는 가장 좋은 위치였다.

팔차선 도로에는 달리던 승용차들도 속도를 늦추고 있었다. 교복 차림의 사내애들이 끼득거리며 멈춰 서 있었다. 구두 수선소 남자가 목장갑 낀 손에 여성용 단화를 든 채 나와 섰다. 팔짱을 낀 여인네 둘이 입을 가리고 있었다.

저쪽 횡단보도를 건너면서 옷을 훌훌 벗어던지더라구…… 나는 처음에 무슨 영화 촬영인 줄 알았어. 스타킹도 벗고 구두도 벗고 브래지어, 팬티까지 다 벗더라구.

아니 원, 그 좋은 구경을 혼자만 했어?

남자 동료들이 이기죽거렸다.

밝은 봄날씨에 어울리지 않는 둔탁한 감색 제모를 쓴 경관들이 횡단보도를 건너 여자 쪽으로 다가갔다. 한 경관의 손에 국방색 군용 모포가 들려 있었다. 한길 맞은편의 파출소에서 사태를 보고 바로 뛰어나온 모양이었다.

여자는 다가오는 사람이 있는 것을 보고는 놀란 듯 달리기 시작했다.

여자의 몸은 형편없이 여위어 있었다. 둔부만은 작지 않아, 여윈 젖가슴이나 앙상한 다리와 부조화를 이루었다. 한 번도 햇빛을 보지 못했을 알몸이 눈부시게 희었으므로 그 여자의 모습은 전혀 현실이 아닌 것처럼 보였다. 그녀의 검은 음부는 성감을 자극한다기보다는 그 앙상한 체구 때문에 차마 눈뜨고 볼 수 없는 애처로움을 느끼게 하고 있었다.

경관들은 흩어져서 여자를 에워싸려는 모양이었다. 몇 사람이 전속력으로 달려 여자를 먼발치에서 앞질러 가고, 다른 몇 사람은 여자의 측면으로 조심스럽게 달렸다. 안간힘을 다하여 달아나는 여자의 몸 위로 흙먼지와 꽃가루가 어지럽게 흩어졌다.

측면으로 바싹 쫓아온 경관에게 여자는 팔목을 잡혔다. 길가에 늘어서 있던 사람들이 일제히 그쪽을 향해 손가락질을 했다.

몸부림치던 여자가 경관의 팔을 물어뜯었다. 경관이 비명을 지르며 물러섰다. 그 틈을 타 여자는 맹렬하게 옆 골목으로 빠져 달아났다. 경관들이 호루라기를 내지르며 추격했다. 찻집들이 늘어선 좁다란 골목 사이로 여자는 춤추듯이 내달렸다. 검은 옷의 경관들이 떼지어 그 뒤를 따랐다.

모포를 들고 측면에서 따라 달리던 또다른 경관이 모포로 여자를 덮쳤다. 여자는 모포 속에서 짐승처럼 몸부림쳤다. 다른 경관들이 함께 여자의 팔다리를 붙들었다.

에이, 좀더 빨리 뛰었어야지?

옆에 있던 동료 하나가 혀를 찼다.

모포로 몸을 감싼 채 여자는 골목에서 끌려나왔다. 여자가 이쪽 창문을 올려다보고 있었기 때문에 그제야 그 얼굴을 똑똑히 볼 수 있었다.

이쪽을 보네.

그래, 꼭 이쪽을 보는 것 같이.

아니 가만…… 저 여자 혹시 낯이 익지 않아?

처음 여자를 발견했던 동료의 목소리였다.

정말이야. 저 여자, 저…….

다른 동료가 따라 말했다.

어디서 봐, 여자 목욕탕에 갔을 때 봤나?

부장의 농담에 모두들 왁자한 웃음을 터뜨렸다.

가만 있어봐, 삼층 제약회사에서 일하는 아가씨 아냐?

그제야 나는 의선을 알아보았다.

끌려가며 그녀는 자신의 사무실을 올려다보았던 것일까. 마치 판결을 기다리는 사람처럼 무구한 눈으로, 자신은 볼 수 없는 건물의 내부와 동료 직원들을 향해 고개를 치어들고 있었던 것일까.

그때 의선의 쇠약한 나신이 햇볕에 뻘뻘 흘러내리는 것을, 살색의 끈끈한 액체가 보도 블록에 고이는 것을 본 것 같은 착각에 나는 몸을 떨었다.

그날 퇴근길에 그녀가 서 있었던 자리를 지나다가 나는 멈추어 섰다. 아열대 식물의 수액 같은 연홍색 액체가 웅덩이를 이루고 있을 것만 같던 보도 블록에는 아무것도 없었다.

거리에는 인파가 흘렀다. 하나둘 저녁의 불빛이 밝혀지고 있었다. 복제 음악 테이프를 파는 리어카에서는 달콤한 유행가가 울려퍼지고 있었다.

아무런 일도 일어나지 않았던 것 같았다. 아무도 그 일을 기억하지 못하는 것 같았다.

나는 의선이 그랬던 것처럼 그녀의 어두운 사무실을 올려다보았다. 그녀의 자리는 비어 있고 불 꺼진 형광등은 어둠 속에 잠겨 있으리라. 언제나 의선이 두꺼비집을 내리고 나온다고 했던 사무실, 사 년 동안 밤과 일요일을 빼고는 살다시피했던 그곳을 나는 목덜미가 아파올 때까지 올려다보았다.

2

의선이 파출소에서 도망쳐나와 회사로도, 자신의 자취방으로도 돌아가지 않고서 어디를 헤매어다녔는지 나는 알지 못한다. 의선이 늙은 개 대신 현관 앞에 나타난 그날, 세면장에 데리고 가 그녀의 상처들을 씻기며 대상을 알 수 없는 분노에 몸을 떨었을 뿐이다.

나를 가장 당혹스럽게 한 것은 의선의 눈빛이었다. 언제나 조용한 꿈에 잠겨 있는 듯하던 의선의 눈은 넋없이 풀려 있었다. 지나치게 단정하여 속내를 드러내 보이지 않던, 그리하여 어느 날 폭발할 날을 기다리고 있는 것만 같던 예전의 의선의 어두운 얼굴을 나는 좋아했었다. 다만 눈빛의 변화만으로 사람이 얼마나 달라 보일 수 있는지를 나는 그때 처음 알았다.

점심시간에 약속이 있다고 하고 혼자서 사무실을 나서면, 비슷한 처지의 의선과 마주칠 때가 종종 있었다. 회사 근처의 헐한 식당에서 라면이나 비빔밥 따위를 시켜놓고 우리는 자신들과 관계 없는 이야기를 나누었었다. 이를테면 날씨나 행인들, 음식에 대한 이야기를, 말수 적은 사람들만이 즐길 수 있는 평화스럽고 지루한 분위기로 드문드문 이어가곤 하였다. 경주마처럼 질주하는 서울의 무수한 인간 군상들을 그 순간만은 잊을 수 있었다. 별반 중요하지 않은 내 이야기를 들을 때, 의선은 그 고요한 눈을 빛내며 내 얼굴을 주의 깊게 응시하고 있곤 했었다.

의선이 두번째로 사라졌을 때 나는 그녀를 찾으려 하지 않았다. 사진을 태운 의선을 질책하는 마음 때문이 아니었다. 그녀와 함께 살아가는 생활이 현실적으로 크게 불편했던 것도 아니었다. 그러나 다른 사람으로 변해버린 의선이 내 삶 속으로 깊숙이 들어왔던 봄과 초여름은 길고 고통스러웠다. 밤이면 의선이 질러대던 헛소리, 길을 잃은 것 같은 얼굴로 현관 앞에서 서성대던 그녀의 뒷모습, 꿈에 보인다는 짐승에 대한 넋두리를 나는 견딜 수 없었다.

처음 의선과 함께 시장에 갔을 때 의선은 정육점 앞이나 생선가게 앞을 지날 때마다 온몸을 떨었다. 그녀의 얼굴은 일그러졌고, 검은 자위는 불안정하게 물기 많은 흰자위를 구르고 있었다.

회사에 다니던 시절부터 그녀가 육식을 좋아하지 않았던 것은 사실이었다. 벌레를 잡아야 할 때마다 기분이 좋지 않다는 귀염성 있는 고백도 했었다. 왜 고기를 먹지 않느냐고 내가 묻자 의선은 다소 곤혹스러운 얼굴로 긴 대답을 했었다.

그냥…… 소나 돼지나 닭이나, 어떤 짐승이 죽어야 내가 그 살을 먹는 거잖아요? 결국 그 짐승이 죽는 대가로 내가 조금 더 건강해진다는 건데…… 아무래도 나 자신이 그 짐승보다 낫다고 여겨지지 않아요. 소가 엄마소한테서 떨어질 때 얼마나 슬프게 우는 줄 알아요? 돼지가 죽기 전에 얼마나 불쌍하게 비명을 질러대는데요. 방정맞은 생각이지만, 나는 회식 같은 데 가서 고기를 굽고 있으면 자꾸만 상상을 하게 돼요. 저것이 살았을 때는 어땠을까, 죽는 순간은 어땠을까…… 그런 상상을 하고 있으면 내가 그 짐승의 살을 먹고, 그 짐승보다 오래 살아야 할 이유도, 자격도 없다는 생각이 드는 거예요.

그러나 이제 의선은 그런 심경을 비밀스럽게 털어놓는 대신 내 팔을 꼬집듯이 꼭 붙들며 낮은 비명을 질렀다.

……싫어요!

정말 싫어요.

싫어, 싫어, 싫어요.

마치 갈기갈기 찢긴 사람의 시체를 본 것처럼 파랗게 질린 얼굴로, 정육점 앞을 멀리 지나쳐 마침내 고깃덩어리의 냄새가 전혀 나지 않을 때까지 의선은 그렇게 뇌까리고 있었다.

그날 내가 옷을 사주겠다고 하자 의선은 대뜸 고개부터 저었다.

옷 같은 것…… 필요없어요, 나한텐.

의선은 그 동안 내가 입지 않는 옷들을 입고 지냈다. 다행히 그녀는 색깔이나 디자인 같은 것은 전혀 신경쓰지 않고 아무것이나 입어주었다. 나 역시 체격이 마른 편이었으므로 헐렁한 대로 내 상의들은 모두 의선에게 맞았다. 하지만 의선이 워낙 작고 깡마른 탓에 바지나 치마는 맞지 않았다. 트레이닝복 바지만 입고 지내는 것이 보기에 안되어 하의를 사줄 요량이었는데, 의선은 자신의 옷을 고르는 일은 안중에도 없이 자꾸만 남성복 코너를 기웃거렸다. 하도 간절한 눈길로 벽돌색의 큼직한 티셔츠를 만지작거리고 있기에 마음에 드느냐고 묻자 의선은 수줍은 듯 눈을 빛냈다.

나도 가끔은 남성복 중에서 마음에 드는 걸 골라 입기도 하지만, 이건 진짜 그야말로 남자 옷이야. 의선이한테 맞는 사이즈도 없을 거야.

내가 어깨를 끌어내자 의선은 반항하지는 않았다. 식구들 중 누군가를, 마치 오라비나 손아래 남동생을 애틋하게 배웅하는 듯이, 내키지 않는 걸음걸이로 연신 뒤돌아보며 그 벽돌색 셔츠에서 눈을 떼지 않았을 뿐이었다.

의선이 끝끝내 관심을 보이지 않았으므로 나는 내 마음대로 황토색 면바지와 쥐색 원피스를 골라야 했다. 돌아오는 길, 의선이 자꾸만 쇼윈도 앞에 멈추는 바람에 나는 애를 먹었다. 평범하기 짝이 없는 모빌 같은 것, 안경점의 진열장 위에서 끊임없이 부딪치며 움직이는 은색 추 같은 것을 보느라고 의선은 쇼윈도에 어린아이처럼 이마를 박고 있었다.

킬킬…… 저것 봐요. 저것.

그녀는 낯설기 짝이 없는 백치스러운 웃음을 입가에 흘리고 있었다.

원래 의선이 요리를 곧잘 했다는 것을 알고 있었지만 이제는 불을 만지는 모습이 불안해 보여 맡길 수 없었다. 대신 의선은 과일을 깎거나 설거지라도 하고 싶어했다. 그러나 과도에 한 번 손을 베고 접시의 이를 서너 번 나가게 한 뒤로는, 나는 스스로 사소한 일에 연연하는 성품이 아니라고 생각해왔던 터였지만, 여간해서는 아무 일도 의선에게 맡길 수 없었다.

미안해요…… 인제는 잘할게요.

피묻은 손가락을 빨며 마치 신들린 아이처럼 클클 웃는, 한편으로 눈치를 보듯이 나를 올려다보는 의선의 얼굴은 기미투성이였다. 차츰 나는 그 얼굴과 표정을 견딜 수 없어졌다.

내가 가장 참을 수 없었던 것은 그녀의 손길이었다. 언젠가 잠에서 깨어났을 때 나는 내 얼굴을 쓰다듬는 의선의 손놀림에 진저리를 쳤다. 머리를 풀어헤친 채 어둠 속에서 웅크려 앉아 있는 그녀의 얼굴은 소름이 끼칠 만큼 진지하였다.

뭐야, 뭐 하는 거야?

의선은 무안한 듯 배시시 웃음을 흘렸다. 그 웃음이 더욱 내 가슴을 서늘하게 했다. 차츰 의선의 손길은 잦아져, 낮시간에도 의선은 틈만 있으면 내 손을 잡고 어깨를 쓰다듬으려 했다. 나는 그것이 어쩐지 싫고 거북하여 피하였으나, 의선은 내 거부감을 전혀 모르는 듯 여전히 예의 백치스러운 얼굴로 말없이 웃고만 있을 뿐이었다.

나는 그때마다 혼란에 빠지곤 하였다.

알 수 없는 품위가 어려 있는 것 같던 그녀의 얼굴은 어디로 갔는가. 나이는 어리지만 간혹 오히려 내가 훨씬 미숙하다고 느껴지게 만들던, 이루 말할 수 없는 따뜻함과 인내와 강인함이 후광처럼 빛나던 의선의 태도는 어디로 갔는가.

마치 운명을 향하여 곧바로 나아가는 것 같던 빠르고 조용한 걸음걸이, 반면 무엇인가를 설명할 때면 수줍은 듯하던 몸짓과 사랑스러운 웃음은 어디로 갔을까.

무엇이, 대체 무엇이 그녀를 이렇게 만들었을까.

나로서는 도저히 알 수 없는 세계 안에 의선은 들어가 있었다. 나는 결코 내 힘으로 거기에서 그녀를 끌어낼 수 없었다. 그녀가 곧 회복되어 예전과 같은 단정한 모습으로 되돌아갈 수 있으리라 여겼던 희망은 한마디로 오산이었다.

처음부터 그녀를 보살필 수 있다고 자신했던 것이 잘못이었는지 모른다. 나에게는 의선을 치료할 능력도 없었으며, 끝까지 책임질 수 있을 만한 자신도 없었다. 더구나 나는 누군가와 함께 살아가는 일에 익숙하지 않았다. 나는 아이를 낳거나 남자와 살고 싶은 생각조차 가지지 않고 살아왔다. 상처를 주고받으며 누군가를 보살피고 책임지기를 나는 원하지 않았다.

의선이 내 방에 온 뒤 얼마 되지 않아 나는 오랜만에 가슴 한구석을 차지한 묵직한 부담을 감지했다. 아픈 식구를 집에 놔둔 것처럼, 짧은 취재 여행은 물론 밤 열시를 넘어가는 야근도 마음이 편치 않았다. 예전에 어머니가 그랬듯이 의선은 차츰 내 마음의 그늘이 되었다. 나는 그 그늘이 싫었다. 나는 얼마든지 잘 살아갈 수 있었다. 의선만 아니었다면, 아무렇지도 않게 무엇이든 버티어갈 수 있었다.

명윤이 의선을 광화문 지하보도에서 찾아냈다고 했을 때 당장 의선을 만나보려 하지 않은 것도 그런 마음의 갈등 때문이었을 것이다. 인정하고 싶지 않지만, 그 동안 나는 의선이 사라져버린 것에 오히려 안도하고 있었던지도 몰랐다.

정말 만나보지 않을 셈이에요?

나중에.

나는 대답했다.

나중에 그렇게 하자.

의선은 자신의 자취방과 명윤의 방을 오가면서 지내는 모양이었다. 두 사람의 사이가 예사롭지 않다는 것을 짐작하기는 어렵지 않았다.

어쩔 셈이니.

회사 앞에 찾아온 명윤에게 나는 물었다.

제정신도 아닌 애한테, 끝까지 상처 주지 않을 자신 있어?

재미있는 걱정을 하는군요.

명윤은 몹시 불쾌한 인상을 지었다. 전에 없이 차가운 어조로 그는 말했다.

그런 일이라면 선배 걱정이나 하세요.

그날 이후 명윤과의 연락은 한동안 끊겼다. 다시 그가 전화를 해온 용건은 의선이 봄부터 주인집에 밀려온 월세 때문이었다. 명윤은 일자리를 구해보려 애쓰고 있으나 쉽지가 않으며, 전공과 무관한 교육학 관련 서적의 번역거리를 어렵사리 받아놓긴 했지만 당장은 손에 쥔 돈이 없다고 했다.

의선의 퇴직금을 받아보아야겠다고 명윤은 말했다. 나나 명윤이나 의선의 친족이 아니었으므로, 의선이 직접 회사에 나타나야만 했다. 명윤의 부탁은 의선이 오리라는 것을 제약회사 쪽에 미리 알려달라는 것이었다.

오후 세시, 명윤은 정확한 약속시간에 의선을 데리고 왔다. 그는 의선에게 희고 깨끗한 원피스를 사입히고 흰 샌들을 신겼다. 의선의 얼굴에는 전에 없는 생기가 돌고 있었다. 명윤의 손을 꼭 잡은 품이, 마치 엄마에게 매달려 첫 외출을 한 어린아이 같았다. 흰 옷과 검은 얼굴이 밝은 대조를 이루어, 얼핏 보아서는 오히려 예전보다 정신적으로 건강한 사람처럼 보였다. 의선은 나를 보고 생긋 웃었다. 그것은 낯선 웃음이었다. 발광 전이나 나와 함께 지내던 때나 의선은 그렇게 투명하고 밝은 웃음을 지은 적이 없었다. 그 웃음 앞에서 나는 까닭 모를 부끄러움을 느꼈다.

내가 밖에 서 있는 동안 명윤이 의선을 데리고 삼층 사무실에 들어갔다. 그들은 십여 분 후에 나왔다. 들어갈 때와는 달리 명윤의 얼굴은 침울하였다.

명윤은 자신을 오빠라고 소개했다고 했다. 의선은 자신의 회사 동료들을 알아보지 못했다고 했다. 호기심과 걱정과 야유가 뒤섞인 말과 눈길들을, 그녀는 금방이라도 울음을 터뜨릴 것 같은 얼굴로 견뎌내었다고 명윤은 나에게 말해주었다.

뜻밖에도 의선의 퇴직금이라는 것은 존재하지 않았다. 그녀는 그 회사에서 사 년여를 일하긴 했지만 정식 직원이 아니었다. 임시직으로 한 달 한 달씩 계약을 연장해온 것이었다. 명윤과 의선이 들고 나온 것은 사월에 미지급된 반 달치의 일당뿐이었다.

내가 가방을 가지고 나오는 동안 명윤과 의선은 일층 현관에서 기다렸다. 마침 걸려온 필자의 전화로 상당한 시간을 지체한 뒤 계단을 뛰어내려갔을 때, 의선은 흰 옷이 더러워지는 것을 개의치 않은 채 계단에 걸터앉아 콧노래를 흥얼거리고 있었다. 명윤은 팔짱을 낀 채 벽에 기대어 서서 의선의 노래에 맞추어 구둣발을 까닥거리고 있었다. 경쾌한 발동작과는 달리 명윤의 얼굴에는 그늘이 어리어 있었다.

우리는 명윤의 집으로 가기 위해 택시를 탔다. 그가 이날 저녁 나와 의선을 초대하기 위해 장을 보아놓았다고 했기 때문이었다. 명윤은 그 동안 의선과 나를 다시 만나게 해줄 기회를 엿보고 있었던 모양이었다.

명윤이 앞좌석에, 뒷좌석에 의선과 내가 탔다.

택시 안에서 의선은 몹시 몸부림을 쳤다. 명윤과 함께 셋이 뒷좌석에 타고 의선을 가운데 앉혔어야 옳았을 것이다. 그러나 이미 늦었다. 의선은 달리는 차의 문을 마구잡이로 열어젖히려고 했다.

답답해서 그래? 창문 열어줄게.

의선의 손을 막으며 나는 창문을 열었다.

이것 봐, 창문 열었어…… 문은 안 돼, 열지 마!

앞 창문과 뒤 창문을 모두 열자 이번에는 의선이 그 틈으로 손을 내밀려 했으므로 다시 닫아야만 했다. 조그만 몸으로 얼마나 사력을 다하는지 내 힘으로 가만히 있게 하는 것이 불가능했다. 게다가 명윤의 집까지 가는 길은 유난히 막히고 있었다. 소동을 견디지 못한 기사는 우리에게 신호등 앞에서 내릴 것을 명령했다.

반나마 왔잖습니까. 죄송합니다. 조금만 참아주시면…….

얼굴이 창백하게 질린 명윤이 기사를 설득하는 동안 의선이 문을 열고 뛰쳐나갔다. 기사와 이야기하다 말고 명윤이 용수철처럼 따라나갔다. 나도 뒤따라나가려 했다.

요금! 요금 주고 가야죠!

내가 지갑을 뒤적이는 사이 명윤과 의선은 인도의 인파를 헤집으며 쫓고, 쫓기고 있었다.

택시를 두 번 더 바꾸어 타고 명윤의 집에 이르렀을 때 우리는 모두 녹초가 되어 있었다.

올 때는 어떻게 온 거니?

버스를 타고 왔어요. 그땐 괜찮았는데.

신경질적으로 뒤통수를 긁으며 명윤이 대답했다.

그럼 버스를 타고 올 걸 그랬구나.

이럴 줄은 몰랐죠. 더군다나 중간에 택시에서 내린 곳에는 이쪽으로 오는 버스가 없었어요.

명윤이 부엌을 분주하게 오가는 동안 나와 의선은 책꽂이로 둘러싸인 명윤의 방에 나란히 앉아 있었다. '도와줄까' 하고 내가 물었지만 명윤은 어쩐지 의선을 혼자 놔두기가 불안하다고 했다.

그의 책상에는 영한 사전과 영영 사전이 나란히 펼쳐져 있었으며, 여러 번 가필한 번역 원고가 제법 두툼하게 쌓여 있었다. 명윤의 얼굴이 이날 수척해 보였던 것은 저 원고들 때문이었는지도 몰랐다.

나는 그제서야 의선의 얼굴을 가까이서 찬찬히 살펴볼 수 있었다. 택시에서 빚었던 소동과는 판이하게, 그녀의 얼굴은 이제 얌전하다 못해 우울해 보일 만큼 가라앉아 있었다.

예전부터 의선에게 얼마간의 폐쇄공포증이 있기는 했다. 그녀는 극장, 고속버스, 지하의 카페 따위를 모두 답답해했다. 그중에서도 가장 견디지 못하던 곳이 공중 화장실과 전화 부스, 비좁게 끼어앉아가야 하는 택시였다. 그것은 나와는 대조적인 습성이었다. 내가 솜은 방, 테이블이 셋쯤 있는 작은 찻집, 좌석이 넷뿐인 지하 노래방 따위를 좋아한다고 말하면 의선은 의아해했다. 의선이 처음 나의 방에 와서 하룻밤을 묵었던 삼 년 전, 창문의 커튼을 내리고 형광등을 끈 뒤 스탠드의 불빛이 동그마니 비추는 작고 편안한 공간에서 사진첩을 정리하는 나를 의선은 이해하지 못했다. 그것이 내 습관이라고 말하자 의선은 더욱 놀랐다.

난 퇴근해서 집에 들어가면 늘 창문부터 열어요. 지하라서, 그래 보았자 언제나 캄캄하지만, 그게 좋아요.

의선은 항의하듯 또박또박 나에게 말했었다.

출근해서도 마찬가지예요, 사무실 창문부터 모조리 열어요.

그때였다면 의선은 비좁은 택시를 참고 견뎠을 것이다. 뛰쳐나가거나 거리를 질주하는 대신, 어둡고 인내심 많은 얼굴로 차창 밖의 거리를 응시하였으리라. 그러나 이제 의선은 그때와는 다른 사람이었다. 그때처럼 또렷한 말씨로 한 자 한 자 힘을 주어 항의할 수도 없었으며, 동그랗고 감정이 풍부한 눈을 의아하다는 듯이 크게 뜨지도 않았다.

책꽂이에 기대어 앉은 채 의선은 아무 말도 하지 않았다. 나 역시 무엇인가 말을 떼어놓고 싶었지만 떠오르지 않았다. 초조한 침묵이 흘렀다.

무슨 말을 해야 할까.

나는 벽시계의 유난히 큰 초침 소리에 귀를 기울이고 있었다.

왜 그날 돌아오지 않았니.

왜 사진을 태운 거니.

왜 그렇게 울고 있었던 거니.

아니 그보다, 왜 네가 이렇게 된 거니.

그러나 그 모든 질문 대신 마침내 '요새 잠은 잘 자?' 하고 물으려고 의선을 보았을 때 의선은 앉은 채로 잠들어 있었다.

흐느끼는 듯한 신음 소리가 그녀의 입에서 새어나왔다. 그것은 내가 다시는 듣고 싶지 않아했던 소리였다. 그녀는 아직도 내가 알 수 없는 세계를, 말도 의식도 사라져버린 세계를 맨몸으로 헤매어다니고 있었다.

문을 열고 들어온 명윤에게 나는 집게손가락을 입술에 대는 시늉을 했다. 나는 깨금발로 부엌에 나가 명윤이 차린 식탁 앞에 섰다.

저 여자앨 보면.

나는 말했다.

……늙고 상처받고 가난했던 날들이 한꺼번에 생각나.

나는 선 채로 숟가락을 만지작거리다가 이내 놓았다. 자리에 앉고 싶지 않았다.

모든 게 한꺼번에 생각난다구.

3

다시는 의선을 만나지 않을 것이라고 그날 밤 집으로 돌아오며 다짐했었다. 그달 월급을 받은 대로 얼마간의 돈을 건네주기는 했지만, 그후로는 명윤이 연락을 해오면 내 쪽에서 피했다. 그녀의 자취방에 찾아가거나, 의선이 일하던 제약회사 사무실에 들어가보게 되리라는 생각은 상상조차 해보지 않았다. 의선이 갑자기 사라지지 않았다면 나는 명윤과의 오래된 친분을 끊어버린 채 얼마든지 살아갈 수 있었을 것이다.

황곡 취재에 대한 부장의 승낙을 받은 뒤 의선의 입사 이력서를 열람하기 위해 삼층 제약회사에 내려갔을 때 나는 그 사무실이 몹시 비좁고 침침하다는 것을 알았다. 내가 일하는 사무실의 바로 아래층이니 아마도 같은 구조로 되어 있을 것이라고 생각해왔는데 그렇지 않았다. 남향의 창문이 있는 쪽에 이사실이며 회의실 따위가 들어서면서 칸막이가 설치되어, 나머지 공간에 빛이 새어들 수 없게 만들고 있었다. 대낮에도 형광등을 모두 켜놓고 지내야 하는 곳이었다.

지난해 오월 알몸으로 회사 앞 횡단보도를 달리던 날까지 사 년의 시간을 의선은 그 어두운 곳에서 보냈다. 언젠가 의선은 그곳의 일이 고된 편이라는 암시를 한 적이 있었다. 사무적인 일뿐 아니라 개인적인 심부름들이 많기 때문이라고 했다. 아침부터 밤까지 한 번도 자리에 앉지 못하는 날도 많다고 했었다.

그날 나는 의선이 일하였을 법한 출입문께의 책상 앞에서 반쯤 몸을 일으킨 채 소포를 묶고 있는 앳된 얼굴의 여자를 보았으며, '이 잔들 좀 치우지?' 라고 그 여자에게 명령하는 중년 남자의 목소리를 들었다. 여자가 노끈의 매듭을 짓는 동안 중년 남자의 목소리는 거칠어졌다.

거기, 누구 없어?

여자는 피로한 얼굴로 가위를 내려놓았다. 맥없는 걸음걸이로 슬리퍼를 끌고 회의실 쪽으로 걸어갔다. 나는 방금 복사기 속에서 빠져나온 의선의 이력서 사본을 들고, 총무과장이라는 삼십대 중반의 남자에게 감사를 표하던 참이었다.

막 문을 열고 나오는데, 커피잔과 잔반침이 가득 쌓인 쟁반을 양손으로 들고 그 여자가 따라나왔다. 여자는 나를 앞질러 계단을 차근차근 올라갔다. 한 손으로 쟁반을 들기 위해 균형을 잡으며 그녀는 세면장 문을 열었다. 머리를 질끈 묶은 여자의 목덜미로, 실핀에 집히지 않은 잔머리털이 흘러내려와 있었다.

그 다음날은 휴일이었다. 명윤의 안내로 찾아간 의선의 자취방은 지대가 높은 산동네에 위치하고 있었다. 천장 높이 매달린 직사각형의 창문에서 희부스름한 햇빛이 새어들어 두 평 남짓의 공간을 음음하게 밝혀주고 있었다.

이 방을 놔두고 의선은 왜 내 방에서 그 여름을 지냈던 것일까.

파출소에서 도망쳐 나온 뒤에는 모든 기억을 잃었을 때였으므로 어렴풋한 기억에 의지하여 내 방으로 왔으며, 목욕 바구니를 들고 나가면서는 어느 정도 기억이 살아나기 시작할 때여서 자취방을 찾아갈 수 있었던 것이라는 추측을 할 수는 있었다. 그렇다면 어째서 자신의 자취방보다도 내 방이 기억에 강하게 남아 있었던 것일까.

내 의문에 명윤은 햇빛 때문이었을 거라는 기묘한 추리를 했다.

선배 방이 밝잖아요.

그는 씁쓸한 미소를 지었다.

내 방도 옥탑이라서 좋아했었어요. 가끔씩 와서는 방에 들어오지도 않고, 일광욕하는 사람처럼 옥상에만 앉아 있다가 가곤 했어요. 그애는 마치…….

그는 미소를 거두었다.

……마치 식물 같았어요. 이렇게 어두운 방에서도 그애는 늘 저 창문을 향해 앉아 있었어요. 어두운 방에 놓인 화분 속의 풀이, 아무리 가냘픈 빛이라도 있으면 그쪽으로 구부러지는 것처럼 말예요.

그는 숨이 찬 듯 말을 끊었다.

그걸 뭐라고 설명해야 할까요? 재작년 겨울에 후포에 간 적이 있었는데, 바닷가 모래밭에 갈매기떼들이 앉아 있는 걸 봤어요. 모두 일제히 한 방향을 보면서 수십 마리의 새들이 꼼짝도 않고 있더라구요…… 그것들이 바라보는 방향은 태양 쪽이었어요.

나는 신발을 벗고 그 방에 들어갔다. 천장에 책보만하게 매달린 직사각형의 창문 아래 섰다. 그 어슴푸레한 빛을 받아 의선이 쓰던 사물들이 보였다. 명윤이 뒤따라 들어왔다.

옷장에는 아무것도 없어요. 원래 옷이 많지도 않았지만 다 싸들고 간 모양이에요.

비키니 옷장을 열자 낡은 이불채가 있었다. 그 위에 명윤과 함께 회사로 왔을 때 입었던 흰 원피스와 흰 샌들이 다소곳이 놓여 있었다. 옷을 모두 싸들고 갔다면 이것들은 왜 남겨둔 것일까.

원래는 벽을 따라 일렬로 책들이 진열돼 있었는데, 떠나기 얼마 전에 모두 내다버렸더라구요. 그때 내가 눈치를 챘어야 했는데…….

명윤은 잦아드는 목소리를 애써 가다듬어 또렷하게 말했다.

……아주 돌아오지 않을 작정을 한 게 아닌가 싶어요.

그때 내 눈을 끌었던 것이 토우들이었다. 그것들은 햇빛이 드는 창 맞은편 벽에 한 줄로 늘어서 있었다. 햇빛 쪽으로 몸을 향하고 배열된 그 모양이, 마치 좀전에 명윤이 말한 후포의 갈매기들 같았다.

의선은 어디서 흙들을 퍼와 이런 것들을 만든 것일까.

함께 살던 여름에 의선이 자주 악몽을 꾸었기 때문에 공작용 찰흙을 사다준 적이 있었다. 찰흙을 갖다주며 꿈에 나타난 것을 한번 빚어보라고 했지만 의선은 알아볼 수 없는, 몸뚱이도 뭣도 아닌 것들을 두어 개 빚어보고는 싫증을 냈었다.

창을 향해 배열된 토우들은 그때의 찰흙 덩이들과 흡사했으나 한결 솜씨가 나아져 있었다. 코나 입이 문드러진 사람의 두상들과 흉상들도 보였다.

저것들이 의선의 세계였을까.

저 울퉁불퉁한 찰흙 덩이 같은 것, 형체를 알아볼 수 없을 만큼 모호한 것, 기묘한 짐승들과 뭉개어진 얼굴들이 그녀의 엉클어진 내면에서 소리없이 날뛰고 있었을까.

다 햇빛 때문이에요, 안 그래요?

그때 명윤은 수수께끼 같은 말을 하며 낄낄 웃었다. 그의 웃음은 적요한 방 가운데 기괴하게 울려퍼졌다.

……너무 강한 햇빛은 위험하잖아요. 안 그래요?

아무런 실마리도 남아 있지 않을 것 같지 않은 빈 방이었지만 우리는 구석구석을 살폈다. 그때 발견한 것이 비키니 옷장 뒤쪽에 숨겨진 상자였다. 차나 술 따위를 넣어 파는 낡은 나무 상자였다.

맞아요, 이 상자. 이걸 여기다 던져놨구나.

명윤은 고개를 갸웃거렸다.

그때, 회사에 찾아가서 반 달치 일당 받아온 것으로는 그 동안 밀린 월세를 낼 길이 막막했었잖아요? 선배가 보태주긴 했지만…… 그래도 턱없이 모자랐었죠.

명윤은 기억을 정확히 더듬으려는 듯 눈살을 모았다.

어떻게든 내가 융통을 해서 주인 할머니께 월세를 갚은 다음 그애더러 내 집으로 와서 지내도록 할 생각을 하고 있었어요. 생전 안 다니던 여동생들네 집까지 찾아가서 결국 돈을 마련해 왔죠. 한데 주인집 할머니를 만나보니까, 바로 그날 아침에 의선이가 월세를 냈다는 거예요.

돈이 어디서 났는지 그애한테 물었더니 대뜸 이 상자를 보여줬어요. 천원권서부터 만원권, 동전들까지, 은행에는 하나두 안 갖다놓고 그 상자에다 돈을 모조리 모아두었더라구요. 그 동안은 상자의 존재에 대해서 까마득히 잊어버리고 있다가 신통하게도 밤 사이에 생각이 났던 모양이에요.

사 년 동안, 그애가 뭐 많이 쓰는 스타일도 아니었겠고. 월세, 세금, 교통비, 식비 빼고 한 달에 삼사만원씩만 모았어도 제법 되지 않았겠어요? 아무튼 상자 속에 돈이 꽤 있었어요.

명윤은 한숨을 놓았다.

상자를 아예 가지고 간 줄 알았는데 놓고 갔군요…… 어찌 됐든, 작정을 하고 돈을 전부 털어서 간 건 분명해요…… 다행이라면 다행한 일이죠.

명윤은 상자 뚜껑을 닫았다. 상자의 닫는 부분에 상표가 뜯긴 자국이 있었다. 의선이 차나 술을 샀을 리는 없고, 회사에 선물로 들어온 물건의 포장 상자쯤 되었으리라.

그때 나는 의선이 언젠가 나와 함께 점심을 먹으면서 농담처럼 했던 말을 기억해냈다. 막 금융실명제가 시작된 즈음이었다.

나한테는 은행 구좌가 없어요.

왜?

나는 무심하게 되물었었다.

주민등록증이 없어서 인젠 못 만들어준대요.

주민등록증을 잃어버렸어?

의선은 대답 대신 어렴풋하게 웃었다.

은행 통장이 없으면 돈을 어디 보관하려구?

……별로 보관할 돈도 없는데, 모두 상자에 넣어놓으려구요.

처음에 난.

명윤은 뜻없이 창틀의 먼지를 엄지손가락으로 닦아냈다. 그는 새까매진 손가락을 들여다본 뒤 이번에는 검지손가락으로 비키니 옷장의 옆면을 쓸었다. 그 손가락 역시 먼지로 검어졌다.

그애가 아주 끔찍한 일을 당해서 그렇게 된 거라고 생각했어요. 그래서 그 진짜 이유가 궁금했었죠. 강간을 당하거나, 참을 수 없는 수모를 겪거나…… 하지만 함께 지내다 보니 조금씩 생각이 달라졌어요.

세상에는 서서히 미쳐가는 사람들도 있는 거 아닐까요? 서서히 병들어가다가 폭발하는 사람 말예요. 줄기가 뻗어나가다가, 한없이 뻗어나갈 듯하다가, 그 끝에서 거짓말처럼 꽃이 터져나오듯이…… 글쎄, 이 비유가 걸맞는 것 같진 않지만…… 그런 식으로 터져버리는 거죠. 그래요, 오래 잘 참은 사람일수록 더 갑자기.

주인이 없는 겨울 방은 찼다. 사람이 살지 않은 지 고작 일 주일이 지났을 뿐인데도 싸늘한 기운이 감돌고 있었다.

탁한 물 같은 햇빛이 들창으로 스며들고 있었다. 그 햇빛이 명윤의 완만한 턱의 윤곽을 어루만지고 있었다.

……선배는 좋겠어요.

내가 그의 말에 대꾸하지 않자 명윤은 혀끝으로 입술을 축이며 엉뚱한 말을 했다.

옛날에 그애가 어땠는지 알고 있잖아요.

그는 때묻은 손가락들을 자신의 외투 자락에 문질러 닦았다.

그전의 그애는 어땠죠? 조용한 성격이었다고 했죠…… 그랬겠죠. 가끔은 그런 그애 모습을 상상해보곤 했어요.

명윤은 내가 대답할 짬을 주지 않고 다시 물었다.

우리가 그때 만났다면 어땠을까요? 그때 만났어도 날 좋아했을까요?

창 밖으로 바람이 불었다. 마당의 빨래들이 흔들린 탓일까, 하오의 빛을 받은 토우들의 윤곽이 역동적으로 흔들리며 방 안의 적요를 힘차게 빨아들였다. 그것들은 마치 조금씩 움직이고 있는 것 같았다. 고함을 지르려 안간힘을 쓰고 있는 것 같았다. 보이지 않는 손에 입들을 틀어막힌 채 몸부림치고 있는 것 같았다.

선배는 예전의 그애를 좋아하지요. 하지만 나는 그때의 그애를 몰라요. 다만 지금의 그애가 좋아요. 그때를 모르니까. 하지만 몰라도 괜찮아요…… 지금이 좋으니까.

힘주어 낀 손깍지를 허공에 흔들며, 명윤은 넋나간 얼굴로 같은 말을 되풀이하고 있었다.

4

황곡을 떠난 지 얼마나 되었을까.

어디쯤 왔을까.

손목시계를 보기 싫어하는 습관 때문에 나는 팔을 늘어뜨린 채 머릿속의 시간 감각을 되살리려고 노력했다. 고작 이십 분이 지난 것 같기도 했고, 두 시간 이상을 달려 이미 월산을 지나친 것 같기도 했다.

옆자석의 명윤은 골똘한 생각에 잠겨 있었다. 그가 이렇게 오랜 침묵을 견뎌내고 있다는 것이 이상하게 느껴졌다. 그는 스크랩북을 꼭 끌어안고 있었다.

식당에서 명윤이 잠들었던 사이 맨 뒷장에서부터 스크랩북을 읽어갔으므로, 내가 읽은 부분들은 연탄값 인상, 석유 파동, 광부들의 임금 문제에 관한 것들이었다. 월산 함전 탄광의 갱도 붕괴 사고 기사는 막 스크랩북을 덮으려다가 앞에서 네번째 페이지에서 구조작업중인 광부들의 사진을 우연히 보고 읽기 시작한 것이었다. 조잡한 편집에, 활자가 작고 사진도 낡을 대로 낡은 그 기사에서 임영석이라는 이름을 발견하게 되리라고는 상상도 하지 못했었다.

그가 정말 우리가 찾는 사람일 확률은 얼마나 될까. 설령 그 사람이 맞는다 해도, 그를 만나게 될 가능성은 또 얼마나 될까.

스팀을 켜지 않았다고는 하지만 차내 공기가 너무 찼다. 앞쪽을 살펴보니 운선기사가 옆의 창문을 열어놓아 밤바람이 들어오고 있었다. 피로와 졸음 탓이리라. 굴곡이 많고 경사가 심해, 명윤의 말마따나 위험한 밤길이었다.

어째서 지금 나는 월산으로 달려가고 있는 걸까.

나는 의선을 다시 보고 싶지 않았다. 그녀의 상처투성이의 몸을 다시 보고 싶지 않았다. 그런데 왜 가고 있는 것일까.

단지 최선을 다해야 한다는 본능에 의지하여 나는 행동하고 있었다. 미친 짓이건 어리석은 짓이건 내가 선택해서 나선 길이었다. 더구나 다음날까지는 어차피 작정하고 온 것 아닌가.

내일까지만이다, 라고 나는 재차 다짐했다.

내일까지만 찾고 돌아가는 것이다.

명윤이 어떻게 나오든 나는 간다.

혼자 남겠다고 해도 주저없이, 남겨놓고 갈 것이다.

반드시 돌아가고 말 것이다.

나는 눈을 감고 잠을 청해보기로 했다. 길고 피로했던 이날 하루의 기억을 되살리다가, 누나의 손을 붙들고 있던 작은 아이를 생각했다. 어쩐지 어머니가 없으리라는 추측이 드는 그들 남매의 모습에서 가장 인상적인 부분은 영락없이 닮은 꼴을 한 순한 눈들이었다. 고작 열예닐곱 살밖에 되지 않았을 여자아이의 얼굴은 성숙했고, 동생에 대한 애정으로 부드럽게 다듬어진 표정을 하고 있었다. 여자아이와 나의 닮은 점이라고는 뿔테안경과 기름한 얼굴 정도였다. 그러나 어린아이로서는 그것만으로 닮았다고 말하기에 충분했으리라.

불현듯 나는 민영 언니를 생각했다. 언니가 그 나이 때 아마도 그런 모습이었을 것이다.

나이보다 성숙한 얼굴을 한 언니의 손을 붙들고 시장에 가면 노점의 아주머니들은 나에게 '네 이모니?' 라고 물었었다. 황곡의 그 작은 아이처럼, 나 역시 언니와 닮아 보이는 소녀들에게 까닭 없는 호감을 품곤 하였었다.

뿔테안경을 낀 여자아이의 순한 눈과 민영 언니의 눈이 겹치어졌다. 까마득히 잊고 지냈던 몸 속의 연약한 부분을 어루만지는 것 같은 부드러운 눈길이었다. 나는 고개를 저으며 눈을 떴다. 차가운 차창에 이마를 붙이고, 질주하는 어둠의 입자들을 뚫어지게 바라보았다. 그 어둠이 나의 마음을 잠시나마 편안하게 해주어 나는 깜박 잠들 수 있었다.

10
어둠의 땅

1

월산읍 공용 정류장은 명윤이 상상했던 것보다 후미지고 더러웠다. 읍의 중심지에서 떨어진 곳이라고는 하지만 상점의 불빛 한 점 보이지 않았다. 어두운 대로변에는 수위가 낮은 개천이 흐르고 있었다. 정류장 건물 삼층에 있는 여인숙 간판은 받침 몇 개에 불이 꺼져 있었다. 삼호 여인숙이거나 산호 여인숙이리라.

대합실 안에서 비스킷과 음료수 따위를 파는 매점 아낙에게 묻자 이 읍에는 여관이나 민박시설이 없다고 했다. 묵을 곳은 위층의 여인숙뿐이라고 했다. 여관에 가려면 황곡으로 돌아가거나 동해안의 천진시로 나가야 한다는 것이었다.

숙박시설이 하나뿐인데다가 자정이 가까운 시각이어서인지 여인숙에는 방이 하나뿐이었다. 예상대로 위생 상태가 좋지 못한 방이었다.

특히 샤워실이 불결했다. 변기며 세면대, 욕조에 잔뜩 물때가 끼어 있었다. 무엇보다 들창이 제대로 잠기지 않아 찬바람이 새어들어왔으므로 명윤은 우울해졌다. 온수도 나오다 말다 했다. 손발을 대충 씻고 방으로 돌아오자, 인영은 옷을 갈아입지 않은 채 거울 앞 화장 의자에 책상다리를 하고 앉아 스크랩북을 보고 있었다.

"이것 봐."

라고 인영이 말했다. 뿔테안경을 고쳐 쓰는 그녀의 변함없이 담담한 얼굴이 명윤의 마음을 위로해주었다. 울적하리만치 더러운 방을 그녀는 그다지 개의하지 않는 모양이었다.

"새로운 게 있어요?"

"아까 우리가 봤던 곳이 나왔어. 함인 탄광에서 광원들에게 우유 급식을 한다는 기사야. 탄광 이익금으로 젖소농장을 만들었는데, 거기서 나오는 우유를 무상으로 광원들에게 준다는 거지. '새벽 우유 한 잔 뒤 갱 속으로' 이게 사진 캡션이군."

명윤은 그 색 바랜 신문 스크랩 속의 흑백 사진을 보았다. 얼룩무늬 젖소들의 사진이 왼쪽에, 고개를 젖히고 우유를 마시는 광부 세 명의 모습이 오른쪽에 나란히 실려 있었다.

"우리가 모르는 갱사고도 많았구나…… 죽탄이 뭔지 넌 알고 있었니? 물과 석탄 가루가 암죽처럼 섞여서 갱을 덮치는 거야. 그 속에서 질식해 죽는 게 상상이 돼?"

인영은 여전히 연구자 같은 자세로 진지하게 자료들을 검토하고 있었다.

"정말 무서운 건 화재사고야. 최소한 열 명 이상 사망자가 나오니까. 소수라도 살아남아 구조될 가능성조차 없고. 네가 기차에서 말했던 메탄가스 폭발사고도 더러 있어. 탄층에 고여 있던 이산화탄소가 터져나오기도 하고…… 믿을 수 없을 만큼 많은 사람이 죽었어.

어떤 달은 여기저기에서 이런저런 사고들로 사망자만 삼십 명이 넘어."

먼지가 잔뜩 낀 창틀을 손가락 끝으로 밀어 명윤은 창을 열었다. 어두운 공용 정류장의 정차장이 내려다보였고, 그 뒤로 우뚝 버티고 있는 검은 산이 보였다. 강원도 전도에서 본 월산의 위치는 황곡에서 동쪽으로 백여 킬로미터 떨어진 지점이었고, 등고선의 짙은 갈색으로 보아 황곡보다 지대가 높았다.

"우리나라 광산사고가 선진국의 몇 배였을 것 같니. 사십일 배야. 안전시설 미비, 관리 소홀…… 무엇보다 채탄량에 따라 급여를 주는 도급제도에 가장 큰 문제가 있어. 생계비라도 타내려면 죽기 살기로, 안전수칙을 모두 무시하고 일해야 하는 거야."

인영은 입술을 엄지손가락으로 문지르며 '믿을 수 없어' 라고 중얼거렸다.

"팔십일년 한 해에, 산업재해로 죽은 사람이 모두 천사백사십삼 명이었어."

인영이 설명을 멈추고 기사들을 읽는 데에 몰입해 있는 동안 명윤은 창 밖으로 고개를 내밀었다. 차가운 바람이 그의 뺨을 할퀴었다.

이곳까지 오기는 했다.

그는 입 속으로 중얼거렸다.

과연 의선이 간 길을 제대로 밟아온 것일까.

갑작스럽게 벅차올랐던 희망이 움츠러들며, 그 반동으로 의심과 불안이 지밀었다.

"왜 지명이 월산일까요?"

명윤은 창문을 닫았다. 나쁜 생각을 털어내려는 듯 짐짓 쾌활한 목소리로 인영에게 물었다.

"영암 월출산에 가본 적이 있거든요."

인영은 여전히 골똘한 얼굴로 스크랩북을 읽고 있었다.

"그 근처 지명들은 유난히 달과 관계된 게 많더라구요. 월정리, 상월리, 하월 계곡…… 월리라는 곳도 있었어요. 아마 지명이 한자로 바뀌기 전에는 달우물 마을, 초생달골, 그믐 계곡 같은 이름들이었겠죠. 그런데 월산이라는 지명은 여기랑은 전혀 안 어울리는군요."

명윤은 침대머리에 걸터앉았다.

"달도 안 뜰 것 같은 읍내예요. 너무 조용해서 기괴해요."

"그 월산이 아니야."

스크랩북을 덮으며 인영이 대답했다.

"달 월(月)이 아니야. 넘어갈 월(越)에 뫼 산(山)이야."

"넘어가다니오?"

"넘어가는 산? 산 너머? 넘어갈 산? 뭐, 그렇게 해석해야겠지. 아무튼 한자가 달라."

인영은 강원도 전도를 펼치고 월산의 한자 지명을 가리켰다. 명윤은 그것이 매우 놀라운 일이라도 된다는 듯 오랫동안 그 지명을 들여다보았다.

"자자."

인영이 피로한 얼굴로 안경을 벗어 전화 테이블에 올려놓았다.

"안 씻어요?"

"피곤해."

유난스럽게 깔끔해 보이는 인영이 씻지도 않고 양말까지 신은 채 잠들려 하는 것이 우스꽝스럽게 느껴졌다.

"내일이 화요일이죠?"

모로 눕는 인영에게 명윤은 물었다. 졸음에 잠긴 목소리로 그녀는 대답했다.

"……화요일 맞아."

인영이 고개를 끄덕이며 잠들려는 것을 그가 다시 물었다.

"내일 꼭 회사로 돌아가야만 하나요?"

"밤차로……."

인영은 들릴 듯 말 듯한 음성으로 뇌까렸다.

"밤차로만 올라가면 되니까."

명윤은 팔짱을 낀 채 인영의 모습을 내려다보았다. 이번 여행에서 처음 알게 된 일이지만, 인영의 잠든 얼굴은 아이 같은 데가 있었다.

대학 시절 그녀를 마음속으로 품어보았다는 몇 명의 선배들을 그는 알고 있었다. 말하자면 인영은 인기가 있는 편이지만 남자를 사귀는 데에는 관심이 없는 도도한 여학생이었다. 그때 명윤은 인영에게서 여자로서의 매력을 느껴본 적이 거의 없었으므로 그들을 이해하지 못했다. 어떤 여자에게나 한 구석쯤은 남자의 마음을 사로잡을 수 있는 무엇인가가 있게 마련인데, 인영은 그렇지 않다는 것이 그의 생각이었다.

그러나 이제 인영의 잠든 모습을 보면서 명윤은 그들을 이해했다. 냉담하고 때로는 지나치게 자기 확신에 차 있던 표정이 모두 사라지고 난 그녀의 얼굴에는 정제하지 않은 원석 같은 순수함이 고요하게 어리어 있었다.

"……불 좀, 불 좀 꺼."

인영은 입술을 달싹여 중얼거리더니 몸을 반대쪽으로 돌렸다.

명윤은 팔짱을 풀고 벽 쪽으로 걸어갔다. 비좁고 후락한 여인숙 방의 내부를 우울한 시선으로 둘러본 뒤 스위치를 내렸다.

불을 끄자 명윤은 한치 앞도 구별할 수 없었다. 어둠에 눈이 익숙해질 때까지 명윤은 벽에 기댄 채 잠자코 서 있었다. 희끄무레하게 드러난 인영의 모로 누운 몸이 보이기 시작했을 때 명윤은 그쪽으로 천천히 걸음을 옮겼다.

자신도 모르게 명윤은 서인천의 집을 떠올리고 있었다. 낮에도 창문을 꽉꽉 닫아 빛이 들지 않던 그 방의 오후를, 곰팡이가 흐드러지게 핀 장판과 벽지 썩어가는 냄새를 생각했다.

그의 삶은 그 시절에 이미 결정되었다. 그의 몸뚱이에 들러붙은 그 눅눅한 어둠은 단 한 번도 떨어져나간 적이 없었다. 지긋지긋하게, 종내에는 이 외딴 소읍까지 그림자처럼 그를 따라온 것이다.

2

다음날 아침 여인숙을 나오며 그들은 주인에게 몇 가지를 물었다.

예상했던 대로 함전 탄광은 폐광되었다. 문제는 명윤의 기대와는 달리 월산에 중학교라고는 읍이름을 딴 월산중학교뿐이며, 폐교된 학교는 없다는 것이었다.

……중학교 이름이 함 모인 것은 확실한 거였니? 여인숙을 나오며, 명윤은 황곡 교육청에서 인영이 냉담하게 던졌던 물음을 떠올렸다. 지금 인영은 명윤을 나무라지 않았는데도 그는 자신이 위축되는 것을 느꼈다.

음산한 날씨였다. 오전 여덟시인데도 진회색 하늘은 초저녁처럼 어두웠다. 공용 정류장 앞의 개천은 밝은 날에 보자 몹시 더러웠다. 폐광에서 흘러나온 오수가 탄광촌의 물을 심각하게 오염시키고 있다는 말대로였다.

황곡이 버림받은 거대한 짐승 같은 느낌을 주었다면, 이곳 월산은 그보다 몸집이 작은 짐승 같았다. 오래 전에 숨이 끊어져 이제 남은 뼈들마저 삭아가는 들짐승처럼, 이 소읍은 높은 봉우리들의 가운데에 허술하게 엎드려 있었다.

여인숙에서 일점 오 킬로미터쯤 걸어가자 월산의 중심가가 나왔다. 점포들이 두 블록 길이로 양옆에 늘어선 이차선 도로가 중심가의 전부였다. 그들은 '설렁탕, 해장국'이라는 입간판이 세워진 식당에 들어갔다. 해장국은 짰고 선지에서는 역한 냄새가 났다. 명윤은 두어 숟갈을 뒤적이다가 수저를 내려놓았다.

그들은 계산을 한 뒤 식당 주인여자에게 함전 탄광 사무실 가는 길을 물었다.

"함전 탄광? 사무실? 거긴 아무것도 없는데요?"

주인여자는 수상한 눈길로 그들의 행색을 살폈다. 그들이 나가고 나면 신고라도 할 기색이었다. 인영이 사정을 설명하는 동안 명윤은 가방을 챙겨 멨다.

식당 맞은편 골목으로 들어가 비탈길을 따라 올라가다 보면 산을 깎아 만든 사택촌이 나온다고 주인여자는 말했다. 거기서 집이 없는 오른편 산길로 더 올라가다 보면 단층짜리 조립식 가건물이 나타나는데, 거기가 탄광 사무실이라는 것이었다.

여자가 비탈길이라고 간단히 이야기했던 길은 대단한 경사의 언덕이었다. 노인이나 몸이 불편한 사람은 올라갈 엄두도 내지 못할 만큼 가파른 산중턱에 사택촌이 형성되어 있었다. 여기저기에 폐석 더미가 언덕을 이루고 있는 것으로 미루어, 사택촌 바로 아래에도 폐쇄된 갱도가 있는 모양이었다.

인영은 한 손에는 스크랩북을 끼고, 다른쪽 어깨에는 카메라 가방을 메고 배낭까지 둘러멘 채 명윤을 앞장서 오르려 했다.

"그건 날 주세요."

명윤은 스크랩북을 가리켰다. 인영은 망설이다가 그것을 건네주었다.

"카메라 가방도 주세요."

"괜찮아."

그러나 명윤은 뺏듯이 인영의 카메라 가방을 그의 어깨에 멨다. 그것은 보기보다 묵직했다. 인영은 코트깃을 세웠다. 그녀는 한쪽 어깨에만 걸쳐놨던 배낭을 제대로 맨 뒤 어깨끈을 단단히 조였다. 간신히 들릴 만큼 작은 소리로 그녀는 혼잣말을 했다.

"이건 뭐, 등산이나 다름없구나."

카메라 가방은 어깨에 멜 수 있어 괜찮았지만 스크랩북은 무거운 데다가 부피가 커, 많이 걸어야 하는 이날 내내 방해가 될 것 같았다. 명윤은 그것을 자신의 가방에 세로로 쑤셔넣었다. 지퍼가 닫히지 않았지만 그렇게라도 짐을 줄여야 했다. 식당에 맡기고 왔으면 좋았으리라고 그는 후회했다.

"아침에 뭐 다른 기사 찾아낸 거 있어요?"

새벽에 눈을 떴을 때 인영이 어느새 먼저 일어나 골똘히 스크랩북을 읽고 있었던 것을 떠올리며 명윤은 물었다.

"아니."

그녀는 명윤을 앞장서 오르기 시작하며 대답했다.

"별거 없었어. 좀 엽기적인 기사를 본 게 전부야."

때때로 숨을 몰아쉬며 그녀는 팔십년대 중반에 있었다는 사건을 그에게 들려주었다.

한 삼십대 광부가 작업중 막장사고로 죽었는데, 회사측에 의해 개인 과실로 처리되어 유족들은 보상금 한푼 받지 못했다. 동료 광부 세 사람이 복수를 계획했다. 그들은 조문을 온 광업소 간부 두 명을 영안실 내부에 감금했다. 그들은 간부들에게 시체의 오물— '그게 뭘 말하는 걸까?' 라고 인영은 궁금해했다—을 먹였다. 사흘간의 감금에서 풀려난 간부들은 병원으로 옮겨졌다. 한 사람은 정신적 충격으로 다음날 죽었으며 다른 한 사람은 혼수 상태에 빠졌다. 두 사람에게 육체적 외상은 거의 없다는 것이 그 사건의 특징이었다. 일을 저지른 광부 세 사람이 상해치사죄로 구속처리된 것은 물론이다.

"분노의 독이 사람을 죽였군요."

"글쎄."

인영은 긍정도 부정도 하지 않았다.

"그게 어디서 있었던 일이죠?"

"황곡에서."

"끔찍하군요."

명윤은 자신이 그 야만의 도시에서 며칠을 묵었다는 것에 전율을 느꼈다. 한 달에 삼십 명씩을 죽여 내보내는 막장이라는 야만이 있는 한 그곳은 비이성적인 공간이 될 수밖에 없었을 것이다.

"팔십칠년, 팔십팔년에도 대단했다잖아. 간부 아파트 유리창은 남아나지 않고, 그 집 아이들은 학교도 못 가고, 광부의 아내들은 윗도리를 모두 벗어젖히고서 전투경찰들에게 육박하고."

명윤은 마치 이물질을 다루듯이 스크랩북이 든 가방을 등뒤로 젖혀맸다. 의선이 그곳에서 자라지 않은 것은 분명하다고, 의선이 간혹 들려주었던 옛집의 이야기 중 어느 것도 황곡의 분위기와는 일치하지 않았다고 명윤은 재차 마음속으로 다짐했다.

그렇다면 이곳은?

이곳은 어떤가?

아버지는 땅속에서 살았었대, 라고 의선은 그에게 말했었다.

땅속이라니?

땅속, 아주 깊은 데에서 살았었대…… 거기서 돌을 캤대. 땅속에서 돌을 캔다는 건…… 그 돌들하고 목숨을 조금씩 바꾸는 거라고 했어.

그제야 명윤은 의선의 말을 이해했었다.

거기가, 무슨 탄광이었는지 알아?

모르겠어…… 하, 함동, 함정…… 그런 이름이었을까?

네가 다닌 중학교 이름하고 같은 것 같은데?

아니야, 그렇지 않아.

의선은 단호하게 고개를 저었으나, 이내 손에서 풍선을 놓쳐버린 아이처럼 안타까운 얼굴이 되었다. 허공으로 올라가는 풍선을 넋없이 바라보듯이 의선의 눈에는 흐릿한 실망이 어려 있었다.

……모르겠어, 더이상은 모르겠어.

명윤은 치밀어오르는 의심과 회의를 떨쳐버리기 위해 고개를 흔들었다. 의선이 말했던 것들은 어느 하나 실제로 존재하지 않았다. 인영의 말대로, 그 말들에 의지하여 길을 나선 것부터 어리석은 일이었을까.

어쩌면, 의선이라는 여자애 역시 존재하지 않았던 것은 아닐까.

명윤은 자신도 모르게 숨이 가빠오는 것을 느꼈다. 그가 보고 겪었던 의선은 혼령이나 꿈 같은 것이었던 건 아닐까.

손으로 땅을 짚어가며 그는 인영을 앞질러 검은 산을 오르기 시작했다. 운동이 부족한 방안퉁수인 그의 몸은 쉽게 지쳤다.

"내가 너보다 잘 가는 것 같지 않니?"

뒤따라오던 인영이 카메라 가방을 빼앗아 들었다. 그녀의 얼굴에는 웃음기가 없었다. 그녀 역시 지친 것 같았다.

"얼마 안 남았어."

명윤이 걸음을 멈출 때마다 뒤쪽에서 인영의 목소리가 들려왔다. 헐떡이는 모습을 보이고 싶지 않아 그는 뒤돌아보지 않았다.

식당 여자의 말대로였다. 함전 탄광의 사무실에는 아무것도 없었다. 함인 탄광과는 달리 모든 것을 철수해가버렸다. 사무실이래봤자 네 평이 조금 넘는 가건물이었는데, 낡은 사인용 소파와 빈 철제 탁자만 동그마니 구석에 놓여 있었다. 영세 탄광이라는 것이 이런 곳이었다면 황곡의 함인 탄광은 상당히 큰 광업소였던 모양이었다.

명윤은 그 좁은 공간 가운데 서서 사방을 살폈다. 아무것도 없었다. 그야말로 텅 빈 공간이었다.

천장과 벽의 모서리마다 검은 거미줄이 펄럭거리는 그곳을 그들은 빈손으로 빠져나왔다.

"자, 이제 어디로 갈까요?"

낙담을 감추며 명윤이 짐짓 힘있게 물었다.

"사택촌을 뒤져봐야겠죠, 어제처럼?"

인영은 천천히 고개를 끄덕였다.

어깨를 으쓱하며 돌아서는 명윤의 등을 인영이 두 번 두드렸다.

인영은 그의 마음을 읽은 것이다. 그녀의 담담한 위로가 오히려 그를 외롭게 하였다.

완강하게 황곡행을 거부했던 그때부터 인영은 '안 될 일이야' 라고 말해왔다. 황곡에서의 첫날 밤 명윤이 술김에 뱉었던 말대로, 모든 것이 수포로 돌아간다 해도 그녀는 조금도 실망하지 않으리라는 것을 그는 알고 있었다. 그 생각으로 하여 생긴 원망이 명윤의 마음을 무겁게 만들었다.

그녀를 나무랄 수는 없는 일이다.

의선은 인영에게 짐스러운 존재였을 수 있다. 의선은 인영의 친척도 아니고 죽고살 만큼 친한 친구도 아니었다. 거두어 석 달을 살아낸 것이 오히려 대단한 일인 것이다. 명윤처럼 절박해야 할 까닭이 아무 데도 없었다.

그러나 인영이 탁자 모서리에 시선을 박은 채 '나는 안 가, 혼자 가' 라고 잘라 말하던 모습은 오래도록 명윤의 머릿속을 떠나지 않았다. 마치 의선이나 명윤에게 일종의 악의를 품고 있는 것 같은 말투였던 것이다.

그것이 진심이 아니리라고 생각했으므로, 자신과는 다른 방식이라 해도 어느 만큼은 의선에게 애정을 갖고 있다는 믿음이 있었으므로 명윤은 재차 함께 갈 것을 인영에게 부탁할 수 있었다. 그러나 여기에 오기까지 순간 순간, 그는 혹여 인영의 희망이 자신과 반대되는 것이 아닌가 하는 묘한 의심을 떨어낼 수 없었다. 의선의 행방을 찾는 일이 어려워질수록 오히려 인영은 마음의 평온을 찾아가고 있는 것은 아닐까.

더구나 서울을 떠나기 전부터 명윤은 인영이 의선에 대한 구체적인 이야기를 나누고 싶어하지 않는다는 느낌을 받았다. 그런 직감 때문에, 의선에 대한 기억을 공유하고 싶은 충동이 치밀 때마다 애써 억누르곤 해왔다. 의선의 얼굴이 박힌 사진을 들고 다니며, 종일토록 연이어 그 이름을 낯선 사람들에게 거명하면서도 정작 두 사람이 의선에 대한 이야기를 나누지 않는다는 것은 이상한 일이 아닌가.

월산의 폐사택촌에는 황곡의 폐사택촌보다 주민이 제법 많았다. 황곡보다 생활수준이 낮은 탓인 것 같았다. 조그만 점포를 중심으로 인적이 있는 집들을 모두 방문하는 데에 한나절이 지나갔다.

인영이 의선의 사진을 꺼낼 때마다 명윤은 고통을 느꼈다. 이곳으로 오는 길에 희망과 설레임이 있었기 때문일 것이다. 고개를 젓는 사람들을 볼 때마다 황곡에서보다 더한 실망에 빠졌다. 이 옆얼굴, 세상에 존재했다는 것이 도저히 믿기지 않는 이 얼굴을 알아볼 사람이 과연 있을 것인가.

눈이 어두운 노파 하나가 '영숙이네 큰딸 아닌가?' 하는 말을 듣고 그들은 물어물어 그 집을 찾아갔다. 산꼭대기에 있는 그 집의 아낙은 자신의 큰딸이 서울에서 산업체 부설 여학교를 다니며, 매달 편지와 함께 얼마간의 봉급을 부쳐주고 있다는 자랑을 하였다.

주변 사람들 중 함전 탄광에 다녔던 사람이 없느냐고 묻자 아낙은 왜 없겠소, 라고 한숨을 쉬었다.

"우리 애아부지가 다녔었지요. 돈도 시답잖게 못 모으고 재작년에 갔다오. 왜, 탄광촌의 돈은 햇빛만 보면 녹아버린다잖아요…… 죽고살고 모아두 하나두 남은 것두 없이, 시름시름 앓다가, 탄광 없어지고는 어디 다른 데 나가 취직하려구 해두 폐가 나빠 신체검사에서 다 떨어지고, 병만 얻어 그냥 여기 눌러살다가 갔소. 그래도 그때는 코나 찔찔 흘리던 어린것이 다 커서 인제는 효도를 한다니."

아낙은 외로웠던 모양이었다. 옷이나 액세서리의 장식으로 들어가는 진주 모양의 플라스틱 구슬들을 가느다란 철사에 꿰는 부업을 하고 있었는데, 손으로는 그것을 하면서도 계속해서 명윤 일행과 눈을 맞추며 놓아주지 않았다. 그녀가 계속해서 말을 이어가는 비결은 한 문장이 끝나기 무섭게 다음 문장을 연결하는 것이었다.

참다 못한 명윤이 용기 있게 그녀의 말을 끊었다.

"함전 탄광에 다니셨던 분들 중에 여기서 가장 오래 살고 계시는 분이 누굽니까?"

아낙은 거의 모든 사람들이 떠나갔다고 대답했다.

"그럼 여기 살고 있는 사람들은 다 뭐죠?"

"원래 토박이들이죠. 토박이들은 대부분 월산 탄광에 다녔어요. 거기가 먼저 생겼으니까. 함전 탄광은 더 영세하고, 뒤에 생긴 거라서 외지에서 모여든 사람들이 주로 있었지요. 우리 애아빠는 망할 놈의 노름으로 집이랑 논밭 다 날리고 뒤늦게 들어가는 바람에 함전에서 일했고…… 외지에서 온 사람들은 큰병 얻어서 죽어나간 사람 아니고는 다 떠나갔어요."

"그럼 이 사람에 대해서는 모르겠다는 건가요? 임영석이라는 분에 대해서도?"

그제야 아낙은 명쾌하게 고개를 끄덕였다.

"애아부지가 친하게 지냈던 사람들도 꽤 있었는데 그런 사람은 모르겠소…… 딸애가 있었으면 누구 아버지라고 불렀을 텐데, 의선, 임의선…… 글쎄, 기억이 없소."

3

아낙의 집을 나오는 명윤의 얼굴에 투명하고 차가운 것이 스쳤다.

눈이었다. 전날 황곡을 헤매어다니면서 인영은 '이런 날 눈이 오지 않아 다행이다'라고 말했었다. 하루를 쉬었던 눈이 오려고 이날은 아침부터 어두웠던 모양이었다. 이 폐사택촌이 유난히 더럽고 어두워 보였던 것은 음산한 하늘 때문이었을까.

폐석 더미에서 날아온 탄가루와 연탄재로 길바닥은 몹시 더러웠다. 어둡고 무거운 하늘 아래, 빨갛고 노란 점퍼가 한결 더 가난해 보이는 아이들이 지나가며 명윤 일행의 모습을 곁눈질하였다.

눈썹을 가볍게 스치는 정도이던 눈발은 비탈길을 내려오는 사이 점점 굵어졌다. 바람도 만만치 않았다. 귀를 에는 듯한 바람이 눈발을 날렸다. 어둠 속에 죽은 듯이 엎드려 있던 맞은편 검은 산 위로 무수한 흰 획들이 힘차게 그어지고 있었다.

"지긋지긋하군요."

바람이 명윤의 귀를 에어왔다. 몸을 조이듯 팔짱을 끼며 그는 중얼거렸다.

"검은 땅, 검은 산, 검은 물, 모두 지겨워졌어요."

이젠 정말 지쳤다구요.

그는 머리털을 거칠게 쓸어올렸다. 앞서가던 인영이 걸음을 멈추었다. 명윤의 몸 속에 잠들어 있던 무엇인가가 폭발했다.

"대답해봐요, 선배."

명윤은 인영의 처진 어깨를 보았다. 그녀 역시 지친 것이다.

"그애가 정말 있었나요?"

바람이 인영의 짧은 머리털을 날렸다. 희끗희끗한 눈송이가 그녀의 머리와 어깨에 맺혔다. 그녀의 속눈썹에도 눈송이가 맺혔다. 인영은 깨물고 있던 입술을 벌려 그의 이름을 불렀다. 타이르는 것 같은 음성이었다.

"명윤아."

그녀의 입에서 단내가 났다.

"우리가 정말 그애를 만난 적이 있었나요?"

주먹만한 쥐 한 마리가 날쌔게 골목을 달려 담구멍으로 숨어들어갔다. 그 집의 창문에 붙여놓은 두꺼운 비닐이 무너지는 소리를 내며 펄럭거렸다. 그 함석 지붕 위로도 눈이 내리고 있었다.

인영은 의선의 사진을 꺼내 그에게 건네었다. 사진을 물끄러미 바라보고 있는 명윤의 손에 인영은 사진을 억지로 쥐어주었다. 인영은 말했다.

"이걸 갖고 마지막으로 읍사무소에 가보는 걸로 끝내자."

"……서, 선배. 이 모든 게……."

너무 꽉 쥐는 바람에 사진이 구겨졌다. 명윤은 그것을 허겁지겁 외투 안주머니에 집어넣었다. 그는 처음으로 말을 더듬고 있었다.

"이, 이 모든 게 우연이 아닌지도 몰라요."

명윤의 얼굴이 붉어졌다. 귓바퀴와 입술을 얼어붙게 하는 칼바람이 그의 앙상한 등을 가파른 비탈 아래로 떠다밀고 있었다.

"그애가 아무 기록에도 없는 것이…… 우연이 아닌지도 몰라요."

정말 이상하지 않아요?라고 명윤은 말하려 했다. 그러자 울음 같은 신음이 입술 사이로 비어져나왔다.

우리는 꿈을 꾼 건가요? 없는 사람을 여태껏 찾아다닌 건가요?

황곡의 음산한 거리, 폐사택촌, 버려진 탄광, 음험하게 입을 벌리고 있던 사갱, 월산의 후미진 터미널, 더럽고 춥던 여인숙 욕실, 역한 냄새가 나던 선지국밥이 그의 눈앞을 스쳐 지나갔다.

분명히 사진은 있었다. 그것만은 의선이 존재했다는 명백한 증거였다. 그는 안주머니에 넣은 사진을 외투 위로 쓸어만졌다. 그러나 그는 그 사진조차도 믿을 수 없었다. 푸르스름한 저녁빛과 생각에 잠긴 의선의 옆얼굴이, 마치 빛의 조작으로 인하여 생긴 하나의 환영인 듯이 여겨졌다.

처음부터 의선을 붙잡을 수 없었던 것이다. 그는 단 한 번도 그녀의 인생에 개입할 수 없었다. 줄곧 의선은 그녀 자신의 몸 속에 있는 가냘픈 힘이 이끄는 대로 움직여왔다. 그 힘이 우연히 명윤에게로 기울어 그와 함께 세 계절을 보낸 것뿐이다. 이제 그것이 그녀를 어디로 데리고 갔는지 그는 알 수 없었다. 어쩌면 서울을 떠나면서 그가 진실로 두려워했던 것은 의선을 찾지 못하는 것이 아니었다. 설령 찾아낸다 해도 그녀를 그 자신의 삶 속으로 용기있게 끌어당길 수 없으리라는, 뿌리 깊은 패배감이었다.

"그만 하자."

인영은 낮은 목소리로 내뱉었다.

"나라고 답답하지 않은 줄 알고 있니?"

그녀의 눈두덩에는 서늘한 음영이 드리워져 있었다.

"나야말로, 모든 게 부질없게 느껴져서 그만 돌아가고 싶은 적이 한두 번이 아니었어."

역시 그랬구나.

명윤은 아뜩하게 치밀어오르는 실망을 억누르며 인영에게 물었다.

"그런데 왜 그러자고 하지 않았던 거죠?"

"……너 때문에."

순간 인영은 한숨을 탁 놓았다. 마치 평정을 지키려고 안간힘을 쓰는 듯이 나지막한 소리로, 그러나 한마디 한마디에 힘을 주며 인영은 말했다.

"돌아가자고 하면 네가 견디지를 못할 것 같아서 참은 거야…… 참는 게 뭔지 알고는 있니? 한 번이라도 제대로 참아본 적이 있어?"

명윤은 인영의 말을 끊으며 대뜸 외쳤다.

"선배가 내 마음을 알아요?"

갈라진 그의 목소리가 인영의 잿빛 얼굴에 사금파리처럼 부서졌다. 명윤의 이마는 끓고 있었다. 한 폐사택의 담벼락에 자해하듯이 등을 때리며 그는 울부짖었다.

"어떻게 알겠어요? 선배 같은 사람이, 내 마음의 천분의 일, 만분의 일이라도 알겠어요? 제기랄…… 바늘로 찔러도 피 한 방울 안 날!"

수초간 두 사람은 마주 보고 서 있었다.

마치 상처 입은 두 짐승들처럼 그들은 상대의 얼굴을, 눈을, 서로의 등뒤로 검게 펼쳐진 폐광촌의 하늘을 쏘아보았다. 침묵이, 후회와 외로움과 분노가 거칠게 뒤섞인 침묵이 흘렀다.

그 침묵을 먼저 깬 쪽은 인영이었다.

"그만 가자."

언제 화를 냈었냐는 듯 그녀의 얼굴은 무표정했다. 흡사 견고한 가면을 뒤집어쓴 것 같은 얼굴이었다.

어디로 가자는 거죠?

혀끝까지 치밀어오른 어리석은 물음을 짓씹으며 명윤은 고개를 떨구었다. 붉게 달아오른 뺨에 선득한 눈발이 스쳤다.

11
천국의 대합실

1

연적(硯滴)에 흠뻑 적셨다가 방금 꺼내놓은 것 같은 겨울 산들이 겹겹이 먹빛 능선들을 펼치고 있었다. 묵직한 먹구름장의 깊은 곳에서부터 안개같이 빼곡한 눈발이 회오리쳐 내려오고 있었다. 저물녘 폐광촌의 음울한 풍경을 눈안개는 어질머리나도록 세차게 지워갔다.

황곡에서 떠나온 시외버스 한 대가 공용 정류장에 멈추었다. 대합실 앞에 차례로 내려선 승객들이 눈 속에서 방향을 식별하기 위해 두리번거리는 동안 버스는 최종 목적지인 천진으로 떠났다.

행여나 내리지 못할세라 가장 먼저 버스에서 내려섰던 비녀 머리 노파는 콩깍지 같은 두 손자의 손목을 양손에 붙들고 한길을 따라 면 쪽으로 종종걸음을 쳤다. 마치 누군가가 뒤에서 허리를 걷어차는 바람에 버스에서 내던져진 것처럼 차가운 흙바닥에 엉덩방아를 찧고 앉아 있던 중노인이 어기적어기적 몸을 일으켰다. 손목에서부터 검버섯이 돋아내려오기 시작한 그의 주름진 손에 두 홉들이 소주병이 들려 있었다. 나부끼는 눈안개를 향해 그는 두 팔을 만세 부르듯 쳐들었다. 그의 눈은 초저녁부터 술에 젖어 번들거리고 있었다. 점포들이 있는 읍내 중심가를 향하여 갈지자걸음을 옮기는 그의 뒷모습이 눈안개 사이로 스러졌다.

공용 정류장의 대합실은 젖은 성냥갑처럼 그 눈바람 속에 서 있었다. 거인의 손이 들어올린다면 한 주먹도 되지 않을 것 같은, 그 입으로 송두리째 삼켜버릴 수도 있을 것처럼 작은 건물이었다. 대합실의 주변에는 다른 건물들이 없었으므로 마치 그곳은 고립된 것 같았다. 마치 세상 가운데에서 아무렇게나 들어올려져 멀리 내팽개쳐진 듯이 비스듬하게, 어딘가 아슬아슬한 자세로 대로를 바라보고 있었다.

대합실 건너편으로는 고지대의 폐광에서 흘러나온 시뻘건 계곡물이 거무튀튀한 암석들을 끌어안으며 기어내려가고 있었다. 그 혼탁한 수면으로 희고 자잘한 눈송이들이 어지럽게 흩뿌려졌다.

한 젊은 남자가 대합실 창문 안쪽에 이마를 붙인 채 밖을 내다보고 있었다. 창유리에는 성에꽃이 잔뜩 피었으며, 남자의 콧김이 닿는 부분은 뿌옇게 흐려져 있었다. 혼탁한 개천과 정차장과 그 너머의 거리를 간절하게 바라보고 있던 그의 시선이 대합실 내부로 옮겨졌다.

면도를 하지 않은 그의 얼굴은 몹시 시치고 가난해 보였으나, 어딘지 모르게 배운 사람이라는 인상을 주었다. 생각이 많은 눈이며 우유부난해 보이는 입매가 특히 그랬다. 추운 듯이 손바닥을 비비는 그의 오른손 가운뎃손가락에는 오랫동안 필기구를 잡아 생긴 두툼한 굳은살이 있었다. 뺨에는 건강 때문이 아니라 발열로 인하여 생긴 약간의 홍조가 있었다. 연약한 어깨와 가느다란 팔다리가, 육체노동과는 거리가 멀었을 그의 삶을 말해주고 있었다.

그의 생김새 가운데 가장 눈에 띄는 것은 그의 눈빛이었다. 마치 모든 것을 필사적으로 탐색하는 듯한 눈길이 한 사물에서 다른 사물로 옮겨갈 때마다 그의 표정은 조금씩 조금씩 어두워졌다. 마치 학예회날 무대에 서서 객석을 하나하나 훑어가다가 어디에서도 자신의 식구를 발견 못 한 아이처럼, 동안(童顔)인 그의 얼굴에는 시시각각 절망감이 드리워지고 있었다.

창 옆으로 놓인 낡은 긴의자에는 남자의 일행이 앉아 있었다. 짧은 머리에 키가 큰 편인 여자의 옆으로는 두 개의 배낭과 진회색 카메라 가방이 놓여 있었다. 배낭 가운데 하나는 남자의 것이었다.

긴 목이 섬약해 보일 뿐 여자의 마른 몸매는 전체적으로 강단이 있었다. 그녀는 자신의 옆구리에 기대어놓은 배낭의 윗부분에 팔을 얹고 다리를 꼬고 앉은 채 생각에 잠겨 있었다. 남자의 시선이 바깥으로 간절히 던져져 있다면, 턱을 바싹 당긴 여자의 시선은 자신의 무릎에 못박혀 있었다. 마치 잠들어 있는 것처럼 여자의 호흡은 가지런했으나, 이따금 눈을 깜박이는 것을 보면 깨어 있는 모양이었다. 그녀는 눈을 깜박일 때 보통 사람보다 서너 배 긴 시간 동안 눈을 감고 있다가 주름이 여럿 잡히는 눈꺼풀을 올려뜨곤 했다. 피로 때문일 것이다. 그녀의 입가에는 희끗희끗 마른버짐이 피었으며, 입술은 막 부르트려고 수포가 생기기 시작했다.

"간 사람이사 무슨 걱정이 있겠누. 한겨울이라고 찬 구들장 걱정을 하나, 배 주릴 걱정을 하나. 손이 갈라지겠나, 발가락이 얼어터지겠나. 미어질 가슴도 없으니 얼마나 좋겠누."

다섯 평이 채 안 되는 음침한 대합실은 고적했다. 매점의 난로 앞에서 철제 삼발이 의자를 마주하고 앉은 두 중년 여자의 음성이 그 적요 위로 긴 울림을 남겼다. 문 없이 직사각형으로 뚫린 대합실의 출입구 옆으로 담배며 신문, 과자, 술 따위를 파는 조그만 가판대가 자리잡고 있었는데, 그것이 이 대합실의 매점이자 매표소였다.

두 아낙 중 한 사람은 읍내에 장을 보러 나왔다가 산골 마을로 돌아갈 버스 시간을 기다리고 있는 모양새였다. 큼직한 검은 비닐봉지 서너 개와 두루마리 휴지 한 묶음이 발치에 가지런히 놓여 있었다. 다른 한 사람은 매점의 주인이었다. 매점 아낙은 계산대로 쓰는 나무 선반 위에 놓인 파랗고 노란 차표 뭉치를 툭툭 탁자에 쳐서 네 귀를 맞춘 뒤 스테이플 못으로 묶었다.

남자와 여자는 좀전에 그 매점 아낙에게서 황곡행 차표 두 장을 샀다. 아낙은 혀를 끌끌 차며 말했었다.

오 분만 먼저 오지 그랬소. 방금 떠났는데.

다음 차는 언제죠?

남자가 물었다.

한 시간 기다려야 되겠소.

남자의 얼굴에 낭패한 기색이 어렸다. 그는 일행인 여자에게 물었다.

괜찮겠어요, 오늘 못 올라가도?

차비를 지불한 뒤 차표 두 장을 반코트의 안주머니에 넣으며 여자는 남자에게 대답했다.

오늘 갈 수 있어. 황곡에서 서울 가는 버스는 아홉시까지 있어.

읍사무소에 들르지 않는 편이 나았을 걸 그랬군요.

들르지 말고 가자고 했다면, 그럴 수 있었겠니?

"참말로 좋은 세상으로 일찌감치 간 것이구먼."

플라스틱 라이터에 불을 당겨 필터 없는 담배를 피워 물며 매점 아낙이 덧붙였다. 맞은편에 앉아 있던 아낙은 고집스럽게 고개를 외로 꼬았다. 굵게 만 파마 머리가 부세부세 엉클어진 아낙은 옹골찬 목소리로 뇌까렸다.

"오십, 육십 먹은 사람들도 다들 멀쩡히 살아 나왔는데 그 빙충맞은 인간만."

"다 지나간 그 얘기는 왜 또?"

푸른 담배연기를 길게 내뿜으며 매점 아낙이 말을 막았다. 어느 아낙의 입에서 터져나왔는지 모를 길고 습기찬 한숨이 마주 앉은 그네들 사이에 툭 떨어졌다.

"……세월만한 약이 없다지?"

파마 머리가 헝클어진 아낙이 무거운 정적을 깼다.

"그렇구말구."

맞장구를 치는 매점 아낙의 음성이 고단했다. 담뱃재를 함부로 허공에 털며 매점 아낙이 물었다.

"그러니까 그게 벌써 일 년 전 일인가?"

파마 머리 아낙의 대답에 맥이 풀렸다.

"그래."

펄럭이는 눈안개가 넘실넘실 출입구로 몰아쳐오고 있었다. 남자는 마음이 잡히지 않는지 긴의자에 앉지 못하고 있었다. 바지 호주머니에 주먹을 찔러넣은 채 서성거리다가, 먼지때가 반들반들하게 엉긴 시멘트 벽에 상체를 기대고 섰다. 석유난로를 향해 발갛게 펼쳐놓은 아낙들의 거친 손등을 그는 먼발치로 바라다보았다.

"얼마나 추웠겠누."

"추웠겠지."

"얼마나 무서웠겠누."

"무서웠겠지."

"얼마나 억울했겠누."

매점 아낙은 대답하지 않았다. 대신 고개를 수그리고 검지손가락까지 타들어간 담배를 재떨이에 오랫동안 문질러 껐다. 그 사이, 파마 머리 아낙의 어깨가 소리없이 몇 차례 들먹이는 듯싶더니 이내 누그러졌다.

아낙들의 침묵을 뒤따르듯 남자는 부릅뜨고 있던 눈을 감았다. 그는 파마 머리 아낙의 말을 모조리 거꾸로 번역했다.

나, 지금 얼마나 추운지 몰라. 얼마나 무서운지 몰라. 얼마나 억울한지 몰라, 이가 갈리도록.

"그때는 애 데리고 당장이라도 여기를 뜰 기세더니? 왜 떠나지 않았소?"

"발이 안 떨어져서. 보상금이라고 몇 푼 되지도 않는 거 대처에서 장사 밑천이나 되나."

"그건 그렇고 미인폭폰가, 미녀폭폰가 뭔가 관광지로 개발된다고 떠들더니 왜 여태 소식 감감이래? 그거 땜에 여태 안 떠나고 버틴 거 아니야?"

"망할 눔의 개발, 개발이 돼봐야 되는가보다 하지."

남자는 대합실의 출구 쪽으로 걸어갔다. 바람이 대합실 안쪽으로 들이치며, 선득한 눈송이들이 와락 그의 얼굴과 목으로 달려들었다. 뒤돌아서서 담배를 꺼내 물려던 그는 제법 속 깊은 기침을 십여 초간 뱉어낸 뒤 담뱃갑을 외투 주머니에 구겨넣었다.

"눈 때문에 버스가 늦어지는구먼."

꿈에서 깨어난 사람들처럼, 두 여자의 갈라진 목소리에 갑작스러운 생기가 어렸다.

"황곡 가는 아가씨는 어디서 왔수?"

매점 아낙은 대뜸 긴의자에 앉아 있던 목이 긴 여사에게 소리쳐 물었다. 말끔히 습기가 지워진 음성이었다.

"서울에서 왔어요."

매점 아낙의 질박한 음성에 비교한다면 단아하다 못해 차갑게 느껴지는 목소리로 여자는 대답했다.

석유 난로불에 손을 녹이고 있던 파마 머리 아낙이 아유우, 하고 탄성을 질렀다.

"원, 서울서 이 꼴짝까지 뭐 하러 왔소?"

목이 긴 여자는 깊은 생각에서 갑자기 현실 속으로 끌어내어진 것이 적이 당황스러운 듯, '아주머니는 어디까지 가셔요?' 라고 묻는 것으로 대답을 피했다. 파마 머리 아낙이 금박을 한 송곳니를 드러내며 웃었다. 매점 아낙과 눈을 맞추며 파마 머리 아낙은 대답했다.

"나? 어둔리. 어둔리가 어딘지도 모르겠지만."

"뭐라구요?"

목이 긴 여자가 갑자기 벌떡 일어났기 때문에, 바깥을 내다보고 있던 남자까지 놀라 뒤돌아섰다. 목이 긴 여자는 어깨에 카메라 가방을 둘러메고는 빠른 걸음으로 난로 쪽을 향해 다가갔다. 안경을 고쳐 쓰며 여자는 다시 물었다.

"어둔리라고 하셨나요? 어둔리라는 마을이 있어요?"

허허, 하고 아낙은 웃었다. 매점 아낙도 따라 웃었다.

"현리, 저기 칠판에 현리라고 적혔잖우? 우리는 그냥 어둔리라고 그래, 옛날부터."

목이 긴 여자는 배차시간표가 적힌 흑판으로 고개를 돌렸다. 뚫어져라 흑판을 쏘아보더니, 이번에는 긴의자로 돌아가 자신의 배낭에서 황급히 지도를 꺼냈다. 여자의 상체의 두 배는 될 대축척지도가 배낭 위로 펼쳐졌다. 여자는 검지손가락으로 월산을 짚었고, 이내 현리(玄里)를 찾아냈다.

"있어."

여자는 탄식하듯 입술 끝을 깨물었다. 눈 내리는 바깥쪽을 잠시 응시하는 그녀의 속눈썹이 파르르 떨렸다.

"……정말 있었어."

남자가 여자에게 다가갔다.

"무슨 일이에요?"

"옛날에, 그애가 어둔리 이야기를 했었어. 난 그게 지어낸 이야기라고 생각했었는데."

전에 없던 동요가 여자의 눈에 어려 있는 것에 남자는 당황했다. 마치 단단한 갑옷같이 여자의 얼굴을 감싸고 있던 평정이 깨어져 있었다. 그녀의 흔들리는 눈에 어려 있는 것은 불분명한 의혹과 혼돈이었다. 여자는 다시 아낙들 쪽으로 다가갔다.

"거기, 혹시, 오십천이라는 냇물이 있나요?"

"있지, 징검다리가 오십 개나 되는 긴 내라고 해서 오십천이라고 그래."

"혹시……."

여자는 혀끝으로 마른 입술을 축였다.

"연골이라는 마을도 그 근처에 있나요?"

"연골?"

파마 머리 아낙은 눈을 동그랗게 떴다.

"아, 서울서 왔다는 아가씨가 연골을 어떻게 아우? 여기서도 젊은 사람들은 더러 모르는데."

"연골을 아신단 말씀이세요?"

여자의 목소리는 떨고 있었다.

이번에는 매점 아낙이 대답했다.

"연골은 오래 전에 없어진 마을이야. 그 근처 화전마을은 다 없어지고 어둔리만 남았어. 그 근처에 장뇌가 잘 자라거든. 장뇌 알지? 키우는 산삼 말야. 이 아줌마도 그것 기워서 인세는 나보다 부자라우."

여자는 뒷걸음질을 쳐서 긴의자에 주저앉았다. 여자의 다리가 후들거리고 있었다.

"그리로 가려면 어떻게 하죠?"

"어둔리?"

"아니오, 연골로 가려면."

"연골? 사람도 안 사는 마을에 뭐 하러? 사람 살 때에도 그쪽은 길도 안 나고, 하두 깊고 외진 골짝이라 차두 안 다니구, 전기두 안 들어왔어. 서울 사는 사람은 상상도 못 할 일이지?"

"그럼, 어둔리가 연골에서 가장 가까운 곳인가요?"

"그렇지…… 차가 다닌다 해도 어둔리도 굉장히 골짝이야. 지금 가면 날 다 저물고, 잘 데도 없다우. 볼 것도 하나 없고. 미인폭포가 개발되면 모를까…… 미인 머리채같이 물살이 풍성하다 해서 미인 폭포라고 하거든? 그나마 여름이면 몰라두, 겨울에는 춥기만 하구, 물도 다 얼어버렸구."

파마 머리 아낙이 곰살궂은 어조로 조곤조곤 일러주었다.

"거길 가보고 싶어? 그 춥기만 한 델 왜?"

매점 아낙도 사람 좋은 눈웃음을 짓고 있었다.

여자는 아낙들의 마지막 말을 듣지 못한 것 같았다. 무엇인가에 쫓기는 듯 두리번거리다가 그녀는 시계를 보았다. 눈에 보이게 손을 떨며 지도를 접어 배낭에 집어넣었다.

"거 참 이상하네."

어둔리에 산다는 파마 머리 아낙이 혼잣말처럼 말했다.

"며칠 전에도 어떤 젊은 여자애가 연골엘 간다고 하는 걸 누가 봤다던데."

"연골엘 가? 젊은 여자애가?"

매점 아낙이 되물었다.

"골말에 김씨 말이야. 왜 얼마 전에 타이탄 트럭 하나 샀잖어? 월산으로 걸어나가는 사람인 줄 알고 태워주려구 했더니, 나가는 게 아니라 연골로 들어간다고 하더래. 그래 참 별일도 다 있다고 했더니만."

때가 꼬질꼬질하게 엉긴 시멘트 벽에 기대어 서서 남자는 여자의 동요하는 눈을 마주 보았다. 눈안개는 점점 더한 기세로 몰아치고 있었다. 여자의 눈에서 무엇을 읽은 것인지, 남자 역시 전염된 듯 체머리를 떨기 시작했다.

"차 왔소!"

마치 눈을 뜬 채로 악몽을 꾸고 있는 것 같은 여자와 남자의 어깨를 떠밀듯이 매점 아낙은 기차 화통 같은 소리를 쳤다.

"아가씨, 황곡 간다고 안 그랬소?"

와이퍼로 눈보라를 지우며 직행버스가 대합실 출입문 앞에 멈추어 섰다. 차 문이 열리자 두꺼운 파카를 입은 청년들 몇이 주춤주춤인 땅으로 내려섰다.

"으잇, 눈 좀 봐라."

청년들은 파카깃을 세우며 읍내 쪽으로 총총히 걸어갔다. 회오리치는 눈발이 그들의 웅크린 어깨를 때렸다.

12
연 지는 골짜기

1

나는 후회하고 있었다.

뒤돌아보자 우리가 걸어왔던 발자국은 이미 새 눈에 덮여 지워지고 없었다. 좀전까지만 해도 희끗희끗한 눈발 사이로 일부분이나마 맨살을 드러내고 있던 잣나무의 앙상한 가지는 두툼한 흰 등걸이 되어 있었다.

얼마나 걸어왔을까.

커다란 느티나무를 바라보고 오른쪽으로 굽이튼 뒤, 좁아지는 길을 따라 삼십 리 가까이 걸어야 한다고 어둔리 아낙은 말했었다.

그 없어진 동네엘 정말로 가는 거요? 이렇게 눈이 오는데.

아낙의 눈이 동그랗게 커져, 사십대 후반의 얼굴이 순식간에 소녀의 얼굴이 되었다. 뺨이 거칠고 눈꺼풀과 이마에는 여러 겹의 주름이 졌지만 눈동자만은 어린아이처럼 맑은 아낙이었다.

길이 많이 험한가요?

아니.

아낙은 잠시 생각해본 뒤 대답했다.

원래는 그렇게 험하진 않았는데 사람이 안 다니니까 풀도 막 자라고 그랬지. 나도 최근에는 가본 적이 없소. 작년엔가 여름에 약초 캐러 가봤던 거뿐인데. 하긴…….

아낙은 덧붙였다.

겨울이라 풀이 안 자라서, 오히려 길 가기는 좋을 수도 있겠네.

아낙은 자신만이 아는 것을 누군가에게 가르쳐주는 즐거움에 말이 빨라졌다.

길 따라 내려가다가 큰 느티나무가 나오는 데서 오른쪽으로, 좁아진 계곡 길을 따라 삼십 리 좀 못 미쳐 올라가다가 보면 지대가 높아지고 평평해지는 데가 나와요. 거기가 연골이오. 원래도 대여섯 집밖에 안 살았어서 터가 조그맣다오. 가보면 아마 '세상에, 여기가 다 마을이었나' 할 거요.

그때 명윤은 발열과 기침 때문에 붉어진 눈을 번쩍이며 아낙의 말을 끊고 나에게 '좋아요' 라고 말했다.

가요. 나는 갈 수 있어요.

다짐하듯이 그는 말했다.

난 아무렇지도 않아요. 정말이에요.

나는 걸음을 멈추고 뒤를 돌아보았다. 명윤은 여남은 발짝 뒤에서 묵묵히 따라오고 있었다. 묵직한 철구를 매달고 오는 듯한 걸음걸이었다.

그는 얼마나 아픈 것일까.

월산에서부터 물말고는 아무것도 먹지 않은 것이 그의 화근이었을 것이다. 아침은 선지국에서 냄새가 난다고 먹지 않았고, 점심은 바빠 다니느라고 걸렀으며, 저녁은 어둔리 아낙이 차려준 밥그릇을 숟가락 한 번 대지 않은 채 그대로 물렸다.

먹고 싶지 않아요.

육체적으로 기진한 사람이 으레 그렇듯, 걱정하며 채근하는 어둔리 아낙과 나에게 명윤은 오히려 화난 목소리로 응수했었다.

도저히, 먹을 수가 없어서 그럽니다. 괜찮으니까 걱정 마십시오.

아침이 되자 먼 길을 걸어야 할 일이 자신도 걱정이 되었던 듯 간신히 몇 술을 넘기는 기색이었지만, 그 역시 이 추위를 지탱해줄 만한 정도는 못 되었다.

아무래도 아플 것 같아요, 라고 명윤이 황곡에서부터 말해오긴 했지만 이렇게까지 앓으리라고는 예상하지 못했었다. 어둔리 아낙의 집 건넌방에서 밤을 지새우면서 명윤은 내내 앓는 소리를 했었다. 강풍이 불 때마다 그는 저 바람 소리, 라고 했다.

저 바람 소리, 들려요?

말로만 듣던 산간지방의 밤바람은 위협적이었다. 날아가지 않도록 팔뚝만한 돌들을 얹어놓은 양철 지붕을 때리고, 사립문을 뒤흔들고, 부엌 앞에 엎어놓은 양은 대야를 요란스러운 소리로 덜그럭거리게 하였다. 이불 속에서 몸을 뒤척이며 명윤은 신열에 들뜬 목소리로 중얼거렸다.

……저 무서운 소리, 안 들려요?

"더 빨리 걸어야 해. 시간을 끌수록 체온을 잃게 돼. 체온 조절이 안 되면 죽는 거야, 알아?"

명윤은 얼굴을 들었다. 고통을 호소하는 것 같은 간절한 눈빛이었으나, 동시에 결코 포기할 수 없다는 듯 그의 입술은 굳게 다물려 있었다. 무슨 말인가가 갈라진 입술에서 터져나올 듯하였지만 명윤은 다시 고개를 떨구고 묵묵히 뒤따라왔다.

우리의 산행은 이미 세 시간 이상 계속되었다. 눈보라는 우리가 걸어온 길과 나아갈 길을 부지런히 덮어버리고 있었다.

가장 나쁜 것은 제대로 가고 있는 것인가에 대한 의심이었다. 좀 전에 지나온 제법 큰 느티나무가 아낙이 말한 그 느티나무였던 게 확실한가 하는 의문이 나를 초조하게 했다. 느티나무에서 오른쪽으로 꺾어지자 과연 점점 좁아지는 길이 나오긴 했다. 차츰 나아갈수록 허리 높이의 관목들이 우거져 마침내는 간신히 몸이 빠져나갈 수 있을 만큼 틈이 좁아졌다. 흰 눈 때문에 부드러워 보이는 마른 풀들을 젖히다가 나는 손을 베었다. 상처난 검지손가락은 처음에는 시큰거렸으나 이제는 얼어붙어 감각이 없었다.

나는 코트 안에 입은 스웨터의 소매를 길게 빼어 그 속에서 주먹을 쥐었다. 내 벙어리 장갑은 명윤이 끼고 있었다.

따딱.

폭약 가루가 흩뛰는 것 같은 날카로운 음향이 골짜의 정적을 깼다. 연약한 솔가지가 눈의 무게를 이기지 못해 부러졌다.

"선배."

숨을 몰아쉬며 명윤이 나를 불렀다.

"조금만 쉬어요."

그의 상기되었던 얼굴은 푸르죽죽하게 얼어붙어 있었다. 나는 눈 쌓인 관목을 헤치며 왔던 길을 되밟아갔다. 스웨터 속의 손을 빼어 그의 뺨에 댔다. 내 손도 그다지 따뜻하지 않을 텐데, 명윤의 뺨은 얼음장같이 찼다.

"돌아가자."

"안 돼요."

"미친 짓이야."

"거의 다 왔을 거예요."

"시골 사람들이 말하는 거리 감각은 우리하고 달라. 게다가 길이 좋고 몸이 건강할 때 세 시간 걸린다는 거야. 눈이 오고, 길은 안 좋고, 너는 위험해. 정말 모르겠니?"

"하지만 이제 정말 거의 다 왔을 거예요."

나는 현실적인 두려움이 치밀어오르는 것을 느끼며 걸어온 길을 돌아보았다. 제기랄, 웬 눈이 이렇게 오는 것일까. 점점 굵어지는 눈발이 시야를 가득 채우고 있어 제대로 앞뒤를 살필 수가 없었다.

"이 계곡만 빠져나가면, 이 계곡만 빠져나가면 될 거예요."

명윤의 눈은 고통스러운 희망과 안타까움으로 번쩍이고 있었다.

느티나무가 있는 갈랫길로 접어들기 전에 우리는 마을을 지났었다. 오륙 호 정도 되는 집이 띄엄띄엄 흩어져 있는 조그만 동네였는데 신기하게도 손바닥만한 점방이 있었다. 우리는 거기서 길을 묻기로 했다. 문을 열고 들어가보니 거의 살림집이나 다름없는 집이었다. 기본적인 과자며 라면, 일용품 따위를 먼지 낀 목제 선반 위에 쌓아놓은 정도였다.

연골? 저쪽으로 계곡 따라 한참 올라가야 있지. 인제는 아무도 안 살아. 집이란 집은 다 납작코로 내려앉았어.

내가 연골 가는 길을 묻자 주인 노인은 이상하다는 듯한 눈으로 우리를 훑어보며 말했다.

거기 사람들을 아세요?

알다마다…… 죽을 사람 다 죽고, 떠날 사람 다 떠나갔지.

이번에는 명윤이 노인에게 임영석이라는 사람을 아는가 하고 물었다. 노인은 더욱 의심쩍은 얼굴이 되었다.

임씨를 어떻게 아는가?

노인은 한 차례는 명윤을, 다음으로는 나를 머리끝부터 발끝까지 찬찬히 살폈다.

죽었어.

명윤의 얼굴에 스쳐가는 낙심을 나는 보았다.

아들이 하나, 딸이 하나 있었지. 딸은 어려서 집을 나가 어디서 어떻게 사는지 모르고, 아들 하나 모자란 것은 스무 살쟁이로 죽어서 묻고…… 그 사람 험한 꼴 많이 보았어.

아들 이름이, 혹 용수라고 하지 않았나요?

용수…… 글쎄, 용수라고 했던 것 같기도 허구. 기억이 없네.

지, 지금은 어디에 있습니까?

명윤이 물었다. 눈썹과 구렛나룻이 희끗한 노인은 주름투성이의 얼굴을 찡그렸다.

어디는, 이 사람아.

노인은 쯧쯧 입맛을 다셨다.

죽었다고 방금 그랬잖소. 스무 살쟁이로 죽었다고.

잇달아 터져나오는 두 사람의 질문에 노인은 임씨가 월산과 황곡 일대의 광산에서 일한 적이 있었다는 것, 집 나간 아내를 찾기 위해 십 년 이상 방방곡곡을 찾아다녔다는 것, 그러다가 돌아와 이 년 전까지 혼자서 연골을 지키고 있다가 죽었다는 것을 이야기해주었다. 죽었다는 것도 아무도 모르고 있었다고 했다. 마침 뽕나무가 많은 그 동네에 오디를 따러 갔던 이 동네의 노파가, 죽은 지 여남은 날쯤 된 부패한 시체를 발견했다고 했다.

얼마 전에 이곳을 찾은 젊은 여자가 있었느냐는 물음에 노인은 고개를 저었다.

아니, 본 적 없는데. 여기는 기의 외지 사람 내왕이 없어.

명윤이 소심스럽게 사진을 꺼내 노인에게 건네었다.

……임씨 딸이라구?

노인은 돋보기 안경을 꺼내 썼다. 초점이 잘 맞지 않는지 거리를 조정해가며 사진을 살폈다.

그러구 보니 아비허고 입매가 닮은 듯도 하구먼. 얼굴이 다 나왔으면 좋았을 텐데…… 어미를 닮았으면 인물이 고왔을 텐데.

이 사람의 어머니를 아세요?

명윤이 물었다.

아다마다, 이 골짝에서 썩기 아까운 인물이었지.

무엇인가 할말이 많은 듯하였으나 노인은 더이상 입을 열지 않았다.

날이 저물기 전에 서둘러 길을 나서는 그들에게, 노인은 소주 한 병을 비닐봉지에 넣어 건네주었다.

일가친척 없이 불쌍하게 죽은 사람이니, 임씨랑 그 아들래미 무덤에 술이나 뿌려주게.

어느 게 그분들 무덤인 줄 알아서요?

아마 찾기 쉬울 거야.

노인은 수수께끼 같은 대답을 했다.

바쁘게 걷느라고 흘린 땀이 식으면서 몸은 급속도로 체온을 잃어갔다. 더군다나 열이 심한 명윤은 내 뒤를 따라오며 계속하여 휘청거리고 있었다.

"눈 때문에 그러는 거예요. 괘, 괜찮아요."

그러나 그는 자신의 내장까지 게워낼 것 같은 기침을 수분간 뱉어냈다. 그 경황에 그는 나에게 웃음을 지어 보이려 애쓰고 있었다.

"눈 때문에…… 클클, 눈이 어지러워서 그러는 것뿐이에요. 빌어먹을 눈 때문에."

나는 버럭 고함을 질렀다.

"아무래도 안 되겠어!"

참아왔던 초조와 불안과 후회가 폭발하고 있었다.

"아까 그 점방 노인도 못 봤다고 했잖아. 의선이도, 동네가 없어진 것을 알았으면 오지 않았을 수도 있어."

"그렇지 않아요."

명윤은 입꼬리를 끌어올려 웃기 위해 안간힘을 다하고 있었다.

"사람의 마음은 그렇지 않아요. 가족이라면 무덤에라도 들러보고 싶은 거예요."

"설령 들러보았다고 치자. 그게 언제 얘긴데 그애가 그 빈 마을에 아직 있을 것 같아? 지금까지 있을 리가 없잖니? 이 한겨울에."

전날 저녁 어둔리의 아랫마을인 골말에 사는 김씨라는 사람을 만나 의선의 사진을 보였을 때 그는 글쎄요, 라고 말끝을 흐렸었다.

비슷한 것도 같으네요. 하지만 얼굴을 하얀 목도리로 친친 싸매서 살 볼 수가 없었어요. 그러고는 세상에, 아무도 안 사는 연골로 간다니까 섬뜩했다니까요. 거긴 아무도 안 산다고 해도 들은 척 마는 척하고 허전허전 걸어가는 거예요. 한 손에는 기우뚱하니 큼지막한 가방까지 들고…… 그땐 몰랐는데 지나고 생각해보니 꼭 귀신에 씌운 것 같더라구요.

그게 벌써 나흘 전의 얘기라는 것이었다.

"그 조그만 마을에 주민이 몇이나 되겠어요? 모두 집 안에 있었다면 못 봤을 수도 있는 거죠. 더구나 그애가 눈 속에 갇혀 있는지도 모르잖아요. 얼어죽어 있든 어쨌든, 거기에 가야 해요. 그애를 찾지 못한다 해도……."

명윤은 잔기침을 하며 휘청거리는 몸의 균형을 잡았다.

"하다 못해 뭔가 단서가 될 만한 걸 남겨놨을 거예요."

그렇게 실랑이라도 하고 있는 동안은 나았다.

침묵 속에서 다시 앞으로 나아가는 동안, 찬바람은 얼어붙은 뺨을 매정하게 할퀴어댔다. 귀가 떨어져나갈 듯이 아프더니 감각이 없어졌다. 차가운 공기는 겉옷과 속옷의 올올 사이로 무수한 얼음 바늘들처럼 파고들어왔다. 내 걸음걸이도 차츰 둔탁해지고 있었다. 그나마 다행스러운 일은 눈발이 조금씩이나마 성기어지고 있다는 것뿐이었다.

훗, 하며 명윤이 소스라쳤다. 나도 함께 놀랐다. 넘어지려 하는 명윤의 팔을 거머잡았다. 두꺼운 눈에 쌓여 알아볼 수 없었던 바닥은 꽝꽝 얼어붙은 개천이었다. 이곳이 오십천일까. 팔꿈치가 고스란히 잠기는 눈을 헤쳐내고 나는 불투명한 얼음의 두께를 가늠해보려 부질없이 애썼다. 귀를 가까이 했을 때 마치 물 흐르는 소리를 들은 것 같았다. 그러나 고개를 들어보자 아무 소리도 들리지 않았다. 하늘과 땅과 대기를 가득 메운 눈송이들이 부지런히 모든 소리를 삼키고 있었다.

얼마나 더 참아야 하는 것일까.

무릎과 외투에 묻은 눈을 털어내며 나는 생각했다.

발자국이 모두 지워져버린 길을 다시 찾아 돌아갈 수 있을까.

삼십 분쯤 전 나는 토끼 발자국을 발견했었지만, 채 열 발자국을 따라가기 전 그 손톱만한 흔적들은 모두 지워져버렸다. 흠칫 놀라 돌아보았을 때, 우리가 걸어온 까마득한 길이 빼곡한 눈발에 가려 보이지 않는 것에 나는 어깨가 떨려오는 것을 느꼈었다. 나는 도시내기였다. 도시 중에서도 서울에서, 서울의 변두리들만을 전전하며 삼십여 년을 살았다. 고작 회사 동료들과 어울려 등산을 몇 번 가본 것이 산행 경험의 전부였다. 눈길에 산을 탄다는 것이 어떤 것인지 나는 미처 알지 못하고 있었다.

이것이 과연 길일까.

젖은 운동화는 이미 얼어 발가락들의 감각을 느낄 수 없었다. 어둔리 아낙에게 카메라 가방을 맡기고 온 것은 천만다행한 일이었다. 별로 무겁지 않다고 생각했던 여행용 배낭이 어깨를 짓눌러왔다.

푸드득, 길 왼편의 나무에서 눈송이가 요란스럽게 흩어지며 산꿩 한 마리가 추락하듯 눈밭에 내려앉았다. 이파리 한 점 없는 겨울 숲이었지만 산꿩은 이내 내 시야에서 홀연히 사라졌다. 빼곡이 쌓인 눈 때문일 것이다. 어느 흰 가지, 흰 줄기들의 틈에서도 그 모습을 찾아낼 수 없었다.

부서운 정적이었다.

우리가 딛는 발자국 소리밖에는 아무것도 들리지 않았다. 바람도 완전히 멎어 있었다.

이름을 알 수 없는 관목들이 우거져 있는 길을 헤치며, 자꾸만 뒤돌아보며 나아가다가 나는 갑자기 길이 끝난 것을 알았다. 눈에 덮인 크고 작은 산들이 오목한 공터를 둘러싸며 작은 분지를 형성하고 있었다.

화전 마을의 흔적일까.

"어디로 가야 하지?"

나는 뒤돌아보았다. 내 발자국을 밟아오던 명윤이 멈추어 섰다.

"여, 여기 아닐까요?"

명윤은 보랏빛 입술을 덜덜 떨고 있었다.

"평지가 나타난다고 했잖아요. 여기가 연골 아니에요?"

떨고 있는 그에게 나는 팔을 뻗었다.

"나를 잡아."

"괜찮아요."

"잡아."

두어 발짝 다가오던 명윤의 몸이 나에게 엎어지듯 안겼다. 그의 몸은 새하얗게 눈으로 감싸여 있었다. 나는 그를 안은 채 그의 등과 목덜미, 머리털의 눈을 털었다.

명윤이 몸을 가누는 동안 나는 진회색 하늘을 올려다보았다. 잠깐 눈발이 누그러졌을 뿐 아직도 많은 눈송이들을 악물고 있는 하늘이었다. 산봉우리와 능선들은 어둔리에서보다 훨씬 가깝게 느껴졌다. 그다지 가파르지 않은 길로 왔는데도, 워낙 오래 걸었기 때문에 꽤 고도가 높아진 모양이었다. 지척으로 다가온 커다란 봉우리는 어둔리에서 보았던 덕항산의 측면인 것 같았다.

우리는 공터를 향해 걸어갔다.

"이것 봐요."

명윤의 목소리는 형편없이 쉬어 있었다.

"이 돌들 봐요."

상체를 수그리고 땅에서 튀어나온 부분의 눈을 털어내자, 자연 그대로의 것이라고 보기 힘든 돌덩이들이 여럿 나왔다. 집을 올리는 데 쓰였을 썩은 통나무들도 있었다.

벽이 무너졌을 뿐 아니라 지붕까지 내려앉은 집의 잔해들이 눈에 파묻혀 있는 것이었다.

바람이 몰아쳤다. 두껍게 덮여 있던 눈이 떡가루처럼 훨훨 날렸다. 그때 나는 믿기지 않는 것을 발견하였다.

집이 있었다.

눈에 파묻혀 있기는 하지만 그것은 분명히 집이었다. 명윤의 입에서 탄성이 터져나왔다. 나와 비슷한 순간에 집을 발견한 모양이었다. 눈 덮인 비탈에 바싹 붙어 있어 언뜻 눈에 띄지 않았던 그것은 유일하게 마을에 남아 있는 집이었다.

사람이 살지 않는 집이 저렇게 멀쩡할 수 있을까. 사람의 온기가 사라진 집이 얼마나 빠른 속도로 무너지는지, 마치 혼이 빠져나간 육체처럼 주저앉아버리는지 나는 알고 있었다. 그 과정에는 일 년이 채 걸리지 않는다.

여남은 발짝 거리로 다가섰을 때에야 나는 그 집이 남아 있는 이유를 알 수 있었다. 어떤 솜씨 좋은 사람이 두꺼운 전선으로 서까래와 지붕의 용머리를 둘러 통나무 말뚝에 묶어놓았던 것이었다. 말뚝은 마당의 가장자리를 따라 일 미터 간격으로 촘촘하고 견고하게 박혀 있었다. 마치 전신을 포박한 듯, 스무 개도 넘는 전선들이 집이 무너지지 않도록 지탱해주고 있었다.

오랜 시간이 지난 뒤 다시 돌아오리라 작정하고 떠난 집처럼 마당은 말끔하게 정돈되어 있었다. 그러나 장지문의 종이는 눈비에 젖고 찢어져 흔적만 남아 있었다. 그 안으로 들여다본 방은 더러웠다. 거미줄이 주렁주렁 매달린 컴컴한 방구석에서는 귀신 같은 것이 뛰쳐나올 듯했다. 귀를 맞추어 개켜놓은 낡고 더러운 이부자리 속에서는 지네들이 우글거리고 있을 것 같았다.

"봐요."

명윤이 외쳤다.

"봐요, 누군가가 쓸어놓은 자국이에요."

명윤은 삐걱거리는 장지문을 열었다. 누군가가 자신이 누울 자리의 먼지만 쓸어내고 누웠던 듯 장판 바닥이 허옇게 드러나 있었다.

나는 정지문을 열었다. 어두운 부엌 한켠에는 누가 패어놓은 것인지 너덧 개의 마른 장작이 쌓여 있었다. 그리고 아궁이에는, 믿기지 않게도, 얼마 전에 불을 지핀 흔적이 있었다.

의선이다.

나는 현기증을 느끼며 아궁이 앞에 멈추어 섰다.

그것은 의선이 우리에게 남겨놓은 첫 증거였다.

명윤의 인기척이 들리지 않았다. 나는 밖으로 나갔다. 어두운 곳에 익숙해 있던 눈을 흰 눈(雪)빛이 찔렀다. 차가운 눈에 덮인 집들의 잔해 어디에도 명윤은 없었다. 나는 다급한 마음이 되어 뒤안으로 돌아가보았다.

명윤은 집 뒤편의 산비탈에 자리한 조그만 두 개의 봉분 앞에 서 있었다.

그는 점방 노인에게서 받았던 술을 거기 뿌렸다. 계란을 반으로 갈라 엎어놓은 것 같은 모양으로 흙을 도독하게 다진 위에 흰 눈이 소복이 쌓여, 평지가 아님을 그 동그란 윤곽으로 간신히 알 수 있는 초라한 무덤이었다.

분지라서 포근하구나, 하고 나는 생각했다. 눈길에서처럼 귀가 떨어져나갈 듯 시리지 않았다.

"……여기예요."

빈 술병을 든 채 명윤이 말했다. 올려다본 그의 몸은 실제보다 호리호리하고 커 보였다.

"……바로 찾아왔군요."

그의 말이 옳았다. 의선은 여기 들렀다. 그러나 더이상 이 마을에 있지 않은 것도 분명했다.

우리는 얼마만큼의 시차로 의선과 어긋났을까. 의선은 불을 피우고 여기서 하룻밤쯤을 묵었을 것이고, 사람도 먹을 것도 없는 이곳을 이내 빠져나갔을 것이다. 그렇다면 이제 어디로 갔을까.

명윤은 나에게 묻는 것인지 자신에게 묻는 것인지 알 수 없는, 이번 여행에서 수없이 되풀이했던 질문을 넋두리처럼 던졌다.

"이제, 어디로 가죠?"

명윤은 주머니에서 라이터를 꺼내 장작 하나에 불을 붙이려 했다. 잘 되지 않았다. 그가 되지 않는 불붙이기를 시도하고 있는 동안 나는 밖으로 나왔다. 무덤 뒤의 비탈을 따라 솔숲이 우거져 있었다. 눈을 털어내고 양손 가득 솔가지들을 모아왔을 때 아궁이에 불이 타고 있었다. 명윤은 자신의 일본어 교본과 신문, 잡지 따위를 불쏘시개로 태우고 있었다. 퍼득이는 불꽃을 받은 명윤의 옆얼굴에 붉은 음영이 드리워졌다.

"아무것도 알 수 있는 게 없어요."

불꽃에 붉어진 옆얼굴로 명윤은 중얼거렸다.

"여전히 그애에 대해서 알아낸 게 없군요. 난 이곳으로 오기만 하면……."

나는 명윤과 나란히 불 앞에 앉았다. 언제 다시 덥혀질 수 있으랴 싶게 얼어붙었던 몸이 부드러운 열기에 녹아들었다.

"모든 걸 알 수 있을 거라고 생각했어요…… 팔차선 횡단보도에서 그애가 왜 그런 짓을 했을까, 이런 말을 그애는 왜 그때 나에게 했었을까, 조용히 춤추는 것 같은 그애의 눈, 그 침묵 속에 도사리고 있었던 것들은 무엇이었을까…….

다 풀 수 있을 거라고 생각했어요. 설령 그애를 찾아가지고 돌아오는 데에는 실패한다 해도."

명윤은 바닥에 주저앉아 무릎을 안고 있었다. 그의 쉰 목소리는 무겁게 잦아들어가 있었다.

"그것들을 모두 알게 되면 다시 시작할 수 있을 거라고 생각했어요. 그 단서들로 그애를 다시 찾아나설 수 있을 거라고."

타닥타닥, 장작에서 불꽃이 튀어 그의 구두 위에서 스러졌다. 그러고 보니 그는 바닥이 닳은 저 볼품없는 구두로 먼 눈길을 용케 걸어온 셈이었다.

"……아무것도 없군요, 그런데."

명윤의 말이 중간에 끊기듯 느닷없이 멈추었다. 마치 보이지 않는 손으로 목덜미를 얻어맞은 것처럼 그의 고개는 무릎 사이로 꺾여 있었다.

잠들었을까.

나는 명윤의 흰 가마를 보았다.

갑자기 긴장을 푸는 것은 좋지 않다.

그러나 한쪽 무릎만 꿇고 앉았던 나 역시 명윤을 따라 부엌 바닥에 엉덩이를 깔고 앉았다.

몇 분간 쉬었다 가는 것은 괜찮을 것이다.

다시 돌아가야 할 길이 멀었다. 산골짜기의 날은 일찍 저물 것이다. 잠들어서는 안 된다고, 정확히 오 분 뒤에 명윤을 깨워 길을 나서야 한다고 생각하면서 나는 잠들었다.

퍼뜩 눈을 떴을 때 장작 하나가 다 타고 잔불이 남아 있었다. 명윤의 어깨를 흔든 순간, 바람 빠진 풍선처럼 그는 모로 쓰러졌다. 그의 얼굴과 목은 불붙은 듯 뜨거웠다.

"내가,"

의식을 차린 명윤은 힘을 다해 눈을 치켜뜨며 흙바닥을 손으로 짚었다.

"내가 왜, ……왜 이러지?"

부엌문을 열었다. 눈이 다시 내리고 있어 사위가 어둑했다. 손목시계의 바늘은 세시를 넘어가고 있었다.

서두른다면 빠르면 다섯시 삼십분까지 점방이 있는 마을까지 내려갈 수 있을 것이다. 그러나 깊은 산중의 날은 빨리 저문다. 네시 삼십분만 넘어가면 이미 어두워지기 시작할 것이다. 시간이 없었다.

명윤에게 되돌아가 그의 어깨를 잡았다.

"명윤아, 갈 수 있겠니?"

명윤은 흙 묻은 손을 바지에 문지르며 몸을 일으켰다.

"지금, 간다구요?"

명윤의 눈동자가 어지럽게 흰자위를 구르고 있었다. 그의 얼굴에는 병색이 완연했다.

"여길 놔두고, 가면 어디로 간다는 거죠?"

명윤은 신열로 번들거리는 눈을 들어 내 눈을 똑바로 들여다보며 클클, 웃음을 지었다. 순간 그의 비틀거리는 몸에서 일종의 광기가 느껴졌으므로 나는 주춤 한 발짝 뒤로 물러섰다.

명윤의 팔을 어깨에 걸치고 좁은 관목숲길로 들어섰다.

왔던 길이다 싶은 방향으로 본능에 의지하여 걸었다. 마른 편인 명윤의 몸은 갈수록 무겁게 느껴졌다. 나 역시 한 발짝 떼어놓기가 힘에 부쳤다.

클클클클…….

명윤은 간헐적으로 웃음을 터뜨렸다. 흐느끼는 것 같은 그 웃음이 나를 불안하게 했다.

"나, 안 갈 겁니다."

이따금 그는 언제 그렇게 비틀거렸는가 싶게 완강한 자세로 멈추어 선 채 열에 들뜬 헛소리를 빠르게 중얼거렸다.

"그 집에 다시 가봐야겠어요. 아니, 나 이제 그 집에서 살래요."

"선배, 아니, 누나, 내가 얼마나 선배를 누나라고 부르고 싶었는지 알아요? 언젠가 선배가 그랬죠. 누나라고 부르지 말라고, 혈족관계를 본뜬 호칭들이 모두 싫다면서 잘난 척을 했죠. 웃기는 일이지, 누나, 언니, 삼촌, 고모 하는 정다운 말들이 그렇게도 끔찍하다니, 정말 끔찍한 일이야…… 어쨌든 누나, 아니, 선배. 젠장, 나랑 같이 인제부터 저 집에 사는 거 어때요? 클클…… 놀라지 말아요. 농담, 농담이에요."

"봤죠? 하얗게 쓸어진 방바닥? 그애는 다시 와요. 반드시 온다구요. 서울서 여기까지 왔는데, 일단 한번 돌아왔는데 다시 못 오겠어요? 반드시 온다구요. 반드시 올 거예요."

"돌아가요. 돌아가요. 돌아가요, 제발!"

갑작스럽게 키득거리기를 멈춘 명윤은 발작적으로 내 팔을 뿌리쳤다. 그는 뒤돌아섰다. 왔던 길을 걸어나가기 시작했다.

"안 돼, 명윤아."

나는 뒤쫓아가 명윤의 팔을 붙잡았다. 명윤은 무엇인가를 후려치듯이 나를 뿌리쳤다.

"혼자 돌아가요. 나 혼자 남겠어요."

성큼성큼, 그러나 불안정한 걸음걸이로 나아가던 명윤은 십 미터쯤을 더 가나가 문득 멈추어서서 고개만을 돌렸다. 그의 눈길에 담긴 헤아릴 수 없는 원망이 예리한 끌 끝처럼 내 가슴을 할퀴었다.

"그냥 가요, 선배."

그의 얼굴은 여전히 신열로 붉었으나, 어조는 가라앉아 있었다.

"놔두고 가요. 나는 그 집으로 갈 테니까."

순간 명윤은 얼빠진 듯한 미소를 지어 보였다.

"……언제나 그만 돌아가고 싶어했잖아요?"

그에게 다가가지도, 물러서지도 못한 채 나는 우두커니 서 있었다.

나는 무서운 무력감을 느꼈다. 어리석기 짝이 없는 명윤의 집념을 꺾을 길이 없다는 사실에 나는 난감해졌다.

그 동안에도 눈발은 명윤의 비틀거리는 머리와 어깨 위로 쌓이고 있었다.

"이 골짜기는 정말 편안해요. 무덤 속 같아요."

끌끌, 명윤의 쉰 웃음소리의 끝은 거의 알아듣기 힘들 만큼 희미했다.

"놔두고 가요, 괜찮아요."

그는 고개를 돌렸다. 종아리까지 쌓인 눈을 헤치고 그는 나아가기 시작했다.

2

어둔리에서 명윤이 무섭다고 했던 밤바람이 이 골짜기에서도 어둠을 물어뜯으며 고함을 지르고 있었다. 이 집의 부엌문은 아름드리 통나무를 잘라 이어붙인 것이었는데, 그 이어진 부분이 기다랗게 벌어진 틈으로 눈발이 몰아쳐 들어와 어두운 흙바닥에 가냘프고 흰 선을 그리고 있었다.

남은 장작은 두 토막뿐이었다. 어둠과 바람 때문에 불쏘시개를 찾으러 나갈 수 없어, 취재 수첩의 쓰지 않은 페이지들을 한꺼번에 뜯어 불을 붙였다.

명윤은 안방에 누워 있었다. 구멍 뚫린 장지문으로 바람이 들어오기는 했지만, 불을 지피면서 아랫목이 달구어졌고 더러우나마 이부자리가 있어 부엌 바닥보다는 훨씬 나았다.

명윤과 함께 이곳에 돌아오는 동안, 처음 올 때보다 길은 오히려 더 멀게 느껴졌다. 종내에는 한 발짝 내딛기가 힘에 부쳤다. 어느 쪽으로든 날이 저물기 전에 걸어 도착해야 한다는 생각, 어두워지면 끝이라는 생각뿐이었다.

그러나 추위나 두껍게 쌓인 눈, 무거운 명윤의 몸보다 나를 괴롭혔던 것은 그의 넋두리였다.

괜찮아요.

두고 가요.

제발 놔두고 가요.

반복되는 그의 속삭임이 머리끝까지 화를 치밀게 하였다. 제발 닥쳐줘, 라고 터져나오려는 고함을 간신히 참으며 나는 이를 물었다.

……다 틀렸죠?

명윤이 눈물을 훔치며 그렇게 말하지 않았다면 나는 정말 고함을 터뜨렸을지도 모른다.

이젠 다 틀린 거죠…… 이젠 다, 다 틀렸어요…… 이젠 더 가볼 곳도 없어요.

입술을 짓씹으며, 흘러내리는 눈물을 닦으려고도 하지 않으며 그는 되는 대로 발을 내어딛고 있었다.

그때 명윤의 그 말의 어디가 내 안의 어떤 부분을 허물어뜨렸는지 나는 알 수 없다. 마치 토악질의 전조와도 같은 현기증과 혼란에 휩싸인 채 나는 명윤의 눈물을 보고 있었다.

내려앉은 마을이 다시 나타났을 때 나는 거의 기진한 상태였다. 부엌과 통해 있는 안방 문을 열고 동그랗게 먼지가 쓸어진 자리에 명윤을 앉혔다. 명윤은 잠시 벽에 기대어 미동도 않고 있더니 의식을 잃듯 그대로 잠들어버렸다.

이런 곳에, 이런 날씨에 아무 장비도 없이 온 것이 터무니없이 어리석은 짓이었다는 것을 나는 깨닫고 있었다. 이날 아침 나는 거절했어야만 했다. 스스로에게 약속했던 대로 똑똑히 말했어야만 했다.

가고 싶으면 혼자 가.

난 안 가.

그러나 나는 그렇게 하지 못했다.

지겨워…… 너도, 의선이도 모두 지겨워. 둘 다 내 삶에서 없어져버려.

그렇게 내뱉었어야 했다.

남고 싶으면 마음대로 해. 나는 혼자라도 가겠어. 이런 외딴 골짜기에 무모하게 갇히고 싶은 생각은 없어.

명윤의 존재가, 그의 갈망과 어리석은 집념이 마치 끈적끈적한 거미줄처럼 나를 옭아매는 것처럼 느껴졌었다. 그 끈끈한 불안과 책임감으로부터 등을 돌리고 싶었다. 나는 그렇게 했어야만 했다. 어둔리로 돌아갔어야 했다. 어둔리 아낙에게 맡겨놓은 카메라 가방을 챙겨들고 군내버스를 탔어야 했다. 월산의 어두컴컴한 대합실로, 황곡을 거쳐 서울로 돌아갔어야 했다.

그러나 나는 그렇게 하지 못했다.

불을 다시 지피는 동안 허기가, 그보다 강한 두려움이 엄습해왔다. 감각이 없는 손과 발을 불 쪽으로 뻗어 녹이며 참담한 허기를 곱씹다가 나는 쓸 만한 그릇을 찾기 시작했다. 부엌에는 낡은 재래식 세간살이가 고스란히 보존되어 있었다. 나무로 짠 찬장에서 잔뜩 녹슨 놋쇠 주발을 찾아냈다.

그것을 갖고 나가 눈으로 씻었다. 손이 발갛게 부어오르며 터질 듯 아파왔다. 나는 버려진 마을의 숨막히는 어둠을 보지 않으려 애썼다. 아무것도, 단 십 센티미터 앞의 것도 보이지 않았다.

어둠이라는 것을 너무 쉽게 생각했다는 것을 나는 서서히 깨닫고 있었다. 어둔리로 가는 것이 냉철한 일이라고 여겼던 나의 판단과는 정반대로, 이곳에 돌아온 것은 잘한 일이었다. 저런 상태의 명윤과 함께 어둔리로 돌아가려 했다면 중간에 길을 잃고 말았을 것이다. 저 섬뜩한 어둠 속에서 얼어붙고 말았을 것이다.

나는 씻고 난 주발에 눈을 담아 부엌으로 돌아왔다. 주발을 아궁이 위에 얹은 뒤, 그 눈이 녹아서 맑은 물이 되는 것을 초조하게 바라보았다.

눈을 녹여 목을 축이는 일은 나에게 처음이 아니었다.

열한 살이 되던 겨울, 나는 어머니와 함께 제주도 북쪽 바다에 갔었다. 오 년 만에 제주도에 내렸다는 흰 눈이 바닷가 마을의 남방계 활엽수들과 검은 돌담에, 무덤처럼 솟은 야트막한 오름들 위에 소롯이 쌓여 있었다. 어머니는 구멍이 뻥뻥 뚫린 검은 돌 위에 쌓인 눈을 뭉쳐서 손에서 녹인 뒤 나에게 핥아 마시게 했었다. 발갛게 언 어머니의 까끌까끌한 손바닥과, 그녀의 손금 사이에 고여 있던 밋밋한 눈〔雪〕물의 맛을 나는 기억한다.

어머니와 나는 그곳에 놀러 간 것이 아니었다. 언니를 찾으러 간 것이었다.

나와 터울이 많이 지는 민영 언니는 그때 스물한 살이었다. 언니를 낳은 뒤 나를 낳을 때까지 어머니는 세 번의 사산을 했다. 반드시 아들이리라 기대했던 나를 낳고 나서 노산모였던 어머니는 몸져누웠다고 했다. 빚과 가난말고는 아무것도 남겨주지 않은 아버지가 지병인 고혈압으로 세상을 떠난 것은 그로부터 이 년 뒤, 내가 세 살 때였다.

어머니가 파출부로, 주방 보조 일로, 노점상으로 나다니는 동안 나를 돌보아준 사람은 민영 언니였다.

언니는 성격이 몹시 쾌활했다. 이목구비는 어머니를 닮아 오밀조밀했지만, 고른 치열과 분홍빛 잇몸을 드러내며 시원스럽게 웃어젖히는 얼굴에는 사람을 끄는 구석이 있었다.

내 기억에 언니는 언제나 몸에 바람을 묻혀가지고 다니는 사람이었다. 아침까지 늘어져 자는 언니의 모습을 나는 한 번도 보지 못했다. 내가 기억하는 한 아마도 언니가 중학교에 들어갔을 때부터 줄곧, 그녀는 늦어도 다섯시면 일어나 체조와 줄넘기를 하고 밥을 안쳐놓은 뒤 가방을 둘러메고 집을 나서곤 했다.

대학에 가서도 마찬가지였다. 늦은 과외 아르바이트를 마치고 돌아온 그녀는 '다녀왔습니다' 하는 한마디를 어머니에게 던지고는 마당에서 펌프질을 하여 얼굴과 손발을 씻은 뒤 마지막으로 양말을 벗어 빨았다. 부엌 바닥에 쪼그리고 앉아 신김치와 밥으로 허기를 때우고는 방으로 들어와 밀린 공부를 시작했다.

목이 말라 새벽에 깨어보면, 어머니와 나의 잠을 되도록 방해하지 않으려고 스탠드에 수건을 씌운 채 공부에 열중해 있는 언니를 볼 수 있었다. 언니가 책상 앞에 없을 때도 있었다. 그럴 때 졸린 눈으로 화장실에 가다 보면 그녀는 어둡고 추운 주인집 마당의 가장자리에서 외롭게 맨손체조를 하고 있었다.

이따금 언니는 거의 자정이 가까운 시각에 돌아오기도 했다. 주인집 식구들을 깨우지 않으려고 나지막이 인영아, 하고 부르는 소리에 대문을 열어주기 위해 뛰어나가면 그녀는 팔을 넓게 벌려 나를 안아주었다. 그럴 때 언니의 겉옷에 묻어 있는 찬바람의 기운을, 음음한 술과 담배의 냄새를 나는 좋아하였다.

언니가 줄곧 그토록 건강하고 쾌활한 웃음을 보일 수 있었다는 것은 신기한 일이었다. 그녀는 집 안에서는 못을 박고 바퀴벌레를 잡고 모기장을 치는 사람이었고, 학교에서는 장학금을 받는 우등생이었다. 등록금을 스스로 버는 것은 물론 어머니에게 매달 생활비를 보태줄 만큼 바쁜 생활을 하면서도 그녀는 어두운 안색을 짓는 일이 없었다.

그녀는 동생인 나를 몹시 아꼈다. 단칸방에서 입시 공부를 하느라 나에게 텔레비전을 보거나 떠들지 못하게 한 것을 미안해했고, 대학에 가서는 바삐 다니느라고 나에 대하여 신경 쓰지 못하는 것을 미안해했다. 언니는 이따금 내 머리를 쓰다듬으며 걱정스러운 어조로 말하곤 했다.

아이는 아이답게 시끄럽게 커야 하는데⋯⋯ 넌 너무 빨리 어른이 되어버릴 것 같구나.

그 미안함 때문이라며 언니는 첫 아르바이트 월급으로 내 스웨터를 사왔다. 어머니에게는 내의를, 그리고 자신을 위해서는 중고 수동 카메라를 샀다. 어릴 때부터 사진기를 갖는 것이 소원이었다고 그녀는 나에게 고백하였다. 그러나 정작 그녀는 한 번도 그 카메라를 써보지 못했다. 그녀에게는 사진을 찍고 다닐 만한 시간이 없었다.

나는 언니의 약한 모습을 꼭 한 번 보았다. 월말고사 때문에 일찍 학교가 파했던 오전이었다. 당연히 아무도 없으리라 생각하고 집에 들어섰을 때 언니의 구두를 보았다. 그 낡고 더러운 구두를 나는 또렷이 기억한다. 얼마나 많은 땅을 밟고 다녔는지 뒤축이 해어지고 코와 옆부분이 흙과 먼지투성이인 구두 두 짝이, 부엌과 연결되는 단칸방 문턱 앞에 가지런히 놓여 있었다. 와락 반가워 문을 열려는데 안쪽에서 이상한 소리가 들려왔다.

우는 소리였다.

나는 언니가 우는 소리를 한 번도 들어본 적이 없었으므로 그것은 조금 무섭게 느껴졌다.

망설이다가 나는 조심스럽게 문을 열었다.

……언니?

외투를 입은 채 언니는 앉은뱅이 책상에 상체를 엎드리고 있었다. 어깨를 들먹이는 그녀에게 다가가 나는 팔을 붙들었다.

언니, 왜 울어?

울지 마, 언니.

울지 마, 응?

내가 뒤따라 울음을 터뜨렸을 때에야 언니는 눈물이 번쩍거리는 얼굴을 닦으며 웃었다. 그녀의 아랫입술이 갈라진 자리에 피딱지가 굳어 있었던 것을, 거기에 맺혀 있던 고드름 같은 눈물을 나는 기억한다.

무슨 말인가를 꺼내려던 언니는 다시 치밀어오르는 목울음을 참느라고 입술을 깨물었다. 그녀는 잠자코 내 젖은 눈을 손등으로 닦아주었다. 언니의 손등이 까끌까끌했다. 나중에 알고 보니 그 무렵 과외 아르바이트 자리가 끊어졌던 언니는 어머니 몰래 시내 커피숍에서 주방 일을 하고 있었다. 언니는 두고 간 물건이 있어 학교에 가다 말고 집으로 돌아왔고, 조용한 방 안에서 마침내 혼자가 되어 울고 있었던 것이었다.

……언니 나갔다가 올게. 문 잘 잠그고 있어.

언제 울었냐는 듯 환한 분홍색 잇몸을 드러내어 웃으며 언니는 일어섰다.

그렇듯 언니와 어머니 모두 분투하고 있었으나, 어린 내가 할 수 있는 일은 없었다.

내가 견뎌야 했던 유일한 힘든 일은 저녁시간을 보내는 것뿐이었다. 최대한 천천히 숙제를 하고, 일기를 쓰고 뒤치럭거리다가 찬밥을 먹고, 목이 마르지 않아도 물을 자꾸만 따라 마시며 나는 식구들이 돌아오기를 기다렸다.

그래서일까. 어린 시절을 생각할 때 가장 먼저 떠오르는 것은 그

단칸방의 벽지다. 줄기가 가느다랗고 색깔이 모두 다른 튤립 모양의 꽃들이 세로로 늘어서 있는 벽지였는데, 이어붙인 자리마다 약간씩 꽃들의 위치가 어긋나 있었다. 그 어긋난 자리를 머릿속으로 연결하며 나는 기나긴 저녁시간을 보내곤 하였다.

그렇게 시간이 더디 흘러가던 저녁에 나는 그 전화를 받았다. 어머니는 아직 시장에서 돌아오지 않았고, 언니는 태어나서 처음으로 여행을 떠나 있을 때였다.

언니는 타고난 쾌활한 성격 탓에 친하게 어울리는 친구들이 제법 많은 편이었다. 그 친구들이 제주도로 이박 삼일의 낚시 여행을 간다고 하는 것을, 그녀는 자신과는 무관한 일로 여기고 있었다. 한데 언니가 심상하게 이야기한 친구들의 여행 계획을 들은 다음날 어머니는 언니의 손에 여비를 쥐어주었다.

대학 막 들어가서 일 년이 제일 좋은 때라는데, 너는 엠티라는 거 한번 못 가보지 않았니. 다른 집 애들은 무전여행이니 뭐니 하고 다니는데 한번 바람 쐬고 오너라.

어머니의 쌈짓돈을 기어이 안 받으려고 허둥지둥 손사래를 치던 언니는 막상 여행을 떠나는 아침에는 몹시 설레어 있었다. 그녀는 새벽 고속버스를 타고 완도까지 가 거기서 고속 페리 호를 탈 거라고 했다. 스물한 살의 여자애다운 홍조를 뺨에 머금은 채, 언니는 어머니의 어깨를 안마하듯 힘주어 주무른 뒤 대문을 나섰다. 엄마, 다음에는 꼭 모시고 갈게요. 골목 모퉁이에서 뒤돌아보며 언니는 수줍게 손을 흔들었었다.

엄마 안 계시니? 난 민영이 친군데.

먼 전화선 저쪽에서 낯선 여자의 목소리가 다급하게 들려왔다.

어른은 아무도 안 계셔?

……언니는,

하고 나는 우물쭈물 대답했다.

언니는 제주도 갔는데요.

알아, 여기가 제주도야. 엄마 언제 오시냐니까?

동전 넘어가는 소리는 마치 딸꾹질 소리 같았다.

통화가 끝난 지 이십여 분이 지났을 때 어머니가 돌아왔다. 그 낯선 목소리의 여자는 이십 분쯤 뒤에 다시 전화하겠다고 했으므로, 곧 전화벨이 울릴 참이었다.

엄마, 전화가 왔었는데요.

어머니는 요통이 있는 허리를 한 손으로 짚으며 빈 나물 대야를 쌀통 옆에 세웠다.

네 언니가 전화했든?

아니오, 다른 언니가…… 언니 친구라면서, 이따가 다시 하겠다고요.

기어들어가는 목소리로 나는 말했다. 까닭도 모르는 채 가슴이 뛰었다. 그러나 그 불안을 어머니에게 털어놓을 수 없었다. 털어놓는다는 생각만으로도 이상하게 목이 죄어오는 듯하였다.

그때 전화벨이 소스라치며 울렸다.

내 기억은 그쯤에서 끝난다.

어머니가 전화를 받고 어떤 반응을 보였는지, 수화기를 내려놓은 뒤 나에게 무어라고 했는지 나는 기억할 수 없다. 교통사고를 당한 사람이 사고 순간의 고통을 기억하지 못하듯이, 감당할 수 없을 만큼의 충격은 저절로 삭제되는 것일까.

노란 머릿수건을 아직 풀지 않은 채 느릿느릿 부엌을 오가며 다 탄 번개탄과 연탄재를 치우던 어머니의 몸놀림만을 나는 기억한다. 날카로운 전화벨이 불길하게 울리기 시작하자, 어머니는 여전히 느리고 지친 동작으로 신발을 벗고 방으로 들어왔다. 나는 마치 무서운 재앙으로부터 몸을 사리듯 벽에 바싹 붙어 어머니가 전화기 쪽으로 다가가는 길을 터주고 있었다.

다음날 새벽 나는 처음으로 비행기를 탔다. 어머니는 장롱 서랍 깊은 곳에 가제 수건으로 꼭꼭 싸서 넣어둔 지폐로 비행기표를 끊었다.

사회과부도에서 본 것과 꼭 같은 모양으로 시원스럽게 뻗어나간 도로들과 강과 산에 나는 놀랐다. 세계가 하나의 대축척 지도가 되는 순간이었다.

공항버스 창 밖으로 올려다보았던 하늘은 두꺼운 먹구름장으로 뒤덮여 있었는데, 비행기가 그 구름장 위로 올라오자 이번에는 흰 구름장들이 있었다. 더 위로 올라가자 온통 무명솜 같은 별천지가 펼쳐졌다.

세상 위로 올라오니까, 완전히 다른 세상이네?

나는 눈부시게 희고 뭉클뭉클한 구름들을 바라보며 말했다. 그곳은 전혀 다른 세계였다. 구름 아래에 무엇이 있는지 전혀 볼 수 없었다. 구름 아래에 있을 때 구름 위에 무엇이 있는지 전혀 볼 수 없었던 것처럼.

그 날아가는 비행기 아래에 내가 아는 세계가, 그 위로는 내가 가보지 못한 또다른 세계가 있었다.

그럼, 우리가 사는 세상 밑에도 다른 세상이 있어요?

어머니는 대답하지 않았다. 그녀는 염주알을 손아귀에서 굴리며 쉴 새 없이 무엇인가를 중얼거리고 있었다.

제주도 북해 연안의 소읍에서 우리는 달포를 묵었다.

민영 언니는 그곳에서 친구들과 함께 밤낚시 배를 탔다. 그날 밤은 궂은 겨울비가 내리기는 했지만 바람은 불지 않아 바다로 나가는 데에는 지장이 없었다. 그리고 그 배는 바다 가운데에서 전복되었다. 낚싯배의 크기에 비하여 배에 탄 인원이 많았던데다, 모두 배를 처음 타본 젊은이들이 작은 배 위에서 무모하게 이동을 했던 것이다.

민영과 그녀의 친구 셋, 배를 가지고 안내해주는 현지인까지 다섯 사람이 그 배를 타고 있었다. 비상 구명용 튜브는 하나뿐이었다. 민영 언니는 자신 쪽에 있던 유일한 튜브를 한 친구에게 던져주었다. 그 친구는 수영을 못 했고, 언니는 수영에 어느 정도 자신이 있었다. 민영 언니는 일학기 때 체육 필수과목으로 수영을 배웠었다. 운동에 소질이 있었던 언니는 그해 여름과 가을 동안 학교에서 무료로 개방하는 수영장에서 짬짬이 수영 연습하기를 좋아했었다.

겨울 저녁 일곱시의 바다는 어두워, 건너편 기슭의 밤불빛이 실제보다 가까워 보였으리라. 튜브를 친구에게 던져준 뒤 언니는 그 불빛을 향해 헤엄쳐갔다고 했다. 그리고, 튜브를 받은 친구 외의 모든 사람이 실종되었다.

그날 밤에 바다가 잔잔했으니 희망이 있습니다. 가까운 해안과 무인도부터 수색하고 있습니다.

구조작전의 지휘를 맡은 키 큰 해경이 어머니를 비롯한 보호자들에게 정황을 설명했다.

잠시 포근했던 일월의 날씨는 그때를 즈음하여 얼어붙었다. 제주도에서는 드문 일로 함박눈까지 내렸다. 해경들은 근처의 눈 덮인 무인도들을 수색하였지만 성과는 없었다. 떠내려온 시체는 물론, 대체로는 찾게 마련인 낚싯배조차도 찾지 못했다. 그나마 바람이 불기 시작하여 수색 작업은 꼼짝없이 발이 묶이고 말았다.

그러나 어머니는 희망을 버리지 않았다. 그 낚싯배가 나갔던 조그만 포구와 만(灣)의 건너편 기슭을 날마다 헤매며 언니의 흔적을 찾았다. 해안이 가까운 집들의 대문을 두드려 사람을 불러냈다. 물살에 떠밀려온 스무 살 난 여자아이를 보지 못했느냐고, 운동화 한 짝도 보지 못했느냐고 어머니는 다그쳐댔다. 바람 때문에 포구에 정박해 있는 어선들 옆에서 그물을 손질하는 어부들에게 어머니는 소리쳐 물었다.

우리 애, 그날 밤 우리 애 못 봤소? 우리 애 말이오.

신들린 듯한 어머니의 걸음걸이를 뒤쫓다 말고 나는 어머니의 치맛자락을 붙들었다.

목말라, 엄마, 목이 말라요.

불안정하게 흔들리는 검은자위로 어머니는 나를 돌아보았다.

어머니는 떨리는 손으로 바위에 쌓인 눈송이를 걷어내어 손바닥에서 녹였다. 새빨갛게 얼어붙은 그녀의 손에 고인 눈(雪)물을 나는 핥아먹었다.

왜 이렇게 목이 마르다고 그러니…… 왜.

번쩍이는 눈빛과는 대조적으로, 어머니의 깡마른 몸은 금방이라도 수숫짚단처럼 쓰러져내릴 것 같았다. 쪽진 머리는 헝클어졌으며, 이마와 뺨에 흩어진 잔머리털들은 식은땀에 젖어 살갗에 찰싹 달라붙어 있었다.

우리는 가장 늦게까지 희망을 버리지 않은 유가족이었다. 다른 가족들이 모두 제주를 떠나고, 예의 해경 중위가 우리도 돌아갈 것을 재차 설득한 뒤에야 우리는 한 달 남짓 묵었던 그 소읍을 떠났다.

돌아올 때는 배를 탔다. 일곱 시간 동안 물살을 헤치며 육지를 향해 나아가는 동안, 이상하게도 나는 바다가 무섭지 않았다. 처음 타보는 배인데 멀미도 하지 않았다. 언니가 바다 아래에 있다고 생각하니 겨울의 검퍼런 바다 밑이 따뜻한 곳인 것처럼 느껴졌다. 어디에선가 언니가 파도 속에서 몸을 내밀며 손을 흔들고 있을 것만 같았다. 나는 상처받기에는 아직 어렸던 것이다.

서울에 돌아와서도 마찬가지였다. 언니에 대한 기억은 늘 따뜻하고 부드러운 것뿐이었으므로, 언니를 떠올릴 때마다 애틋한 그리움을 느끼기는 했다. 그러나 치명적인 고통은 없었다. 어머니가 시시때때로 부당처럼 넋두리를 하는 모습만이 나를 두렵게 하는 것이었다.

귀신이라도.

어머니는 콧물과 눈물을 손등으로 훔치며 벽을 향해 부르짖곤 했다.

귀신이라도 나타나서, 만나라도 봤으면…… 민영아.

흐느끼다 흐느끼다 숨이 끊어져버리는 게 아닌가 두려워, 나는 죽은 듯이 윗목에 웅크리고 앉아 어머니의 흠뻑 젖은 얼굴을 살피고 있었다.

어쩌자고 그랬니…… 어쩌자고, 네가, 어쩌자고…….

정작 그 일이 상처가 된 것은 내가 사춘기가 되어서부터였다. 그제야 나는 언니의 마지막 순간이 어떤 것이었는지 깨달았다. 어둠 때문에 가깝게 보이는 불빛을 향해 얼음장 같은 물결을 헤치며, 바닥을 알 수 없는 바다를 헤엄쳐 가다가 언니는 죽었다. 힘이 빠지고 희망을 잃은 채, 끝없이 가라앉으며, 질식하여 죽은 것이다.

나는 악몽을 꾸기 시작했다. 나는 그 전복된 낚싯배 옆에서 튜브를 거머잡고 있었다. 아무도 내 튜브를 빼앗으려 하지 않는데도 나는 그것을 안간힘을 다해 부둥켜 안았다. 튜브를 껴안고 있음에도 불구하고 나는 가라앉았다. 아무리 몸부림쳐도 소용이 없었다. 쇠붙이를 매단 듯 나의 몸은 계속해서 검은 물 밑으로 거품을 뿜으며 추락하였다.

옷을 벗어야 하는데, 옷이 무거워서 가라앉는 건데.

나는 꿈속에서 옷을 벗으려 온몸을 뒤틀다 깨어나곤 했다.

그 무렵부터였을 것이다. 나는 누군가를 처음 만날 때면 이 사람은 튜브를 던져줄 수 있는 사람인가를 생각했다. 그것은 쉽게 사람을 환멸하게 만드는 생각이었다. 결코 타인에게 튜브를 던지지 못할 사람도 있었고, 던져야 할지 말아야 할지의 경계에서 미쳐버릴 것 같은 사람도 있었으며, 아무런 생각 없이 던져주고 말 사람도 있었다. 튜브를 거머쥔 꿈속의 내 모습이 스스로를 환멸하고 증오하게 만들었다.

언니가 죽은 지 꼭 십오 년이 되던 봄 어머니는 죽었다. 그 십오 년간 어머니가 겪은 고통을 생각한다면 그것은 오히려 다행스러운 일이었는지도 모른다. 그때까지 내가 함께 살았던 사람은 어머니가 아니라 어머니의 껍데기였다. 이미 혼령은 떠나버린 어머니의 육신이 지상에 남아, 밤마다 이를 갈며 헛소리를 치고 있었다.

시간은 결코 멈추지 않는다.

나는 혼자 남았으며, 혼자 남은 사람으로서 강하게 생활해왔다. 튜브를 누군가에게 던져주는 따위의 어리석은 짓은 결코 하지 않았으므로 서른을 넘기도록 안전하게 살아남을 수 있었다. 나는 어느 누구도 결정적으로 믿지 않았으며, 누구도 진정으로 사랑하지 않았다.

빛 속에서도 나는 어둠 속에서 웅크리고 있는 것 같은 적막감을 느끼곤 했다. 어떤 외부의 빛도 맨살로 직접 느낄 수 없게 하는 어둠의 덩어리가 내 몸을 두꺼운 외투처럼 감싼 채 따라다니고 있었다. 이상하게도 오히려 캄캄한 방보다 밝은 대낮의 거리에서, 나를 결박하고 있는 어둠의 무게를 더욱 생생하게 느낄 수 있었다. 마찬가지로 혼자 있을 때보다 여러 사람이 떠들썩하게 어울리는 자리에서 그 어둠은 더 가깝게 느껴졌다. 깊은 수심 어디쯤의 먹먹한 침묵 같은 어둠이 내 웃음을 봉하고 몸을 묶었다.

물론 나에게도 외로울 때가 있었다. 때때로 나는 단지 누군가가 내 머리를 만지고, 감겨주고, 목덜미에 묻은 머리카락을 털어주기를 바라는 마음 때문에 미장원을 찾기도 했다. 그러나 그 상태로 시간이 갈수록, 나는 외로움에 지치는 것이 아니라 단단하고 강해졌다. 생채기 위로 세월이 덧쌓였다. 묵었던 상처를 뚫고 새로운 상처가 파이고, 그 위로 다시 굳은살이 박혔다. 어떤 환부에는 약도 시간도 듣지 않는다는 것을, 오로지 익숙해지는 것으로만 잊을 수 있는 통증이 있다는 것을 나는 알게 되었다. 나에게 맞는 직장에 들어가 일을 하고 사진을 찍으면서, 오히려 나를 지켜주는 것이 그 동안 나를 결박해온 그 어둠이라는 것을 알았다.

고단한 하루를 보내고 지하철에서 부대끼다가 역사를 빠져나올 때면 나는 해방감을 느꼈다. 인적 없는 골목을 지나 사층집의 계단을 천천히 오르며 나는 그날의 일들을 모두 잊었다. 어두컴컴한 방에서 나를 기다리고 있는 적요, 그날 회사 암실에서 인화한 사진 원고를 스크랩할 노트 따위를 생각하며 현관문에 열쇠를 꽂았다.

그리하여 형광등을 끄고 스탠드를 켠 뒤 말없는 바다의 사진들을 하나하나 들여다보는 그 순간이 나에게는 가장 행복한 순간이었다. 누구도 빼앗아갈 수 없는 순간이기도 했다. 그 순간들이 조금씩 모여 나는 차츰 강해졌다. 밤마다 가위에 눌려 홀로 몸부림치곤 하던 학창 시절의 두려움은 시간의 흐름 속에서 조금씩 희석되어갔다.

깊은 물 속에 가라앉아 먼 수면 저편의 세상을 보듯이 나는 살았다. 나는 아무것도 갈망하지 않았다. 혼자임을 깨뜨릴 수 있는 어떤 가까운 관계도 원치 않았다.

의선이 나타나기 전까지는 모든 것이 그렇듯 자연스럽게 흘러가고 있었다. 왜 나는 그녀를 내 방에 받아들였던 것일까. 누구에게도, 한 번도 허락해보지 않은 애정을, 살을 부딪힐 만큼의 가까운 관계를 그녀에게 허락하고 싶어했던 것일까.

3

밤은 더디 갔다. 장지문 밖으로 눈은 그치지 않았다. 고립되는 게 아닐까, 하고 나는 생각했다. 아침에 일어나면 눈이 허리만큼 쌓여 있는 게 아닐까. 이 외딴 집에 갇혀 굶주리게 되는 것이 아닐까. 가다가 길을 잃고 얼어죽는 것이 아닐까. 그렇다면 이 밤은 나에게 마지막 밤이 될까.

눈 내리는 밤의 방은 어두웠다. 라이터를 켜야만 잠든 명윤의 모습을 볼 수 있었다. 내가 싸온 여벌의 러닝 셔츠에 눈을 적셔 명윤의 이마에 얹어놓았는데, 한식경이 지났어도 여전히 온 얼굴이 뜨거웠다. 명윤은 몸을 뒤채이지도 않은 채 마른 입술로 숨을 몰아쉬며 잠들어 있었다. 잠들었다기보다는 깨어 있을 힘이 없어 의식을 잃고 있는 것 같았다.

어둠 속에 누워 잠을 청하는 시간이 나에게는 고통스러우리만치 길게 느껴졌다. 피로하였지만, 낮에 잠깐 불 앞에서 눈을 붙였던 탓인지 잠이 오지 않았다. 아니, 그보다는 불안 때문이었다.

아무래도 잠을 이룰 수 없었으므로 나는 다시 부엌에 나갔다. 어른거리는 아궁이의 불꽃에 의지하여 이번 취재의 초고를 썼다.

사월호니까, 밝고 희망차게. 알겠죠?

나는 부장의 담백한 경어를 생각했다.

월산에서 회사에 전화했을 때 부장은 없었다. 사정이 생겼음을, 목요일에는 꼭 출근하겠다는 메시지를 후배에게 남겼었다. 일이 이렇게 되었으니 잘해야 금요일에나 출근할 수 있으리라. 밀린 잔무를 끝내기도 전에 원고 마감이 닥쳐올 것이다. 더구나 이번호에 내가 맡은 청탁은 아직 두 꼭지가 남아 있었다. 사무실에 돌아가자마자 해야 할 일들의 목록을 머릿속에서 정리해가다가 나는 멈추었다.

이 먼 골짜기에서 그것들은 아득한 꿈과 같았다. 여기에서 나가지 못한다면 그 모든 것이 헛된 일이 되고 말 것이다. 이 외딴 골짜기에서 그곳으로 돌아간다는 것은 과연 현실적인 일일까.

그러자 지금의 상황이 갑작스럽게 실감되었다.

불안을 떨쳐버리기 위해, 나는 황곡에서의 취재에 생각을 집중하였다.

나는 장에 대하여 생각했다. 장의 각진 얼굴에 순간순간 스쳐가던 단단한 절망을 생각했다. 잘 벼린 송곳을 가슴 밑 얇은 피부 속에 숨겨가지고 다니는 것 같은 사람이었다.

그는 사진을 보여주지 않았다.

그는 이제 사진을 찍지 않는다고 했다.

그러나 나는 그런 것들은 쓰지 않았다. 사무적인 쾌활함으로, 과장과 거짓과 미미한 진실을 한데 버무려 그럴듯한 기성품을 만들어 냈다. 대략 이십오 매 정도로 쓴 뒤 두 번을 더 읽어 다듬었다.

거기에는 내가 입구의 앞부분만을 들어가보았을 뿐인 막장의 어둠에 대한 이야기는 없었다. 안경알을 뒤덮은 습기와 어둠, 보이지 않는 바닥의 진창에 대한 이야기도 없었다. 그 순간에도 수천 미터 지하에서는 휴일 근무를 맡은 광부들이 광차를 밀고 있었을 것이다. 그 까마득한 땅속의 깊이와 고통을 생각하며 나는 몸을 떨었었다. 그런 전율 따위는 내가 쓴 원고에는 없었다.

손목시계의 시침은 아직도 두시를 조금 넘겼을 뿐이었다. 장작이 다 타들어가기 전에 마지막 장작을 넣었다.

수첩을 외투 안주머니에 집어넣고 불꽃을 보았다. 등이 시렸으므로 불 쪽으로 더 가까이 가 앉았다. 헤아릴 수 없는 기억과 불안과 자책들이, 밀물과 썰물처럼 어두운 부엌을 가득 채웠다가 물러나곤 하였다.

무덤만 남아 있는 화전 마을의 겨울 밤이었다. 사방으로 이십 리 안에는 아무도 없는 이곳에 눈이 내리고 있었다. 산짐승 우는 소리도 들리지 않았다. 사람이 살지 않는 깊은 산중이라면 큰 짐승이 나타날 수도 있지 않을까. 토끼의 발자국은 보았고 산꿩도 있었다. 그렇다면 산돼지 따위가 살지 않으리라는 법도 없었다.

그러나 사위는 숨막히게 조용하였다. 눈이 쌓이는 소리도 들릴 것 같았다. 아니, 바로 이 적요, 모든 소리를 지워버릴 만큼 커다란 이 적요가 바로 눈 내리는 소리인지도 모른다.

이 골짜기는 마치 땅속 같았다. 여기까지 오는 동안 줄곧 섬뜩하리만치 흰 눈보라가 몰아치고 있었지만, 오히려 마치 어두운 터널을 까마득히 비틀거리며 매달려 내려온 것 같았다. 수십 리 지하의 어둠 속에 명윤과 나 두 사람만이 고립되어 갇힌 것 같았다.

세상의 모든 줄 끊어진 연들이 구름 위를 떠돌다가 마지막으로 내려앉는 골짜기가 자신의 고향이라고 의선은 말했었다. 자신이 밥풀을 발라 만든 연도 마찬가지라고 했다. 정월 대보름날 소원을 빌면서 끊어 날려보낸 연들도 어느 날 아침이면 돌아와 오십천 바위틈에 걸려 있다는 것이었다.

……그래서 나는 아무 소원도 이루어본 적이 없어요.

의선은 서늘한 웃음을 지으며 말했었다.

의선은 여기서 태어났을까.

이 집에서 얼마 동안 살았던 것일까.

그녀의 꿈에 나타나곤 했던 짐승들은 이곳, 어떤 연들도 떠나지 못했다는 이 골짜기에 서식하는 것들이었을까.

눈부신 봄의 서울 거리를 나와 함께 걷는 동안, 아직 의식의 바깥을 향해 달려나가기 전, 그녀의 또렷한 기억 속에서 이 골짜기는 어떤 모습이었을까.

고향이 정확히 어디야?

언젠가 내가 물었을 때 의선의 말없는 얼굴에는 이루 헤아릴 수 없는 곤혹감과 외로움과 원망이 흔들리며 지나갔었다. 그때 의선의 눈앞에는 어느 계절의 이 외딴 골짜기가 스쳐가고 있었을까.

어릴 때는 어떻게 생겼었어? 그때도 지금처럼 말이 없었어?

그때 나는 의선의 어린 얼굴을 상상해내며 피식 웃었었다. 오종종하고 귀염성 있는 치열만은 어린 시절부터 조금도 자라지 않은 것이라고 생각한 순간, 얼굴선이 가늘고 눈이 긴 여자아이의 얼굴이 문득 의선의 얼굴에 겹쳐졌기 때문이었다.

결국, 그 초여름 밤 의선을 내 방에서 밀어낸 것은 나였다.

나도 모르게 입가에 그어졌던 웃음을 앞니로 깨물었다. 다 쓴 원고를 외투 안주머니에 찔러넣었다.

언제부터 나는 그녀에게 더이상 최선의 친절을 베풀 수 없었을까. 나의 선의의 한계는 어디쯤이었을까. 그녀가 나쁜 꿈을 꾸다가 헛소리를 치며 내 어깨를 주먹으로 밀어내려 할 때 더이상 참을 수 없었던 순간은 어느 어슴푸레한 새벽이었을까.

제발, 그러지 마.

그녀가 거칠게 뒤채이는 바람에 요 바깥으로 밀려나간 이불을 그녀의 가슴께에 여미어주며 나는 중얼거렸었다.

……내가 너무 힘들다.

눈살을 잔뜩 찌푸린 채 눈을 감고 있던 의선은 나의 말을 들었을까. 그랬는지도 모른다. 내 말이 끝났을 때 그녀는 천천히 돌아누웠고, 날이 밝을 때까지 한 번도, 아주 작은 동작으로도 움직이지 않았다.

나는 명윤에게 의선이 스스로 떠났다고 말했다. 나 자신도 그렇게 애써 믿어왔다. 그러나 끊임없이 의선이 떠나는 순간을 꿈꾸고 있었던 사람은 누구였던가. 그녀가 갑작스럽게 내 삶에 뛰어들어왔듯이 갑자기 떠나주기를, 그래서 나를 더이상 분열시키지 않기를, 불가해한 죄의식과 연민에 사로잡히게 하지 않기를 바랐던 사람은 누구였던가. 그녀의 알 수 없는 간절함을, 마치 그 간절함으로 온 마음을 기울여 누군가를 기다리는 것 같은 가냘픈 얼굴을 더이상 견딜 수 없다고, 그런 식으로 내 삶을 그늘지게 한 사람은 어머니 한 사람으로 족하다고 생각했던 사람은 누구였던가.

나는 외로움이 좋았다. 외로움은 내 집이었고 옷이었고 밥이었다. 어떤 종류의 영혼은 외로움이 완성시켜준 것이어서, 그것이 빠져나가면 한꺼번에 허물어지고 만다. 나는 몇 명의 남자와 연애를 해보려 한 적이 있지만, 내가 허물어지는 것을 견딜 수 없어 그때마다 뒤로 물러서곤 했다. 나는 그들을 사랑한 것이 아니라 다만 외로웠던 것뿐이었다. 그러니 새삼 그들을 더이상 사랑하지 않느니 마느니 하는 자책을 느낄 필요도 없었다. 나는 누구도 사랑할 수 없는 종류의 사람이었다. 내가 사랑할 수 있는 것은 나 자신뿐이었다. 그것을 똑똑히 알고 있는 바에야, 내 배반을 진작부터 명징하게 점치고 있는 바에야, 누구도 희생시키지 않는 편이 낫지 않겠는가.

나는 징그럽게 차가운 인간이었다.

킬킬 웃으면서 입 속으로 찌개 국물을 떠넣곤 하는 의선을, 나는 내 지난 생애에서 한 번도 남에게 보인 적이 없는 따뜻한 연민의 시선으로 바라보곤 했다. 그러나 그런 평화로운 저녁 시간에마저 나의 내면은 끊임없는 배반과 이기심으로 서서히 분열되고 있었다.

나는 세면장에서 울고 있던 의선의 재투성이 얼굴을 생각했다. 목욕 바구니를 들고 돌아서던 모습을 생각했다. 그 동네의 목욕탕들이 이미 문을 닫았을 시각이라는 것을 나는 왜 미처 깨닫지 못했을까. 단지 불탄 사진들 때문에 넋을 빼앗겼기 때문이었을까. 그랬다면 그 뒷모습, 의선이 지폐를 구겨쥔 채 연신 딸꾹질을 삼키며 돌아서던 뒷모습은 왜 그토록 나를, 그 방을 떠나오던 며칠 전의 아침까지 줄곧 괴롭혀왔을까.

의선이 떠나던 밤 세면장에서 그렇게 했듯이 나는 주먹을 쥐었다. 손톱이 날카롭게 손바닥을 파고들어오는 순간, 모든 힘이 악력(握力)에로 집중되는 그 순간이면 나는 잠시 모든 것을 잊을 수 있었다. 모멸감과 죄의식, 부끄러움, 완고한 자존심이나 허영심까지 통증 속에서 사라지곤 하였다.

나는 있는 힘을 다하여 주먹을 움켜쥐었다.

그러나 의선의 뒷모습은 여전히 내 머릿속에서 흔들리고 있었다. 나는 고개를 흔들었다.

의선은 그 가냘픈 몸으로 혼자서 삼십 리 길을 걸어와 이 외딴 집에 다다랐던 것일까.

저 계란 흰자 엎어놓은 것 같은 무덤들을 그녀도 보았을까. 혼자서 불을 지피고 저 어두운 방에서 밤을 지새웠을까. 밤새 그녀는 무슨 생각을 했을까. 지금의 나처럼 불안해했을까.

혼자서, 무섭지 않았을까.

나는 낮에 꺾어두었던 굵은 솔가지를 집어 그것으로 장작을 뒤집었다. 타탁, 소리를 내며 장작 껍질이 튀었다. 앞쪽으로 밀려나온 장작을 뒤로 밀어넣느라고 팔을 뻗었을 때, 나는 외투의 소매에 흰 머리털 한 올이 붙어 있는 것을 보았다. 내 새치였다.

나에게 새치가 더러 있는 것은 어머니로부터 유전된 것이었다. 어머니는 이십대 중반부터 새치가 돋기 시작해 삼십대 초반이 되자 머리를 염색하지 않고서는 나다닐 수가 없었다고 했다. 그때부터 십여 년 동안 해온 염색을 언니가 죽은 뒤로는 하지 않았다. 머리가 흰 어머니는 나이보다 십 년쯤 늙어 보였다. 추위에 얼어 있을 때는 더욱 늙어 보여, 마치 중병을 앓는 노파 같았다. 그러나 어머니는 그것을 아랑곳하지 않았었다.

그러던 어느 날 어머니는 쪽진 머리를 짧게 자르고는 약국에서 염색약을 사왔다. 어머니가 죽던 바로 그해 늦겨울이었다.

눈 밝은 네가 해봐라. 뒷머리가 잘 들여질지 모르겠어서 그런다.

그때 나는 첫 직장에서 돌아와 막 세수를 하고 방에 들어온 참이었다. 목덜미와 귓속을 마른 수건으로 닦고 있는 나에게 어머니는 부리가 뾰죽한 염색용 플라스틱 기구를 내밀었다.

흰 새의 깃털 같은 어머니의 머리털 위로 나는 흑갈색 염색액을 흘렸다. 염색액이 많이 묻은 부분을 비닐장갑을 낀 손으로 문질러 넓게 편 뒤 참빗으로 빗질을 했다. 흰 귀밑머리를 들어올려 염색약을 묻히면서 나는 놀랐다. 머리를 들출 때마다 살갗에 핀 저승꽃이 보였다.

염색약을 든 손이 떨려오기 시작했다.

어머니의 살은 희고 매끄러운 편이었다. 노점을 하는 아낙들 가운데 가장 귀티가 나는 얼굴이라고 민영 언니가 말했던 것을 나는 기억하고 있었다. 내가 그 말을 또렷이 기억하고 있는 것은, 그때 언니의 표정이 유난스럽게 심각하였기 때문이었다.

……어머닌 이렇게 살아서는 안 될 분이야. 내가 조금만 더 나이가 많고 힘이 있었다면 상황이 달라졌을 텐데.

나는 굳게 다물린 언니의 입술을 말끄러미 올려다보고만 있었다. 어린 나의 기억 속에서 언니는 세상에서 가장 강인한 사람이었다. 그런 언니가 자신에게 힘이 없음을 자책한다는 사실이, 언니가 한 말의 내용보다도 나를 서글프게 만들었었다.

어머니를 닮은 민영 언니와는 반대로, 일찍 세상을 떠난 아버지를 닮은 나는 선이 굵은 생김새인데도 기질이 섬약했다. 언니는 언제나 어린 나의 약한 성격을 걱정했었다. 초등학교에 들어가기 전 내가 동네 아이들에게 얻어맞거나 놀림을 받고 울며 돌아오면 언니는 내 두 주먹을 꽉 쥐어주며 말했다.

다음에 또 그애가 그러면 이 주먹으로 얼굴을 갈겨버려. 코를 겨냥하는 거야. 코피가 나면 애들은 울게 돼 있어. 그래도 안 되면 귀를 물어버려. 피가 나게 물어뜯어버리라구.

그러나 나는 한 번도 언니의 충고대로 싸워보지 못했다. 용감한 언니는 죽고 겁많은 내가 살아남았다는 것은 이상한 일이었다. 그 어린 시절로부터 십오 년이 가까워오는 그날까지도, 나는 어머니의 고왔던 얼굴에 염색약이 묻는 것이 두려워, 머리와 얼굴의 경계 부분을 만질 때마다 떨고 있었다.

강해졌다고 믿었던 것은 다만 희망이었다고, 참담하게 나는 입 속으로 중얼거렸었다. 단지 자신을 똑바로 마주 보는 것을 집요하게 피해온 덕분에, 흐트러짐 없이 그것을 유지해올 수 있었던 것뿐이다.

왜 그러냐.

귓속에 들어갈 것 같아서요.

괜찮다. 잘하고 있다.

내 손가락이 떨 때마다 어머니는 조는 듯한 목소리로 나를 달랬다.

……괜찮다, 잘하고 있구나.

순간 나는 숨을 멈췄다.

아득한 정적 위로 무엇인가가 들려오고 있었다. 머리털이 곤두섰다. 저것은, 분명히, 눈이 밟히는 소리였다. 신중하고 고요한 발자국이 사각사각 소리를 내며 점점 이쪽으로 가까워지고 있었다.

나는 몸을 일으켰다. 자신도 모르게 다리에 힘이 풀렸다. 방문을 열고 명윤의 어깨를 흔들었다. 숨죽여 그의 귀에 속삭였다.

"……명윤아, 명윤아, 명윤아!"

명윤은 신음 소리조차 내지 않았다. 그의 의식은 육중한 어둠 저편에 있었다.

나는 돌아섰다. 발자국 소리는 계속 이쪽으로 가까워지는 듯하더니 조금씩 물러나며 무너져앉은 마을의 지붕들 위를 배회하고 있었다. 고요하다 못해 을씨년스러운, 만일 혼령에게도 걸음걸이가 있다면 꼭 그렇게 들릴 것 같은 소리였다. 그렇게 생각하자 뺨과 팔뚝에 어찔한 소름이 돋아내려왔다.

저 칠흑 같은 어둠 속을, 저런 담담한 발걸음으로 걸을 수 있는 사람은 누구일까.

의선뿐이다.

나는 얼어붙은 듯 서 있었다.

의선말고는 없다.

다시 가까워지는 듯하다가 이내 멀어져가는 그 소리에 나는 모든 신경을 곤두세우고 있었다. 문을 열어야 한다. 그러나 나는 발끝 하나 움직일 수 없었다.

문을 열어라.

나는 자신에게 명령했다.

문을 열어!

마치 내 관자놀이에 총을 겨누는 기분으로, 덜덜 떨리는 손을 더듬어 문을 열었다. 한 뼘만큼 열린 문 바깥에는 빛이 없었다.

불도 없는 저 어둠 속에 누가 서 있는 것인가.

의선의 얄팍하고 흰 얼굴이, 넋나간 듯이 고개를 수그린 뒷모습이 눈앞을 스쳐갔다. 그러나 나는 아무것도 볼 수 없었다. 어둠뿐이었다. 산도 나무도 하늘도 계곡도 없었다. 오로지 어둠의 바다였다.

"거기, 누가 있어요?"

내 목구멍에서 흘러나온 낯선 목소리는 그 어둠에 남김없이 빨려들어갔다.

나는 좀더 문을 열었다.

환청이었을까.

나는 용기를 내어 문을 마저 잡아당겼다. 빛이 더 새어나오면 어둠 속을 잘 볼 수 있을 것이다. 오래된 나무에서 삐걱, 하는 소리가 난 순간이었다.

컹!

나도 모르게 비명이 터져나왔다.

일음상을 깨는 것 같은 목쉰 울부짖음은 나로부터 불과 사오 미터 거리에서 날아들었다.

컹! 컹!

빛깔 때문에 분별하지 못했던 짐승이 다가오는 것을 나는 마침내 보았다. 머리끝에서 발끝까지 검은, 목이 잘룩하고 다리가 가느다란, 자그마한 사람의 몸집만한 짐승이었다.

그 짐승이 거의 구별 없이 어둠에 뒤섞여 있었으므로 나는 그 얼굴이나 눈을 자세히 볼 수 없었다. 그것과 나의 시선이 얼핏 허공에서 만났다. 찰나 길쭉한 다리가 유연한 걸음으로 겅중겅중 움직였다. 아궁이의 불빛이 비치지 않는 먹물 같은 어둠 속으로 그것의 몸이 비껴졌다. 나는 어둠에 멀어버린 듯한 눈을 손등으로 문질렀다. 아무것도 보이지 않았다.

황황히 나는 문을 닫아걸었다.

사향 노루다.

스스로를 위로하듯 나는 소리 내어 중얼거렸다. 강원도에 사향 노루가 자생한다는 이야기를 들은 적이 있었다. 천연기념물이라고 했다. 약재로 모두 잡아가는 통에 극소수만 남아 있다고도 했었다. 저렇게 검은 짐승이라면 그것뿐일 것이다.

그러나 나는 마음을 다잡을 수 없었다. 다리가 자꾸만 접혀 똑바로 서 있을 수 없었다. 불길한 운명처럼 어둠 속에 우뚝 버티고 섰던 녀석의 검은 몸뚱어리가 눈앞에서 떠나지 않았다.

다리를 끌며 나는 방문을 열고 들어갔다.

명윤의 얼굴은 어둠에 지워지고 없었다. 숨소리가 너무 약해 잘 들리지 않았다.

나는 라이터를 켜고 명윤의 얼굴을 보았다.

그는 식은땀을 흘리며 앓고 있었다. 앓는 결에 정신이 들었는지 그는 춥다고 중얼거렸다. 손과 발을 만져보자 모두 찼다. 등 밑에 손을 넣어보았다. 방바닥이 미지근하게 식어가고 있었다.

나는 명윤의 뺨을 쓰다듬었다. 그의 얼굴은 차갑게 일그러져 있었다.

광부들의 사무치는 원한이 시체실에서 한 간부를 외상 없이 죽였듯이, 그의 고통이 그의 육신을 무너뜨리고 있는 것인지도 몰랐다.

이 바보 같은 자식아.

나는 떨리는 손으로 명윤의 일그러진 얼굴을 매만졌다. 아무리 매만져도 그의 얼굴은 펴지지 않았다.

눈을 떠봐, 제발, 눈을 떠.

악몽을 꾸는 듯 명윤은 입술을 떨기 시작했다.

으으음, 음.

똑똑히 분절되지 못한 발음이 앓는 소리처럼 터져나왔다.

가스를 아끼기 위해 나는 라이터를 껐다. 완전한, 아무것도 알아볼 수 없는 어둠이 눈앞에 펼쳐졌다. 이제 끝없는 암흑 속에서 명윤의 신음은 더욱 처절하게 들렸다. 의선의 신음 소리가 그 소리 위로 겹쳐진 찰나, 나는 어둠 속에 섬광처럼 내리꽂히는 그녀의 음성을 들었다.

……언니는 무슨 꿈을 꿔요?

초여름의 일요일 오전, 양파 속껍질같이 흰 발톱을 깎다 말고 의선은 나에게 물었었다.

나는 꿈을 안 꿔. 중고등학교 때 이후로는 꾼 적이 없어.

의선은 백화점 광고지 위에 발을 올려놓고 있었으니 종이가 좁아 발톱이 이리저리 튀고 있었다. 다 보고 난 신문지를 그쪽으로 밀어주며 내가 말했을 때 의선은 배시시 웃으며 반박했다.

난 가끔 언니가 꿈꾸는 소리를 듣고 깨는걸?

꿈꾸는 소리라니?

의선은 마치 비밀을 숨기는 것 같은 눈을 빛내면서 나직이 자신의 말을 부정했다.

아녜요. 그냥 해본 말이에요.

설마.

서울을 떠나던 날 아침에 꾸었던 흉몽을 떨쳐버리기 위해 나는 고개를 흔들었다. 그 여름날 오전 나는 의선의 말을 믿지 않았다. 다만 의선이 상상에서 보고 들은 것을 이야기하고 있다고 생각했었다.

그렇다면.

황곡의 여관방에서 썰물처럼 빠져나가던 꿈의 잔상이 와락 정수리를 적셨다.

나 역시 머리를 뒤틀며 신음을 흘리고 있었던 것일까. 이따금 새벽녘이면 의선이 진지한 손길로 내 얼굴을 쓸어내렸던 것은 그 때문이었을까.

나 역시 명윤처럼, 어머니처럼, 의선처럼, 아니, 의선과 함께 그 무덤 같은 방에 나란히 누워, 짐승 우는 소리를 내며 몸부림을 치곤 했던 것일까. 그것을 몰랐던 것은 나뿐이었을까.

나는 다시 라이터를 켰다. 그 짧은 동안의 암흑이 나에게는 극심한 두려움이었다.

으음, 으으음.

명윤은 여전히 입을 다문 채 앓고 있었다. 팔뚝을 걷어올려 만지자, 좀전보다 체온이 식어 있는 것처럼 느껴졌다.

그때 왜 내 눈에서 별안간 눈물이 쏟아졌는지 나는 몰랐다. 그것이 불안인지 공포인지, 혹은 연민인지 부끄러움인지 후회인지도 몰랐다. 이 어두운 골짜기에서 내가 정확히 알 수 있는 것은, 자신할 수 있는 것은 아무것도 없었다.

나는 라이터를 껐다.

……이러지 마, 명윤아.

누워 있는 차가운 명윤의 몸 위로 나는 엎드렸다. 내 머릿속의 캄캄한 혈관들을 타고 넘쳐흐르며, 깊은 몸 속의 검은 내장들을 뒤틀어대며 어둠은 혼돈스럽게 술렁거리고 있었다.

나는 외투 위로 명윤의 어깨를 껴안았다. 그의 목줄기에, 얼굴에 뺨을 비볐다.

이러지 마 명윤아. 제발 정신 차려.

13
침묵의 빛

1

삼켜버릴 거야.

명윤은 의선의 얄팍한 얼굴을 향해 손을 뻗었다.

혀뿌리와 목구멍으로 천천히, 이마에서부터 발가락 끝까지 핥아서, 녹여서 삼켜버릴 거야.

그러나 의선의 몸은 그가 손을 가까이 할수록 멀어졌다. 명윤은 허공에 한 손을 휘저으며 세 발로 엉금엉금 그녀에게 다가갔다. 이상하게도 다가갈수록 의선의 몸은 차츰 멀어졌다. 멀어짐에도 불구하고 보이는 모습은 점점 커져, 팔과 목덜미의 흰 솜털까지 또렷이 볼 수 있었다.

2

연을 만들어야겠어.

한 달쯤 전 의선은 자신의 캄캄한 월세방에서 말했다. 토우들을 올려놓은 책가방만한 밥상에 팔꿈치를 올려놓고 턱을 괸 채였다. 그녀의 팔 옆으로는 비슷한 모양의 네발짐승들이 있었다. 알 수 없는 얼굴의 흉상들도 있었다. 누구냐고 명윤이 묻자 그녀는 그냥 꿈에 보이는 얼굴들이라고 했다. 언젠가는 어머니, 아버지, 오빠…… 하고 하나하나의 얼굴들을 가리키며 주워섬기다가 갑자기 그 모양들을 모두 뭉뚱그려 넓적한 흙덩어리로 만들어버렸다. 며칠 뒤에 그가 그녀의 방을 찾아가보니 비슷한 모양의 얼굴들이 다시 빚어져 있었다.

남녀로 보이는 두 흙덩이가 서로 얼싸안고 있는 토우가 그의 눈에 띄었다. 저 가련한 몸들은 그와 의선이리라.

해가 가고 있잖아. 조금 있으면 연들이 날아와.

의선의 목소리는 지하방의 어둠만큼이나 적요했다. 그는 의선의 벗은 발을 보았다. 그의 손만큼이나 작은 발이었다. 흰 발톱이 길게 자란 발가락들을 꼼지락거리던 의선은 책상다리를 하여 발을 감추었다.

그리로 갈 거야.

그녀의 입에서 좀전에 함께 먹은 통조림의 달큰한 황도 냄새가 났다.

올 겨울에는 그리로 돌아갈 거야.

어디로 간다는 거니?

명윤이 무엇인가를 다그쳐 물을 때마다 으레 그랬듯이 그녀는 대답하지 않았다. 그 슬픈 듯한 침묵이 더욱 갑갑하여 명윤은 거듭 물었다.

제발 말 좀 해.

나한테 말을 해봐.

지금, 너한테 생각난 걸, 그냥 아무렇게나 말해봐.

이제 날 그만 괴롭혀, 라고 말하는 것 같은 눈으로, 의선은 말끄러미 명윤을 바라보고만 있었을 뿐이다.

3

그의 몸은 허공에 떠 있었다. 등의 감각을 느낄 수가 없었다. 이곳은 어디일까. 이렇게 조용하고 이렇게 어두울까. 누군가가 그의 귀에 속삭였다. 거칠고 탁한 숨결이 그의 귓속을 불쾌하게 넘나들었다.

너는 그애를 잃을 거야, 그애는 한갓 노래가 될 거야.

무슨 유치한 수작이야?

그는 맞받아 쏘았다. 속삭이는 음성을 떨쳐버리기 위해 고개를 돌렸다. 마치 그의 귓속에 둥지를 튼 듯, 어떻게 고개를 돌려도 음성은 떠나지 않았다. 그는 온 힘을 다해 고개를 흔들었다.

넌 그애를 잃을 거야.

잃고 말 거야.

4

다시 든 잠 속에서 의선의 목소리를 들었다. 그녀는 말을 더듬지도, 느릿느릿하게 말하지도 않았다. 의선의 말씨는 오히려 빨랐으며, 마치 명윤이 말하듯이 관념적으로 말했다. 그녀는 처음 보는 냉담한 표정을 짓고 있었다.

난 거기로 돌아가지 않을 거야.

나는 떠날 거야. 아주 멀리 갈 거라구. 소식 전하지 않을 거야. 세상 끝까지 갈 거야. 그때쯤 나는 눈이 멀어 있겠지. 목구멍도 말라붙어 있을 거야. 어떤 말도 나한텐 남아 있지 않을 거야. 그때에야 내 삶은 완전해질 거야. 완전하게 비어버릴 수 있을 거야.

아무래도 이상했다. 의선의 얼굴을 좀더 가까이에서 보려고 다가가다가 명윤은 소스라쳤다. 그녀는 명아였다. 아홉 살짜리의 조그만 체구에 얼굴에는 진한 화장을 했다. 화장독이 퍼렇게 오른 뺨을 일그러뜨리며 명아는 웃었다. 때투성이 쥐색 원피스를 입고 명아는 한 발 한 발 그에게 다가왔다. 명윤은 뒷걸음질을 치다가 가파른 계단을 헛디뎠다.

5

다시 명아를 보았다. 그애는 남색 교복을 입고 있었다. 세일러 교복 상의의 흰 칼라에 핏물 같은 붉은 얼룩이 엉기어 있었다.

오빠, 이리로 와봐.

명아가 까닥까닥 흔드는 오른손에 새끼손가락이 없었다. 바닥을 살피자 명아의 학생용 단화 옆에 부러진 새끼손가락이 뒹굴고 있었다.

이리로 와봐, 오빠.

새끼손가락이 없는 손으로 명아는 그에게 손짓을 했다.

저리 가.

명윤은 두 손으로 명아를 밀어내는 시늉을 했다.

저리 가란 말이야!

웃고 있는 명아의 눈에서 고름이 흘러내렸다.

6

의선의 반지하 방에 인영이 서 있었다. 인영은 처음 보는 검은색 긴 코트에 검은 바지를 입고 있었다. 키가 큰 편인 인영은 의상 때문에 더 후리후리해 보였다. 인영의 손에는 의선이 빚은 토우들이 들려 있었다. 그와 눈이 마주치자 인영은 그것을 먹기 시작했다. 진지한 눈을 크게 흡뜬 채, 인영은 그 짐승들을 하나씩 둘씩 마구잡이로 씹어 삼켰다. 금방이라도 토악질을 할 것처럼 인영의 어깨가 들먹거렸다.

토우를 삼키다 말고 인영은 별안간 명윤에게 날카로운 시선을 돌렸다.

뭘 주려는 거냐?

입가에 진흙을 묻힌 채 인영은 마치 남자처럼 굵고 쉰 목소리로 그에게 호통을 쳤다.

그애한테 뭘 줄 생각이냐?

인영의 말씨는 사납고 단호했다.

네 남루한 생말고 뭘 줄 거냐?

금방이라도 인영의 입에서 흉칙한 이빨을 한 토우들이 뛰쳐나올 것만 같아 명윤은 뒷걸음질을 쳤다.

뭘 주려고 하는 거냐?

꿈이라면 깨라, 깨라, 깨라.

명윤은 진저리를 쳤다.

7

의선이었다.

그녀의 맨몸은 한없이 다정했고 가냘펐고 부드러웠다. 그녀의 손길이 명윤의 얼굴을, 목덜미를, 가슴을 매만졌다. 따뜻하고 잔잔한 울음 같은 것이 몸 밑바닥에서부터 차근차근 혈관을 적시며 차올라오고 있었다. 그녀를 꽉 끌어안아주고 싶었다. 그러나 온몸이 결박된 것같이, 손가락 하나 움직일 수 없었다.

깊고 캄캄한 눈구덩이 속에서 그를 끌어내어 지상으로 올려다주는 의선의 몸짓을 느끼며 명윤은 잠자코 누워 있었다. 눈을 뜰 수도 없는 환희 속에서, 그는 그것이 생시라고 느꼈다. 꿈이라기에는 너무 육체적이었다. 의선의 다정한 맨살갗이, 부드러운 숨소리가 분명히 그의 몸 위에 있었다.

8

아버지를 만났다.

그는 목발을 마치 우산처럼 이리저리 허공에 흔들어대며 성큼성큼 걸어가고 있었다. 아버지 곁에서 낯익은 흰 원피스를 팔랑거리며 걸어가는 여자애의 뒷모습은 의선 같기도 했고, 좀전에 보았던 명이 같기도 했다. 가슴이 벅차올랐다. 아버지를 부르려고 했지만 말이 나오지 않았다.

아, 아버지, 의선아.

아무래도 말이 나오지 않아 명윤은 그들에게 다가가려고 했다. 그러나 진흙 바닥에 신발이 엉겨 걸음이 떨어지지 않았다.

말을, 말만 할 수 있다면.

멈춰요, 라고 말할 수 있다면.

그는 소리치기 위해 안간힘을 썼다. 그 동안에도 그들은 햇빛 속으로 훨훨 날개 돋친 사람들처럼 걸어가고 있었다.

멈춰, 거기 멈춰봐요!

그의 눈에서 불덩이 같은 눈물이 흘렀다.

9

그 눈물이 뜨거워 눈을 떴을 때 명윤은 자신을 내려다보고 있는 얼굴을 보았다.

인영이었다.

방이 어둑하긴 했지만 인영의 얼굴 윤곽이 거의 또렷이 보였다. 동이 튼 모양이었다.

"일어날 수 있겠니?"

인영이 진지한 목소리로 물었다. 명윤은 상체를 일으키려 했다. 그러나 온몸이 물 먹은 솜처럼 무거웠다. 마치 부은 듯이 무감각한 머리를 바닥에 찧었다. 아픔이 느껴지지 않았다.

"밤새 열이 끓었는데, 새벽에 좀 가라앉았어."

인영은 명윤 때문에 밤을 꼬박 새운 모양이었다.

"눈발이 뜸해졌어. 지금 가야 해."

명윤은 인영이 머리맡에 떠다놓은 주발의 물을 벌컥벌컥 마시다가 기침을 했다. 깊은 기침을 뱉는 동안 처음에 꾸었던 꿈들은 낱낱이 잊혀져갔다. 오로지 아버지와 의선의 뒷모습만이 봄날의 배춧잎 나비처럼 어둠 속에서 팔랑거리고 있었다.

"일어설 수 있겠니?"

인영은 문간에 서 있었다. 키 큰 인영의 얼굴은 까마득히 위쪽에 있었다. 명윤은 인영의 손을 잡았다. 지옥 끝에서 일어나듯 자신의 몸을 끌어올렸다.

휘청거리는 시야 가운데 인영은 꿈에서처럼 커다란 키로 서 있었다. 그저 명윤의 생각이었을까, 인영의 음울한 눈이 마치 나약한 그를 질책하는 것처럼 느껴졌다. 명윤은 어설프게 시선을 피했다.

그들은 어깨를 두르고 연골을 걸어나왔다. 잠시 열이 내렸던 명윤의 이마가 다시 뜨거워지기 시작했다. 무릎까지 눈이 쌓인 산길은 영원히 끝나지 않을 것 같았다. 돌아가는 길은 전날 처음에 오던 길과 비교할 수도 없을 만큼 멀게 느껴졌다. 다리에 힘이 풀릴 때마다 그는 햇빛 속을 앞서 걸어가던 아버지와 의선의 뒷모습을 생각했다.

그곳은, 그들이 걸어가던 그곳은 어디였을까.

"저것 봐요!"

열 때문에 헛것을 본 것일까. 쌓였던 눈이 바람에 날리면서, 얼어붙은 냇물에 떨어진 흰 지연의 모습이 드러났다. 연은 계곡의 얼음장 속에 푯대처럼 꽂혀 있었다.

"언젯적 연이지?"

흰 입김을 뿜어내며 인영이 나지막이 중얼거렸다.

"저게 오십천일까?"

자꾸만 뒤돌아보는 명윤의 어깨를 끌며 인영은 걸음을 재촉했다.

"조금만, 조금만 더 가면 될 것 같아."

인영은 명윤의 어깨를 잡은 손에 힘을 주었다.

"제대로 방향을 찾기만 했다면 곧 마을이 나타날 거야. 왔던 길 돌아가는 건 쉽잖아."

부러 쾌활하게 내뱉은 인영의 그 말에서, 제대로 방향을 잡은 것일까에 대한 염려가 오히려 강하게 느껴졌다.

"조금만 쉬어요."

"안 돼, 쉬면 못 가."

"잠깐이면 돼요."

"쉬면 땀이 식어서 더 못 가게 돼. 천천히라도 계속 움직여야 해."

사위가 눈으로 덮여 모든 방향이 똑같아 보이는 산길을, 명윤은 오로지 인영이 이끄는 팔의 힘을 따라 움직이고 있었다. 발이 무엇을 밟고 있는지, 어떻게 자신의 다리가 계속해서 움직이고 있는지 분별해낼 수 없었다.

따딱, 딱.

휘어진 나뭇가지들은 비명을 지르며 부러져내렸다. 밤새 눈이 쌓인 탓인지 그 소리는 전날보다 자주 들려왔다. 그의 어깨를 호되게 내려치는 듯한 날카로운 음향에 명윤은 그때마다 소스라쳤다.

마침내 그가 중심을 잃었을 때 인영도 함께 눈밭에 쓰러졌다.

"……왜죠?"

눈밭 가운데 비스듬히 쓰러졌던 명윤의 눈이 서서히 감겼다. 마치 두 귀를 고무 마개로 틀어막은 듯 명윤은 자신의 목소리를 들을 수 없었다.

"왜 날 두고 가지 않았어요?"

인영의 대답은 들리지 않았다.

대답뿐 아니라 아무런 소리가 들리지 않았다. 명윤의 누운 몸이, 아니, 명윤의 몸을 실은 눈 쌓인 골짜기가 두어 바퀴 어른어른 맴을 돌았다. 애써 손아귀에 붙들고 있던 가느다란 끈을 잠시 놓쳐버린 것처럼 의식이 흐릿해진 순간, 명윤은 무엇인가에 덴 듯 흠칫 정신을 차렸다.

울음소리 때문이었다.

사물이 간신히 보일 만큼 눈꺼풀을 열었을 때 그는 인영이 울고 있는 것을 보았다.

명윤은 인영이 눈물을 흘리는 모습을 처음 보았다. 한쪽 무릎을 세우고 앉은 채, 쓰러진 명윤의 얼굴을 내려다보며 그녀는 울고 있었다. 마치 바싹 마른 널빤지에서 물이 새어나오듯 인영의 서늘한 얼굴은 눈물에 젖어 있었다. 홍하게 부르튼 그녀의 입술에 송글송글 눈물방울이 맺혔다. 숨을 참으며 인영은 나직이 흐느끼고 있었다.

왜 우는 걸까.

명윤은 자신의 손을 꼭 잡은 인영의 손을 마치 현실이 아닌 듯한 이물감으로 느꼈다. 이것은 간밤의 꿈의 연속일까.

이 사람이, 왜 우는 걸까.

"일어나."

인영은 자신의 흠뻑 젖은 얼굴을 닦으려고도 하지 않으며 말했다. 역시 헛것을 보는 것이다. 그녀의 목소리는 젖어 있지 않았다. 그러나 아무래도 예사롭지 않은 감정이 배어 있는 것만은 분명했다.

"일어나, 명윤아."

꿈이야, 라고 명윤은 다시 생각했다. 눈꺼풀이 내려앉았다. 그러자 이번에는 걷잡을 수 없는 속력으로 그의 누운 몸이 거친 회오리를 그렸다.

"매미…… 종이 매미."

그는 바싹 마른 입술을 달싹였다.

"……매미!"

"정신 차려 명윤아, 정신 차려."

인영의 손이 그의 뺨을 두들겼다. 아픔이 느껴지지 않았다.

그는 의선을 보고 있었다. 여남은 명의 구경꾼들이 그녀를 둘러싸고 있었다. 흰 원피스를 입은 의선은 대형 할인점 매장의 가장자리에 주저앉아 있었다. 둘러선 사람들을 올려다보며 그녀는 떨고 있었다.

치마 속에 숨긴 거야, 팬티 속에! 틀림없어.

입도 벌려보라고 해요. 저렇게 입을 꾹 다물고 있잖아요?

면도기와 샴푸 따위를 고르다가 깜빡 의선을 잊고 있었던 명윤은, 웅성거리는 소리에 갑자기 심상치 않은 예감이 들어 사람들을 헤치고 나아갔다. 앉은 채로 뒷걸음질을 치는 의선 쪽으로 한 사십대의 사내가 다가가고 있었다. 마치 금방이라도 치마를 걷어올리거나 뺨을 후려칠 태세였다.

무슨 짓입니까!

명윤은 사내의 등을 옆으로 밀어내며 의선의 몸 앞을 가로막았다.

이게 무슨 짓이에요, 뭐가 문젭니까!

당신 뭐요?

명윤은 뒤를 돌아보았다. 의선은 해쓱한 얼굴로 과일 판매대 아래의 비좁은 공간에 웅크리고 있었다. 두 주먹을 꼭 쥐고 입술을 앙다문 채였다.

점원 복장을 한 사십대 중반의 여자가 다짜고짜 새된 목소리로 명윤을 다그쳤다.

수상해서 이 기집애를 쭉 지켜보고 있었다구. 뭔가 만지작거리는 걸 분명히 봤다니까? 그래 다가갔더니 대뜸 도망질을 치는 거야. 원, 주먹을 펴라 해도 펴질 않고 저러잖아? 댁이 아는 처지 아니면 비켜, 경찰 부르기 전에.

사람들이 저마다 웅성거리기 시작했다.

분명히 뭔가 숨기고 있단 말이야, 내가 봤어!

좀전에 의선에게 다가가려던 사내가 삿대질을 하며 외쳤다.

……나도 봤소.

뒤쪽에 서 있던 육십대 초반의 노인이 지팡이를 흔들며 동의했다.

앤 내 동생입니다. 뭔가를 훔치거나 했을 리가 없습니다…… 만일 그랬다면 내가 변상하겠습니다, 그러니까.

왈칵 복받치려 하는 울음을 억누르며, 시뻘게진 얼굴로 명윤은 포효했다. 그런 거친 목소리가 그의 몸 어디에 숨어 있었는지 몰랐다.

……모두 비키란 말이오, 당장……!

슬금슬금 사람들이 한 발짝씩 물러섰다. 그러나 자리를 뜨지는 않았다. 통로를 지나가던 이들은 저마다 깨금발을 하고 사람들의 어깨 사이로 고개를 디밀고 있었다.

명윤은 돌아서서 한쪽 무릎을 꿇고 앉았다. 낮게 웅크린 의선의 눈에 눈높이를 맞추었다. 애써 숨을 죽이며, 작은 목소리로 속삭였다.

……어떻게 된 거야.

여전히 공포에 지질린 얼굴로 의선은 고개만 살래살래 흔들었을 뿐이다.

명윤은 의선의 팔을 당겼다.

손 펴봐.

의선은 고개를 흔들었다.

괜찮아.

명윤은 의선의 땀에 젖은 머리털을 쓸어 귀 뒤로 넘겨주었다.

뺏지 않을게, 펴봐.

그녀는 마침내, 땀에 흠뻑 젖은 손아귀를 폈다.

그것은 은박지로 접어 만든 매미였다. 그녀는 좀전에 그와 함께 지나쳤던 완구 코너에서 종이접기 상자를 찬찬히 들여다봤었다. 그 상자 위에 샘플로 놓여 있던 오 센티미터쯤 되는 종이 매미를 집어 들고 신기한 듯이 만지작거리는 의선을 보고 그는 생활용품 코너로 돌아갔던 것이었다.

잔뜩 구겨져 이제는 볼품도 없어진 그것은 싸늘한 형광등 조명을 받아, 의선의 작은 손바닥 위에서 희미하게 번쩍이고 있었다.

……뭐야, 미친 년 아냐?

얼굴을 알 수 없는 누군가의 목소리가 들려왔을 때 명윤은 와락 그쪽을 향하여 뛰쳐나갔다. 누군가가 억센 힘으로 명윤의 몸을 붙들었다. 그러나 명윤이 더 나아가지 않고 물러선 것은 그 팔 때문이 아니었다.

가느다란 외침이 의선의 입에서 흘러나오고 있었다.

……괜찮아.

의선은 다시 그 종이 매미를 손아귀에 움켜쥔 채, 과일 판매대의 모서리를 다른 쪽 손으로 짚으며 일어서는 참이었다. 여전히 공포로 휘둥그레진 눈으로, 그러나 또렷하게 의선은 말했다. 백치 같은 웃음까지 입가에 머금은 채였다.

나, 이제 괜찮아요.

버스를 타고 돌아오는 길, 먼지와 땀에 젖은 생쥐 같은 몰골로 의선은 오히려 명윤을 위로하려 했다. 아직 분노로 떨고 있는 명윤의 손에 입술을 맞추고, 명윤의 팔뚝을 연신 손바닥으로 쓸었다. 한마디의 말도 입 밖에 내지 않은 채였다.

명윤의 옥탑 방문 앞에서 의선은 그제야 그를 꼭 붙들고 있던 손을 놓았다.

거기로 가져가려고 했는데…….

의선의 목소리는 차분하였다. 좀전까지 과일 판매대 앞에 지질린 얼굴로 웅크리고 있던 여자애 같지 않았다. 여태껏 한 손으로 꼭 쥐고 왔던 구겨진 은박지 매미를, 그녀는 마치 멀쩡한 정신으로 돌아온 것처럼 옥상 밖으로 날려보냈다.

……거기로, 갈 수만 있다면 가져가려고 했는데.

자신의 빈 손을 찬찬히 들여다보는 의선의 고즈넉한 얼굴을 그는 홀린 듯이 바라보았다.

명윤의 팔을 한 손으로 움켜쥐고, 허리를 안다시피 한 채 인영은 일어섰다. 그가 어떻게 일어날 수 있었는지 모른다. 다만 그녀의 팔에 결박되다시피 하여 한 발짝씩 앞으로 이끌리고 있었다. 무릎까지 쌓인 눈밭에서 애써 다리를 뽑아올렸다가는 다시 박아가며 그들은 더딘 박자를 맞추어 나아갔다. 그의 낡은 구두창 사이로는 눈이 스며든 지 오래였다. 구두를 바꾸어 신을 수만 있다면, 젖은 양말을 벗을 수 있다면, 얼어붙은 발을 말릴 수만 있다면.

"왜죠?"

이빨을 부딪히며 명윤은 인영에게 다시 물었다. 그녀의 옆얼굴은 마치 손위 누이처럼, 어머니처럼 강인하였다. 줄곧 앞만을 응시한 채 인영은 명윤의 손을 붙들고 걸어나가고 있었다.

"……나같은 놈을 왜 굳이 데려가려고 하는 거예요?"

앓는 소리를 하듯 그는 물었다. 결코 다문 입을 열지 않을 것 같던, 꼿꼿이 앞을 향한 시선을 돌리지 않을 것 같던 인영이 별안간 짧은 한숨을 내뱉었다.

"너 같으면 그렇게 할 수 있겠니?"

그녀의 목소리는 무겁고 옹골차게 뭉쳐져 있었다. 푸르스름한 눈두덩은 그가 까닭을 알 수 없는 번민으로 깊숙이 꺼져 있었다.

"조금만 힘을 내. 거의 다 왔을 거야."

길은 끝나지 않을 것 같았다. 휘청거릴 때마다 명윤은 눈앞에서 일렁대는 의선의 얼굴을 보았다.

그 은박지 매미의 무엇이 의선을 매혹했을까. 그 소중하게 움켜쥐고 있던 것을 왜 옥상 밖으로 내던져버렸을까.

명윤의 이마와 겨드랑이에 식은땀이 배었다.

그래, 결국 넌 이곳에 왔다가 갔다.

아무것도 얻지 못하고 갔다. 나처럼.

공포에 지질려 흡뜨고 있던 의선의 눈이 명윤의 눈을 가렸다. 그녀의 치마를 걷어올리려고 다가가던 중년 남자의 두꺼운 손을 그는 이를 악물며 떠올렸다.

그래, 돌아오지 마라.

차라리 돌아오지 마라.

이 세상에 돌아오지 말아라.

무수한 흰 비늘이 돋은 것 같은 의선의 나신이 그의 눈앞에 퍼덕거렸다. 그녀의 배경으로 옥상의 하늘은 눈부시게 푸르렀다. 빙글빙글 돌며, 매끄러운 물고기처럼 그의 손아귀를 빠져나가며 의선은 깔깔 웃었다. 명윤은 숨을 헐떡이기 시작했다. 거친 호흡의 사이사이로 명윤은 연달아 뇌까렸다.

그렇게 멀리 가지 마.

그렇게 빨리 가지 마.

조심해, 그렇게 가지 마!

함께 길을 걷다가 말고 의선은 갑자기 멈추어 서서 명윤의 얼굴을 말끄러미 바라보곤 했다. '여기가 어디야?' '내가 왜 여기 있어?' 라고 묻는 것처럼 그녀의 눈길은 정처 없었다.

네가 없으면 난 어디로 돌아가겠니.

어디로 돌아갈 수 있겠니?

"제발…… 조금만 더 힘을 내."

어지럼치는 기억들에서 헤어나올 때마다 명윤은 인영의 다급한 목소리를 들었다. 꺾이려는 무릎을 그때마다 바로 세우며 명윤은 나아갔다. 그가 눈밭에 주저앉을 때마다, 짬을 주지 않고 인영이 그의 겨드랑이를 잡고 일으켜 세웠다.

"제발…… 조금만, 조금만."

인영의 악문 입술은 흉하게 일그러져 있었다.

두 시간, 혹은 세 시간이 지났을까. 땅도 나무들도, 눈에 보이는 모든 것들이 무섭게 희기만 했다. 빠르게 걸어가는 것도 아닌데 한 발을 디딜 때마다 금방이라도 고꾸라질 듯 머리가 아뜩해왔다.

"저것, 느티나무 아니야?"

인영이 외쳤다.

먼발치로 눈 쌓인 느티나무가 보였다.

"맞아, 저거야!"

인영의 목소리에 힘이 실렸다.

순간 긴장이 풀리며 명윤은 대자로 나동그라졌다. 그 바람에 인영까지 함께 쓰러졌다. 몸을 추스리고 일어선 그녀는 어깨를 두르지 않은 팔로 명윤의 뺨을 사정없이 때렸다. 코트 속의 스웨터 소매를 늘여 빼내어 명윤의 얼굴에 묻은 눈을 닦았다.

"이젠 정말 다 왔어. 조금만 더 가면 동네야."

명윤의 눈꺼풀에 힘이 풀렸다. 인영이 다시 그의 뺨을 후려쳤다.

"일어나, 안 돼. 일어나! 젠장, 그럼 기다려, 여기서 조금만!"

그의 귀에 대고 외치는 인영의 음성이 아득하게 들려왔다.

"사람들을 데리고 올게. 잠깐만 기다려."

인영이 어깨를 풀었으므로 그의 몸은 눈밭에 모로 고꾸라졌다. 명윤의 얼굴이 무릎 높이까지 쌓인 눈 속에 묻히는 것을 보고 인영이 되돌아왔다. 인영은 명윤의 목에 둘러져 있던 그녀의 목도리를 푼 뒤 두껍게 접어 그의 고개를 고였다. 눈꺼풀을 떨며 명윤은 눈을 가늘게 떴다.

눈밭 속에서 얼굴만 밖으로 드러난 그의 눈으로 멀어지는 인영의 모습이 보였다. 무릎까지 쌓인 눈을 헤치고 달리는 그녀의 몸놀림은 둔탁하고 필사적이었다.

명윤은 저절로 감기려는 눈을 안간힘을 다해 떴다.

조금만, 조금만 더 참아!

인영의 음성이 날카로운 사금파리처럼 그의 얼어붙은 귓바퀴를 할퀴었다.

순간 시야가 흔들렸다. 강풍이 몰아치기 시작했다. 대지와 숲과 얼어붙은 냇물 위에 쌓여 있던 눈송이들이 흰 나비떼처럼 일제히 날아올랐다. 굽이굽이 흰 산과 계곡들 위로, 수십 점의 지연들이 새떼처럼 연골 쪽으로 날아가는 것을 명윤은 보았다.

연들이 날아오겠어.

거기로 가야겠어.

명윤은 그 지연들 위로 펼쳐진 검은 먹구름장을, 그 먹빛 하늘을 가르며 빛살처럼 날아드는 의선의 목소리를 들었다.

"명윤아, 명윤아!"

인영의 고함 소리가 아스라이 높은 곳에서인 듯 그의 얼굴에 굴러 떨어졌다. 처음 듣는 목소리 몇이 웅성거리며 그녀의 음성과 겹쳐졌다.

"정신 차려!"

명윤은 눈을 뜨고 있었으나 아무것도 볼 수 없었다. 인영에게 대답하기 위해 입을 벌렸다. 숨을 몰아쉬었다. 혀가 움직이지 않았다.

"명윤아! 명윤아!"

인영의 외침이 까마득히 먼 곳에서처럼 들려오다가 침묵 속에 삼켜져버렸다. 침묵은 밝았다. 사람의 살처럼 따뜻했다.

14
약초꽃 피는 때

1

그녀는 그의 이름을 기억할 수 없다. 갈비뼈가 만져지는 앙상한 옆구리, 귀를 덮은 반곱슬머리, 줄담배 때문에 하얗게 살이 일어난 입술, 조그만 밤색 사마귀가 있는 목덜미, 뺨과 콧잔등의 넓은 땀구멍들, 이마의 가느다란 주름살들까지 생생하게 보이는데 이름만은 생각나지 않는다.

그는 그녀의 허벅다리에 머리를 베고 눕는 것을 좋아했다. 그럴 때면 그녀는 그의 고집 세어 보이는 이마를, 파랗게 면도한 자국이 있는 까끌까끌한 턱을 번갈아 쓸어만지곤 했다. 그의 손을 잡아끌어 그녀의 가슴을 만지게 해주면, 눈을 감은 채 그는 나직이 웃곤 했다. 웃음을 머금은 얼굴로 그녀의 겨드랑이를 간지럽히며 그녀가 알지 못하는 곡조를 콧노래로 흥얼거렸다. 왜 그런지 그가 눈을 감고 있는 얼굴은 조금 가엾어 보였다.

그런데 이름이 왜 생각나지 않을까.

기억은 왜 한순간에, 걷잡을 수 없이 몰아닥쳤다가 사라져버리는 것일까. 너무 빨리 돌린 영화 화면처럼 수많은 것들이 스쳐 지나갈 때가 있다. 그 순간에는 숨을 쉴 수가 없다. 몇십 년, 아니 몇백 년의 시간이 거대한 기차바퀴처럼 그녀의 몸을 짓이기고 지나간다. 내장과 핏줄들이 살을 뚫고 터져나온다. 눈물과 피와 끈끈한 체액들이 사방으로 흩뒤다. 식은땀에 젖은 얼굴로 이를 부딪히며 그녀는 무릎을 꿇는다.

발작이 지나간 뒤 고개를 들면, 어렴풋이 어떤 기억의 그림자가 남아 있기도 하고, 그마저 남김없이 사라져버리기도 한다.

사라져버린 기억의 그림자를 생각하면서 눈을 감고 있을 때 가장 먼저 눈앞에 나타나는 것은 언제나 그 짐승이다. 흉흉한 밤의 꿈에도, 환한 낮의 풍경 속에서도 짐승은 갑작스럽게 나타난다. 머리끝부터 발끝까지, 뿔과 이빨까지 검은 사슴이다.

소스라치거나 도망치지 않고, 떨면서 천천히, 그 사슴이 이끄는 대로 기억을 따라 내려가다보면 어렴풋한 기억의 단편들이 떠오르기 시작한다.

그것들에 매달려야 한다. 온 정신을 집중하여 오랫동안 들여다보아야 한다. 서서히 한순간이, 한나절이, 그리고 한 밤과 낮이 떠오른다. 그렇게 계속할 수만 있다면 모든 걸 기억해낼 수도 있을 것이다. 하지만 더 계속하면 다시 모든 것이 한꺼번에 휘몰아쳐오고, 그러면 다시 엉망이 되어버리고 만다. 그 한나절의 기억만이라도 잃어버리지 않기 위해서는 계속해서 그것을 곱씹고 생각해야만 한다.

그렇게 하여 그녀는 조금씩 조금씩 기억의 분량을 늘려왔다. 그것이 얼마나 힘겨운 일인지 그는 알지 못했다.

그러니까…… 그래서?

그 다음은?

그 전에는?

그는 언제나 주저하는 듯한 말씨로, 그러나 집요하게 그녀의 기억을 추궁하곤 했다. 그녀는 이따금 그의 질문들이 무서워질 때가 있었다. 그녀가 이제 그의 이름을 잊은 것을 알면 그는 화를 낼지도 모른다.

아침 내내 그의 이름을 되살리려 했지만 결국 실패한 채 그녀는 언제나처럼 밤바다를 보러 갔다. 일 킬로미터쯤 걸어가면 공양왕의 무덤이 있다는데, 거기에는 가보지 않았다. 공양왕이 언제 때 왕인 줄 알고 있느냐고, 닷새 전에 여기까지 그녀를 실어다준 트럭 운전사가 물었었다. 그녀는 모른다고 대답했다.

……저는 제가 누군지도 모르는 걸요.

그렇죠.

운전대를 잡고 있던 삼십대 중반의 남자는 그녀가 매우 철학적인 말을 했다는 듯이 심각한 얼굴을 했다.

……자기가 누군지를 아는 사람이 몇이나 되겠어요?

잠시 뒤에 남자는 불쌍하게 쫓겨온 공양왕이 이성계의 부하에게 목이 졸려 죽고 만 곳이 바로 자신의 고향이라는 이야기를 들려주었다.

아가씨, 서울에서 왔다고 했죠?

네.

서울, 그래, 서울에서 왔다. 그녀는 그것을 기억하고 있었다. 거기서 그를 만났다. 그 언니의 얼굴도 생각났다. 역시 이름은 기억나지 않았다. 바다 사진을 많이 가지고 있던 언니였다. 된장찌개를 맛있게 끓였고, 저녁이면 몹시 피로해했고, 밝은 것을 싫어해서 자꾸만 커튼을 치고 햇볕을 가렸다.

나도 군대 마치고 서울에서 살았던 적이 있어요. 오류동, 회기동, 왕십리에서 지내봤더랬어요. 아가씨는 어디 살았었어요?

몰라요.

그녀는 얼굴을 붉혔다. 남자는 그것이 그녀의 수줍음 때문이라고 생각했는지 쾌활한 어조로 자신의 이야기를 이어갔다.

그런데, 서울은 살 곳이 못 되더라구요. 한 이 년 비비적대면서 살아보고 나니까 더이상 붙어 있을 수가 없었어요. 답답하고, 사람들도 각박하고. 그래 고향으로 돌아와서 결혼하고 이렇게 사는 거예요. 천진서 오징어 떼어다가 이 골 저 골 다니면서 팔면 그래도 기름값 빼고 생계 유지는 되거든요.

그녀가 수긍도 부정도 하지 않은 채 목도리만 하염없이 개키고 있으니까 남자는 답답했던 모양이었다. '어디까지 가느냐' 고 처음에 물었던 말을 재차 물었다.

왜 사람들은 그녀에게 어디까지 가느냐는 말을 자꾸만 물을까.

그녀에게는 갈 곳이 없었다. 서울을 떠날 때 그녀에게는 어디를 떠나 어디로 간다는 의식조차 없었다. 청량리역에서 매표원이 재차 행선지가 어디냐고 다그쳤을 때에야 흐릿하기 짝이 없는, 본능에 가까운 기억이 이끄는 대로 황곡행 열차표를 끊었다. 황곡에서 월산행 버스표를 끊은 것 역시 그렇게 어슴푸레한 기억에 의지해서였다.

이 산골에는 웬일로 왔어요? 이런 날씨에 눈길을 혼자 다니다가는 농담이 아니라 진짜로 얼어죽어요. 옷도 그렇게 얇아가지고서는…… 아까 아가씨 보고 얼마나 놀랐는지 알아요? 하얀 목도리는 얼굴도 안 보이게 친친 감고 비틀비틀, 밤 같았으면 아주 으시시했겠어. 버스도 안 다니는 여길 왜 왔어요? 나야, 이 마을 저 마을 구석진 데까지 점방에 물건 갖다주느라고 할 수 없이 다녀야 하는 처지지만.

그녀가 가만히 듣고 있으니까 남자는 책망조의 태도를 바꾸었다.

무계획적인 여행을 좋아하는 철없는 대학생쯤으로 그녀를 보았는지 모른다.

이쪽에는 사실 볼 게 없어요. 교통도 여간 불편하지 않고. 서울서 여기까지 왔으면 바다를 보고 가야지. 사실 알려지지 않아서 그렇지 나 사는 쪽 바다도 참 좋아요. 관광 가이드 책에도 잘 안 나오는 공양왕 무덤에 한번 가보는 거 어때요?

그녀는 바다가 어떤 곳인지 가본 기억이 없었다. 그래서 거기에 가보고 싶다고 했다. 남자는 그녀의 결심을 몹시 반겼다.

천진시에서 동해를 따라 오십여 킬로미터 아래에 위치한 조그만 포구 궁촌리까지 남자는 그녀를 한달음에 데려다주었다. 궁촌리란 왕이 살았다고 해서 붙여진 이름이고, 그 왕을 유배지에서 구하려 했던 신하들이 모두 죽임을 당했다 해서 마을 입구의 고개 이름은 살해재라고 했다. 또 공양왕릉에 있는 왕의 시신은 목이 없는 몸통뿐이라고 했다. 잘린 목은 이성계에게 보이기 위해 한양으로 가져갔다는 것이다. 남자는 자신도 할머니에게 들은 이야기라며 '끔찍하죠?' '아주 지독한 놈들 아녜요?' 라고 동의를 구하며 혀를 차댔다.

남자의 부인은 만삭이었다. 웃음소리가 투박하고 명랑한 부인은 그녀가 방을 얻을 수 있도록 손을 붙잡고 끌고 다니며 도와주었다.

식당과 민박집을 겸한 슬래브집의 부엌 딸린 문간방에 짐을 풀고 나니 날이 저물어 있었다. 여름철에는 민박을 드는 사람이 간혹 있는 모양인데, 겨울인데다 평일이라서인지 외지 사람은 그녀뿐이었다. 주인집에서 차려준 밥상을 그녀는 반찬까지 말끔히 비워 내놓았다. 이틀 동안 눈밖에는 먹은 것이 없었던 것이다.

아이구, 몹시 시장했던 모양이네?

오십대 초반의 주인 아주머니는 그녀의 가냘픈 몸매를 눈여겨보며 혀를 내둘렀다.

그녀는 그 길로 바다로 나갔다.

그믐밤의 바다는 칠흑같이 어두웠다. 계속해서 날이 흐렸던 산간 지방과는 달리 해안의 날씨는 맑았다. 그때 그녀는 서울에서 만났던 마른 얼굴의 언니를 생각했다. 그 언니, 바다 사진을 많이 갖고 있던 언니의 이름은 뭐였을까.

그 언니가 가지고 있던 흑백 사진들은 그녀가 처음으로 마주한 밤바다를 영락없이 닮아 있었다. 그 사진들에 불을 붙이자 그 검은 바다들은 붉은 화염에 휩싸이며 몸을 뒤틀어댔었다. 바다에 해가 뜬다면 그런 풍경이 되는 것 아닐까, 하고 그녀는 처음으로 보는 밤바다 앞에서 생각했다.

그때, 그 언니의 세면장에서 사진들을 태우며 그녀는 연신 웃음을 터뜨렸었다. 한 장 한 장의 검은 바다가 붉게 사위어가는 것을 보는 게 좋아서 그녀는 시간 가는 줄을 몰랐었다. 어두운 하늘에 빨간 불벌레가 기어다니고, 바다가 오그라들며 소용돌이칠 때마다 그녀는 까닭 없이 웃다 울다 하며 몸을 외꼬았었다. 한데 이상하게도 마지막 사진의 귀퉁이에 불을 붙이자마자 웃음은 그치고 오로지 울음만 터져나왔다. 사진의 중앙을 향해 번져가는 불을 슬리퍼로 다급히 문질러 끄고 그것을 남방셔츠 앞주머니에 쑤셔넣는 찰나 그 언니가 들어왔다.

그때 그 언니의 얼굴을 그녀는 똑똑히 기억한다. 그 언니는 그녀를 때리는 대신 세면장 벽을 때렸고, 그녀를 책망하는 대신 세면장 천장과 거울과 변기를 향해 욕설을 퍼부었다. 그 언니는 욕설을 퍼붓다 말고 이를 악문 채 거울 속의 자신을 쏘아보았다. 그 시선이 무섭도록 서늘해서 그녀는 더욱 울음을 멈출 수 없었다.

깊은 밤이다.

밤바다는 검은 빗발 같은 어둠과 몸을 섞으며 술렁대고 있었다. 어느새 새로 돋아난 달의 투명한 빛살들이 소란스러운 어둠의 등에 실려 어지럼을 타고 있었다. 물결 속에는 모든 것이 들어 있는 것 같았다. 모든 것이 그녀를 향해 몰아쳤다가 가혹한 파도 소리를 그녀의 몸뚱이에 때려 안긴 뒤 물러서곤 하였다.

그녀는 호주머니에 들어 있는 사진을 조심스럽게 옷 위에서 만져보았다. 서울에 있을 때부터 그녀는 혼자 있을 때면 뜻없이 그 사진을 꺼내어 들여다보곤 했었다. 이상하게도 그 사진을 들여다보고 있으면 들끓던 마음이 조금씩 편안해졌다.

귀퉁이가 사분의 일쯤 타버린 사진 속의 부드러운 바다는 어디에 있는 것일까. 지금 그녀가 서 있는 이 바다일까. 그건 아닌 것 같다. 지금 그녀가 서 있는 바다의 물결은 사진 속의 그것보다 훨씬 거칠다. 마치 보고 있는 사람을 후려치는 것 같다.

온몸을 얻어맞은 사람처럼 다리를 끌며, 그녀는 바다를 등지고 걷기 시작했다. 그 언니의 이름을 기억하고 싶다고 그녀는 생각했다. 그의 이름도 기억하고 싶다고 생각했다.

내일 아침에 눈을 뜨면 그의 이름이 생각날까.

그의 손을 잡고 걸었던 서울의 저녁 골목들이 아슴아슴 그녀의 눈앞을 스쳐갔다. 그의 손아귀는 누구의 것인지 모를 땀에 흠뻑 젖어 있었다. 이따금 그가 그녀의 방에 와 묵을 때, 그녀가 그의 옥탑방에 가 잠들었을 때, 그녀는 종종 나쁜 꿈을 꾸고 소리를 치며 잠에서 깨어나곤 했었다. 그때마다 그는 '괜찮아, 이제 괜찮아' 하고 그녀의 등을 뒤에서 끌어안아주었었다.

괜찮지, 이제 괜찮지?

혼곤한 잠에 취한 음성으로 그는 그녀를 달래곤 하였다.

그녀는 지금 그로부터 얼마나 멀리 떨어져 있을까. 서울을 떠나 거쳐온 수많은 기차역들과 크고 작은 대합실들, 스쳐 지나간 사람들, 춥고 먼 산길과 바람, 하늘과 땅과 몸부림치는 진눈깨비들이 그녀의 몸 속에서 거친 회오리를 그렸다.

2

한나절, 아니 한식경의 기억이 또렷하게 남아 있다. 모든 기억이 바로 그날에서 출발한다. 별다른 일이 있었던 날은 아니다. 늘 똑같으면서도 조금씩 다르던 그 골짜기의 겨울 오후였다.

그때 그녀는 일곱 살이었다.

손가락 구멍이 비죽비죽 뚫어진 바랜 장지문 바깥으로는 사흘 낮 사흘 밤을 그치지 않고 눈이 내리고 있었다. 오후 세시가 조금 넘었을 뿐이지만 방 안은 저물녘처럼 어둑어둑했다. 녹슨 구리 조각을 활 모양으로 펴서 달아놓은 반달이 손잡이만이 음울한 청동빛을 어둠 속에 반사하고 있었다.

아버지는 그 컴컴한 방의 구석에 꼿꼿이 허리를 세우고 앉아 있었다. 그는 약초 줄기와 뿌리들을 다듬어 아랫목에 가지런히 널어놓고 있었다. 그가 지난 가을내 덕항산 깊은 골 구석구석을 헤매어다니며 캔 것들이었다. 사흘 뒤 월산에는 겨울 들어 첫 오일장이 설 것이었고, 서울을 비롯한 전국 각지에서 한약상들이 다투어 모여들 참이었다. 아버지는 그네들에게 약초들을 판 돈으로 그녀와 용수의 장화를 사오겠다고 했다.

그녀는 차가운 윗목에 모로 누워 장지문의 손가락 구멍에 왼쪽 눈을 바짝 들이대고 있었다. 눈발의 기세로 보아서는 다음날 아침이면 처마까지 눈이 쌓일 것 같았다. 오빠 용수는 엉덩이를 허공에 치켜들고 가슴을 방바닥에 댄 채 그녀와 나란히 엎드려 있었다. 설을 쇠어 열두 살이 된 용수는 그때까지도 혀를 반듯이 펴서 말하지 못했다. 입가에서부터 흘러내린 침이 질경이꽃처럼 하얗게 엉겨 있는 뺨을 함부로 손바닥으로 비비며, 윗입술까지 흘러내려온 뿌연 콧물을 후루룩 들이켜 마시곤 하며 용수는 잘 분절되지 않는 말마디들을 중얼거리고 있었다. 흐흐흣, 이따금 용수는 그 알 수 없는 넋두리에 덧붙여 히쭉 떡니를 드러내며 웃기도 했다.

용수의 흥얼거리는 소리, 아버지가 풀뿌리를 매만지면서 내는 미세한 소리 외에는 아무것도 들리지 않았다. 개는 왜 눈이 오면 한 마리도 짖지 않는 걸까? 그녀는 장지문 바깥을 내다보느라고 힘겹게 쳐들고 있던 고개를 짐짓 소리 내어 방바닥에 찧었다. 뒤통수로 선득한 찬결이 느껴졌다. 눈을 감자, 수많은 눈송이들이 다시 수많은 눈송이들 위에 쌓이는 저 아득하고 아련한 소리들이 귓바퀴를 간지르며 정수리를 향해 차곡차곡 차올라왔다.

그때, 그 어둡고 무거운 침묵을 깨뜨리며 아버지는 사슴에 대한 이야기를 들려주었던 것이다.

……깊은 땅속 암반 사이사이로 기어다니며 사는 짐승이란다. 여기저기 흩어져 있는 놈들을 다 합쳐보면 수천 마리나 되지만 가족을 이루지 않고 늘 외돌토리로 다니지. 생기기는 사슴 모양으로 생겼는데, 온몸에는 시꺼먼 털이 돋았고 두 눈은 굶주린 범처럼 형형하다. 바윗돌을 씹어 먹어 배고픔을 이기느라고 이빨은 늑대 송곳니처럼 날카롭고 단단하지. 이마에는 번쩍이는 뿔이 한 자도 넘게 자라 있어서 이 짐승이 걸어가는 길 앞을 관솔불마냥 훤하게 밝혀준단다.

저 월산 탄광이나 황곡 광산에서 채굴 작업을 하던 광부들이 이따금씩 이 짐승과 마주치는데, 그때마다 이 짐승, 평생에 단 한 번만이라도 하늘을 보는 것이 소원인 이놈은 바깥으로 나가는 길을 가르쳐달라는 부탁을 한단다. 잡아먹히는 것이나 아닌가 벌벌 떨고 있던 광부들은 조건을 내걸지.

'네 번쩍이는 뿔을 자르게 해다오, 그러면 하늘을 볼 수 있게 해주마.'

짐승은 한참 동안 망설이다가 이마를 앞으로 내밀지. 일단 뿔을 자른 광부들은 몇 발짝쯤 짐승을 데리고 가다가 다시 조건을 내건다.

'네 단단하고 날카로운 이빨을 다오. 그러면 하늘을 볼 수 있도록 해주마.'

짐승은 이번에는 그럴 수 없다고 버티지. 하지만 광부들은 수가 여럿이고 짐승은 혼자 몸이니 배겨낼 수가 있나. 한 사람은 뿔이 뭉툭하게 잘라진 짐승의 이마를 잡고, 다른 한 사람은 시커먼 짐승의 뒷다리를 잡고, 남은 사람들이 짐승의 뾰죽한 이빨을 뽑아내지. 거무죽죽한 피가 짐승의 입이며 턱이며 이마에서 뚝뚝 흘러내리는 것을 보면서 광부들은 허둥지둥 동료들의 불빛이 번쩍이는 갱도 안쪽을 향해 달려가버린단다…….

아버지는 약초를 다듬던 손길을 멈추고 반닫이 서랍에서 궐련을 꺼내 물었다. 성냥 당기는 소리와 함께 황 타는 냄새가 그녀의 코를 찔렀다. 푸른 실타래 같은 담배연기가 방 안의 어둠 속에 남실남실 맴을 그리며 퍼져갔다. 그녀는 엎드렸던 몸을 일으켜 앉았다. 허리를 동전처럼 동그랗게 구부리고 무릎을 끌어안았다. 이야기를 듣는 둥 마는 둥 하고 엎드려 있던 용수도 그녀를 따라 몸을 일으켜 앉더니 그녀의 어깨에 자신의 상체를 기대었다.

그래서요, 아부지?

그녀가 마른침을 다시며 아버지의 이야기를 재촉했을 때, 정지 쪽으로 통하는 뒷문이 열리면서 어머니가 들어왔다.

어머니는 천천히 세 발짝을 걸어 그녀와 용수가 있는 윗목까지 다가왔다. 마치 가야 할 방향이 없는 것같이 허전거리는 걸음걸이였다. 끄응 하는 신음 소리를 토하며 흙벽에 기대어 앉는 어머니의 더러운 나일론 몸빼에서 와락 찬바람이 끼쳐왔다. 여태 혼자 무엇을 하느라고 아무 소리도 없이 추운 토방에 앉아 계셨던 것일까? 들어

올린 머리에 잔머리카락이 여러 가닥 흩어져내려온 어머니의 두 뺨은 진회색 음영 때문에 유난히 움푹 들어가 보였다. 네모진 천장을 빙빙 둘러 매달아놓은 마른 강냉이들의 그림자가 어머니의 얼굴에 들쭉날쭉한 그림자를 드리우고 있었다.

아버지는 피우다 만 담배를 황황히 비벼 껐다. 용수는 머릿결마다 서캐가 허옇게 깔린 상고머리를 손톱 끝으로 소리 내어 긁어댔다. 문득 손짓을 멈춘 용수가 비루먹은 새끼 개처럼 가련한 몸짓으로 어머니의 겨드랑이 속으로 파고들자, 어머니는 용수의 머리에 턱을 지그시 누르며 까닭 모를 긴 한숨을 뿜어냈다.

어머니의 한숨에서 코에 익은 한약 냄새가 물씬 풍겨왔다. 그녀는 물끄러미 어머니의 얄따란 보랏빛 입술을 바라다보았다. 인삼을 우려낸 물에 잘 말린 대추씨와 애기풀의 뿌리를 다져넣은 그 약을, 아버지는 아침부터 밤까지 정지 끝에 앉아 손수 다리곤 했다. 약을 다린 날이면 저녁상을 물린 뒤 한식경쯤 지나 정지에서 의선을 부르는 소리가 들렸다. 변죽에 이가 빠지고 그 빠진 자리에 때가 꼬질꼬질 엉긴 사기 대접에 검은 약을 가득 따르고 나서 아버지는 그녀에게 말했다.

네 어머니 갖다 드려라.

행주쪽을 든 양손으로 뜨거운 대접의 귀퉁이를 붙잡은 탓에 안방문을 발끝으로 여느라고 애를 먹는 그녀의 뒤통수에 대고 아버지는 덧붙였다.

코 꽉 막고, 한 입에 훌쩍 마셔버리라고 해라.

신기하게도 그 약을 먹고 난 뒤면 어머니는 토방에 쭈그려 앉아 무서울 만큼 큰 소리로 목울음을 울어대지 않았다. 울다가 숨이 막혀서 어흑어흑 가슴을 쥐어뜯으며 흙바닥을 뒹굴어대지도 않았다. 대신 그녀나 용수가 어무니, 하고 부르는 소리도 듣지 못한 채 우두커니 눈 쌓인 덕항산 봉우리만 바라보고 앉아 있는 시간이 많아지곤 했다.

……그때부터 이 짐승은 아무것도 먹지 못하고 아무것도 보지 못하는 채로 컴컴한 암반 사이를 느릿느릿 기어다니며 흐느껴 운단다. 마지막으로 숨이 넘어갈 때쯤 되면 이 짐승의 몸은 들쥐새끼만하게 웅크려져 있지.

열의 하나쯤이나 될까, 운 좋게 암반 사이의 가느다란 틈을 비집고 나와 꿈에도 그리던 하늘을 보게 되는 경우도 있기는 한데, 이상하게도 햇빛을 받자마자 이 짐승은 순식간에 끈적끈적한 진홍색 웅덩이로 변해버린다. 눈부터 빨갛게 녹아버리는 거다.

이 웅덩이 물을 삵쾡이란 놈이 무척 좋아해서 기다렸다는 듯이 핥아먹어버리고는 한단다. 하지만 어쩌다가 낙엽 속에 숨고 눈 속에 묻혀 삵쾡이의 눈에 띄지 않은 경우가 있지. 계절이 바뀌고 한 해가 가고 또 십 년이 가고 백 년이 가면서 그 웅덩이가 썩은 자리에 어느덧 연한 풀이 돋고, 자그마한 꽃들이 핀다.

어머니는 여전히 흙벽에 기대어 넋을 잃고 앉아 있었다. 어머니의 겨드랑이에 머리를 틀어박은 용수는 뜻없이 발바닥을 치켜들어 장지문 가장자리를 문지르고 있었다. 아버지는 어머니의 망연한 얼굴을 외면하며 고개를 떨구었다. 아버지의 낯빛이 어두워졌다. 약초의 잔뿌리들을 손끝으로 가지런히 빗질하며 그는 탄식하듯 낮은 목소리로 뇌까렸다.

그게 붉은애기풀이란다. 푸른 잎 가장자리에 녹물 같은 붉은 기운이 돌고, 뿌리를 다려먹으면 미친병이나 어질머리병에 직효이고, 산삼 찾는 것보다 더 힘든 풀이야. 그걸 찾는 약초꾼들은 꼭 전날 밤 꿈에, 산신령 대신 그 짐승의 검고 흉흉한 형상을 보곤 한단다…….

그때였다. 까딱거리던 용수의 발이 별안간 장지문을 힘껏 걷어찼다.

어머니가 나지막이 비명을 질렀다. 바람이, 눈발을 펄펄 날리는 매서운 바람이 열린 장지문 틈으로 몰아쳐 들어왔다. 카르르륵. 용수가 어깨를 흔들며 웃어댔다.

눈빛!

그 바람보다도, 그녀는 어두운 방 안에 번갯불처럼 내리친 눈발의 흰빛에 더욱 놀랐다. 그녀는 냉큼 일어나 문을 닫는 대신 넋을 잃고 멍하니 앉아 있었다. 눈 쌓인 덕항산의 봉우리는 너무 희어서 눈을 똑바로 뜨고 치어다볼 수조차 없었다.

의선아.

아랫목에서 아버지의 묵직한 음성이 울려나왔다. 화들짝 놀라 몸을 일으킨 그녀는 손을 뻗어 문고리를 잡아당겼다. 부채꼴을 그리며 장지문이 닫히는 동안 흘긋 뒤돌아보았을 때 용수의 머리를 두 팔로 꼭 끌어안은 어머니는 지그시 눈을 감고 있었다. 눈(雪)빛에 밝혀진 어머니의 떨군 얼굴이 해쓱했다. 부드럽게 미끄러져내려온 흰 콧날과 그 아래 단아하게 다물린 입술이 이 세상 사람 같지 않게 고왔다.

문이 닫혔다. 그녀는 잠시 꿈에 홀려 있었던 것 같았다. 다시 어두워진 방 안을, 검게 굴곡진 어머니의 얼굴 윤곽을 그녀는 바라다보았다. 꿈이었을까.

그래서유, 아부지?

아버지는 대답 대신 눈을 들어 힐긋 그녀를 바라다보았다. 방금 하품을 한 것처럼 유난스럽게 번쩍이는 눈이었다. 무슨 말인가를 덧붙일 것만 같던 아버지는 성이 난 사람처럼 입을 굳게 다물었다. 청동빛 나는 음울한 어둠이 그의 머리 위로 이죽이며 내려앉고 있었다. 끊길 듯 끊기지 않는 어머니의 적요한 숨소리가 질식할 것만 같은 방 안의 침묵을 훔질하고 있었다. 그 침묵을 드문드문 깨뜨리며 용수는 그녀를 향해 흐흐흣, 하고 의미 없는 코웃음을 웃어 보이곤 하였다.

3

그녀는 부엌 천장의 전선에 길게 매달린 알전구를 더듬어 켰다. 단칸방의 베니어판 문을 열자 바깥 바람과 크게 다르지 않은 방 내부의 찬 공기가 스산한 목줄기로 스며들었다.

그녀는 부엌 바닥에 한쪽 무릎을 세우고 웅크려 앉았다. 담가놓았던 쌀을 곤로에 앉혔다.

오래 묵을 거면, 우린 이제 안 쓰는 곤로니까 이걸 써요.

오징어 트럭을 모는 남자의 아내가 뒤뚱거리는 배로 여기까지 직접 가져다준 곤로였다.

늘 떠났다가 돌아왔다가 해야 하는 일인 줄 아는데두, 막상 떠나고 나면 그때마다 기분이 좀 그래요.

이틀을 묵고는 다시 트럭을 몰고 나간 남편에 대한 이야기였다. 호칭을 생략하고 턱으로만 출입문 쪽을 가리키는 여자의 모습이, 마치 거기 남편이 서 있는 것 같았었다.

밥이 끓는 동안 그녀는 곤로 앞에 바싹 붙어 앉아 있었다. 석유곤로의 열기를 옹색하게 가슴과 얼굴과 발가락들로 감싸안고 등허리와 발 뒤꿈치는 파랗게 시려오도록 버려둔 채, 그녀는 짧은 동안이 침침하고 싸늘한 세면장을 떠나 있었다.

장지문 밖으로는 밤새 비가 추적추적 내리고 있었다. 어디선가 널빤지 삐그덕거리는 소리만 나도 번쩍 눈이 떠지던, 수많았던 겨울밤들의 끝을 알리는 첫비였다.

아랫목에서는 오빠 용수가 이불을 걷어차고 잠들어 있었다. '아부지 어디 가서 안 오는 거야, 아부지 찾아와' 하고 외치며 네 살배기 아이처럼 원망의 눈물을 흘리던 열네 살의 용수는 어둠 속에서 하얗게 배를 드러내고 누워 있었다. 이를 잡지 않고 손톱으로 긁어대어서 생채기투성이인 그 배에 이불을 덮어주며, 아홉 살의 그녀는 바늘 돋은 혀를 입천장에 갖다 대었다.

지난 가을내 '어무니 어디 갔어, 어무니' 하고 발버둥치며 울어대던 용수는 이제 어머니의 얼굴은 잊어버린 것일까. 약초 판 돈을 모두 전대에 챙겨서 무작정 어머니를 찾아나선 아버지만을 용수는 겨울 내내 불러댔다.

자, 이게 무슨 글자라고 그랬어 오빠?

몰라.

이건?

몰라!

몇 번 했는데 또 몰라?

모른단 말이야, 으이씨, 아부지나 찾아와. 아부지 빨리 찾아와!

이날도 아랫집 화숙 언니에게서 얻어온 초등학교 국어책을 펴놓고 한글을 가르치던 그녀에게 용수는 자지러지며 떼를 써댔었다.

아스라이 먼 곳에서 개 짖는 소리가 울려왔다. 백스물 몇까지 헤아리며 잠을 청하던 그녀는 화들짝 놀라 눈을 떴다. 그 소리를 신호로, 언제 잠들어 있었더냐는 듯이 연골의 개들이 일제히 다투어 울부짖기 시작했다.

그녀는 장지문을 열어젖혔다. 바깥은 아무것도 분별할 수 없는 어둠이었다. 허리를 구부리고 처마 바깥으로 손을 뻗었다. 먹물 같은 빗물을 받아 얼굴을 씻었다. 머리털이 쭈뼛 솟아오르는 차가운 물이었다. 소매로 얼굴의 물기를 닦아냈다.

그녀는 숨을 죽이며 기다렸다. 용수야! 의선아! 느이 어무니 데리고 왔다!라고 소리칠 아버지의 컬컬한 목소리를, 허전거리는 걸음걸이로 그의 뒤를 따라 들어올 어머니의 모습을 생각했다. 그것은 그녀가 지난 겨울 내내 꿈꾸었던, 생시에서조차 얼핏얼핏 보곤 하였던 환영이었다. 언제든 박차고 일어나기 위해 힘주어 문턱에 손을 짚은 채 그녀는 참을성 있게 기다렸다.

희끄무레한 그림자가 마당으로 들어섰다. 개들의 소리가 차츰 잠잠해졌다. 그녀는 그 그림자의 다리가 절망으로 비틀거리고 있는 것을, 구부정한 허리가 금방이라도 고꾸라질 듯 수그려져 있는 것을 보았다. 아버지였다. 부평초처럼 따라 들어오는 그림자는 없었다. 그녀는 목을 빼고 아버지의 등뒤에 버티고 선 어둠을 보았다. 있어야만 할 어머니는 없었다.

아버지, 하고 그녀는 부르려 했으나 혀끝에서 말이 떨어지지 않았다. 어머니는 왜 안 오세요?라고 묻고 싶었다.

왜 조금의 돈도 남겨두지 않고 가셨어요?

좁쌀까지 다 떨어진 다음엔 화숙 언니네가 소 여물로 주고 남은 강냉이를 뜯어 먹었어요. 열네 살이 된 오빤 부쩍 식탐이 늘어서, 저는 늘 배가 고팠어요.

해가 지고 밤이 오고, 오빠도 까무룩 잠들고 나면 얼마나 허기졌는지 아세요? 하룻밤에도 몇 대접씩 물만 벌컥벌컥 마셨어요. 오줌이 마려워서 밖으로 혼자 나올 때마다, 아버지, 얼마나 외롭고 무서웠는지 아세요?

그러나 그녀는 아무 말도 꺼내지 못한 채 물끄러미 아버지의 얼굴을 올려다보고 있었다. 그는 섬뜩하리만치 냉담한 눈으로 그녀의 뒤를 살피고 있었다. 용수가 이불쪽을 배에 덮고 잠든 아랫목을 샅샅이 살피던 아버지의 얼굴이 흉하게 일그러졌다.

그제야 그녀는 아버지가 기적을 바라고 이 어두운 밤길을 걸어왔다는 것을 눈치챘다. 어머니가 자신보다 먼저 돌아와 있을지도 모른다고, 먼 길을 헤매다 돌아온 그를 반기며 아무 일 없었다는 듯이 문을 열고 나올 것이라고 자신을 달래며 아버지는 돌아온 것이다.

꿔적꿔적 눈곱을 떼며 용수가 무르팍으로 기어나와 아부지이, 하고 볼멘 목소리로 부를 때까지, 아버지는 먹물 같은 비를 참다랗게 맞으며 마당 가운데에 서 있었다.

그녀는 손잡이를 돌려 석유 곤로의 불을 껐다. 심지의 매캐한 그을음 냄새가 코를 찔렀다. 대접에 밥을 푸고 주전자에 담긴 찬물을 붓자 흰 밥알들은 얌전하게 물에 풀리며 그녀의 얼굴을 올려다보았다. 그러나 그녀는 먹을 수 없었다. 그녀는 그날 밤 연골에 쏟아지던 먹물 같은 빗발을 생각하고 있었다. 그 비를 맞고 섰던 아버지의 냉담한 얼굴을 생각하고 있었다.

그날 밤 원망을 가득 담은 눈으로 자신을 올려다보고 있는 그녀를 아버지는 외면했었다. 방에 들어온 아버지는 어머니를 흉내 내듯이 용수의 상고머리를 끌어다 안았으나, 서너 개쯤 서캐를 잡아주는 시늉을 하다가 이내 밀쳐내버렸다.

그 다음해 겨울에도, 그 다음다음해 겨울에도 아버지는 약초를 내다 팔기 무섭게 대처로 떠났다. 그러던 어느 해인가 약초꽃 피는 때가 지나도록 돌아오지 않았다. 어딘가에 새살림을 차렸을 거라는 마을 어른들의 추측을 화숙 언니는 그녀에게 고스란히 전해주었다.

끝내 아무도 돌아오지 않은 채 그녀는 열두 살이 되었다. 그해 일월 그녀는 화숙 언니에게 물었다.

회숙 언니는 어떻게 해서 학교에 들어갔어?

학교에 오라고 무슨 편지가 왔어.

편지?

우리나라 사람은 모두 다 초등학교에 꼭 다녀야 된대. 그러니까 나를 보내라고, 편지가 왔어.

그런데 왜 나한테는 안 왔지?

…….

왜 용수 오빠한테도 안 왔어, 응?

그때부터 그녀는 낮에는 편지를, 밤에는 아버지를 기다렸다. 그 기적과 같은 편지가 날아와준다면 그녀는 이 어두운 골짜기를 떠날 수 있으리라. 화숙 언니는 동도 트지 않은 꼭두새벽부터 꼬박 이십 리 넘는 길을 걸어서 어둔리에 나가, 거기서부터 또 버스를 타고 월산에 있는 학교에 다녀야 하는 것이 큰 불만이었다. 그러나 그녀에게는 그것이 더이상 부러울 수 없었다. 굽이굽이 뻗은 동구밖의 산들 너머에 무엇이 있는지 그녀의 눈으로 보고 싶었다.

버스도 다니고.

버스?

자전거도 다니고.

자전거?

장에는 호떡도 팔고.

호떡?

용수 오빠의 손을 잡고 오십천을 따라 어둔리까지밖에 나가본 적이 없는 그녀는 화숙 언니가 물어다주는 월산읍의 이야기를 게걸스럽게 기억해두었다. 편지가 오면, 그것들을 모두 그녀 자신의 눈으로 볼 수 있으리라.

삼월이 개학이니까 그 전에 오리라.

이월 내내 그녀는 마을 입구를 서성거리며 나라가 보내는 편지를 기다렸다. 그러나 편지는 오지 않았다.

그녀에게 편지가 오지 않은 것은, 그녀가 그 전기도 들어오지 않는 외딴 화전민 마을에 살고 있다는 것을 나라에서 모르기 때문이라고 화숙 언니는 말했다.

사람은 다 태어나면 나라에 신고를 하거든. 너나 용수는 그게 안 돼 있는 거야. 우리 엄마가 그랬어.

화숙 언니는 바둑판 무늬의 공책을 펼치고 국어 교과서를 베끼고 있었다. 방학 숙제라고 했다. 지겨워하는 화숙 언니를 위해 그녀는 남은 숙제를 해주기로 했다.

필체가 좋구나. 학교도 안 다니는 애가.

화숙 언니네 어머니가 반짇고리를 들고 들어오며 한마디를 던졌다. 그녀의 눈으로 뜨거운 기운이 솟구쳐 올라왔다. 눈을 껌벅거리며 그녀는 연필심에 침을 묻혔다. 눈이 흐려 글씨도 공책도 보이지 않았다.

그녀는 얼음 같은 양칫물로 입을 헹구고 방으로 들어갔다. 오후에 빠져나왔던 모양 그대로 보풀투성이 혼방 이불이 둘둘 말려 있었다. 버려진 뱀의 허물 같았다. 그녀는 그 허물의 끝이 닿아 있는 시멘트벽에 칼자국처럼 금이 갈라져 있는 것을 바라보았다.

원래는 연초록빛이었을 벽지는 애초의 색채를 찾아볼 수 없을 만큼 퇴색되었다. 문 옆의 구석자리에 버티고 선 비키니 옷장은 지퍼가 망가져서 그 안에 걸린 철 지난 남자 옷들을 드러내고 있었다. 이 방을 원래 썼다는 주인집 아주머니의 아들은 지금 최전방에 가 있다고 했다.

그녀는 전기담요에 불을 넣었다. 허물 같은 이불을 반듯이 편 뒤, 입고 있던 외투 위에 둘둘 감았다. 눕기 전에 방을 눈으로 한 바퀴 둘러보았을 때, 함부로 싶을 벌린 비키니 옷장 속에서 얼굴을 내밀고 있는 옥색 보자기가 보였다. 그녀는 통증을 참듯 지그시 눈을 감았다.

그 보자기 속에 든 것은 자신이 싸가지고 온 오리털 파카였다.

그녀가 열일곱 살쯤이었을 것이다. 큰마음 먹고 그것을 구입했던 기억이 났다. 그때 설을 앞두고 남대문 시장을 찾았던 그녀는 용수 오빠의 나이를 짐작하고, 얼마만큼 어깨가 넓어졌을까를 상상했었다. 그때 그녀는 언제나처럼 이번 설에는 꼭 내려가리라고 지키지 못할 다짐을 했던 것이다.

그 옷을 산 후로는 연골의 꿈을 꿀 때마다 용수는 늘 그 파카 차림이었다.

그녀는 별안간 입술을 깨물었다. 그녀의 입술과 턱이 경련하기 시작했다.

그날 새벽.

그녀는 몸을 등나무처럼 외틀며 차가운 전기담요에 엎드렸다. 기억을 멈추기 위해 뺨을 방바닥에 문질렀다.

그날 새벽. 그날 새벽. 그날 새벽.

기억은 그치지 않았다. 체머리를 떨며 그녀는 이마를 감싸쥐었다. 손톱이 살 속으로 파고들어갔다. 그녀는 고개를 저으며 신음 소리를 냈다.

새벽까지 몹시 눈이 내렸었다. 아랫목에 누운 용수는 무엇을 먹는 꿈을 꾸는지 소리 내어 입맛을 다시고 있었다. 아직도 여덟 살 같은 열여덟 살 오빠의 얼굴을 똑똑히 기억하기 위하여, 그녀는 장지문을 열기 전에 아랫목을 바라보았다. 그녀는 화숙 언니에게서 얻은 양말을 두 개 겹쳐 신었다. 그녀의 바지 호주머니에는 반닫이 서랍에서 찾아낸 몇 개의 금붙이가 있었다. 그녀는 그것을 무명 조각으로 여러 겹 싸서 호주머니 깊이 밀어넣고, 머릿수건을 하고, 가장 두꺼운 옷을 겹겹이 껴입고 방을 나서는 참이었다.

이제 그녀의 소용돌이치는 기억 속에서 용수는 그 하늘색 오리털 파카를 입고 어둑신한 아랫목에 누워 있었다. 입맛을 다시며 이따금씩 손을 들어 배를 긁고 있었다. 덩치에 어울리지 않는 가련한 몸짓으로 숱 많은 상고머리를 흙벽에 문지르며 잠들어 있었다.

허리를 외틀고 엎드린 채로 그녀는 꿈을 꾸었다.

꿈속에서 달력을 뜯기 시작했다. 한 달, 또 한 달, 다시 한 달. 마침내 십이월의 붉고 검은 날짜들과 그 위의 상투적인 설산 사진이 드러났을 때 그녀는 외풍이 스미는 벽으로부터 물러섰다. 그 벽은 서울에서 지냈던 지하방의 석회벽이었다.

분명히 끝까지 떼어낸 달력이 새 살 돋듯이 다시 일월을 가리키고 있었다. 그녀는 다시 달력을 뜯기 시작했다. 그러나 다 뜯고 나자마자 다시 일월의 달력이 나타났다. 문득 그녀는 자신이 이미 죽은 게 아닐까 하는 생각을 했다. 혼백만 남아 있는 게 아닐까.

꿈결에 자신의 얼굴을 만져보다가 그녀는 다시 무덤 같은 잠 속에 빠져들었다.

이번의 꿈은 서울의 월세방이 아니라 연골이었다.

덕항산의 능선과 크고 작은 고개들이 동그랗게 둘러서 있어 연골의 하늘은 밭뙈기만했다. 여름에는 아홉시에서 세시까지, 겨울이면 열한시에서 두시까지밖에 볕이 들지 않았다.

앙상한 체구의 여자가 마당 끝에 앉아 그 귀한 햇볕을 온몸으로 빨아들이고 있었다. 골짜기 너머에서 찾아올 누군가를 기다리듯이 먼산머리를 바라보는 여자의 해쓱한 얼굴에는 넋이 나가 있었다.

어머니, 아아, 어머니.

그녀는 신음하며 그 꿈속의 여자를 불렀다.

제가 그 눈부신 뒷모습을 볼 때마다 얼마나 불안했는지 아세요.

그녀는 잠결에 자신도 모르는 눈물을 흘렸다. 눈물은 마치 나름의 생명을 가진 동물처럼 꿈틀꿈틀 베갯잇으로 굴러떨어졌다.

잠깐이라도 다른 데를 보았다가는 금세 어머니가 붉은 웅덩이로 변해버릴 것만 같아서, 눈을 가늘게 뜬 채 얼마나 오래 기다렸는지 아세요. 한 번이라도 어머니가 뒤돌아보기를, 넋나간 시선을 거두고 두 팔을 활짝 벌려주기를, 걱정 마라, 난 아무 일 없단다, 라고 솜타래 같은 웃음을 터뜨려주기를.

그녀는 마침내 진저리를 치며 깨어났다. 껍질 같은 이불을 질질 끌며 무릎걸음으로 비키니 옷장까지 다가갔다. 옥색 보자기 꾸러미를 꺼내 풀었다. 마치 깨지기 쉬운 물건을 들어올리듯이, 네모꼴로 개켜진 파카를 두 손 위에 조심스럽게 얹었다. 그것을 가만히 끌어안자, 방수처리된 겉감이 선득하게 그녀의 목에 닿았다.

그녀는 눈을 감았다.

골짜기에 눈보라가 치고 있었다. 그녀의 몸 속에 함정처럼 엎드린 어두운 골짜기였다. 허벅지까지 쌓인 눈을 헤치고 걸어나오던 그날 새벽의 칼바람이 그녀의 고막을 찢었다.

눈더미는 허벅지까지 차올라 있었다. 아무리 걸어도 큰길이 나타나지 않는 그 깊은 골짜기에서 열세 살의 그녀는 수없이 앞으로 고꾸라졌다. 그때 코와 입으로 삼켰던 차갑고 비린 눈진창을, 지금까지 고스란히 그녀는 목구멍에 담아가지고 왔다.

끌어안고 있던 파카가 그녀의 무릎으로 미끄러져 떨어졌다. 그녀의 몸 속에 눈발이 날리기 시작했다.

잡목숲 저편에 오두카니 남은 단 한 채의 집은 아버지의 집이었다.

누구를 위해서였을까.

그가 전선으로 전신을 포박해놓은 그 집 위로 연들이 내려와 앉고 있었다. 무수한 흰 꼬리들을, 끊어진 푸른 나일론 줄들을 날리며 연들은 무너져앉은 연골의 밭뙈기만한 하늘을 가득 채웠다.

빈 집의 안방 문을 열고 들어가 하룻밤을 지새우며 그녀는 기다렸다. 그 집을 지켜온 아버지가 그러했을 것처럼, 누군가가 돌아오기를, 잡목숲과 눈보라를 헤치고 그녀에게 돌아오기를 기다렸다. 굽이

굽이 설산을 넘어, 몇 번을 눈구덩이에 엎어지며 다시 몸 일으키며 돌아와주기를 기다렸다.

어흑.

오래 잊었던 위통과 구역질이 명치 끝에서 치밀어올라왔다. 그녀는 비척비척 일어나 문을 열어젖혔다. 어두운 세면장 가운데에는 불 꺼진 석유 곤로가 오두마니 앉아 있었다. 무릎을 짚으며 세면장에 내려가 양철주전자에 담긴 물을 부리째 들이켰다.

입가에 묻은 물을 소맷자락으로 훔치며, 그녀는 자신이 서 있는 세면장의 어둠을 서름서름한 눈으로 바라보았다. 방 안의 천장에 매달린 불켜진 형광등은 벌레 우는 소리 같은 기계음을 내고 있었다. 어두운 세면장 가운데 서 있는 그녀의 축축한 이마를 창백한 그 불빛이 비스듬히 비추었다.

그때 소리가 들렸다.

저 소리, 무수히 반복되며 여태껏 그녀의 흉흉한 잠을 어루만지고 있었던 소리, 그것은 파도 소리였다.

그녀는 외투를 여며 입었다. 문을 열고 나섰다. 새살이 제법 돋은 초생달빛이 비쳐, 바깥의 어둠은 차라리 세면장보다 밝았다. 인적이 없는 골목을 거슬러 그녀는 포구를 향해 걷기 시작했다.

바다 사진을 가지고 있던 그 언니는 얼마나 많은 바다를 보았을까, 하고 그녀는 문득 생각했다.

얼마나 많은 물결과 포말을 보았을까. 그렇게 많은 바다를 보아놓고도 왜 그것들을 다시 사진으로 찍어서 밤마다 들여다보곤 했을까.

골목을 빠져나오자 파도 소리는 점점 가깝게 들려왔다. 그녀의 걸음도 그에 따라 조금씩 빨라졌다. 그 언니는 지금도 그 조그만 방의 스탠드 앞에서 등을 구부리고 앉아 있을까, 하고 그녀는 생각했다.

내가 불태웠던 그 언니의 사진들 중에는 이곳의 바다도 있었을까.

갑작스러운 후회와 그리움을 떨쳐버리려는 듯 그녀는 머리를 연신 흔들었다.

4

바다 사진들을 가진 언니의 얼굴은 언제나 불가사의한 어둠에 덮여 있었다. 입가에 깊은 주름이 파이던 그 언니의 성숙한 웃음을 그녀는 좋아하였다. 언제나 차림새가 단정한데다 말씨가 엄격할 만큼 정확하여 처음에는 거부감을 주었지만, 그 웃음만은 어딘지 모르게 사람을 방심하게 하는 데가 있었다. 어떤 끔찍한 죄나 놀랄 만한 비밀을 털어놓아도 아무렇지도 않게 받아들일 것 같은 포용성이 느껴졌다.

회사 근처에서 함께 점심을 사먹곤 하던 어느 날, 바다 사진을 가진 언니는 그녀에게 물었다.

의선씨, 일기를 써?

그녀는 당혹한 얼굴로 바다 사진을 가진 언니를 보았다. 의선은 자신의 넓적한 그릇으로부터 여러 가닥의 국숫발을 젓가락으로 높이 들어 그 언니에게 덜어주고 있던 참이었다. 바다 사진을 가진 언니는 진지한 얼굴을 했다.

꼭 일기가 아니라도, 뭔가 글을 쓰는 것 같아서. 왠지 느낌이 그래.

그녀는 얼굴을 붉히며 고개를 저었다. 그러나 사실 그녀는 일기를 쓰고 있었다.

그녀가 일기를 쓰기 시작한 것은 서울에 올라오면서부터였다. 그러나 남들처럼 공책에 쓰는 일기는 아니었다. 그녀는 말들을 머릿속에 굴려 하나의 문장으로 만드는 긴 시간을 즐겼다. 그렇게 더딘 속도로 문장 하나하나를 불려 그날치의 일기를 완전히 암기하는 작업이 그녀의 일과 중 가장 행복한 시간이었다. 저녁이면 정확한 말을 고르느라고 책보만한 밥상 앞에 우두커니 앉아 있곤 했고, 큰마음 먹고 산 국어사전을 들여다보면서 적당한 어휘를 찾아내기도 했다. 완전한 형태로 기억을 지속시키기 위해서는 일기는 최대한 간결한 서너 문장으로 이루어져 있어야 했다. 또한 그 문장 안에 그날 그녀가 느끼고 경험했던 모든 것이 들어가 있어야 했다.

그녀의 작업은 '오늘은 진눈깨비가 오다 말다 했다. 중앙우체국까지 가서 특급 소포를 부쳐야 했다' 라고 했다가, '내가 소포를 부치러 중앙우체국에 갈 때 진눈깨비가 뿌렸다' 라고 했다가, '진눈깨비를 맞으면서 중앙우체국에 갔다' 라고 고치는 식으로 진행되었다. '진눈깨비를 맞으며 중앙우체국에 갔다. 네 팔다리가 모두 잘린 걸인을 명동 번화가에서 보았다. 얼어붙은 보도를 고무판으로 짚고 기어다니면서 구걸하는 그이한테 천원을 쥐어주었다. 내 지갑 속에 돈이 더 남아 있다는 것이 줄곧 나를 언짢게 했다' 하는 식의 일기가 완성되는 순간 그녀는 기쁨을 느꼈다.

그녀는 기억력이 좋은 편이었다. 언제나 최근 한 달 안쪽의 일기는 또렷이 기억하고 있었다. 물론 몇 년 전의 일기라도 인상적인 것은 고스란히 기억하였다.

하긴, 나도 일기를 안 써.

바다 사진을 가진 언니는 웃음을 지었다. 그녀보다 일곱 살이 많았던 그 언니는 그녀에게 처음에 싹싹한 존대말을 썼는데, 조금 더 친해지고 나자 존대말과 반말을 적절히 섞어 썼고, 종내에는 평어만을 썼다. 그편이 그녀에게는 훨씬 부드럽게 느껴졌다. 그 언니의 존대말에는 어딘가 사무적이고 차가운 구석이 있었다.

별로 쓸 말이 없거든. 세상에 대해서나 나 자신에 대해서나 별로 하고 싶은 얘기가 없어.

바다 사진을 가진 언니는 국수 그릇을 들고 국물을 한 모금 마셨다.

그런데, 한번은 이런 생각이 들었어. 왜, 사형당하는 사람한테 '죽기 전에 할말은?' 하고 묻잖아…… 영화에서는 대부분 '없습니다' 하고는 말지. 만일 내가 그 처지가 된다면 나는 무슨 말을 할까 하는 생각이 든 거야. 두서 없는 말들을 끝없이 지껄여대지는 않을까? 아니면 의연하게 '할말 없습니다' 라고만 할까? 말 대신 집행인에게 침을 뱉을까…… 하지만 나에게 가장 두려운 건.

바다 사진을 가진 언니는 잠시 말을 끊었다.

끝까지 아무 말도 하지 못하고…… 없습니다, 라는 말조차 하지 못하고 머뭇거리고만 있을 것 같다는 생각이야.

그 언니의 얼굴은 그저 지나가는 말을 하는 듯이 심상하게 웃고 있었다.

글쎄, 모르겠어. 고작 몇 초밖에 남지 않은 목숨에, 구차스럽기 짝이 없는 미련을 갖게 될 게 겁나는 건지도 모르지.

그녀가 자신의 삶을 몇 마디로 압축하고 싶다는 충동을 느낀 것은 그로부터 사나흘이 지난 저녁이었다. 어둡고 가파른 귀가길을 오르며 그녀는 시린 귀를 손바닥으로 감싸쥐었다가, 손이 얼어붙으면 입김으로 녹였다가, 그 손으로 다시 얼어붙은 귀를 감싸쥐기를 반복하고 있었다. 길은 끝이 없을 것 같았다. 뒤돌아보면 색색의 유리알 같은 서울의 밤 불빛들이 내려다보였다.

그때 그녀는 바다 사진을 가진 언니를 생각했다. 그 언니가 했던 말이 떠올랐다.

'죽기 전에 할말은?' 이라는 따위의 질문을 받았을 때 그녀는 미련을 느낄 것 같지는 않았다. 그러나 '없습니다' 라고 말하고 싶지도 않았다. 그녀는 말을 하고 싶었다. 자신의 짧은 삶을, 단 몇 마디로

라도 압축하여 말하고 싶었다.

그 압축한 말을 바다 사진을 가진 언니에게 들려주고 싶다고 그녀는 생각했다. 그 언니는 그녀에게 귀를 기울여주고, 사적인 이야기를 묻고 때로 들려주는 유일한 사람이었다. 누군가에게 그 마지막 말을 들려주어야 한다면 그 사람은 반드시 그 언니여야 했다.

그 언니에게 부치는 편지 형식으로 자신의 삶을 여남은 줄로 요약하는 작업에 그녀는 골몰하기 시작했다.

처음 작업을 시작했을 때 그녀는 자신이 알고 있는 단어가 생각보다 많다는 것에 놀랐다. 감미롭고 고통스럽고 추악하고 우울한 수없는 단어들이 그녀가 경험했던 시공간과 함께 머릿속을 떠돌기 시작했다. 밤이나 낮이나, 어두운 골목에서나 새벽 출근길에나 그녀는 그것에 대해서 생각했다.

나는 어두운 골짜기에서 태어났어요.

편지의 시작은 언제나 그것이었다. 그것은 무수히 그녀의 머릿속에서 반복된 문장이기도 했다. 후에 기억을 모두 쓸려보내버린 뒤, 최초의 기억으로부터 좀더 최근의 기억 쪽으로 나아가는 고통스러운 고비마다 그녀는 그 노랫말 같은 한마디를 떠올려내곤 하였었다.

나는 어두운 골짜기에서 태어났어요.

높은 산들로 둘러싸여 밝은 햇빛은 고작 다섯 시간밖에 들지 않고, 늘 저물녘처럼 그늘진 마을이에요.

약초꽃 피는 때 산으로 떠난 아버지가 돌아오기 전에 어머니는 떠났지요. 어머니를 찾아나선 아버지는 겨울 내내 돌아오지 않았어요.

거기까지 문장을 만드는 것도 어려웠지만, 진짜 어려움은 그 다음부터였다.

열세 살에 그곳을 떠났어요. 그 뒤로 돌아가본 적이 없어요.

나는 학교에 다녀본 적이 없어요. 황곡 시내의 중학교 교무실에서 사환으로 반 년을 일한 적은 있어요. 그곳에서 여비를 모아 서울로 왔어요. 서울 와서는 이 년 동안 야구잠바 소매만 박았어요. 주방에서도 일해보고 홀심부름도 해봤어요. 하지만 학교는 가지 못했어요. 회사 사람들에게는 검정고시를 보았다고 했지요. 하지만 그건 거짓말이에요. 거짓말을 하고 싶었던 건 아니에요.

아무래도 마음에 들지 않았다. 감정들이 뒤얽힘에 따라, 단아하게 정리되어야만 할 문장들은 제각기 엉클어져버리고 말았다.

거의 편지가 완성되었다고 생각되던 밤이면, 그녀는 바다 사진을 가진 언니의 집으로 향하곤 하였다. 그러나 사층집 앞에 다다를 때쯤이면 모든 것이 엉망이 되고 말았다.

……해 내려오거든 가요.

약초꽃 피는 때 어머니는 아버지를 붙잡았지요. 그때가 아마 아홉 시쯤이었나봐요. 연골의 진짜 밝은 날은 열한시에 시작되거든요. 구름 낀 것처럼 어둑어둑하던 날이, 산들에 에워싸인 동그란 하늘 천장으로 해가 들어서면서 기적처럼 밝아지는 거예요. 장지문으로 밝은 햇빛이, 헛간에, 지붕에, 온 마을에…… 개들의 비루먹은 털까지 환하여지는 순간이 와요.

해 내려오거든 가요.

약초꽃 피는 때 어머니는 아버지를 붙잡았지요. 하지만 그 길로 집을 나선 걸 보면, 아버지는 갈 길이 멀었었나봐요.

이런 식으로 해서는 편지는 짧게 끝날 수 없었다. 바다 사진을 가진 언니는 도저히 끝까지 들을 수가 없을 것이다. 모든 문장을 지우고 다시 처음부터 시작해야 했다. 더 간단하고 명확해져야 했다.

나는 어두운 골짜기에서 태어났어요.

약초꽃 피는 때 떠난 아버지는 어머니가 떠난 뒤에야 돌아왔죠. 아버지가 다시 떠나고 한 해 동안 나는…….

사층집으로 가는 골목 한쪽에 비껴서서 그녀는 몰래 울었다.

골짜기를 떠나서 황곡으로 왔지요. 남녀공학 중학교에서 한 학기 사환으로 일하면서 돈을 벌었어요. 막기차를 타고 서울로 올라왔어요. 야구잠바 소매 박는 일이 너무 싫어서 봉제 공장을 나왔지요. 이십사 시간 영업을 하는 일식집에서 홀심부름을 하며 숙식을 했어요. 제때 잠을 자고 싶어서 제약회사의 사환으로 들어간 건 일 년 뒤예요.

이렇게 써야지.

이렇게 써야 취직이 되지.

일식집에서 만난 한 언니가, 텅 비어 있는 내 이력서에 검정고시 합격이라는 글씨를 큼직하게 적어주었어요.

주민등록증을 받으려면 고향에 가봐야 하지 않니?

즉석에서 급조한 주민등록번호를 가리키며 그 언니는 말했죠. 그 언니는 내가 집을 가출했기 때문에 집으로 돌아가지 못하고 있는 줄 알고 있었어요. 그래서 주민등록증이 없는 거라고 말예요.

이제는 가면 좋아하실 거야. 이렇게 무사히 잘 사는 것만으로 기뻐하시지 않겠니?

아무것도 마음에 들지 않았다. 그녀는 무엇인가를 호소하려는 것이 아니었다. 엄살을 하고 싶은 생각도 없었다. 모든 문장이 처음부터 틀렸다.

작업이 실패할 때마다 그녀는 절망했다. 그러나 그만둘 수는 없었다. 밤마다 이불 속에서 몸을 뒤채이며 문장들을 만들었다. 때때로 참을 수 없는 고통이 목젖을 밀고올라왔다가 사라지곤 하였다. 문장들은 점점 헝클어졌다. 같은 말이 반복되었다. 절제는 사라졌다.

내가 여기 있는 건 아무도 몰라요. 내가 죽든 앓든 병신이 되든 아무도 몰라요. 지옥에서도 날 쫓아오지 못해요. 나는 여기 있지도 않은걸요.

내 인생은 거짓말로 이루어져 있어요. 나는 그러니까 자유예요. 무슨 죄를 지어도 상관없어요.

그녀는 그 문장들을 모두 지운 뒤 다시 허공에 썼다.

나는 말을 하고 싶어요. 살을 만지고 싶어요. 누구라도 좋아요. 사람의 살을 만지고 싶어요.

그러던 어느 날 그녀는 회사 앞 인도에서 바다 사진을 가진 언니를 보았다. 그녀는 슬그머니 몸을 피했다. 바다 사진을 가진 언니는 앞만 보며 바쁘게 걸어가고 있었다. 그 언니가 그녀를 알아보지 못한 채 스쳐 지나간 뒤에야 그녀는 뒤돌아보았다. 그 언니는 베이지색의 긴 코트 자락을 날리며 지하철역 쪽으로 빠른 걸음을 옮겼다. 헝클어진 짧은 머리가 지하철 입구 계단 속으로 빨려들어갈 때까지 그녀는 망연히 그것을 바라보며 서 있었다.

그날 저녁 지하철에는 유난히 사람이 많았다. 운전 정비 때문에 몇 번씩 객차가 멈추어 섰다. 역마다 어깨를 밀어붙이며 쏟아져들어오는 사람들 속에 그녀는 끼어 있었다.

별안간 젊은 여자의 날카로운 비명 소리가 들렸다. 그녀는 놀라 주변을 살폈다. 마치 아무 일도 일어나지 않은 듯 사람들의 얼굴은 무표정했다. 자신들의 목적지에 다다를 때까지 최선을 다하여 인내하고 있는 얼굴들이었다.

다시 한번 비명 소리가 들렸다. 이번에만은 모두들 들었으리라. 그러나 사람들의 얼굴에는 변화가 없었다.

그것이 자신의 목소리였다는 것을 그녀가 깨달은 것은 그 순간이었다. 아무도 그녀의 목소리를 듣지 못했다.

지하철의 검은 창유리에 비친 그녀의 입술은 굳게 다물려 있었다. 다시 한번 비명 소리가 들렸을 때, 그녀는 자신의 얼굴이 그 옆에서 있는 무수한 사람들과 꼭 같은 무표정을 덮어쓰고 있는 것을 깨달았다.

봄은 더디 왔다.

그녀는 바다 사진을 가진 언니를 한 달 넘게 만나지 못했다. 그녀는 이제 아무런 말도 만들지 않았다. 아무런 생각도 하지 않았다. 다만 그 무표정하게 굳은 얼굴로 출근을 하고 밥을 먹고 커피를 탔다. 그녀는 허공에 일기를 쓰지 않았다. 감미로운 음악처럼 그녀의 몸을 감싸돌고 있던 모든 단어들이 증발해버렸다. 나는 어두운 골짜기에서……로 시작되었으며 결국은 한 번도 끝맺어보지 못한 연시를 그녀는 잊었다.

그러던 어느 날, 은행 심부름을 다녀오던 점심 나절이었다. 그녀는 팔차선 도로 앞에 서서 붉은 불이 켜진 신호등을 바라보고 있었다. 황사 바람이 불고 있었다. 하이힐을 신은 여자들이 얇은 재킷 자락을 팔랑거리며 건너편 인도를 걸어가고 있었다.

불덩이를 매단 무수한 화살촉 같은 햇빛이 그녀에게 쏟아지고 있었다. 한 움큼 못을 삼킨 것처럼 목구멍이 아파왔다. 겨드랑이에, 오금에, 사타구니와 목덜미에 바늘같이 날카로운 소름이 돋았다.

붉은 불이 꺼지며 푸른 불이 밝혀진 찰나였다. 맞은편 인도의 신호등 뒤로 지나가는 한 여자를 그녀는 보았다. 쪽진 머리에 흰 옷을 입은 그 젊은 여자는 마치 허공 위를 걷는 것 같은 가벼운 걸음걸이로 소로 쪽으로 걸어가고 있었다.

그녀는 불에 데인 것처럼 숨을 멈추었다. 그쪽을 향해 허위적허위적 걷기 시작했다. 종아리에 돋은 압정 같은 소름들 위로 빳빳한 치맛자락이 스칠 때마다 그녀는 짧고 나직한 비명을 질렀다. 스타킹이, 구두가, 블라우스와 속옷까지 살갗을 옥죄어왔다. 숨을 헐떡이며 그녀는 걸음을 재촉했다. 걸으면서 조끼를 벗고, 블라우스를 벗고, 치마를 벗었다. 스타킹과 구두까지 벗어던졌다.

옷을 모두 벗어던지고 났을 때 그녀는 자신이 보았던 여자의 모습을 잃어버렸다는 것을 알았다.

알몸에 쏟아지는 햇살의 감촉은 뜨거웠다. 반면 바람은 부드럽고 서늘하게 그녀의 목줄기와 마른 젖가슴을 휘감았다.

그녀는 달리기 시작했다. 어디로 달리는지 그녀는 몰랐다. 맨발에 닿는 보도 블록이 따뜻했다. 그 감촉이 좋아 그녀는 느닷없이 소리 내어 웃었다. 그녀는 아무런 생각도 하지 않았다. 오로지 벌거벗은 몸뚱이를 어지럽게 휘감는 바람의 황홀한 감촉만을 느꼈다. 마치 남의 몸에서 나온 것 같은 웃음소리가 점점 커졌다. 그녀의 뜀박질이 빨라졌다.

더 빨리, 더 빨리.

누군가가 외치는 소리를 그녀는 귓속에서 들었다.

더 빨리 도망쳐!

그녀는 더 많은 빛이 있는 쪽으로 달렸다. 오로지 피부에 부딪히는 빛의 감각에 의지하여 그녀는 숨차게 달려나갔다. 허파가 터질 것 같았다. 숨이 끊어지는 것 같았다. 심장이 멎어버릴 것 같았다.

멈추지 마.

이명(耳鳴)은 계속해서 외치고 있었다.

계속 도망쳐. 계속.

별안간 누군가가 그녀의 팔을 붙들었다. 그녀는 비명을 지르며 그의 팔죽지를 물어뜯었다. 억, 소리를 내며 그가 주저앉았다. 흘깃 뒤를 돌아보았다.

하나, 둘, 셋, 넷.

머리끝부터 발끝까지 검은 남자들이 헐떡이며 그녀를 향해 달려오고 있었다.

살려줘.

그녀의 얼굴이 일그러졌다.

살려줘. 살려줘.

그녀의 눈이 공포로 지질렸다. 경쾌하던 달음박질이 필사적으로 빨라졌다. 그녀의 입술이 경련하며 달싹였다.

쫓아오지 말아!

쫓아오지 마!

그녀의 맨발이 무엇인가 날카로운 것을 밟았다. 그녀의 허리가 고꾸라졌다. 어둠이 그녀의 몸을 덮쳤다. 찢어지는 비명이 목구멍을 뚫고 뛰쳐나왔다.

5

바다가 달려들고 있었다.

달려드는 바다를 향해 그녀도 달렸다. 무겁던 몸이 천천히 깨어나기 시작했다. 바람이 귀를 도려내는 것 같았다.

그녀는 자신의 몸뚱이를 앞으로 내던지듯이 달려나갔다. 검은 물 속으로 발이 잠기자마자 그녀는 소스라치며 물러섰다. 더 나아갈 데가 없었다.

검은 하늘을 향해 검은 물이 용솟음치고 있었다. 매서운 밤바람을 타고 물은 허공으로 오르더니 일제히 육지를 향해 범람해왔다.

살이 붉게 일어난 그녀의 눈두덩을 짠 바람이 할퀴었다.

그녀는 뒤를 돌아보았다.

마을의 불빛들은 거의 잠들어 있었다. 주황빛 전구 서너 점만 남아 무인도의 등대처럼 빛나고 있었다. 바다에서도, 뭍에서도, 하늘에서도, 겹겹이 똬리 튼 어둠이 그녀를 향해 거대한 혀를 날름거리고 있었다.

마침내 그녀는 악물고 있던 입술을 열었다. 허리를 구부리고 단화 두 짝을 벗었다.

얼음 조각들 같은 모래알들이 맨발을 날카롭게 찔렀다. 그녀는 고개를 들었다. 춤을 추듯이, 온몸을 열어 허공을 힘껏 끌어안으려는 듯이, 떨리는 두 팔을 열었다.

몸 속 깊은 곳에 웅크리고 있던 낯선 음성이, 출렁이는 무수한 어둠의 덩어리들 속으로 흘러나오기 시작했다. 흐느낌도 노래도 아닌 그 가느다란 소리가 빈 바다의 번득이는 포말들 위로 산산이 흩어져 박혔다.

15
그녀는 돌아오지 않는다

1

안은 소파에 앉아 신문에 머리를 파묻고 있었다. 장이 책상에 카메라 가방을 내려놓았을 때에야 안은 신문을 접고 장의 얼굴을 올려다보았다. 안은 장이 계단을 올라오는 소리와 문 여는 기척을 모두 들었으리라. 단지 무심을 가장하기 위하여 신문 읽는 시늉을 한 것이리라.

안은 앉은 채로 손바닥을 내밀었다. 침을 뱉듯 그는 말했다.

"키."

그의 음성은 싸늘했으며 얼굴에는 감정이 없었다. 목이 짧은 안의 턱이 겹치면서 마치 도마뱀 껍질처럼 여러 겹의 주름이 졌다.

"키 주고 나가요."

장이 잠자코 서 있자, 안은 더러운 것을 털어내듯이 자리에서 벌떡 일어섰다. 안은 장의 손에 들려 있던 자동차 열쇠를 야멸차게 빼앗았다.

"전번에 기자들이 왔다고 차를 썼을 때 마음 넓게 넘어가줬더니, 그걸 아주 그래도 되는 일로 여겼던 모양이죠? 보고 있자니 정말 나이값을 못하는군요. 먹이고 재워줬더니 이제 남의 차를 자기 차 쓰듯이 하질 않나."

안은 또박또박, 냉정하게 말했다. 호의를 간살스럽게 베푸는 사람이 으레 그렇듯 마음이 돌아선 안의 어조에는 빈틈이 없었다.

"당장 나가요."

안의 눈에서 경멸과 분노가 번쩍이고 있었다. 그러니까 장에게 나가라는 말은, 이 사진관 일을 아예 정리하라는 뜻이었다.

장은 눈을 들어 벽시계를 보았다. 오후 여섯시였다.

"그렇게 하지."

장은 시계를 턱으로 가리켜 보였다.

"시간도 늦었으니, 가도 내일 아침에 나가도록 하지."

"……좋아요."

내키지 않는다는 듯이, 그러나 더이상 상대하기 싫다는 듯이 안은 자동차 열쇠를 바지 호주머니에 찔러넣으며 뒤돌아섰다.

"내일 아침에 내가 왔을 때 보이지 않도록 합시다."

문을 나서면서 안은 욕설을 중얼거렸다. 거칠게 닫히는 문틈으로, 혼잣말이라기에는 큰 목소리가 사진관 안으로 똑똑히 들려왔다.

"은혜를 몰라도 분수가 있지."

어떻게 할까.

카메라 가방에서 필름을 꺼내어 바지 호주머니에 넣으며 장은 생각했다.

사진관을 나가는 일에 대해서나, 안의 노골적인 경멸의 표시에는 그다지 마음이 흔들리지 않았다. 장은 다만 다음날 아침 자신이 들고 나갈 수 있는 것에 대하여 생각했다.

금고를 열어보자 동전 한 닢 남아 있지 않았다. 안이 모두 가져간 것이다. 그렇다면 일단 카메라 두 대를 갖고 나가, 하나는 자신이 쓰고 나머지 하나는 전당포에 맡기거나 파는 것으로 당장의 숙식을 해결할 수 있을 것 같았다. 그 돈이 떨어지고 난 다음은 차차 생각하면 될 일이다. 장은 죄책감 따위는 느끼지 않았다. 박봉의 월급에, 그 카메라들만큼의 대가는 이미 안에게 지불하였다.

그 돈이 떨어지고 난 다음은 차차 생각하면 될 일이다.

장은 암실에 들어갔다. 수도꼭지를 틀어 손과 얼굴을 씻었다. 필름 박스 위에 올려두었던 건빵 봉지를 꺼냈다. 건빵을 침에 축여 오랫동안 씹으며, 적의에 차 있던 안의 얼굴을 머릿속에서 천천히 지웠다.

장은 호주머니에서 필름을 꺼냈다. 현상액을 비이커에 따른 뒤 온도계를 넣어보았다. 이 도 가량 온도가 높았다. 비이커를 잠시 냉장고에 넣어두고 기다렸다.

장은 자신이 다시 광부들을 찍게 되리라는 생각을 해본 적이 없었다. 취재진을 보낸 뒤의 이틀 동안, 인영이 부탁했던 사진에 대하여서도 까맣게 잊고 지냈다. 취재 때 광업소에서 만났던 최가 사진관에 찾아오지 않았다면 계속 잊고 있었을 것이다.

최는 자동차학원에 등록을 하기 위해 사진을 찍으러 왔다. 광업소를 그만 두고 일종 대형 면허를 취득해, 서울이 아니라면 하다 못해 동해 쪽의 천진에라도 가 버스 운전을 할 생각이라고 했다. 비교적 성실한 편이었던 최는 대처의 전세값이라도 모아 황곡을 떠나는 모양이었다. 하긴 선탄부인 아내가 대단한 악바리였다. 늦게 결혼하여 아들이 일곱 살, 딸이 이제 다섯 살이었다.

증명 사진 촬영이 끝나자 최는 부득부득 사진값을 내겠다고 우겼다. 장이 등을 떠밀다시피 현관으로 최를 몰아내자 최는 껄껄 웃었다. 그렇다면 가까운 날에 일 끝나고 대포 한잔을 사겠다고 최는 재차 다짐했다. 그리고는 잡지에 대하여 물었다.

그 잡지가 언제 나온다고 했나?

무슨 잡지 말인가?

친근한 동작으로 최는 장의 어깨를 두어 번 두드렸다.

……막상 광업소를 그만두려니까, 뭐 자랑스러운 일은 아니지만 나중에 자식들한테 내 경험을 어떤 식으로든 기억하게 해주고 싶은 생각이 드네. 그래서 그 잡지가 나오면 사두려고 그러네. 일기를 써온 것도 아니고, 주제에 자서전을 쓸 것도 아니고…… 그래도 고 녀석들이, 제 아빠가 어떻게 살았는지 대충이라도 알면 좋지 않겠나? 그래서, 접때 장형 사진책이 나왔을 때도 두 권을 사놨더랬네. 이해할 수 있겠나?

장은 최의 마음을 정확히 이해할 수는 없었다.

다만 그는 최의 말로 인하여 자신의 기사가 잡지라는 데에 실린다는 현실감을 느꼈다. 거기 실려야 할 사람은 자신이 아니라 광부들이라는, 까마득히 잊고 있었던 균형감각이 되살아났다. 그들이 실리지 않는다면 그 기사라는 건 정말 유치한 짓거리가 되어버리는 것이다.

장은 이날 새벽 서둘러 광업소로 갔다. 안은 간밤도 외박을 한 모양으로 차를 사진관 앞에 세워두었다. 장은 그 차를 몰고 갔다. 병방 근무를 마치고 나오는 광부들을 찍긴 했으나 아무래도 마음에 들지 않았다. 갑방 근무를 마치고 나오는 광부들을 찍기 위해 그는 꼬박 여덟 시간을 기다렸다. 기다리는 동안 그는 신에 들린 듯이 대기실의 톱밥 난로며, 예전에 인영이 코에 검댕을 묻혀가지고 나왔던 사갱의 입구, 눈 속에 엎드려 있는 통나무 동발들, 톱밥 가루 속에 내던져진 누군가의 안전모를 찍었다.

모든 광선이 완벽했다. 그 빛 속에 모든 사물이 춤을 추듯 생생한 기운을 뿜어내고 있었다.

장은 마치 다시 태어난 것 같았다. 일 년 가까운 시간을 허송했음에도 아직 사진은 장이 가장 잘할 수 있는 일이었다.

갑방 근무를 마치고 나온 광부들 가운데는 최도 있었다. 이번 사진이 정말 잡지에 실릴 사진이라고 장이 설명하자 최는 반가워했다.

장은 인영의 주문대로 자신의 얼굴을 검댕투성이 광부들의 얼굴 사이에 섞어넣지 않았다. 활짝 웃고 있는 광부들의 얼굴만을 정면에서 찍었다. 광부들은 오랜만에 카메라를 들고 온 장을 더러는 낯설게, 몇몇은 살갑게 내했다.

아주 발을 끊었는가 했더니만…….

좋지 않은 소문들이 많이 들리던데.

……마누라 나가고 집에 불까지 나고, 사람 아주 망가져버렸는 줄만 알았더랬네.

현상을 마치고 필름이 마르는 동안 소파에 앉아 눈을 붙였다. 시계를 맞추어놓은 것도 아닌데 한 시간 만에 눈이 떠졌다.

적색등을 켜놓고 장은 인화를 시작했다. 흰 인화지 위로 천천히, 잊히지 않는 기억처럼 떠오르는 광부들의 얼굴을 보면서 그는 긴장했다. 검댕 위로 땀이 흘러 얼룩덜룩한 그들의 얼굴과 뒷배경인 갱도 입구의 음험한 어둠이 재생되는 순간, 오랫동안 잊고 있었던 희열이 뱃속에서부터 샘솟아 올라오는 것을 느꼈다.

서너 장의 원고가 쓸 만했다. 갱도를 빠져나오면서 코를 찡긋하며 하늘을 올려다보고 있는 삼십대 초반 남자의 얼굴이 특히 마음에 들었다. 김이라고 했던가? 재작년에 딸의 돌이라고 하여 사택 아파트를 찾아가 사진을 찍어준 기억이 있는 젊은 친구였다. 마치 처음으로 햇빛을 보는 사람처럼 수줍고 맑은 얼굴로 하늘을 올려다보고 있는 그의 젊은 얼굴이, 뒤따라 나오면서 지친 얼굴을 숙이고 있는 이들과 다른 광채를 갖도록 닷징을 했다.

인화지들을 갖고 암실을 나왔다. 책상에 가지런히 펼쳐놓고 물기를 닦은 뒤 완전히 마르기를 기다렸다. 새벽 다섯시가 넘어가고 있었다.

장은 주의를 기울여 트리밍을 했다. 서랍에서 서류 봉투 두 장을 꺼냈다. 한 장에는 필름을 넣고 다른 한 장에는 인화지를 넣었다.

갱도 밖으로 걸어나오는 사람들 : 황곡 광업소.

봉투들의 앞면에 검은 싸인펜으로 쓴 뒤 연도와 달, 날짜를 옆에 적었다.

다음에는.

장은 생각했다.

다음에는 막장으로 들어간다.

그러자 형언할 수 없는 벅찬 감정이 장의 가슴을 뻐근하게 했다. 마치 처음으로 막장에 들어가던 십 년 전 그날의 아침으로 돌아간 것 같은 기분이었다. 안전모의 등을 켜는 법을 일러준 뒤 젊은 장의 어깨를 꼭 한 번 가볍게 두들기던 임을, 그 과묵한 얼굴에 떠올라 있던 보일 듯 말 듯한 미소를 장은 사무치는 그리움 속에서 떠올려냈다.

2

장은 그 빛이 꿈이라고 생각했다.

찌르는 듯한 빛은 누신누신해지는 대신 점점 참을 수 없을 만큼 날카롭게 벼려져 장의 피로한 눈꺼풀을 할퀴어대고 있었다. 손바닥으로 그 빛을 가리며 엉거주춤 몸을 일으켰을 때, 장은 자신을 깨운 것이 빛이 아니라 전화벨 소리라는 것을 알았다. 사진관은 칠흑같이 어두웠다. 장은 전화벨 소리에만 의지하여 수화기를 찾아냈다.

"장종욱씨, 계신가요?"

처음 듣는 여자의 목소리가 들려왔다.

"제가 장종욱인데요."

장은 어둠 속에서 대답했다.

"이렇게 이른 시간에 전화로 인사드려서 죄송해요."

그러나 여자의 목소리에는 전혀 미안한 기색이 없었다.

"서미희씨 기억하시죠?"

장은 숨을 멈추었다. 전기 스위치를 찾기 위해 더듬던 손을 허리에 짚었다.

"물론이오."

"……저는 미희 언니 가게에 같이 있던 동생 정미라고 해요. 그런데."

여자는 잠시 말을 끊었다.

"오늘 아침에 언니가 돌아가셨어요."

여자의 목소리는 담담했다.

"많이 아프셨는데, 아픈 동안에는 형부한테 연락을 못 하게 했어요. 돌아가실 때에도 절대로 형부한테 알리지 말라고 했어요. 그래도 도리가 아닌 것 같아서 연락드리는 거예요."

'그게 무슨 말이오? 당신이 누군 줄 알고 그 말을 믿는단 말이오?' 라고 고함을 치려던 장의 다리에서 힘이 풀렸다.

알리지 말라는 말은 가장 아내다운 유언이었다. 누구도 그런 식의 유언을 지어내어 전해줄 수는 없었다. 장은 손아귀에서 빠져나가려는 수화기에 힘을 주었다.

나 때문에 사람들이 우는 건 싫어. 슬픈 척하게 만드는 것도 싫고. 음식을 만들어 손님 접대한다고 괜히 아는 사람들 고생시키기도 싫고, 또, 내 사진에 검은 테를 둘러서 액자에 넣는 건 진짜 끔찍해.

또, 경망스럽게!

장이 버럭 화를 냈지만 아내는 말을 멈추지 않았었다.

난 내가, 검은 액자 속의 사진 따위로 기억되는 게 싫단 말이야. 내가 죽은 걸 아무도 모르면 좋겠어. 그냥 어디쯤 있겠거니, 연락이 어쩌다 끊긴 것이려니 하고 다들 생각해주면 좋겠어. 언젠가 다시 만날 수도 있으려니 하고 말이야. 내가 숨쉬고 말하고 노래하고, 퍼덕퍼덕 움직이고 있을 모습을 상상해주면 좋겠어.

장은 수화기를 내려놓았다. 묵지근한 머리 혈관의 피가 일제히 아래로 쏟아져내리는 것 같았다.

췌장암이었어요.

황곡에서부터 그 병을 앓으셨대요.

내일이 발인이에요.

성모 병원 영안실을 찾으시면 돼요.

언니 유언대로라면 화장을 해야 하는데 어떻게 할까요?

예리한 송곳 같은 말들이 장의 머릿속을 헤집었다.

네가 그럴 수는 없다.

마치 눈앞의 어둠 속에 아내가 서 있는 듯이 장은 탁자를 내리쳤다.

죽다니, 미쳤니?

장은 어두운 벽면을 더듬어 불을 켰다. 아무것도 달라진 것이 없는 사진관의 내부가 침침한 형광등 불빛에 드러났다. 비틀거리며 그는 야전 침대로 돌아갔다. 침대에 누웠다가, 걸터앉았다가, 다시 일어서서 전화기 옆으로 걸어나왔다. 수화기를 들어 신호음을 확인해 보고는 거칠게 내려놓았다.

화장은 못 한다.

장은 시멘트 벽을 주먹으로 후려쳤다. 살갗이 까진 자리에 선홍색

핏방울이 맺혔다.

가장 좋은 장지에, 가장 좋은 관에, 가장 좋은 꽃들로 장식하여 묻을 것이다.

장은 벽시계를 보았다.

그러기 위해서는 이렇게 빈손으로 갈 수 없었다.

벽시계가 여덟시를 가리키는 것을 확인한 뒤 장은 사진관 문을 잠갔다. 형광등 스위치를 내리자 커튼을 친 사진관 내부는 다시 한밤이 되었다.

장은 금고가 놓인 책상 앞의 의자를 약간 뒤쪽으로 밀어놓았다. 책상 속으로 몸을 웅크리고 들어갔다. 한 손에는 트리밍용 칼을 쥐고 다른쪽 주머니에 청테이프를 넣은 채였다.

장은 강한 요의를 느꼈다. 숨막히는 어둠과 고요 속에서 현실감이 있는 것은 오로지 요의뿐이었다. 아직 시간이 남아 있다면 복도의 화장실에 다녀올 수 있을 것이다.

그러나 만에 하나 시간이 되었다면, 불을 켜는 순간 모든 것이 허사가 될 수도 있었다. 장은 이를 악문 채 문이 열리기를, 안이 들어오고 형광등이 켜지기만을 기다리고 있었다.

도저히 견딜 수 없다고, 앉은 자리에서 오줌을 내갈겨버릴 것만 같다고 생각했을 때 층계 쪽에서 먼 발소리가 들렸다. 순간 요의가 씻은 듯이 사라졌다.

열쇠 소리가 들렸다. 기름칠하지 않은 현관문이 가냘픈 비명 같은 소리를 내며 열렸다. 들어서면서 뭔가 중얼거리는 목소리는 틀림없는 안의 것이었다.

불이 켜졌다. 으흠, 하고 안이 목을 가다듬었다. 안의 구둣발 소리가 천천히 큰 원을 그렸다. 사진관을 둘러보며 장이 떠난 것을 확인하고 있는 것이리라. 안의 발길이 암실 쪽으로 향했다.

장은 책상에서 튀어나왔다. 안의 목을 뒤에서 감았다.

"꼼짝하지 마."

그는 안의 주름진 턱에 트리밍용 칼을 들이댔다. 안의 두 손을 등 뒤로 꺾어 붙들었다.

"이게, 이…… 이게 무슨……."

"입 닥쳐."

장이 칼날을 잡은 오른손에 힘을 주자 안은 소스라치며 입을 다물었다.

"……자, 장형, 자, 장 선배, 말로 해요. 마, 말로……."

안은 목울대를 꿈틀거리며 침을 삼켰다.

"워…… 원하는 게 뭐예요."

장은 안을 벽쪽으로 밀고 갔다. 라이트 박스의 전선으로 안의 손을 묶었다. 벽에 안의 얼굴을 바싹 붙였다. 안의 전신이 부들부들 떨고 있었다. 한 손으로 칼을 쥐고 안의 발을 묶는 것은 쉽지 않았다. 텅스텐 등의 전선으로 단단히 발을 묶기 위해 두 다리를 함께 이용해야 했다.

"가만 있어!"

장은 칼을 잡은 손에 힘을 주었다. 안의 턱에 송글송글 피가 맺혔다.

"오백, 오백이면 돼."

장은 안의 양복 안주머니를 뒤져 지갑을 찾아냈다. 지갑을 펴보기 위해 안의 목을 안고 있던 팔을 떼냈다. 손발이 묶인 안은 벽 쪽으로 엎어졌다.

계단 쪽에서 발소리가 들렸다.

제기랄.

문을 먼저 잠갔어야 했던 것이다. 장은 재빨리 칼을 안의 목덜미에 댔다.

"소리 내면 죽어."

장은 아무 일 없다는 듯 태연하게, 그러나 빠르게 사진관 현관으로 걸어가 문을 잠갔다. 지나간 사람은 삼층에 세든 미용실의 나이 어린 시다였다.

문을 잠그자마자 되돌아와 안을 계산대 뒤편으로 끌고 가려는 순간 안이 고함을 치기 시작했다.

"도, 도, 도둑!"

장은 라이트 박스로 안의 머리를 내리쳤다. 잠잠해진 안의 입에 청테이프를 붙였다.

계산대 뒤편에 눕혀놓은 안을 주의해서 살피며 장은 지갑을 뒤졌다. 기대 이상이었다. 현금 육십만원이 있었다. 결혼식 야외촬영 따위의 대금으로 받았던 돈을 넣어가지고 온 것이리라. 신용카드도 한 장 들어 있었다.

젠장, 비밀번호를 먼저 알아냈어야 했다. 순서가 틀렸다.

장은 안에게 다가가 턱을 들어보았다. 숨소리는 규칙적으로 들렸으나, 완전히 의식을 잃고 있었다.

장은 거칠게 안의 뺨을 때렸다. 시간이 없었다. 안의 귀에 대고 소리 죽여 외쳤다.

"일어나, 일어나 이 새끼야. 엄살하지 마."

안은 깨어나지 않았다.

지갑을 덮으려는 순간 안의 주민등록증 뒤에서 여자 사진이 하나 떨어졌다. 곱상한 이목구비에 머리를 부분부분 붉게 염색한 여자의 배경으로 화장대와 옷걸이가 보였다. 어느 호텔쯤에서 찍은 것 같았다. 그 여자는 안의 아내가 아니었다. 쓰러져 있는 안의 얼굴과 여자의 애교 있는 표정을 번갈아 보다가, 장은 안의 와이셔츠 앞 호주머니에 사진을 찔러넣어주었다. 눈을 감고 있는 안의 속눈썹이 긴 편이라는 것을 장은 그 순간 처음 알았다.

3

카메라 두 대를 어깨에 둘러메고 황곡역에 들어섰을 때 장은 두 남녀를 보았다. 몹시 지친 자세로 대합실 의자에 웅크리고 있는, 마치 남매 같은 남녀였다. 얼핏 그들의 옆모습이 인영 일행과 비슷하다고 장은 생각했다.

그럴 리가.

지체할 시간이 없었으므로 매표구로 바삐 걸으면서도 장은 그들의 모습에서 눈을 뗄 수 없었다. 남자는 몸이 불편한지 실내인데도 외투깃을 바싹 올려세우고 있었다. 여자는 남자의 어깨에 손을 얹은 채 지친 얼굴로 운동화코를 내려다보고 있었다. 옷차림이나 생김새가 아무래도 인영 일행처럼 보였다. 카메라 가방과 배낭까지 눈에 들어왔을 때 장은 놀랐다. 저들은 도대체 여기서 지금까지 뭘 하고 있었던 것일까.

개찰구가 닫히려 했다. 죽은 듯이 웅크려 있던 그들은 비척비척 일어나 역무원의 양해를 구하며 계단으로 빠져나갔다. 조금이라도 더 따뜻한 실내에 머물기 위해 마지막까지 기다린 모양이었다.

시간이 없었다.

장은 간발의 차이로 저 기차를 놓칠 참이었다. 줄을 서 있는 사람들을 헤치고 매표구를 차지했다. 역무원은 장을 상대하려 하지 않았다.

"급합니다, 급하단 말입니다!"

역무원은 느긋하게 대답했다.

"줄 서세요, 줄."

장은 기차를 놓쳤다. 다음 기차는 한 시간 삼십 분 뒤에 있었다.

고속버스 터미널로 가려고 돌아서던 장은 판단을 바꾸었다. 그렇다면 차라리 잘되었다고 장은 생각했다. 안의 카드가 강원은행의 캐시 카드이니 서울의 은행들과는 온라인이 잘 연결되지 않을 가능성이 있었다. 더군다나 카드에서 돈을 인출하는 것은 빠르면 빠를수록 좋을 것이다. 신고가 들어가면 그만이다. 카드 생각을 안 했던 것은 아니지만, 되도록이면 빨리 이곳을 떠나려는 마음에 서둘러 역으로 달려왔던 것이었다. 장은 한 시간 삼십 분 뒤의 다음 열차표를 끊었다.

은행 문은 정확히 아홉시 삼십분이 될 때까지 지루하게 열리지 않았다. 계단에서 시성거리고 있던 장은 셔터가 올라가자마자 잰 걸음으로 들어갔다. 직원들의 깍듯한 아침 인사를 받으며 구석의 현금 인출기 앞에 가 섰다.

비밀번호는 사진관 전화번호로도, 안의 주민등록증에 찍힌 생년월일로도 되지 않았다. 마지막 한 번의 기회가 남아 있었다. 안의 자동차 번호를 입력하자 기계가 작동되기 시작했다.

실망스럽게도 그 통장에 들어 있던 돈은 오십만원이 약간 넘는 금액뿐이었다. 안이 자신의 용돈을 꺼내 쓰는 정도의 비밀 구좌였던 듯했다. 아쉬운 대로 그것이라도 모두 찾았다. 현금 서비스로 오십만원을 추가해 챙긴 뒤 은행을 빠져나왔다. 버스 정류장 옆의 쓰레기통에 카드와 지갑, 수첩을 집어넣었다. 들고 나온 카메라들을 청계천에서 팔면 못 해도 백만원을 추가할 수 있다고 그는 자위했다.

역전 쪽으로 걸어가다가 장은 쇼윈도에 비친 자신의 차림새를 보았다.

이런 몰골로 갈 수는 없다.

장은 유리에 비친 자신을 찬찬히 뜯어보며 생각했다.

목욕을 하고 면도를 하고 옷을 사입어야 했다. 검은 넥타이도 사야 했다. 장은 당황한 탓에 안의 손목시계를 빼어가지고 나오지 않은 것을 후회했다. 시간을 그때그때 볼 수 없다는 것이 장을 초조하게 만들었다.

4

그래, 내 인생에는 아무것도 없었어.

떠나기 전날 병원에 찾아온 아내는 장에게 말했다.

그렇지만 그게 어쨌단 말이야? 난 아무렇지도 않아. 난 당신처럼 발악을 하지 않고도 살 수 있다구.

입원실의 보호자용 침대에 걸터앉아 아내는 서늘한 웃음을 웃었었다. 서른이 넘었지만 아직도 유감없는 매력을 발휘하는 웃음이었다. 아내의 얼굴은 결코 미인이 아니었지만 눈이나 웃음 어딘가에 독특한 힘이 깃들여 있었다. 바로 그것이 나이 들고 결혼까지 한 그녀를 십 년 넘도록 한 밤무대의 마스코트로 남을 수 있게 한 힘인지도 몰랐다.

아내는 노래 부르는 것을 좋아했다. 그러나 짧은 스커트를 입고 취객들의 신청곡을 부를 때, 예의 서늘한 웃음을 그 낯선 이들에게 웃어 보이며 몸을 흔들 때 그녀는 행복했을까. 이른 새벽에 지친 몸으로 사택에 돌아오면서 무슨 생각을 했을까. 그녀는 양희은을 좋아했지만, 무대에서는 한 번도 양희은의 노래를 불러본 적이 없다고 장에게 고백한 적이 있었다.

장은 늦은 귀가를 하는 아내를 한 번도 마중 나간 적이 없었다. 장은 늘 바빴다. 일 년의 반을 광업소에서 보냈고 나머지 반은 암실로 개조한 가작 방에서 프린트를 하며 보냈다. 그 십 년 동안 무엇을 먹고 무엇을 입었는지, 무슨 물건을 샀고 무슨 세금을 냈는지 그는 기억하지 못한다. 모든 것이 아내의 몫이었다. 장은 사진에 미친 사람이었고, 미쳤다는 것을 스스로 인정했다.

나는 이대로도 얼마든지 살 수 있다구. 당신처럼 뭘 찍어야만 사는 게 아니라 말이야…… 당신은 그 사람들을 이용하는 거 아니야? 그 사람들이 사는 게 힘들고, 강하고, 그래, 처절하기도 하니까, 그런 걸 찍는 것으로 해서 당신까지 강한 사람이 된 것 같은 착각을 하는 거지. 그 우쭐한 기분에 중독이 된 거라구. 그렇다고 당신이 아예 광부가 될 수 있냐면 그런 것도 아니야. 그러니까 당신은 가짜야. 아주 형편없는 가짜라구.

아내는 술에 취한 것일까. 두꺼운 화장을 한 아내의 얼굴색을 분별할 수 없었다.

그러면서 진짜가 되려구 별짓을 다 하는 거지. 그러다가 죽어도 하나도 슬프지가 않겠지. 당신은 자기밖에 모르는 사람이니까. 자기가 아주 대단한 사람이 될 수만 있다면 그걸로 그만이니까. 죽고 사는 게 문제되지 않을 만큼 그게 중요하니까.

아내의 목소리는 떨릴 듯 떨릴 듯하면서도 담담하게 이어지고 있었다.

하지만 나는 달라. 이렇게 아무것도 아닌 인생을 사는 게 좋아. 살아 있는 게 좋다구. 되도록이면 오래 살고 싶어. 많이 웃고, 맛있는 것을 먹고, 편안한 잠을 자고, 좋은 것들을 보면서 행복하게 살고 싶어. 당신은 그런 걸 몰라. 결코 모른다구.

아내는 장의 다친 다리를 물끄러미 바라다보았다. 쓸쓸한 음성으로 그녀는 덧붙였다.

……하긴, 그런 걸 알았다면 나하고 여기서 살지도 않았겠지.

목욕탕은 은행 뒷골목에 있었다. 온탕에 십여 분간 몸을 담그고 있으니 장은 이상한 기분이 되었다.

처음 황곡에 올 때 장은 밤열차를 탔었다. 십 년씩이나 황곡에 눌러살게 되리라고는 짐작조차 하지 못한 채였다. 그리고 이제, 떠나게 되리라고는 생각도 해보지 않았던 순간에 그는 쫓기듯 이곳을 등지려 하고 있었다.

장이 결코 잊을 수 없는 눈빛이 있다. 인영에게는 대답하지 못했지만, 장이 황곡에 온 것은 그 눈 때문이었다.

고등학교를 졸업한 뒤 군대에 들어가기 전의 일 년간 장은 한 선배의 사진관에 빌붙어 살며 사진을 배웠었다. 처음 암실에 들어갔을 때의 기쁨을 장은 기억한다. 자신이 찍은 물체들이 인화액 안에서 서서히 모습을 드러내던 순간의 환희로 말미암아 그는 평생 사진을 찍고 싶다는 강한 충동에 사로잡혔었다.

그러나 막상 군대생활을 마치고 사회로 돌아오자 장은 무력감을 느꼈다. 군대에 갔다 오면 책임감과 현실감각이 생겨 세상에 잘 적응하며 살아간다고들 하는데, 장은 더욱 생활의 갈피를 잡을 수 없었다. 예의 선배를 찾아가 사진관의 허드렛일을 하며 작품을 찍어보았다. 다큐멘터리 사진에 관심이 있었던 장은 이태원이나 남대문 시장을 전전하며 사람들의 모습을 찍기도 했다. 그러나 그것들은 장의 마음에 흡족하지 않았다.

그 선배에게서 광고 사진을 하는 다른 선배를 소개받아 육 개월 동안 지포 라이터와 액세서리를 찍었다. 그것은 생활을 꾸려갈 만한 돈이 되기는 했다. 그러나 낮이나 밤이나 스튜디오에 매달려 있어야만 했다. 한 달에 두 번 있는 쉬는 날이면 사진기를 들고 서울의 이곳 저곳을 배회하였지만 성과는 없었다. 장은 자신의 젊음이 정체되어 있다는 갈급한 초조함을 느꼈다.

그만두겠습니다. 더이상 사진을 찍고 싶지 않습니다.

광고 사진을 찍는 선배는 장을 비웃었다.

작품만 하면서 살고 싶다는 거냐?

장은 대답하지 않았다. 그는 선배가 말하는 작품이라는 것을 하고 싶지 않았다. 선배가 보여준 작품들은 장의 마음에 들지 않았다. 장은 잔재주를 부리고 싶지 않았다. 보기 아름다운 풍경을 좇아다니고 싶지도 않았다. 문제적이고 충격적인 사진을 찍어 시선을 끌거나 이름을 얻고 싶다는 생각도 아니었다.

정작 가장 중요한 문제는 그 무렵부터 장이 사진 자체를 혐오하기 시작했다는 점이었다. 사물의 껍데기만을 핥을 수 있을 따름인 카메라라는 기계에 장은 환멸을 느끼기 시작하고 있었다.

그는 세계의 내면과 사진기 사이에 놓인 간격을 깨닫고 있었다. 사진기로는 어느 것의 안으로도 들어갈 수 없었다. 빛에서 시작하여 빛으로 끝나는 것이 사진이었다. 사진기가 포착하는 것은 빛이고, 인화지에 드러난 것도 빛일 뿐이었다. 만지고 냄새 맡고 통증을 느끼고 피를 흘릴 수는 없었다. 그때까지 장은 결코 사진기로 찍어낼 수 없는 것을 인화지에 담아내고 싶어하고 있었다. 그것이 불가능하다는 것을 알았으므로 그는 더이상 사진을 찍을 수 없었다.

모든 것을 정리한 뒤 장은 십이월 내내 자취방에 틀어박혀 있었다. 딱히 전화해줄 이가 있는 것도 아닌데 전화 코드를 뽑아버린 채 세밑을 보냈다. 담배꽁초가 수북이 쌓인 재떨이와 까버린 맥주병들이 윗목에 뒹구는 그 좁은 방에서, 그는 아무런 대안 없는 스물여덟살을 맞아야 할 참이었다.

구멍가게에서 사온 북어포를 안주 삼아 질겅질겅 씹으며 장은 텔레비전을 보고 있었다. 자신과 아무런 관계가 없는 드라마와 광고 화면들이 바쁘게 지나갔다.

그때였다.

사흘 낮 사흘 밤을 무너진 갱도 안에서 버텼다는 광부들의 구조 장면이 특보로 생방송되었다. 이미 갱목에 깔린 세 사람의 사망자가 확인되었으며, 가스 폭발의 위험 때문에 구조작업에 애를 먹어 구조가 늦어졌다고 현지 기자는 격앙된 멘트를 했다.

쇠붙이 부딪히는 소리가 쩌렁 울리더니 갱내 승강기가 멈추고 문이 열렸다. 안전모부터 장화까지 온통 검은 빛깔로 생존자들은 천천히 통로를 향해 걸어나왔다. 사흘 동안 입구에서 발을 구르고 있었던 파카 차림의 가족들이 그들을 끌어안았다. 탈진 직전인 광부들의 어깨에 병아리색 담요를 둘러주며 여자들은 일제히 오열했다. 그러나 정작 광부들은 웃지도 울지도 말하지도 않았다. 쉰다섯 시간 동안의 공포와 추위에 대하여, 허기와 목마름에 대하여, 그들이 만난 죽음과 분노에 대하여 그들은 침묵했다. 악문 입술 위로 수없는 플래시가 터졌다. 수첩을 치켜든 기자들이 어깨싸움을 하며 질문을 소리쳐댔다.

비켜, 비켜!

꽁지머리를 한 젊은 여자가 기자들을 향해 울부짖었다. 그녀의 분노한 얼굴을 향해 다시 플래시가 터졌다.

번갯불 같은 플래시들에 검은 얼굴이 여러 조각으로 금가도록 내버려둔 채, 광부들은 취재진에게 우뚝우뚝한 뒷모습을 보이며 구급차를 향해 천천히 걸어갔다. 꽁지머리의 젊은 여자 역시 강인하고 배타적인 얼굴로, 아버지로 보이는 늙은 광부의 어깨를 안고 걸어나갔다. 여자의 얼굴에 불빛이 번쩍일 때 여자는 얼굴을 피하지도, 손을 들어 카메라를 가리지도 않았다. 다만 의연하고 분노에 가득 찬 눈으로 앞을 향해 걸어갔을 뿐이다.

그 눈빛이 술과 잠에 취한 장의 뒤통수를 내갈겼다.

그날 밤, 홀린 사람처럼 장은 야간열차를 타고 무작정 황곡으로 갔다. 외투 안주머니에 몇 장의 지폐를, 배낭 안에는 카메라 가방과 트레이닝복 한 벌을 담아가지고 간 것이 여장의 전부였다.

장은 구조자들이 입원한 병원을 물어물어 찾아갔다. 장이 마침내 꽁지머리 여자를 찾아냈을 때 그녀는 긴의자에서 잠들어 있었다.

누구시죠?

텔레비전에서 보았던 것과 같이 여전히 적대적이고 강인한, 그러나 목덜미와 어깨의 선이 쇠약해 보이는 그녀가 경계하는 얼굴로 장을 올려다보았다. 장의 가슴에 깊은 금이 그어졌다.

그 여자가 아내가 될 것이라는 생각까지는 그때 하지 못했다. 그 여자가 장의 아이를 가지고, 실반지를 나누어 끼고 구청에 가 혼인신고를 하고, 그 아이가 유산되고, 그녀의 아버지는 사 년 뒤 진폐병원에서 죽게 되리라는 것을 그때는 알지 못했다.

다음날 바로 서울로 돌아가 전세방을 정리했다. 짐을 싸들고 다시 황곡행 기차에 오르던 순간까지도, 장은 황곡에서 그 여자와 함께 이십내의 후반부와 삼십대를 모두 보내게 되리라고까지는 생각하지 못했었다.

목욕탕을 나오면서 장은 벽시계를 확인했다. 열차 출발시각까지는 아직 사십 분이 남아 있었다.

이번에는 옷이 문제였다. 대담하게도 장은 시내로 택시를 타고 갔다. 장에게는 두려움의 감각이 거의 완전히 마비된 상태였다. 최대한 빨리 서울의 병원으로 가야 한다는 생각만이 장의 머리를 금방이라도 터뜨릴 듯 팽창해가고 있었다. 영등포역에서 내려 어정거리는 시간을 줄이기 위해 장은 황곡에서 옷을 사기로 했다. 일단 그렇게 하기로 했다면 망설일 까닭이 없었다.

사진관 앞을 지나면서 조심스럽게 현관과 이층 창문을 살폈다. 의식을 잃은 안의 입은 청테이프로 단단히 봉해져 있다. 그 동안 의식을 차렸을 리도 없을 뿐더러, 설령 깨어났다 해도 구조를 요청하는데 성공했을 염려는 없다고 장은 생각했다. 누군가 방문했다 해도, 잠긴 현관을 보고는 장이 아직 문을 열지 않았거나 일찍부터 외출중이라고만 생각했을 것이다.

장은 중저가로 남성복을 파는 체인점에 들어갔다. 마침 세일기간이라고 했다. 이십만원짜리 양복과 검은 넥타이, 와이셔츠를 샀다. 입고 있던 옷을 비닐에 싸가지고 나와 쓰레기통에 버렸다.

이번에는 구두가 마음에 걸렸다.

조금 더 걸어내려가니 구두점이 있었다. 코가 날렵한 검은 구두를 골랐다. 구두점 옆에는 속옷가게가 있었다. 내친 김에 속옷과 양말을 사서 가게에 딸린 화장실에 들어가 모두 갈아입었다. 낡은 옷들은 모두 쓰레기통에 던져버렸다.

아내를 만나러 가는 것도 아닌데 장의 가슴은 뛰고 있었다. 얼굴은 상기되었고, 돈을 셀 때마다 알코올 중독자처럼 손가락이 경련하였다.

택시를 타기 전에 장은 슈퍼마켓에 들어가 담배를 샀다. 담배를 몇 모금 빨다가 신경질적으로 하수도 구멍에 던져버렸다. 다시 가게에 들어가 이번에는 소주를 샀다. 카운터의 병따개로 뚜껑을 딴 뒤 눈을 질끈 감고 병째로 들이켰다. 빈 속으로 마신 술에 대번 욕지기가 치밀었다. 장은 몇 발짝 슈퍼에서 걸어나오다 말고 토악질을 했다. 얼굴과 머리카락이 참담하게 젖었다.

비틀거리며 장은 택시를 잡아탔다. 택시 뒷좌석에 쓰러지듯이 몸을 뉘었다. 행선지를 묻는 기사에게 장은 '역전으로' 라고 짧게 대답했다. 손등으로 얼굴의 술과 위액을 씻어 좌석 뒤편의 크리넥스로 닦았다.

"기차 타고 어디 가시려고요?"

"그건 왜 묻소?"

갑작스런 경계심이 치밀었으므로 장은 되물었다. 택시 기사는 잠자코 라디오 뉴스의 볼륨을 높였다.

상행 황곡선의 열차사고 소식이었다. 현재까지 확인된 사망자는 삼십 명 이상이며 백여 명이 부상을 당했다고 했다. 폐광된 갱도 위의 약한 암반이 꺼지면서 그 위에 놓여 있던 철로가 함께 무너져내렸다. 마침 그 지점을 지나던 기관차가 꺼진 암반으로 곤두박질쳤으며, 색차 하나가 두 동강났다. 뒤따르던 객차 두 량이 탈선하여 나동그라졌다.

"서울에 가시려면 버스를 이용하셔야겠는데요."

"좋아요. 터미널로 갑시다."

장은 머리를 감싸쥐며 창 밖을 보았다.

낮게 내려앉은 진회색 하늘 아래 퇴락해가고 있는 황곡의 거리가 보였다. 금방이라도 눈이 쏟아질 것 같았다. 황곡산 너머에는 눈이 내렸을지 모른다.

쓰라려오는 위장을 주먹으로 문지르며 그는 두 개의 카메라 가방을 몸 쪽으로 끌어당겼다. 거기에는 전날 찍은 필름과 인화 원고가 사진기와 함께 들어 있었다.

장은 지난해 한 묶음의 사진 원고를 들고 찾았던 서울을 생각했다. 그때 왜 장은 아내를 찾을 생각을 하지 않았을까. 그때는 사택에 불이 나기 전이었고, 장은 떠난 사람은 떠난 채로 두어야 한다는 생각을 하고 있었다. 그때 아내를 찾아갔다면 무엇이 달라졌을까.

장은 아내의 노래를 생각했다. 그는 아내의 노래를 꼭 한 번 들었다. 결혼하기 전, 여전히 경계하며 장을 만나주지 않으려 하는 아내의 업소에 찾아가 혼자 맥주와 마른안주를 시켜놓고 앉아 있었을 때였다. 가슴이 파인 옷을 입고 화장을 짙게 하고 무대에 나타난 아내는 꽁지머리에 얼굴 가득 여드름이 돋았던 처녀와는 전혀 다른 사람 같았다.

그날 밤 아내는 패티김의 유명한 노래를 불렀다. 그녀가 노래를 시작한 순간 장은 아내의 음성에 바이브레이션이 풍부하며, 호리호리한 몸매와는 달리 성량과 음폭이 크다는 것을 알았다. 아내는 노래에 진정한 감정을 불어넣을 수 있는 드문 재능을 가지고 있었다. 노래가 절정부에 다다랐을 때 폭발적으로 터져나오는 그녀의 감정에 장은 놀랐다. 스물을 갓 넘긴 여자라고는 믿기지 않을 만큼 굴곡과 그늘이 배어 있는 노래였다. 그녀가 지나치게 최선을 다했기 때문에, 그 철 지난 유행가를 위하여 영혼을 쥐어짜고 있었기 때문에 장은 고통을 느꼈다. 그 뒤로 장은 다시는 아내의 노래를 들으러 가지 않았다.

눈물로 씌어진 그 편지는 눈물로 다시…….

장은 한 소절씩 되살아나는 아내의 그 노래를 바로 귓전에서인 듯 듣고 있었다.

장은 눈을 질끈 감았다.

그는 차가운 영안실에 누워 있을 서른다섯 살의 여자를 생각했다. 그 여자의 꽁지머리를, '비켜!' 하고 외치던 단말마의 음성을 생각했다. 그 여자의 입술, 그 여자의 눈, 그 여자의 우울한 미소를 생각했다.

아아, 하고 장은 입술을 물었다.

그 빛, 꿈에서 보았던 섬광은 그 플래시였다. 늙은 장인의 검은 얼굴에, 태어나면서부터의 분노가 켜켜이 쌓여 얼어붙은 듯한 아내의 얼굴 위에 벼락처럼 내리치던 바로 그 사진기자들의 플래시였다. 그것은 광부들과 함께 막장에 들어갔을 때, 그들의 검은 얼굴 위로 장이 수없이 반복하여 터뜨렸던 빛이기도 했다.

꿈을 꿨었는데.

아이를 유산한 날 그녀는 울부짖었었다.

아이 꿈, 아이 꿈을 꿨는데.

여섯 시간 동안 하혈을 하여 창백해진 얼굴로 그녀는 장의 팔 안에서 몸부림쳤다.

아이 얼굴을 봤단 말이야. 달떡 같은…… 꼭 달떡 같은 여자아이였어.

그녀는 돌아오지 않는다.

장은 생각했다.

이제 영원히 돌아오지 않는다.

그렇다면 왜 황곡에 계신 거죠?

사진을 찍지 않는다고 말하자 인영은 장에게 그렇게 물었었다.

탄광 사진을 찍으려고 황곡에 오신 게 아니었나요?

인영의 얼음장 같은 목소리가 장의 가슴을 때렸다.

다 끝났다.

그가 기다렸던 것은 돌아오지 않는다.

장은 별안간 어깨를 움찔하며 눈을 떴다. 아침에 대합실에서 보았던 인영 일행의 모습이 퍼뜩 떠올랐다. 장은 허리를 일으켜 세웠다.

"볼륨을 키워봐요."

격앙된 기자의 목소리가 신원이 확인된 사망자들의 이름과 나이를 차례로 불러주고 있었다. 이름들을 확인하려 했으나, 택시 기사가 지나치게 볼륨을 키우는 바람에 스피커가 웅웅거려 제대로 들을 수가 없었다. 장은 다급하게 외쳤다.

"좀, 줄이시오."

"키우라고 하지 않았소?"

택시 기사는 볼멘 소리를 밷더니 라디오를 꺼버렸다.

음울한 침묵이 황곡의 인적 없는 거리를 따라 흐르고 있었다. 역전이 가까워지자 도로변의 상가들도 사라졌다. 눈 덮인 황곡산의 봉우리와 계곡이 장의 충혈된 눈에 맑은 물처럼 차올랐다.

에필로그

어둠강 저편

1

기차가 서행하며 선로를 미끄러져가기 시작할 때까지 명윤과 나는 좌석을 찾지 못했다.

우리가 길을 물었던 점방의 아랫목으로 옮겨진 명윤은, 내가 입에 억지로 흘려넣은 흰 죽을 그 자리에서 모두 토해버렸었다. 점방 노인의 큰아들의 부축을 받으며, 더러는 업혀가며 명윤은 어렵사리 어둔리까지 나왔다. 거기서부터는 골말 김씨의 트럭을 함께 얻어 타고 월산까지 왔다. 그곳에 하나뿐인 병원에 다다랐을 때는 늦은 저녁이었다.

밤새 명윤은 링거액 한 병을 다 맞았다. 입원실이래봤자 싸늘한 방에 철제 침대 세 개가 나란히 있었는데 모두 빈 것이었다. 명윤의 몸에 담요를 덮어준 뒤 나는 옆침대에 누웠다. 겨우 한 시간이나 잤을까, 누군가가 흔들어 깨운 듯이 화들짝 놀라 일어나서 나는 다시 잠들지 못했다. 황곡으로 오는 새벽 버스에서는 좀 눈을 붙일 수 있었다.

기력을 차렸다고는 하나 명윤의 상태는 아직 좋지 않았다. 내가 이끄는 대로 고구마순처럼 낭창낭창 휘는 그의 쇠약한 어깨를 붙안은 채 객차와 객차 사이를 통과하여, 마침내 오호차의 중간쯤에서 좌석을 찾았다.

외투를 벗고 가방을 선반에 올려놓는 동안, 열차는 시내버스들의 수많은 뚜껑으로 천장을 만든 폐차장을 지났다. 내가 짐들과 외투를 채 정리하기 전에 명윤은 잠들었다. 그의 고개를 등받이에 편히 고이고, 나도 허리를 펴고 앉았다.

기차는 눈 덮인 묵은 밭을 지났다. 푸른 비닐을 두르고 더러운 노끈으로 묶어놓은 광기구들을 지났다. 철로변의 후락한 아파트들과 폐사택들을 지나자 첫번째 터널이었다.

터널을 빠져나오자 흰 야산이 보였다. 그 옆에 석탄 가루가 쌓여 또다른 산을 이루고 있었다. 그 검은 산의 꼭대기에도 눈이 얼어 있었다. 우리가 탄 열차의 바로 옆으로는 번쩍이는 선로가 다른 곳을 향하여 힘차게 휘어져나가 있었다.

두번째 터널이 나타났다.

첫번째보다 긴 터널이었다. 명윤과 함께 헤매어다녔던 황곡의 빈한한 풍경이 터널 내벽의 이둠 속에 압축된 듯하여 나는 답답함을 느꼈다.

두번째 터널을 빠져나왔을 때, 잔뜩 찌푸린 하늘은 마치 저물녘처럼 캄캄해져 있었다. 밭처럼 폐석들을 갈아놓은 산을 지나자 다시 짧은 터널이 나왔다.

이 깊은 산간에 인구 십이만의 도시가 있었다는 것이 거짓말처럼 느껴졌다. 수많은 산에 구멍을 뚫어 철로를 만들고, 땅을 파헤쳐 광산을 개발하고, 각지에서 사람들이 모여들어 대처를 형성하고, 거기서 태어나고 죽고 병들고 사랑하고 이제 모두들 떠나 쇠락해가기까지의 몇십 년에 대하여 나는 생각했다.

그 동안에도 기차는 몇 개의 짧은 터널을 지났다. 새로운 산허리를 돌 때마다 조그만 학교의 터와—역시 폐교된 곳이리라—폐사택들, 영세 광업소들의 흔적을 볼 수 있었다.

해발 850미터의 추전역을 지나며 나는 검은 고속도로를 보았다. 검은 눈으로 얼어붙은 길을 승용차와 승합차 몇이 서행하고 있었다. 명윤을 위한 배려이긴 했지만, 고속버스를 타지 않은 것은 아무래도 잘한 일이었다고 나는 생각했다.

다시 기차는 터널 속으로 들어갔다.

이번에는 여태 지나온 것들과 비교할 수 없을 만큼 긴 터널이었다. 열차가 여남은 번 거친 숨을 뱉고 나면 끝일 것이라고 짐작했었는데 그렇지 않았다. 언뜻언뜻 스치는, 출구로부터 새어드는 것이리라 짐작했던 빛은 터널 벽에 반사된 이 기차의 불빛이었다.

영원히 끝나지 않는 고통 같은 긴 터널 속을 기차는 달렸다.

우리는 무슨 산을 통과하고 있는 것일까. 기차는 출렁이는 것 같았고 춤추는 것 같았다. 허리를 꼬며 몸부림치는 것 같았다. 비틀거리면서 언덕빼기를 굴러내리는 것 같았다. 터널 내부에서 꿈틀거리는 어둠의 거대한 혀와 이빨이 달리는 기차를 집어삼키려는 것 같았다. 빨아들이려 하는 것 같았다.

조금만 더 버텨라.

조금만, 조금만 더 나아가라.

덜컹거리는 소리가 절정에 다다랐다고 생각했을 때, 아무리 나아가도 이 동굴은 끝날 수 없을 거라고 생각했을 때 터널은 갑자기 끝났다.

나는 손목시계를 확인했다. 터널 안에서만 십오 분을 달렸다. 큰 산맥을 넘어온 것이다.

터널을 꿰어오기 전에는 날이 침침하여 금방이라도 눈이 쏟아질 것 같았는데, 산 이편의 날씨는 맑았다. 지금쯤 황곡에는 눈이 내리고 있을지 모르겠다고 나는 생각했다.

서울에 돌아간다.

사무실과 내 방의 안락한 공간을 생각하자 나는 안도감보다 낯선 느낌을 받았다. 필자들의 전화를 받고 출퇴근을 하고 점심을 사먹고 양치질을 하는 또다른 내가 지금 거기 있을 것 같았다. 지금 황곡발 서울행 열차를 탄 나는 서울의 나와는 별개의 사람인 것 같았다. 그곳은 너무 밝은 곳이었다. 내가 살아나가기에는 지나치게 밝은 곳이었는지도 몰랐다.

그 서울의 여자는 나를 알아보지 못할지도 모른다.

나에게는 돌아갈 곳이 없는지도 모른다.

이번 정차역은 무곡, 무곡역입니다. 내리실 승객께서는 미리 여장을 준비하셨다가, 열차가 승강장에 정차한 뒤 안전히 하차하시기 바랍니다.

앞좌석에 앉았던 젊은 부부가 아기를 안고 일어섰다. 생후 삼 개월쯤? 성인의 팔뚝만한 크기의 가냘픈 아이였다.

무곡에서 내릴 사람들이 하나둘 일어서서 출입문 쪽으로 다가가고 있었다. 나는 손과 얼굴을 씻어야겠다고 생각했다. 개운하게 씻고 나면 한숨 눈을 붙일 수 있을 것 같았다. 명윤이 잠든 것을 확인하고 나는 자리에서 일어섰다. 흔들리는 객차의 의자들을 손바닥으로 짚어가며 객차 사이의 세면대 쪽으로 걸음을 옮겼다.

그때 앞 객차 쪽에서 굉음이 터져나왔다. 무시무시한 비명이 터졌다. 몸뚱이가 허공으로 떠올랐다.

2

나는 살아남았다.

일흔아홉 명이 죽었고 백스물두 명이 다쳤다. 나는 그 백스물두 명 가운데 한 사람이었다.

가슴과 다리에 동통을 느끼며 깨어났을 때 나는 병원 침대에 누워 있었다. 손을 뻗어 다리를 만지려 했으나, 가슴을 조금 들자마자 숨이 끊어지는 듯한 고통을 느꼈다.

고개에 힘을 주어보았다. 그 부분은 괜찮았다. 머리를 틀어 주위를 살폈다.

응급실은 아니었다. 소규모 종합병원의 로비였다. 여기저기서 신음 소리가 새어나오고 있었다. 차트를 들고 숫제 뛰어다니는 간호사들과 의사들, 속속 들것에 실려 들어오는 환자들로 로비는 난장판을 이루었다. 갑작스럽게 들이닥친 사고 환자들로 응급실이 꽉차 하룻동안 로비를 임시병동으로 운영했던 것임을, 나는 후에 입원실로 옮겨진 뒤 알았다.

그 부산스러운 로비에서 가까스로 고개만을 움직여가며 나는 명윤을 찾았다. 그러나 내가 확인할 수 있었던 환자의 얼굴은 내 옆에 의식을 잃고 누워 있는 여고생뿐이었다.

등받이에 머리를 기대고 잠들어 있던 명윤의 마지막 모습이 불길한 예감과 함께 떠올랐다. 죽은 것이라고 나는 직감했다. 언제나 죽고 싶어했던 소원대로 그는 기어이 죽은 것이다. 나 혼자 살아남은 것이다.

날 두고 가요, 제발. 두고 가줘요.

골짜기의 눈밭에서 우뚝 선 채 서늘한 미소를 짓던 명윤의 푸르죽죽한 얼굴이 유령처럼 어른거렸다. 그러자 미처 상상하지 못했던 고통이 엄습해왔다.

나는 눈을 감았다. 고통이 나에게 다가올 때면 늘 그래왔듯이, 고통과 거리를 두기 위해 주먹을 움켜쥐었다. 그러나 명윤의 얼굴은 떠나지 않았다. 나는 고개를 흔들었다. 심호흡을 했다. 그러자 가슴에 강한 통증이 치밀었다.

나 때문이다. 내가 옆에 있어야 했다. 끝까지 있어야 했다.

명윤의 얼굴은 여전히 내 눈앞에 어른거리고 있었다.

그 밤 의선을 따라나섰어야 했던 것처럼, 따라나서서 그 바보 같은 목욕 바구니를 빼앗아들고, 떨고 있는 어깨를 안고 돌아왔어야 했던 것처럼, 나는 그의 옆을 떠나지 말았어야 했다.

떠나지 말았어야 했다.

울고 웃고 찡그리던 명윤의 모든 표정들이 급히 돌린 필름처럼 내 감은 눈 위로 스쳐갔다. 여관방 앞에서 이를 보이며 웃고 있던 피 묻은 얼굴이 뒤이어 스쳐갔을 때, 나는 두 손으로 눈을 감싸며 조용히 몸부림을 쳤다.

그러나 명윤은 죽지 않았다. 오히려 그는 제 발로 통로를 찾아 나가 가장 먼저 구조된 사람들 중의 하나였다. 내가 쇄골에 금이 가고 오른쪽 다리가 골절되는 중상을 입은 반면 그는 어깨에 경미한 타박상을 입었을 뿐이었다.

잠들어 있던 명윤은 사고의 충격 때문에 의식을 차렸다고 했다. 그는 비스듬히 기운 객차의 창난 안쪽에 어깨를 부닛힌 채 엎드려 있었다. 순간 명윤은 자신이 크게 다쳤으리라 짐작했지만 몸을 움직여보자 괜찮았다. 내가 보이지 않아, 그는 내가 자신을 두고 먼저 객차를 빠져나간 줄만 알았다고 했다. 열차 내벽에서 뽑혀나온 선반이 머리 위에서 대롱거리는 것을 그는 낮은 포복으로 빠져나왔다. 엉거주춤 일어서서 객차 내부를 보자마자 그는 짧은 비명을 질렀다. 깨어진 유리 조각들, 뒹구는 가방, 옷가지와 뒤집힌 의자들 틈으로 누구의 것인지 알 수 없는 비명 소리가 뒤섞여 터져나오고 있었다.

그 풍경은 정말 기억하고 싶지 않아요.

입원실 침대에 누운 내 머리맡에 앉아 명윤은 조용히 고개를 저었다.

객차를 빠져나오니까 더했어요. 피, 튕겨져나온 참혹한 시체들…… 뒤집히지 않은 뒤쪽 객차들에서 꾸역꾸역 사람들이 밀려나오고 있더군요. 그게 바로 지옥이었어요.

피투성이의 이야기를 들려주는 명윤의 말씨는 담담했다. 말의 내용이 아니라 어조가 가라앉아 있었다. 혹독하게 앓았던 탓일까. 턱과 광대뼈를 둥글게 감싸고 있던 군살이 깨끗이 빠진 그의 얼굴은 흡사 승려처럼 보였다. 오랜 흉몽에서 깨어난 사람 같은 평화가 그의 눈에 어리어 있었다.

폐광된 갱도가 메꾸어지질 않아서, 그 위쪽의 약한 암반이 무너지기 직전이었대요. 거기에 철로가 나 있었으니 언제라도 터지고 말 사고였던 거죠. 우리가 운 나쁘게 그 기차를 탄 거예요.

명윤은 내 입술에 물수건을 적시어주며 이야기를 이어갔다.

무곡역이 칠백 미터쯤 남았을 때, 앞쪽 삼십 미터 지점에 땅이 푹 꺼져 있는 것을 기관사가 발견했다고 해요. 급정거를 하긴 했지만 정지거리 때문에 기관차부터 구덩이에 빠진 거죠. 기관차 뒤의 발전차가 기관차를 받으면서 함께 빠지고, 그 뒤에 연결된 식당차가 뒷부분의 삼분지 일쯤이 지상에 걸쳐진 채 매달리고, 그 뒤의 육호차는 식당차를 받으면서 탈선하고, 우리가 탄 오호차는 연결고리가 끊어지는 바람에 튕겨져나가서 전복한 거죠.

……사호차도 전복하긴 했는데 피해가 덜했고, 삼호차부터는 사상자가 없어요. 주로 육호차, 오호차에서 무곡에 내리려고 서 있던 사람들이 많이 죽었어요. 특히 육호차하고 식당차 사이에서 내릴 준비를 하고 있던 사람들은 즉석에서 끼어 죽었대요. 피가 낭자하고,

찢어진 몸뚱이가 흩어져서 구조반들이 몸서리를 쳤답니다…… 오호차, 육호차를 통틀어서 이렇게 멀쩡한 사람은 나 정도예요.

그 때문에 명윤은 사고 뉴스가 나가기 시작할 때 기자들의 인터뷰 세례를 받았다. 그의 정황 설명은 영화평론가라는 엉뚱한 직함과 함께 주요 일간지와 뉴스에 수없이 반복 인용되었다.

그 뒤로도 여러 잡지들의 인터뷰를 받아가며 명윤은 열흘간 나를 간호했다. 통깁스를 하여 걷지 못하는 나를 부축하여 화장실에 데려다주었고, 신문을 읽어주었고, 마지막 이틀 동안은 답답해하는 나를 휠체어에 싣고 병동 여기저기를 돌아다녀주기도 했다.

왜 이렇게 나한테 잘해주는 거니?

내가 물었을 때 명윤은 곤혹스러운 표정을 지었다.

내 잘못이잖아요.

대뜸 그의 입에서 흘러나온 대답에 나는 적이 놀랐다.

다쳐야 할 사람은 난데, 왜 선배가 이렇게 된 거죠? 어떻게 보면 선배와는 아무런 관계 없는 일에 말려들어서…… 내가 그렇게 우겨대지만 않았더라도…….

명윤은 말끝을 흐렸다. 한동안 다른쪽으로 고개를 돌리고 있다가 다시 내 눈을 응시하는 그의 눈꼬리에는 눈물의 흔적이 있었다.

왜 선배는 언제나 그렇게, 대단히 냉정한 척을 하고 있는 거죠?

이어 명윤은 나에게 물었다. 그의 목소리는 다소 격앙되어 있었다.

사람들은 모두 선배에게 차가운 사람이라고들 하지만 그렇지 않아요…… 하다 못해 선배는, 길가에 핀 풀꽃 하나도 망설이다가 꺾지 못할 인간이잖아요. 아니라고 할 건가요?

그가 감정적인 흥분을 보인 것은 그날뿐이었다. 대체로 그의 목소리나 행동거지는 차분히 가라앉아 있는 편이었다. 이따금 내가 잠에서 깨어나 보면 그는 보조 침대에 걸터앉아 자신의 낡은 구두코를 내려다보며 골똘한 생각에 잠겨 있었다.

나는 그가 의선의 사진을 보고 있는 것을 세 번 보았다. 그는 한없는 그리움과 쓸쓸함이 담긴 눈으로 사진을 보고, 의선의 옆얼굴 윤곽선을 따라 손가락 끝으로 쓸어내리다가 외투 안쪽의 호주머니에 집어넣곤 하였다. 그러나 나에게 의선의 이야기를 꺼낸 적은 한 번도 없었다.

금방 다시 올게요.

무곡 병원을 떠나던 날, 보호자가 없는 나를 혼자 남겨두는 것을 미안해하며 명윤은 말했다. 명윤 자신도 충격이 심했고 지쳤을 텐데, 그는 기대 이상으로 애써주었다. 기대 이상으로 의연하기도 했다.

무슨 소리야, 오지 마. 이제 다 나았잖아, 나.

나는 황급히 고개를 저었다.

그건 내 마음이죠.

오지 말라니까?

내가 마침내 약간 언성을 높였을 때 명윤은 빙그레 웃었다. 그것은 예전의 대책 없던 다변가답지 않은, 체념 어린 표정이었다.

3

나는 계절이 바뀌는 것을 무곡에서 보았다. 한 달 이상 육인용 병실에 누워 있으면서 나는 그곳 창으로 보는 풍경에 정이 들었다. 읍내의 작은 시가지 너머로는 강원도의 수려한 산들이 있었고, 그 산들의 색채는 시시각각 다른 모습으로 변하여갔다.

한 달 동안 내가 한 일은 끼니마다 조악한 병원 밥을 먹는 일, 효과가 의심스러운 알약들을 온수와 함께 삼키는 일, 아침 회진 때마다 눈이 충혈된 의사들이 '좀 어때요?' 하고 묻는 말에 '좋습니다' 라고 대답하는 일, 이따금 휠체어를 끌고 복도의 끝에서 끝까지 움직여보는 일뿐이었다.

신문을 읽는 일만이 소일거리가 되어주었다. 기차사고의 뉴스가 거의 언제나 머릿기사였다. 사회면에는 매일같이 사고 가족들의 사연들이 실렸다.

그중 가장 가슴아팠던 것은 내가 사고 직전에 보았던 젊은 부부의 아기에 대한 기사였다. 생후 사 개월 된 그 아기는 상처를 전혀 입지 않은 채 보호자 없이 병원으로 실려와, 간호사가 젖병을 물려주자 그것을 다 빤 뒤 쌔근쌔근 잠들어 지켜보는 사람을 안타깝게 했다. 후에 아기의 부모가 현장에서 즉사했음이 밝혀졌다. 무곡에 사는 그들 부부는 친척의 결혼식 때문에 고향에 다녀오던 길이었다고 했다. 신문에는 아이의 백일 때 찍은 세 가족의 단란한 사진이 실려 있었다. 활짝 이를 드러낸 부부의 얼굴이 오누이처럼 닮아 있었다.

열아홉 살 난 아들이 그 기차에 탄 것이 확실한데 영안실에서도, 응급실, 입원실에서도 찾아내지 못했다는 사십대 아버지의 사연도 실렸다. 사상자들은 세 개 병원에 분산 수용되었으므로, 그 아버지는 세 병원을 각각 수차례씩 오가며 아들을 찾아 헤맸다. 아마도 객차와 객차 사이에 끼어 시체의 형체를 알아볼 수 없게 된 모양이었다. 일부만 남은 시체들에 대한 유전자 감식만이 그의 희망이었다. 성난 그의 멘트가 길게 인용되었다.

국무총리가 위문한다고 오니까 갑자기 병실에 스팀이 들어오고, 대통령이 영안실을 찾으니까 갑자기 분향소에 소화기를 갖다놓더라구요. 내 아들이나 찾아내라고 해요. 향이나 갖다 꽂지 말고, 내 자식 살려내란 말이오.

역대 대형 열차사고의 일지가 등장했다. '열차, 믿고 탈 수 있나' '관계자 전원의 엄중한 문책으로 본보기를' 하는 제목의 사설들이 실렸다. 전국에 운행중인 열차 중 이십이점 오 프로가 사용 연한을 지난 고철이라는 고발성 기사가 실리기도 했고, 눈에 보이는 곳만 요식으로 점검했을 뿐 정작 중요한 땅속을 보지 못했던 근시안을 꼬집기도 했다. 기관사가 급정거를 하지 않았다면 무사히 통과하거나 사상자를 줄일 수 있었을 거라는 부질없는 추측기사가 실리기도 했다.

이제부터라도 더 큰 사고를 막으려면 폐광들의 갱도가 뻗어나간 줄기들을 일일이 점검하여야 한다는 주장도 있었다. 그렇지 않다면 기차를 타건 고속버스를 타건 마치 지뢰밭을 달리는 것과 같은 일 아니겠느냐는 것이었다. '언제 어디에서 저 땅속 깊은 곳의 지반이 무너져내릴지, 그 무시무시한 구덩이가 아무런 준비도 없는 무고한 사람들의 운명을 일시에 집어삼킬지 모르는 상황이 아니냐'고, 한 일간지의 고정칼럼 필자는 목소리를 높여 개탄하였다.

이십 일쯤 계속되던 기차사고의 뉴스는 한 대기업의 부도사건과 정치인의 개입 의혹이 밝혀진 이후 급격히 줄어들었다. 그러던 어느 날, 옆 침대에 누워 있던 이십대 초반의 여자애는 자신을 간호하는 어머니에게 물었다.

자꾸만 꿈을 꿔요. 꿈을 꾸지 않을 수 없을까요? 미쳐버릴 것 같아요. 기억만으로도 미칠 수 있을까요?

기억을 하지 않도록 애써봐.

이마와 뺨에 여드름이 빨갛게 익은 여자아이는 인상을 썼다. 들릴 듯 말 듯한 소리로 그녀는 울먹였다.

안 되는 걸 어떡해.

꼭 한 달 만에 명윤이 찾아왔다. 나는 그를 전혀 기다리지 않는다고 생각했었는데, 왈칵 반가워 눈이 뜨거워지는 것에 스스로 놀랐다.

내 머리맡에는 회사 동료들이 일전에 문병하면서 가져온 내 우편물들이 있었으나 나는 그것들을 뜯어보지 않았었다. 일 관계로 만난 사람들이 보낸 것들이라 큰 관심이 가지 않았을 뿐더러, 일일이 뜯어서 침대를 어지럽히게 되면 치우고 정리할 일이 외려 부담스러워 그냥 놔두고만 있었다.

명윤은 그것들을 하나하나 살피더니 장종욱이 보낸 우편물을 찾아냈다.

그런 게 있었어?

나는 그것을 뜯어보라고 했다. 서류 봉투 속에서 사진 석 장이 나왔다.

……보냈구나.

나는 한숨을 쉬었다. 내가 쓴 취재원고와 카메라, 필름은 모두 난리통에 사라지고 없었다.

사진을 안 찍는다더니, 찍었구나.

장이 보낸 사진들은 좋았다. 보고 나서 명윤에게 건네자 그는 조심스럽게 그것들을 들여다보았다.

좋은데요?

명윤은 처음으로 장의 사진을 좋다고 했다. 어디로 튈지 알 수 없는 장의 강한 성격과는 판이하게 부드러움과 애잔함이 느껴진다고 명윤은 평했다. 특히 고개를 들고 웃으면서 하늘을 올려다보는 탄가루투성이의 젊은 남자가 마음에 든다고 했다.

명윤은 자신의 가슴을 더듬더니 호주머니에서 사진 한 장을 꺼냈다. 나는 고개를 빼어 그것을 살피지 않았지만 의선의 사진이라는 것을 알고 있었다. 무슨 까닭인지 명윤은 의선의 사진을 광부의 사진 위에 소심스럽게, 비스듬히 포개었다. 그의 시선이 너무도 부드럽고 간절하게 두 장의 사진을 고루 훑으며 매만지고 있었으므로 나는 일종의 질투를 느꼈다. 이윽고 고개를 든 그는 나에게 물었다.

이것, 이따가 갈 때 내가 가져가도 될까요?

명윤의 부축을 받으며 나는 목발을 짚고 복도 끝의 공중전화까지 걸어갔다. 그 동안은 금이 간 쇄골 때문에 휠체어 없이 움직이는 것을 최대한 자제해야 했는데, 이제는 목발을 짚고 다녀도 좋을 만큼 회복이 되었다.

수첩을 잃어버렸으므로 나는 황곡 114로 전화하여 황성 사진관의 전화번호를 알아냈다.

수화기 속에서 내가 들은 것은 욕설뿐이었다. 전화선 저편의 남자는 고래고래 소리를 지르며 범죄자, 살인자, 미친 놈이라며 장을 욕해댔다. 만일 그를 발견한다면 당장 경찰에 신고해야 한다고 했다.

어떻게든 연락할 방도가 없을까요?

남자는 펄펄 뛰었다. 그게 바로 자신이 나에게 묻고 싶은 말이라고 했다. 그런 인간을 잡지에 싣는다면 당신네 잡지도 알쪼라고도 했다. 몸이 힘들었으므로 나는 짜증이 났다. 어리석게도 나는 그 남자에게, 언제 어떤 형태로든 장의 기사가 실리게 될 것 같으니 그때 책을 보내주겠다고, 주소라도 알려달라고 했다. 남자는 전화를 끊어버렸다.

뜻밖의 일은 다음날 오후 장이 병실로 찾아왔다는 것이었다. 신문에서 병원의 이름을 보고 왔다고 했다. 그날 밤기차를 타고 서울로 돌아가기로 한 명윤은 마침 나에게 필요한 노트며 필기구, 책들을 사오겠다며 시내로 나가고 없었다.

장의 모습이 너무 달라져 있었기 때문에 나는 그를 알아보지 못할 뻔하였다. 그는 제법 고급스러워 보이는 검은 양복에 검은 구두를 신고 있었다. 더부룩하던 머리도 깎여 있었다.

굉장히 잘 어울리시는데요. 제 환자복은 잘 안 어울리죠?

내가 농담을 건넸을 때 장은 웃지 않았다.

어디 가시는 길이세요, 아니면 어디 가셨다가 황곡으로 돌아가는 길이신가요?

서울에, 장례식이 있었소.

장의 얼굴은 그의 양복의 색깔만큼이나 검었다. 중병을 앓고 난 사람처럼 생기 없는 안색이었다. 그래서 옷을 갖추어 입었구나.

중요한 분의 장례식이었나요?

질문을 많이 하는 건 직업병인 모양이오.

장은 무뚝뚝하게 대꾸했다. 그제야 장이 그답게 느껴졌다. 나는 웃었다.

사진 받아보았어요.

좋은 사진이었다고 나는 장에게 말했다. 일이 이렇게 되어서 기사를 싣지 못해 미안하다고, 다음호나 그 다음호쯤에는 꼭 실릴 거라고도 했다. 그러려면 장의 얼굴을 다시 한번 찍어야 한다고도 했다.

카메라며 필름 따위를 경황중에 모두 잃어버렸거든요.

아무래도 상관없소.

내가 건넨 음료수 캔을 따지도 않고 만지작거리기만 하던 장의 시선이 내 머리맡에 놓인 명윤의 점퍼와 그 위에 가지런히 올려진 사진들에 머물렀다. 나는 젊은 광부를 손가락으로 가리키며 말했다.

아, 이 사진이 가장 좋았어요. 제 후배도 이 사진이 좋다고 하더군요.

아니, 그 옆의 사진을 보고 있었소.

장은 의선의 사진을 가리켰다. 나는 사진을 그에게 건네었다. 장은 그것을 받아들고는 한 손으로 자신의 턱을 만지작거리며 주의 깊게 의선의 얼굴을 살폈다. 장은 나를 향해 고개를 들었다. 그가 내쏘는 눈빛은 여전히 형형했다. 그러나 어째서인지, 황곡에서 보았던 부나비 같은 술렁거림 대신 깊숙한 늪 같은 그림자가 푸르스름한 눈두덩을 타고 흘러나오고 있는 것처럼 보였다.

누가 찍은 거요?

나는 입술을 다문 채 웃는 것으로 대답을 대신했다.

이 얼굴, 어쩐지 낯이 익소.

이 아이를 아세요?

나도 모르게 목소리가 높아졌다.

아니오…… 처음 보는 얼굴이오. 그런데,

장은 다시 한번 의선의 얼굴을 눈 가까이 대었다가 나에게 돌려주었다.

내가 알았던 어떤 사람과 닮았소, 어딘가가.

잘 아는 분이었나요?

마치 내 말을 듣지 못한 듯 그는 말없이 창 밖으로 시선을 돌렸다. 그의 눈길은 병동 뒤편에 우거진 아카시아숲에 머물러 있었다. 가지 하나하나, 이파리 하나하나가 나름의 생명을 가진 듯이, 바람이 불 때마다 각기 다른 방향으로 몸을 뒤채이며 이른 봄날의 햇빛을 반사하고 있었다. 수초 뒤 나와 눈이 마주쳤을 때 그는 수수께끼 같은 말을 했다.

……견디는 법을 나한테 가르쳐준 사람이오.

장은 일어섰다. 배웅하려는 나에게 그냥 앉아 있으라고 하며 그는 말했다.

어쨌든 무사한 걸 보니 다행이오.

잠시 말을 끊었다가 그는 덧붙였다. 주의 깊게 듣지 않으면 감지할 수 없을 만큼 미묘한, 그러나 마치 오래 생각해두었던 이야기처럼 은밀한 힘이 실린 어투였다.

고맙소.

나는 의아해졌다. 나에게 뭐가 고맙다는 것인지 알 수 없었다. 사진이 좋다고 말해준 답례로 고맙다고 하는 것일까, 입도 안 댄 음료

수 캔이 고맙다는 것일까, 아니면 내가 무사한 것이 고맙다는 것일까.

나는 장이 일에 관계된 말이나 부탁을 하려고 온 것이 틀림없다고 짐작하고 있었으므로 당황했다. 그가 단지 위문인사로 이곳까지 찾아왔으리라고는 생각조차 하지 못했다.

이제 어디로 연락하면 되나요?

장은 대답하지 않았다.

어디로 가세요?

영원히 말을 멈추어버린 것 같은 과묵한 입을 다문 채, 장은 보일 듯 말 듯 고개를 숙이는 시늉을 하였을 뿐이었다. 그의 음울한 눈 속에 어린 밑없는 적요를 나는 보았다.

4

봄기운이 거리낌없이 대기 중으로 퍼져가기 시작하는 사월 초순에 나는 퇴원했다. 집에서 더 요양해야 한다고 병원측에서는 말했지만, 목발을 짚고 이럭저럭 다닐 만했으므로 다음주부터 출근하겠다고 회사에 말해두었다. 부장까지 소매를 걷고 직접 기사를 써 간신히 두 호의 잡지를 만들어낸 수고를 봐서도 더 쉰다는 것은 불가능했다.

명윤이 다시 먼걸음을 하여 퇴원수속을 도와주었다. 병원을 나서서 택시를 잡는 것까지는 좋았는데, 무곡 터미널에 도착하면서부터 고난이 시작되었다. 이 세상에 계단이라는 것이 얼마나 많은지 그때까지 나는 미처 모르고 있었다. 목발질이 몸에 익었다고 자신했던 나는 등이 땀으로 흠뻑 젖고 얼굴이 붉어졌다.

서울에 도착하여 택시를 잡을 때까지 명윤과 나는 여러 차례 쉬면서 남은 거리를 재보곤 하였다.

누이동생한테서 전화가 왔어요.

마침내 택시 등받이에 머리를 기대고 손수건으로 이마의 땀을 닦는 나에게 명윤은 고백하였다.

……열여섯 살에 집을 나간 이후로 행방을 몰랐던 누이인데, 뉴스에서 저를 보았던 모양이에요. 얼마나 놀랐는지 모른다고, 한동안 망설이다가 방송국에서 전화번호를 알아냈다면서…… 광주에서 미용실을 하면서 아이 낳고 살고 있다고 하더군요. 이번 주말에 제가 찾아가던가, 아니면 그애가 올라오던가 해서 만나려고 해요.

명윤은 허탈한 어조로 나지막이 덧붙였다.

어찌 됐든 살아 있다는 건 좋군요.

마치 지나가는 말처럼 그는 이어 물었다.

……처음부터 다시 시작할 수 있을까요, 나 같은 놈도?

목발을 짚고 택시에서 내렸을 때, 사층집으로 굽이트는 골목 어귀의 연립주택에서 청국장 끓이는 냄새가 흘러나오고 있었다. 순간 명윤이 말했던 것과 비슷한 '살아 있구나' 하는 생각이 머리를 스쳤다.

삼층으로 올라가는 층계참에서 땀을 닦으며 멈추어 있다가, 나는 외출복 차림에 양산을 들고 현관을 나서는 주인집 아주머니를 만났다.

원 세상에, 어떻게 된 거야?

아주머니의 눈이 휘둥그레졌다.

통 안 보이기에 그냥 이상하다, 이상하다고만 생각하고 있었지 뭐야. 도대체 어떻게 된 거야?

나는 긴 설명을 하고 싶지 않아 교통사고였다고만 했다. 짙은 화장을 한 아주머니의 붉은 입이 수선스럽게 혀를 차댔다.

저런, 쯔쯔…… 젊은 사람이 이게 무슨 일이야, 글쎄? 나는 까맣게 모르고 있었네.

집은 아무것도 변한 것이 없었다. 마치 나름의 생명을 가진 듯, 조용한 성격의 사람처럼 말없이 변함없는 내부를 열어 보여주었다.

오랫동안 환기를 하지 않은 어둑하고 역한 공기는 명윤이 부엌의 창문을 활짝 열어젖히자 기다렸다는 듯이 창 밖으로 뛰쳐나갔다. 냉장고 문을 열자 야채들은 모두 썩어 있었고, 미처 버리지 못하고 갔던 싱크대의 쓰레기봉지에서는 역한 냄새가 났다.

명윤이 싱크대와 냉장고의 쓰레기를 모두 모아 비닐봉투에 넣어 일층 현관까지 내려가 내다놓고 돌아오자, 이제 집 안에서 맡아지는 것은 독특하고 낯익은, 무미하면서도 어딘가 음울한 냄새뿐이었다. 그것은 내가 사는 동안은 익숙하여 맡지 못했던 오래된 책들의 향이었다.

명윤은 곰살궂게도 세면장에서 걸레를 빨아 내 먼지 쌓인 방을, 창틀을, 책꽂이와 책상까지 구석구석 닦아주고 갔다.

필요한 게 있으면 늦은 밤시간에라도 좋으니까 전화해요.

명윤은 현관에서 구두를 신으며 멋쩍게 웃었다.

그럴 만한 급한 일이 어디 있겠니. 걱정 마.

문을 열기 전에, 명윤은 한 달 동안 투입구를 통해 들어와 현관 바닥에 어지럽게 흩어져 있는 종이 뭉치를 쓸어모아서 목발을 짚지 않은 내 손에 건네주었다. 카드 명세서며 각종 판촉물 따위들이었다.

잘 가, 고맙다.

명윤은 대답 대신 물끄러미 내 눈을 마주 보았다. 순간 그의 조용한 두 눈에서 내가 읽은 것은 연민이었다. 얼을 어디론가 빼앗기고 난 뒤 섭데기만 남은 사람처럼, 마치 자신의 눈에만 보이는 넋을 향하여 웃듯이 그는 웃었다.

나는 현관문을 잠그고 방으로 돌아왔다. 무거운 다리를 펴고 벽에 기대어 앉은 뒤 목발을 옷장 옆에 세워놓았다. 십여 분쯤, 우편물을 하나씩 뜯어서 버릴 것과 보관할 것들을 차례로 분류해가다가 나는 얼어붙듯 손을 멈추었다.

열흘쯤 전의 백화점 세일 광고지와 한 주일 전에 나온 구청신문 사이에 사진 한 장이 끼어 있었다. 하마터면 나는 버릴 것들 위에 사진을 함께 던져버릴 뻔하였다.

한쪽 귀퉁이가 짙은 갈색으로 타들어가다 만 그 흑백 사진에는 바다와 하늘이 검게 찍혀 있었다. 내가 찍은 것이었다.

뭔가, 이건.

수초간 숨을 멈추고 있던 나는 발작적으로 목발을 거머쥔 채 일어서려 했다.

의선이다.

전화기는 책상에 있었다. 당장 명윤에게 전화를 해야 했다.

막 몸을 일으키려던 나는 이내 목발을 움켜쥐었던 손의 힘을 풀었다.

명윤은 아직 집에 도착하지 않았을 것이다.

나는 벽시계를 보았다. 오후 다섯시 삼십분이었다. 당장 내가 할 수 있는 일은 아무것도 없었다. 기다리는 것뿐이었다.

나는 갑작스러운 갈증을 느꼈다.

혼란 속에서 마음을 가다듬으려 애쓰며 나는 벽시계를 노려보았다. 초침은 지나치게 빠른 속력으로 원을 그리고 있었으나, 나는 오히려 시간이 영원히 멈추어버린 것 같은 답답함을 느꼈다.

그 발빠른 초침의 동작 위로 의선의 얼굴이 스쳐 지나갔다. 문 밑으로 사진을 밀어넣고 총총히 계단을 내려가는 의선의 구부정한 어깨가 마치 직접 본 것처럼 생생했다. 높은 담장과 건물들로 에워싸인 골목과 소로를, 크고 작은 자동차들이 울부짖는 대로변을 걸어서 그녀는 이 동네를 빠져나간 것인가. 지난해 봄 어느 이른 새벽, 상처투성이의 몸을 커다란 바바리 코트에 감싼 채 밟아왔던 그 길을 비틀거리며 되밟아간 것인가.

사진은 내 무릎 위에 있었다.

초조함을 스스로에게 감추기 위해, 나는 사진을 얼굴에 가까이했다 멀리했다 하며 그것을 어디에서 찍었던가를 기억하려 했다. 물결이 해남 강진 어디쯤처럼 섬세했지만, 한 점의 섬도 없는 것을 보면 남해는 아니었다.

이곳에 간 것이 언제였을까.

사진을 잡은 손이 가볍게 떨렸다.

그곳은 육 년 전 어머니의 뼛가루를 뿌리러 갔던 제주도 북해였다. 저녁이면 낚시 온 중년 남자들이 반딧불 같은 찌를 던지고, 교복 차림의 소년들이 어깨를 두르고 다니며 오래된 노래를 부르던 고요한 바다였다. 봄이었고, 바람은 육감적일 만큼 부드러웠었다.

사진 위편에 겹겹이 드리워진 짙은 회색 구름장들 사이의 어둠을 나는 뚫어지게 들여다보았다. 깊은 물 속의 무서운 적요 같기도 하고 지하 이천 미터의 막장 같기도 한 검은 어둠의 덩어리가 스멀스멀 인화지로부터 흘러나와 내 눈을 가렸다. 그 일렁이는 어둠 위로, 상처 입은 초식동물처럼 고개를 수그린 의선이 허전허전 검푸른 허공을 향하여 나아가고 있었다. 아무도 감히 멈추게 할 수 없을 것 같은, 결코 끝나지 않을 것 같은 묵묵한 걸음걸이였다.

거의 느낄 수 없을 만큼, 그러나 집요하게 그녀의 속력이 차츰 빨라졌다. 어느새 그녀는 맨발이었다. 아무것도 걸치지 않은 맨몸이었다. 조금씩 가벼워진 그녀의 몸뚱어리가 달리기 시작했다. 마치 불길에 휩싸인 듯 그녀의 뒷모습은 찬란했다. 화염 같은 머리털이 활활 휘날렸다. 곤충의 날개처럼 투명한 살갗이 수천 수만의 빛살을 내 눈에 쏘아박았다.

미지근한 물 같은 봄날 오후의 햇빛이 불투명한 유리창으로 찬연히 스며들고 있었다. 흰 가루약을 풀어놓은 것 같은 무수한 먼지의 분말들이 그 햇빛을 타고 조용히 흔들렸다. 묵은 여독이 밀려오고 있었다.

나는 차가운 방바닥에 몸을 뉘었다. 깁스한 다리를 가까스로 움직여 허리를 폈다. 사진을 머리맡에 올려놓고 나자 걷잡을 수 없이 눈이 감겼다.

소스라치며 눈을 뜰 때마다 봄날의 창은 시시각각 어두워져 있곤 했다. 검푸른 사진 속에서 파도는 서늘한 혀로 방파제를 핥으며 나직이 흐느끼고 있었다. 가까스로 눈꺼풀을 열고 나는 어두워져가는 창을 지켜보곤 하였다. 어둠은 조용히 빛줄기들과 몸을 바꾸어가며 세상을 적시고 있었다. 연하게 풀린 먹처럼 부드러운 어둠이었다. 내 살과 뼈를 매만지며 추려내는 의선의 투명한 손마디를 나는 마치 생시인 것처럼 느꼈다.

작가의 말

말과 침묵, 어둠과 빛, 꿈과 생시, 죽음과 삶, 기억과 현실 사이에 공간이 있다. 그 공간은 사이에만 있을 뿐 아니라, 그것들을 안팎으로 둘러싸며 가득 차 있다. 내 말들이 그 공간을 진실하게 통과해 나올 수 있기를 간절히 빌었다. 캄캄한 흙 속을 비집고 내려간 흰 뿌리처럼, 어둠과 빛의 한 몸뚱이를 잎사귀까지 길어올릴 수 있기를 빌었다.

옷이라고 불러야 할지 허물이라고 불러야 할지 모르겠다. 어쨌든 한 삼 년쯤, 이 안에서 숨쉬고 밥먹고 살았다. 이제는 몸에 끼기 시작해 벗어놓는다. 이상한 일은, 예전에는 글쓰기만이 나에게 전부여서 무던히도 집착했던 반면 이제는 이 세상의 무수한 것들 속에 소설을 두고 볼 수 있게 되었다는 것, 한데 내가 소설을 훨씬 더 사랑하는 것은 오히려 이즈음이라는 것이다.

그간 신세진 가깝고 먼 이들께 감사드린다. 자식 걱정이 당신의 가장 큰 사명이라고 믿으시는 어머니께, 부끄럽지만 이 책을 바치고 싶다.

문학동네 편집부 여러분께 깊은 감사를 드린다.

1998년 팔월

韓江

문학동네 장편소설

검은 사슴

1판 1쇄	1998년 8월 19일
1판 4쇄	2000년 1월 15일
2판 1쇄	2005년 1월 25일

지 은 이	한강
펴 낸 이	강병선
펴 낸 곳	(주)문학동네
출판등록	1993년 10월 22일 제406-2003-000045호

주 소	413-756 경기도 파주시 교하읍 문발리 파주출판도시 513-8
전자우편	editor@munhak.com
전화번호	031) 955-8888
팩 스	031) 955-8855

ISBN 89-8281-133-8 03810

www.munhak.com